Lọlá Ákínmádé Åkerström

In allen Spiegeln ist sie Schwarz

Roman

Aus dem Englischen von Yasemin Dinçer

Lọlá Ákínmádé Åkerström

In allen Spiegeln ist sie Schwarz

Roman

reihe welt bewegt

orlanda

Hinweise auf sensible Inhalte befinden sich im Impressum.

Für alle, die sich jemals unbeachtet, unerwünscht
oder unsichtbar gefühlt haben …
Eure Stimme ist machtvoller, als ihr denkt.
Ihr habt das Recht, zu existieren,
ohne euch zu erklären.
Lasst euch niemals von der Welt einreden,
eure Kämpfe wären nichtig.

Teil eins

Eins

Kẹmi

Amerika hatte Kemis Liebesleben zerstört.

Es hatte ihre Würde zerfetzt, die Schnipsel in die Luft geworfen und dabei schrill gelacht wie eine Hyäne. Kemi fühlte sich verdammt dazu, fragwürdige Kandidaten aufzulesen, und sie war es leid, ihre unsichtbare Rüstung zu tragen. Ein zwei Tonnen schweres Abwehrsystem, das der Welt entgegenschrie, sie brauche keinen Mann.

Sie konnte diese Last nicht länger tragen.

In letzter Zeit las sich ihr Datingleben wie ein Dossier der Schmach. Alles begann mit jenem denkwürdigen Abendessen mit Deepak.

»Ich habe dir doch erzählt, dass ich Softwareentwickler bin, oder?« Schon nach zwanzig Minuten fing Deepak an zu schwadronieren. Kemi starrte ihn einfach nur zornig an. Dass er zum sechsten Mal beiläufig seine Karriere erwähnte, erschien ihr keiner verbalen Antwort würdig. Den Rest des Abends streute Deepak dann in regelmäßigen Abständen seine Liebe für »Schwarze Hintern« in seine Monologe ein.

Darauf folgte das stumme Date mit Earl, einem weißen Buchhalter aus Ohio, der Vorstellungen von einem Serienmörder heraufbeschwor. Earl starrte die ganze Zeit an ihrem Gesicht vorbei ins Nichts. Wann immer er versuchte, Kemi mit seinen Adleraugen anzuschauen, wanderte sein Blick zu ihrem Ausschnitt, um dann wieder zu der faszinierenden Leere hinter ihr zurückzukehren.

Sie war sich nicht sicher, ob er schüchtern oder heimtückisch war.

Und wie könnte sie den jamaikanischen Immobilienmakler Devan vergessen, dessen Blick jeder weißen Frau folgte, die an ihrem Tisch vorbeischlenderte, während er seine unbeirrbare Liebe für die Sisters beteuerte?

Amerika hatte Kemis Grenzen ausgetestet und ihre Entschlossenheit unfreiwillig ein Boot Camp durchlaufen lassen. Allen Datingumfragen, die sie gelesen hatte, zufolge war sie – als Schwarze Afrikanerin – neben asiatischen Männern die am wenigsten erstrebenswerte Beziehungskandidatin.

Jene Umfragen besagten, die erste Wahl falle stets auf jemand anderes.

Dieses Urteil nagte an Kemi, höhlte sie aus und brachte eine schwächere Version ihrer selbst zum Vorschein, die jeden Verehrer durch die skeptische Linse der Paranoia betrachtete. Aber als hätte sie eine masochistische Ader, kehrte sie immer wieder zu jener App zurück, die sie so zuverlässig wie präzise enttäuschte.

»Mach dir keine Sorgen, mein Schatz.« Die lang gezogenen Worte ihrer Mutter drangen plötzlich in Kemis Bewusstseinsstrom, wenn sie gerade damit beschäftigt war, auf ihrem iPhone Gesichter nach links oder rechts zu wischen.

Danach gingen diese Worte über zu einer Minipredigt, gefolgt von einem Tadel: »Gottes Zeit ist die beste. Geh in die Kirche! Verschwende nicht länger deine Zeit! Lass dich nicht unnötig vom Teufel verleiten, *sọ gbọ? Hörst du mir zu?*«

Ihre Mutter verteilte ihre Zärtlichkeit stets mit einer gesunden Portion Realismus. Kemi nickte automatisch zu jeder beiläufigen Bemerkung, im vollen Bewusstsein, dass ihre Mutter am Telefon war und sie nicht sehen konnte.

Um ehrlich zu sein, war Kemi es leid, bei Familiendiskussionen, in Konferenzräumen und auf langweiligen Dates ständig zu nicken. Sie war es leid, die archetypische »starke Schwarze Frau« zu sein, die keine Verletzlichkeit kannte. Das jahrelange Vortäuschen, die Berührung eines Mannes nicht zu brauchen, hatte seinen Glanz verloren.

Sie war einsam.

»Ernsthaft? Wie machst du das, *Guurrl*?« Connors Boston-irischer Akzent durchschnitt ihre Konzentration wie eine schrille Radiofrequenz. »Du bist eine bemerkenswerte Frau!«

Sie sah nicht zu ihm auf. Wann immer Connor in gekünstelten Slang verfiel, wandte Kemi den Blick ab, um seine Würde zu wahren. Sie hatte gerade die von einer Werbeagentur zugeschickten neusten Marken-Layouts überprüft. Mit auf die Finger gestützter gerunzelter Stirn hatte sie den Werbetext überflogen und dabei das Gesicht verzogen über eine Sprache, die deutlich machte, dass hier eine einzige Sichtweise eine globale Kampagne verantwortet hatte, die unterschiedliche Perspektiven widerspiegeln sollte.

Kemi war noch immer sauer auf Connor, der darauf beharrt hatte, dass sie den Text ein weiteres Mal überarbeitete, obwohl sie ihm versichert hatte, es sei Zeitverschwendung. Er hatte sie einfach aus seinem Büro gewinkt und behauptet, wenn irgendjemand aus Scheiße Brownies backen könne, dann sei es Kemi.

»Was?«, fragte Kemi halbherzig, während sie den vor ihr liegenden Mist weiterlas.

»Ich sagte«, erwiderte Connor in die Länge gezogen, »dass du eine bemerkenswerte Frau bist, Kemi. Herzlichen Glückwunsch!« Er trat nun vollständig in ihr Eckbüro mit seinen Panoramafensterscheiben, das sie mental vom Großraumbüro trennte. Physisch tat es das jedoch nicht, so sehr Kemi sich auch danach sehnte.

Sie wollte, dass er aus ihrem Bereich verschwand. Aber er fuhr fort: »Du bist landesweit zur Marketing-Expertin des Jahres ernannt worden. Schon wieder! Herzlichen Glückwunsch!« Auf seinem leicht sommersprossigen Gesicht breitete sich ein Grinsen aus. Er verschränkte die muskulösen Arme vor der Brust, die Hemdsärmel bis zu den Ellbogen aufgerollt.

Kemi antwortete mit einem tiefen Atemzug, sagte dann: »Danke, Connor«, und ließ ihre Worte zu einem Lächeln ausklingen.

»Nun ja, bedank dich beim Komitee! Wir können die Neuigkeit noch nicht veröffentlichen, weil sie bis Mitte Mai gesperrt ist, aber wir sollten es schon feiern. Ich lasse Rita einen Kuchen und ein paar Flaschen Champagner besorgen«, fügte er hinzu.

»Danke schön, aber ich möchte wirklich kein Aufheben darum machen. Es ist eine riesige Ehre, aber –«

Er unterbrach sie: »Nun, wir werden aber ein Aufheben darum machen, um dich, also wird Rita für Freitag den Kuchen und den Champagner besorgen, okay?«

Sie lächelte erneut, diesmal breiter, wobei sie ihre tiefen Grübchen zeigte. In diesem Moment bemerkte sie ihn. Schon wieder. Connors nackten Blick. Dieses Verweilen für den Bruchteil einer Sekunde, das Kemi offenbarte, dass ihr Chef sie wollte.

Sie wandte sich abrupt von ihm ab und wieder dem Werbetext zu, den zu verbessern sie sich bemühte. »Nochmals danke, Connor«, sagte sie, um ihn endlich loszuwerden. Sie spürte seine bedrohlich aufragende Präsenz, bis Connor sich umdrehte und davonschritt. Kemi sah noch rechtzeitig auf, um einen Blick auf seinen vertrauten Gang zu erhaschen, den sie in den letzten vier Jahren beinahe wöchentlich hatte verfolgen können. Jenes Stolzieren, das allen, die ihm entgegenkamen, unmissverständlich mitteilte, dass er den Laden führte, auch wenn er nicht der eigentliche Besitzer der Firma war.

Kemi konnte nicht länger bei Andersen & Associates bleiben.

Gedanken an eine Kündigung schwammen ihr jeden Tag durch den Kopf. Montags sprangen sie herein, wenn Connor das Team für ein Meeting zusammenrief. Dienstags zogen sie Bahnen, wann immer er Kemi auf dem schmalen Grat zwischen Flirten und Herumkommandieren umkreiste. Mittwochs tauchten sie nach Luft schnappend auf, sobald er zu Kundenbesuchen das Büro verließ. Und dann ging es im Schmetterlingsstil weiter bis zum Wochenende, wenn Kemi diese Gedanken abzuschütteln versuchte.

Auch wenn sie sich langsam in ihrer Exekutivfunktion eingelebt und ein paar Kundenportfolios von den roten in die schwarzen Zahlen gebracht hatte, erinnerte Connor McDonoughs Blick Kemi daran, dass sie noch immer eine Probe war, die entnommen und getestet werden konnte. Oder eher gekostet. Er war bereits mit seiner ersten Wahl verheiratet, aber er wollte sie probieren wie Käse auf Zahnstochern, der auf einem Wochenmarkt Vorbeikommenden feilgeboten wurde.

Er hatte nicht vor, etwas zu kaufen. Er war einer jener Männer, die sich nachts an den Kühlschrank schleichen wollten, um sich dort zu überfressen, während alle schliefen, nur um am nächsten Morgen wieder zu ihren Diäten – *ihren Ehefrauen* – zurückzukehren.

Connor hatte sich im Laufe der Jahre erfolglos bemüht, seine lüsternen Blicke zu verbergen. Er bezeichnete alles, was Kemi tat, als »bemerkenswert«, auch wenn sie bloß ihren Job erledigte, was sein mittelmäßiger Versuch war, sich durch leere Schmeicheleien näher an sie heranzuschleichen.

Kemi nahm die losen Blätter des grauenhaften Werbetextes von ihrem Schreibtisch und fing an, sie eins nach dem anderen zu zerreißen. Sie riss und riss und verstreute die Fetzen wie Konfetti über ihren Schreibtisch und ihr Büro mit seiner Aussicht auf den Capitol Hill in der Ferne, umrahmt von hellrosa Kirschblüten.

Wie kaltes Wasser ins Gesicht einer Betrunkenen unterbrach das hohe Summen ihres Telefons Kemis Papierfetzenparade, gefolgt von der ebenso hohen Stimme ihrer Sekretärin Nicole.

»Ms. Adeyemi?«

»Ja?«

»Hier ist eine Ingrid John Hansen aus Schweden auf Leitung eins. Soll ich sie durchstellen?«

Sie hatte den Namen noch nie zuvor gehört, allerdings war Kemi gewöhnt daran, dass Nicole Namen verunstaltete. Ihre Sekretärin leitete den Anruf an sie weiter.

»Kemi Adeyemi«, meldete sie sich.

»Kemi, ich bin Ingrid Johansson von von Lundin Marketing in Stockholm«, kam als Antwort in einem stark melodischen Tonfall, der gleich einen Musicalsong anzustimmen schien.

Kemi kannte den Namen »von Lundin«, jenes internationale Unternehmen, das kürzlich in einen weltweiten Skandal verwickelt gewesen war, der wahrscheinlich mit einem ebenso faulen, schlecht recherchierten Werbetext begonnen hatte, wie jenem, den sie gerade zu Konfetti verarbeitet hatte.

Ingrid redete weiter, ehe Kemi antworten konnte.

»Es ist mir eine Ehre, die Gelegenheit zu haben, direkt mit Ihnen zu sprechen. Ich leite das weltweite Talentmanagement, und wir haben soeben eine brandneue Spitzenführungsposition geschaffen, die direkt unserem CEO Johan von Lundin unterstellt sein wird. Auch wenn er lieber *Jonny* genannt wird«, brachte sie mit einem einzigen Atemzug hervor. In Ingrids Akzent klang der Name eher wie »Yonny«. »Wir haben ganz neu die Position einer Leiterin für globale Diversität und Inklusion geschaffen, und wir glauben, dass Sie perfekt für diesen Job wären.«

Kemi ließ Ingrids Worte sacken. Sie wurde gerade von einer der größten Werbeagenturen der Welt abgeworben.

Die Worte »*Wie haben Sie mich gefunden?*« purzelten unelegant aus ihr hervor. Sie konnte sie nicht mehr zurücknehmen. Selbstverständlich war sie leicht zu finden.

»Wir verfolgen die National Marketing Awards, und wir wissen, dass Sie letztes Jahr Marketing-Expertin des Jahres geworden sind. Sie haben bereits mit großen Marken zusammengearbeitet, und wir wissen, dass Sie an einigen Kampagnen mit der größten Diversität beteiligt gewesen sind. Wir brauchen Ihr Talent und Ihre Expertise.«

»Nach dem IKON-Fiasko, nicht wahr?« Kemi wollte es nicht ansprechen, aber sie musste es tun. IKON war ein internationales schwedisches Modelabel, das von von Lundin vermarktet wurde, und eine seiner Werbekampagnen würde in zukünftigen Marketinglehrplänen zweifellos als Fallstudie herangezogen werden, um ein deutliches Beispiel dafür zu geben, wie man es nicht machen sollte.

Darin kam der Satz »Lass deine Farbe draußen, die brauchen wir nicht« vor, um eine Reihe von Blusen und Kleidern aus zarter, elfenbeinfarbener Spitze zu bewerben. Diese Kampagne erboste die schwedische Gesellschaft, von Minderheiten in den oberen Schichten bis zu neu angekommenen Zugewanderten, und zog die Aufmerksamkeit der internationalen Presse auf sich, die sich bereitwillig auf die Integrationsprobleme des Landes stürzte. Dieser Text hätte niemals über das Pitching-Stadium bei von Lundin hinausgehen dürfen. Außer, dem Team mangelte es tatsächlich an Diversität, und aus diesem Grund schwieg Ingrid nun am anderen Ende der Leitung. Der Anruf roch nach Schadensbegrenzung.

»J-ja«, antwortete Ingrid nach zwei Sekunden Stille. »Das war ein unglücklicher Vorfall, aber er hat uns auch gezeigt, wie dringend wir unser Spitzenmanagement diversifizieren müssen. Wir benötigen starke Stimmen am Tisch, und wir wollen Sie, Kemi«, fügte sie hinzu. »Wir brauchen Sie hier in Schweden.«

»Ich danke Ihnen für das Angebot, Ms. Johansson, aber mein Leben ist hier in den Staaten.« Kemi blickte auf ihre Armbanduhr. Zehn Uhr fünfzehn an einem Montagmorgen, ihre Woche begann erstaunlich.

»Das verstehe ich, und ich bin mir sicher, Andersen ist froh, so ein bemerkenswertes Talent an Bord zu haben, aber es wäre großartig, wenn Sie bitte ein Treffen mit uns in Betracht ziehen könnten.«

Bemerkenswert. Da war das Wort schon wieder.

»Ich kann nicht nach Stockholm fliegen.«

»Oh, nein«, sang Ingrid. »Jonny wird zu Ihnen kommen.«

Brittany-Rae

Brittany-Rae Johnson wurde als Tochter von Zugewanderten der ersten Generation geboren, die aus Jamaika geflohen waren und sich in der schwülen Hitze von Atlanta, Georgia niedergelassen hatten, ohne ihr die Gründe dafür je klar zu nennen. Sie wuchs als einziges Kind ihrer Eltern auf und wurde an ihre jamaikanischen Wurzeln erinnert, wenn sie am Wochenende in Onkel Dajuans Haus drei Straßen weiter Ziege mit Curry aßen und ihre Eltern zu Patois wechselten.

»*Jamaica boring!*«, scherzte ihr Onkel häufig, während sie sich auf die vor ihnen auf den Tellern liegenden Erinnerungen an ihre Heimat stürzten.

»Langweilig?«, begann Brittany eine vergebliche Diskussion. »Die Leute fahren in ihren Flitterwochen dorthin.«

»Sag ich doch«, antwortete er, während er die Knochen zersplitterte. »Sie fahren dahin für *lovey-dovey*, machen Babys, rauchen Ganja und kehren dann zurück in ihr echtes Leben. Langweilig!« Wenn er fertig war, leckte er sich einen Finger nach dem anderen ab. Das Paradies des einen …

Ihre Eltern steckten bis zur Rente in finanziellen Schwierigkeiten. Dieses Schicksal sollte nicht auch Brittany ereilen, wenn sie es irgendwie verhindern konnte.

Als daher Samuel Beaufount auf den Schwingen von Ruhm und Wohlstand in ihr Leben geschwebt kam, hatte Brittany sich an ihn gehängt wie an einen Bagger, der sie aus Patois, Ziege und Ganja herauszog.

Sie hatte davon geträumt, auf eine Modeschule zu gehen, um Designerin zu werden, hatte sich vorgestellt, wie sie Entwürfe skizzierte, über Stoffen brütete und ihre eigene Linie auf die Laufstege von Paris und London brachte. Aber Beaufount hatte sie von ihrem Weg abgebracht und stattdessen auf den Pfad des Modelns geführt.

Vor fünfzehn Jahren kam er, seine selbstgefällige Aura ihm voraus, in Brittanys Textildesignklasse marschiert. Als der legendäre Designer hinter Beaufount – einer gehobenen Herrenmarke und der ersten Wahl für Metrosexuelle, die auf pinkfarbene Hemden und türkisfarbene Hosen standen – würde er für ein Semester ihr Gastdozent sein. Das war seine Art, dem Designnachwuchs etwas zurückzugeben, wie die Pressemitteilung seiner Firma verkündete.

Seine Anwesenheit erforderte daher ihrer aller gespannte Aufmerksamkeit. Er wirkte viel größer und breiter, als er ihnen im Fernsehen erschienen war. Das gedankenlose Geplauder unter den Studierenden erstarb in dem Augenblick, in dem Beaufount in ihren Klassenraum schlenderte. Er glitt herein in einem rosa gestreiften Hemd unter einem grün karierten Anzug, abgerundet von einer Krawatte mit grünen Pünktchen, die platinblonden Haare nach hinten gegelt.

Seine braunen Augen musterten jede einzelne Person im Raum, und sein Blick signalisierte Zustimmung oder Ablehnung, ohne dass er dafür Worte brauchte. Bis er bei Brittany angelangt war und wie magisch vor ihren Tisch gezogen wurde, wo er sich aufbaute, während die Klasse mit angehaltenem Atem wartete. Er blickte ein paar Sekunden, die sich für Brittany wie eine Ewigkeit anfühlten, auf sie herab und wählte sie aus. Sobald sie den Anflug von Angst überwunden hatte, war eine andere Emotion in Brittany aufgestiegen. Beaufount hatte ihr das Gefühl gegeben, das erlesenste Wesen zu sein, das er je gesehen hatte.

»Du solltest nicht hier sein«, sagte er schließlich in einem tiefen Bariton, der im Widerspruch zu seinem extravaganten Äußeren stand. »Du solltest modeln.«

Kaum eine Woche später wurde Beaufount zu ihrem Manager. Das erste Mal, dass er sie in eine Ecke drängte, geschah nur zwei Wochen nach jener ersten Begegnung in ihrer Textilklasse.

Beaufount blieb das erbarmungslose Gewicht, das ihren schmalen, einen Meter achtzig langen Körper niederdrückte. Sie hatte noch immer mit niemandem darüber gesprochen, abgesehen von einer Therapeutin, zu der sie vielleicht einmal im Monat ging, wann immer sie sich zu sehr für sich selbst schämte.

Nicht einmal ihre beste Freundin Tanesha war in irgendetwas davon eingeweiht, dabei hatte Tanesha direkt neben ihr gesessen, als sie zu Beaufounts Lieblingsprojekt wurde.

»Möchtest du etwas Besonderes sehen?«, hatte Beaufount Brittany gefragt, als er sie auf sein ausgedehntes Anwesen am Rand der Innenstadt von Atlanta eingeladen hatte. Als Antwort hatte sie gelächelt und dann genickt, ehe sie ihre Porzellanteetasse mit den goldenen Ranken auf dem zierlichen Tisch abgestellt hatte.

Er führte sie durch ein kompliziertes System aus prunkvollen Zimmern, bis er vor einer goldenen Flügeltür stehen blieb. Er warf einen Blick über die Schulter auf Brittany, ein kokettes

Lächeln auf den Lippen, ehe er mit dramatischem Schwung beide Flügel auf einmal öffnete.

Seine gegenwärtigen Arbeiten. Der Schrein für Entwürfe, die sich langsam von kreativen Hirngespinsten in voluminöse Roben verwandelten, die jeweils Tausende Dollar wert waren.

Der begehbare Kleiderschrank verschluckte eine in Ehrfurcht erstarrte Brittany, und Beaufount schloss leise die Tür hinter ihnen.

Sechs Monate, nachdem er ihr Manager geworden war, brach Brittany die Modeschule ab. Fünfzehn Jahre später stand sie mit achtunddreißig Jahren als Flugbegleiterin in der Bordküche und servierte reichen Leuten Wasser oder Sekt in kleinen Gläsern.

Brittany hatte beobachtet, wie die Wohlhabenden in ihre Kabine schwebten. Diese Menschen umgab eine Aura der Unantastbarkeit. Sie konnte sie erschnuppern wie ein Bluthund. Oftmals kleideten sie sich dezent, trugen nur wenige Klunker, vielleicht ein einzelnes Schmuckstück – das allerdings den Gegenwert eines Jahresgehaltes hatte. Es war der Unterschied zwischen jenen, die sich in einem mit einem Michelin-Stern ausgezeichneten Restaurant ein Menü leisten können, und jenen, die aus einer Laune heraus gleich das ganze verdammte Restaurant kaufen.

Brittany hatte sich häufig gefragt, wie sich dieser Mantel aus undurchdringlichen Privilegien um ihre eigenen Schultern anfühlen würde.

In ihren frühen Zwanzigern hatte sie ein paar Monate lang mit Samuel Beaufount Privilegien gekostet, aber während später aus Jahreszeiten Jahrzehnte wurden, hatte Brittany Dimensionen gesehen, die weit über sein Vermögen hinausgingen.

Die ersten Passagierinnen und Passagiere der Businessclass von British Airways trudelten nun herein, schoben ihr Handgepäck in die Fächer über ihren Köpfen und reichten Anzugjacken an Brittanys Kolleginnen und Kollegen weiter, die durch die Kabine streiften, um für allgemeines Wohlbefinden zu sorgen.

Brittany warf einen raschen Blick in den winzigen Spiegel über den geparkten Speisewagen, um ihr Make-up zu überprüfen und lose Strähnen ihrer schnurgeraden Extensions zurückzustreichen, ehe sie das Tablett hochnahm und den Gang hinunterschritt. Ihre kirschroten Lippen weiteten sich zu einem Lächeln, als sie mit ihrer Routine begann, Gläser verteilte und die Fluggäste fragte, ob sie Sekt oder Wasser wünschten. Sie kam dabei nie aus dem Schritt, bewegte sich von einer desinteressierten Person zur nächsten und hielt nur gelegentlich inne, wenn eine Hand nach ihrem Tablett griff.

Die Kabine war recht leer. Brittany war an diesem Donnerstagabend auf dem letzten Flug von London nach Washington im Einsatz. Die meisten Geschäftsreisenden hatten frühere Verbindungen genommen, um es noch rechtzeitig zu Gesellschafterversammlungen zu schaffen oder um bei üppigen Abendessen Deals abzuschließen.

»Willkommen an Bord«, sagte sie und blieb vor Sitz 6A stehen, wo ein Mann mit aus dem Gesicht gekämmtem blondem Haar aus dem Fenster schaute. Er trug ein himmelblaues Hemd, und oberhalb seiner linken Hand, mit der er ruhelos auf sein Knie trommelte, war eine Titanarmbanduhr zu erkennen. »Möchten Sie etwas trinken? Vielleicht ein Glas Sekt?« Er drehte sich um und fixierte sie mit einem stechenden Blick aus graublauen Augen. Sie verlagerte unbehaglich das Gewicht, während er sie weiter anstarrte.

»Möchten Sie etwas trinken, Sir?«, wiederholte sie.

»Ja, ja, selbstverständlich«, antwortete er, in einem Akzent, der eine leicht nordische Einfärbung hatte. Er griff nach einem

Glas Wasser und hielt über dessen Rand hinweg Blickkontakt, während er es in einem Zug leerte. Sie lächelte und wollte sich gerade zum Gehen wenden, als er erneut den Arm ausstreckte.

»Noch eins … bitte.« Er griff nach einem weiteren Glas und wiederholte das Über-den-Rand-Beobachten, was sie nervös machte. Wenn das seine Art zu flirten war, hatte sie kein Interesse.

»Danke.« Er reichte ihr gerade beide Gläser, als eine große schlanke Frau mit ähnlich blondem Haar keuchend den Gang entlanggeeilt kam. Sie trug ein bis zum Kinn zugeknöpftes Herrenhemd.

»*Oj! Förlåt att jag är sen!*« Außer Atem, die Wangen leicht gerötet, ließ sie ihre Tasche auf den leeren Sitz neben dem blonden Mann fallen.

Die große Frau wirkte gestresst, und Brittany bot ihr Hilfe beim Ankommen an – griff nach ihrer Tasche und verstaute sie im Gepäckfach –, während sie den Blick des Mannes auf ihrem ganzen Körper spürte. Die Aufgeregtheit der Frau versicherte Brittany, dass die beiden aus Skandinavien stammen mussten. Das Boarding für die Economyclass war noch im Gange. Im Grunde war die Frau gar nicht zu spät dran.

»*Ingen fara, Ingrid.*« Der Mann hielt eine Hand mit gespreizten Fingern hoch und bewegte sie langsam hin und her, anscheinend der Versuch, sie zu beruhigen.

»Möchten Sie etwas Wasser, Ma'am?«

Die Frau nickte, und Brittany entfernte sich, um für Ingrid Wasser zu holen.

Als Ingrids Durst gestillt war und der Mann sein unnötiges viertes Glas Wasser bekommen hatte, entschied Brittany, für die Sicherheitseinweisung den Gang zu wechseln, um sich seinem eindringlichen Blick zu entziehen. Unangemessene Geschäftsmänner gehörten zu ihrem Job. Aber dieser hier irritierte sie, und sie konnte spüren, wie sein markantes Aussehen sie langsam aus der Fassung brachte.

Kurz darauf hob das Flugzeug in den Himmel ab. Sobald der Pilot das Lämpchen für den Gurt ausgeschaltet hatte, holten Fluggäste in der ganzen Kabine ihre Laptops hervor. Ein paar andere zogen ihre Schuhe aus und lehnten sich in ihren Sitzen zurück, bereit, die nächsten, für teure Tickets erkauften, acht Stunden zu verschlafen. Die Frau, die der blonde Mann Ingrid genannt hatte, saß bereits an ihrem Laptop.

Brittany war es leid, andere Menschen zu bedienen – eine Aufgabe, die sie nie hatte haben wollen, in einem Beruf, den sie nie angestrebt hatte. Sie war es leid, loszueilen, um auf all die Launen und Wünsche der Fluggäste einzugehen. Sie war es leid, Interesse vorzuspielen, wenn sie gefragt wurde, welches Menü aus stark verarbeitetem Flugzeugessen sie empfehlen würde. Als würden sie in einem schicken Restaurant speisen und nicht gerade in einem Metallrohr über dem Atlantik sitzen.

Mittlerweile eine erfahrene Flugbegleiterin, war Brittany realistisch genug, um zu wissen, dass eine Karriere in der Mode zu einem so späten Zeitpunkt in ihrem Leben ein Wunder erfordern würde. Also wartete sie geduldig, während der blonde Mann ihr kostbare Minuten stahl, um sich zwischen Rindfleisch und Fisch zu entscheiden.

»Hm«, überlegte er und studierte mit gerunzelter Stirn die Speisekarte.

»Der Rinderschmorbraten wird mit in der Pfanne geschwenktem Wurzelgemüse und Wildbrokkoli serviert«, erklärte sie, um eine Entscheidung anzustoßen.

»Das klingt wirklich gut«, antwortete er lächelnd. »Aber ...«

»Aber?«

»Der Wolfsbarsch sieht auch gut aus.«

Er entschied sich schließlich für den Fisch, den er dann jedoch kaum anrührte. Als Brittany sein Tablett abholen wollte, trommelte er wie in Trance mit den Fingern darauf. Ingrid schien diese Angewohnheit nicht zu stören. Er blickte zu Brittany auf, und seine Finger stellten ihren wilden Tanz ein.

Sobald die Kabinenbeleuchtung für den Nachtflug gedimmt wurde, stahl sie sich zurück in die Privatsphäre der Bordküche. Sie zog ihre marineblaue Schürze aus, strich sich den Rock glatt und wollte sich gerade umdrehen, als eine große Gestalt den engen Raum zwischen ihnen blockierte.

»*Gute Güte!*« Brittany erschrak, sammelte sich jedoch schnell wieder. Sie hasste enge Räume. Insbesondere, wenn sie von großen Männern eingenommen wurden. »Kann ich Ihnen irgendwie behilflich sein?«

Der Mann von 6A war ein paar Zentimeter größer als sie, und seine Pupillen weiteten sich, um sich an das schwache Licht anzupassen.

»Ich habe Sie gar nicht nach Ihrem Namen gefragt«, sagte er und streckte die Hand aus. Sie lächelte schwach und ergriff sie.

»Brittany.«

Als Antwort musterte er mit seinen graublauen Augen rasch ihr Gesicht. Dann kramte er in seiner Hosentasche und zog eine druckfrische Visitenkarte aus hochwertigem Papier hervor. »Hier ist meine Karte.«

Sie nahm sie entgegen und wendete sie, um sie zu lesen. »Von Lundin Marketing … Klingt interessant. Was machen Sie?«

»Ich verkaufe Leuten Zeug, das sie nicht brauchen.«

Sie kicherte über seine Antwort. Er lachte auf eine unerwartet jungenhafte Weise, ehe sein Mund sich in eine ernste gerade Linie zurückverwandelte.

»Ich würde Sie gern zum Essen ausführen.« Seine Stimme klang unsicher, doch seine Intensität war unverändert.

»Mr. von Lundin.«

»Jonny. Bitte nennen Sie mich Jonny.«

»Ich danke Ihnen für das Angebot, Mr. von Lundin«, setzte sie an, »aber ich habe einen Freund.«

»*Hamama.*« Turteltaube.

Das Wort, das Ahmed auf Arabisch ausgesprochen hatte, erschreckte Muna. Sie saß neben ihm auf einem kleinen Korbstuhl auf der geräumigen Veranda. Zwischen ihnen stand ein dürftiger Metalltisch mit abblätternder weißer Farbe. Vor ihnen lag ein stiller See, der in der Morgensonne glitzerte, während die Blätter der benachbarten Eichen sanft im Wind raschelten und Vogelgesang die Luft erfüllte. Mohn und Gänseblümchen sprießten überall auf Solsidan, diesem ausgedehnten Anwesen, das einst ein Kloster gewesen war und nun ein Aufnahmezentrum für Asylsuchende beherbergte, tief verborgen in der üppigen Landschaft drei Stunden nördlich von Stockholm.

Die Mönche waren seit Langem fort, und ihr verlassenes Kloster war von einer Philanthropin oder einem Philanthropen aus Schweden gekauft worden, die oder der anonym bleiben wollte. Innerhalb von wenigen Monaten hatte diese ungenannte Person das verwitterte Gelände, auf dem sich Wohnräume und eine zu einem Speisesaal umfunktionierte große Kapelle befanden, restaurieren lassen und die Türen für Geflüchtete und Asylsuchende geöffnet, die vor Kriegen in verschiedenen Teilen der Welt geflohen waren, darunter Somalia, Irak, Libyen und Syrien.

»*Hamama*«, wiederholte Ahmed, bevor er sich erneut Muna zuwandte und sie mit seinen in der Morgensonne glitzernden honigfarbenen Augen anlächelte.

Muna war früh aufgestanden und hatte sich an ihre tägliche Aufgabe gemacht, um das Hauptgebäude herum zu fegen und die vom Wind verteilten Blätter und Blüten auf Haufen zusammenzuschieben, die sie später beseitigen würde. Als sie auf die Veranda getreten war, hatte sie Ahmed entdeckt, der mit beiden Händen eine Tasse Kaffee hielt, an deren Seite ein Riss nach unten verlief. Er hatte wieder einmal ins Leere gestarrt, und Muna fragte sich, was ihm wohl durch den Kopf ging. Sie fragte sich, ob er genau wie sie wiederkehrende verzweifelte Träume hatte. Den meisten ihrer Mitgeflüchteten hier erging es so. Muna wusste noch immer wenig über Ahmed, bis auf die Tatsache, dass er Kurde war und seine Beziehung zu ein paar anderen Männern aus Syrien in ihrem Zentrum vergiftet zu sein schien.

Wenngleich seine Muttersprache Kurdisch und ihre Somalisch war, bildete das Arabische eine Brücke zwischen ihren Welten. Muna hatte gerade an ihm vorbeigefegt, als er ihr mit wortlosen Gesten zu verstehen gab, sie solle damit aufhören und sich zu ihm setzen.

Fünf Minuten waren nun vergangen, seit Muna ihren ockerorangefarbenen Jilbab zurechtgezupft und sich auf einen Korbstuhl neben Ahmed gesetzt hatte. Fünf Minuten des Schweigens.

»Ich kann die Laute von so vielen Vögeln unterscheiden.« Ahmed nahm einen Schluck von seinem kalten Kaffee. »Tauben, Rotkehlchen, Nachtigallen, Wasserläufer, Drosseln.« Sie sah stumm zu, wie er ein weiteres Mal an seinem Kaffee nippte. »Ich kenne sie alle.«

»Woher kennst du all diese Vogelstimmen?«

»Ich war früher der beliebteste Gärtner – nein, Landschaftskünstler – von ganz Aleppo«, erzählte er. »Man nannte mich einen Zauberer, weil ich aus Wüstensand Gartenoasen erschaffen konnte.« Er hielt den Blick auf den See gerichtet und beobachtete die kleinen Kräuselungen auf dessen Oberfläche. »Prinzen haben mich mit ihren Privatjets einfliegen lassen, damit ich ihnen Meisterwerke erschaffe«, fuhr Ahmed kurzatmig fort. »Ich wusste genau, welche Blume wo einzupflanzen war, welche Farben ich kombinieren musste, wie man Schönheit aus Hässlichkeit entstehen lässt. Eden aus der Hölle. Sie wollten mich. Brauchten mich.« Muna sah zu, wie er die tröstende Tasse hob, betrachtete sein gut geschnittenes Profil, wie sie es in den letzten neun Monaten schon häufiger getan hatte. Sie hatte zugesehen, wie sein Gesicht langsam von einem dunkelbraunen Bart bedeckt wurde, den zu rasieren er sich weigerte. Hatte gesehen, wie seine Stirn sich vor Schmerz runzelte, während seine Honigaugen irgendeinen Punkt in der Ferne suchten.

Er war erneut abgelehnt worden. Das wusste sie. Sie wussten es alle. Ihm war vom Migrationsverket – der schwedischen Migrationsbehörde – die Aufenthaltsgenehmigung verweigert worden, und nun blieb ihm nur noch die letzte Instanz. Er konnte nicht mehr. Die emotionale Erschöpfung forderte ihren Tribut, zog ihn tiefer hinunter in einen Zustand, in dem er nur noch selten lächelte.

Dabei wollten alle jungen Frauen im Zentrum Ahmeds entwaffnendes Lächeln sehen.

Muna erinnerte sich an jenen Abend, an dem ein großer Bus sie, Ahmed und fünfzig weitere Geflüchtete aus Südschweden den weiten Weg bis zu diesem Zufluchtsort mitten in den schwedischen Wäldern gebracht hatte. Dunkelheit hatte die Landschaft eingehüllt, und eine neue Form von Angst war in ihr aufgestiegen. Die Angst vor der Isolation an einem fremden Ort.

In Somalia hatten sie die Reise zu dritt begonnen. In Solsidan war Muna jedoch allein aus dem Bus gestiegen. Ihre Mutter Caaliyah und ihr jüngerer Bruder Aaden lagen irgendwo tief am Grund des Mittelmeers. Aaden war zuerst aus dem Schlauchboot gefallen, und Muna hatte gesehen, wie ihre Mutter sich nach ihm streckte, ehe sie selbst über Bord ging, ihr blauer Jilbab wie eine Qualle im Wasser treibend, bis er außer Sicht geriet. Die starken Arme eines Mannes aus Algerien, eng um Munas Taille geschlungen, hatten sie davon abgehalten, ebenfalls wie eine Qualle auszusehen. An jenem Tag hatte Muna erfahren, wie laut sie schreien konnte.

Als sie Wochen später Schweden erreichte, war sie immer noch heiser. Sie blieb wie angewurzelt neben dem Bus stehen, ihren kleinen Beutel in der Hand, in demselben ocker-orangefarbenen Jilbab, den sie auch an diesem Tag trug.

Ahmed hatte sich umgedreht und sie gesehen. Er erkannte ihre Beklommenheit und streckte die Hand aus, um ihr beim Tragen ihres Beutels zu helfen, der so gut wie nichts wog. Muna blickte ihn an und nickte zum Dank. Damals hatte sie zum ersten Mal die Sonnenstrahlen von Ahmeds Lächeln gespürt.

SOLSIDANS ASYLCENTER: Muna las diese Worte auf einem Metallschild neben der hölzernen Flügeltür, als sie an jenem Tag flankiert von zwei kurzen Reihen aus Personal – drei Personen auf jeder Seite –, nacheinander einen großen Saal betraten.

»*Välkomna till Sverige!*«, begrüßte sie ein weißer Mann mit dicken Brillengläsern, der sich ihnen als Solsidans Leiter Mattias vorstellte und auf seinen schwedischen Gruß ein »*As-salāmu 'alaykum!*« folgen ließ. Mattias war stämmig und sah aus, als wäre er in seinen Fünfzigern.

Auf Muna wirkte Mattias verdächtig fröhlich für die späte Stunde. Die Gruppe antwortete ihm schwach. Sie waren hungrig und müde. Die meisten hatten seit Wochen nicht geduscht.

Mattias führte sie nebenan in eine Kapelle, in der bereits frisches Sauerteigbrot und Suppe aus Wurzelgemüse auf den neuen Schwung Bewohnerinnen und Bewohner warteten. Es war kurz vor elf Uhr abends gewesen, als sie sich in jener verschnörkelten Kirche an den ovalen Tischen versammelt hatten, um Suppe zu schlürfen und Brot darin einzutunken.

Muna hatte sich stumm zu einer Gruppe eritreischer und somalischer Frauen gesetzt, die mehrere Kinder auf ihren Knien und Hüften balancierten. Ein Baby begann, mit kehligen Lauten des Unwohlseins zu weinen, und Muna befürchtete, dass dieses Baby gerade seine letzten Tränen vergoss. Es musste durch bergiges Gelände und als Meere bezeichnete Abgründe gereist sein, unter Bedingungen, die einen erwachsenen Mann umgebracht hätten. Muna hatte unterwegs bereits miterlebt, wie Babys in ähnlichem Alter zum letzten Mal weinten. Sie erkannte jenes tiefe Versinken im Schmerz, den keine Muttermilch lindern konnte. Eine Bastion der Verzweiflung, die keine Ärztin zu heilen vermochte. Muna ging davon aus, dass diesem Baby nur noch wenige Tage auf dieser Erde bleiben würden.

Sie hatte die Veränderung bemerkt, als an den Tischen ähnliche Sprachen und Dialekte zueinanderfanden. Araber, Afghaninnen, Somalier und Eritreerinnen trafen und versammelten sich, während Ahmed allein an seinem Tisch saß. Sie hatte den gut aussehenden Fremden studiert, der ihr mit ihrem Beutel geholfen hatte, und sich gefragt, was wohl seine Geschichte war.

Zwei Jahre später hatte ihr Zufluchtsort sich unbeabsichtigt in ein Gefängnis verwandelt, und Mattias war ihrer aller Richter, Gefängnisdirektor, Bankangestellter und omnipräsenter Hüter. In den vergangenen neun Monaten hatte Ahmeds Charakter sich langsam in einer Resignation aufgelöst, die Muna Angst einjagte.

»Schau mal!« Ahmed zeigte auf einen bescheidenen Garten, kaum zwanzig Meter entfernt von der Stelle, an der er und Muna gerade saßen. »Meine gelben Rosen blühen.« Mattias hatte ihm erlaubt, mit seinen Fingern endlich wieder in der Erde zu graben. Er hatte Ahmed jenes kleine Stück Garten zur freien Verfügung überlassen. Schließlich sei es so tüchtig von Ahmed, dass er Gärtner sei, wie Mattias stets wiederholt hatte.

»Sie sind wunderschön.«

»Ja. Genau wie du, Muna.«

Bei diesem Kompliment senkte sie schüchtern den Blick. Sie hatte noch nie davon gehört, dass ein Kurde eine Beziehung mit einer Somalierin eingegangen wäre, also blieben seine Komplimente nicht mehr als das – Schmeicheleien ohne Aussicht auf eine Romanze. In Munas Welt führte Umwerben zu einer Ehe, andernfalls war es nichts als nutzloses Theater.

»Was wirst du jetzt tun?«, fragte sie, um seine Gedanken in eine andere Richtung zu lenken.

»Ich weiß es nicht, liebe Muna, aber ich bin müde.«

»Bitte sprich nicht so. *Insha Allah khair.* Habe Hoffnung.«

Er lachte gequält. »Hoffnung?«

»Ja, Ahmed. Hoffnung.«

Sie konnte ihm nicht sagen, dass sie endlich anerkannt worden war. Ihr war gestattet worden, in diesem Land zu bleiben. Aber Muna wollte Solsidan nicht verlassen. Sie kannte nichts und niemand anderen. Sie konnte ihren Freund nicht im Stich lassen. Aber er wusste es bereits.

»Herzlichen Glückwunsch«, sagte er und blickte in ihr glattes Gesicht, das von ihrem Jilbab oval umrandet wurde. »Ich habe es gehört.«

»Es tut mir leid.«

»Braucht es nicht. Allah will es noch nicht für mich. Er versucht, mir etwas beizubringen.«

»Hast du nicht schon genug gelernt?«

Ahmed verzog das Gesicht und nahm noch einen Schluck aus seiner fast leeren Tasse. Muna betrachtete weiter sein Profil, die lange Narbe, die seine linke Wange hinunterlief, den neuen blauen Fleck unter seinem linken Auge, den er von einer Rangelei mit einem anderen Bewohner hatte, der ihm ins Gesicht gespuckt und ihn als Stellvertreter der Kurden beschimpft hatte, die versuchten, sich aus Syrien ihr eigenes Gebiet herauszubrechen und das Land damit auseinanderzureißen.

Wie Muna hatte auch Ahmed hier niemanden. Also saßen sie oftmals lange Zeit schweigend beisammen. Trösteten sich mit der Tatsache, dass sie nicht ganz allein waren, solange sie beide da waren. Nach zwei Jahren wusste sie noch immer nur sehr wenig über ihn.

Sie sah zu, wie er seine Lippen zu einer harten Linie zusammenzog, die Arme vor der Brust verschränkt, der Blick verloren.

Und sie wusste, dass weder Mattias noch irgendjemand anderes Ahmed auf irgendeine Weise dazu bringen könnte, dieses Land zu lieben. Er hatte überhaupt nicht herkommen wollen.

Ahmed unterbrach Munas Gedanken, indem er nach ihrer Hand griff, worauf sie heftig zurückzuckte. Ihm war klar, dass er sie nicht so berühren durfte, aber das Leuchten in seinen Augen verriet ihr alles, was sie wissen musste.

»Ich wünschte, ich könnte dich heiraten, Muna.«

»Ich glaube, du suchst gern Ärger, Ahmed. Ich kann es in deinen Augen sehen.«

Er lächelte. »Der Ärger scheint mich stets zu finden.«

»Aber das ist nun nicht länger so. Sieh dir an, wo du bist. Sieh dir an, wo wir sind.« Muna strich sich in unnötiger Übertreibung mit einer Hand über die Brust.

Der Frühling hatte dem Kloster neues Leben eingehaucht nach einem langen, harten Winter, in dem sie alle ihre Entscheidung verflucht hatten, überhaupt um ihr Leben zu fliehen. Wäre Solsidan ein exklusives Retreat auf dem Land, würden die Leute viel Geld für einen Aufenthalt hier zahlen, vermutete Muna. Schmale Wanderpfade führten einmal um den ganzen See herum, schlängelten sich durch Eichenwälder und Wiesen mit Wildblumen. Bald würde es Zeit sein, Blaubeeren zu pflücken, wie Mattias es ihnen im letzten Jahr gezeigt hatte. Bald würden sie Blaubeerkonfitüre und Saft aus den herben Beeren machen, und Limonade aus den Zitronen des Lebens.

Die Vögel zwitscherten lauter, als die Sonne immer höher stieg. Mittlerweile war es hell, und alles und alle erwachten zu neuem Leben. Muna saß neben einem Mann, der jeden einzelnen Vogel in diesem Konzert erkannte, und sie sehnte sich danach, dass er sich ihr gegenüber öffnete. Ihr mehr darüber erzählte, weshalb er geflohen war. Die lange Narbe erklärte, die sein Gesicht hinunterlief, ob er den bernsteinfarbenen stechenden Blick von seiner Mutter oder seinem Vater hatte, und ob die beiden noch am Leben waren.

Denn auch sie wollte sich ihm gegenüber öffnen. Wollte ihm von ihrem Bruder Aaden berichten, der Fußball mit einer obsessiven Leidenschaft geliebt hatte, und von ihrer Mutter Caaliyah, die sie beide augenblicklich gepackt hatte und mit ihnen um ihr Leben geflohen war, nachdem Munas Vater Mohammed getötet worden war. Sie wollte Ahmed in allen Einzelheiten erzählen, wie sie sie alle verloren hatte.

Aber Muna stellte fest, dass Ahmed keine Wurzeln schlagen wollte. Nicht emotional. Das eigene Leben zu entwurzeln war zu schwer, als würde man qualvoll Zähne ausziehen, und sie spürte, dass Ahmed in seinem Leben schon zu oft ungewollt irgendwo herausgerissen worden war.

Also blieb sie geduldig mit ihm.

»Zumindest ist es hier friedlich. Es ist nur eine Frage der Zeit, bis wir frei sein werden, aber es ist ruhig und schön, am See zu wohnen.« Ihre Stimme ließ sie schließlich im Stich, als ihr bewusst wurde, dass sie ihren eigenen Worten nicht glaubte.

Sie sah, wie sein Kiefer sich verspannte. Ahmed schaute sie an.

»Meine liebe Muna«, begann er. »Ich bewundere deinen Optimismus. Aber ich würde lieber nach Hause zurückkehren und im Kampf um etwas sterben, als tatenlos hier im Paradies zu leben und den Vögeln zu lauschen.«

Zwei

Kẹmi

»Schweden?«, wiederholte Kehinde am anderen Ende der Leitung. Die Kakofonie im Hintergrund wies darauf hin, dass es bald Zeit zum Abendessen war und Kemis Zwillingsschwester Kehinde gerade versuchte, Kemis Neffen unter Kontrolle zu bringen. Sie hätte wissen sollen, dass nicht der richtige Zeitpunkt zum Anrufen war.

»Ja, Schweden«, fuhr Kemi fort, während sie die Pennsylvania Avenue hinunterlief, wie immer spät von der Arbeit kommend. Nach Ingrids Anruf hatte sie über den Notizen gegrübelt, die sie sich dabei gemacht hatte.

Ms. Johansson und Mr. von Lundin würden nach Washington, DC fliegen, um sich am Freitag mit ihr zum Mittagessen zu treffen. Später an jenem Nachmittag wollte Connor im Büro ihre Leistungen mit Kuchen feiern, da sie nun die »heißeste Braut« auf dem Markt war – seine Worte.

Connor hatte vorhergesehen, dass die Konkurrenz versuchen würde, Kemi abzuwerben, ohne zu wissen, dass Jonny bereits den ersten Schritt getan hatte. A&A war Plankton im Vergleich zu von Lundin, einem Hai.

Kemi fühlte sich geschmeichelt. Wären doch nur ihre Datingaussichten so vielversprechend wie ihr Arbeitsleben. Dann könnte sie die berauschende Macht genießen, über die sie derzeit verfügte, da zwei mächtige Männer hinter ihr her waren.

»Was war nochmal mit Schweden?« Kehindes Mangel an Konzentration unterbrach Kemis Gedanken wie eine schlechte Telefonverbindung, ehe Kehinde jemanden im Hintergrund anschrie und scheppernd etwas fallen ließ.

»Eins der größten Marketingunternehmen der Welt möchte, dass ich nach Schweden ziehe und ihre Leiterin für globale Diversität werde!«, brüllte Kemi halb ins Telefon.

»Herzlichen Glückwunsch! Nimm an und geh. Gott weiß, dass du dein Leben in vielerlei Hinsicht mal aufmischen musst.«

»Einfach so?«

»Ja, einfach so. Hör zu, meine Soße brennt gleich an. Komm übers Wochenende runter nach Virginia, dann können wir uns in Ruhe unterhalten. Die Kids fragen nach ihrer coolen Tante.« Kehinde legte auf.

Kemi steckte ihr Telefon ein und wanderte weiter die Pennsylvania Avenue hinunter. Es war ein warmer Frühlingsabend, und kleine Kirschblütenblätter wehten umher. Wann immer sie Zweifel hatte oder von ihrer Unentschlossenheit gelähmt wurde, ließ Kemi ihre Zwillingsschwester Entscheidungen für sie treffen und ihr so beim Heben der Last helfen. Hauptsächlich, weil die beiden eine telepathische Verbindung zu haben schienen und instinktiv wussten, was für die andere das Beste war. Insbesondere, wenn die andere sich dagegen wehrte.

Wie es bei allen Yoruba-Zwillingen Brauch war, hatte man sie bei der Geburt Taiwo und Kehinde genannt. *Taiwo* bedeutet »die Welt zuerst kosten«, und *Kehinde* bedeutet »danach kommen«. Aber sobald sie alt genug war, um diese Entscheidung zu treffen, also nachdem ihr Vater zum letzten Mal ihre Studiengebühren bezahlt hatte, beschloss Kemi, stattdessen die Kurzform ihres mittleren Namens *Oluwakemi* – »Gott kümmert sich um mich« – zu verwenden, vor allem, um die metaphorische Nabelschnur zu Kehinde zu durchtrennen, damit die beiden sie selbst sein konnten und nicht dadurch definiert wurden, dass sie eineiige Zwillinge waren.

Dennoch nannten ihre Eltern und alle in ihrem erweiterten Familienkreis sie nach wie vor Taiwo, ohne sich um ihre Entscheidung zu scheren.

Mit achtzehn Jahren waren die Zwillinge von Lagos in die Vereinigten Staaten gezogen, um an der University of Richmond zu studieren. Kehinde hatte sich in einen Informatikstudiengang vertieft, was den Vorstellungen ihrer Eltern eher entsprach, während Kemi in Marketingseminaren herumgetrödelt hatte. Ohne die Eltern waren die Zwillinge sogar noch näher zusammengerückt, hatten auch ihr weiterführendes Studium gemeinsam in Richmond abgeschlossen und nie gewagt, sich in Amerika voneinander zu trennen.

Fünfzehn Jahre nach ihrer Ankunft hatte Kemi sich dann nach DC getraut, während Kehinde noch immer in einem Vorort von Richmond lebte.

Kehinde sagte, sie solle den Job annehmen. Ihr Leben »aufmischen« – eine provokante Aussage, die Kemi so verstand, dass sie aufhören sollte, sich in jenem Sumpf der Verzweiflung zu suhlen, in dem sie gerade steckte.

»Du verdienst jemanden, der dir in jeder Hinsicht ebenbürtig ist.« Kehindes oftmals wiederholten Worte schwebten ihr durch den Kopf, als eine Nachricht auf ihrem iPhone aufploppte. Ein potenzieller Verehrer auf der Suche nach einem Date.

»Du hast so hart gearbeitet, um den Punkt zu erreichen, an dem du jetzt in deinem Leben und in deiner Karriere bist«, dröhnte Kehindes Stimme in ihrem Kopf weiter. Kemi schob die Gedanken an ihre Schwester beiseite, während sie die Nachricht las.

Ein junger, gut aussehender afroamerikanischer Elektriker war an ihr interessiert.

»*Hör mal, ich weiß, dass Liebe nichts mit Herkunft oder Karriere zu tun hat, aber mal im Ernst, wenn eine leitende Marketing-Expertin Verabredungen mit Hausmeistern in Betracht zieht, dann läuft irgendetwas schief.*« Ein Elektriker, der regelmäßig Sport treibt, gerne liest und thailändisches Essen mag – Kemis Lieblingsessen.

»*Ich meine, was würden Daddy und Mommy sagen, wenn du jemanden mit nach Hause bringst, der deines Standes nicht würdig ist?*« Sie wischte sich durch Fotos des Elektrikers in verschiedenen Stadien der Entkleidung, auf denen er seinen Waschbrettbauch präsentierte, der wie aufgemalt aussah.

»*Wie auch immer, ich weiß, dass du einsam bist und keine Lust mehr hast zu suchen, aber Gottes Zeit ist immer die beste. Sieh doch nur, wie Er Lanre in mein Leben brachte, als ich einen Ehemann am wenigsten erwartete, eh?*« Kemi fragte sich, ob sie auf diesen Bauchmuskeln wohl eine Münze springen lassen könnte.

Und dann klickte sie auf »Annehmen«, um es herauszufinden.

Ein paar Tage später starrte Kemi auf den nervösen blonden Schönling vor sich. Sie hatte bemerkt, wie die Leute sich nach ihm umdrehten, als Jonny hinter Ingrid hereinspaziert kam, wobei manche sich sicher fragten, ob er ein Model sei, während andere sich daran zu erinnern versuchten, in welchem Film sie ihn gesehen haben mochten.

Nun drehte Jonny sein Buttermesser, klopfte mit manikürten Fingern auf den Tisch und spielte an allem herum, was nicht festgeschraubt war. Ingrid ließ sich von seiner Überspanntheit nicht stören und führte bei Steaks, die für ein Mittagessen viel zu üppig waren, die gesamte Unterhaltung. Jonny hatte darauf bestanden, sie in das teuerste Steakhouse in Washington, DC auszuführen. Offensichtlich wollte er Kemi zeigen, dass er sich all ihre Forderungen leisten konnte.

Wenn Jonny glaubte, seine Restaurantwahl würde ihr imponieren, dann entschied Kemi in diesem Augenblick, dass er einen eher schwachen Eindruck hinterließ.

»Kemi, wir würden uns geehrt fühlen, wenn Sie unser Angebot ernsthaft in Betracht ziehen würden«, erklärte Ingrid strahlend.

»Ich hoffe, meine Anwesenheit hier legt nichts Gegenteiliges nahe«, erwiderte Kemi, ehe sie einen Bissen von dem zarten Filet Mignon nahm, das schmolz, sobald es ihre Zunge berührte.

»Natürlich. Das bezweifeln wir nicht, und wir sind Ihnen dankbar, dass Sie sich die Zeit genommen haben, uns an diesem schönen Freitag zu treffen«, fuhr Ingrid fort und spießte mit ihrer Gabel ein paar Blätter aus ihrer Salatschüssel auf. Kemi wurde verlegen, als sie sich am Tisch umblickte und feststellte, dass sie die Einzige war, die bei ihrer vorzüglichen Mahlzeit zulangte.

Jonny butterte und verschlang zwei frisch gebackene Brioche-Brötchen, hatte sein Steak jedoch nicht angerührt. Seine Gedanken schienen abzuschweifen und umherzuflattern, und Kemi war sich nicht sicher, ob sie überhaupt irgendetwas mit ihren Anwerbungsbemühungen zu tun hatten. Für Kemi zeigte dieses Gezappel einen Mann, der sich in seiner Haut unwohl fühlte. Die Blicke der anderen Gäste waren noch immer auf ihren Tisch gerichtet, und Kemi fragte sich, ob er es leid war, dass Fremde ihn von überallher anstarrten.

Litten ausgesprochen attraktive Menschen auf diese Weise?, fragte sich Kemi. Eingesperrt in den Käfig ihres Körpers, während die Welt um sie herumglitt, sich bei ihrem Erscheinen wie das Rote Meer teilte und sie wie erstarrt anglotzte?

Aber so weit war die Welt noch nicht. Sie war noch nicht bereit, sich anzuhören, wie umwerfend schöne Menschen ihre Schönheit als eine Benachteiligung darstellten. Für diesen Kampf würden sie von Kemi kein Mitleid bekommen. Stattdessen nervte Jonnys Gezappel sie ohne Ende.

»Wie viel wollen Sie haben?«, mischte Jonny sich wieder ein, ließ seinen Blick auf ihr ruhen als Warnung, sich ihm nicht noch einmal zu verweigern. Dies war eine Seite an ihm, die zeigte, dass er seine Privilegien mit Leichtigkeit zu nutzen wusste, um andere einzuschüchtern, dachte Kemi. »Was es auch ist, wir zahlen doppelt so viel.«

»Sie verlangen von mir, mein Leben hier aufzugeben. Das ist keine Entscheidung, die ich so einfach zwischen zwei Bissen treffen kann«, erwiderte Kemi. »Ganz egal, wie gut das Steak ist.« Sie hielt seinem Blick stand.

»Selbstverständlich«, sagte Jonny. »Aber ich werde Ihnen diesen Wechsel leicht machen. Ich werde nicht nur Ihr derzeitiges Gehalt verdoppeln, sondern mich auch um alles andere kümmern. Ihre Sachen nach Schweden transportieren, Ihr Auto eingeschlossen. Sie zu einem Sprachkurs anmelden. Ich werde den Umzug nach Stockholm für Sie so schmerzlos wie möglich gestalten. Das verspreche ich Ihnen, Kemi.«

Sie hörte auf zu kauen und blickte ihn an. Sie konnte ihm die Unterstützung geben, die er brauchte. Da saß er, einer der mächtigsten Männer in Werbung und Marketing, und servierte ihr seine Firma auf dem Silbertablett. Ein winziger Teil von ihr erfreute sich an seiner Verzweiflung. Alles nur, weil er wusste, dass er »diversifizieren« musste, und nicht begriff, wie er dieses Schlagwort in konkrete Handlungen umsetzen sollte, die über das Einstellen von braunen Gesichtern hinausgingen. Jonny war bereit, dem Problem so viel Geld hinterherzuwerfen, wie er konnte, da er wusste, dass er es beheben musste, um am Markt zu bleiben.

»Also, diese neue Stelle«, begann Kemi, »ist die nur Show?« Die Möglichkeit, dass sie eingestellt wurde, nur um eine

Diversitätsquote in einem fremden Land zu erfüllen, war mehr, als sie emotional verkraften könnte. Im Land eines anderen Menschen zur Requisite zu werden, war das Letzte, was sie brauchte. Ihr Herz konnte keine weiteren Kämpfe mehr austragen.

Ihre direkte Frage überraschte ihn.

»Nur Show?«, wiederholte er und verengte die Augen zu Schlitzen. »Natürlich nicht. Niemals würde ich Sie so missachten. Ich schaffe diese neue Stelle einer globalen Leiterin für Diversität und Inklusion, weil uns ohne sie etwas fehlt. Das erkenne ich. Wir müssen inklusiver werden.«

»Was bedeutet Inklusivität für von Lundin Marketing?«, forderte Kemi ihn heraus. »Dieser Tage wird nämlich oft mit Schlagwörtern um sich geworfen, ohne dass echte Absichten dahinterstecken.«

Jonny funkelte Kemi an, während Ingrid aufhörte, in den Salatblättern herumzustochern, und Jonny anblickte, auf seine Antwort wartend.

»Nun …«, setzte Jonny an und legte sich seine Replik zurecht. »Inklusion bedeutet –«

»Lassen Sie mich gleich zum Punkt kommen«, unterbrach Kemi ihn. »Wie divers ist Ihr Spitzenmanagement?«

Sie beobachtete, wie sich augenblicklich sein Kiefer anspannte und sein Blick aufflackerte. Er mochte es nicht, unterbrochen zu werden. Dass Kemi ihm ins Wort gefallen war, als er noch nicht fertig gesprochen hatte, hatte ihn irgendwie körperlich aus dem Gleichgewicht gebracht, denn er begann nun, seine Finger zu spreizen und wieder zu Fäusten zusammenzuziehen, und wiederholte diese Bewegung, während er sie starr anblickte. Kemi runzelte die Stirn und musterte ihn. Jonny von Lundin hatte ein paar Ticks, die sie nicht richtig einordnen konnte. Sie wusste nicht, ob er einfach daran gewöhnt war, immer seinen Willen zu bekommen, ob er mit nervösen Zuckungen zur Welt gekommen war, oder ob es noch irgendetwas anderes war.

Ingrid sprang ein, um ihr Gespräch wieder in Gang zu bringen, da Jonny wie erstarrt schien.

»Als Personalleiterin versichere ich Ihnen, dass Jonny und ich dieses Problem aktiv angehen. Angefangen damit, Sie einzustellen, Kemi.«

Sie – besser gesagt, Kemi – beendeten ihr Mittagessen, und Jonny brachte die beiden Frauen zur Tür, wo der Parkdienst mit seinem gemieteten Sedan vorfuhr und für Ingrid und Kemi die Türen aufriss.

»Jonny fährt gern selbst«, erklärte Ingrid, als hätte sie Kemis Gedanken gelesen. »Außer in London. Dort nimmt er sich einen Fahrer.«

Jonny fuhr sie zurück zu Andersen & Associates, wo sie wusste, dass Connor, Rita, Nicole und ihre anderen Kolleginnen und Kollegen mit Kuchen und Champagner auf sie warteten. Sie fühlte sich wie eine Ehebrecherin, die sich aus dem Bett ihres Liebhabers schlich und, ohne zu duschen, nach Hause zurückkehrte. Sie wusste, dass ihr nervöses Verhalten sie verraten würde.

»Es war mir ein Vergnügen, Ingrid und Jonny«, dankte sie den beiden, bevor sie aus dem Wagen stieg.

»Das Vergnügen ist ganz auf unserer Seite, Kemi«, antwortete Ingrid.

»Ich teile Ihnen meine Entscheidung nächste Woche mit. Gute Reise zurück nach Stockholm.« Mit einem kurzen Winken kehrte sie in ihr Gebäude zurück.

»Da ist sie!« Connors Stimme empfing Kemi, als sie auf ihr Büro zuging. Er hielt zwei Champagnerflöten in den Händen, schritt auf sie zu und reichte ihr eine. Sie lächelte schwach und drehte sich zu den etwa zwanzig versammelten Kolleginnen und Kollegen um, die bereits angefangen hatten, eine quadratische Torte aufzuteilen und Stücke aus purpurrotem Biskuit herauszuziehen. Red Velvet, ihr Lieblingskuchen.

Connor folgte ihrem Blick auf die Süßspeise. »Du wirkst auf mich wie ein Red-Velvet-Mädchen, also habe ich Rita diese Torte besorgen lassen.« Sein Blick kehrte zu ihr zurück und streifte über ihre Brust. Kemi griff instinktiv zum Ausschnitt ihrer Bluse, um ihn zurechtzuziehen. Connor biss sich vielsagend auf die Unterlippe.

Sie nahm ein Stück Kuchen entgegen und nippte an ihrem Champagner, der sich in ihrer Kehle in Feuer verwandelte. Irgendjemand begann, mit der Kuchengabel gegen ein Glas zu schlagen, und bald ertönte eine Kakofonie von gegen Glas schlagendem Besteck.

»Ein Toast auf die großartige Ms. Adeyemi«, fing ihre Assistentin Nicole an. »Es ist mir eine solche Ehre, dich zur Chefin zu haben.«

»Bravo!« Kolleginnen und Kollegen erhoben ihre halb leeren Gläser. Jemand anderes klopfte gegen sein Glas, um einen Toast auszusprechen.

»Kemi, du bist ein Riesengewinn für diese Firma. Ohne dich wäre A&A verloren«, sagte Bill, ein Vertriebler aus Nebraska.

»Bravo!« Alle nahmen erneut einen Schluck Champagner.

Kemi erstarrte, als sie Connors Handfläche auf ihrem unteren Rücken spürte, während dieser sich nah an sie heranschob, um ein paar Worte zu sagen.

»Ihr wisst ja alle, dass Kemi in meinen Augen ein Rockstar ist.« Er grinste jungenhaft. Die hellen Sommersprossen auf seiner Nase und sein rötliches Haar ließen ihn um Jahre jünger wirken als Ende vierzig. »Einmal zur landesweiten Marketing-Expertin des Jahres gewählt zu werden, ist schon erstaunlich …«

Er drehte sich zu Kemi um und fixierte sie erneut mit einem nackten Blick aus seinen haselnussbraunen Augen. Die Hitze von Connors Hand auf ihrem unteren Rücken schoss ihr die Wirbelsäule hinauf. Es ähnelte dem Gefühl, wenn man sich die Zunge an heißer Suppe verbrennt.

»Aber zwei Jahre hintereinander? Das ist, Scheiße nochmal, unglaublich, wenn ihr meine Ausdrucksweise entschuldigt«, fügte Connor hinzu, ehe er mit seiner Champagnerflöte gegen Kemis stieß. Mit dieser Berührung hatte Connor eine Grenze überschritten und ihren Entschluss gefestigt. Sie würde nach Schweden ziehen.

Inmitten des Jubels der Kolleginnen und Kollegen, die ihre Auszeichnung feierten, beugte Kemi sich zu Connor hinüber.

»Ich muss mit dir reden«, flüsterte sie. Er nickte, leerte den letzten Schluck aus seinem Glas und führte sie dann unter den Blicken der neugierigen Belegschaft zu seinem Büro.

»Ist alles in Ordnung?« Seine Stirn zog sich besorgt in Falten, als er die Tür hinter ihnen schloss. Sie holte tief Luft.

Um ehrlich zu sein, mochte sie ihre Arbeit bei A&A. Ihre Karriere war so weit aufgeblüht, wie Connor es zuließ. Aber das war die Krux an der Sache. Connor war ihre Decke. Er behauptete, ihrer Arbeit zu vertrauen, aber dann setzte er sich allzu oft über Kemis Entscheidungen hinweg, um seinen Status zu demonstrieren. Das war Connors Art, zu sagen: *Gib mir, was ich mir wünsche, und ich gebe dir, was du willst.* Sie würde nie in der Lage sein, ihn vom Thron zu stoßen.

Währenddessen erschuf Jonny für sie einen eigenen maßgeschneiderten Thron, und sie würde allein entscheiden. Wie konnte sie das ablehnen?

Kemi war bereit, zu gehen. Sie hatte von Lundins Angebot noch nicht angenommen, aber in absehbarer Zukunft weiterhin in Connors Dunstkreis zu verharren, wäre das schlimmere Schicksal. Sie würde das Risiko eingehen.

Connor rückte näher, worauf sie einen Schritt rückwärts machte, was ihn innehalten ließ.

»Was ist los?«

»Ich gehe.«

»Warte, was?«

»Ich verlasse Andersen.«

Die Neuigkeit schien ihn körperlich zu treffen. Er riss die Augen weit auf, blähte die Nasenlöcher und ließ die Muskeln seiner starken, sommersprossigen Arme – die durch bis zu den Ellbogen aufgerollte Ärmel stets entblößt waren – spielen.

»Du gehst? Warum?«

»Ich habe ein Angebot von einer anderen Firma bekommen und wäre dumm, wenn ich es nicht annehmen würde, Connor. Es ist rein geschäftlich.«

»Rein geschäftlich?«

»Nimm es nicht persönlich.«

»Wer ist es?«

»Das ist nicht wichtig. Ich hatte gehofft, du würdest dich für mich freuen.«

»Dann habe ich dich also nie glücklich gemacht?«

Er fragte sie aus, als würde sie ihn für einen seiner Freunde verlassen. Seine Besorgnis verwandelte sich in eine stille Wut, die unter der Oberfläche simmerte.

»Connor, ich brauche diesen neuen Job.«

»Also gut …« Er biss sich auf die Unterlippe. »Was kann ich da noch sagen, außer: Herzlichen Glückwunsch.«

»Ich wollte es dir nicht auf diese Weise mitteilen.«

»Schon okay. Wir kriegen das schon hin.« Sie glaubte ihm nicht, aber irgendwie musste es weitergehen.

»Danke für dein Verständnis.«

Er lachte deutlich verletzt in sich hinein. »Ich habe es mir nicht ausgesucht, aber ich hoffe, wen auch immer du mir, uns vorgezogen hast, hat es verdammt nochmal verdient. Ich hoffe, diese Person ist vor dir auf den Knien herumgerutscht, denn du bist jeden Cent wert.«

Sie nickte als Antwort. Connor ging zu ihr und zog sie mit seinen starken Armen in eine Umarmung. Sie spürte, wie sein Gesicht sich zu ihrem Hals beugte und er ihren Zitrusduft tief einatmete, während seine Hände ihren Rücken entlang ein paar Zentimeter weiter nach unten wanderten und dann innehielten, ehe sie eine unangebrachte Stelle erreichten. Kemi wusste, dass er diese Grenze niemals überschreiten würde. Er war sie die letzten vier Jahre auf Zehenspitzen entlanggeschlichen.

»Gib uns noch einen Monat, ehe du gehst«, verlangte er in die Richtung ihres Halses, sein Atem heiß auf ihrer Haut.

Kemi schubste ihn energisch von sich. Sie sah zu, wie er sich sammelte, ein beschämtes Grinsen im Gesicht. Dann nahm sie einen tiefen, erdenden Atemzug, bevor sie ihm knapp antwortete, frustriert darüber, dass er sie ein letztes Mal zwang, ergeben zu nicken.

»Ich bin mir sicher, das lässt sich machen.«

Er nickte, nahm seinen Trostpreis entgegen, ehe er sich zum Gehen wandte.

»Connor«, rief sie. Er wirbelte erneut herum. »Bitte sag es den anderen noch nicht.«

Er schürzte die Lippen und demonstrierte mit einem weiteren kurzen Nicken seine stille Solidarität, um dann mit großen Schritten das Büro zu verlassen.

Brittany-Rae

»Johan von Lundin.« Mit lang gezogenen Vokalen las Jamal laut den Namen auf der Visitenkarte, die er auf ihrem Nachttisch gefunden hatte. Er hob die Karte an seine Nase und roch daran. »Hmm … White Savior. Was ist das? Das Weißbrot der Woche?«

»Hör auf!«, sagte Brittany ungehalten, während sie versuchte, ihren BH zu schließen. Sie saß auf der Kante ihres gemütlichen Bettes in ihrem gemeinsamen Reihenhaus in Alexandria, Virginia, zehn Autominuten entfernt von Washington, DC.

»Komm, ich helfe dir.« Jamal ließ die Decke von seinem straffen nackten Körper gleiten und rutschte näher. Statt ihr zu helfen, machte er jedoch ihren Versuch zunichte und zog sie zu einem hungrigen Kuss zurück auf das Bett, während Brittany in scherzhaftem Erschrecken kreischte.

»Ich wollte nur noch ein bisschen mehr«, schnurrte er gegen ihre Lippen, und sie vertiefte den Kuss, ehe sie sich ihm erneut entzog.

»Ich muss los, Baby«, sagte sie und versuchte noch einmal, aufzustehen. »Ich muss zur Arbeit.«

Er rang sie sanft nach unten für einen weiteren Kuss, bettelte sie an, zu bleiben. Ständig reiste sie irgendwo um die halbe Welt, und er blieb zurück und wartete darauf, sie in seine Arme schließen zu können, ehe sie wieder verschwand. Zu viele Jahre ging das nun schon so.

Sie hatten sich in einer Dachterrassenbar im Dupont-Circle-Viertel in Washington kennengelernt. Jamal hatte das grazile Model in einem roten hautengen Einteiler in Begleitung einer Freundin hereinschlendern sehen. Sie hatte sich auf der Suche nach einem Sitzplatz umgeschaut, bis ihr Blick auf ihm landete. Er hatte sein Glas zuprostend erhoben, und sie hatte die Geste mit einem gespielt schüchternen Lächeln erwidert, das nahelegte, dass auch ihr gefiel, was sie sah. Jamal schlängelte sich durch die Menge auf sie zu, wurde auf dem Weg jedoch von Bekannten hierhin und dorthin gezogen. Als er sich endlich breit vor ihr aufstellte, brachen sie gleichzeitig in Gelächter aus.

»Das war ja der reinste Hindernisparcours«, bemerkte Brittany, ehe sie mit ihrem Cocktailglas an seins stieß. »Gut gemacht.«

»Zumindest habe ich es bis hierher geschafft«, lachte er.

»Brittany.« Sie streckte ihm ihre sorgfältig manikürte Hand entgegen, die er begierig ergriff, als wäre sie eine Auszeichnung für das Vollenden des Parcours.

»Jamal«, stellte er sich vor. »Kommst du öfter hierher?«

»Ja, wann immer ich in der Stadt bin.«

»Bist du nicht von hier?«

»Nicht so richtig. Ich fliege beruflich immer von Dulles aus. Ich bin Flugbegleiterin«, fügte sie hinzu. Aus irgendeinem seltsamen Grund fühlte sie sich wohl genug, um diesem Fremden ihre Routine zu offenbaren.

»Verstehe. Welche Airline? Wenn ich fragen darf, natürlich.«

Sie wich dieser Frage aus. Sie wollte zuerst mehr über diesen großen, dunklen und gut aussehenden Brother erfahren, der Selbstvertrauen und Eleganz ausstrahlte.

»Ich bin dran«, flirtete sie. »Bist du aus der Gegend?«

»Durch und durch aus DC. Ich bin Anwalt. Wirtschaftsanwalt. Ich verfolge böse Typen in Anzügen.«

»Wie mutig«, neckte sie ihn. »Magst du deine Arbeit?«

»Vielleicht kann ich dir das bei einem Abendessen erzählen?«, antwortete er. Sie lächelte, und sie stießen erneut an.

Das war nun vier Jahre her, und ihre Beziehung war mit jedem Jahr stärker geworden. All ihre Bekannten sagten, sie seien das perfekte Paar. Gut aussehende, stattliche Erscheinungen. Das ehemalige Model und der ehemalige Basketballer.

»Wie lange sollen wir das noch so machen?« Jamal strich ihr über den Rücken, fuhr mit dem Finger über dessen glatte Vertiefung, für einen Augenblick abgelenkt von seiner Aufgabe.

»Was meinst du?«

»Du weißt genau, was ich meine.«

»Hör mal, wir haben Zeit. Ich muss mir meinen nächsten Schritt überlegen«, begann sie.

»Können wir uns den nicht gemeinsam überlegen?« Seine streichelnde Hand hatte innegehalten.

Brittany atmete tief durch und biss sich auf die Unterlippe. Die letzten zwölf Monate ihrer Beziehung hatten sie zusammen in diesem bequemen Zustand verbracht. Sie hatten sich nicht nach vorn bewegt, hatten aber auch keinen Schritt zurück getan. Sie hatten beide davon gesprochen, eine Familie gründen zu wollen, aber Brittanys Arbeitszeiten machten dies unmöglich. Jamal erinnerte sie häufig daran, dass sie ihre Arbeit ohnehin nicht mochte, aber das war offensichtlich kein Kündigungsgrund für sie. Es musste noch eine andere Erklärung dafür geben, dass sie sich nicht beeilte, ihren Job an den Nagel zu hängen.

»Du hasst deinen Job, Babe. Du bist es leid, den ganzen Tag von widerlichen Typen belästigt zu werden. Wieso gehst du nicht einfach?«, fragte er. »Du weißt, dass ich mich immer um dich kümmern werde, nicht wahr?«

»Genauso, wie du dich um Denise gekümmert hast, nicht wahr?«, erwiderte sie.

»*Herrje*, Brit. Wir sind seit vier Jahren zusammen, und du erwähnst sie immer noch?«

»Weil du gelogen hast, als ich dich kennenlernte. Und das stört mich bis heute.«

»Ich habe mich tausendmal entschuldigt und dir erklärt, dass ich Angst hatte, dich zu verlieren. Denise und ich waren schon lange nicht mehr zusammen, als ich dich kennenlernte!«

»Du warst mit ihr verlobt. Drei Jahre lang!«

»Und ich war derjenige, der Schluss gemacht hat, okay? Sie ist fremdgegangen!«

Brittany blieb stumm. Sie wusste das bereits. Dennoch hatte Jamal sie angelogen, was die Ernsthaftigkeit seiner vorherigen Beziehung betraf. Er hatte nicht weiter ins Detail gehen wollen, als zu sagen, dass seine Ex sein Vertrauen gebrochen hatte. Es war damals ein wunder Punkt gewesen, über den er nicht sprechen wollte, also hatte er gelogen.

Brittany verabscheute lügende Männer, da auch Beaufount sie im Brustton der Überzeugung angelogen hatte.

»Wenn überhaupt, zeigt diese Episode aus meinem Leben, dass ich mich binden kann und dass ich ein Typ für die Langstrecke bin. Wenn du deinen Job kündigen möchtest, werde ich für dich sorgen.«

»Ich weiß, aber ich brauche auch etwas Eigenes. Ich kann nicht deine Trophäenfreundin sein, die nichts zu tun hat. Ich muss arbeiten.«

»Dann such dir etwas auf festem Boden. Nimm einen Job in DC an. Verdammt, du könntest auch wieder anfangen zu modeln.«

»Ernsthaft?!« Brittany verdrehte die Augen. Er pickte an ihrer alten Wunde.

»Babe, wenn du über die Straße gehst, bringst du den Verkehr zum Erliegen. Du kannst wieder damit anfangen.«

»Ich werde nicht wieder modeln.«

»Wieso nicht?«

»Hör auf damit!«

Er seufzte übertrieben, starrte in ihre kakaobraunen Augen und schlang seine Arme erneut fest um sie. Brittany wusste, dass er sie liebte. Gar verzweifelt liebte. Sie war sich allerdings nicht sicher, ob sie ihm gegenüber die gleiche Verzweiflung empfand.

»Hör zu, ich will dich nicht an irgendeinen reichen weißen Typen verlieren, okay?«

»Aber ein stinkreicher Brother wäre in Ordnung?«

Er lachte, und sie stimmte mit ein. Er war unsicher. Brittany verstand es. Sie arbeitete nun schon seit einer Weile sowohl in der First- als auch in der Businessclass und musste Avancen aller Art von wohlhabenden Männern und Frauen abwehren.

»Geht es bei der ganzen Sache darum? Um diese verfluchte Karte?« Sie wies auf die Visitenkarte auf ihrem Nachttisch. »Hör mal, Baby, ich liebe dich. Es wäre Einiges nötig, um mich von dir abzubringen, und um Geld ginge es dabei am wenigsten. Du selbst bist auch gar nicht so übel.« Sie gab ihm einen Kuss auf die Wange.

Dann griff Brittany nach Jonnys Karte, um sie mit großer Geste vor Jamal zu zerreißen. Dieses Vorhaben erwies sich jedoch als kompliziert, da die Karte nicht aus billigem Standardpapier war, also zerknüllte sie sie stattdessen und warf sie durchs Zimmer.

»Siehst du?« Sie blickte Jamal Bestätigung suchend an.

Jamal griff ihr in den Nacken und zog sie zu einem weiteren tiefen Kuss zu sich, ehe er sie auf den Rücken rollte und erneut mit ihr schlief.

»So begegnen wir uns wieder.« Jonny durchbrach ihren stummen Blickkontakt, als er am nächsten Tag den Flieger von DC nach London betrat. Brittany sammelte sich rasch, nachdem ihr Wiedersehen sie zunächst ins Straucheln gebracht hatte.

»Willkommen an Bord, Mr. von Lundin«, begrüßte sie ihn, sich aus ihrer kurzen Benommenheit befreiend.

»Jonny«, flüsterte er, während er sich an ihr vorbeischob. Er fand seinen Platz und setzte sich, während Brittany ihren Atem beruhigte, schockiert und enttäuscht von ihrer eigenen Reaktion auf seine Anwesenheit.

Ja, er war ein faszinierender Mann, aber er bedeutete ihr nichts. Sie hatte im Laufe der Jahre schon viele umwerfende Passagiere bedient. Offensichtlich war sie schockiert, weil er nur ein paar Tage später erneut in ihren Flieger spaziert kam. Aber die Enttäuschung, die sie über sich selbst empfand, war eine aufregende Mischung aus schlechtem Gewissen und Scham, da Jonny nun eine Hitze in ihr erzeugte. Jene Art von Hitze, die Brittany für Jamal reserviert hatte.

Sie ging mit einem Tablett voller Willkommensgetränke durch die Kabine, und er grinste sie kurz an, anscheinend gut gelaunt. Ohne Eile griff er nach einem Orangensaft.

»Nicht so durstig wie letztes Mal?«, scherzte sie. »Wo ist Ihre Geschäftspartnerin?«

»Sie musste nach Hause zu ihrer Familie, also hat sie einen früheren Flug genommen.«

Jonny selbst hatte den Tag damit verbracht, durch DC zu spazieren, zum x-ten Mal Tourist zu spielen und sich hinter seiner Sonnenbrille zu verstecken, erzählte er Brittany. Ein erbärmlicher Versuch, der andere Touristinnen und Touristen nicht davon abgehalten hatte, ihn um ein Foto zu bitten.

»Die Leute denken immer, ich wäre dieser eine schwedische Schauspieler, der damit berühmt geworden ist, einen Vampir zu spielen.« Er grinste.

»Ja, ich kann es erkennen.« Brittany lachte und nickte zustimmend. »Und Sie? Keine Familie?«

»Gerade gibt es niemanden, für den ich nach Hause eilen müsste.« Sein klarer Blick hielt ihren fest, der Humor verschwand aus seinem Gesicht.

»Eines Tages wird es das.« Sie lächelte ihm zu.

»Sie scheinen sich da so sicher zu sein.« Jonny erwiderte ihr Lächeln nicht.

Auf dem Flug war er diesmal nicht so unentschlossen, was die Wahl seiner Mahlzeit betraf, und er verspeiste sie mit großem Appetit. Brittany versorgte ihn mit Extrakissen, Extragetränke, Extrasnacks, Extraaufmerksamkeit. Als sie das nächste Mal den Gang hinunterschritt, griff er leicht nach ihrer Hand. Zuerst zuckte sie verängstigt zusammen. Sein Griff wurde sanft fester, und er zog sie zu sich. Sie ging neben seinem Sitz in die Hocke.

»Bitte essen Sie in London mit mir zu Abend«, flüsterte er außer Hörweite der anderen Fluggäste. Sie wollte gerade ablehnend den Kopf schütteln, als er sie erneut drängte.

»Ich weiß, dass Sie einen Freund haben. Es ist ein harmloses Abendessen. Ich würde Sie liebend gern kennenlernen.«

»Mr. von Lundin …«, begann sie.

»Bitte nennen Sie mich Jonny.« Er zog eine weitere Karte und einen Stift hervor und kritzelte darauf mit seiner linken Hand: *Canary Wharf – Yamamoto 20:00.*

»Bitte«, wiederholte er noch einmal, bevor er ihr die Karte in die Hand presste und sie dann losließ. Er lehnte sich in seinem Sitz zurück und zog seine Schlafbrille über die Augen.

Brittany stand auf und strich ihren Rock glatt, während sie die Karte in ihre Brusttasche steckte. Sie fühlte, dass sie errötet war, und ihr war warm, als sie in die Bordküche zurückkehrte. Ihr Magen rumorte und nahm ihr den Appetit. Sie konnte das Feuer, das in ihr brodelte und sie in der kühlen Kabine schwitzen ließ, nicht löschen.

Jonny dagegen verschlief das Frühstück und wachte erst auf, als sie ihn bat, für die bevorstehende Landung seinen Sitz aufzurichten. Zuerst wirkte er desorientiert, das Haar zerzaust vom Schlaf. Seine Finger schienen einen komplizierten Autopiloten zu haben, da er augenblicklich begann, mit ihnen herumzuspielen. Schließlich blieb sein Blick auf Brittany ruhen, als er sie wiedererkannte und sich entspannte.

»Kann ich Ihnen etwas zu trinken bringen? Leider ist es zu spät fürs Frühstück, da wir bereits im Landeanflug sind.«

»Kein Problem. Danke schön.«

»Natürlich«, sagte sie, ehe sie weiter den Gang hinunterlief und dabei seinen Blick auf sich spürte.

Muna

»Muna! Muna!« Caaliyahs Schreie schnitten durch eine dichte, undurchdringliche Rauchwolke.

»*Hooyo!*«, schrie Muna zurück und versuchte, den Weg zu der Stimme ihrer Mutter zu finden, die wie der Strahl eines Leuchtturms war.

Sie prallten aufeinander, und Caaliyahs große Arme zogen sie in eine feste Umarmung. »Oh, Muna!«, war alles, was sie hervorbrachte, während ihr Griff noch fester wurde.

Etwas Schreckliches war geschehen. Es hatte genügt, um die eine Hälfte des kleinen Stapels an Wohnungen, in dem sie lebten, dem Erdboden gleich zu machen. Das Zimmer, in dem sich zuvor ihr Vater befunden hatte, war zu Schutt zerfallen, und als sie sich umdrehten und zu ihm eilen wollten, erfüllte ein lautes Brüllen die Luft. Die Hälfte ihres Wohnblocks stürzte ein und wich vier Stockwerken aus Tageslicht. Mit weit aufgerissenen Augen und vor Schock erstickten Schreien starrten Caaliyah und Muna aus ihrer wandlosen Wohnung im vierten Stock, im einzigen noch stehenden Teil des eingestürzten Gebäudes, hinaus in den Himmel.

Muna wusste nicht, was in sie gefahren war, als sie an jenem Nachmittag in Solsidan die Fotos hervorholte, aber die Folgen traten unmittelbar ein. Eine Träne schlängelte sich ihre Wange hinunter und landete auf dem Gesicht ihres Bruders auf der kleinen matten Aufnahme in ihrer Hand. Sie wischte sie hastig fort, da sie fürchtete, die Träne und ihr salziges Brennen würden alles fortspülen, was sie noch von ihrer Familie besaß. Überwältigt schob sie das Bild zurück in seinen kleinen Umschlag, der sich von der Abnutzung bräunlich verfärbt hatte, und steckte diesen in ein kleines Täschchen, in dem sich alle Dokumente befanden, die sie noch hatte, um ihre Existenz zu bezeugen. Das Täschchen wickelte sie in einen Schal, platzierte diesen auf dem Grund ihres Beutels, den sie daraufhin in einen kleinen Spind auf der anderen Seite des Zimmers einschloss, das sie sich mit elf anderen Frauen teilte, die alle gerade in der Kapelle zu Mittag aßen.

Munas Brust hob sich, als sie versuchte, die Tränen zu unterdrücken. Sie brauchte frische Luft, und zwar schnell. Also rannte und rannte sie, und ihr Jilbab blähte sich in der leichten Frühlingsbrise, wie das Gespenst, das sie war, während sie auf Solsidans wunderschönen See und den reizenden Wanderweg zusteuerte, der sich etwa zweieinhalb Kilometer um ihn herumschlängelte. Sie drängte sich an zwei alten Irakern vorbei, die mit ihren Gehstöcken gemächlich spazieren gingen. Die Männer riefen etwas in einem schrillen Arabisch, weil Muna sie durch ihr Vorbeisausen erschreckt hatte. Muna überholte auch vier Eritreerinnen, die gerade ihre Kleinkinder den Weg entlangschleiften. Eins der Kinder, ein Mädchen von nicht mehr als drei Jahren, brach in Tränen aus, und ihre Mutter hob sie in einer fließenden Bewegung hoch und setzte sie sich auf die rechte Hüfte. Muna rannte an einer Entenfamilie vorbei, die sich in alle Richtungen zerstreute und wütend aufflatterte, als sie durch ihre Mitte fegte.

Sie rannte, bis sie Ahmed unter jener alten Eiche gefunden hatte. Es war einer der Plätze, an denen sie oftmals schweigend beisammensaßen und auf das tanzende Schimmern auf dem See hinausblickten. Er saß auf der feuchten Erde unter dem Baum, warf kleine Steine in den See und sah müde aus. Er hatte erneut das Mittagessen ausfallen lassen, und mit jedem verstreichenden Tag wurde sein hübsches Gesicht hagerer, was Muna ihn kaum wiedererkennen ließ.

Ahmed sah, wie sie hektisch auf ihn zulief, und sprang besorgt auf.

»Muna? Was ist los?« Er hielt Abstand, stand nun jedoch fest auf den Beinen. Sie schluchzte weiter, überwältigt und voller Angst, sie könnte ersticken. Sie keuchte atemlos in dem Versuch, ihre Lungen zu öffnen. Ihre rechte Hand umklammerte ihren Hals.

»Ich kriege keine Luft.« Sie stieß die Worte auf Arabisch hervor.

Seine Stirn runzelte sich vor Schmerz, als er sie weinen sah und ihr die Tränen das Gesicht hinunterströmten. Ihr Milchschokoladengesicht, wie er oft zärtlich gesagt hatte.

Er machte ein paar Schritte nach vorn und hielt sie fest, als Muna drohte, auf die feuchte Erde zu sinken. In dieser Umarmung blieben sie einige Minuten stehen, bis Muna spürte, wie ihr Atem sich an seiner Brust beruhigte.

»Ich vermisse sie auch«, sagte er schließlich auf Arabisch. Die Worte genügten, um sie den Kopf von seiner Brust heben zu lassen. Sie sah, wie sein Gesicht sich verzog und Raum für die Tränen schaffte. »Ich vermisse sie jeden Tag.«

Ehe auch sie ihn trösten konnte, fand sein Mund ihren in einer entschiedenen Geste, die ihren Kopf nach hinten riss. Sein Atem war sauer, nachdem er über eine Woche nichts gegessen hatte, aber Muna ließ sich trotzdem von ihm küssen, da sie spürte, dass Ahmed sie liebte, und da sie ihn liebte, und da sie beide alles waren, was sie in diesem scheinbaren Paradies hatten, an dem sie sicher vor Bombenangriffen und Enthauptungen waren.

Sein Bart kitzelte an ihrem Gesicht. Sie war sich nicht sicher, was sie mit ihrem Mund anstellen sollte, da sie noch nie zuvor jemanden geküsst hatte. Er zog sie näher an sich heran, aber er wirkte müde, zu erschöpft, um an den Schichten ihrer Kleidung herumzufummeln. Stattdessen fiel er vor Muna auf die Knie und umarmte ihre Beine, verharrte in dieser Pose und weinte in ihren Umhang. Sie konnte nichts weiter tun, als mit den Fingern durch sein dichtes braunes Haar zu fahren, das sich wie die feinste Seide anfühlte. Sie wollte nicht aufhören, es zu berühren.

»Wie kann ein Mann solch babyweiches Haar haben?« Munas geflüsterte Worte durchschnitten ihren gemeinsamen Augenblick. Es war das Erstaunlichste, was sie seit Langem gefühlt hatte, teilte sie ihm mit. Sie fuhr fort, es zu streicheln, spürte, wie seine Strähnen über ihre Handfläche und zwischen ihren Fingern hindurchglitten.

Und Muna fühlte, wie ihr Herz anschwoll für diesen gebrochenen Mann, der zu ihren Füßen kniete.

Als sie später alle zusammen in der Kapelle Pellkartoffeln und gebratenen Lachs, der dringend Salz brauchte, zu Abend aßen, stürmte Ahmed mit einem wilden Blick, einer vollen Flasche in der einen und einem Beutel in der anderen Hand herein. Muna hatte seine goldenen Augen bereits von Trauer überschattet gesehen. Sie hatte auch gelegentlich heiteren Schalk in ihnen aufblitzen sehen. Aber diesen Ausdruck? Den hatte sie noch nie zuvor wahrgenommen.

Ahmeds Anwesenheit war genug, um all die Stimmen in jenem großen Saal zum Schweigen zu bringen, als alle sich nach ihm umdrehten. Die meisten hatten ihn seit Tagen nicht mehr gesehen, und einige wussten, dass er hungerte. Sie waren sich nicht sicher, ob es ein Protest war, oder ob er einfach aufgegeben hatte. Niemand nahm von ihm Notiz. Niemand kümmerte sich um ihn. Muna hatte häufig mitbekommen, wie sie ihm ins Gesicht lachten. »*Für wen hungerst du, du Verrückter?*«

Er ging auf Muna zu, die bei zwei anderen Somalierinnen und ihrer eritreischen Bettnachbarin Fatimah mit deren kleinem Jungen im Arm saß. Mit gleichbleibender falkenähnlicher Intensität näherte Ahmed sich Muna schweigend. Als er bei ihr angekommen war, übergab er ihr seinen zerschlissenen Beutel und legte ihn ihr behutsam auf den Schoß. Muna beobachtete ihn stumm. Er schenkte ihr ein schwaches Lächeln, ehe er auf Arabisch sagte: »Das war meine Familie. Ich konnte sie nicht retten.«

»Was ist los, Ahmed?«, fragte sie ihn so leise wie möglich, während alle Blicke auf sie gerichtet waren.

Ohne zu antworten, drehte Ahmed sich um und schritt auf eine Ecke des Raumes zu, in der ein paar syrische Männer beisammen saßen. »*Der Verrückte*«, kicherten sie, als sie ihn kommen sahen. Als er ihren Tisch fast erreicht hatte, sprangen sie abwehrend auf. Ahmed betrachtete jeden Einzelnen von ihnen abschätzig.

Dann sprang er plötzlich auf ihren Tisch, begoss sich mit der Flüssigkeit aus der Flasche und zog ein Feuerzeug aus seiner Hosentasche. Ehe die Männer verstanden, was vor sich ging, und nach ihm greifen konnten, zündete Ahmed sich selbst an.

Die Kapelle ging in Flammen auf, und die Menschen rannten hastig vor der Gefahr davon. Alle schrien, bis auf den Mann mit den Adleraugen, der so ruhig dastand, wie er konnte, während das Feuer Bahnen aus rohem Fleisch an seinem Körper und seinem Gesicht aufriss. Er stand still da, bis die Flammen ihn vollständig einhüllten und er vor Qualen stöhnte.

Munas Gesicht verzerrte sich vor Verwirrung über das, was sich gerade ereignete. Ahmed? In Flammen? Sie sprang auf und stürzte auf die brennende Säule zu, während alle anderen aus dem Gebäude hinaus in den späten Aprilabend rannten.

»*Nein. Nein. Nein. Nein. NEEEEIN!*« Die Worte sprudelten unkontrolliert aus ihr heraus.

Ehe Muna ihn erreichen konnte, stürzte Ahmed vom Tisch auf den polierten Fußboden wie ein verkohlter Obelisk.

Drei

Kẹmi

Kemi hatte Kehinde versprochen, dass sie an diesem Wochenende nach Virginia kommen würde. Am Samstag stieg sie in ihren Lexus-SUV und kam zwei Stunden später in Richmond an, gerade rechtzeitig zum Mittagessen. Ihre sechsjährigen Zwillingsnichten Shola und Sade und deren neunjähriger Bruder Bolu kamen zur Tür geeilt, um ihre coole Auntie zu begrüßen. Wie üblich hatte sie Geschenke dabei. Ihr Schwager Lanre brüllte in kurzen Ausbrüchen, was ihn sogar noch liebenswerter machte.

»Du verwöhnst diese Kinder zu sehr, *o*«, rügte er Kemi, ehe er sie in die Arme schloss.

»*Ahn, ahn,* irgendjemand muss sie doch verwöhnen, *nau*, und ich bin ihre einzige Auntie.« Sie betrat die Fünf-Schlafzimmer-Villa am Stadtrand von Richmond, Symbol einer Eingewandertenfamilie, die es geschafft und sich ein befriedigendes Stück vom American-Dream-Kuchen abgeschnitten hatte.

Im Haus wurde Kemi vom Duft von *dodo* – Kochbananen –, die auf dem Herd brutzelten, empfangen, und sie erblickte Kehinde, die über ihnen schwitzte. Obwohl sie eineiige Zwillinge waren, hatte Kehinde statt Kemis Kurven eine schlankere, geradere Figur. Im Gegensatz zu Kemi war ihr Gesicht mit hartnäckigen Pickeln übersät und von Stress gezeichnet.

»Willkommen, Auntie-DC. Zu cool für uns«, schmetterte Kehinde, während sie die Kochbananenscheiben wendete. Kemi umarmte sie von hinten, ehe sie ihre übergroße Handtasche auf der Kücheninsel abstellte. Lanre war ihr in die Küche gefolgt. Die Kinder hatten sich ihre Geschenke geschnappt und damit in unterschiedliche Richtungen verzogen.

»Riecht gut. Jollofreis, *abi*?«, fragte Kemi in der Hoffnung, ihren Wunsch bestätigt zu bekommen. Kehinde antwortete mit einem Nicken.

»Also«, legte Kemi direkt los. »Ich denke darüber nach, anzunehmen.«

»Großartig!« Kehinde wirkte begeistert.

»Was annehmen?«, wollte Lanre wissen.

»Den Job in Schweden«, erklärte Kemi.

»Schweden, *ke*? Was bringt dich denn so weit fort?«

»Eine der größten Marketingfirmen.«

»Und wie fühlst du dich dabei?«, mischte Kehinde sich ein und holte währenddessen die perfekt gebratenen Kochbananen aus der Pfanne.

»Aufgeregt. Ein vollkommen anderes Land und eine Sprache, die ich erst lernen muss. Aber sie wollen mein Gehalt verdoppeln und haben mir versprochen, sich um alles zu kümmern – Umzug, Auto, Wohnung: alles.«

»Siehst du, wie Gott am Werk ist, *ehn*?«, setzte Kehinde zu einer spontanen Predigt an. »Er hat für dich bessere Möglichkeiten geschaffen.«

»Die durch das doppelte Gehalt noch versüßt werden«, kicherte Lanre, und alle drei lachten.

Während sie Kehindes stets auf den Punkt gekochten Jollofreis mit gegrilltem Hühnchen und *dodo* verschlang, begann Kemis

Herz erneut heftiger zu pochen. Sie fühlte sich geborgen bei ihrer Familie, und sie wusste, dass sie dort immer Rückhalt fand, wenn Selbstzweifel sie plagten.

Manchmal beängstigte Kemi diese seltsame Verwandlung, wie sie in Sitzungssäle stolzieren und mit Millionen-Dollar-Deals wieder herauskommen konnte, um dann in sich zusammenzufallen, wenn ein Typ, den sie gut fand, gleichgültig reagierte. Ihrem Auftreten zum Trotz war Kemis Selbstbewusstsein empfindlich. In der einen Minute konnte sie sich wie die mächtigste Frau der Welt vorkommen, die wichtige Kundinnen und Kunden zu Andersen holte. Und schon in der nächsten Minute konnte sie sich erbärmlich fühlen, wenn für gertenschlanke Frauen mit schnurgeradem Haar Türen geöffnet wurden, die man ihr vor der Nase zuschlug.

Sobald es um private Flirtgespräche frei von Geschäftlichem ging, duckte sie sich und wurde immer gehemmter, faltete sich zusammen wie eine Origami-Figur. Jenes unzweifelhafte Selbstbewusstsein, das in Kleidern, die ihren Kurven schmeichelten, stets fabelhaft aussah, wurde dann stumpf und kraftlos. Dieser Zwiespalt – knallhart auf der Arbeit, wachsweich in romantischen Situationen – brachte ihre Emotionen täglich durcheinander.

Sie hatte kein Problem damit, Männer *anzuziehen*. Im Gegenteil, kein Tag verging, an dem nicht irgendjemand bei ihr eine Grenze überschritt. Hier eine unangebrachte Berührung, getarnt als unschuldiger Zusammenstoß, dort mehr oder weniger direkte Anspielungen, dazu der gleitende Blick von ihrem Gesicht hinab zu ihrem üppigen Dekolleté und ihren kurvigen Hüften, und wieder hinauf zu ihren prallen Lippen.

Kemi war dieses übergriffige Verhalten leid. Sie verströmte irgendetwas, das Männer anzog, die sie anstarrten wie eine verhungernde Person ein Rinderragout. Comfort Food, das einen befriedigt, wenn man allein zu Hause ist, das man jedoch niemals auftischen würde, um Gäste zu beeindrucken.

Nachdem alle in verschiedenen Winkeln von Kehindes Haus verschwunden waren, um sich nach dem Mittagessen auszuruhen, zog Kemi sich in das ihr vertraute Gästezimmer zurück. Jenes mit der Patchworkdecke aus dem mittleren Westen, die lässig über einen Schaukelstuhl geworfen war, und den Blumenmustern, die die Gäste in einer wahnsinnigen Welt aus Pfingstrosen einschlossen. Kemi fragte sich oft, was Kehinde wohl zu beweisen versuchte und ob ihre Schwester sich in typische Americana hüllte und ihre Ankara-Drucke versteckte, um sich amerikanischer zu fühlen.

Kemi griff in ihrer großen Handtasche nach ihrem Laptop, ließ ihn hochfahren und setzte ihre Recherche zu Jonny von Lundin fort. Begonnen hatte sie damit direkt nach ihrem ersten Telefongespräch mit Ingrid Johansson. Sie hatte auf ihrem Rechner einen Ordner namens »Schweden« eingerichtet, in den Fotos und Notizen und alles andere, was sie über ihren neuen Chef finden konnte, wanderten.

Bei Google über oberflächliche Informationen hinauszukommen, war eine Herausforderung gewesen, weil es die pikanteren Details über Jonnys Leben nur auf Schwedisch gab. Immerhin gab es ein paar Artikel auf Englisch, die über den Jetset-Unternehmer berichteten, der sich Traditionen mit erfrischender Nonchalance widersetzte. Jene Person, die Brot und Butter gegessen hatte, während Kemi zum Mittagessen ein Filet Mignon verspeiste, war ein Mann weniger Worte, der eine beunruhigende Intensität ausstrahlte.

Wie es schien, gab er niemals Interviews, aber Quellen beschrieben ihn als sowohl obsessiv konzentriert als auch unverblümt abweisend. Niemand konnte Jonny von Lundin richtig einschätzen, jenen Mann, der ein Imperium übernommen hatte, aber anscheinend kein simples Mittagessen durchstehen konnte, ohne nervös zu werden.

Kemi war sich nach wie vor nicht sicher, was sie denken sollte, allerdings erinnerte sie sich daran, wie unwohl er sich in seiner

Haut gefühlt und wie wild er mit den Fingern auf dem Tisch getrommelt und alles befummelt hatte. Ein Verhalten, an das Ingrid gewöhnt zu sein schien. Kemi sah Hunderte Fotos durch. Standardgeschäftsfotos in makellos sitzenden Anzügen. Ein paar legerere in Hemdsärmeln.

Wirtschaftszeitungen und -zeitschriften berichteten in allen Einzelheiten über von Lundins IKON-Marketingdebakel. Kemi schaute sich an, wie Podiumsgäste bei CNN die Probleme in seinem Unternehmen analysierten. Eine Diskutantin, eine afroamerikanische Professorin von der Howard University, hatte eine nachdenklich stimmende Bemerkung fallen lassen: »*Stellen Sie sich vor, Sie sitzen in einem schalldichten Raum und Ihre Frau sitzt auf der anderen Seite der Wand, aber Sie treffen Entscheidungen in ihrem Namen. Wir wissen alle, dass das niemals gut ausgeht.*«

Dann waren da Listen der begehrtesten Junggesellen, die ebenfalls immer wieder auf ihrem Bildschirm aufleuchteten. Als Kemi weiter schürfte, traf sie auf Dinge, die sie erschütterten. Die Boulevardzeitungen spielten mit Jonnys verschiedenen Beziehungen im Verlauf der Jahre und stellten Vermutungen über seinen Fetisch oder eine jugendliche Rebellion an, von der er sich bis heute nicht befreit habe. Freundinnen aus allen Ecken der Welt, nur nie aus Schweden. Auftritte auf dem roten Teppich mit seinem »Gewürz der Woche«, wie ein Klatschblatt schrieb. Hier ein besitzergreifender Arm um eine unfassbar dünne Taille. Dort eine stolze Pose neben absurd langen Beinen. Ein Mann, der eindeutig in anderen Kreisen verkehrte, neben Frauen in unterschiedlichen Schattierungen von Braun.

Kemi machte sprachlos, was sie über sein Liebesleben herausgefunden hatte. Was sie während ihrer zwei Stunden mit ihm und Ingrid beobachtet hatte und was sie im Netz über ihn gelesen hatte, schien nicht zusammenzupassen. Der verdrießlich blickende, wenn auch attraktive Mann, der ihr gegenübergesessen hatte, hatte nicht fähig zu einem derartigen Ausmaß an »Obsession« gewirkt, wie die Presse fortwährend behauptete.

Angesichts seiner Datingquote entschied Kemi, ihn nicht dafür zu entschuldigen, dass ihm in seiner Firma dermaßen eklatante Diversitätsfehler passierten.

Kemi grub weiter und enträtselte Artikel auf Schwedisch, indem sie dafür Google Translate nutzte. Geschwister. Zwei ältere Schwestern. Sie alle teilten Gesichtszüge und Hautfarbe. Über eine der Schwestern, Svea, gab es Gerüchte, sie habe seit Jahren eine Affäre mit einem Mitglied des schwedischen Königshauses. Beide Schwestern hielten Positionen innerhalb des von-Lundin-Imperiums. Jonny selbst leitete das Marketing, Svea führte das Verlagshaus der Familie, und Antonia, die Älteste, kümmerte sich um die Wohltätigkeitsstiftung.

Als Kemi auf von Lundins Firmenseite nach der Stellenausschreibung gesucht hatte, konnte sie nichts finden. Es gab keine öffentliche Mitteilung über eine neue globale Leitung von Diversität und Inklusion, und sie wusste nicht, ob in Schweden das Personalwesen anders geführt wurde, oder ob dieser Unternehmer mit seiner »erfrischenden Nonchalance« – wie es in einem Artikel hieß – in seiner Unbekümmertheit regelmäßig Regeln außer Kraft setzte.

Jonny hatte Kemi die alleinige Verantwortlichkeit über Fragen zu Diversität und Inklusion bei allen Werbekampagnen und Projekten der Firma versprochen. Diese Möglichkeiten hatte sie bei Andersen nie ganz gehabt. Nicht mit Connor im Nacken. Jonny traute ihr zu, sein Unternehmen auf ein Niveau zu bringen, das seiner globalen Position gerecht wurde, was Stimmen, Perspektiven und Blickwinkel anging. Er war den ganzen Weg hierhergeflogen, um sie zwei Stunden lang abzuwerben.

Bis Kemi ihr Wühlen in Jonnys Vergangenheit beendet hatte, war die Sonne längst untergegangen.

Am Mittwoch rief Kemi Ingrid an.

»*Det är Ingrid.*«

»Ingrid! Ich bin's Kemi«, sagte Kemi, ihre Stimme eine Tonlage höher als gewöhnlich.

»Kemi!« Ingrid übertraf ihre Tonlage noch. »Wie geht es Ihnen heute?«

»Mir kreisen viele Gedanken durch den Kopf, die mit Schweden zu tun haben«, antwortete Kemi. »Ist gerade ein guter Zeitpunkt?«

»Ja, natürlich. Ich habe eben bloß einen Artikel über einen Brand gelesen«, erwiderte Ingrid.

»O nein! Ich hoffe, es wurde niemand verletzt.«

»Nun ja, hier steht, das Feuer sei in einem Asylzentrum ausgebrochen, und dabei sei jemand gestorben.«

»Oh, es tut mir leid, das zu hören.«

»Unter uns«, Ingrids Stimme sank zu einem übertriebenen Flüstern, »es ist ein Zentrum, für das Jonny anonym spendet, also haben wir selbstverständlich ein großes Interesse daran, dass es allen dort gut geht.«

»Wirklich?« Kemi war überrascht. Sie hatte Jonny nicht für einen Philanthropen gehalten.

»Also?«, wechselte Ingrid das Thema. »Irgendwelche guten Nachrichten für uns?«

»Äh, ja, gute Nachrichten für Sie. Und hoffentlich auch eine vorteilhafte Beziehung für mich«, fügte Kemi hinzu.

Nach einer langen Pause nahm Kemi Ingrids Angebot an, was von dieser mit einem quietschenden »*Ja!*« quittiert wurde. Dieses Quietschen schmeichelte Kemis Ego und fütterte es mit allen guten Gefühlen, die ihr sagten, dass sie gesucht und gewollt war.

Ingrid stürzte sich in einen atemlosen Vortrag über eine Reihe von Dingen, die nun anzugehen waren. Sie würde Verträge, Unterstützung für Umzug und weltweiten Versand und die ersten Schritte zum Vorantreiben von Kemis Arbeitsvisum und

Aufenthaltserlaubnis in die Wege leiten. Ingrids exakte Worte lauteten: »*Schicken Sie uns einfach eine Kopie Ihres Reisepasses, dann beginnen wir das Verfahren für Sie!*«

Niemand hatte je zu Kemi gesagt: »Schicken Sie uns einfach Ihren Reisepass.« Schon gar nicht, als jener Reisepass noch waldgrün, mit Nigerias goldenem Abzeichen darauf gewesen war. Fünfzehn Jahre hatten Kemi und Kehinde gebraucht, um von Studierendenvisa zu Green Cards und – endlich – der Einbürgerung in die Vereinigten Staaten zu gelangen.

Ihr neuer marineblauer Reisepass, in einen metaphorischen von-Lundin-Umschlag mit dem Abdruck von Jonnys gespitzten Lippen als Siegel gesteckt, würde ihr den Weg nach Schweden ebnen.

Kemi sollte offiziell in der ersten Augustwoche anfangen. Sie hatte Andersen & Associates noch den Monat Mai zugesagt, um offene Aufgaben zu erledigen und ihre Projekte an eine temporäre Vertretung zu übergeben. Ende Mai würde von Lundin Marketing sie für ein paar Tage in der Businessclass nach Stockholm einfliegen lassen, damit sie ihre neuen Kolleginnen und Kollegen kennenlernte und eine kurze Einführung an ihrem neuen Arbeitsplatz erhielt.

Damit blieben Kemi der Juni und der Juli, um ihr gesamtes Leben umzulagern und in einem glorreichen schwedischen Sommer neu anzufangen. Kemi stellte sich vor, was sie in jenen Monaten alles tun könnte, um sich auf ihr neues Leben vorzubereiten: eine Diät, neue Kleidung, irgendetwas, das ihr helfen würde, ihre Kurven zu bändigen.

»Du bist zum Knuddeln gemacht«, hatte ihre Freundin Ngozi – Zizi – sie einmal geneckt, ein Witz, den sie später wiederholte, wann immer Kemi in eins ihrer gelegentlichen Tiefs rutschte und sich in den Kopf setzte, noch ein paar Pfunde mehr zu verlieren, obwohl sie Kurven an den richtigen Stellen besaß.

»Hör auf mit den Diäten, okay? Glaubst du, dadurch wird sich irgendetwas ändern?«, machte Ngozi weiter, was Kemi verwirrte.

»Soll ich mich deshalb etwa besser fühlen?«

»Hör zu, du bist wunderschön. Das weißt du auch. Lass die Zweifel nicht in deinen Kopf kriechen. Ich habe dich bei der Arbeit gesehen, ich weiß, wie du einen Raum beherrschst. Zum Teufel, dein widerlicher Chef will dir an die Wäsche!«, erklärte Ngozi in dem Versuch, ihre Freundin aus einem Loch zu holen, in dem diese sich nicht verkriechen sollte.

»Darum geht's ja, Zizi! Ich will keine anzüglichen Blicke. Er wird nicht nach Hause gehen und seine Frau für mich verlassen«, brach es frustriert aus Kemi hervor. Zizi starrte sie verwirrt an.

»Möchtest du das denn?«

»Nein! Natürlich nicht.«

Zizi musterte ihre Freundin. »Deine Ansprüche sind unmöglich, Kemi.«

Kemi lachte über die Ironie ihrer Worte. Schließlich hatte ihre Zwillingsschwester den Eindruck, ihre Ansprüche seien abgrundtief niedrig.

»Kein Mann wird dich retten. Du bist so eine kluge Frau und glaubst immer noch an Märchen, die uns Feministinnen vor Scham zum Heulen bringen«, fuhr Zizi fort. »Er existiert nicht, und er wird nicht kommen und dich aus deinem Selbstmitleid befreien. Je schneller dir das bewusst wird, desto schneller wirst du einen vernünftigen Mann in dein Leben lassen.«

Kemi betrachtete ihre Freundin, die sie seit vier Jahren kannte, und war wütend, dass diese sie stets mit einer Wahrheit zu konfrontieren schien, für die Kemi noch nicht bereit war. Sie hatte eine Handvoll verhätschelnder Freundinnen, die stets um ihre Gefühle herumtänzelten, während Zizi sie mit direkten Worten zurück in die Realität katapultierte.

Die beiden hatten sich in Kemis Anfangstagen bei A&A kennengelernt. Ngozi arbeitete für eines der Grafikbüros, die Kemis Firma für ihre Werbekampagnen angeheuert hatte. Kemi war verzaubert gewesen von dieser anderen Nigerianerin, die mit einem kompromisslosen, überlebensgroßen Afro und ganz ohne Make-up hereinstolziert war. Ngozi hatte ruhig und bedächtig geantwortet und jede einzelne Person mit einem Blick betrachtet, der für einen Moment alle anderen aus dem Zimmer verbannte, während sie jeder und jedem Fragenden ihre ungeteilte Aufmerksamkeit schenkte.

Kemi wusste bloß, dass sie wie Ngozi sein wollte, wenn sie »groß war«, auch wenn die beiden im selben Alter waren. Nach jenem Meeting verabredete sie sich sogleich zu einem Mittagessen mit Ngozi, und daraufhin trafen die beiden sich wochenlang jeden Donnerstag zum Mittagessen. Diesen Verabredungen folgten gegenseitige Einladungen zu Partys. Aus diesen Partys wurden Reisen nach Paris, Aruba und Brasilien. Und nach diesen Reisen heulte Kemi wie ein Schlosshund als Ngozis Brautjungfer auf Jamaica. Auch nach Ngozis Strandhochzeit setzten sie ihre donnerstäglichen Mittagessen fort.

Zizi fehlte häufig die Geduld für Kemis Unentschlossenheit. »*Mach es oder lass es bleiben*«, saß sie Kemi häufig im Nacken. Sie war es leid, sich anzuhören, wie Kemi sich über Connor beschwerte. »*Vögel ihn oder melde ihn – triff einfach eine Entscheidung!*«, fuhr Zizi sie an. Wenn Kemi grübelte, ob sie einen Typen zurückrufen sollte oder nicht, um bloß nicht verzweifelt zu wirken, fuhr Zizi sie erneut an: »*Ruf ihn an oder stirb einsam. Wie du willst!*«

Trotz ihrer Vertrautheit hatte Kemi Zizi nicht sofort von dem Angebot von Lundins erzählt. Hauptsächlich, weil sie Zizi eine Entscheidung präsentieren wollte. Sie wollte ihrer Freundin zeigen, dass sie auch ohne deren Ansporn entschlussfreudig sein konnte – auch wenn sie noch immer Kehindes Rat einholte.

Kemi war sich nicht sicher, ob sie für Jonny von Lundin arbeiten wollte. Tatsächlich vermutete sie, dass sie es eher nicht wollte, da er sie mit seinem Gezappel wahnsinnig gemacht hatte. Außerdem befürchtete sie, dass er sie nur brauchte, um das

Diversitätskästchen für seine Geschäftsleitung abzuhaken. Kemi *war* sich allerdings sicher, dass sie die Vereinigten Staaten verlassen wollte, da sie es leid war, Rinderragout zu sein. Oder, wie Zizi sich ausdrückte: »*dazu geschaffen, einem Mann das Bett zu wärmen, aber nicht mehr.*«

Ein paar Tage, nachdem sie Jonnys Angebot angenommen hatte, teilte Kemi dann schließlich Ngozi ihre Neuigkeit mit, berichtete ihr bei ihrem üblichen Donnerstagslunch euphorisch und in allen Einzelheiten von ihrem bevorstehenden Umzug. Zizi beobachtete sie und lauschte ihr schweigend, während sie in einem Restaurant voller Anzugträger überteuerte Spaghetti bolognese auf ihre Gabel drehte.

Als Kemi zum Luftholen innehielt und bei ihrer Freundin nach einem Zeichen der Anerkennung suchte, zuckte Zizi nur mit den Achseln und sagte mit tonloser Stimme: »Schön für dich«, ehe sie eine Gabel vollbeladen mit Spaghetti an den Mund führte und dabei Kemis Blick auswich.

Mit dieser Lüge besiegelte Zizi diesen Lunch als ihren letzten.

Brittany-Rae

Brittany nahm sich vor, ihn nicht zu googeln. Noch nicht. Obwohl die Versuchung ihre Krallen in sie schlug, beschloss sie, nicht zurückzuschlagen. Denn Jonny zu googeln würde bedeuten, Schuldgefühle in ihre Beziehung zu Jamal zu tragen.

In ihrem Inneren war bereits ein Kampf um Verrat ausgebrochen und machte den Kreuzzug zunichte, in den sie fünfzehn Jahre zuvor gegen Leute wie Samuel Beaufount gezogen war. Seitdem war jedes weiße Gesicht seines gewesen. Schwarze Muskeln, im besten Fall durch Sport gehärtet, wurden zu Brittanys Fels in der Brandung und zu ihrer Heimat. Über die Jahre hatte eine Therapie ihr die Hand gehalten und sie von der Kante der

Selbstvorwürfe zurückgezogen. Nichts davon sei ihre Schuld gewesen, hatte ihre Therapeutin sie zu überzeugen versucht. Beaufount, der ihr die Welt versprochen hatte, sei für seine Taten ganz allein verantwortlich.

Nun erlaubte Brittany diesem weißen Fremden, sie an ihrem einzigen freien Abend zum Ausgehen zu verführen, ehe sie am nächsten Tag mit dem ersten Flug die Stadt wieder verlassen musste.

Sie zog ihr Telefon hervor. Zwanzig Uhr dreizehn. Lichter glitzerten überall in Canary Wharf, einem von Londons neueren Reichenvierteln voller Wolkenkratzer, in denen verschwenderische Wohnungen mit Finanzmachtzentren um den Platz konkurrierten. Es war die Gegend in der Stadt, die sie am wenigsten mochte. Emotionslose Fassaden aus Glas und Metall, wie Brittany sie häufig beschrieb.

Sie hatte die letzten fünf Minuten gegen eine Mauer gelehnt an einer Kreuzung in der Nähe des Restaurants gestanden und abgewogen, ob sie nun hineingehen sollte oder nicht, während sie zusah, wie Jonny einen Platz am Fenster aussuchte. Er faltete die Hände und rang sie ununterbrochen, anscheinend in Gedanken versunken. Sie konnte nicht sehen, wie er gekleidet war, aber er hatte sich das Haar straff aus dem Gesicht gekämmt. Nun schien er in die gefalteten Hände zu pusten, als würde er im Luftzug sitzen und wollte sich wärmen. Gelegentlich reckte er den Hals, um aus dem Fenster zu schauen, eindeutig auf der Suche nach ihr, darauf wartend, dass sie kam und sich zu ihm an den Tisch setzte.

Aber irgendeine Macht hielt Brittany fest an jene Mauer gedrückt, und sie konnte sich nicht dazu bringen, sich Yamamoto zu nähern, dem japanischen Restaurant, das er ausgewählt hatte und wo sie ihn vor – sie warf erneut einen Blick auf ihr Telefon – fünfzehn Minuten hätte treffen sollen.

Sie strich nervös ihr butterblumengelbes Frühlingskleid glatt und zog ihre hellbraune Lederjacke zurecht, ehe sie ein weiteres

Mal zu dem Mann im Fenster blickte. Sie stand wie angewurzelt da, weil sie keine Entschuldigung dafür hatte, einen weiteren Schritt auf einen Mann zuzugehen, der das perfekte Leben, das Brittany sich mit Jamal aufgebaut hatte, garantiert auf den Kopf stellen würde.

Sofern Jonny nicht selbst die Entschuldigung war, die sie brauchte.

Ihrer Unschlüssigkeit zum Trotz schob sie sich in Richtung Restaurant und zog ihre Tasche dabei eng an den Körper. Ein Kellner eilte herbei, um ihr die Tür zu öffnen, und der Oberkellner führte sie an Jonnys Tisch.

Als sie sich näherten, schoss Jonny in die Höhe, die Fäuste an den Seiten geballt.

»Mr. von Lundin, Ihr Gast, Ms. Johnson.« Der Oberkellner überreichte sie an Jonny, ehe er eine halbe Drehung vollführte und wieder im Hintergrund verschwand.

Während sie vor ihm stand, ließ Jonny Brittanys Anblick auf sich wirken, wobei sein Blick niemals ihr Gesicht verließ, niemals wanderte. Sie durchbrach ihre wortlose Begegnung mit einem schwachen »Hallo«, und im selben Augenblick wurde ihr bewusst, dass sie nicht hätte kommen sollen.

»Ich hatte Angst, Sie würden nicht kommen«, sagte er. »Bitte, setzen Sie sich.« Sie erwartete halb, er würde um den Tisch eilen, um ihr galant den Stuhl vorzuziehen, aber er tat es nicht. Jonny wartete, bis sie Platz genommen hatte, ehe er sich selbst wieder hinsetzte. Er hatte den prominentesten Tisch direkt am Fenster gewählt, der sie für alle sichtbar ausstellte wie Schaufensterpuppen. Wahrscheinlich sahen sie auch so aus: Brittanys majestätische Figur, die seine weltmännische Erscheinung komplettierte. Diesmal trug er ein marineblaues Hemd über einer Jeans in einem dunkleren Blauton und sandfarbene Wildlederschnürschuhe, dazu die Uhr am Handgelenk wie ein treuer Begleiter. Je unauffälliger er sich kleidete, desto mehr roch er für

Brittany nach Privilegien. Er musste der Welt nicht durch sein Äußeres entgegenschreien, dass er reich war.

»Ich hätte es wahrscheinlich nicht tun sollen«, antwortete sie, gefolgt von einem nervösen Lachen.

»Ich bin froh, dass Sie es getan haben.« Er lächelte unbeholfen und entblößte dabei seine kleinen Zähne, viel zu viele für seinen Mund. Dieses Lächeln verwandelte ihn für eine Sekunde in einen grinsenden Teenager, ehe er wieder zu einem ernst aussehenden Mann wurde, als er es ablegte.

»Hier verstecke ich mich, wann immer ich in London bin«, fügte er hinzu und griff nach der Getränkekarte.

»Hinter seelenlosem Glas und Metall in Canary Wharf?« Die Worte sprudelten aus Brittany hervor, bevor sie sie aufhalten konnte.

»Ja, mein gemütlicher Rückzugsort.« Er lachte. Sie entspannte sich.

Sie bestellten Sake, während Jonny den Koch bat, er möge sie Brittany zuliebe überraschen. Er erhob sein Glas auf ihre Anwesenheit und kippte seinen Sake hinunter, ihren Blick über den Glasrand hinweg festhaltend.

Jonny stellte sein Glas ab. »Sie sind die erlesenste Frau, der ich jemals begegnet bin«, sagte er, ohne zu blinzeln. Sie kicherte über diese Behauptung. Er teilte ihre Belustigung jedoch nicht und starrte sie einfach nur an. Sollte das ein Scherz sein? Als auf seinem Gesicht kein Lächeln erschien, erstarb Brittanys Glucksen, und sie räusperte sich.

»Vielen Dank.«

»Ich meine es ernst.«

Nach kurzer Zeit stellte Brittany fest, dass Jonny ein Mann war, dem sie die Worte aus der Nase ziehen musste. Ihr Gespräch war eine Aneinanderreihung von Einzeilern. Er führte von Lundin Marketing, seit er in seinen Zwanzigern war, und hatte die Firma von einer kleinen Stockholmer Agentur mit zwei Angestellten in ein multinationales Unternehmen mit Büros in Stockholm, London, New York und Hongkong verwandelt.

Ja, er war schon mehrmals in Jamaika gewesen. »Sehr erholsam«, war das Einzige, was er über seine Zeit auf der Insel preisgab. In ihrer Heimatstadt Atlanta war er einmal auf Durchreise gewesen.

Ja, er war in seinen Dreißigern. Sie war drei Jahre älter.

Ja, er hatte Geschwister. *Wie viele?* Zwei. *Brüder oder Schwestern?* Schwestern. *Älter oder jünger?* Älter.

Bei ihrem vierten Gang angelangt, war Brittany erschöpft.

»Sie reden nicht viel, oder?«

»Wie meinen Sie das?«

»Es scheint, als wären Ihnen Ein-Wort-Antworten am liebsten.« Sie griff mit ihren Stäbchen nach einem Stück Aal-Sashimi.

»Ich beantworte Ihre Fragen.«

»Das hier ist kein Verhör. Und Sie haben mir den ganzen Abend keine einzige Frage über mich gestellt.«

»Was möchten Sie von mir hören? Ich werde es sagen.«

Er verlagerte sein Gewicht auf seinem Sitz, und die Finger seiner linken Hand setzten zu einem kleinen Stepptanz auf dem Tisch an.

Brittany steckte sich das Sashimi in den Mund. In diesem Augenblick erwischte sie ihn dabei, wie er mit leicht geöffnetem Mund auf ihre Lippen starrte und wie in Trance die Bewegungen ihres Kiefers beobachtete. Sie hörte auf zu kauen, und sein Blick schnellte zurück zu ihren Augen.

Seine trommelnden Finger rollten sich ein, als hätte er sie angefleht, sich nicht mehr zu bewegen.

Jonnys Gesichtsausdruck wirkte ausgehungerter, als Brittany erwartet hätte. Mit einem solchen Blick hätte sie zu einem so frühen Zeitpunkt ihres Dates nicht gerechnet. Ihres *Dates*. Diese beiden Worte verwandelten sich in Gift. Brittany befand sich bei einem Date mit einem Fremden, während ihr Freund auf der anderen Seite des Atlantiks auf sie wartete.

Sie sprang auf. Jonny erhob sich ebenfalls sogleich.

»Es tut mir leid, ich hätte nicht kommen sollen«, sagte sie und schnappte sich fluchtbereit ihre Tasche.

»Warten Sie«, flehte er sie an. »Bitte.« Sie eilte aus dem Restaurant und hatte nicht erwartet, dass er ihr hinterherlaufen würde, aber er folgte ihr dicht auf den Fersen. Sie war kaum ein paar Schritte den Gehweg entlanggelaufen, als er sie einholte.

»Was habe ich getan? Was habe ich gesagt?« Er stand direkt vor ihr und stellte seine Fragen atemlos. Seine Haltung legte nahe, dass er Zurückweisung nicht kannte.

»Ich habe einen Freund. Ich weiß nicht, was ich mir dabei gedacht habe.« Sie beschwor den letzten Anschein von Würde.

»Es tut mir leid«, erwiderte Jonny. »Es tut mir so leid, dass ich Sie verletzt habe.«

»Sie haben mich nicht verletzt. Ich habe nicht nachgedacht.« Sie schob sich lose Strähnen ihres Haars hinter das Ohr. »Ich habe nicht …«

Brittany brachte ihren Satz nicht zu Ende, da Jonny sie rasch an sich zog und ihren Mund mit seinem bedeckte. Mit einer ebenso unmittelbaren Bewegung schob sie ihn weg und holte zu einer schallenden Ohrfeige aus. Einer Ohrfeige, die hart genug war, um ein Paar, das gerade auf dem Gehweg an ihnen vorbeiging, zu erschrecken und in eine andere Richtung zu lenken.

»Tun Sie das nie wieder.« Sie flüsterte diese Worte. »Niemals.«

Jonnys Hände blieben zu Fäusten geballt an seinen Seiten. Brittany zog ihre Tasche ein weiteres Mal fest an sich. Beschämt sah sie sich um und erkannte gerade noch, wie eine kleine Gruppe sich auflöste. Der Türdiener eilte davon, während der Oberkellner mit einem weiteren Kellner zurück ins Restaurant huschte.

Brittany wandte sich erneut zu Jonny.

»Gute Nacht.«

Bevor er antworten konnte, wirbelte sie herum, lief mit hastigen Schritten hinunter in Richtung Wasser, über das eine

Fußgängerbrücke sie nach West India Quay führen würde, und ließ Jonny stehen und ihr hinterherstarren.

Am folgenden Tag erwartete Brittany bei ihrer Ankunft zu Hause in Alexandria, Virginia ein eleganter Strauß aus gelben Tulpen und lila Lilien, der ihren gesamten Esstisch bedeckte.

»Was ist der Anlass?« Sie ging lächelnd auf das Blumenarrangement zu und beugte sich hinunter, um daran zu riechen. Sie drehte sich zu Jamal um, der im Türrahmen der Küche lehnte.

»Baby, die sind wunderschön!« Sie verringerte die Distanz zwischen ihnen. »Was feiern wir?«

»Sag du es mir.« Seine knappe Antwort ließ sie innehalten. Jamal streckte die Hand aus und reichte ihr eine Karte.

Als Brittany sie öffnete, trafen sie die Worte »*Bitte vergib mir. Jonny*« wie ein Schuldspruch.

Muna

Herregud. Mein Gott.

Der schwedische Polizist murmelte es leise vor sich hin. Er nahm seine marineblaue Kappe ab und strich sich mit großen, weichen Fingern durch sein gelbbraunes Haar. Finger, die auf Schreibtischarbeit hindeuteten. Er warf einen wortlosen Blick auf Mattias, der hinter Suleiman stand, einem muttersprachlichen Somali-Dolmetscher, den der Polizist mitgebracht hatte. Mattias zuckte die Achseln. Er war nicht dabei gewesen, als Ahmed sich in Asche verwandelt hatte, wie er dem Polizisten nun erneut mitteilte. Aber mehrere Personen hatten gesehen, wie Ahmed Muna etwas überreicht hatte.

Und jetzt kooperierte Muna nicht.

Während die Schweden ihre nächsten Schritte erwogen, nahm der Dolmetscher Suleiman Muna in Augenschein und versuchte herauszufinden, ob sie den Fragen absichtlich auswich.

Der Polizist wandte sich Suleiman zu, das Gesicht rot angelaufen vor Frust. »Frag sie, ob sie ihn gevögelt hat«, verlangte er auf Schwedisch.

»Das ist unangebracht. So eine Frage kann ich ihr nicht stellen.« Suleiman blickte ihn scharf an.

»Ist mir egal. Frag sie jetzt gleich«, knurrte der Polizist. »Der Mann hat sich gestern Abend bei lebendigem Leib verbrannt.«

Muna lauschte ihrem Gespräch. Sie lebte nun seit zwei Jahren in Schweden und besuchte einmal in der Woche die eingeschränkten Schwedisch-für-Zugewanderte-(SFI)-Sprachkurse im Asylzentrum. Da die Geflüchteten noch keine persönlichen Identifikationsnummern besaßen, mit denen man sich für die von der Regierung subventionierten kostenlosen Sprachkurse anmelden konnte, wurden die Kurse von freiwilligen Lehrkräften aus der örtlichen Gemeinde gegeben.

Die Gemeinde hatte außerdem ein paar Sachbearbeiterinnen und Sachbearbeiter gestellt, die Solsidans Dutzenden Asylsuchenden dabei helfen sollten, ihre Anträge schneller einzureichen. Strategische Heilige, nannte Mattias sie oft scherzhaft gegenüber Muna. Je früher sie all die Menschen aus Solsidan hinausbekamen, desto schneller bekämen die Einheimischen ihren See zurück. Auch wenn Muna zwei Jahre lang nichts anderes zu tun gehabt hatte, als Solsidans Veranda zu fegen und sie im Herbst von toten Blättern, im Winter von Schnee und im Frühling von losen Blütenblättern zu befreien, war ihr Schwedisch gut genug, um den Mann zu verstehen.

Und obwohl Mattias ihm versichert hatte, dass Muna Schwedisch sprach, hatte der Polizist darauf bestanden, seinen

Dolmetscher mitzubringen. »*Så hon fattar.*« Also versteht sie es, hatte der Polizist betont.

Mattias' Büro musste als improvisiertes Verhörzimmer herhalten. Mehrere Polizistinnen und Polizisten suchten bereits die Gebäude und das gesamte Anwesen ab. Der spärliche Inhalt von Ahmeds Spind war ausgeräumt worden. Und irgendjemand hatte ihnen verraten, dass Ahmed Muna einen kleinen Beutel zugesteckt hatte, ehe er sich umbrachte.

Nun wollten sie erfahren, was und warum, und ob Ahmed nur die Spitze eines radikalisierten Eisbergs sei, der unter der Oberfläche von Solsidan trieb.

»Was hat er ihr gegeben?«, fragte der Polizist Suleiman.

Auch wenn sie Ahmed seit ihrer Ankunft gekannt hatte, waren sie sich erst im Verlauf der letzten neun Monate nähergekommen, als sie oftmals schweigend zusammensaßen, um einander Trost zu spenden. Jener Beutel, den er Muna gegeben hatte, war etwas, worauf sie geduldig gewartet hatte, dass er es mit ihr teilte. Auf keinen Fall würde sie diesem Mann mit dem knallroten Gesicht erlauben, Ahmeds Erinnerungen zu zerstören. Ahmed hatte das, was von seinem Innersten noch übrig war, in ihre Hände gelegt. Sie hatte nicht einmal Zeit gehabt, um ihn zu trauern.

Suleiman seufzte vernehmlich und fragte sie schließlich doch, ob sie Ahmed gevögelt hatte. Muna blieb verschlossen. Suleiman wusste, dass ihre Beziehung niemals so tief gegangen war, da Muna ihn nun mit festem Blick anfunkelte.

»Du musst etwas antworten«, sagte Suleiman auf Somali. »Tu irgendwas. Sag irgendwas. Damit sie dich in Ruhe lassen.« Er hatte die Stimme zu einem Flüstern gesenkt. Der Polizist beäugte Suleiman misstrauisch. Für eine direkte Frage waren das zu viele Worte gewesen.

Sie starrte ihn ein paar Sekunden an, ehe sie den Kopf schüttelte. »*Nej*«, antwortete sie auf Schwedisch. *Nein.*

Der Polizist beugte sich vor. »Was hat er dir dann gegeben?« Er wurde immer ungeduldiger, schrie sie jedoch zu keinem Zeitpunkt an. Wahrscheinlich wurde ihnen diese Selbstbeherrschung beigebracht, dachte Muna, die an die somalische Polizei denken musste. Sie erinnerte sich daran, wie diese wahllos Fußgängerinnen und Fußgänger angeschrien hatte, die unachtsam durch Mogadischu gebummelt waren. Dieser schwedische Polizist musste nicht brüllen. Seine klaren Augen schrien sie laut genug an.

Suleiman übersetzte, und Muna schüttelte erneut den Kopf.

»Ganz offensichtlich lügt sie, denn wir haben mehrere Zeuginnen und Zeugen, die gesehen haben, wie Ahmed auf sie zulief und ihr so etwas wie eine Tasche reichte!«, beharrte der Polizist. Mattias – der mit vor der Brust verschränkten Armen dagestanden und auf den Fersen gewippt hatte, während er dem Gespräch folgte – beschloss nun, einzugreifen.

»Wer sind diese Zeuginnen und Zeugen?«

»Es gibt mehrere.«

»Nun ja … sind es Somalierinnen? Araber?«

»Macht das einen Unterschied?« Der Polizist schien perplex.

»Ja, das macht einen Unterschied. Hier mögen die Araberinnen die Afrikanerinnen nicht, und die Afrikanerinnen können Erstere ebenfalls nicht leiden«, begann Mattias. »Und die Syrer mögen die Kurden nicht, und andersherum genauso.« Suleiman warf einen Blick auf Mattias und verzog das Gesicht, als wollte er dessen Kühnheit infrage stellen. Mattias hatte soeben komplexe Kulturen, deren Geschichte Jahrhunderte alt war, in einem melodischen schwedischen Reim zusammengefasst.

»Ich bin diesen ganzen Stammesquatsch leid«, murmelte der Polizist. »Kommen Sie zum Punkt.«

»Ich will damit sagen, dass Sie womöglich keine glaubwürdigen Zeuginnen und Zeugen haben«, erklärte Mattias. »Alle hier versuchen, die anderen aus dem Zentrum hinauswerfen zu lassen. Ich weiß mit Sicherheit, dass eine Gruppe von Ahmeds eigenen

Landsmännern schon vor Monaten nur zu gern gesehen hätte, dass er sich umbringt.«

Der Polizist sprang von seinem Stuhl auf und reichte so fast bis zum Türrahmen. »Das hier führt nirgendwo hin«, verkündete er, ehe er Suleiman mitteilte, dieser solle Muna warnen, wenn sie nicht bis zum Ende des Tages herausgäbe, was sie versteckte, dann würde sie in den nächsten Flieger zurück nach Mogadischu gesteckt. Damit stürmte er aus dem Zimmer.

Muna verzog den Mund angesichts seiner leeren Drohung. Er wusste nichts über Asyl oder darüber, wie sein eigenes System funktionierte. Suleiman stand ebenfalls auf, um seinem Chef nach draußen zu folgen.

»*Macasalaamo*«, sagte er sanft zu Muna. *Auf Wiedersehen.* Sein Blick verharrte noch eine Extrasekunde auf ihrem ovalen Gesicht, ehe er seine schwarze Mappe vom Tisch nahm, Mattias zunickte und hinausging.

Mattias sah ihm hinterher und wandte sich dann an Muna, die noch immer dasaß und ihn anstarrte. Er musterte die Achtzehnjährige stumm.

»War Ahmed dein Freund?«

»*Nej!*«, kreischte Muna auf Schwedisch. Sie schien Mattias überrascht zu haben, denn seine Schultern zuckten bei ihrem Schrei, und er rückte seine Brille zurecht. »*Nej!* Ahmed ist tot! Lasst ihn in Frieden ruhen!«

»Ich wollte dich nicht verletzen, aber die Polizei möchte auch, dass er in Frieden ruht. Sie möchte, dass wir alle in Frieden leben. Sie möchte erfahren, ob Ahmed, du weißt schon, radikale Gedanken oder Tendenzen hatte.«

»Ahmed war kein Terrorist!«

»Das behaupte ich auch nicht. Aber er befand sich im Hungerstreik. Er hatte sich seit Monaten nicht mehr rasiert, und ...«

»Was wollen Sie damit sagen?«

»Ich weiß es nicht, Muna. Du kanntest Ahmed besser als irgendjemand sonst hier. Hatte er andere Freundinnen und Freunde, von denen wir wissen sollten?«, fragte Mattias. Er leitete das Zentrum, war dafür verantwortlich, die Aufgaben auf die Geflüchteten zu verteilen, und Muna wusste, dass er gesehen hatte, wie häufig sie und Ahmed auf seiner Veranda Zeit miteinander verbracht hatten. »Ahmed, der Gärtner«, hatte Mattias ihn oftmals zärtlich genannt. Ahmeds Rosen waren mittlerweile erblüht.

Muna sah ihn wütend an und biss sich in die Wangen, um ihre Tränen zurückzuhalten. Sie würde nicht vor ihm weinen.

»Bitte hilf uns, ihm dabei zu helfen, in Frieden zu ruhen«, fuhr Mattias fort und trat näher an sie heran. »Sei vernünftig, Muna. Wenn du lügst, wirst du eine Menge Ärger bekommen.«

Sie sprang auf, um Ahmed zu verteidigen. »Lassen Sie mich in Ruhe, und lassen Sie Ahmed in Ruhe!«, heulte sie, ehe sie mit dem sich hinter ihr bauschenden Umhang aus Mattias' Büro stürmte. Sie rannte den Flur hinunter und auf den Hof hinaus, wo nun Ahmeds Blumen sprossen.

Die Polizistinnen und Polizisten kehrten tröpfchenweise von ihren verschiedenen Aufgaben rund um das Grundstück zurück, richteten ihre Kappen und stiegen in weiße Transporter, auf die gelbe und blaue Farbblöcke gemalt waren. Sie würden an einem anderen Tag mit ihrer Suche fortfahren.

Als Muna in ihr Zimmer kam, saß Fatimah aus Eritrea auf dem Stockbett unter ihrem und stillte ihr Baby. Mutter und Sohn drehten sich in Munas Richtung, als diese die Tür so weit aufriss, dass sie gegen die Wand schlug. Munas Atem ging schwer. Fatimah beäugte sie, während Muna den Stoff zwischen ihren Oberschenkeln raffte, um auf ihr oberes Bett zu klettern.

»Muna …«, setzte Fatimah an, aber Muna wollte nichts hören.

»Hast du es ihnen gesagt?«, fuhr sie ihre Zimmernachbarin an. Das Baby schien sich dadurch nicht zu erschrecken und saugte nur noch fester an der überdehnten Brustwarze seiner Mutter.

»Warum schreist du?«

»Du hast neben mir gesessen.«

»Alle waren da. Alle haben gesehen, wie dieser Verrückte dir eine Tasche gegeben hat. Beschuldige nicht mich!« Fatimah schnalzte verärgert mit der Zunge und rückte den Jungen zurecht, der weiter gierig trank. Munas Nasenflügel blähten sich.

»Wenn du ihnen von Ahmeds Tasche erzählt hast, möge Allah dich bestrafen!«, spuckte Muna aus, ohne auf Fatimahs Reaktion zu warten, ehe sie die Leiter zu ihrem Ersatzrückzugsort erklomm.

Der Baum am See, unter dem sie sich oft mit Ahmed getroffen hatte, war nun tabu, da sie am Abend zuvor, nachdem er sich umgebracht hatte, seine Erinnerungen dort vergraben hatte, um sie ebenfalls im Schutz der Dunkelheit wieder herauszuholen, sobald sie Solsidan endgültig verließe.

Seit der Eröffnung des Zentrums hatte Solsidan jedes Vierteljahr neue Ladungen Asylsuchende empfangen und sie dort festgehalten, während das Migrationsverket entschied, ob sie einen Zentimeter nach vorn rücken durften oder einen dreifachen Satz zurück machen mussten. Als Muna Mattias nach ihrem Wohltäter gefragt hatte, hatte er ihr gesagt, es sei ein reicher Mann namens Johan von Lundin, der anonym bleiben wollte. Herr von Lundin hatte das Zentrum in den fünf Jahren seines Betriebs nur einmal selbst besucht. Und zwar an Solsidans Eröffnungstag, als er das blau-gelbe Band, das an Schwedens Flagge erinnerte, durchschnitt, um sie alle willkommen zu heißen. Nach jenem glorreichen Tag war er nie wieder aufgetaucht, aber das Zentrum erhielt seine monatlichen Zuwendungen von seiner Assistentin.

Nun hatte Muna noch vor Ahmeds Tod eine Aufenthaltsgenehmigung bekommen und sollte aus Solsidan in eine temporäre

Unterkunft in Tensta ziehen, ein Vorort im Nordwesten von Stockholms Innenstadt. Als sie das letzte Mal mit ihrem Sachbearbeiter beim Migrationsverket gesprochen hatte – Herr Björn, wie sie ihn bei seinem Vornamen nannte –, hatte dieser ihr die Nachricht persönlich überbracht. Sie würde in einer Wohnung mit zwei anderen Somalierinnen untergebracht, die aus anderen Zentren kamen – eins in Dalarna und das andere südlich von Stockholm.

Sie wusste nicht, wie alt die beiden anderen Somalierinnen waren, aber wenn Herr Björn ihnen eine Unterkunft als Munas Mitbewohnerinnen vermittelt hatte, dann waren sie womöglich jung und ebenfalls allein gekommen. An diesem Gedanken hielt Muna sich fest wie an einem Rettungsanker. Es bedeutete, dass sie sich darauf freuen konnte, bald nicht mehr ganz so fest in der Isolation zu stecken.

Als Herr Björn ihr vor ein paar Wochen Asyl gewährte, hatten sie in einem kahlen Besprechungszimmer gesessen, in dem die gedämpften Stimmen von draußen das einzige Geräusch waren, neben dem gelegentlichen Umblättern von Papier, während er die Dokumente vor sich studierte. Muna saß mit gefalteten, in dem Tal aus Stoff zwischen ihren Oberschenkeln ruhenden Händen da und wartete darauf, dass Herr Björn etwas sagte. Mattias musste nicht länger als ihr Vormund anwesend sein. Sie war nun achtzehn.

»Herzlichen Glückwunsch – du kannst für immer hierbleiben«, sagte Herr Björn in einem Tonfall, in dem schon seit Jahrzehnten keinerlei Ausdruck lag. Die großväterliche Erscheinung mit dem schütteren Haar und einem Schnurrbart, den zurechtzustutzen er sich nie die Mühe machte, hatte sie nicht angeblickt, als er zu ihr sprach. Muna war stumm geblieben und hatte darauf gewartet, dass er in seinem schleppenden Tonfall weiterredete.

Er blickte von dem kleinen Besprechungszimmertisch mit seiner Aktenmappe voller Papiere auf. »Wenn du ein böses

Mädchen bist«, sagte er, »können wir es wieder zurücknehmen. *Fattar du?*« Er schob Muna ihr Zertifikat zum Nachweis ihrer Aufenthaltsgenehmigung hin. Muna nickte.

»Wenn du dich gut benimmst, kannst du in fünf Jahren die Staatsbürgerschaft bekommen«, fuhr er fort. Dann betonte er die geringe Wahrscheinlichkeit, dass Muna jemals vollkommen schwedisch werden würde, da sie aus einer »starken« Kultur käme, die nicht so leicht abzuschütteln sei. Das teilte er ihr unumwunden mit.

»Gut«, schloss er, klappte seine Mappe zu und rappelte sich auf. Er schob sich die Mappe unter die linke Achsel und ließ die rechte Hand nach oben schnellen, um Muna wie ein Zauberer zum Aufstehen zu bringen. Dann führte er sie den grau getünchten Korridor entlang in ein offenes Vorzimmer, in dem Menschen unterschiedlicher Hautschattierungen, darunter auch ein paar Weiße russischer oder polnischer Abstammung, tiefer gerutscht auf ihren Stühlen saßen und darauf warteten, dass ihre Nummern aufgerufen wurden.

Herr Björn hatte ihr alles Gute gewünscht.

Vier

Kẹmi

Ende Mai rückte näher, und bald war ihr letzter Freitag bei Andersen gekommen. Kemi saß am Rand des Gemeinschaftstisches im Büro, wie in einer Blase, umschwirrt von den Stimmen ihrer Kolleginnen und Kollegen, die sie kaum erreichten. Gedämpftes stürmisches Gelächter über einen vorgetragenen Scherz. Zustimmendes Brummen und Zeitlupennicken über eine geteilte Anekdote. Alle kamen zu demselben Schluss: Sie würden Kemi schrecklich vermissen. »Unersetzbar« war das Wort, das ihre Assistentin Nicole gebrauchte. Connor lehnte mit verschränkten Armen an der gegenüberliegenden Wand und beobachtete sie mit einem Blick, der von einer Traurigkeit überschattet war, die Kemi noch nie zuvor bei ihm gesehen hatte.

Der letzte Monat war in einem Wirrwarr aus Übergaben, Projektabschlüssen und dem Erledigen von Liegengebliebenem verflogen. Am Abend zuvor war die letzte von Kemis Kisten zu ihr nach Hause geliefert worden, also erwarteten sie im Büro ein leerer Schreibtisch und ein Arbeitstag, der vor allem dem Abschiednehmen gewidmet war.

Sie alle würden Kemi vermissen, aber Connor … Er würde ihr hinterhertrauern, das wusste sie.

Er hatte es nie rechtzeitig für seinen Mitternachtssnack an den Kühlschrank geschafft. Ihr Weggang bedeutete für ihn eine unerledigte Aufgabe. Das verriet ihr seine Miene auf der anderen Seite des Raumes, und anstelle der erwarteten Erleichterung stieg in ihr etwas Vertrautes auf, das sich wie Mitleid anfühlte.

Sie bahnte sich einen Weg durch die Schlange, die auf eine Abschiedsumarmung wartete, und ging in einem letzten Akt des Nachgebens auf ihn zu. Als sie ihn erreicht hatte, ließ er resigniert die Arme sinken. Er berührte sie nicht.

Connor gab lediglich ein leises, verlorenes Seufzen von sich und wünschte ihr alles Gute.

Dann drehte er sich um und ging.

Am selben Abend beobachtete sie schweigend, wie Andre – der Elektriker von ihrer Dating-App – in einem ihrer Lieblingsrestaurants in Arlington, am Rand von Washington, DC, Jasminreis in sich hineinschaufelte. Sie waren nicht offiziell zusammen, aber in den letzten Wochen hatten sie gelegentlich verschiedene Thai-Restaurants in der Stadt ausprobiert. Er hatte ihr Fitnesstipps gegeben, wie sie am besten ihren Körper straffen konnte, ohne ihre Kurven zu verlieren. Sie hatte ihm im Gegenzug das Bett gewärmt und schließlich eine Münze auf seinem Waschbrettbauch springen lassen.

Andre hörte auf zu kauen. »Harter Tag auf der Arbeit, hm?«, fragte er und griff nach seinem Glas Singha-Bier.

»Nichts Wichtiges, mach dir keine Gedanken.« Sie zuckte mit den Achseln.

»Ich wünschte, das könnte ich, aber ich bin kein Roboter«, erwiderte Andre.

Sie wusste nicht, wie sie seine Worte verstehen sollte. Gab er gerade zu, dass er Gefühle für sie entwickelt hatte?

»Ich … ich weiß nicht, was ich sagen soll.«

»Du brauchst gar nichts sagen. Hör zu, ich weiß, dass ich nicht für dich sorgen kann, wie du es verdient hast, also bin ich glücklich mit dem, was du mir bislang gegeben hast.«

»Rede nicht so. Natürlich kannst du für mich sorgen. Im Leben geht es nicht nur um Geld«, gab Kemi zurück. »Außerdem verdienen Elektriker gar nicht so schlecht.«

»Glaubst du wirklich, es wäre dir egal, dass du mich nur als Elektriker und nicht als Elektroingenieur vorstellen kannst?«, fragte er mit einem herausfordernden Grinsen. Sie blieb stumm.

»Du bist ehrgeizig und ambitioniert«, fügte er hinzu. »Du bist leidenschaftlich und eine Kanone im Bett. Du verdienst mehr, als ich dir geben kann.«

»Was soll das, Andre?«

»Ich mag dich. Wirklich. Aber ich weiß, dass ich dich nie zufriedenstellen könnte, weil diese Schuhe zu groß für mich sind. Du siehst dich ständig um, als könntest du etwas oder jemand Besseres verpassen.«

Kemi traute ihren Ohren nicht.

»Soll das ein Scherz sein?«

»Ich meine, wir sind ja nicht fest zusammen, oder so. Du bist nicht meine Freundin.«

Die Demütigung zog Kemi die Augenlider nach unten wie Jalousien. Andre machte Schluss mit ihr, obwohl er Sex ohne Bedingungen bekam. Nicht einmal das war genug, um ihn zu halten, und ihr Ego zersprang in eine Million Stücke, die sich über ihren Tellern mit scharfem Chili-Basilikum-Schweinefleisch verstreuten. Als Kemi die Augen wieder aufschlug, blickte sie in sein in Erwartung einer Gegenreaktion verzogenes Gesicht.

»Du beendest das hier, weil du mich magst«, stellte Kemi fest.

»Ja.«

In letzter Zeit zeigten die Leute Kemi ihre Zuneigung, indem sie sich wie Arschlöcher verhielten. Zizi mit ihrem Desinteresse, Connor mit seiner Distanziertheit und nun Andre mit seinen Unsicherheiten. Schweden war die richtige Entscheidung, und Kemi konnte es nicht erwarten, am Samstagabend für ihren Blitzvorstellungsbesuch ins Flugzeug zu steigen.

Ihr Abschiedssex in jener Nacht war nüchtern und komatös. Die Kanone, wie Andre sie häufig genannt hatte, war rasch entladen.

Brittany-Rae

Eine Woche nach dem protzigen Strauß wurde ein weiterer geliefert. Brittany erklärte den zweiten Strauß Jamal gegenüber damit, dass Jonny besessen von ihr sei.

Dann drei Wochen Funkstille von Jonny, bis ein Dutzend hellrosa Rosen in ihr Reihenhaus geliefert wurde, gemeinsam mit einer Karte, auf der stand: *»Ich komme dich besuchen. Jonny.«* Damit war Jamals Belastungsgrenze erreicht.

An jenem Abend saß Brittany neben zusammengeknüllten feuchten Taschentüchern auf ihrer Bettkante. Wieder und wieder hatte sie sich die Nase geputzt und die Tränen abgewischt, während Jamal Kleidungsstücke von Bügeln zog und in zwei große Koffer warf, die er auf den Fußboden geschleudert hatte.

Wann immer sie seinen Namen ausrufen wollte, wurde sie mit einer vor ihrem Gesicht erhobenen Hand zum Schweigen gebracht. Stopp, sagte seine Hand. Lass es einfach.

»Das ist zu viel«, murmelte Jamal vor sich hin, während er zwischen Schrank und Koffer hin- und herging.

»Jamal«, rief sie.

»Diese Visitenkarte, die du nicht wegwerfen konntest, hm?«

Er blieb vor ihr stehen.

»Ich kenne ihn nicht.«

»Ich habe den Scheißkerl gegoogelt.« Jamal holte tief Luft. »Er sammelt Schwarze Frauen wie Trophäen. Wusstest du das? Hm, Brit?«

»Ich schwöre es«, rief sie. »Ich kenne ihn nicht auf diese Weise.«

»Wieso schickt er dir dann die ganze Zeit gottverdammte Blumen? Wofür zum Teufel entschuldigt er sich?«

»Dafür, dass er sich wie ein Arschloch verhalten hat!«, wollte Brittany schreien, aber sie konnte es Jamal nicht sagen. Sie hatte jenem Abendessen zugestimmt. Sie hatte ihren Teil zu der Entgleisung ihrer Beziehung beigetragen, und sie konnte niemand anderem die Schuld dafür geben. Jamal hatte nichts von alledem verdient.

»Es tut mir so leid.«

»Wieso er?«

»Was?«

»Wieso er, hm?« Jamal stampfte wütend um das Bett herum und baute sich vor ihr auf.

»Baby, sei nicht so«, weinte sie, aber er unterbrach sie.

»Ist es, weil er weiß ist?«

»Was?«

»Damit er dich beschützen kann?«, fuhr er fort. »Kann er dir Türen öffnen, die mir verschlossen sind?«

Die Wucht von Jamals Worten brachte Brittany augenblicklich auf die Füße, und sie streckte die Hand nach ihm aus, aber er packte sie an den Handgelenken, um sie zurückzuhalten.

»Brittany«, setzte er an, und seine Stimme begann zu brechen. »Ich verdiene die Wahrheit.«

»Ich schwöre dir. Ich kenne diesen Mann nicht. Er bedeutet mir nichts.«

»Wieso hast du seine Karte behalten?«

»Weil ich neugierig war, Baby. Das ist alles.«

»Weshalb warst du neugierig?«

Brittany fand keine Worte, also ließ Jamal ihre Handgelenke los, und ihr traten erneut Tränen in die Augen.

»Bitte, Baby. Lass uns darüber reden. Wir können das durchstehen.«

»Wir haben nichts, wenn ich dir nicht vertrauen kann«, sagte er, ehe er mit Packen fortfuhr. Das Schrillen der Türklingel unterbrach ihren Streit, und Jamal drehte sich zu ihr um.

»Ich schwöre dir, wenn dieser Wichser vor der Tür steht, bringe ich ihn um«, sagte er beängstigend ruhig.

Brittany atmete tief durch. Das würde Jonny nicht wagen. Er hatte bereits aus der Ferne ihr Leben auf den Kopf gestellt. Als Jamal mit großen Schritten auf ihre Haustür zuging, schnappte Brittany sich hastig ihren Bademantel, zog ihn über ihr lila Nachthemd und eilte ihm hinterher.

Jamal schaute durch den Türspion, ließ den Kopf sinken und starrte ein paar Sekunden auf den Fußboden, ehe er sich wieder ihr zuwandte.

Brittany wusste es.

Er öffnete die Tür, vor der Jonny in einem weißen Polohemd über hautengen Jeans auf ihrer Treppe stand, in der linken Hand eine einzelne Sonnenblume. Jamal atmete durch geblähte Nasenflügel aus. Der Anblick musste unerträglich für ihn sein. Ein fremder weißer Mann stand ruhig vor seiner Tür und starrte ihn an, ohne zu blinzeln.

Jonnys Blick wanderte hinüber, um Brittany zu liebkosen, die sich nun neben ihren Freund gestellt hatte. Auf diese Provokation hin machte Jamal einen Schritt nach vorn und verpasste Jonny einen Kopfstoß. Jonny flog rückwärts die Stufen hinunter und verlor das Bewusstsein, als er auf dem Asphalt aufschlug.

Brittany schrie und eilte hinunter, um ihm zu helfen. Sie suchte nach seinem Puls. Jonny war schlaff, Blut strömte aus seinem linken Nasenloch und aus einer Platzwunde an der Stirn. Sie zog ihm das Polohemd übers Gesicht und benutzte den Stoff, um damit die Blutungen zu stillen, während Jamal zusah.

Dass seine Freundin zu diesem Fremden geeilt war, statt wegen dessen Stalking die Polizei zu rufen, bestätigte wohl Jamals schlimmsten Befürchtungen. Sie musste eine Affäre mit ihm haben. Jamal verschwand im Haus, um seine Koffer zu holen, während Brittany in ihrem Bademantel draußen blieb, die Arme unter Jonnys Achselhöhlen schob und ihn die Treppe hinauf ins Haus schleifte.

Bis sie den bewusstlosen Mann auf ihr Sofa gehievt hatte, war Jamal mit zwei Koffern in den Händen auf dem Weg zur Tür. Die Laptoptasche hatte er sich um die Brust gehängt. Er drehte sich nicht um, um sie anzuschauen oder sich zu verabschieden. Er ging einfach und knallte die Tür hinter sich zu. Brittany schluchzte weiter, während sie neben dem bewusstlosen, langsam atmenden Fremden saß.

Dann rief sie ihre beste Freundin Tanesha in Atlanta an. Tanesha hörte ihr schweigend zu, während Brittany alles loswurde. Die Begegnung. Das Date. Die Blumen. Die Trennung. Den Kopfstoß.

»Hör zu, Liebes«, erwiderte Tanesha. »Ich will doch wohl hoffen, dass ich gleich Sirenen höre!« Brittany hatte die Polizei nicht gerufen, und Jamals Worte waren ihr wieder in den Sinn gekommen. *»Ist es, weil er weiß ist?«*

Tanesha versuchte, sie übers Telefon zu trösten. »Nein, er ist der Irre. Nein, du bist keine Rassistin. Nein, Jamal hasst dich nicht. Klingt, als würdest du Jonny wollen. Warte, woher ist Jonny noch gleich? Nein, du bist nicht verrückt. Ja, jag ihn hinaus mit deinem … Was hast du noch gleich in der Hand?!«

Brittany hatte einmal aus Notwehr einen Mann angegriffen. Samuel Beaufount hatte sie in seiner riesigen Villa in Atlanta in eine Ecke gedrängt und sich auf sie gestürzt.

»Ich habe ein Geschenk für dich.« Beaufount hatte gelächelt, ehe er ihr ein Zeichen gab, ihm zu jenem legendären Kleiderschrank mit den Meisterwerken zu folgen, an denen er noch arbeitete. Einmal drinnen, zog er ein durchsichtiges Kleid von einem Bügel, hielt es mit den Fingerspitzen und ließ es vor Brittany tanzen. »Na los. Ich möchte sehen, wie es sitzt.«

Sie begutachtete das extravagante Outfit, das nichts bedecken würde, und schüttelte den Kopf. »Das kann ich nicht anziehen, Samuel«, sagte sie.

»Ich überlege, in die Damenmode einzusteigen, und möchte dich als meine Muse haben.« Er lächelte sie an. »Ich möchte es auf deinem Körper drapiert sehen.« Sein Blick folgte seinen Worten ihren Körper entlang. Sie nickte schüchtern und zog sich ihr Kleid über den Kopf, sodass sie in BH und Höschen vor ihm stand. Als sie die Hand nach dem hauchdünnen Kleid ausstreckte, stürzte er sich auf sie, umfasste ihren Hals und presste seine Lippen fest auf ihre, während er sie zu Boden drückte.

Mehrere Minuten lang, in denen sie mit einer Hand versuchte, Beaufounts Würgegriff zu lösen, tastete Brittany mit der anderen Hand verzweifelt nach einer behelfsmäßigen Waffe. Seine Kraft überwältigte sie, sein Gewicht lag schmerzhaft auf ihr, und sein Atem schlug ihr heiß ins Gesicht, während er sie würgte. Brittanys suchende Hand fand einen Kleiderbügel, der knapp in ihrer Reichweite lag. Ihre Finger versuchten angestrengt, ihn zu ergreifen, wozu die zarten Glieder sich, so weit es ging, ausstreckten. Als sie ihn endlich hatte, fuhr sie mit dem scharfen Metallhaken so fest sie konnte über Beaufounts Gesicht. Er knurrte, ließ Brittany frei, und sie flüchtete, ohne einen Blick zurück zu wagen oder ihre Kleider einzusammeln.

Wegen der Narbe, die dadurch entstanden war, veröffentlichte das Team des großartigen Designers eine Pressemitteilung, in der der Angriff einem durchgedrehten Fan zugeschoben wurde.

In der darauffolgenden Woche hatte Brittany sich für die Ausbildung zur Flugbegleiterin angemeldet.

Sie konnte nicht fassen, dass Jonny getrieben von seiner Wahnvorstellung in ihr Leben rauschte, es zerstörte und das Ganze irgendwie noch zu rechtfertigen vermochte. Sie war ihm ganze drei Mal begegnet, und alle Begegnungen waren kurz gewesen.

Sie sah zu, wie Jonny auf dem Sofa, auf das sie ihn gehievt hatte, langsam wieder zu Bewusstsein kam. Er versuchte, sich aufzurichten, blickte dann jedoch hinunter auf seine nackte Brust. Sie hatte ihm das blutige Hemd ausgezogen, das nun im Waschbecken einweichte.

Als er sich aufrechter hinsetzen wollte, schaltete sie die Lampe neben sich an. Er wandte sich rasch zu ihr um.

»Es tut mir leid.« Er verzog das Gesicht vor Schmerz. Irgendetwas kam Brittany nicht ganz richtig vor, und ihr wurde bewusst, dass er wahrscheinlich einen Arzt brauchte.

»Es tut dir *leid*? Wieso hast du mich zu Hause aufgesucht?«

»Ich musste dich sehen. Ich … ich kann nicht aufhören, an dich zu denken.«

»Soll ich mich jetzt geschmeichelt fühlen? Du stalkst mich! Du hast mir ungebeten Blumen geschickt, und dann bist du respektlos vor unserem Haus aufgetaucht … vor dem Haus meines Freundes …« Ihre Lippen begannen zu beben. Vor Frustration knurrend sprang sie auf und stürmte auf ihn zu.

Innerhalb weniger Wochen hatte Jonny alles zerstört, was sie sich über Jahre aufgebaut hatte. Nun starrte er sie an wie ein verwirrter Welpe, der nicht wusste, was er falsch gemacht hatte, während sie einen Kleiderbügel dicht vor sein Gesicht hielt.

»Es tut mir so leid.« Er hob abwehrend die Hände und verzog erneut das Gesicht. »Ich schwöre, ich wollte dir keinen Kummer bereiten.«

»Hör auf zu reden!«, rief sie.

Er griff nach ihrer Hand, in der sie den Kleiderbügel hielt, und strich ihr langsam mit der Handfläche den Arm hinauf bis zum Ellbogen. Dann folgte sein Blick der erforschenden Hand, die ihren Arm hinauf und hinunter strich, hypnotisiert von der wiederholten Bewegung.

Brittany war schockiert. Hatte sie einen Psychopathen angezogen?

Sie befreite sich aus seinem Griff und gab ihm eine Ohrfeige. Er empfing den Schlag, und seine Pupillen weiteten sich im schwachen Licht. Sie wollte ihn erneut schlagen, aber er hielt ihr Handgelenk fest, stand auf und zog Brittany an seine nackte Brust.

Er schien dem Rhythmus ihres schweren Atems zu folgen. Indem er im selben Tempo atmete, beruhigte er unbeabsichtigt ihr heftig pochendes Herz und holte sie so weit herunter, bis ihre Wut verpuffte. Er hielt sie zwar noch immer am Handgelenk fest, versuchte jedoch nicht, ihr den Kleiderbügel abzunehmen. Stattdessen fuhr er mit den Fingern seiner anderen Hand ihren Hals entlang und konzentrierte sich dabei ganz auf die Bewegungen seiner Finger.

Brittany wandte sich ab und erwartete halb, dass seine Lippen die sengende Spur kühlten, die seine Finger auf ihrem Hals hinterließen. Als sie die Feuchtigkeit seines Mundes jedoch nicht spürte, drehte sie sich wieder um, und sah, wie er sie intensiv in sich einsog mit einem Blick, der sie zutiefst erschütterte. Und als der Kuss kam, war es kein unerträglicher Besitzanspruch, sondern eher ein langsamer Druck, der ihre Lippen öffnete. Während er den Kuss vertiefte, drehte er sie langsam um, sodass sie nun vor dem Sofa stand. Er ließ ihren Unterarm frei, umfasste mit beiden Händen ihr Gesicht und nahm ihren Mund völlig mit seinem ein.

Mit dem Kleiderbügel noch immer in der Hand berührte sie ihn, um seinen nackten Rücken zu spüren, spreizte die Finger über den Muskeln, die am Werk waren, während er sie mit neuem Eifer küsste. Sie konnte es noch immer tun. Mit dem Haken über seine nackte Haut ziehen und ihm so klarmachen, dass er nicht jedes Mal seinen Willen bekam. Aber sie ließ sich den Bügel von Jonny aus der Hand nehmen.

Ihre Kapitulation war anscheinend der Adrenalinschub, den er brauchte, um vollkommen von ihr Besitz zu ergreifen. Sie keuchte angesichts seiner entbrannten Leidenschaft und öffnete die Lippen. Er beanspruchte sie erneut. Seine Hände wanderten nach unten, um sich fest um Brittanys Taille zu schlingen, und drückten sie sanft auf das Sofa. Er löste ihren Kuss und fiel vor ihr auf die Knie.

Jonny kam nicht zu ihr auf das Sofa. Stattdessen fing er ihren Blick mit seinen dunklen, forschenden Augen ein und schob langsam ihre Beine auseinander, ehe er hinabtauchte.

Muna

Als Muna Solsidan in einem Minibus mit neun weiteren Geflüchteten, denen ebenfalls eine Aufenthaltsgenehmigung erteilt worden war, verließ, gab es kein großes Trara. Jene, die gingen, umarmten zum Abschied die Bewohnerinnen und Bewohner, die ihnen wichtig waren.

Mattias blieb am Eingang stehen, während sie sich selbst und ihre spärlichen Besitztümer in den Bus luden, den die von ihm so bezeichneten »strategischen Heiligen« der Gemeinde kostenlos organisiert hatten.

Muna war mit einem kleinen, leichten Beutel angekommen, verließ das Zentrum nun aber mit einer bescheidenen Reisetasche gefüllt mit Secondhandkleidung, einem Wintermantel, ein paar Toilettenartikeln und weiterem Kleinkram, den sie im Laufe der Zeit gehortet hatte. Ihr gebrauchtes Smartphone steckte in einer Jackentasche. Ahmeds Beutel hatte sie an einem Gürtel unter ihrer Kleidung festgebunden.

Der rotgesichtige Polizist hatte aufgehört, sie deswegen zu bedrängen. Es sei ihm nun egal, hatte er gesagt. Sie hätten Wichtigeres zu tun. Ihr »Freund« sei anscheinend unbeliebt gewesen, hatte der Polizist ruhig betont. Seine Augen erledigten das Schreien für ihn, und Muna fürchtete die Gedanken, die es sich im Herzen dieses Mannes bequem gemacht hatten.

»Muna Saheed.« Mattias begegnete ihr mit einem Lächeln, als sie an der Reihe war, sich zu verabschieden. »Vergiss uns nicht, wenn du *Statsminister* wirst.« *Ministerpräsidentin.* Er umarmte sie, klopfte ihr dreimal leicht auf den Rücken und flüsterte ihr zu, dass sie im Leben bestimmt noch viel erreichen werde.

Denn sie sei *duktig*. Tüchtig.

Während der Minibus Solsidans Auffahrt hinunterbrauste, ehe er auf die ebenmäßigeren, einspurigen Hinterlandstraßen einbog, drehte Muna sich nicht um. Ein letzter verklärender Blick aus Dankbarkeit war nicht nötig. Ebenso wenig, das ausgedehnte Anwesen zu bewundern, das sie zwei Jahre lang mitten im Nirgendwo versteckt gehalten hatte. Sie wollte nicht die Türme der Kirche sehen, die in einen Speisesaal für Musliminnen und Muslime umgebaut worden war. Sie wollte nicht Mattias dort stehen sehen, der ihnen hinterherschaute und jenen zuwinkte, die sich wild winkend zu ihm umgedreht hatten.

Sie war nicht undankbar. Sie konnte es schlicht nicht rechtfertigen, sich wehmütig nach einem Ort umzublicken, der ihr Herz gefordert hatte als Buße dafür, dass sie einfach nur da war. Sie, Ahmed und fünfzig andere hatten am Abend ihrer Ankunft

Schwedens bescheidene Bevölkerung von etwa zehn Millionen um zweiundfünfzig weitere Menschen erhöht – nun ja, einundfünfzig, da Ahmed mittlerweile tot war. Tief in ihrem Herzen wusste Muna, dass Schweden ihr niemals vergeben würde, dass sie hergekommen war.

Immerhin bist du am Leben, schienen jene alten Wände Muna zu tadeln. Während der langen, tiefen Winter, den Anfällen von Einsamkeit und jener Art von Langeweile, aus der Wahnsinn erwuchs. *Du borde vara tacksam. Du solltest dankbar sein.* So lautete das Mantra der schwedischen Gesellschaft für Menschen wie sie. Denn nur undankbare Personen gingen in Flammen auf und verbrannten sich selbst bei lebendigem Leib.

Dreieinhalb Stunden später, nach mäßigem Verkehr auf der Schnellstraße E4, setzte der Minibus die Gruppe vor Stockholms Hauptbahnhof ab. Versionen von »*Tack!*« – *Danke!* – mit unterschiedlichen Akzenten kamen von den Sitzen. »*Det var så lite.*« *Gern geschehen.* Die ersten Worte des Fahrers, seit er sie in Solsidan abgeholt hatte. Er stieg aus dem Transporter und öffnete die Türen des Kofferraums, damit sie ihre Taschen herausholen konnten.

Muna konnte die Male, die sie in der attraktiven Hauptstadt gewesen war, an einer Hand abzählen. Solsidan war einfach zu weit entfernt, um locker per Anhalter nach Stockholm zu fahren. Die meisten Ausflüge hatte sie für Termine beim Migrationsverket mit einer von der Behörde ihrer örtlichen Gemeinde bereitgestellten Rechtsberaterin unternommen.

Frisch gebackene Einwohnerinnen und Einwohner Schwedens, direkt aus Solsidans Schatzkammer, spazierten nun gemeinsam in den Bahnhof, wo sie sich unter die leise umherschwirrende Menschenmenge mischten. Sie liefen hinunter zur Untergrundbahn – *Tunnelbanan.* Sie umarmten sich noch einmal, versprachen einander, in Kontakt zu bleiben, ehe sie sich in unterschiedliche Richtungen zerstreuten und ihre Versprechen noch am Bahnhof zurückließen. Die Tentakel von Stockholms U-Bahnen brachten sie fort in neue Leben, die an den verschiedenen Rändern der Stadt vergraben lagen.

Muna war nun allein. Sie bewegte sich mit trägen Schritten, von denen jeder versuchte, ihr Hoffnung zu geben in einer Welt, die ihr rasch immer sinnloser erschien. In einem letzten Akt der Fürsorge leitete Mattias sie noch einmal, mit den schwedischen Worten, die er auf ein gelbes Post-it gekritzelt hatte.

Nimm die blaue Linie in Richtung Hjulsta. Steig bei der Station Tensta aus und warte draußen.

Direkt vor der U-Bahnstation Tensta sollte Muna eine »Gunhild« treffen, eine Verwaltungsbeamtin aus der Kommune Spånga-Tensta. Sie würde von nun an Munas Ansprechpartnerin sein.

Sie saß still in der schaukelnden und ruckelnden Bahn, die sie fort von Stockholms schlagendem Herz zu den ruhenden Zehen der Stadt führte. Die Station Tensta empfing sie mit gewölbten Steinwänden voll farbenprächtiger Kunst. Stilisierte Blätter und Blumen, lebhafte Tiere, Symbole, die Einheit und Diversität feierten. Der Farbenreichtum faszinierte Muna, und sie wünschte, sie könnte etwas von jener Untergrundleuchtkraft in das Leben über der Erde mitnehmen.

Als Muna an die Oberfläche kam, musste sie nicht auf Gunhild warten. Wenn sie in ihren wenigen Jahren im Land eine Sache gelernt hatte, dann war es, wie viel Wert Schwedinnen und Schweden auf Pünktlichkeit legten.

Sobald sie aus der Tür trat, kam eine ältere Frau in ihren späten Fünfzigern oder frühen Sechzigern auf Muna zu. Ihr ergrautes blondes Haar war zu einem Bob geschnitten, und eine übergroße Brille mit dünnem Rahmen balancierte auf ihrer Nasenspitze. Sie war schlank, kein Gramm Fett zu viel, eine Figur, die allmorgendliche lange Spaziergänge nahelegte – oder Tage, die sie damit verbrachte, einen stetigen Strom von Immigrantinnen und Immigranten zu verschiedenen Wohnungen in ganz Tensta zu führen.

»Du musst Muna sein«, sagte Gunhild auf Schwedisch, und ihre freundlichen türkisfarbenen, von Falten und Krähenfüßen umspielten Augen glitzerten. »Willkommen zu Hause! Mattias hat dich perfekt beschrieben!« Sie streckte eine schmale Hand aus, die Muna vorsichtig ergriff, um nicht die fragilen Finger der Frau zu quetschen.

»Ich bin Gunhild von der Gemeinde, und ich werde dir deine neue Wohnung zeigen«, sagte sie, ehe sie sich stracks zum Gehen wandte. Muna folgte ihr. »Sie liegt ganz in der Nähe, und die anderen jungen Frauen, Khadiija und Yasmiin, warten bereits auf dich. Sie sind vor ein paar Tagen angekommen.« Muna konnte mit ihren forschen Schritten kaum mithalten.

»Mattias hat erwähnt, du seist *duktig* und dein Schwedisch sei gut.« Muna nickte stumm. »Du musst keine Angst haben, Muna. Ich helfe dir, dich einzuleben.«

Die Wohnung lag vier lange Straßen entfernt. Sie war eine von Hunderten Wohnungen desselben Zuschnitts, verteilt auf eine Gruppe identischer vierstöckiger Gebäude, die an Honigwaben erinnerten. Statt des glitzernden Goldtons von Honig waren diese Gebäude jedoch in bescheidenen Grautönen und beigefarbenem Backstein gehalten, um sich in ihre Umgebung einzufügen.

Gunhild entschied sich für die Treppen hinauf in den vierten Stock, wo Munas neue Wohnung mit Blick auf einen nahe gelegenen Park und eine bewaldete Gegend in eine Ecke gezwängt lag. Gunhild klopfte dreimal an die Tür, ehe sie nach ihrem Ersatzschlüssel, Munas neuem Schlüssel, kramte, um sie aufzuschließen.

»Hej, tjejer!« Hi, Mädchen!, rief Gunhild in die Wohnung, während sie beide aus ihren Schuhen schlüpften und diese an ihren Platz schoben. Muna und Gunhild bogen aus dem engen Flur in ein Wohnzimmer. Die beiden Frauen darin saßen auf einem rauchgrauen Stoffsofa und dem dazu passenden breiten Sessel und scrollten über Smartphone-Displays. Der kurze Blick durch

das spärlich möblierte Wohnzimmer ließ Muna hoffen, sie könnten diese leere Leinwand gemeinsam zu ihrer machen.

Khadiija und Yasmiin drehten sich um und nahmen ihre neue Mitbewohnerin lächelnd in Augenschein. Khadiija hatte unfassbar spitze Wangenknochen und trug einen pinkfarbenen Hijab, der bis über die Brust ihres langen Sommerkleides mit einem Blumenmuster in Fuchsia, Limettengrün und Buttergelb reichte. Yasmiins schulterlange Locken waren unbedeckt und umrahmten ihr apfelrundes Gesicht mit den rundlichen Wangen.

Beide standen auf, um Muna, die Jüngste von ihnen, in eine Dreierumarmung zu ziehen, während Gunhild zusah. »*Soo dhowow.*« *Willkommen.*

Aber sie traten nicht wieder auseinander. Nicht sofort, da sowohl Khadiija als auch Yasmiin Munas Zittern spürte, wie diese in ihren Armen bebte.

Dann kam das Schluchzen. Heftig. Die Augen fest zusammengekniffen, den Mund zu einer Grimasse verzogen, das Herz wild pochend. So, wie ein Kleinkind reagiert, wenn etwas Beängstigendes und Unerwartetes passiert.

Schweigend hielten sie Muna, die ihren Schmerz hinausschluchzte, ihre Verzweiflung fortweinte und langsam zuließ, dass die Isolation ihren Griff lockerte.

Fünf

Kẹmi

»Taiwo? Taiwo? Bist du da?«, krähte ihre Mutter *Iya ibẹji* durch das Telefon, das auf Kemis Mahagoni-Nachttisch stand.

Es war der letzte Samstag im Mai, und Kemi packte für ihren ersten Trip nach Stockholm, bei dem sie ihre zukünftigen Kolleginnen und Kollegen bei von Lundin kennenlernen und einen ersten Blick auf ihr neues Leben erhaschen sollte. Ingrid und Jonny hatten diese Einführung in Stockholm geplant.

»Taiwo?« Keine Antwort von Kemi. Ihre Mom weigerte sich noch immer, sie Kemi zu nennen.

»Okay *o*…«, fuhr sie fort. »Vielleicht stimmt irgendetwas mit deinem Telefon nicht. Ruf mich zurück *sha*.« *Klick*. Ihre Mutter legte auf.

Sieben Minuten. Sieben ganze Minuten hatte *Iya ibẹji* gebraucht, bis sie merkte, dass Kemi den Worten, die sie in rascher Abfolge abgefeuert hatte wie Gewehrkugeln, keine Aufmerksamkeit geschenkt hatte. Auslöser für dieses Sperrfeuer war Kemis Erwähnung ihres neuen Jobangebots und ihres bevorstehenden

Umzugs nach Europa gewesen. Kemi hatte Wochen gebraucht, um ihrer Mutter diese Information zu verraten.

Normalerweise wurde Kemi jedes Mal von Schuldgefühlen gepackt, wenn die Prepaidminuten ihrer Mutter dahinschwanden, die sie von Lagos aus über eins ihrer drei Mobiltelefone anrief, die jeweils an unterschiedliche Telefonanbieter gebunden waren. *Iya ibeji* benötigte eine Absicherung ihrer Absicherung, für den Fall, dass sie ihre Minuten mit leerem Gerede aufbrauchte.

»Schweden, *ke*?« Ihre Mutter hatte zu einer Tirade angesetzt. Schweden? Wer verschleppte sie dorthin? Wer zwang sie? Sie sollte aufpassen. Sie kannten dort niemanden *o*!

Kemis vierunddreißig Jahre auf der Erde waren nicht genug, um gesunden Menschenverstand zu garantieren. Es musste irgendeine finstere Macht geben, die außerhalb von Kemis Kontrolle lag und laut *Iya ibeji* ihre Tochter an jenen kalten Ort lockte, an den Menschen aus Afrika sich nicht freiwillig vorwagen sollten.

»Sind es dort nicht minus dreißig Grad? *God o*!«, hatte die Stimme ihrer Mutter halb weinend in das nach Zitrusfrüchten duftende Schlafzimmer Kemis gerufen, während diese weiter ihren kleinen Samsonite-Koffer packte.

Sie lief mehrmals zwischen ihrem begehbaren Kleiderschrank und dem marineblauen Koffer, der geöffnet auf ihrem Bett lag, hin und her. Ihre Auswahl auf sechs aussagekräftige Teile zu reduzieren, war eine Herausforderung gewesen. Zwei Blusen mit V-Ausschnitt, die ihren Brüsten schmeichelten. Zwei Wickelkleider, die ihre Kurven betonten. Eine maßgeschneiderte schwarze Hose, die ihren Hintern zur Geltung brachte. Ihre heiß geliebte indigoblaue Prada-Übergangsjacke. Ein blau-weiß gestreifter Blazer. Kleidungsstücke, von denen sie hoffte, sie würden Selbstbewusstsein und einen Hauch von Prestige vermitteln. Kemi packte sie dennoch mit Unbehagen ein, da »hauteng« stets in einem Widerspruch zu »elegant« zu stehen schien. Denselben

Kampf trug sie in ihrem Inneren aus. Würde sie jemals genug sein, ohne sich selbst hervorheben zu müssen?

Ihr kam auch die Möglichkeit potenzieller Verehrer in den Sinn, weshalb sie hinüber zu ihrer antiken Kommode eilte, eine Unterwäscheschublade aufzog und ihre Lieblingsteile hervorkramte. Immerhin könnte sie das Land in ihrer Dating-App in »Schweden« ändern, sobald sie gelandet war.

Während sie schwarze Spitzenunterwäsche in den überquellenden Koffer stopfte, klingelte ihr Telefon erneut und vibrierte auf dem Nachttisch. Sie kümmerte sich nicht darum. Sie wusste, dass ein rascher Blick »Mommy« erfassen würde. Es schrillte trotzig weiter, während sie den Koffer zudrückte. Das Telefon klingelte, bis es seine Stimme verlor. In Kemis Zimmer kehrte wieder Stille ein.

Sie trug ihren Koffer und ihre große Handtasche in das Wohnzimmer ihrer Eigentumswohnung im Penn Quarter. Unentschlossenheit hatte sie schlecht packen lassen, und nun musste sie einen Koffer aufgeben, anstatt, wie ursprünglich geplant, nur mit Handgepäck zu reisen.

Unentschlossenheit hatte sie auch geplagt, ehe sie zwei Jahre zuvor den ein Loch in den Geldbeutel reißenden Wohnungskauf tätigte. Kehinde hatte angesichts des Preises scharf ausgeatmet und dann hinzugefügt: »Wenn Gott will, dass du sie bekommst, dann gehört sie dir.« Ihre Mutter hatte auf die Nachricht hin am anderen Ende der Leitung getanzt und gesungen. *Geloooobt sei der Herr …* Kemi ging davon aus, dass ihre Mutter gedanklich eine Null des Preises unterschlagen hatte, was ihren Jubel erklären würde.

Zizi hatte sie angestachelt. »Kauf dir eine Wohnung, die deiner Karriere würdig ist«, hatte sie während eines ihrer Mittagessen gesagt. »Das hast du verdient. Oder wartest du darauf, dass irgendein Sugardaddy kommt und sie dir kauft?«

Zizi.

Kemi war überrascht, wie schnell ihre Freundin seit ihrem wortlosen Streit gedanklich aus ihrem Alltag verschwunden war. Jener leere emotionale Raum wurde nun langsam von der Überzeugung und dem nagenden Gefühl beherrscht, dass Zizi schon immer neidisch auf sie gewesen war. Immerhin arbeiteten sie beide in derselben Branche, und Kemi war zweimal hintereinander zur Marketing-Expertin des Jahres gewählt worden.

In Gedanken ging sie mehrere Gespräche durch, die die Freundinnen im Verlauf der Jahre geführt hatten. Zizis Ungeduld mit ihr, wann immer Kemi Hilfe dabei brauchte, eine wichtige Entscheidung zu treffen. Zizi, die ihr beistand, auf den Flügeln von Body Positivity herbeigeflogen kam, ehe sie wieder davonwirbelte und bei ihrem Abgang Sticheleien verstreute wie Konfetti.

Kemi erkannte es nun. Zizi würde sich niemals über ihre große Veränderung freuen. Denn sie bedeutete eine Rollenumkehr für Zizi. Dass Kemi entschieden hatte, auszubrechen, ihre Möglichkeiten über die Staaten hinaus auszuloten und sich noch nicht endgültig häuslich niederzulassen. Immerhin hatte sie Zizi immer als einen freien Vogel gesehen, der sich durch eine Heirat zu schnell die Flügel hatte stutzen lassen.

Ihr Telefon fing erneut an, zu vibrieren, und sie wollte es gerade stummschalten, als ihr einfiel, dass sie auf ihr Taxi zum Flughafen Dulles wartete.

Und tatsächlich begrüßte sie die Stimme des Fahrers, eingefärbt von einem westafrikanischen Akzent. »Ich bin unten«, teilte er ihr lässig mit und legte sofort wieder auf, als würde er für ein Telefonat im Sekundentakt zahlen. Nach einer letzten raschen Kontrollrunde durch die Wohnung, um sicherzugehen, dass alles ausgeschaltet war, was während ihrer Abwesenheit potenziell explodieren könnte, schloss Kemi ab und nahm den Aufzug zwölf Stockwerke nach unten zur F Street, wo die nicht gekennzeichnete schwarze Chrysler-Limousine auf sie wartete.

Nachdem er ihr kurz zugewinkt hatte, stieg der Fahrer aus und strahlte sie mit einem breiten Lächeln an.

»Guten Nachmittag, Madam.« Mit übertriebener Höflichkeit griff er nach ihrem Gepäck und starrte sie dabei anzüglich an, mit einem Lächeln, das seine Zähne entblößte und nicht mehr aus seinem Gesicht wich.

»Wohin sind Sie unterwegs?« Seine erste Frage kam, noch ehe sie ihren Wohnblock hinter sich gelassen hatten. Kemi gab vor, ihn nicht zu hören, und machte sich an ihrem Telefon zu schaffen. Aber so leicht ließ er sich nicht abwimmeln.

»Hallo? Hallo *o*?«

»Ja?«, antwortete sie kurz angebunden. Er lächelte sie im Rückspiegel an.

»Wohin sind Sie unterwegs?«

»Zum Flughafen.« Er brach in Gelächter aus, ein dröhnendes Gebrüll, das durch das ganze Auto vibrierte. Sie vermutete, dass schon viele Frauen auf dem Rücksitz seines Taxis dieses Lachen zu hören bekommen hatten.

»Sie sind eine lustige Frau«, sagte er. »Ich weiß, dass Sie zum Flughafen fahren. Ich bringe Sie ja selbst dorthin.« Er blickte erneut in den Rückspiegel. Sie schenkte ihm ein halbes Lächeln und beugte sich wieder über ihr Telefon.

»Reisen Sie ins Ausland? Auf Ihrer Buchung steht Scandinavian Airlines.«

»Ja.«

»Reisen Sie in die Schweiz?« Er musterte sie im Spiegel. Sie hoffte, er würde sie mit seinem sinnlosen Gerede nicht umbringen, da es ihn von der Straße ablenkte.

»Nein. Schweden.«

Eine unerwartete Stille hing zwischen ihnen, in die Kemi sich rasch zurückzog. Sie waren jedoch kaum fünf Minuten gefahren, als der Fahrer sie prompt durchbrach.

»Sind Sie verheiratet?«

Sie blickte ihn streng an.

»Ich mache bloß Scherze. Ich bin glücklich verheiratet und habe vier kleine Kinder«, fuhr er fort. »Ich habe mich nur gefragt, ob Sie in Schweden Ihren Ehemann besuchen.«

»Danke für Ihr Interesse.«

Er kicherte erneut. »Mein Name ist Kweku.«

»Freut mich, Mr. Kweku.«

»Bitte nennen Sie mich Kweku. Wie heißen Sie?«

»Das wissen Sie bereits.«

Er lachte schallend. Kemi war sich nicht sicher, ob Kweku sich über ihre Verklemmtheit lustig machte oder kicherte, um seine eigene Beschämung zu kaschieren. Jedenfalls lachte er weiter und beobachtete den Verkehr, während er auf den Expressway fuhr.

»Ich kenne solche Frauen wie Sie.«

»Wie bitte?«

Seine leuchtenden Augen lachten Kemi erneut im Spiegel an. Nun hatte er mit Sicherheit ihre Aufmerksamkeit.

»Ich kenne Frauen wie Sie. Sie und Ihre weißen Freunde. Werden immer gleich nervös, wenn ein Brother mal versucht, mit Ihnen zu sprechen.«

Kemi wusste gar nicht, wo sie bei seiner in so vieler Hinsicht beleidigenden Aussage anfangen sollte. Abgesehen davon, dass ihre letzten Dates allesamt mit »Brothers« gewesen waren und ihr Thailändisch essender, ins Fitnessstudio rennender »Freundschaft plus«-Elektriker Andre ebenfalls Afroamerikaner war, war sie empört.

»Sie überschreiten gerade gefährlich eine Grenze, Mr. Kweku«, warnte sie ihn.

»Ich wollte Sie nicht beleidigen, Madam.«

»Bislang haben Sie es großartig hinbekommen!«

Er kicherte erneut, aber diesmal war es ein schwächeres, weniger selbstbewusstes Gurgeln. Als wäre ihm bewusst geworden, dass er tatsächlich eine Grenze überschritten und sein Trinkgeld aufs Spiel gesetzt hatte. Seine Entschuldigung bestand aus Schweigen auf dem gesamten restlichen Weg zum Flughafen.

Als er Kemi vor Terminal 1 absetzte, von wo aus sie den ersten Teil ihrer Reise über Kopenhagen antreten würde, hatte sein Gesicht längst einen neutralen Ausdruck angenommen, da er kein Trinkgeld mehr erwartete. Er stieg aus, holte ihr Gepäck aus dem Kofferraum und murmelte etwas wie *Danke schön* und *Auf Wiedersehen.*

Sie behielt sein Trinkgeld ein.

Nach ihrem Abendessen, das aus Seeforelle mit Dillkartoffeln bestand, kicherte Mr. Kweku sich zurück in ihre Gedanken. Auf Nimmerwiedersehen, dachte sie, während die Kabinenbeleuchtung für den Nachtflug gedimmt wurde.

Ich kenne solche Frauen wie Sie.

Seine Worte nagten an Kemi. Sie fühlten sich unfair an. Unnötig. Unangebracht. Sie hatte es versucht. Hatte ihre Arme weit geöffnet und Liebe und Freundschaft gesucht, wo sie konnte. Trotzdem hatte Kweku gemeint, Vorurteile bei ihr zu wittern. Sie hatte Andre wirklich gemocht, aber er hatte sie sitzen lassen, noch ehe sie offiziell zusammen waren. Aber das war nun ohnehin egal. Sie würde die Stadt verlassen.

Kemi dachte an Connor. Wenn sie ganz ehrlich zu sich war, hatte sie sich in seiner Aufmerksamkeit gesonnt, trotz seiner gelegentlichen peinlichen Gesten und jenes nasalen Boston-irischen Akzents. Es hätte sie sonst nicht so verletzt, dass er sich nach ihren gemeinsamen beruflichen Jahren dermaßen knapp von ihr verabschiedet hatte, ohne auch nur eine Umarmung. Sie waren bei A&A ein großartiges Team gewesen. Sie hatten gemeinsam an vielen erfolgreichen Projekten gearbeitet. Aber Connor hatte entschieden, die Sache selbstsüchtig zu beenden, indem er sich angesichts seines Verlangens wegduckte.

In Kopenhagen angekommen, hatte Kemi bereits drei Filme hintereinander geschaut, ohne zu schlafen, und war noch immer hellwach.

Am späten Sonntagvormittag landete ihr Anschlussflug bei traumhaftem Frühlingswetter sanft in Stockholm. Der Anflug über die Stadt der Inseln hatte ihr eine beeindruckende Übersicht über die Landschaft gegeben. Die Menschen, die nun um das Gepäckband herumstanden, verhielten sich wesentlich gedämpfter als jene in Dulles. Abgesehen von dem Klackern der Absätze und dem Rattern der Gepäckwagen lag kein lautes, ausgelassenes Geplapper in der Luft.

Während Kemi darauf wartete, dass ihr Samsonite-Koffer auf dem Band erschien, spürte sie, wie eine Präsenz sich neben ihr aufbaute, und sie warf einen Blick in die Richtung. Er fiel auf eine Schulter in einem himmelblauen Hemd, ehe er sich zum Kopf des Trägers hinaufarbeitete. Üppige Wellen braunen Haars legten sich um seinen Nacken. Ein ordentlich gestutzter Vollbart hatte dieselbe Farbe. Der weiße Mann war locker über einen Meter achtzig groß, und als er spürte, dass er betrachtet wurde, bedachte er Kemi mit einem kurzen, eisigen Blick. Sie wandte sich sogleich hastig ab.

Als ihr Koffer angeglitten kam, hatte sie Mühe, ihn vom Band zu heben. In einer Zurschaustellung des Gegenteils von galantem Benehmen sprang der Mann aus dem Weg, um Kemi einen besseren Zugang zu ihrem Koffer zu ermöglichen, während sie sich mit diesem ein Stück das Band entlangbewegte. Sie zog ihn auf der anderen Seite des Mannes herunter. Mit einer solchen Kälte hatte sie nicht gerechnet.

Ingrid hatte ihren Transport organisiert und Kemi ein paar Empfehlungen gegeben, wo sie fußläufig vom Hotel am Ufer von Blasieholmen brunchen, zu Mittag und zu Abend essen konnte.

Sie hätte sich ihr ja gern angeschlossen, hatte Ingrid gescherzt, aber es sei Sonntag – den müsse sie mit ihrer Familie verbringen und ihre zwei kleinen Kids für das *Dagis* am Montag vorbereiten. Die Kita.

Sie waren früh am nächsten Morgen im von Lundin Marketing Büro in der Birger Jarlsgatan verabredet.

Als die Glastüren sich öffneten und Kemi eine unauffällige Ankunftshalle voller wartender Familien, Freundinnen und Freunde und Fahrerinnen und Fahrer betrat, las sie die Worte MS. ADEYEMI in Blockbuchstaben auf einem Tablet. Der Fahrer, ein Weißer mittleren Alters mit schütteren Locken und einer Brille, wartete, bis sie auf ihn zugelaufen kam.

»Ich bin Ms. Adeyemi«, sagte Kemi. Er lächelte, stellte sich als Kalle vor, schüttelte ihr die Hand und schnappte sich ihren Koffer, den er schweigend zu seinem Taxi schob. Das nächste Mal öffnete Kalle den Mund, als er sie vierzig Minuten später vor dem avantgardistischen cremefarbenen Lydmar Hotel mit Blick übers Wasser auf den königlichen Palast absetzte.

Diesmal hätte sie Mr. Kwekus Aufdringlichkeit Herrn Kalles Schweigen vorgezogen. Ihr war nicht bewusst gewesen, wie sehr sie das oberflächliche Geplauder mit einem Chauffeur gewöhnt war, der sie fragte, wer sie sei und wohin sie unterwegs sei, und der sie in der Stadt willkommen hieß.

Ihre Gedanken schweiften zurück zu jenem unhöflichen Mann am Gepäckband, auf den nun Herrn Kalles Distanziertheit folgte, und sie sank langsam zurück in jenen dunklen Raum, den die Paranoia in ihr ausgehöhlt hatte.

Brittany-Rae

Brittany wachte am Morgen um vier Uhr dreizehn auf, als sie gedämpfte Laute aus der Gästetoilette hörte. Sie fand sich in ihrem lila Seidennachthemd auf dem Sofa wieder, während ihr Bademantel daneben in einem Haufen auf dem Parkettboden lag. Die einzige Lichtquelle war der Spalt der angelehnten Toilettentür. Sie stand langsam auf.

Das Gemurmel ging weiter, während sie sich auf Zehenspitzen näherte. Durch den Spalt sah sie einen oberkörperfreien Jonny auf den Knien, der mit einer Hand wie wild die Kacheln abwischte und sich mit der anderen ein Telefon ans Ohr hielt. Sein Schwedisch klang hektisch. Außer sich. Als sie die Tür aufdrückte, um besser sehen zu können, sprang er mit wildem Blick auf die Füße. Ein blauschwarzer Fleck hatte sich über seinen Nasenrücken ausgebreitet, und aus dem kleinen Riss über seiner linken Augenbraue kam erneut Blut, rann in einer dünnen roten Linie hinunter.

Er hatte sein blutgetränktes weißes Polohemd im Waschbecken gefunden. Von seinen knallrot gefärbten Fingern bis zu den hellroten Tropfen, die das Waschbecken hinunterrannen, stand vor ihr ein Mann, der, dem Schlamassel nach zu schließen, den er hier gerade anrichtete, nicht einmal in der Lage war, seine eigene Wäsche auszuwringen.

Jonny hörte auf, auf Schwedisch draufloszureden, blieb wie angewurzelt stehen und starrte Brittany an. »*Hallå? Hallå?*«, kreischte eine weibliche Stimme aus dem Telefon. Er legte mit einem raschen Tippen auf.

Sie starrten sich stumm an, bis Jonny den Bann mit einem Schritt nach vorn brach, auf den Brittany mit einem Schritt zurück reagierte. Er rückte weiter vor, und sie trat erneut zurück.

»Bitte, ich brauche deine Hilfe«, flehte Jonny und kam noch näher. »Mein Kopf fühlt sich nicht gut an.«

Brittany starrte ihn an, während er auf unsicheren Beinen aus dem Badezimmer stolperte. Ohne Vorwarnung fiel Jonny auf die Knie und das Telefon flog ihm aus der Hand. Er umklammerte seinen Kopf und verzog gequält das Gesicht, als würde er von einer Frequenz bestürmt, die nur er hören konnte.

Als sie sich vorbeugte, um seinen Kopf zu begutachten, roch Brittany sich selbst in seinem Atem und schnellte sogleich wieder hoch. »I-i-ich bringe dich ins Krankenhaus.«

Fünfzehn Minuten später saßen sie in der Vierundzwanzig-Stunden-Notaufnahme ein paar Straßen von Brittanys Reihenhaus in Alexandria entfernt. Jonny hatte widerwillig eins von Jamals T-Shirts angezogen, während Brittany sich frisch gemacht und das Nachthemd durch Jeans und ein langärmliges Baumwollshirt ersetzt hatte.

Sie setzte sich Jonny gegenüber auf einen blauen Plastikstuhl. Das Wartezimmer war zu dieser Uhrzeit nur spärlich besucht – in einer Ecke saß ein älterer Mann gemeinsam mit einem jüngeren, der sein Sohn zu sein schien. Die Nachtschwester, eine Schwarze Dame weit in ihren Fünfzigern, führte eine betagte Frau mit einem Rollator aus dem Sprechzimmer. Sie setzte die Frau ins Wartezimmer und wiederholte mehrfach, ein Taxi sei unterwegs, um sie nach Hause zu bringen.

Dann wandte sie sich ihnen zu – Brittany, die mit verschränkten Armen dasaß, und Jonny, mit einem verlorenen Gesichtsausdruck, der auf einen Ehestreit hindeutete. Mit gespitzten Lippen winkte die Krankenschwester sie an die Anmeldung. Brittany stand nicht auf. Noch mehr Demütigung konnte sie nicht ertragen. Jonny würde selbst sehen müssen, wie er diese Sache erklärte.

Mit wild auf der Theke klopfenden Fingern beantwortete er ungeduldig die Fragen der Krankenschwester.

Nein, er sei nicht versichert. Ja, er sei Europäer. Nein, es mache ihm nichts aus, alles im Voraus zu bezahlen. Nein, er sei nicht ausgeraubt worden.

Ja, er habe einen Unfall mit Blechschaden gehabt …

Brittany sah, wie Jonnys Blick bei der Lüge nach links und rechts huschte. Er konnte der Krankenschwester nicht mehr in die Augen sehen. Die Krankenschwester konnte sich wahrscheinlich denken, dass er Details verfälschte. Aber sie ließ ihn weitermachen.

Nein, der andere Fahrer sei davongefahren. Ja, es sei ein Mietwagen gewesen.

Nein, er habe keinerlei Drogen genommen. Er habe auch nicht getrunken.

»Wie's aussieht, hat es Sie ordentlich erwischt«, bemerkte die Krankenschwester und konzentrierte sich auf den Bildschirm, während ihre Finger in rasender Geschwindigkeit tippten. Seine eigenen Finger vollführten weiter ihren Stepptanz. Laut genug, um erneut einen genervten Blick der Krankenschwester auf sich zu ziehen.

Muna

»Muna … Muna …« Eine Stimme versuchte sanft, sie aufzuwecken. Muna antwortete mit einem Schnurren und einem katzenartigen Strecken, während ihre Augenlider langsam aufflatterten. Sie blickte in Khadiijas Gesicht über dem Sofa, auf dem sie lag.

Muna setzte sich auf. Durch die offenen Jalousien vorhangloser Fenster sickerte Dunkelheit herein. Sie spürte einen kühlen Zug auf ihrem Gesicht und stellte fest, dass die obere Hälfte ihres Jilbab fehlte, sodass sie nur noch ihre Abaya trug. Ihre schlanken Finger griffen rasch in ihr Haar und fühlten die Freiheit um zwei schaumweiche geflochtene Cornrows. Sie blickte Khadiija an. Die mit den hohen Wangenknochen.

»Wie lange habe ich …«, begann sie auf Schwedisch und wechselte dann zu Somali. »Wie lange habe ich geschlafen?«

»Es ist nach Mitternacht. Yasmiin schläft bereits. Ich wollte dich in dein Zimmer bringen.« Khadiija kämpfte gegen ein Gähnen an, ehe sie sich aufrappelte und Muna ein vertrautes ocker-orangefarbenes Stoffknäuel reichte. Sie zeigte in Richtung ihres gemeinsamen Badezimmers. »Dusche und Toilette.« Dann wirbelte sie um hundertachtzig Grad herum und zeigte auf eine weitere Tür. »Dein Zimmer. Wir sehen uns morgen früh. *Habeen wanaagsan.*« *Gute Nacht.*

Nach ein paar Sekunden hatte Muna sich gesammelt, stand auf und schloss als Erstes die Jalousien. Sie durften in solchen Dingen nicht unachtsam sein. Ihre Reisetasche stand noch immer in der Nähe der Wohnungstür. Bei ihrem Anblick schreckte Munas Erinnerung auf. Panisch fuhr sie sich mit suchenden Handflächen über die Körpermitte, bis diese auf einer vertrauten Wölbung zur Ruhe kamen. Ahmed.

Ihr Zimmer war ein kleiner Keil mit einem Einzelbett mit sauberen weißen Laken, zwei Kissen und einer Wolldecke zum Wärmen. Ein rauchgraues Handtuch, passend zu ihrem Sofa, lag ordentlich gefaltet am Rand des Bettes. In der Ecke stand ein kleiner Schreibtisch aus gebleichtem Holz mit einem darunter geschobenen Stuhl und einem Magnetbrett an der Wand darüber. Die Spärlichkeit wurde von einem freistehenden Kleiderschrank mit Flügeltüren vollendet.

Das hier war für sie allein. Ein Zimmer, das sie abschließen konnte und in das sie sich zurückziehen konnte, wann immer sie wollte. Sie legte sich eine Hand vor den Mund, um ein Kichern zu unterdrücken. *Für sie allein. Für sie allein. Für sie allein.* In ihrer bescheidenen Wohnung zu Hause in Mogadischu hatte Muna auch bereits ihr eigenes Zimmer gehabt – ein ebenso kleines Stückchen Raum –, da es unschicklich gewesen wäre, sich eins mit ihrem vorpubertären Bruder zu teilen.

Sie beeilte sich mit ihrer Abendroutine. Huschte auf Zehenspitzen ins Badezimmer, um sich die Zähne zu putzen und warmes Wasser ins Gesicht zu spritzen. Duschen würde sie am Morgen. Zurück in ihrem Zimmer tauschte sie ihre Abaya gegen ein weites Baumwollnachthemd und legte Ahmeds zerschlissenen Beutel vorsichtig auf ihr Bett, dessen Grobheit bildete einen starken Kontrast zu der glatten Bettwäsche. Sie zog ihren eigenen Beutel mit ihren wichtigsten Habseligkeiten aus ihrer Reisetasche und stellte ihn neben seinen.

Sie hätte nie gedacht, dass sie zu so viel Selbstdisziplin fähig wäre. Wochen waren vergangen, ohne dass sie auch nur einen Blick hineingeworfen hatte. Die Versuchung hatte an ihr genagt, aber Muna hatte es besser gewusst: Was auch immer sich in dem Beutel befand, hatte mehr verdient als einen achtlosen Blick.

»Das war meine Familie.« Ahmeds Worte auf Arabisch hatten schwach geklungen, bevor er sich umgebracht hatte. Was auch immer der Beutel enthielt, Muna musste es beschützen.

Als ihre Wohnung in Mogadischu in sich zusammengefallen war, hatte ihr Vater Mohammed bereits seit über einer Woche im Bett gelegen und gegen einen chronischen Husten angekämpft, der nicht besser wurde. Caaliyah war besorgt, dass die schwere körperliche Arbeit ihres Ehemanns, bei der er seit Munas Geburt Tag für Tag Zement einatmete, seine Krankheit ausgelöst hatte. Muna stellte sich vor, wie sich der Staub in seinen Lungen verdichtete und Betonblöcke bildete, die ihn langsam erstickten.

»Mach dir um mich keine Sorgen, *Habibti*«, hatte er seine Frau mit pfeifendem Atem zu beruhigen versucht, ehe er von einem neuen Hustenanfall erfasst wurde. »Solange ihr genug zu essen habt, ist das hier ein kleines Opfer.«

Caaliyah hatte häufig seine Hand an ihre Wange gehoben, um stumm ihre Wärme auf ihn zu übertragen und ihm so auf ihre eigene Weise zu zeigen, dass er ihr alles bedeutete. *»InshAllah.«* Caaliyah hatte jene intime Geste stets mit diesem Wort beendet und seine Hand zwischen ihren gerieben. *So Gott will.*

Mohammed war ein armer Mann gewesen, als ihre Mutter ihn kennenlernte, und ein sogar noch ärmerer Mann, als er unter den Steinplatten seines eigenen Daches starb, während Mogadischu in Flammen aufging. Nun gab es niemanden mehr, an den Muna sich wenden konnte. Ihre Familie mütterlicherseits, durch den Viehhandel reich geworden, hatte ihre Mutter augenblicklich enterbt, als sie einen Zementträger – der obendrein alt genug war, um ihr Vater zu sein – mit nach Hause brachte, als den Mann, den sie heiraten wollte.

Muna kam zur Welt und wurde aus dem Krankenhaus heimgebracht in einen Kokon aus Armut, in dem es nichts gab, außer der Liebe, die ihre Eltern teilten. Ihr Vater liebte sie abgöttisch.

Muna atmete tief ein und schüttete den Inhalt von Ahmeds Beutel auf ihrem Bett aus. Zum Vorschein kamen zerknitterte Fotos, Silberketten, ein Stapel Passfotos in verschiedenen Größen, die von einem ausgeleierten Gummiband zusammengehalten wurden, mehrere Misbaha-Gebetsketten, Ringe aus Zinn, Schmuckstücke aus gebürstetem Metall, eine Handvoll geschorene Schafwolle.

Ein kleines zusammengefaltetes Stück Stoff mit rot-weiß-grünen Streifen und einer leuchtend gelben Sonne in der Mitte zog Munas Aufmerksamkeit auf sich. Sie nahm an, dass es sich um die Flagge von Ahmeds Land handelte, und faltete den Stoff auseinander, um sich das kühne Design genauer anzuschauen. Plötzlich kam ihr feiner, zimtfarbener Sand entgegen. Mengen an Sand, mit denen sie auf ihren makellosen weißen Laken nicht gerechnet hatte. Er war aus einer durchsichtigen Plastiktüte gerieselt, die Ahmed fest zugebunden hatte. Sand aus seinem Heimatland.

Sie begann, die zerknitterten Fotos glatt zu streichen. Ein Bild zeigte fünf junge Männer, die steif um einen in ihrer Mitte sitzenden älteren Mann positioniert waren und Muna mit Augen von einem so intensiven Gold entgegenschauten, mit denen nicht einmal Ahmeds bernsteinfarbener Blick mithalten konnte. Allesamt Söhne des Mannes mit dem schmalen Gesicht, einem langen grauen Bart und einem schwarzweißen *Jamana*-Tuch, das er auf dem Kopf zu einem eleganten Turban geknotet hatte.

Fünf gut aussehende Männer mit unterschiedlich langem, üppigem kastanienbraunem Haar. Muna erinnerte sich an das weiche Gefühl, als sie Strähnen von Ahmeds Haar durch ihre Finger hatte gleiten lassen. Sie studierte sein Gesicht, das viel voller und eindeutig viel jünger war als die der anderen.

Sie fuhr damit fort, weitere Familienfotos glatt zu streichen. Eine Frau, die die Arme um ein junges Mädchen geschlungen hatte; Muna nahm an, dass es sich um seine Mutter und Schwester handelte. Einige der Brüder. Sie kicherte über ein Bild, auf dem Ahmed ein Schaf mit schwarzem Gesicht und verfilzter Wolle auf den Schultern trug und lachte, das Haar wild, aufgebauscht vom Wind. Dann eine Nahaufnahme von ihm, auf der er intensiv in die Kamera blickte. Hier war jenes Lächeln, das seine Augen funkeln ließ, absichtlich unterdrückt, und Muna bewunderte ihren hübschen Ahmed auf dem Foto.

Dann schob sie Ahmed und seine Familie von sich und griff nach dem Stapel Passfotos. Das Gummiband wurde von seinen Qualen erlöst, indem es zerriss, ehe Muna es auseinanderwickeln konnte. Sie begann, die Bilder nebeneinander auszulegen. Von der Sonne gebräunte Gesichter, einige ernst, andere fröhlich. Manche überrascht vom Blitzlicht. All diese Fotografien sahen gestellt aus – als hätte Ahmed die Ausweise jener Menschen gefunden und die Bilder sorgfältig herausgeschnitten.

Während Muna sie aufreihte, drehte sie eins versehentlich um und sah, dass auf die Rückseite ein Name gekritzelt war. Sie untersuchte die Fotos genauer. Sie waren alle mit Namen versehen. Mit vollständigen Namen. Mit unterschiedlichen Nachnamen.

Wieso hatte Ahmed stattdessen nicht einfach die syrischen Ausweise mitgenommen? Dann hätte Muna alle Informationen besessen. Die Ausweise wären nützlicher gewesen als die ausgeschnittenen Passfotos. Außer Ahmed wollte, dass sie auf diese Weise in Frieden ruhten, dachte Muna.

Sie legte 104 Passbilder von unterschiedlichen Menschen mit unterschiedlichen Familiennamen auf ihrem Bett aus. Dann warf sie einen Blick auf die Rückseite von Ahmeds Familienfotos.

Auch Namen. Vollständige Namen. Seiner Brüder, seines Vaters, seiner Mutter, seiner Schwester. Jede einzelne und jeden einzelnen von ihnen hatte Ahmed in Tinte verewigt.

Sich selbst eingeschlossen. Ahmed Tofiq Rahim.

Muna sank neben ihrem Bett auf die Knie und weinte. Ihre Tränen flossen leise, und sie unterdrückte jedes Geräusch, da sie Khadiija und Yasmiin um diese Uhrzeit nicht wecken wollte. Mit diesem kleinen Beutel hatte Ahmed ihr alles überreicht, sein gesamtes Leben.

»*Ich glaube, du suchst gern Ärger, Ahmed. Ich kann es in deinen Augen sehen.*« Sie erinnerte sich an ihre Worte an ihn, als sie eines Morgens gemeinsam auf der Veranda saßen. Er hatte sie verschmitzt angelächelt, wie er es häufig tat, wenn er sich innerlich an einen heiteren Ort begab.

»*Der Ärger scheint mich stets zu finden.*«

Muna wusste nicht, wie lange sie in ihre Bettwäsche geschluchzt hatte, aber als sie spürte, wie ihre Tränen langsam versiegten, hob sie den Kopf und begutachtete die forensischen Beweismittel, die vor ihr ausgebreitet lagen. Ahmed hatte ihr dicke Krumen hinterlassen, die sie zu seiner Vergangenheit führten. Als sie erneut nach dem Beutel griff, hörte sie ein Knistern und steckte die Hand hinein, um ein braun verfärbtes Blatt Papier mit nachlässig hingekritzelten arabischen Schriftzeichen hervorzuziehen.

Dorf Al Zawr, 2013,

Kurdistan. Nordsyrien.

Die Angaben enthielten auch seinen Namen. Ahmed Tofiq Rahim. Mehr nicht. Als wäre dem Stift die Tinte ausgegangen, oder als hätten seine Finger einfach aufgegeben.

»Ahmed Tofiq Rahim«, sagte sie laut und hauchte der Erinnerung an ihn neues Leben ein. »Ahmed Tofiq Rahim.« Eine Erkenntnis durchzuckte sie.

»Warum?«, formte sie mit den Lippen. Warum hatte Ahmed all dies nicht dem Migrationsverket übergeben? Dann hätte man ihm erlaubt zu bleiben, statt seinen Antrag abzulehnen. Man hätte verstanden, dass er Opfer war. Dass sein gesamtes Dorf zerstört worden war. Er hätte sich nicht aus Hoffnungslosigkeit umbringen müssen.

Allerdings hatte auch Muna Ahmeds Beutel nicht jenem rotgesichtigen Polizisten überlassen, dessen Augen ausspuckten, was sein Mund nicht durfte. Aus demselben Grund, folgerte sie, hatte auch Ahmed sein Leben für sich behalten und es nicht der Migrationsbehörde preisgegeben, um seine Freiheit zu behalten.

Die einzige Person, der er vertraut hatte, war Muna Saheed.

Sechs

Kẹmi

»Kemi!«, gurrte Ingrid, bereit für eine Umarmung, als Kemi sich von den Aufzügen her von Lundin Marketings Empfangsbereich näherte.

Kemi trug eine weiße Bluse mit V-Ausschnitt zu einer schwarzen Hose, darüber ihren blau-weiß gestreiften Marineblazer. Sie hatte einfache Perlenohrstecker ausgewählt und sich ihre Crochet Braids ordentlich aus dem Gesicht gebunden.

In Baggy Pants und einem kastigen Top mit Stehkragen beugte Ingrid sich für die Umarmung vor. Kemi fühlte sich augenblicklich overdressed.

»*Hej*, Ingrid!«, begrüßte Kemi sie. »Ich bin so aufgeregt, endlich hier zu sein.«

»Und du hast ausgezeichnetes Wetter mitgebracht!«, erwiderte Ingrid und schob ihren Arm unter Kemis. »Das Team freut sich riesig, dass du da bist. Sie können es gar nicht erwarten, unsere neue Leiterin für Diversität kennenzulernen.«

Arm in Arm marschierten sie graublaue Korridore entlang, mit Mobiliar im Scandi-Chic. Schlicht Abgerundetes mit strikten

Linien hier und da. Stühle, die unpraktisch wirkten, aber ergonomisch geformt waren. Meetingzellen wie Raumsonden. Niedrig hängende, bauchige Lampen. Zimmerpflanzen als grüne Tupfer, um die futuristische Atmosphäre aufzulockern. Schmale, bodentiefe Fenster, die Ausblick auf die geschäftigen Straßen des wohlhabenden Viertels Östermalm gewährten.

Als Ingrid Kemi in einen Konferenzsaal mit Blick auf den üppig grünen Humlegården Park aus makellos sauberen Fenstern führte, verstummten die leise auf Schwedisch geführten Gespräche sogleich. Acht Kolleginnen und Kollegen saßen um einen schlichten Tisch aus recyceltem Sperrholz. Ein kurzer Blick verriet eine gleichmäßige Aufteilung in Männer und Frauen, alle weiß, alle mit hellem Haar.

»Kemi, das hier sind die Leiterinnen und Leiter der anderen Abteilungen!«, verkündete Ingrid, und alle erhoben sich, standen vor ihr in unterschiedlich legerer Kleidung. Kemi atmete tief durch, als ihr bewusst wurde, dass sie bei diesem Treffen die einzige Person of Color war. Bei allen Fehlern dort, in den Räumen von Anderson & Associates hatten unterschiedliche Menschen unterschiedlicher Hautfarben gesessen. Kemi wurde noch einmal daran erinnert, was der Auslöser für das IKON-Fiasko bei von Lundin gewesen und weshalb sie nun hier war.

Sie ging um den Tisch, wechselte mit jeder Person einen festen Handschlag, wiederholte Vornamen und kombinierte sie für sich mit einem äußerlichen Merkmal – blaue Augen und blondes Haar in verschiedenen Schattierungen –, um sich später besser an sie erinnern zu können.

Björn Faltström, Leiter der Geschäftsentwicklung. *Bärtig.*

Patrik Mölander, Leiter der Finanzen. *Mollig.*

Greta Ljungström, Leiterin Operations, oder COO, wie sie es beiläufig für Kemi formulierte. *Golden.*

Espen Wiklund, Leiter des Kundenservice. *Koboldhaft.*

Rikard Sundström, Leiter Investor Relations. *Rotgesichtig.*

Ann Chiders, Leiterin der Kommunikation. *Britisch.*

Pernilla Dahlgren, Leiterin der IT, Chief Information Officer. *Zierlich.*

Maria Larsson, Leiterin der Medienarbeit. *Groß.*

»Und natürlich ich selbst, Ingrid Johansson, Leiterin des weltweiten Talentmanagements, oder anders gesagt, der Personalabteilung«, schloss sie, ehe sie einen Stuhl für Kemi hervorzog. »Und du, unsere globale Leiterin für Diversität und Inklusion.«

Ehe alle wieder Platz nahmen, wies Ingrid auf Kannen mit Kaffee, frisch gebackene Zimtschnecken, rote Weintrauben und Honeycrisp-Äpfel hin, die auf einem Sideboard bereitstanden. Die Abteilungsleiterinnen und -leiter gingen sogleich zu dem kleinen Büffet und füllten Becher mit duftendem schwarzem Kaffee, dessen nussiges Aroma sich im Raum ausbreitete.

Espen Wiklund suchte eine hübsch geformte Schnecke aus, die er auf einen Teller aus recycelter Pappe legte und Kemi als Willkommensgabe brachte. Er hatte ein breites Lächeln, das Fältchen um seine peridotgrünen Augen erzeugte. Sein faszinierendes Gesicht war mit Sommersprossen übersät, und sein rötliches Haar war kurz geschoren.

»Die stammen von Green Turtle und sind die besten Schnecken der Stadt.« Espens Englisch hatte einen britischen Akzent.

Espen, auf unaufdringliche Weise charmant, würde der erste der anderen Abteilungsleiter sein, an den Kemi sich erinnerte – Bilder von Connors rötlichem Haar- und Hautton blitzten vor ihrem inneren Auge auf. Kemi dankte Espen und nahm den Pappteller entgegen.

Eine Person fehlte in diesem Raum. Während Kemi das mit Zuckerperlen verzierte Gebäck an ihren Mund führte, fragte sie nach Jonny.

»Tut mir wahnsinnig leid, dass ich es dir noch nicht gesagt habe.« Ingrids Gesicht war plötzlich für sie untypisch ernst. »Jonny wurde in den Staaten in einen Unfall verwickelt.«

»O mein Gott, was ist passiert?«, fragte Kemi erschrocken.

Ingrid fing an, am Beamer herumzufummeln. »Er wird schon wieder«, antwortete sie. »Er hatte eine leichte Gehirnerschütterung nach einem geringfügigen Autounfall. Niemand wusste überhaupt, dass er wieder in den Staaten war.«

Während Ingrid auf verschiedene Knöpfe drückte, setzten sich die anderen Kolleginnen und Kollegen mit einer Gleichgültigkeit Ingrids Erklärungen gegenüber wieder hin, die nahelegte, dass Jonnys Fehlen keine Besonderheit war.

Brittany-Rae

Brittany saß wie ein Häufchen Elend in einer Ecke des Untersuchungszimmers. Jonny hatte sie angefleht, mit ihr nach hinten zu kommen, falls der Arzt medizinische Begriffe auf Englisch verwenden sollte, die er nicht richtig verstand.

»Japp.« Dr. Patel trat einen Schritt zurück und schaltete seine kleine Taschenlampe aus. »Ich gehe von einer Gehirnerschütterung aus.«

Brittany war sich sicher, dass Dr. Patel aus dieser Nähe in Jonnys ranzigem Atem den Sex riechen konnte. Der gute Arzt drehte sich mit einem wissenden Blick zu ihr um. Wahrscheinlich kannte er alle Anzeichen von häuslicher Gewalt. In der einen Sekunde noch verfeindet, im nächsten Augenblick voller Leidenschaft. Ein geschundenes Gesicht mit einem Mund, der zuvor von ihr erfüllt gewesen war.

»Ein kleiner Autounfall, hm?«, fragte der Arzt, während er die Krankenakte überflog. Jonny ließ den Blick sinken. Brittany biss sich auf die Unterlippe und nickte. Sie konnte nichts sagen, das den Arzt davon überzeugen würde, dass Jonny und sie nicht zusammen waren oder sich heftig gestritten hatten.

Dr. Patel verschrieb Jonny einen Termin für eine MRT-Untersuchung, um besser beurteilen zu können, ob eine Schädigung des Gehirns oder eine innere Blutung vorlag. Jonny dankte ihm mit abgewandtem Blick, und Brittany wusste genau, dass er mit dem nächsten Flug zurück nach Schweden verduften würde.

Das hier ist doch lächerlich, dachte Brittany, als sie aus der Klinik zu ihrem Honda stürmte, während Jonny ihr mit langsamem Schritt folgte und sich wiederholt mit den Fingern durchs Haar strich. Sie hatte keine Ahnung, wie sie das, was passiert war, einordnen sollte.

Was geschah da zwischen ihnen beiden? Dieser Fremde hatte sie wieder und wieder kommen lassen, ohne sich je von den Knien zu erheben, hatte sie besinnungslos auf dem Sofa zurückgelassen, bis der Schlaf sie übermannt hatte.

Mehr denn je sehnte sich Brittany danach, mit Tanesha zu sprechen. Stattdessen war es jedoch Jonnys monotone Stimme, die sich in ihre Gedanken drängte. »Es tut mir so leid, dass ich dich verletzt habe. Ich möchte es wiedergutmachen. Ich möchte es richtig machen. I-i-ich bin nicht gut in solchen Dingen.«

Sie blieben vor ihrem Wagen stehen.

Brittany drehte sich zu ihm um und schlang die Arme schützend um sich. Er fixierte sie verzweifelt mit verschleiertem Blick.

»Du bist ungebeten zu mir nach Hause gekommen«, legte sie los. »Du hast mir immer weiter Blumen geschickt, die ich nicht haben wollte. Du akzeptierst kein Nein!«

»Du hast nie gesagt, dass ich aufhören soll, dir Blumen zu schicken. Du hast nie Nein gesagt.«

Sie runzelte verwirrt die Stirn. Wollte der Mistkerl etwa ihr das alles in die Schuhe schieben?

»Willst du mich verarschen?« Die Wut in ihr nahm Fahrt auf. »Ist das gerade dein verdammter Ernst?«

»Du hast nie Nein gesagt«, wiederholte Jonny. »Du hast nie gesagt, dass ich aufhören soll, dich zu kontaktieren. Man muss direkt zu mir sein. Ich muss es wissen.«

Sie atmete tief durch, um sich zu beruhigen. Sie hatte ihn bereits zwei Mal geschlagen, dabei war sie gar nicht diese »wütende« Schwarze Frau, die er anscheinend mit solcher Leichtigkeit in ihr heraufbeschwören konnte. Brittany atmete nun schwer und beobachtete sein Gesicht.

Ihr Geist sendete beständig Alarmsignale wegen dieses Mannes, aber ihr Körper ließ sie immer wieder im Stich.

Genauso war es gewesen, als Jonny von Platz 6A aus ihre Aufmerksamkeit gesucht hatte. Genauso hatte ihr Körper reagiert, als er ihr in der Bordküche auf die Pelle gerückt war, um ihr seine Karte zu geben. Genauso hatte er gekribbelt, als Jonny sie in London über den Rand seines mit Sake gefüllten Glases hinweg angesehen hatte. Ganz zu schweigen von letzter Nacht, als Jonny sie so pflichtbewusst befriedigt und dabei ihr Gesicht studiert hatte, um sich bei jedem Stöhnen zu merken, was ihr gefiel.

Sie wog ab, ob sie ihn zurück in ihr Auto steigen oder auf dem leeren Parkplatz stehen lassen sollte, damit er allein den Weg zurückfand in das Loch, aus dem er gekrochen war.

Der Alarm in ihr schrillte lauter und lauter, bis sie Jonny schließlich fragte: »Was stimmt mit dir nicht?«

Nach ihrem misslungenen Date in London hatte Brittany ihn gegoogelt, sobald sie ihr Hotelzimmer in West India Quay erreicht hatte. Den Rest der Nacht hatte sie damit verbracht, Fotos von ihm durchzuscrollen. Sie hatte Artikel und Klatschgeschichten über ihn gelesen, auch wenn es keine direkten Interviews mit ihm gab. Mit jedem Klick war ihre Neugier größer geworden. Und sie hatte sich danach umso mehr in Schuldgefühlen gewälzt, wenn sie Jamal anschaute, dessen Gesicht leuchtete vor Hoffnung auf ihre gemeinsame Zukunft.

Hier war nun Jonny, sah schlimm aus mit seinen blauen Flecken und einem neuen Verband über der Wunde an seiner Augenbraue, starrte sie an und wollte sie davon überzeugen, dass er kein Stalker war.

Du hast nie Nein gesagt.

Jene Worte griffen erneut nach ihr, und sie schloss die Augen und dachte an das, was sie über ihn gelesen hatte. Artikel, in denen über seinen Unwillen, mit der Presse zu sprechen, und seine seltsam intensive Ausstrahlung spekuliert wurde. Seine soziale Unbeholfenheit. Eventuell Probleme mit Abgrenzung. Nichts, was irgendjemand beweisen oder richtig benennen konnte, aber da war etwas, das auch Brittany an ihm wahrnahm. Er schien in einer Welt zu leben, die nur aus Schwarz und Weiß bestand.

Jonny starrte sie unablässig aufmerksam an. Der Blick wurde durch seine Verliebtheit noch verstärkt, ganz offensichtlich konnte er nicht lügen. Jeder Millimeter von ihm wollte sie, und er wusste nicht, wie er es verbergen sollte.

Als sie ihre Augenlider flatternd öffnete, stand er nur wenige Zentimeter von ihrem Gesicht entfernt und studierte sie. Er schüttelte erneut den Kopf.

»Mit mir ist alles in Ordnung. Du hast mir nicht gesagt, dass ich aufhören soll«, flüsterte er. »Ich hätte es getan, wenn du es mir gesagt hättest. Wenn du Nein gesagt hättest.«

Tränen sammelten sich in Brittanys Augen, und sie sah, wie sich seine Stirn besorgt in Falten legte, als er sie beim Weinen beobachtete.

»Geht es dir gut?«

Sie schüttelte immer wieder den Kopf. Nein, es ging ihr nicht gut. Sie war verwirrt. Nervös. Kurz vor dem Zusammenbrechen. Sie löste sich schneller auf, als sie sich wieder sammeln konnte. Jonny strich ihr mit den Fingern über die Wangen, um sie zu beruhigen.

»Schschsch. Bitte weine nicht«, bat er. Seine Lippen legten sich zärtlich auf ihre, seine Zunge fuhr sanft zwischen sie. Brittany schluchzte gegen seinen Kuss, empfing sein Heilmittel für ihr rasend schlagendes Herz.

»Ist es, weil er weiß ist?«

»Damit er dich beschützen kann?«

»Kann er dir Türen öffnen, die mir verschlossen sind?«

Jamals Worte verloren langsam ihre Spitze, als Jonny seine Arme um sie schlang und sie an sich zog. Er vertiefte ihren Kuss, und sie genoss diese neue Intimität.

Wohlstand und Macht waren nicht die einzigen Gründe, weshalb Brittany sich im Morgengrauen auf jenem Parkplatz von Jonny verschlingen ließ. Es war nicht der Wunsch nach Privilegien, der sie davon abhielt, ihn von sich zu schubsen und ihm zum dritten Mal eine Ohrfeige zu verpassen.

Von all seinen Eigenheiten war es diese eine, die sie am meisten für ihn einnahm:

Brittany hatte endlich einen Mann gefunden, der ihr nicht ins Gesicht lügen konnte.

Teil zwei

Sieben

Brittany-Rae

Jonny stammte von altem Geld ab. Der Name von Lundin war in Schweden fest verankert. Er stand für Jahrhunderte von Patriarchen, hanseatischen Kaufmännern auf Gotland, einer Insel vor Schwedens Ostküste. Einmal fallen gelassen, öffnete der Name geräuschlos Türen und räumte Hindernisse aus dem Weg. Er war verbunden mit verschiedenen Kunst- und Kulturausschüssen, mit dem Vorstand mehrerer philanthropisch ausgerichteter Initiativen und verschaffte Zugang zur schwedischen Monarchie. Ein Wohlstand, der so alt war, dass er nicht mit Brittany in seiner Zukunft gerechnet hatte.

Brittany wollte nicht, dass diese Sache mit Jonny, die sie nicht recht definieren konnte, an die Öffentlichkeit kam. Ein beklemmendes Gefühl der Scham nahm von ihr Besitz. Es kam herbeigesprungen und hielt Händchen mit den Schuldgefühlen, weil sie Jamal mit solcher Leichtigkeit verletzt hatte. Dieses Schuldgefühl trug einen Mantel aus Verurteilung. Hatte sie bei Jonny andere Maßstäbe angelegt?

Nach ihrem rauen Kuss auf dem Parkplatz der Notaufnahme, als der Tag gerade anbrach, waren Risse in Brittanys Innerem entstanden. Aus diesen Schwefelspalten quoll die Unbehagen auslösende Dreifaltigkeit: Scham, Schuld und Urteil. Sie fuhr Jonny schweigend nach Hause. Er fasste sich den ganzen Weg über nervös ins Haar. Stumm bereitete sie Rühreier zu, während er auf dem Barhocker an der Kücheninsel saß und sein Blick ihren Bewegungen folgte.

Er schien sie zu studieren. Wie sie sich störrische Haarsträhnen aus dem Gesicht strich, während sie sich über die zischende Pfanne beugte. Wie sie die Stirn kräuselte und zugleich die Lippen spitzte, wenn sie über ihre nächsten Schritte nachdachte.

Brittany häufte eine große Portion goldenen Brei auf eine Scheibe gebutterten Toast und schob Jonny den Teller hin. Er nahm ihn mit beiden Händen entgegen, starrte auf das hastig zubereitete Frühstück und blickte dann wieder sie an.

»Stimmt was nicht?«, fragte sie.

Jonny senkte erneut wortlos den Blick. Sie reichte ihm Messer und Gabel, setzte sich mit ihrem eigenen Teller neben ihn und begann zu essen. Jonny nahm keinen Bissen, sondern sah ihr dabei zu, wie sie kaute und ihr Kiefer arbeitete, ohne dass sie etwas schmeckte. Er beobachtete sie unablässig.

»Wenn wir das hier durchziehen wollen, dann musst du damit aufhören.« Sie unterbrach sein gieriges Starren mit der Gabel in der Luft wedelnd, ohne ihn anzuschauen, und schaufelte sich dann weiter Eier in den Mund.

»Womit?«

Brittany warf ihm einen eisigen Blick zu, und im Gegenzug zeigte Jonny sein tausendzähniges Grinsen.

Jenes breite Grinsen, das Jonny als Brittanys Geheimnis besiegelte. Etwas – besser gesagt, jemand –, dem sie nachgab, weil er dermaßen vernarrt in sie war und unfähig, es zu verbergen. Bei ihr verlor er jegliche emotionale Zurückhaltung, und er entblößte sich für alle sichtbar. Mit jeder Berührung drang er akribisch weiter in ihren Bereich vor. Er schien sie zu studieren wie ein Lehrbuch, sich ihre Gesichtszüge einzuprägen wie die Topografie auf einer Landkarte. Früher oder später wäre er bereit, seine Prüfung abzulegen, so viel wusste sie.

Am nächsten Tag flog Jonny zurück nach Schweden, im Besitz jener Angaben von ihr, nach denen er sich seit Wochen gesehnt hatte: ihre Telefonnummer und E-Mail-Adresse.

Später an jenem Tag kam Jamal vorbei, um den Rest seiner Sachen zu holen. Diesmal bettelte Brittany ihn nicht an, zu bleiben. Die unheilige Dreifaltigkeit hatte sich in ihr festgesetzt, also beschäftigte sie sich irgendwie in der Küche, während Jamal im Wohnzimmer Bücher und Platten aus den Regalen zog. Die Anspannung, die in der Luft lag, hätte jede Person erstickt, die das Haus betreten hätte.

Als zwei weitere Koffer gefüllt und zur Haustür gebracht waren, tat Jamal etwas Seltsames. Er suchte Brittany und fand sie dann auf einem Barhocker, wo sie mit einem Becher in der Hand Couponhefte durchblätterte – tägliche Werbepost, die sie meist direkt wegwarf. Er kicherte, und sie wusste, dass er auf ihre vorgebliche Beschäftigung anspielte. Er trat auf sie zu, schlang einen Arm um ihre Taille und beugte sich hinunter, um ihr einen Kuss auf die Wange zu geben.

»Mach's gut, Brittany«, sagte Jamal. Die Erleichterung entwich ihr als ein leises Seufzen. Sie würden freundschaftlich auseinandergehen. Brittany hatte ein komplettes Desaster befürchtet. Sie drehte sich zu ihm um. Wie von einer verrückten Laune getrieben, stürzte sie sich in seine Arme.

»Ich werde dir drei Monate aushelfen, bis du entschieden hast, was du damit machen willst«, erklärte er, womit er ihr gemeinsames Reihenhaus meinte. Er zahlte die monatliche Miete, da er als Anwalt gut genug verdiente, um sie sich leisten zu können. Brittany kam mit ihrem Flugbegleiterinnengehalt, das trotz ihrer

Erfahrung und ihres Dienstalters bei der Fluggesellschaft mager ausfiel, für die Nebenkosten auf.

»Es tut mir so leid«, entschuldigte sie sich. »Ich wollte nicht, dass es so mit uns endet.« In wortloser Trauer drückte Jamal sie kurz fester.

Er schenkte ihr noch ein gequältes Lächeln, ehe er sich zum Gehen wandte.

Ihr Dienstplan für den Juni kam früh am Montagmorgen. Vollgepackte hundertzwanzig Stunden Flugzeit, in denen sie zwischen DC und London hin- und herpendeln sowie Flüge nach New York, Miami, Austin und Los Angeles begleiten würde. Außerdem war sie gerade dabei, den Antrag für ihre Arbeitszeiten im Juli einzureichen. Als Mitglied der höherrangigen Crew, die in den Erste-Klasse- und Businesskabinen arbeitete, hatte sie etwas mehr Flexibilität. Ihr Telefon begann auf dem Tisch neben dem Laptop zu tanzen.

»Ich muss dich sehen,« erklang Jonnys haspelnde Stimme.

»Bist du zurück in Stockholm?«

»Ja, ich bin gerade gelandet. Ich muss dich sehen.« Eine lange Pause entstand. So weit im Voraus hatte Brittany nicht gedacht.

»Ich muss meinen Dienstplan für Juni durchsehen. Er ist heute gekommen, und ich muss meinen Monat organisieren.«

»Schick ihn mir«, forderte er, ehe er hinzufügte: »Bitte.«

Sie tat es.

Eine Woche später landete Brittany an Terminal 5 in Heathrow. Sie lief gerade inmitten einer Schar marineblau gekleideter Kolleginnen und Kollegen mit klappernden Absätzen und Rollkoffern durch die Empfangshalle, als Jonny sie erschreckte, indem er ihren Namen rief. Ihr Geheimnis wollte aus seinem

Käfig ausbrechen, dabei war Brittany noch nicht bereit, es der Welt mitzuteilen.

Während sie noch lachte über einen Insiderwitz einer Kollegin, entglitt ihr plötzlich das Lächeln, als sie ihn entdeckte. Sie blieb stehen, sammelte sich und winkte der auf dem polierten Fußboden weiterziehenden Crew, die alle neugierig die Hälse nach hinten reckten, um keinen Tratsch zu verpassen. Als Brittany sich erneut nach Jonny umsah, hatte er sich bereits unbemerkt wenige Zentimeter von ihr aufgebaut.

Er wollte sich zu einem Kuss vorbeugen, aber eine bestimmende Hand auf seiner Brust hielt ihn auf Abstand.

»Nicht hier. Ich bin auf der Arbeit«, wies Brittany ihn zurück und blickte sich rasch nach einem unsichtbaren Spitzel um.

»Ich musste dich sehen«, sagte er. Sie ließ ihren Blick umherschweifen. »Ich möchte dich kennenlernen. Ich weiß, dass dein nächster Flug erst morgen um zwei Uhr nachmittags ist, also wollte ich den Tag mit dir verbringen«, enthüllte er. Brittany hätte ihm ihren Dienstplan niemals geben sollen.

»Auf dein Kommando? Ungeachtet meiner eigenen Pläne?«, erwiderte sie, fasste sich an die Kappe und rückte sie zurecht. Sie bemerkte, wie Jonnys Blick ihren Bewegungen folgte.

»Wenn du möchtest«, korrigierte er sich, die Hände erneut an den Seiten zu Fäusten geballt. Brittany zog an ihrer Unterlippe, während sie den Mann musterte, der wie erstarrt vor ihr stand. Ein Mann, nach dem sich die Leute in der Ankunftshalle neugierig umdrehten. Sein bohrender Blick löschte Heathrow aus, verwandelte es in eine verlassene Geisterstadt, da er nur Augen für die Frau vor ihm hatte.

Sie durfte ihn auf keinen Fall aus ihrer geheimen Kiste herauslassen. Ihre Eltern würden es nicht verstehen. Die beiden schlossen gerade Wetten ab, ob Jamal wohl noch vor Ende des Jahres vor Brittany auf ein Knie sinken würde. Tanesha konnte sie ebenso wenig ins Gesicht sehen.

Sie würde diese Sache bis zum Ende durchziehen. Würde nachgiebig sein gegenüber seiner Hartnäckigkeit, bis sie beide genug von dieser Beziehung hatten. Seine Google-Bilanz sprach für einen Monat, nachdem er seinen Fang der Woche – äh, des Monats – an Land gezogen hatte. Brittanys Kalkulation zufolge blieben ihnen also noch etwa zweieinhalb Wochen.

Schließlich gab sie ihm eine Antwort. Ja, er durfte den Tag mit ihr verbringen.

Jonny führte sie zum Abholbereich vor dem Gebäude, wo ein kräftiger weißer Mann in einem dunklen Anzug und eine zierliche Blondine in einem mit einem Gürtel taillierten Hemdblusenkleid auf das Paar zugeeilt kamen.

»Guten Tag, Ma'am.« Der Chauffeur griff nach ihrem Handgepäck, ehe Brittany protestieren konnte. Sie dankte ihm, nachdem sie seinen Namen erfahren hatte. Frank. Die zierliche Blondine mit Bob und akkuratem Pony wirkte wie gebannt.

»In natura sind Sie noch schöner, Ms. Johnson«, sagte sie mit schwedischem Akzent. »Darf ich Sie Brittany nennen?«

»Vielen Dank. Ja, natürlich. Und wer sind Sie?« Brittany streckte ihr die Hand zur Begrüßung entgegen.

»Eva!«, quietschte sie. »Jonnys Assistentin hier in London ... und Versenderin von Blumen«, fügte sie flüsternd hinzu. Brittanys kurzen Begegnungen mit Jonny nach zu schließen, bei denen sie mitbekommen hatte, dass er schon daran scheiterte, sein Hemd auszuwringen, und wie sehr er sich bemühte, sie nicht zu verärgern, ergab es absolut Sinn, dass er romantische Aufgaben an seine Assistentin delegierte.

»Freut mich sehr, dich kennenzulernen, Eva.«

Die kleine Elfe lächelte zur Antwort und wandte sich dann Jonny zu, auf den sie einen Schwall auf Schwedisch losließ. Er nickte, während die Worte aus Eva herausströmten, und unterbrach sie gelegentlich mit einem Geräusch, bei dem er merkwürdig die Luft einsog, das Brittany faszinierte. Ihr wurde bewusst, dass sie es liebte, ihn Schwedisch sprechen zu hören. Seinen Tonfall. Jene leisen Laute – als würde er Atem holen –, die keine echten Wörter waren, aber sein Gespräch mit Eva voranzutreiben schienen. Nachdem sie verfolgt hatte, wie aufmerksam er Eva zuhörte, wurde ihr klar, dass sie nicht nur wissen wollte, weshalb er diese speziellen schwedischen Laute produzierte, sie wollte ihn auch besser kennenlernen.

Frank half Brittany in einen glänzenden dunkelgrauen Range Rover und verstaute dann ihre Tasche im Kofferraum. Jonny ging zur anderen Seite des Wagens. Eva kletterte auf den Beifahrersitz, und bald waren die vier unterwegs nach Canary Wharf, zu Jonnys Penthouse aus Glas und Stahl im achtzehnten Stock.

Unterwegs ratterte Eva die Planung für den Tag herunter.

»Zuerst habt ihr die Möglichkeit, euch frisch zu machen. Dann werdet ihr ein geliefertes Mittagessen genießen, danach habt ihr VIP-Tickets für ein Theaterstück am späten Nachmittag. Zuletzt holt euch ein Boot von Victoria Embankment ab und bringt euch zurück nach Canary Wharf, für ein Wiederholungsdinner bei Yamamoto.«

»Ein Wiederholungsdinner?«, fragte Brittany.

»Ja«, erwiderte Eva. »Euer letztes Abendessen wurde plötzlich unterbrochen.«

»Unterbrochen?«

»Ja«, fuhr Eva fort. »Jonny mag es nicht, wenn Dinge nicht zu Ende gebracht werden.«

Eva senkte den Blick wieder auf ihr Telefon und wischte weiter wie wild nach oben und unten.

Brittany wandte sich Jonny zu, der dicht neben ihr saß und ihre Gegenwart begierig in sich aufnahm. »Du bist also fest davon ausgegangen, dass ich meinen einzigen freien Tag mit dir verbringe?« Leichte Verärgerung machte sich in ihr breit.

»Ich wusste, dass du den Tag mit mir verbringen würdest«, sagte er.

»Aber …«

Er fing ihre Worte mit einem Kuss ein, der augenblicklich alle weiteren Sätze zum Entgleisen brachte. Während er sie küsste, wanderte eine Hand nach oben, um ihr über die rechte Wange zu streichen. Seine Lippen zeigten ihr, wie sehr er sie vermisst hatte. Bilder von Beaufount legten sich blitzartig über sein Gesicht, und Brittany schob sie davon, während Jonny ihren Kuss vertiefte.

Sein Telefon piepte, eine Textnachricht, was ihn mit einem Mal von ihr losriss.

Brittany erhaschte einen Blick auf die Nachricht, als er sie las. Klart!

Ein Grinsen breitete sich auf seinem Gesicht aus.

»Gute Nachrichten?«, fragte Brittany neugierig. Der Range Rover verwandelte sich erneut in eine Wüste, als Jonny sie anschaute.

»Ja.«

Jonnys Wohnung in Canary Wharf in den Docklands im Osten Londons besaß rundum bodentiefe Fenster. Brittany trat ein und sog tief die Luft ein, als sie den minimalistisch eingerichteten und Reichtum ausstrahlenden Raum auf sich wirken ließ. Sie wurde aufgefordert, ihre Schuhe auszuziehen und sie an die Tür zu stellen.

»Ist eine schwedische Sitte.« Eva lächelte sie an, ehe sie im Inneren der Wohnung wild hin und her lief, während Jonny vor dem Schuhregal aus Mahagoni stehen blieb.

Die Caterer lieferten pünktlich das Mittagessen und deckten den Tisch mit allem Wesentlichen: Tischdecke und Weingläser, frisch gebackenes Brot, geschlagene Butter, gemischter Frühlingssalat. Ihre Mahlzeit – Brathühnchen, Süßkartoffelbrei, Gemüse – wurde bei niedriger Hitze im Ofen erwärmt. Eva trat zu einem Mann, der in einer weißen Jacke, über dessen Kragen ein Tattoo aufblitzte, neben dem Tisch stand. Mit ein paar leisen Worten schickte sie ihn davon. Dann hastete Eva weiter durch die Wohnung, rückte zurecht, strich glatt und inspizierte, ehe sie zu Brittany zurückeilte.

»Dein Zimmer ist in diese Richtung, dort kannst du dich frisch machen.« Sie trottete mit Brittanys Rollkoffer los, den der kräftige Frank unbedingt für sie hatte hochbringen wollen, auch wenn er so gut wie gar nichts wog. Eva schaltete das Licht zu einem Zimmer mit eigenem Bad an, das eins zu eins den Aufnahmen aus einem teuren Einrichtungskatalog glich. Große, plüschige hellgraue Bettdecken. Mit Federn gefüllte Kissen, die locker für den Tod von hundert Gänsen verantwortlich waren. Frische Blumen. Massenhaft. Eine Mischung aus gelben und lila Tulpen. Noch mehr bodentiefe Fenster. Ein Ganzkörperspiegel an der einzigen Wand, die ebenfalls hellgrau gestrichen war.

So viel Grau, dachte Brittany. Das Auto, die Einrichtung, die Wände – alles war grau. Vermutlich war es Jonnys Lieblingsfarbe.

Unsicheren Schritts betrat Brittany das Zimmer. Ein Zimmer, das diese Eva als das ihrige bezeichnet hatte. Brittany hatte sich bereits im Umfeld von Wohlstand aufgehalten und viele Dinge erlebt, aber noch nie hatte sie einen solch exquisiten Ausblick auf die Themse gehabt. Als ihr der Ernst der Situation langsam dämmerte, fühlte sie sich selbst verblassen und erkannte die Frau nicht mehr, die sie durch das Wolken und Himmel reflektierende Glasfenster anstarrte.

Brittany stand dort und schaute auf die Innenstadt von London – die sich in alle Richtungen auszudehnen schien –, als Eva sich verabschiedete. Sie stand noch immer dort, als Jonny sich gegen den Türrahmen lehnte und sie beobachtete. Ein leises Schniefen, und er stand sofort hinter ihr, die Hände an ihrer Taille, und fragte sie gedämpft, was los sei. Weshalb war sie traurig? Gefiel ihr das Zimmer nicht?

Brittany schüttelte nur den Kopf, da ihr schon lange die Worte fehlten, verschlagen von der unheiligen Dreifaltigkeit – Scham, Schuld und Urteil. Sie hatten sich nun in ihr festgesetzt, und es gab kein Zurück mehr.

»Geht es dir gut?«, flüsterte er ihr in den Nacken, ehe er ihn mit der Zunge entlangfuhr. Nein, es ging ihr nicht gut. »Dir etwa?« Seine Hände schlangen sich um sie und begannen, ihre steif gebügelte weiße Bluse aufzuknöpfen. Sie drehte sich langsam um, ehe er den letzten Knopf öffnen konnte. Sie hatte ihn diese Aufgabe nicht beenden lassen, und er stieß die Luft aus, als wäre er frustriert. Dann griff er nach dem Knopf und öffnete ihn, während sie ihn anblickte.

Brittany fasste nach seiner Wange, um ihn zu betrachten, ihn zu spüren. Wie auf ein Stichwort folgte sein Blick der Bewegung, aber sie hielt sein Gesicht auf Abstand, um ihn weiter anschauen zu können. Er beobachtete sie stumm. Sie nahm an, er suchte nach Hinweisen in ihrem Gesicht, damit sie nicht Ja oder Nein sagen musste. Sie hatte nun ebenfalls begonnen, sich Jonnys Eigenheiten einzuprägen.

Sie strich ihm schweigend über die Wange, wärmte sie mit ihrer Handfläche. »Zeig mir, was du gelernt hast.« Wie befreit umschlang er fester ihre Taille und presste sie gegen sich. Seine Zunge tauchte mit langsamen, gezielten Stößen in ihren Mund. Genauso, wie sie es mochte. Genauso, wie er es damals in ihrem Reihenhaus in Alexandria getan hatte, als sie das erste Mal zusammenkamen.

Hoch oben in diesem Wachturm rangen die beiden nach Luft, während die Außenwelt ausgeschlossen blieb. Sie begannen, sich aus ihrer Kleidung zu schälen. Zuerst Brittanys weiße Bluse und ihr Bleistiftrock. Dann Jonnys T-Shirt, aus dem sie ihm heraushalf und dabei sein Haar zerzauste. Sein Mund bedeckte ihren erneut und wanderte dann zu ihrer nackten Schulter, deren Rundung er sanft mit den Zähnen nachfuhr. Als Reaktion darauf murmelte sie etwas. Sein Mund machte entlang ihres Schlüsselbeins weiter.

»Zeig mir, was du willst«, sagte er leise.

Die Worte überwältigten sie, es fühlte sich an, als würde sich etwas Schweres auf ihre Brust legen. Sie entzog sich ihm und zwang Jonnys Kopf nach oben, um ihm in die Augen zu schauen, deren Pupillen sich auf das Doppelte vergrößert hatten. Er keuchte und suchte verwirrt ihren Blick. Brittany verzog das Gesicht und kämpfte gegen die Tränen an. Aber auch das andauernde Weinen würde ihn nicht vertreiben.

»Es tut mir leid ...«, setzte er an, aber sie hielt ihm die Finger vor den Mund, um ihn zum Schweigen zu bringen.

»Nein«, entgegnete sie. »Du hast nichts falsch gemacht.«

»Du weinst die ganze Zeit«, stellte er fest und streckte einen Finger aus, um jene Tröpfchen fortzuwischen, die ihn ständig vom Kurs abbrachten.

»Nein, ich bin nicht traurig. Wirklich nicht.«

»Dann bist du also glücklich?«

Dies war ihr in Zusammenhang mit ihm noch nie in den Sinn gekommen, und sie sperrte sich sogleich dagegen. So hatte sie sich das Glück nicht vorgestellt. Sie machte sich in Gedanken eine Notiz, ihre Therapeutin anzurufen, sobald sie zurück in den Staaten war. Vielleicht konnte sie Brittany dabei helfen, die Macht zu vertreiben, die Jonny über sie hatte.

Sie antwortete ihm nicht. Stattdessen zog sie seinen Kopf herunter zu einem Kuss, den er gierig erwiderte, und ließ ihren geschmeidigen Körper erneut mit seinem verschmelzen. Brittany erteilte ihm eine weitere Lektion. Sie mochte es nicht, wenn man währenddessen mit ihr sprach, da es sie zum Weinen bringen konnte.

Zwei Stunden später verkündete Brittany, sie sei am Verhungern.

»Oh, Scheiße!« Jonny sprang aus dem Bett, schlüpfte in seine Boxershorts und schlich auf Zehenspitzen aus dem Zimmer, um keine herumschwebenden Geister anzulocken. Brittany kicherte unter der zuckerwatteweichen Decke. Dieses Leben passte ihr wie angegossen. Wenn sie und Jonny sich nur für immer in seiner Wohnung einsperrten, wo sie ihn unterrichtete, abfragte und benotete.

Ein paar Minuten später kehrte er mit einem Tablett zurück, auf das das Hühnchen samt Beilagen geladen war. Er eilte noch einmal davon, um Teller und Besteck zu holen, und für die nächsten paar Stunden erzählte Brittany ihm aus ihrem Leben. Von ihrer Familie, ihren Reisen, ihrer kurzen Modelkarriere, ihrem Traum, Modedesignerin zu werden. Er hörte zu und lächelte gelegentlich. Bei Jonny schien es, als würde jedes Lächeln bedeuten, dass sein Hirn gerade auf »Speichern« klickte. Jonny erzählte von seiner Familie. Seine Eltern hatten sich früh zur Ruhe gesetzt. Sie gingen zu Wohltätigkeitsveranstaltungen und Konzerten, wo sie mit anderen Mitgliedern der Oberschicht zusammentrafen.

»Svea wirst du mögen«, sagte er mit Verweis auf eine seiner Schwestern, während er mit den Fingern über Brittanys Oberschenkel fuhr. »Ich glaube, ihr beiden habt viel gemeinsam.« Er beugte sich hinunter, um die von seiner Berührung hinterlassene Spur zu küssen, während sie sein weizenblondes Haar um ihre Finger wickelte.

»Wirklich?«

Er summte zustimmend gegen ihren Schenkel. »Und Antonia?«

»Sie macht mir Angst.« Er lachte. »Sie ist die Älteste. Fünfzig. Svea ist sechsundvierzig. Ich war das Versehen.« Stimmt, Brittany fiel wieder ein, dass sie drei Jahre älter war als er – er war fünfunddreißig.

»Gott, du gibst mir das Gefühl, ein *Cougar* zu sein.« Sie kicherte. Zur Antwort knabberte er an ihrem Schenkel.

»Ich mag diesen Puma.« Sein Mund arbeitete sich von ihrem rechten Schenkel aus hinauf. Als er links abbog und nach innen wanderte, war es das mit Evas Nachmittagsplänen für Brittany und Jonny.

Aber das Abendessen bei Yamamoto war für ihn nicht verhandelbar. Er wollte, dass sie sein Lieblingsrestaurant einmal richtig erlebte, sagte er. Brittany stand auf, um zu duschen, und Jonny kam ihr hinterher. Unter einem kräftigen Wasserstrahl zeigte sie ihm noch ein paar Dinge, die sie mochte, und bald darauf waren sie fürs Abendessen angekleidet. Er trug ein schwarzes Hemd und hatte sich das nasse Haar aus dem Gesicht gekämmt. Brittany zog ein schwarzes Wickelkleid aus dem Koffer, das sie stets dabeihatte, und legte eine bunte Perlenkette dazu an. Im Fahrstuhl drehte Jonny sich zu ihr um und gab ihr einen festen Kuss mit geschlossenen Lippen.

»Du bist wunderschön«, murmelte er gegen ihren Mund, seine Stirn an ihre gelehnt. Sie nahm den Kuss entgegen und wischte dann mit dem Daumen den roten Fleck von seinen Lippen, da sie keine Spur von sich auf ihm hinterlassen wollte.

Eine Woche später hatte Brittany die Hände vor dem Körper gefaltet, die kirschroten Lippen breit auseinandergezogen, das Hütchen auf dem Kopf, bereit, die Passagierinnen und Passagiere auf ihrem Flug nach Miami, Florida zu begrüßen. Ihr Kiefer klappte nach unten, als Jonny an Bord trat.

»Ich hätte dir niemals meinen Dienstplan geben dürfen«, flüsterte sie zwischen zusammengebissenen Zähnen und boxte ihm scherzhaft gegen die Brust. Jonny küsste sie vor ihren Kolleginnen und Kollegen und der nun aufgehaltenen Schlange hinter ihm und hüllte sie beide ein in *Ohhhs*.

Brittanys Sommer wurde zu einer rauschhaften Wolke, die in jeder Hinsicht mit Jonny gefüllt war. Er hatte es über seine einmonatige Verliebtheitsphase hinaus geschafft und folgte

Brittany nun den ganzen Juni hindurch überallhin. Er stieg in London mit ihr ein oder flog nach DC, um sie dort zu treffen, wenn er kein Ticket in ihrer Kabine mehr ergattern konnte. Abgesehen von seinem engsten Londoner Kreis aus Eva und Frank hatte Brittany ihn gebeten, ihre Rendezvous geheim zu halten. Sie war noch nicht bereit, damit an die Öffentlichkeit zu gehen, und Jonny versprach ihr, er werde warten. Er wollte niemanden außer ihr.

Er brillierte bei seinen Prüfungen, wenn er sie so befriedigte, wie sie es mochte. In Alexandria hatte er sie richtig schmecken gelernt. In London hatte er gelernt, welches Vorspiel sie mochte. In Miami hatte er seinen Rhythmus gemeinsam mit ihrem Körper perfektioniert. In New York hatte er gelernt, wie er in der Badewanne ihren Rücken schrubben musste, um sie schnurren zu lassen wie seinen Puma. Ihr gemeinsamer Scherz. In Los Angeles hatte sie dann verlangt, dass er ihr zeigte, was er mochte, und er wäre vor Lust fast gestorben.

Der Juli brachte noch mehr davon, mit längeren Phasen des Zuhörens. Jonny erzählte ihr von seiner Kindheit und wie seine Marotten ihn eingeschränkt hatten. Seine Eltern hatten ihm versichert, mit ihm sei alles in Ordnung und er solle sie einfach ignorieren. Seine Eigenheiten und der Spott der anderen Kinder hätten ihn jedoch fast von innen aufgefressen, bis er schließlich seine Stärken erkannte und wie er sie nutzen konnte. Noch immer hatte er Schwierigkeiten, mit Menschen richtig umzugehen, aber Brittany lernte er auswendig. Wie er ihr gefallen, sie befriedigen und jene Tränen des Glücks bei ihr hervorrufen konnte.

Daher starrte er sie verwirrt an, als sie sich eines Freitagabends Anfang August in London träge auf ihm bewegte. Canary Wharf hatte sich in der Dunkelheit in eine Decke aus Glühwürmchen verwandelt. Brittany hatte rittlings auf ihm gesessen, seine Hände griffen um ihre Taille, und er hatte sich genauso bewegt, wie sie es mochte. Langsame Stöße mit einem leichten Anheben und

Absenken. Aber diesmal wirkte sie abgelenkt, und er hörte auf und versuchte mit offenem Mund, zu Atem zu kommen.

»Was ist los?«, keuchte er. Sie spürte, dass er kurz davor war. Sie schüttelte den Kopf.

»Nichts.« Sie brachte das Wort kaum hervor. Brittany musste plötzlich würgen, sie sprang von Jonny hinunter und stürzte Richtung Bad.

Sie kauerte über der Toilettenschüssel, als sie ihn sanft die Tür aufdrücken hörte. Ihr Körper zuckte unter Schluchzern, während sie sich am Deckel festhielt, um Luft zu bekommen. Sie hatten beide Seebarsch zu Abend gegessen, also konnte ihr davon nicht so schnell schlecht geworden sein. Betrunken war sie auch nicht.

In diesem Augenblick hörte sie Jonny tief Luft holen, ehe er leise murmelte: »Oh, Fuck ...«

Muna

Nachdem Muna die erste Nacht in ihrem eigenen Bett in jener Wohnung in Tensta verbracht hatte, war sie erst am nächsten Mittag aufgewacht. Der Morgen hatte sich längst verzogen, gemeinsam mit Khadiija und Yasmiin. Muna hatte auf ihr Telefon geschaut und war zunächst erschrocken gewesen. Ein Uhr dreiundzwanzig. Sie hatte den Vormittag komplett verschlafen.

Sie hörte ein Geräusch, zog sich rasch an und hastete zur Wohnungstür. Zwei weiße Briefumschläge lagen auf dem Fußboden davor. Sie hob sie auf und las laut ihren Namen.

»Muna Saheed.« Post für sie. Sie bekam Briefe an ihre eigene Adresse gesandt. Und es fühlte sich so gut an. Beide Briefe kamen vom Skatteverket, dem Finanzamt, das ihr die Bestätigung ihrer persönlichen Identifikationsnummer und der Anmeldung in ihrem neuen Bezirk, Spånga-Tensta, schickte. Aber es hätten ebenso gut handgeschriebene Liebesbriefe sein können, Muna hielt sie sich unter die Nase, schloss die Augen und genoss den süßen Papiergeruch.

Den nächsten Monat verbrachte Muna in einem Zustand des Nestbaus. Ihr Zimmer wurde zu ihrem Kokon, den sie mit farbenfrohen Kleinigkeiten schmückte. Sie wagte sich kaum in die Innenstadt vor. Die Innenstadt verschlang Geld. Ihre Deko suchte sie sich stattdessen in Secondhandläden, afrikanischen Geschäften und nahöstlichen Kiosken zusammen, die es überall in Tensta gab.

Ihre erste Überweisung von der Sozialversicherungsanstalt Försäkringskassan hatte ihr das Gefühl gegeben, Millionärin zu sein. Etwa 6.800 Kronen monatliche Sozialhilfe plus 4.700 Kronen für den Unterhalt. Ihre Wohnung war bereits subventioniert. Die Zahlen – 11.500 Kronen – leuchteten auf dem Papier wie Neonlichter. Ein Reichtum, der ihre Träume überstieg.

Als Muna jenes erste Bestätigungsschreiben über die Überweisung bekam, eilte sie in ihr Zimmer und presste die Lippen auf das Foto vom lachenden Ahmed mit dem schwarzgesichtigen Schaf auf den Schultern. Das Bild hatte sie mit einem Magnet an der Tafel über ihrem Schreibtisch befestigt. Neben ihm hingen Fotos von Caaliyah, Aaden und Mohammed. Auf ihrem Schreibtisch lagen nun ordentlich gestapelte Lehrbücher für ihren Schwedischkurs.

Als sie sich nach dem Kuss zurückzog und auf die Magnettafel schaute, erstarb ihr Lächeln. Alle Menschen, die sie jemals geliebt hatte, waren tot, ihr Lächeln eingefroren in der Zeit. Muna trat einen Schritt zurück, um die gesamte Magnettafel voller Fotos zu betrachten, und ihr wurde bewusst, dass sie quasi ein Friedhof war.

Khadiija und Yasmiin wurden für Muna schneller zu Schwestern, als sie es erwartet hätte. Als die Jüngste der drei wollte Muna nie allein sein. Sie hängte sich an Khadiija, mit fünfundzwanzig Jahren die Älteste, wann immer diese einkaufen ging oder das Gemeindezentrum aufsuchte, um sich zu entspannen und neue somalische Freundinnen und Freunde zu treffen. Sie vertrieb sich sogar die Zeit in dem libanesischen Restaurant, wo Khadiija Geschirr spülte und nach den Gästen die Tische abwischte.

Muna folgte auch der einundzwanzigjährigen Yasmiin zu dem äthiopischen Friseursalon, in dem diese als Friseurin arbeitete und Kundinnen schminkte. Ihre Gespräche drehten sich stets um Männer. Dieser hübsche Mann. Jener heiße Typ. Muna fand, Yasmiin sei besessen von Männern. Als Yasmiin eines Tages gerade eine Leave-in-Haarkur in Munas luftigen Afro einarbeitete, gestand sie ihr, sie habe jemanden kennengelernt.

»Ich kann noch nicht allzu viel erzählen«, strahlte Yasmiin ihre Schwester-Freundin in dem von Fingerabdrücken verschmierten Spiegel des Salons an. »Irgendwann wirst du ihn kennenlernen … wenn ich ihn bis dahin noch mag.«

Khadiija und Yasmiin hatten mit ihr noch nicht den Raum des völligen Vertrauens betreten. Jener Raum, in dem der Schmerz frei fließen konnte und die Verzweiflung sie fast erstickte. Sie fragten einander auch nicht danach. Ihre Schlafzimmer waren für Muna wie einzelne sichere Häuser, für die anderen nicht zugänglich, nur das Wohnzimmer blieb ihr gemeinsamer Treffpunkt. Schwestern, wenn sie beieinandersaßen, Fremde, sobald sie sich hinter ihren Schlafzimmertüren zurückgezogen hatten.

Muna wusste, dass sie Geduld mit ihnen haben musste. Erinnerungen ans Licht zu holen und sich den Gründen zu stellen, weshalb Menschen geflohen waren, verlangte Zeit. Ebenso, wie sie Monate darauf gewartet hatte, dass Ahmed ihr sein Leben anvertraute.

Khadiija und Yasmiin würden zu gegebener Zeit dasselbe tun, hoffte sie.

Hin und wieder sah Gunhild mit den freundlichen Augen aus dem Bezirk nach ihr. Manchmal trafen sie sich zum Mittagessen im Café der Tensta Konsthall oder schauten sich eine

Ausstellung an. Andere Male schleifte Gunhild Muna auf lange Spaziergänge mit, bei denen die jüngere Frau Mühe hatte, Schritt zu halten.

Bei einer Gelegenheit trafen sie sich zur *Fika*, einer Kaffeepause. Muna nahm einen Bissen von ihrer *Kanelbulle*. Zimtschnecke. Sie schmeckte fad, aber Muna kaute leise weiter, während sie Gunhild zuhörte.

»Ich mache mir Sorgen um dich«, sagte Gunhild und ließ ihre eigene Schnecke nach dem ersten Bissen liegen. Abgesehen davon, dass sie einen neuen wöchentlichen Schwedischkurs begonnen hatte, hatte Muna noch immer keinen Job gefunden. Aber es war noch kein Monat vergangen, seit sie Solsidan verlassen hatte. Sie fragte sich, weshalb Gunhild sie zur Eile drängte. Schließlich wärmte sie sich noch an der Tatsache, dass sie nun ein Zuhause hatte.

»Du brauchst dir um mich keine Sorgen zu machen«, erwiderte Muna, ohne Gunhild richtig in die Augen zu sehen.

»Natürlich mache ich mir Sorgen um dich. Du hast keine Familie hier in Schweden.«

»Ich bin so lange davongerannt«, sagte Muna. »Ich möchte einfach nur das Gefühl genießen, angekommen zu sein.«

Der Juli kam, und Muna versank in einer depressiven Stimmung. Sie vermisste es, die Veranda von Solsidan zu fegen, ein Ort, der nun stummgestellt und in ihrer Erinnerung geparkt war, als hätte sie ihn die ganze Zeit nur geträumt. So untergeordnet die Tätigkeit auch gewesen war, Muna hatte eine Aufgabe gehabt. Hier in Tensta versteckt, begann sie sich zu fragen, ob das Ganze damit enden würde, dass sie ebenfalls in Flammen aufging. Die Langeweile rieb definitiv an ihr, in dem Versuch, ein Feuer zu entzünden. Muna bewegte sich noch immer wie benommen. Das von ihr durchlebte Trauma manifestierte sich in stummen Tränen, sobald sie sich in ihrem Zimmer eingeschlossen hatte und auf ihren Friedhof aus Fotos starrte.

Eines Tages in Yasmiins Salon seufzte Muna, ehe sie sich über ihre Langeweile beschwerte. Sie saß in einer Ecke des Salons, die Wange auf eine Hand gestützt.

»Keine Sorge«, sagte Yasmiin. »Ich werde dir helfen.«

Zwei Monate später saß Muna in Kungshallen, dem unterirdischen Food Court gegenüber des Hötorget, dem Marktplatz im Zentrum Stockholms, wo die Familie eines Türken namens Yagiz einen Dönerstand betrieb.

»Hmm«, murmelte Yagiz und musterte sie mit seinen dunklen Augen. Er hatte eine kurze Pause davon eingelegt, dünne Scheiben Dönerfleisch abzuschneiden. »Musst du diesen Umhang tragen? Ist ein Hijab jetzt nicht genug?«, fragte er sie in seinem stark eingefärbten Schwedisch. Er war ein gut aussehender Mann mit pechschwarzem Haar, das er zu einem Hahnenkamm gebürstet und an den Seiten abrasiert hatte. Ein Schnäuzer zierte sein Gesicht. »Wir sind in Schweden, Himmel nochmal. Dem freisten Land auf der ganzen Welt!«

Muna wusste nicht, was sie erwidern sollte.

»Hör zu.« Yagiz fuhr sich rasch über den Schnurrbart. »Ich möchte dir helfen, aber das ist ein Problem. In den Büroräumen, die wir sauber machen, arbeiten reiche Geschäftsleute. Du kannst da nicht tagsüber, wenn sie wichtige Meetings haben, in deinem Jilbab herumlaufen.«

Muna fragte sich, ob ihr Bruder im Islam vom Glauben abgefallen war.

»Wenn du diesen Umhang trägst, musst du abends die Büros sauber machen«, erklärte er. »Das heißt, um Mitternacht nach Hause gehen. Verstehst du?«

Sie nickte.

»Möchtest du nachts allein nach Hause laufen? Hmm?«, fragte Yagiz.

Sie schüttelte den Kopf. Nein, wenn es eine andere Möglichkeit gab, wollte sie sich nicht nachts auf den Heimweg machen müssen.

»Gut. Nur das Kopftuch, in Ordnung? Ich möchte ja nicht Allahs Zorn auf mich lenken«, sagte Yagiz in dem Versuch, einen Scherz zu machen. Muna lächelte nicht. Er stemmte sich hoch, wischte sich die Hände an seiner Schürze ab, die er um die Hüften trug, und bedeutete Muna, ihm zu folgen. Sie gingen zurück zu seinem Stand, wo er einen seiner Angestellten in rasantem Türkisch anwies, einen Döner zum Mitnehmen für Muna einzupacken.

»Hier.« Er reichte ihr die warme Papiertüte. Sie dankte ihm.

»Also, ich werde dir die Tagesschicht am Montag, Mittwoch und Freitag geben«, sagte er und zog sein Smartphone zusammen mit einer Zigarette hervor, die er sich erwartungsfroh zwischen die Lippen steckte. Er tippte, wischte und scrollte, bis er schließlich die Dienstpläne fand.

»Sei morgen früh pünktlich um sechs Uhr an dieser Adresse.« Er ratterte eine Adresse herunter. »Du wirst die anderen vor dem Eingang treffen. Sie bringen dir ein Shirt mit.«

Muna nickte. »Woran erkenne ich sie?«, fragte sie.

Yagiz antwortete mit einem lauten Lachen, das zwischen ihnen vibrierte und ihr alles sagte, was sie wissen musste.

»Denk daran, nur das Kopftuch!«, betonte er, ehe er sich umdrehte und zum Rauchen nach draußen ging.

Kẹmi

Von ihrem Stockholm-Besuch im Mai nach DC zurückgekehrt, sah Kemi sich sofort nach einer Hausverwaltung um. Sie wollte ihre Wohnung als Anlageobjekt behalten und vermieten, bis sie Schweden satthatte und zurück in die Staaten flüchten würde.

Sie entschied sich, auch ihr Auto zu Hause zu lassen. Stockholms öffentlicher Nahverkehr schien tadellos zu sein. Außerdem würde das Fahren mit Bussen, Bahnen und Fähren ihr die Gelegenheit geben, alles schneller zu erkunden und sich zu integrieren.

»Das war's!« David, der Hausverwalter, den Kemi beauftragt hatte, griff nach dem Formular, das Kemi soeben unterschrieben hatte, und warf einen letzten Blick darauf. »Sie müssen sich um nichts sorgen, denn Sie sind in guten Händen.« Die Floskel glitt ihm leicht von der Zunge.

Sie saßen in Kemis Wohnung an ihrem Esstisch mit der Glasplatte. Davor war David durch die Zimmer gelaufen, sichtlich beeindruckt. Kemi war sich nicht sicher, ob ihn Größe und Einrichtung der Wohnung erstaunten, oder ob es daran lag, dass sie Kemi gehörte. Sie tippte auf Letzteres, da er ihr Geburtsjahr zweimal überprüft hatte.

»Diese Wohnung wird weggehen wie warme Semmeln«, fuhr er fort mit einer weiteren Plattitüde aus seinem Vorrat. »Ich meine: die Lage, die unglaubliche Größe, die Aussicht, voll möbliert …« Sein Blick schweifte durchs Wohnzimmer, ehe er wieder auf Kemi landete.

»Also, was machen Sie noch gleich beruflich?«, fragte er. Wut kochte tief in ihrem Inneren.

»Das können Sie auf dem Formular nachlesen, das ich gerade unterschrieben habe«, erwiderte Kemi kurz angebunden. David kicherte und erhob sich.

»Und es war Schweden, richtig?«, hakte er nach, sobald er auf den Beinen war.

»Japp.« Kemi stand ebenfalls auf und führte ihn zur Wohnungstür.

Ihre kurze Stockholm-Reise war vollgepackt gewesen mit Aktivitäten und Meetings. Nach ihrer Vorstellungsrunde und dem ersten Zusammentreffen mit ihrem neuen Arbeitsteam hatte Ingrid eine PowerPoint-Präsentation gezeigt und die nächsten eineinhalb Stunden damit verbracht, detailliert auszuführen, wie sie arbeiteten, welche Kommunikationsstrategie sie verfolgten, welche Projekte aktuell anstanden und wo Kemi sich einfügen würde, um alles mit einer regenbogenfarbenen Schleife hübsch abzurunden.

Hinterher fügte Ingrid hinzu: »Oh, übrigens wirst du mir unterstellt sein.«

Zunächst war Kemi schockiert. Das war nicht das, was Ingrid ihr am Telefon verkauft hatte. Eigentlich sollte sie direkt Jonny unterstellt sein. Aber irgendwie lieferte Ingrid eine plausible Erklärung für alles.

»Na ja, er ist nie hier. Greta erledigt ohnehin seinen Job für ihn. Du und ich, wir verstehen uns bereits gut. Jonny weiß im Grunde gar nicht, was los ist.«

Kemi hatte sich im Raum umgesehen, während die anderen Abteilungsleiterinnen und -leiter zu Ingrids Worten zustimmend nickten. So sei es effizienter, schienen sie zu bestätigen. Kemis Blick blieb an Espen haften, der nur mit den Achseln zuckte.

»Das ist keine große Sache«, flehte ihre innere Stimme, die sie zu einer nickenden Jasagerin gemacht hatte. »Du bekommst immer noch das Doppelte deines vorherigen Gehalts und eine Führungsposition in einer der mächtigsten Werbeagenturen der Welt.« Im Augenblick schienen alle ganz verrückt nach dem skandinavischen Touch zu sein – Stil, Einrichtung, Lebensart, Mode –, also war von Lundin Marketing eine solide Investition. Wenn Kemi die Firma vom Abgrund eines Diversitäts-Fauxpas zurückholen könnte, dann würde man sie innerhalb ihrer Branche dafür feiern.

Und doch. Ihr Bauchgefühl sagte: renn. Ihr Ego sagte: bleib.

Nach einer übertrieben ausführlichen Präsentation verließen alle gemeinsam das Büro und spazierten drei Straßen weiter zu einem teuren Sushi-Restaurant, in dem die gesamte Bedienung weiß war und das japanische Küchenpersonal kein Wort Schwedisch sprach.

Kemi fühlte sich entblößt in ihrer Haut. Sie war es gewohnt, in vielen Räumen die einzige Schwarze Frau zu sein, aber dieser Ort, diese Luft, die sie jetzt umgab, fühlte sich anders an. Es war wie ein aufgeblasener Kaugummi, der langsam um sie schrumpfte. Das Mittagessen verstrich in einem Mischmasch aus Schwedisch, unterbrochen von Schweigen, wenn Essstäbchen zum Mund geführt wurden. Gelegentlich erinnerte sich irgendjemand daran, dass Kemi da war, und stellte ihr eine Frage auf Englisch.

»Ehrlich? Du hast zwei Masterabschlüsse?«, fragte Greta, während sie mit ihren Stäbchen Lachs-Sashimi von ihrem Teller nahm.

»Ja, das stimmt.« Hatte Greta ihren Lebenslauf etwa nicht gelesen? Insbesondere, wenn sie so eng zusammenarbeiten sollten?

Kemi setzte zu einer etwas persönlicheren Darstellung ihres Lebenslaufs und ihrer Leistungen an, während die Gruppe einfach nur zuhörte und nickte. Als sie fertig war, herrschte betretenes Schweigen, und Blicke wurden gewechselt. Espen ergriff das Wort, um ihrem Elend ein Ende zu bereiten.

»Wir können uns glücklich schätzen, dich zu haben«, begann er. »Wir brauchen hier kluge Frauen.«

Die blondierte Britin Ann Chiders warf ihm einen Blick zu. »Hey! Pass auf«, scherzte sie.

Kemi wusste nicht, ob Ann es lustig meinte. Sie lachte unbehaglich. Ann murmelte Espen rasch irgendetwas auf Schwedisch zu, und dieser schüttelte den Kopf, die Hände in irgendeiner Form von Resignation verschränkt. Kemi beobachtete sie. Sie musste Schwedisch lernen – und zwar schnell.

Sie versuchte, Small Talk zu machen. Die anderen in der Gruppe waren zwar höflich, enthüllten aber nur so viel wie nötig, um Kemis Fragen zu beantworten. Ja, einige von ihnen hatten ebenfalls zwei Masterabschlüsse. Eine hatte sogar einen Doktortitel. Kemi versank tiefer in ihrem kantigen Stuhl, in der Hoffnung, er möge sie verschlucken. Sie hatte mit ihrem Konversationsspanisch angegeben, nur um festzustellen, dass Patrik Mölander mit einer Chilenin verheiratet war und fließend Spanisch und Portugiesisch sprach. Alle anderen um den Tisch, selbst Ann, beherrschten eine weitere Fremdsprache fließend.

Zum ersten Mal in ihrem Berufsleben fühlte Kemi sich nicht gut genug. Sie musste sich im Geiste selbst anfeuern, um sich daran zu erinnern, dass sie es war, die ausgewählt wurde. Jonny und Ingrid waren extra über den Atlantik geflogen, um sie abzuwerben. Sie war hervorragend in ihrem Job. Amerika hatte sie emporgehoben. Nun hatte sie das Gefühl, Schweden wollte ihr irgendwie ihren Wert absprechen.

Nach dem langen Mittagessen spazierte die Gruppe träge zurück ins Büro, als hätten sie schwere Steaks anstelle von leichtem rohem Fisch mit Reis verspeist. Espen ließ sich zurückfallen, um Kemi Gesellschaft zu leisten.

»Und, wie war dein erster Tag in Stockholm? Gestern, oder?«, begann er das Gespräch, die Hände in den Taschen, die langen Beine langsamer bewegend, um sich ihrem Tempo anzupassen.

»Das Wetter war wunderbar, und ich konnte ein wenig ausschlafen.« Sie blickte beim Gehen hinunter auf das Pflaster. »Das hatte ich nötig nach dem langen schlaflosen Flug. Aber immerhin habe ich ein paar Filme geschaut, die ich bis dahin verpasst hatte.«

Sein Lachen als Reaktion war bemüht. »Und hast du die Stadt erkundet?«

»Ich habe einen Spaziergang über die Brücke in die Altstadt unternommen. Gamla stan, richtig?«, fragte Kemi halb. Er nickte. »Die Stadt ist wunderschön. Ich habe das Gefühl, Stockholm hat sich für meine Ankunft von seiner besten Seite gezeigt«, fuhr sie fort. Espen schenkte ihr ein schiefes Lächeln.

»Na, ich hoffe, du erhältst dir dieses Staunen«, bemerkte er. »Meine Frau stammt von den Kapverden, und sie tut sich immer noch schwer.«

Kemis Interesse war geweckt. »Weshalb?«

»Nun ja ...« Espen räusperte sich. Eine unsichere Geste, die Kemi zu verstehen gab, dass er gerade womöglich zu persönlich gegenüber einer Kollegin wurde. Immerhin begegneten sie sich heute zum ersten Mal. »Ach, ich weiß nicht. Sie hat das Gefühl, Stockholm habe sie hereingelegt. Die Stadt habe sie mit ihrer Schönheit verführt, und sich dann vor ihren Augen in ein hässliches Ungeheuer verwandelt.«

Kemis Bauchgefühl meldete sich. »*Hör zu!*«, befahl es.

»Wie meinst du das? Lebt sie nicht gerne hier?«

»Das würde ich so nicht sagen«, versuchte er zu erklären. »Sie findet es nur schwierig. Sie hat seit unserer Hochzeit immer noch keinen Job gefunden, und sie ist hierhergezogen, um bei mir zu sein. Es macht mich fertig, sie so frustriert zu sehen.«

»Wie seid ihr beide euch begegnet? Wenn ich fragen darf, natürlich.«

»Ähmm, wir haben uns online kennengelernt. Ich dachte, es wäre hier einfach für sie. Ich habe viele Freunde, die ihre Partnerinnen im Internet kennengelernt haben, aber das waren meistens Schwedinnen, oder sie wohnten bereits hier.«

»Was hat sie studiert? Kannst du ihr nicht bei der Jobsuche helfen?«

»Tja ... Ich stelle nun fest, dass das schwieriger ist, als ich gedacht hatte.« Espen verstummte plötzlich, und Kemi spürte, wie er dichtmachte. Mehr war er nicht bereit, ihr mitzuteilen. Er hatte Stockholm als Verführer dargestellt. Sie konnte gut erkennen, weshalb. Lange, schmale, fingerartige Gebäude in einem hellen Melonengelb, einem blassen Pfirsichton und einem pastelligen Rot. Labyrinthe aus Wasserstraßen mit dahingleitenden Fähren. Blumen in voller Pracht, die gerade vom Frühling in den Sommer übergingen. Die Stadt war sexy, und wenn Stockholm ein Mann wäre, den sie in einem Nachtclub getroffen hätte, hätte Kemi sich sogleich angespornt, ihn zum Tanzen aufzufordern.

Von den Kinderlosen in ihrem Team – Espen und Maria – hatte sie Empfehlungen für coole Orte für Drinks und Musik bekommen.

Sie schickten Kemi zu ein paar Clubs rund um Stureplan, dem Herzen ihres schicken Büroviertels, und nach Gamla stan für ein wenig Jazz und Blues, falls sie nach etwas Soul suchte, um sich »zu Hause« zu fühlen. Das gleiche Schaudern, das sie oftmals bei Connors gespielter Weltläufigkeit verspürt hatte, überkam sie nun wieder. Sollte sie sich etwa wie eine Betrügerin fühlen, weil sie Alternative Rock bevorzugte? Schwarz zu sein bedeutete anscheinend, bestimmte musikalische Vorlieben zu haben.

Und an jenem Abend traf sie in einem Nachtclub tatsächlich auf »Stockholm« in Gestalt eines großen Mannes mit der Statur eines professionellen Hockeyspielers, der mit seinen Freunden in einer Ecke saß. Er wandte den ganzen Abend den Blick nicht von ihr, während sie still an der Bar saß und den Electro-Funk-Vibe des Clubs genoss, hübsche Menschen beobachtete und an einem grünen Cocktail nippte. Er hielt ein Whiskeyglas umfasst, das beständig von irgendjemand Unsichtbarem aufgefüllt wurde, und blickte immer wieder zu ihr. Wenn ihre Blicke sich trafen, hielt er ihren lange fest. Sein eigener wanderte niemals anzüglich über ihre Kurven. Er starrte sie durch den Raum voller Körper hinweg an, kam jedoch nicht auf sie zu oder forderte sie zum Tanzen auf. Als Kemi nach Hause ging, fühlte sie sich entmutigt.

War das Stockholm? Etwas, das sie anlockte, das sie jedoch nie ganz haben durfte? Denn wenn es so war, wirkte Washington, DC auf einmal gar nicht mehr so übel. Zumindest bewegten die Männer in DC ihre Füße und kamen herüber.

Als sie an jenem Abend zurück ins Hotel lief, kam Kemi an zwei Schwarzen Frauen vorbei, und sie war froh, unbekannte und doch vertraute Gesichter zu sehen. Sie lächelte ihnen zu, bekam jedoch nur ein leeres Starren zurück, als wäre sie eine Probe in einem Labor – eine Bakterie, die aus ihrer Petrischale entwischt war. Es musste an ihrer Kleidung liegen, denn die Frauen trugen einfache Baggy Pants, lockere Oberteile, kaum Make-up und Braids, die schon vor Wochen hätten erneuert werden müssen. Sie mussten in ihrem Alter sein, Anfang bis Mitte dreißig. Im Vorbeigehen drehten sich alle drei gleichzeitig um und nahmen einander in Augenschein. Die beiden Frauen studierten Kemis teures Outfit – das Kleid, die hohen Schuhe, die Prada-Jacke –, und Kemi erfasste ihre lustlose Aufmachung, eine Ahnung von sich selbst nach ein paar Jahren in Schweden.

Der nächste Tag auf der Arbeit ging dafür drauf, Kemi im System anzumelden und ihren Firmenlaptop einzurichten. In der Mittagspause fuhr Louise, Jonnys Assistentin in Stockholm, sie zu einer Wohnung in Karlaplan, wo sie die ersten sechs bis neun Monate unterkommen sollte, bis sie sich eingelebt hätte und in ihre eigenen vier Wände ziehen würde. Die Wohnung gehörte zu einer der über ganz Stockholm verstreuten Immobilien, die im Besitz von Jonnys Familie waren. Sie befand sich in einem Gebäude aus dem 20. Jahrhundert mit schmalen Aufzügen, deren Metallgitter man mit der Hand zuziehen musste, ehe die Türen einen einschlossen wie in einer Gruft.

Als könnte sie ihre Gedanken lesen, versicherte Louise Kemi, dass es sich um eine hübsche Wohnung handelte. Sie öffnete eine alte, renovierte Flügeltür, die in minimalistisch ausgestattete, aber edle Räume führte. Ein Zwei-Zimmer-Loft mit einem schönen Ausblick auf den Park und polierten Holzfußböden, die Einrichtung ganz in Grau gehalten, abgesehen von ein paar gestreiften Marineakzenten.

»Normalerweise nutzen wir diese Wohnung für wichtige Beraterinnen und Berater, die nur für ein paar Monate bei uns arbeiten«, erklärte Louise und schob sich die brünetten Strähnen hinter die Ohren. »Sie hat alles, was du brauchst, und natürlich kannst du dich jederzeit bei mir melden, wenn du irgendetwas nicht findest. Ich werde hier sein, wenn das Umzugsunternehmen mit deinen Sachen aus den Staaten kommt.«

Kemi stand stumm da und ließ alles auf sich wirken. Sie hatte noch nie im Leben irgendetwas einfach so bekommen. Das hier war zu mühelos, und ihr Instinkt, wegzulaufen, sprang erneut an. Was wollte von Lundin eigentlich von ihr? Es musste doch noch mehr dahinterstecken.

Sie wanderte durch das großzügige Loft. Sie trat an ein Fenster und blickte auf den Park in der Ferne, der in einem weiten Bogen von Autos umfahren wurde.

»Danke, Louise«, sagte Kemi mit Blick auf die im Kreis fahrenden Autos. »Es ist entzückend.«

Am letzten Tag ihres Kurztrips tauchte Jonny schließlich im Büro auf. Sein Gesicht von der Farbe geschlagener Butter war von einem großen blauschwarzen Fleck auf der Nase und Grind über einer Augenbraue gezeichnet. Bei seinem Gang durch die Korridore trug er eine Sonnenbrille, sodass niemand ihm in die Augen blicken konnte. Kemi hatte ein Büro bekommen, das ihrem bei Andersen ähnelte: halb Wand, halb Glas – separiert, aber für alle sichtbar.

»Wie geht es dir?«, fragte Kemi ihn. »Ich habe von deinem Unfall gehört.« Jonny nickte mit zusammengepressten Lippen.

»Alles ist gut. Kein Grund zur Sorge«, antwortete er. »Ich hoffe, Ingrid und die anderen haben sich gut um dich gekümmert.«

»Ja, natürlich.«

»Schön. Ich freue mich auf unsere Zusammenarbeit«, sagte er, ehe er sich umdrehte, nach seiner Sporttasche griff und seiner Assistentin Louise, die ihm durchs Büro gefolgt war, mitteilte, er werde sich den Rest der Woche freinehmen, um sich auf Sandhamn zurückzuziehen, jener Insel in Stockholms Archipel, auf der seine Familie ein Anwesen besaß. Diese Information teilte Louise mit Kemi, sobald Jonny aus ihrem Büro getrottet war.

Die flüchtige Begegnung mit Jonny verunsicherte Kemi. Würden sie jemals tatsächlich zusammenarbeiten? Oder hatte er sie nur hergeholt, um sie im Büro auszustellen, während er ständig aufbrach, um seinen Launen zu folgen?

Nach der Arbeit landete sie in einer Lounge in Gamla stan, suchte sich einen Barhocker und bereitete sich darauf vor, für den Rest des Abends allein dort zu sitzen, als sie von einem Mann angesprochen wurde, der mutiger war als jener vom vorherigen Abend. Er war wesentlich älter als sie, hatte Zähne, die auf jahrzehntelanges Rauchen hindeuteten, Krähenfüße um seine blassen Knopfaugen, ledrige, sonnengeschädigte Haut und fettige hellbraune Locken, und steckte in einem teuren Dreiteiler. Als er sich näherte, wollte Kemi sich in die andere Richtung drehen, aber da stand er schon neben ihr. Sie hob ihr Glas an die Lippen und machte sich auf eine Störung gefasst.

Zunächst sagte er nichts und starrte sie stattdessen mit einem anzüglichen Grinsen an. Sie ignorierte ihn, was ihn zu ungebetenen Worten anspornte.

»Kann ich dir einen Drink ausgeben?«, fragte er in stark eingefärbtem Englisch. Sie schüttelte den Kopf.

»Wohnst du hier?«, fuhr er fort und lehnte sich neben sie an den Tresen. Sie drehte sich zu ihm um und sah, wie sich Schweißperlen auf seiner Stirn und Oberlippe sammelten.

»Ich bin geschäftlich hier«, antwortete sie. Was sie eigentlich sagen wollte, war: »Verpiss dich«, aber Jahre des vorwegnehmenden

Nickens hatten sie zu einer konturlosen, überhöflichen Person gemacht.

»Bist du Amerikanerin?« Er wirkte erfreut. »Ich höre einen Akzent.« Im Grunde war sie das. Ihr frisch gedruckter amerikanischer Pass war ihr Abzeichen. Aber eigentlich war sie Afrikanerin, und das ließ sie ihn auch wissen. In der Luft um sie verlagerte sich etwas. Als bekäme gerade jemand den Jackpot, ohne zuvor Lotto gespielt zu haben. *Oooh. Afrikanerin.*

Er rückte näher.

»Du bist Afrikanerin? Woher? Ghana? Nigeria?« Er legte ihr eine Hand auf den Arm, die sie rasch abschüttelte. Das schien ihn kaltzulassen. »Ich habe viele Jahre in Afrika gelebt. Habe dort für die UN gearbeitet«, teilte er ihr mit. Er drängte sich in ihren Raum, und sie wollte, dass er verschwand.

»Ich kenne ein paar afrikanische Mädchen.« Sein Blick wanderte hinunter zu ihren Hüften, bevor er ihr weiter auf den Leib rückte. »Ihr Mädchen seid etwas ganz Besonderes.« Er ahmte einen westafrikanischen Akzent nach, und ein Lächeln grub sich in sein wettergegerbtes Gesicht.

»Entschuldigen Sie!« Kemi glitt von ihrem Hocker auf die Füße, aber er versperrte ihr den Weg.

»Warte, warte«, bettelte der schmierige Typ. »Geh noch nicht. Wie heißt du, *ehn*?« Sie drängte sich an ihm vorbei und außerhalb seiner Reichweite, als er versuchte, nach ihrem Arm zu greifen. Sie platzte hinaus in die warme Frühlingsnacht, holte tief Luft und versuchte, ihr rasendes Herz zu beruhigen. Sie hätte ihm eine knallen sollen. Eine schallende, weit ausgeholte Ohrfeige. Sie hätte ihm damit eine weitere Sache zeigen können, in der afrikanische Mädchen gut sind.

Ihre innere Stimme meldete sich erneut. Ihr Bauchgefühl hielt ihr Ego im Schwitzkasten und schrie: *RENN!*

Nein, sie war schon zu weit gekommen. Sie durfte die Selbstzweifel jetzt nicht ins Boot klettern lassen. Dieser Wechsel nach

Schweden war ihr auf dem Silbertablett gereicht worden, und es wäre töricht von ihr, wenn sie zu ihrem bisherigen Status quo zurückkehrte. Schweden hatte seine eigenen Datingregeln, und sie wusste, dass sie sich anstrengen musste, sie zu entziffern.

Suchte sie schließlich neben einer neuen Karrierechance nicht auch nach Liebe? Danach, genug für jemanden zu sein?

Sie umarmte sich selbst, schlang sich die Arme um den Oberkörper und lief vorsichtig über Gamla stans Kopfsteinpflaster auf das Ufer zu, um einen entspannenden Spaziergang zurück zum Hotel zu machen. Die Stadt glänzte, und auf dem an jenem Abend ungewöhnlich ruhigen Wasser lag ihr goldenes Spiegelbild.

Was für eine Verführerin diese Stadt doch war.

Juni und Juli vergingen mit Vorbereitungen. Bankkonten kündigen, Mitgliedschaften beenden. Ihren Schrank ausräumen und ein paar Kisten zur Aufbewahrung zu Kehinde nach Richmond fahren. Zwischendurch meldete sich Andre, der Elektriker, ein paarmal auf der Suche nach Sex. Sie ignorierte seine Nachrichten. Andersen & Associates wirkten wie das letzte Kapitel in einem Buch, das sie nun allzu gerne zuklappte. Abgesehen von ein paar Benachrichtigungen von LinkedIn, die nahelegten, dass Connor gelegentlich ihr Profil besuchte, war er aus ihrem Leben verschwunden.

Die letzten paar Tage vor ihrem Umzug verbrachte Kemi in Richmond mit Kehinde, Lanre und ihren Kindern.

»Wie geht es dir?«, fragte Lanre, als sich die drei Erwachsenen nach dem Abendessen mit ihren Teetassen ins Wohnzimmer setzten.

»Ich weiß es noch nicht«, erwiderte Kemi und führte die Tasse an ihre Lippen.

»Haaa«, warf Kehinde ein. »Und das, obwohl du in ein paar Tagen abreist? Das ist doch nicht dein Ernst.«

»Ich meine, ja, ich bin aufgeregt. Ich brauche diese Veränderung. Ich brauche diese Erinnerung daran, dass ich es wert bin, dass da draußen noch mehr auf mich wartet«, fuhr Kemi fort. »Ich hätte so gern, was ihr beide habt.«

Lanre nickte mit geschürzten Lippen. »Es ist harte Arbeit, aber es erfüllt.«

»Ich weiß«, erwiderte Kemi. »Meine Schwester ist glücklich. Mehr Beweise brauche ich nicht.«

Tatsächlich hatte Kehinde Zufriedenheit erlangt. Oder war es Resignation, nachdem sich ihre Träume nicht erfüllt hatten? Kemi wusste dieser Tage gar nichts mehr mit Sicherheit, also blieb sie bei Zufriedenheit.

»Wenn es nicht klappt, weißt du, dass wir immer da sind, nicht wahr?«, sagte Kehinde sanft.

Kemi blickte ihr in die Augen und spürte Tränen aufsteigen. Sie verzog die Lippen, um sie zurückzuhalten, und nickte rasch, um nichts sagen zu müssen.

Acht

Brittany-Rae

Zurück in Alexandria musste Brittany für Tanesha, die ihr am anderen Ende der Leitung still zuhörte, wie ein Häufchen Elend klingen. Zwischen Schluchzern und Luftholen zu sprechen war eine Herausforderung. Brittany beendete jeden unverständlichen Strom aus Worten mit: »*O Gott!*«

»Babe … Babe …« Tanesha versuchte, sie zu beruhigen. »Tief atmen, atme, atme.« Brittany gab es endlich auf, zu sprechen und überließ sich ganz der Verzweiflung. Sie wusste, dass ihre Freundin erst mal alles sacken lassen musste. Brittany war schwanger. Von diesem Mann, den sie geschworen hatte, kaum zu kennen. Sie hatte ihn geheim gehalten, weil ihre Eltern sie dafür verurteilen würden. Genauso wie Tanesha.

Brittany hatte ihrer Freundin stets beteuert, sie würde niemals einen weißen Mann daten. Sie hatte immer behauptet, jene, denen sie begegnete, repräsentierten Unterdrückung und Gewalt und hielten die Selbstbeweihräucherung in Gang, weil sie alle unter einer Decke steckten.

»Du hast zu lange in der ersten Klasse gearbeitet«, sagte Tanesha, wann immer Brittany allzu grob über weiße Männer zu sprechen schien.

»Du verstehst es nicht, Tee«, heulte Brittany nun in ihr Telefon. »Das sollte nicht passieren! Ich nehme die Pille!« Sie gehörte zu den 2 Prozent. Während 98 Prozent geschützt waren und ihr gewohntes Leben weiterführen konnten, brach ihres gerade zusammen.

»Warte! Nochmal von vorn ... Wann hast du angefangen, dich mit diesem Mann zu treffen?«

Wenn sie Tanesha auf ihrer Seite haben wollte, musste sie ihr die ganze Wahrheit sagen. Also fing Brittany von vorne an. Erzählte Tanesha alles über Jonny. Wie er ihr unter die Haut gekrochen war und Gefühle in ihr ausgelöst hatte, die ihr bis dahin völlig unbekannt gewesen waren.

»Er ist mir ständig hinterhergeflogen, um mich bei meinen Zwischenstopps zu treffen«, berichtete Brittany. »Das ist Reichtum! Und du solltest mal seine Wohnung in London sehen. Er hat auch einen Chauffeur und eine Assistentin in London.«

Sie erzählte Tanesha von seinen Macken, weshalb er sich für sie wie eine Droge anfühlte. Ein gelehriger Schüler, der anscheinend gar nicht wusste, wie sehr er sie in der Hand hatte.

»Gott, ich habe das Gefühl, meinen verdammten Verstand verloren zu haben«, sagte Brittany. »Er ist so intensiv, Tee. Ich meine, dieser Typ hat meinen Körper auswendig gelernt, und alles, was ich mag.«

»Okay, zu viel Information, *Guuurl*!«, rief Tanesha. »Aber, nur damit wir auf dem gleichen Stand sind ... Wie das?«

Jonny hatte seine Stärke genutzt – seine Intensität –, um sie voll und ganz zu verführen, erklärte Brittany. Und dann hatte er es mit seiner Geheimwaffe versiegelt: seiner Unfähigkeit zu lügen.

»Er kann mir nicht in die Augen sehen und dabei lügen«, fügte Brittany hinzu. »Ist es nicht das, was Frauen wollen? Ein Mann, der sie behandelt wie eine Königin? Der ihr jeden Wunsch von den Augen abliest?«

»Hmm, klingt nach einem Mann, der dich anbetet und verehrt. Und dem verdammt noch mal alles gehört«, bemerkte Tanesha. »Also, wie hat er die Babynachricht aufgenommen?«

Brittany schniefte und hörte auf zu weinen. Wie hatte Jonny reagiert, als sie sich beim Sex die Seele aus dem Leib gekotzt hatte? Er hatte sie auf den Knien im Badezimmer gefunden, sich aus vollem Hals übergebend. Er war offenkundig verängstigt gewesen, unsicher, wie er dafür sorgen konnte, dass es ihr besser ging.

Als sie sich zu ihm umdrehte, hatte er die Augen weit aufgerissen. Er hatte es auf den ersten Blick erkannt.

»Du bist schwanger?« Jonny schien an der Badezimmertür festgewachsen zu sein. Sie ließ seine Frage offen, stand auf und betätigte die Spülung. Dann drängte sie sich an ihm vorbei in ihr Zimmer. Er folgte ihr. Sie schnappte sich ein Handtuch und verschwand unter der Dusche. Noch immer nackt, setzte er sich auf ihr Bett und wartete auf sie, während sie sich wusch.

Als Brittany in ihr Handtuch gewickelt zurückkam, erhob sich Jonny, die Hände an den Seiten zu Fäusten geballt, eine nackte Statue mitten in ihrem Zimmer.

»Jonny …«

»Ich will es.«

»Du weißt nicht, was du da willst. Das hier hätte früher oder später ein Ende gefunden.« Brittany strich sich das nasse Haar aus dem Gesicht. Jonnys Blick folgte ihrer Hand, ehe er wieder ihr Gesicht betrachtete. »Das weißt du.«

»Ich weiß, was ich will.« Er ließ nicht nach in seiner Intensität. »Ich will dich … Ich will es … Ich will uns.« Brittany schüttelte den Kopf und unterdrückte die Tränen, indem sie sich fest auf die Unterlippe biss.

»Ich kann es nicht behalten.« Sie fing an zu weinen. »Ich kann nicht. Es ist egoistisch, das von mir zu verlangen.«

»Bitte«, flehte er.

»Jonny, das ist verrückt. Wir wussten beide, dass es nicht von Dauer sein würde.« Sie schluchzte. »Deine Beziehungsbilanz …«

»Ich liebe dich.«

Jonnys Worte kamen, ehe sie beide bereit dafür waren. Sie wogen schwer.

»Was?«, fragte Brittany kaum hörbar. Jonny verringerte den Abstand zwischen ihnen und nahm seinen Lieblingsplatz ein, direkt vor ihr.

»Ich liebe dich.« Er wiederholte die Worte, diesmal lauter.

»Du kennst mich nicht.«

»Doch, das tue ich.«

Brittany weinte. »Ich weiß nicht, was ich gerade mit einem Baby anfangen soll. Mein Leben in Alexandria …« Er sah, wie sie nach Luft rang. Jonny streckte sogleich die Hand aus, um ihr über die Wange zu streichen und ihren Atem zu beruhigen, ehe er sie an sich presste.

»Ich schwöre dir«, flüsterte er gegen ihre Wange. »Ich werde für dich sorgen. Ich werde für unser Baby sorgen.«

Jonnys Worte klangen für Brittany zu real, um sie verarbeiten zu können. *Unser Baby*. Er hatte sie den Rest des Abends im Arm gehalten, während sie schluchzte.

Tanesha übermittelte sie am Telefon eine Kurzversion der Ereignisse.

»Das ist doch gut«, sagte Tanesha. »Er stellt sich seiner Verantwortung. Er hat versprochen, für dich und sein Kind zu sorgen. Verdammt, der Typ hat gesagt, dass er dich liebt!«

»Das ist keine Liebe. Das ist Verliebtheit. Da besteht ein Unterschied.«

»Wie fühlst du dich, wenn du mit ihm zusammen bist?«, wollte Tanesha wissen.

»Wenn wir zusammen sind, verschwindet alles andere. Wenn er mich ansieht …« Brittany spürte ihr Herz erneut schlagen.

»Brit?«

Brittany summte als Antwort. Sie wusste, was Tanesha nun sagen würde. Sie waren seit beinahe zwei Jahrzehnten befreundet.

»Ich glaube, du liebst diesen Jonny, aber du willst es auf den Tod nicht zugeben, weil du stur bist.«

»Du hast keine Ahnung, wovon du sprichst, Tanesha.«

»Du bist stur, Brit. Du willst dir nicht eingestehen, dass du dich in diesen Mann verliebt hast«, beharrte Tanesha. »Das höre ich aus deiner Stimme, Süße. Liebst du ihn?«

Ein langes Schweigen, dann entwischte Brittany ein leises »vielleicht«. Sie murmelte das Wort so kraftlos, dass es sie selbst nicht überzeugte. Jonny schien sie verzweifelt zu brauchen. Der wohlhabendste Mann, dem sie je begegnet war, hatte ihr eine solche Macht über sich eingeräumt. Und dieses Gefühl war noch viel berauschender als Liebe.

Sie war sich noch nicht sicher, ob sie ihn liebte, aber das wäre nur eine Frage der Zeit. Oder?

»Das macht dich nicht schwächer, Brit. Er zeigt dir, dass er dich liebt«, sagte Tanesha. »Lass ihn für dich sorgen.«

Ein paar Tage später, während Brittanys freier Tage, bevor ihr Dienstplan für August begann, kam Jonny nach Alexandria. Die Distanz hatte ihnen beiden Zeit zum Nachdenken gegeben. Jonny war nun noch fester in seinem Entschluss und sagte Brittany, er wolle dieses Baby mehr als alles andere auf der Welt, weil er sie wolle.

Ihre Zeit war abgelaufen. Jamal hatte aufgehört, die Miete für ihr Reihenhaus zu bezahlen. Zerknirscht erwähnte Brittany dies Jonny gegenüber, als sie zusammen im Bett lagen. Er rief sogleich Eva in London an. Ein paar melodische schwedische Sätze später legte er auf.

»Alles erledigt«, sagte er und schob das Telefon von sich. Sie bedankte sich bei ihm und hüllte sich ein in dem Wissen, dass sie ihm etwas bedeutete. Deshalb half er ihr. Nicht etwa, weil sie nun vor lauter Verzweiflung auf seine Gunst angewiesen war. Der Chor der unheiligen Dreifaltigkeit in ihrem Inneren begann erneut zu singen und klang ungefähr so: *Verzweiflungsakt! Verzweiflungsakt!*, zur Melodie von »Hallelujah«.

»Komm mit nach Stockholm«, sagte Jonny und gab ihr einen Kuss auf den Bauch. »Lern meine Familie kennen.«

»Das ist zu früh«, protestierte Brittany.

»Wenn sie dich jetzt kennenlernen, werden sie später nicht überrascht sein, wenn unser Baby kommt.« Seine Logik erschien sinnvoll. Er versuchte jetzt schon, sie zu beschützen. Sie zog seinen Kopf für einen Kuss nach oben, aber er hielt sie zurück und sah sie stattdessen an.

»Liebst du mich?«, fragte Jonny und schaute ihr tief in die Augen.

Brittany war noch nicht bereit für diese Worte.

Sie legte ihre Lippen ganz sanft auf seine. Jonny erwiderte ihren Kuss stürmisch, und seine linke Hand fuhr über die Wölbung ihres Hinterns, um sie an seinen Körper zu pressen.

Muna

»Von Lundin Marketing«. Muna las die Worte auf dem kleinen goldenen Schild, das an dem Gebäude in der Birger Jarlsgatan angebracht war. Der Name »von Lundin« klang vertraut, aber sie konnte nicht sagen, wo sie ihn schon einmal gehört hatte. Die große Holztür mit deutlichen Altersspuren war verschlossen. Muna wartete auf die Putzkolonne, die Yagiz ihr angekündigt hatte. Sie wusste nur, dass sie warten sollte, sonst wusste sie nichts, noch nicht einmal, auf wie viele Menschen sie treffen würde.

Sie suchte die Straße ab, die so früh am Morgen wie ausgestorben war. Ein paar Joggerinnen waren unterwegs – geschmeidige Körper mit überirdischen Proportionen in hautengem Lycra, die Pferdeschwänze wippend. Das Geräusch ihrer regelmäßigen, hämmernden Schritte wurde nur unterbrochen von Männern, die in Mülleimern raschelnd nach Plastikflaschen und leeren Getränkedosen suchten, deren Pfand sie einlösen konnten. Ein, zwei Taxis sausten vorbei. Eine der wohlhabendsten Straßen Stockholms war um diese Uhrzeit nur spärlich besucht.

Muna rückte ihr schwarzes Kopftuch zurecht und fühlte sich nackt, als sie auf das blaue T-Shirt hinunterblickte, das sie über einer unförmigen schwarzen Hose trug, die sie in einem Secondhandladen gekauft hatte. Sie hatte sich das Haar zu zwei Cornrows geflochten und das schwarze Tuch darum gewickelt. Sie fuhr sich mit der Hand über das entblößte Kinn und den Nacken und spürte dort die kühle Luft. Es fühlte sich gut an.

Um zehn Minuten nach sechs kamen zwei Männer in aufeinander abgestimmten schwarzen Polohemden und Hosen auf sie zumarschiert, gefolgt von einer Frau, alle hatten olivfarbene Haut, dunkles Haar und Gesichtszüge, die an den Nahen Osten denken ließen. Die beiden Männer stellten sich als Azeez und Qasim vor. Azeez war schlank, und auch wenn seine Glieder zerbrechlich wirkten, wusste Muna, dass sie ihn bis nach Schweden getragen hatten, was auf eine bestimmte Stärke verwies. Die Frau war klein, reichte Muna kaum bis an die Schultern und war so rund wie eine Orange. An ihrem schwarzen Polohemd heftete bereits ihr Namensschild – Huda.

»Okay, *yalla, los geht's!*« Azeez zog einen Schlüsselbund hervor, tippte einen Code ein und wartete auf das scharfe Einlasssummen, ehe die Tür sich von selbst öffnete. Das Licht ging flackernd an, während die Gruppe durch die grauen Flure von von Lundin Marketing lief. Die Putzkolonne vom Sonntag hatte die Räume bereits für den darauffolgenden Morgen vorbereitet. An

Montagen musste Azeez' Team lediglich überprüfen, ob die Kaffeemaschinen und Kochnischen richtig sauber und vollständig bestückt waren, dass es um die Schreibtische und Bürozellen herum ordentlich war und die Toiletten bis vier Uhr nachmittags sauber blieben, wenn sie Feierabend machten.

Als sie sich im Personalraum versammelt hatten, reichte Azeez Muna ein übergroßes Polohemd mit dem Logo aus den Initialen von Yagiz' Putzfirma, YSR, was, wie Muna später herausfand, für *Yagiz' Städning och Rengöring* – »Yagiz' Reinigung und Pflege« – stand. Einfache Aufgaben wurden verteilt, und Muna schnappte sich sogleich einen Mopp. Während sie entschlossen den langen hölzernen Stiel führte, dachte sie zurück an Solsidan, wo sie dafür gesorgt hatte, dass die Veranda stets makellos sauber war. Sie würde ihr Herzblut in diesen Job stecken. Sie würde so hart arbeiten, dass Yagiz sie zur Chefin machen würde.

Zwischen neun und zehn Uhr strömten nach und nach die Angestellten herein. Während sie die Räume betraten und in den Gemeinschaftsbereichen umherliefen, drückte Muna sich an die Wand. Sie sah zu, wie Grüppchen lässig in die Küche schlenderten, sich Kaffee einschenkten und über ihr Wochenende plauderten. Konzerte, Familienausflüge, *Kräftskivor* – Flusskrebsfeste. Wörter wie Malediven, Griechenland und Argentinien schwebten durch die Luft. Anfang August kamen sie zusammen, um mit ihren luxuriösen Ferien anzugeben, so gut sie konnten, solange sie nur alle gleichmäßig angaben, wie Muna feststellte.

Der Neid bildete einen Knoten in ihrem Inneren. Die einzige Sache, die sie sich aussuchen würde, wenn sie einen solchen Luxus präsentiert bekäme, wäre Familie. Zum Glück hatte sie jetzt Schwestern: Yasmiin und Khadiija.

Sie beschäftigte sich in der Küche, räumte auf, machte sauber, lauschte. Sie hätte ebenso gut ein Phantom sein können. Die Menschen achteten nicht darauf, dass sie sich zwischen ihnen bewegte. Aber ihre Gespräche verstummten, als ein Paar Absätze in die Küche geklappert kamen. Muna drehte sich rechtzeitig um, um eine Schwarze Sister hereinkommen zu sehen, mit einer Figur wie eine Acht. Sie hatte eine Menge Haare auf dem Kopf. Extensions, wie Muna erkannte. Die Frau trug ein Kleid mit schwarz-weißen vertikalen Streifen und dazu eine weiße Jacke. Muna starrte sie an, begeistert von ihrer Anwesenheit in diesem Raum.

Der Blick der Schwarzen Sister schwenkte von der Gruppe zu Muna, und sie nickte ihr mit einem Lächeln zu. Muna wandte den Blick ab und ließ ihn auf ihre Hände sinken, in denen sie ein Putztuch hielt.

Die Gruppe wechselte zu Englisch. Munas Englisch war schlecht, aber sie verstand ein paar Wörter: *Wie geht es dir? Aufgeregt. Umzug. Washington, DC.* Diese Schwarze Frau musste Amerikanerin sein. Auf den drei Etagen, die Muna geputzt hatte, hatte sie keine weiteren Schwarzen Gesichter gesehen. Sie hörte auf, in der Küche herumzuhantieren, und sah zu, wie die Gruppe die geheimnisvolle Frau umringte, die glücklich zu lächeln schien. Sie holte sich einen Latte aus dem Automaten, drehte sich um und winkte der Gruppe höflich zu, ehe sie den Flur wieder hinunterklackerte.

Muna wollte sich soeben wieder ihren Phantomaufgaben zuwenden, als sie ihn auffing. Diesen vielsagenden Blick, den sie einander nach dem Weggang der Frau über ihre Kaffeetassen hinweg zuwarfen.

Eine von ihnen kicherte: »*Alltså … Det där var annorlunda …*« *Also … Das ist mal was anderes.*

Muna runzelte die Stirn, unsicher, wie sie diese Bemerkung deuten sollte, auf die ein allgemeines leises Kichern folgte. Diese Gruppe lachte über jene Frau, und Muna wollte wissen, weshalb. Was hatte sie falsch gemacht?

»*Vilken vågad klänning!*«, kommentierte jemand ihr »mutiges« Outfit.

»Den där amerikanska auran ... jag pallar inte!« Diese amerikanische Aura ... Ich halt's nicht aus!

»Men hon är nigerianska ...« Aber sie ist Nigerianerin, mischte sich ein Typ mit kurzem rötlichem Haar ein.

»Strunt samma ...« Egal. Trotzdem.

»Jag fattar inte vad hennes jobb går ut på ...« Ich verstehe nicht, was eigentlich ihre Aufgabe ist.

»Vi behöver mer bruna och svarta ansikten hos oss.« Wir brauchen hier mehr braune und Schwarze Gesichter.

»Oavsett deras kvalifikationer?« Unabhängig von ihrer Qualifikation? Dies kam von einer älteren Frau, die verärgert zu sein schien. Muna konnte ihr Alter nicht richtig einschätzen, wahrscheinlich lag sie noch zu niedrig. Anfang sechzig vielleicht?

»Men Greta ... Hon är den bästa I hela USA på det hon gör.« Aber Greta ... Sie ist in den gesamten Vereinigten Staaten die Beste in ihrem Job. Der Rothaarige schien die Frau zu verteidigen.

»Strunt samma ...« Egal, sagte jene ältere Frau, ehe sie erneut an dem heißen Kaffee in ihrem Becher nippte.

Muna wollte gehen, blieb jedoch wie angewurzelt stehen, als wäre sie unsichtbar im Dienst als Undercoveragentin – eine Schwesternspionin. Sie konnte Informationen für die kurvige Schwarze Frau sammeln, die diese Leute im Raum erst vor wenigen Minuten angelächelt hatte.

In diesem Augenblick bemerkten die anderen Muna, die sie reglos wie eine Statue beobachtete. Sie räusperten sich und lösten ihre Versammlung rasch auf, sodass Muna Gelegenheit hatte, das belauschte Gespräch sacken zu lassen.

Nach ihrer Schicht, auf der Fahrt zurück nach Tensta, wanderten ihre Gedanken zurück zu der Gruppe, und wie sie hinter dem Rücken der Schwarzen Frau über sie gesprochen hatte. Redete Mattias aus Solsidan auch so über sie? Über sie alle? Und Gunhild mit den freundlichen Augen? Herr Björn vom Migrationsverket mit seinem unterkühlten Auftreten?

Paranoia ergriff sie. Wem konnte sie voll vertrauen, wer würde sie nicht als eine Person ansehen, über die man hinter verschlossenen Türen reden durfte?

Als Muna die Tür zu ihrer Wohnung öffnete, kam ihr der Duft von Sesam und Kardamom entgegen. Khadiija stand in der Küche und kochte *Cambuulo*, ein Gericht aus Reis und Bohnen. Munas Magen knurrte, und sie stellte fest, dass sie den ganzen Tag noch nichts gegessen hatte.

Yasmiin saß mit den Füßen auf dem Sofatisch und lackierte sich die Fußnägel in Neontürkis. Muna schlurfte in die Wohnung, ließ ihre Tasche an der Tür fallen und schleppte sich ins Wohnzimmer. Sie ließ ihre müden Knochen auf das Sofa plumpsen.

»Wie war es?«, fragte Yasmiin auf Somali, während sie ihre glitzernden Nägel begutachtete. Muna zog sich das schwarze Tuch vom Kopf und starrte an Yasmiin vorbei ins Leere. Ihr Schweigen genügte, um Yasmiins Blick von ihrer Tätigkeit abzuwenden.

»War es so schlimm?«

Muna musste nachdenken. Zuerst war da diese Schwarze Frau gewesen. Und dann jene Schwedinnen und Schweden, die hinter ihrem Rücken über die Schwarze Frau redeten.

»Danke Yagiz bitte von mir«, erwiderte Muna ausdruckslos. Bei der Erwähnung seines Namens hörte Yasmiin auf, ihre Nägel zu lackieren, und blickte erneut mit ernster Miene zu Muna auf.

»Glaub mir, ich habe ihm schon genug gedankt.«

Muna spürte einen Riss der Verletzlichkeit, durch den Licht strömte. Sie steckte ihren Fuß in den Spalt, in dem Versuch, sich diesen emotionalen Raum offenzuhalten. Sie war bei den beiden Frauen bislang vorsichtig gewesen, voller Sorge, sie könnten sich eines Tages streiten und dann keine Schwestern mehr sein.

»Wieso? Will er irgendetwas von dir?«, fragte Muna sanft. Yasmiin sah sie an, lachte und lackierte dann weiter.

»Wie war dein erster Tag?«

»Okay. Nicht allzu viel zu tun«, antwortete sie. »Diese schwedischen Leute … Ihr würdet nicht glauben, worüber die sich unterhalten.«

Yasmiin kicherte. »Ich kann es mir vorstellen.«

»Da war eine wunderschöne Sister«, fuhr Muna fort. »Gekleidet, als hätte sie Geld. Ich war so stolz auf sie. Aber ihr hättet hören sollen, was die anderen gesagt haben, nachdem sie gegangen war.«

»Was denn?«, rief Khadiija aus der Küche, wo sie über einem zischenden Topf stand. »Was haben sie gesagt?«

»Ich weiß auch nicht«, erwiderte Muna, die immer noch das Aufgeschnappte verarbeiten musste. »Sie können ihre amerikanische Art nicht leiden. Dabei stammt sie auch aus Afrika. Aus Nigeria. Ich weiß nicht, was sie in der Firma macht, aber sie haben sich über mehr braune und Schwarze Gesichter beschwert … oder etwas in der Art.«

»Hmm«, entfuhr es Yasmiin. »Was noch? War es das?«

Muna war erstaunt. »Ja, aber …«

Yasmiin lachte gackernd und stand dann auf, sorgfältig darauf bedacht, die Farbe auf ihren Nägeln nicht zu verschmieren.

»Sie hätten noch viel schlimmere Dinge sagen können«, meinte Yasmiin. »Zum Beispiel Wetten abschließen, wen sie gevögelt hat, um an diesen guten Job zu kommen!« Yasmiin schlurfte auf ihr Zimmer zu, ihr Ort der Sicherheit.

»Yasmiin!«, rief Muna, was ihre Mitbewohnerin innehalten ließ. Sie drehte sich zu ihr um.

»Was?«

»Wie hast du Yagiz kennengelernt?«

Die Frage traf Yasmiin unvorbereitet, und sie sah Muna stirnrunzelnd an.

»Wieso willst du das wissen? Magst du ihn?«

»Nein, nein … Ich bin nur neugierig. Er wirkt nett«, antwortete Muna. Yasmiin lachte sie aus.

»Du weißt, was man über die Ziege und die Neugier sagt.«

Diese Version des Sprichworts hatte Muna noch nicht gehört, aber es machte ihr nichts aus, eine Ziege zu sein, um es herauszufinden. »Sag es mir.«

Yasmiin seufzte und ging dann zurück zu Muna.

»Na ja, du hast Yagiz gesehen. Ein schöner Mann«, begann sie. »Diese Haare, dieser Schnurrbart.« Mit den Händen zeichnete sie seine Züge in der Luft nach. »Ich habe ihn in diesem Reggae-Dancehall-Club in Akalla kennengelernt. Kennst du den?«

Muna schüttelte den Kopf.

»Wie auch immer, er und seine türkischen Jungs kamen und stellten sich in eine Ecke. Taten so, als würde ihnen der Laden gehören.« Sie kicherte. »Wir haben dann ewig getanzt. Er meinte, er liebt afrikanische Ärsche.«

Muna verlagerte ihr Gewicht auf dem Sofa.

»Dann haben wir stundenlang rumgeknutscht – richtig tief mit Zunge und allem ... Hast du schon einmal jemanden geküsst?«

Muna blieb stumm. Sie war noch nicht bereit, von Ahmed zu erzählen. Die beiden Frauen hatten ihre Geheimnisse auch vor Muna bewahrt, die Vergangenheit, vor der sie ebenfalls davonrannten. Wenn es eine Superkraft gab, auf die sich Muna allmählich verstand, dann war es Geduld. Sie konnte ewig warten.

»Wir haben draußen in irgendeiner dunklen Ecke weitergemacht, und dann BOOM!« Yasmiin ließ lachend eine Faust in ihre offene Handfläche knallen. »Zwei eritreische Brothers haben Yagiz von mir weggezerrt, aber er hat nur gelacht und mir seine Visitenkarte gegeben.«

»Warum?«, fragte Muna.

»Warum was?« Yasmiin wirkte verdutzt, ihr Lachen erstarb.

»Warum hast du einen Mann, den du nicht kennst, auf solche Weise geküsst?«

Schweigen erfüllte den Raum. Muna beobachtete, wie Yasmiin das entspannte Lächeln aus dem Gesicht glitt. Sie grinste Muna süffisant an, ehe sie sich wieder zum Gehen wandte. Das Zuknallen von Yasmiins Tür vervollständigte das Sprichwort über Neugier und die Ziege.

Yagiz war tabu, und Muna wollte wissen, weshalb.

Kẹmi

»Schermmi? Schermmi?«, rief der bebrillte Lehrer in den Halbkreis aus Schülerinnen und Schülern. Es war Kemis erster Tag im Schwedischkurs an der Folkuniversitetet, einer Schule für berufliche Erwachsenenbildung wenige Straßen von ihrem Büro entfernt. Wie immer fühlte Kemi sich overdressed. Aufregung und Nervosität tanzten in ihrem Inneren Tango. Es war so weit. Sie lernte nun offiziell Schwedisch und zeigte vollen Einsatz für ihre neue Heimat. Sie blickte sich unter den vierzehn anderen im Zimmer um, die alle an einem Halbmond aus Tischen um den Lehrer saßen. Der Lehrer war ein gepflegter Mann von Mitte bis Ende vierzig, mit dunklem Haar und perfekt getrimmten Augenbrauen.

»Schermmi ist nicht hier?«, rief er noch einmal. Die Gruppe blickte sich rasch untereinander an. Alle anderen hatten sich bereits gemeldet, bis auf Kemi.

»In Ordnung.« Er klappte sein Buch zu und wollte an seinen Schreibtisch zurückkehren, als Kemi ihn auf sich aufmerksam machte.

»Sie haben mich nicht aufgerufen … Kemi.« Der Mann blickte sie über den schmalen Rand seiner Brille hinweg an und klappte dann das Buch wieder auf.

»Mehr habe ich hier nicht«, erwiderte er. »Können Sie Ihren Namen buchstabieren?«

»K-E-M-I.«

»Und wie spricht man ihn noch gleich aus?«, wollte er wissen.

»Keh-mie«, bot sie an. Langsam breitete sich ein Lächeln über sein Gesicht aus.

»Ach, verstehe ... Keh-mie ... Ihr Name schreibt sich wie Chemie auf Schwedisch. *K-E-M-I.* Wir sprechen es ›Schermmi‹ aus!«

Nachdem Kemi diese wissenswerte Kleinigkeit abgespeichert hatte, um später auf sie zurückkommen zu können, begann ihr Lehrer José Lundqvist seinen Vortrag komplett auf Schwedisch. Die Schülerinnen und Schüler warfen einander gelegentlich Blicke zu, während sie versuchten, ihm zu folgen, bis jemand die Hand erhob.

»Entschuldigen Sie. Ich verstehe nicht, was Sie sagen. Es ist alles auf Schwedisch«, erklärte eine Stimme mit amerikanischem Akzent.

»Das hier ist ein Schwedischkurs«, fuhr José auf Schwedisch fort. Die Gruppe erkannte die Wörter *»svenska«* und *»klass«* und schloss daher auf Sarkasmus.

»Aber es ist unsere erste Stunde«, argumentierte der Amerikaner. José blieb stur. Er trat an die Tafel und fing an, darauf etwas auf Schwedisch zu schreiben.

»Wenn das hier ein gratis SFI-Kurs wäre«, fuhr der Amerikaner fort, »würde ich mich ja nicht beschweren. Aber ich zahle tatsächlich für diesen Unterricht und hätte auch gern etwas für mein Geld!«

Die Gruppe verstummte, überrascht von dem Gefühlsausbruch des Mannes.

Seine Worte hatten genügend Nachdruck, um José dazu zu bringen, sich wieder der Klasse zuzuwenden. Er holte tief Luft und fixierte den Typen, schaute dann in sein Notizbuch und wieder auf.

»Malcolm ...«, sagte er betont. Malcolm blickte ihn fragend an.

»Wie wollen Sie etwas lernen, wenn ich die ganze Zeit Englisch spreche?«, erkundigte José sich auf Englisch.

»Ich werde etwas lernen. Aber Sie müssen auch unsere Position verstehen«, erwiderte Malcolm. Leises zustimmendes Murmeln der Gruppe. Malcolm hatte nicht unrecht, flüsterten sie.

Überstimmt blickte José sich in der Klasse um und wandte sich dann erneut an Malcolm, der mit dem Körperbau eines Footballers auf einen Stuhl gezwängt dasaß.

»Na schön. Wenn Sie etwas nicht verstehen, melden Sie sich einfach, und ich werde versuchen … ein wenig Englisch zu sprechen«, bot ihr Kursleiter an, ehe er an die Tafel zurückkehrte.

Zwei weitere Stunden ging es in einschläferndem Tonfall weiter, bis der Unterricht um acht Uhr abends beendet war. Kemis Gehirn war bereits eine Stunde zuvor ausgestiegen. Sie musste nach Hause eilen, etwas zu Abend essen und sich für die Arbeit am nächsten Morgen vorbereiten.

Als sie gerade ihr Notizbuch und ein Wörterbuch in ihre große Tasche packte, wurde sie von hinten angesprochen. »Also, was ist deine Geschichte?« Sie drehte sich um und blickte den Mann mit der sportlichen Statur an, der sich angeschlichen hatte, während sie ihre Sachen verstaute. Er hatte einen großen Afro aus strähnigen Locken, mattgraue Augen und karamellfarbene Haut.

»Malcolm, stimmt's?« Sie streckte die Hand aus. »Kemi.« Sein Handschlag war kräftig. »Ich habe hier gerade einen neuen Job angefangen. Und du?«

»Musiker«, antwortete er. »Saxophon.«

»Cool!« Sie war übermäßig erfreut und sammelte sich kurz, ehe sie hinzufügte: »Seit wann bist du schon hier?« Er schüttelte den Kopf und schnalzte mit der Zunge. Dahinter verbarg sich eine längere Geschichte, die zu hören sie heute Abend keine Zeit haben würde.

»Nun ja, meine Mom ist Schwedin, mein Dad Afroamerikaner«, setzte er an. »Sie haben sich scheiden lassen, als ich zehn war.

Sie ist zurück nach Schweden gegangen und hat mich bei ihm gelassen.« Kemi verlagerte das Gewicht von einem Bein auf das andere, nicht sicher, ob sie an seiner Lebensgeschichte interessiert war, während ihr Ramen-Nudeln durch den Kopf schwirrten.

»Das tut mir leid«, begann sie, in der Hoffnung, ihn damit abzuwürgen. Aber er redete weiter.

»Na ja, mein Dad ist letztes Jahr gestorben, und meine Mom ist schwer krank geworden, also habe ich beschlossen, nach Schweden zu ziehen, um noch etwas Zeit mit ihr zu verbringen, verstehst du?«

»Oh, Malcolm, das tut mir so leid«, erwiderte Kemi. Er zuckte mit den Achseln.

»Weißt du, so ist das Leben. Jetzt bin ich hier und versuche, den ganzen Scheiß und was weiß ich noch alles auf die Reihe zu kriegen«, erklärte er und zog sich seine Kuriertasche über die breite Brust. »Hör zu, ich weiß, dass du losmusst. War schön, dich kennenzulernen, Kemi. Lass uns am Mittwoch weiterquatschen.« Ehe sie antworten konnte, stürmte er aus dem Kurszimmer wie ein charismatischer Tornado. In jenen zwei Minuten, stellte Kemi fest, hatte sie mehr über Malcolm erfahren, als sie bislang über Ingrid oder Espen wusste.

Als sie zu Hause ankam, tat ihr jeder Schritt in den hohen Schuhen weh. Sie wartete, bis der gruselige Aufzug ein hutzeliges Paar ausgespuckt hatte, das offensichtlich über Kemis Anwesenheit in ihrem Gebäude erschrak. Mit einem Lächeln im Gesicht und einer von Fettflecken übersäten Tüte voller Ramen-Nudeln in der Hand zwängte sie sich an den beiden vorbei in den Aufzug.

Langsam entwickelte sie eine gewisse Routine, zu der das Finden von Lieblings-Takeaways und Lebensmittelgeschäften in ihrer Nachbarschaft gehörte.

Während ihrer ersten Tage bei von Lundin hatte sie däumchendrehend über ihren Laptop gebeugt am Schreibtisch gesessen. Das war nichts Ungewöhnliches. Die ersten Tage in einem neuen

Job verbrachte man häufig in einer verschwommenen Wolke, ohne etwas Sinnvolles zu tun. Kemi lief einfach nur im Büro umher, traf auf weitere Kolleginnen und Kollegen, schüttete Lattes in sich hinein und versuchte, gegen die Langeweile anzukämpfen. Ihr erstes Mittagessen mit Ingrid war hastig verlaufen. Sie waren hinunter und auf die andere Straßenseite geeilt, um bei Espresso House einen Salat zu essen. Nachdem sie den Kaffee dort probiert hatte, beschloss Kemi, ihrer Morgenroutine einen Stopp bei Espresso House vor der Arbeit hinzuzufügen.

Als Ingrid und Kemi zurückkehrten, hatte sich ihr Team zu einer Willkommens-*Fika*-Party für Kemi im Konferenzzimmer versammelt. Mitten auf dem Tisch thronte eine neongrüne *Prinsesstårta* – Prinzessinnentorte –, auf der eine rosa Marzipanrose lag. Angeschnitten quoll dermaßen viel Sahne aus dem verdammten Teil, dass Kemi sicher war, allein vom Anschauen fünf Pfund zuzunehmen.

Wie erwartet, war Jonny nicht im Büro, und man gab ihr zu verstehen, sie solle auch nicht mit ihm rechnen.

An zwei Tagen in der Woche würde sie nach der Arbeit zum Schwedischunterricht gehen, montags und mittwochs von fünf bis acht Uhr abends. Nach der brutalen ersten Stunde fragte sie sich, ob sie jemals lernen würde, den Unterschied zwischen *sjö*, *sju* und *kö* herauszuhören.

Zurück in ihrer Wohnung zog Kemi ihren Laptop hervor und schlürfte hungrig ihre Ramen-Nudeln, während sie anfing, mehrere Tabs zu öffnen, um sich auf ihren liebsten Zeitvertreib vorzubereiten: das Durchforsten von Datingseiten.

In ihrer ersten Woche als Bewohnerin Stockholms kam sie zu dem Schluss, der leichteste Weg, die Stadt zu erkunden und sich in ihrer Kultur einzugewöhnen, führte über deren Männer. Sie war voller Hoffnung. Aber als sie »Schwarz in Schweden« googelte, stellte sie fest, dass es nicht leicht werden würde. *Schweden leben abgeschottet*, warnte eine Seite. *Du wirst den ersten*

Schritt machen müssen, empfahl ein Reiseartikel über weltweites Dating. *Neugierige Typen nutzen jede spiegelnde Oberfläche, um deinen Körper abzuchecken, statt dich direkt anzuschauen.*

Kemi scrollte sich durch Profile und Gesichter, während sie ihre Nudeln verschlang. Sie war sich nicht sicher, wonach sie suchte, aber sie wusste, worauf ihr Körper ansprang: Muskeln. Ihr Elektriker Andre blitzte vor ihrem inneren Auge auf. Sie scrollte sich von einem hübschen Jungen zum nächsten. Metrosexuelle in allen Schattierungen. Auch einige wettergegerbte Männer. Und gelegentlich ein Typ, der aussah, als wäre er auf die falsche Website spaziert und hätte versehentlich ein Profil mit einem seriösen Bewerbungsfoto erstellt, weil er dachte, er wäre auf LinkedIn.

Bei einem bärtigen, muskulösen Typen hielt sie inne und nutzte Google Translate, um sein schwedisches Profil zu lesen. Sie blätterte durch weitere Bilder des Bärtigen Muskelprotz und begaffte unterschiedliche Stadien der Bekleidung. Wow, Bärtiger Muskelprotz sah gut aus in einem Anzug, das Hemd über der breiten Brust gespannt. Bärtiger Muskelprotz trainierte auch gern. Muay Thai.

Sie studierte dieses Profil, bis eine Pop-up-Benachrichtigung von Bärtiger Muskelprotz sie erschreckte und sie Nudelbrühe verspritzen ließ.

»Jag ser att du kollar på min profil :)« Ich sehe, dass du dir mein Profil anschaust.

Rasch kopierte sie den Text, übersetzte ihn und lief rot an. Was zum Teufel? Diese Seite verfolgte alles. Konnte Kemi nicht einmal in Ruhe jemanden begaffen, ohne dass der Begaffte es mitbekam? Sie schob ihre Nudeln beiseite und schrieb zurück.

»Erwischt :) Sorry, mein Schwedisch ist grottenschlecht.«

Sie schickte die Nachricht ab und kaute an einem Fingernagel. Ihr Körper reagierte definitiv auf diesen Auserwählten. Wenige Sekunden später antwortete er.

»Du bist witzig … und süß.«

Lahm, aber okay, sie würde mitspielen.

»Danke. Muay Thai also? Das ist ja ganz schön heftig.«
»Ja, ich habe eine Weile in Thailand gelebt, als ich letztes Jahr mit dem Rucksack unterwegs war, da bin ich voll eingestiegen.«

Mit dem Rucksack unterwegs? Letztes Jahr? Kemi wechselte rasch vom Chat-Fenster zu seinem Profil, um noch einmal sein Alter nachzuschauen. Seine Fotos hatten sie abgelenkt. Sie fand es. Sebastian war einundzwanzig. *Mist.* Wie war er so schnell so bärtig und muskulös geworden? Sie musste diese Sache sofort beenden. Was sollte sie mit einem Einundzwanzigjährigen, der gerade erst von einer Rucksacktour um die Welt zurückgekehrt war?

»Mit dem Rucksack unterwegs? Wow, du wirkst so … jung.«

Lange passierte nichts, dann antwortete Sebastian.

»Ich mag ältere Frauen.«

Okayyy, Bärtiger Muskelprotz.
Am Ende chattete sie über eine Stunde mit Sebastian, und der Junge wirkte wie eine alte Seele. Obendrein abenteuerlustig, kannte Dutzende Länder, die er bereits bereist hatte. Er sprach fließend Spanisch und mochte Sisters.
An dem Freitag, an dem sie verabredet waren, herrschte arktische Kälte, mit der Kemi nicht gerechnet hatte. Sie war früh dran

für ihre Verabredung zum Abendessen, für das er ein Restaurant auf der Insel Södermalm ausgewählt hatte. Sie hatte eins ihrer schmeichelhaftesten Kleider angezogen, sich ihre Lieblings-Smokey-Eyes geschminkt und wartete nun mit einem Glas Prosecco in der Hand an einem der von Kerzen beleuchteten Tische für zwei. Sie erkannte Sebastian sofort beim Hereinkommen. Groß, breitschultrig, und sein Bart gab ihm etwas von einem Wikinger. Er sah köstlich aus. Lächelnd stand sie auf.

Aber er kam nicht auf sie zu. Er stand noch immer an der Eingangstür, und sein Blick begegnete ihrem durch den Raum. Sie runzelte fragend die Stirn und versuchte, seinen Gesichtsausdruck zu deuten.

War das … Enttäuschung?

Sie sammelte sich rasch und setzte sich wieder hin, um so zu tun, als hätte sie ihn mit jemandem verwechselt. Sie begann, mit ihrem Besteck herumzuspielen. Ein paar Sekunden später blickte sie erneut auf und stellte fest, dass er verschwunden war, als wäre er nur eine Täuschung gewesen. Kemi biss sich auf die Unterlippe und versuchte zu entschlüsseln, was gerade passiert war. Sie musste allerdings nicht lange grübeln, da ihr Telefon summte und ihr eine Benachrichtigung von ihrer Dating-App anzeigte. Es war Sebastian.

»Tut mir leid … Du siehst nicht aus wie auf deinem Bild.«

Diese Worte waren wie Salz auf eine offene Wunde. Kemi war sofort klar, was sie tun musste, aber sie wollte wissen, weshalb er das Weite gesucht hatte, auch wenn sie damit bloß ihre selbstzerstörerische Neugier stillte.

»Wie meinst du das?«

»Ähmmm … Ich meine … Du bist sozusagen fett.«

Fett?

Kemi wusste gar nicht, wo sie bei dieser Aussage anfangen sollte. Es war das erste Mal in ihrem gesamten katastrophenreichen Datingleben, dass ein Typ behauptete, sie sähe nicht so aus wie auf ihren Fotos. Fotos, die sie sorgfältig ausgewählt hatte, um ihre Vorzüge hervorzuheben. Sie trug US-Kleidergröße 12 und betrachtete sich selbst als durchschnittlich. Kurvig, ja, aber definitiv nicht fett. Andererseits … die Kleider in Größe 12, die sie noch vor ein paar Jahren getragen hatte, passten ihr nun nicht mehr. Die Modeunternehmen waren raffiniert.

Kemi stürzte ihren Prosecco hinunter.

Nachdem sie ihr Glas geleert hatte, blickte sie wieder auf ihr Telefon und tippte:

»Fick dich.«

Neun

Brittany-Rae

Brittanys morgendlicher Flug von London nach Stockholm war brutal gewesen. Der fettige Dunst von Rühreiern und Würstchen in der Businessclass hatte ihr während des zweieinhalbstündigen Flugs über den Nordatlantik den Magen umgedreht. Aber sie riss sich zusammen, indem sie sich auf ihre Meditationsübungen konzentrierte.

Sie wusste nicht, ob die Übelkeit von ihrem Baby herrührte oder von der Tatsache, dass sie unterwegs war, um Jonnys Familie zu treffen. Ursprünglich hatte sie protestiert, aber nach einer langen Aussprache mit Tanesha beschloss sie, Jonny eine Chance zu geben, ihr zu beweisen, dass er es wert war, ihr Leben für ihn aufzugeben. Dass er es wert war, sie von ihrem Weg abzubringen und auf eine viel schnellere, wenn auch bequemere Fahrbahn zu lenken.

Nur Minuten, nachdem Brittany zugestimmt hatte, zu kommen, rief Eva sie aus dem Londoner Büro an, um ihren Reiseplan zu besprechen – und außerdem das Bankkonto für die monatliche Miete zu erfragen. Brittany war sich nicht sicher, was sie davon halten sollte, dass Jonny über eine Stellvertreterin für sie sorgte, aber sie ließ Eva tun, was sie am besten konnte, und beschloss, darüber hinwegzusehen, dass Eva genau wusste, wie man für Jonnys Frauen sorgte.

Nun war sie hier. Im Grunde war es ihr erster Aufenthalt in Skandinavien, auch wenn sie in ihren Jahren als Flugbegleiterin bereits kreuz und quer über ganz Europa geflogen war. Sie wollte fünf Tage bleiben – lange genug, um ein Gefühl dafür zu bekommen, worauf sie sich einließ. In Wahrheit verspürte sie Panik. Sie hatte eine Riesenangst, dass Jonnys Familie sie von vornherein verurteilen würde. Nicht, dass deren Meinung ausschlaggebend sein sollte, beruhigte sie sich, aber ihre überstürzte Affäre mit Jonny hatte Brittany entblößt und verletzbar gemacht. Ein Zustand, in dem sie gerade nicht sein wollte.

Als die Automatiktüren zur Ankunftshalle von Terminal 2 sanft auseinanderglitten, sah sie Jonny in seiner üblichen Haltung auf sie warten, die Fäuste an den Seiten geballt. Sein Gesicht verzog sich zu einem Grinsen, als er sie an sich zog.

»Jonny …«

Sein Mund bedeckte ihren mit einem leidenschaftlichen Kuss. Ein Kuss, der die Ankunftshalle komplett ausblendete, während Fremde sie ein wenig verstört und überrascht beobachteten. Er vertiefte den Kuss und hob die linke Hand, um ihr über die Wange zu streichen. Befangen wand sie sich aus seinem Griff. Sie leckte sich scheu über die Lippen, während er nur wenige Zentimeter vor ihrem Gesicht verharrte.

»Jonny … Ich freue mich auch, dich zu sehen.« Sie lächelte und wagte es nicht, sich umzublicken, da sie bereits spürte, wie sich fremde Blicke in ihre Haut bohrten. Sie musste noch lernen, diese Beziehung mit Stolz anzunehmen.

Er näherte sich ihr erneut und legte seine Lippen auf ihre. Brittany schmolz in seinen Armen dahin. Seine Glut ließ einfach nicht nach. Brittany fragte sich langsam, ob er nicht tatsächlich von ihr besessen war. Aber sie ließ sich von ihm so küssen, wie sie es mochte.

Bis jemand sie anrempelte. Absichtlich, da das folgende »*Förlåt, sorry!*«, das die blonde Frau hervorstieß, frei von Bedauern klang, als sie Brittany einen wütenden Blick zuwarf. Der Stoß war heftig genug, um Jonny in die Realität zurückzubefördern, und er griff nach Brittanys Handgepäck. Wie auf Autopilot legte er ihr seine flache Hand auf den Bauch.

»Wie geht es dir?«, fragte er sie leise und suchte ihr Gesicht nach Zeichen des Unwohlseins ab.

»Ich habe im Flugzeug nicht gekotzt, also …« Ihr Versuch, einen Witz zu machen, ging an ihm vorbei.

»Ist dir wieder schlecht geworden von … *du weißt schon*?«

»Mir geht es gut. Die Übelkeit gehört dazu.«

Er schenkte ihr ein schwaches Lächeln und führte sie hinaus auf den Parkplatz, wo sein silberfarbener Tesla auf sie wartete. Minuten später fuhren sie die E4 hinunter in Richtung Stockholmer Innenstadt, in einer behaglichen Stille, die Brittany umhüllte wie die weichste Merinowolle. Gerührt von diesen Gefühlen legte sie ihm die linke Hand auf den Oberschenkel. Er verspannte sich unter ihrer Berührung, und sie bemerkte es. Ihre Zuneigungsbekundung schien ihn zu überraschen. Bis zu diesem Zeitpunkt war er es stets gewesen, der Intimität initiiert hatte.

»Alles okay?«

»Nein. Ja. Ich meine, natürlich.« Er wirkte erschöpft. »Du hast mich überrascht, das ist alles.« Sie studierte sein Profil.

»Bist du auch nervös?«, wollte sie wissen.

»Weswegen?«

»Uns deiner Familie zu präsentieren? Der ganzen Welt?«

Er griff sanft nach ihrer Hand auf seinem Oberschenkel und hob sie an seine Lippen. »Ich bin nicht nervös.« Er küsste zart ihren Handrücken und murmelte: »Ich kann es gar nicht erwarten, mit dir anzugeben.«

Den Blick fest auf die Straße gerichtet, begann Jonny, ihre Termine für die nächsten Tage herunterzurattern. Er hatte alles geplant. Nun ja, Louise – seine Stockholmer Assistentin – hatte alles geplant.

Brittany war Mittwochnachmittag angekommen. Der Donnerstag war für ein wenig Sightseeing reserviert. Am Freitag würden sie Jonnys Eltern zum Mittagessen treffen, ehe die beiden Senioren für ein langes Wochenende nach Doha, Katar flogen. Am Freitagabend würde Jonny sie zum Essen und danach in seine Lieblingsclubs und Bars ausführen. Am Samstag ging es zu Antonias traditionellem August-Kräftskiva in Elvik auf Lidingö, eine der vielen Inseln, die den Stockholmer Archipel bildeten. Dort würde Brittany auch seine andere Schwester Svea und ein paar enge Freundinnen und Freunde kennenlernen. Am Sonntag würde sie dann frühmorgens zurück nach London fliegen, und von da aus weiter nach Dulles.

Brittany atmete hörbar ein. Das war viel zu viel. Sie würde die gesamte von-Lundin-Dynastie treffen. Seine Eltern bereiteten ihr dabei die größten Sorgen.

»Na ja, es freut mich, dass du nicht nervös bist. Ich habe panische Angst«, lachte sie. »Deine Eltern …«

»Meine Eltern? Oh, die sind Furcht einflößend«, betonte er. Brittany brach in Gelächter aus. Es erstarb jedoch schnell, als ihr klar wurde, dass er nicht scherzte und sein Gesicht beim Fahren angespannt blieb. Die hügelige Landschaft wich bald monochromen Strukturen, als sie sich der Innenstadt näherten. Blaue und rote Busse waren kreuz und quer unterwegs.

»Ich wohne mitten in der Stadt, ganz nah an allem dran«, erklärte Jonny beim Lenken. Brittany starrte auf die perfekte Kulisse, sobald sie den prachtvollen Strandvägen erreicht hatten. Jonny zeigte auf Fähren und Boote, die am Ufer lagen. Elegante, cremefarbene Häuser, die aussahen wie an der Uferstraße aufgereihte Sahnehäubchen. Touristinnen und Touristen, viele von ihnen mit Kameras, schlenderten umher und blieben gedankenverloren mitten auf dem Weg stehen, um Fotos zu machen. Sie fuhren weiter nach Djurgården, wo seltsam geformte Gebäude über üppig grüne Bäume hinwegblickten. Jonny erwähnte, dorthin würde er Brittany am nächsten Tag führen, um ihr die Museen zu zeigen.

Er bog rechts ab in eine ruhigere Gegend, wo sie an den Schildern und Flaggen verschiedener Botschaften vorbeikamen, darunter auch die amerikanische.

»Wir sind fast da«, sagte Jonny, ehe er den Wagen in eine kleine Einfahrt steuerte, die zu einer dezent aussehenden Villa mit Zugang zum Ufer führte. An ihrem Privatanleger wippte ein kleines Schnellboot auf den Wellen, und Brittany vermutete, dass Jonny damit über Stockholms Wasserwege zischte, um den Autoverkehr zu vermeiden.

Im Gegensatz zu dem gläsernen Wachturm in London war dieses Gebäude klein und erinnerte an eine Hobbit-Höhle, dennoch war es modern. Abgesehen von einer einzigen Betonwand bestand die Villa zur Wasserseite ausgerichtet ganz aus Glas. Sie war spärlich möbliert, in den gleichen Grautönen wie die Hochhauswohnung in Canary Wharf. Treppen ohne Geländer, mit nichts, was einen betrunkenen Sturz aufhalten könnte, führten hinauf in ein kleines Loft mit einer gewölbten Decke, das einzige Schlafzimmer im ganzen Haus.

»Das fühlt sich viel mehr nach dir an«, stellte Brittany fest und drehte sich einmal um die eigene Achse, um sein Zuhause in einem Dreihundertsechzig-Grad-Schwenk zu betrachten.

»Glaubst du?«

»Ich weiß es.«

Er griff nach ihrem Rollkoffer und brachte ihn hinauf in das Loft. Dann kam er wieder lässig die geländerlose Treppe herunter, die ihr Angst einjagte. Er blieb an seinem bevorzugten Platz stehen, nur wenige Zentimeter vor ihr.

»Dieses Haus ist kein guter Ort für ein Baby«, sagte er. »Es ist nicht sicher. Wir brauchen mehr Platz. Das hier ist nicht gut genug.« Sie brachte ihn mit einem zarten Kuss zum Schweigen, bei dem er sogleich die Führung übernahm, kurz bevor sie von einer aufgeregten Stimme unterbrochen wurden.

»*Hallå?*«

Brittany erschrak, als aus dem Nichts eine Brünette von gleicher Größe und Statur wie Eva auftauchte. Sie starrte Brittany, wie es schien, fasziniert an, ehe Jonny sie ihr vorstellte.

»Das ist Louise, meine Assistentin.«

»Natürlich.« Brittany streckte die Hand aus. »Freut mich, dich kennenzulernen.«

»Eva hat mir erzählt, wie hübsch du bist.« Strahlend wandte Louise sich Jonny zu und ließ einen schwedischen Wortschwall auf ihn niedergehen, noch ehe Brittany sich für das Kompliment bedanken konnte. Nach etwa drei Minuten richtete sie sich wieder an Brittany, um sie darüber in Kenntnis zu setzen, was als Nächstes geplant war.

»Du musst müde von deiner Reise sein, also lasst es einfach langsam angehen. Wir haben ein frühes Abendessen bestellt. Gibt es irgendetwas, das du besonders magst?«, erkundigte Louise sich eifrig.

Ein neues Gefühl kroch tief aus Brittanys Innerem hoch. Wenn von einem Mann umsorgt zu werden, der um ein Vielfaches reicher war als Beaufount, so aussah, dann empfand sie es langsam als erdrückend. Bei Jamal hatte sie alle Dinge geregelt, und er hatte Geld herausgegeben, wann immer es gebraucht wurde. Dabei hatte er ihr nie das Gefühl vermittelt, sie wäre nicht unabhängig, könnte nicht ohne ihn erfolgreich sein und ihre eigenen Entscheidungen treffen. Jonny dagegen hatte zwei Feen, die Brittany verhätschelten, als wäre sie mit einem Kronprinzen liiert.

Brittany entschied, dass ihr nicht gefiel, wie bemüht die beiden um sie waren.

»Jonny meint, von Fisch könnte dir schlecht werden«, fuhr Louise fort. »Also, wäre ein leichtes Pastagericht in Ordnung?«

»Ein Salat genügt.«

»Du musst etwas essen«, flüsterte Jonny und legte von hinten die Arme um sie. Er strich mit den Händen über ihren Bauch und gab ihr einen Kuss auf die Wange. Diese Geste traf Louise unerwartet, ihr schoss das Blut in den Kopf, und sie lief rot an. Brittany bemerkte die Veränderung ihrer Gesichtsfarbe und Haltung. Diese extravagante Zurschaustellung von Gefühlen war wahrscheinlich untypisch für Jonny, wenn er vor seinen Angestellten im Chefmodus war, also versuchte Brittany, sich aus seiner Umarmung zu lösen.

»Hör auf«, flüsterte Brittany und drehte sich zu seinem erkundenden Mund um. Er küsste sie. »Hör auf damit.« Louise war schlau und würde eins und eins zusammenzählen, wenn er ihr weiter mit der Hand über den Bauch strich. Jonny hielt inne und ließ von ihr ab.

Louise verabschiedete sich nervös, um das Abendessen zu organisieren, während Jonny Brittany erneut in seine Arme zog.

»Ist das alles, was uns ausmacht?«, fragte Brittany, ehe sein Mund erneut nach ihrem suchte.

»Wie meinst du das?« Er stoppte mitten in der Bewegung.

»Ich meine das hier. All das. Uns …« Sie wusste nicht genau, was sie zu sagen versuchte. »Würden wir auch noch zusammen sein, wenn wir aufhörten, Sex zu haben?«

Er runzelte die Stirn, irritiert von ihren Worten. Dann küsste er sie stürmisch, um sie vom Weitersprechen abzuhalten.

Als Louise eine Stunde später zurückkehrte, lagen Jonny und Brittany mit verschlungenen Armen schlafend auf dem Sofa, nur mit einer dünnen Decke über ihren nackten Körpern.

Muna

Muna stand halb verdeckt hinter der Wand und beobachtete die Schwarze afrikanische Sister mit dem amerikanischen Akzent. Sie saß über einen Laptop gebeugt in einer Ecke und blickte konzentriert auf den Bildschirm. Auf ihrem Schreibtisch stand ein Pappbecher mit einem Latte aus dem Espresso House. Muna studierte sie. Sie war sich nicht sicher, ob sie Neid oder Stolz verspürte. Sie setzte aber eher auf Letzteres. Diese Frau schien hier wichtig zu sein. Muna spürte ihr Herz anschwellen. Sie musste sie ansprechen.

Von Bewunderung getrieben trat Muna hinter der Wand hervor und ging langsam auf die Frau zu. Diese trug Crochet Braids in losen Locken und unter ihrem schicken kamelfarbenen Blazer ein waldgrünes eng geschnittenes Kleid.

»*God morgon*«, begrüßte Muna sie. Sie sprach kein Englisch, aber sie konnte ein paar Worte verstehen. Der Kopf der Frau schnellte nach oben, und sie blickte Muna mit freundlichen Augen und tiefen Grübchen an. Muna nahm an, sie freute sich darüber, ein weiteres Schwarzes Gesicht zu sehen.

»*God morgon!*«, erwiderte sie, ehe sie den Blick über Munas Uniform und den Putzwagen wandern ließ, den diese herangeschoben hatte. Muna wusste nicht recht, was sie nach »Guten Morgen« sagen sollte. Also stellte sie sich einfach vor.

»*Jag heter Muna.*« Sie klopfte sich auf die Brust. Die Frau klopfte sich ebenfalls auf die Brust.

»*Jag heter Kemi*«, sagte sie in einem schaurigen Schwedisch, für das Muna sie sogleich bemitleidete. Muna hätte sie gern in den Arm genommen. Ihr noch mehr erzählt. Dass sie froh war, sie hier sitzen zu sehen. Dass ihre Kolleginnen und Kollegen falsche Schlangen waren. Dass Kemi wunderschön und selbstbewusst war. Dass ihre bloße Anwesenheit Muna Hoffnung gab. Dass sie sich nicht mit einem Leben abfinden würde, in dem sie lediglich Toiletten putzte.

Aber Muna brachte nicht mehr zustande als »*Tack så mycket*«, *Vielen Dank*, und ein kurzes Winken, ehe sie schüchtern mit ihrem Putzwagen davoneilte, während die Frau ihr hinterherstarrte.

Ein paar Stunden später war es Zeit für ihre Mittagspause. Ihre Putzkolonne hatte sich bereits aufgelöst und würde in einer Stunde erneut zusammentreffen. Azeez und Qasim rauchten wahrscheinlich irgendwo draußen, und Huda ging stets zu demselben libanesischen Imbiss ein paar Straßen weiter.

Muna zog ihre Tasche fester an sich, als die Aufzugstüren sich öffneten. Sie schlüpfte hinein, drückte auf den Knopf für das Erdgeschoss und sah zu, wie die Türen sich langsam wieder schlossen. Plötzlich fuhr eine große, starke Hand dazwischen, um den Aufzug anzuhalten. Ein großer Mann mit leuchtend blondem Haar zwängte sich hinein, ein Smartphone in der Hand. Muna trat zurück, bis sie gegen die Wand gepresst dastand. Der Mann stellte sich mit dem Rücken zu ihr, und seine Schultern nahmen ihr komplett die Sicht. Muna kannte fast jeden in diesem Gebäude, diesen Mann hatte sie aber noch nie gesehen.

Er hob das Smartphone erneut an sein Ohr. Das schrille, insektenartige Summen der Person am anderen Ende ging unaufhörlich weiter. Der Mann hörte einfach zu, ohne ein Wort zu sagen. Die Stimme am anderen Ende redete ununterbrochen, bis der Mann plötzlich mitten im Gespräch auflegte. Muna beobachtete, wie er sein Telefon in seine Hosentasche gleiten ließ. Im Aufzug wurde es wieder still, und sie betete, der große Mann möge ihren nervösen Atem nicht hören.

Er musste sie jedoch gehört haben, denn er schaute plötzlich über die Schulter nach hinten zu ihr. Muna wollte weiter zurückweichen, aber sie stand bereits gegen die Wand gepresst. Die hellen Augen des Mannes musterten sie aufmerksam. Sein Blick wanderte über ihr Gesicht, als wäre er ein Laser, der sie abscannte. Muna konnte seinen Gesichtsausdruck nicht deuten. Ob er wütend oder neugierig war. Sie wusste nicht, was er von ihr wollte. Er starrte sie an, fixierte sie mit seinem undurchdringlichen Blick, bis der Aufzug mit einem Piepen seine Ankunft im Erdgeschoss verkündete.

Sobald die Türen aufgingen, stürzte der große Mann mit langen Schritten hinaus. Er schien es eilig zu haben, zum Lunch zu kommen. Er musste großen Hunger haben, dachte Muna, als sie hinter ihm hertrottete. Er drückte die Eingangstür hastig auf, ohne sich die Mühe zu machen, sie für sie aufzuhalten, und betrat den Gehweg, wo eine große Schwarze Frau gegen ein teuer aussehendes Auto gelehnt auf ihn wartete.

Muna verlangsamte ihre Schritte in Richtung Tür. Wow, dachte sie, als sie eine der schönsten Frauen erblickte, die sie je gesehen hatte. Ein echtes Model in einem zart aussehenden lila Sommerkleid. Die Farbe erinnerte Muna an reife Pflaumen.

Der große, hungrige Mann blieb vor der Frau stehen. Sie lächelte ihn an, und dann griff er nach ihr und küsste sie, wobei er sie gegen den Wagen drückte. Im Fernsehen hatte Muna bereits gesehen, wie Männer Frauen mit solch einer Energie und Leidenschaft küssten, aber es in echt mitzubekommen, verunsicherte und beschämte sie.

Sie stand versteckt hinter der Eingangstür und sah diesen beiden wunderschönen Menschen dabei zu, wie sie sich am helllichten Tag eng aneinanderschmiegten. Wie es schien, war sie nicht die Einzige, die das verstörte. Einige Passantinnen und Passanten drehten im Vorbeigehen die Köpfe, unter ihnen ein alter Mann mit Gehhilfe, der kurz erstarrte.

Wer war dieser blonde Mann?, fragte Muna sich. Und diese Schwarze Frau? Es war klar, dass sie einander lieben mussten, denn nur Liebe konnte sie dazu bringen, sich in der Öffentlichkeit so ungeniert zu verhalten.

Als Muna an jenem Abend nach Tensta zurückkehrte, nahm sie einen Umweg zu einem kleinen Restaurant direkt an dem Platz, wo Gunhild auf sie wartete. Die ältere Dame stand auf und zog die jüngere in eine feste Umarmung.

»Muna, Liebes«, sagte sie auf Schwedisch. »Wie geht es dir? Ich habe uns bereits eine Kebabpizza bestellt, ich hoffe, das ist in Ordnung. Keine Sorge, das Fleisch ist halal.«

»Das ist in Ordnung«, dankte Muna ihr. Gunhild spähte das Mädchen durch ihre Brillengläser an, und ihr Blick wurde warm.

»Wie läuft es bei der Arbeit?«

Muna arbeitete nun schon seit mehr als vier Wochen als Putzkraft bei von Lundin. Yagiz hatte sie in keinem anderen Gebäude eingeteilt, da er überall bereits Personal hatte. Er überließ Munas vierköpfigem Trupp dieses Büro, während seine anderen Arbeitskräfte rotierten. Muna hatte sich in ihrer Routine eingelebt. An den Tagen, an denen sie nicht arbeitete, besuchte sie in Tensta einen Schwedisch-für-Zugewanderte-Kurs nach dem anderen. Würde sie dort nicht putzen, würde sie sich nie in der Stadt aufhalten.

»Es läuft gut.« Dies wäre nun eine Gelegenheit, Gunhild von Ahmed zu berichten, aber sie blieb stumm. Ihr von ihm zu erzählen, würde Erinnerungen an Solsidan heraufbeschwören, denen sie sich noch nicht stellen konnte. Wie etwa Ahmeds herzzerreißende Schreie, als er verbrannte. Sie wollte ihre letzten Erinnerungen an Ahmed durch dieses Foto ersetzen, auf dem er lächelte und mit funkelnden Augen ein Schaf trug. Wollte dieses Bild an die Stelle des Moments setzen, in dem sein Gesicht vom Feuer aufgerissen wurde, dazu der Geruch seiner verkohlten Haut.

»Das ist schön.« Gunhild hielt inne, um an ihrem heißen Kaffee zu nippen, während Muna sie beobachtete. »Also, hast du darüber nachgedacht, auf die Universität zu gehen, um etwas zu studieren?«

»Studieren?«

»Ja, studieren. Was möchtest du später einmal werden?«

Diese Frage hatte Muna seit Mogadischu nicht mehr gehört. Als ihr Wirtschaftslehrer in der weiterführenden Schule ihr damals strahlend ein A als Gesamtnote gegeben hatte, hatte er sie ebenfalls gefragt, was sie einmal werden wollte. Kaum eine Woche später war ihr Haus in Einzelteile zerfallen und hatte ihren bettlägerigen Vater mit sich gerissen.

Muna senkte den Kopf und versuchte, ihre Emotionen in Zaum zu halten und ihre Tränen zu unterdrücken. Es war eine einfache Frage, wegen der man nicht in Tränen ausbrechen musste. Sie schniefte, riss sich zusammen und blickte wieder zu Gunhild auf.

»Ich möchte Buchhalterin werden.«

»Wenn du Buchhalterin werden möchtest, dann wirst du Buchhalterin.« Gunhild fuhr fort, Muna liege ihr zu sehr am Herzen, um zu wollen, dass sie von Tensta verschluckt und nie wieder ausgespuckt würde. Sie sei zu *duktig*, um ihr Leben lang Toiletten zu putzen. Sie sei erst achtzehn, und die Welt wollte, dass sie aufblühte.

Muna lächelte Gunhild schwach an, und ein warmes Gefühl breitete sich in ihrer Brust aus. Das Gefühl, wichtig zu sein. Vielleicht könnte sie ja wirklich Buchhalterin werden. Als Buchhalterin wäre sie eine wichtige Person. Dann wäre sie in der Lage, einen guten Job zu finden, oder sich ihr eigenes Geschäft aufzubauen. Vielleicht könnte sie Yagiz YSR abkaufen.

Sie brauchte ein wenig Macht. Nur ein kleines bisschen, um sich nicht jeden Tag so hilflos zu fühlen.

In ihren ersten Monaten in Schweden stellte Kemi fest, dass sie hier mit einer Sache durchkam, die ihr in den Vereinigten Staaten niemals auch nur ansatzweise gelänge: Sie konnte ihre Crochet Braids drei bis vier Wochen länger behalten und bis zur Unkenntlichkeit verfilzen lassen, da es niemandem auffiel.

Aber in ihrem dritten Monat brauchte Kemi dringend professionelle Hilfe. Ihr Haar hatte sich in ein erbärmliches Durcheinander verwandelt, und obwohl sie sich unzählige YouTube-Videos angeschaut hatte, war sie noch immer nicht in der Lage, die Braids selbst einzuflechten. Bei ihrem nächsten Schwedischkurs versteckte sie ihr Haar unter einem Seidentuch, und die Aufgabe, einen akzeptablen afrikanischen Friseursalon zu finden, belastete sie.

Währenddessen wurden Malcolm, der Afroschwede, und ihr Lehrer José rasch zu Todfeinden. Sie gerieten wegen jeder Kleinigkeit aneinander und hatten es darauf abgesehen, sich gegenseitig zu provozieren. Wenn Malcolm etwas falsch aussprach, ritt José darauf herum, bis der Rest der Klasse ihn anflehte, doch mit dem Unterricht fortzufahren. Malcolm dagegen ließ José nur zu gern wissen, das schwedische Wort, das er am wenigsten mochte, sei »*duktig*«, sowie dessen Variante: »*Vad duktigt!*« *Wie tüchtig!* Er brachte seinen Hass für diese Wendung zum Ausdruck und lieferte José damit die Munition, die dieser wiederum brauchte.

»Schweden belohnt einen garantiert nicht, wenn man damit nicht einverstanden ist«, sagte Malcolm, als José gerade die politische Struktur des Landes und dessen Parteien mit dem hitzigen amerikanischen System verglich.

»Wie meinst du das?« José schluckte den Köder und wechselte zu Englisch. Wieder stritten sich die beiden Typen in Kemis Mittwochsklasse über irgendeinen Mist, aber es war ihr auch egal.

Die Wochen, nachdem Bärtiger Muskelprotz sich geweigert hatte, sich an ihren Tisch zu setzen, waren brutal gewesen. Direkt nach jenem misslungenen Date lief sie hinüber zur U-Bahn-Station Slussen, um die rote Linie nach Hause zu nehmen. Sie machte kurz bei einem Kiosk in der Station Halt, um sich zwei trockene Zimtschnecken zu kaufen, die sie rasch verschlang, sobald sie in ihrer Wohnung war.

Sie leckte sich die letzten Zuckerperlen von den Fingern und kochte sich eine Tasse Tee, um das schlechte Gewissen zu verdauen. Sie sah sich einen romantischen Kostümfilm an und weinte sich in den Schlaf. Für den Rest des Wochenendes verbarrikadierte sie sich in ihrer Wohnung.

Am Sonntagabend rief sie Kehinde an, um sich nach ihrer Familie zu erkundigen.

»Was ist los, Kemi?«, fragte Kehinde beiläufig, sobald die beiden die üblichen Floskeln ausgetauscht hatten.

Am anderen Ende der Leitung blieb Kemi stumm.

»Wie ist Schweden?«

Weiteres Schweigen. Kehinde ließ ihrer Schwester Zeit.

»Ich weiß noch nicht, wie ich mich hier fühle«, sagte Kemi leise und schluchzte. »Ich meine, ich bin erst seit ein paar Monaten hier. Der Herbst ist da, und ich weiß nicht, ob ich mich auf den Winter freue.«

»Hast du Zweifel?«

»Nein, nein … Es ist nur so, dass … Ich weiß es nicht.« Kemi konnte nicht recht in Worte fassen, was sie empfand, aber ihre Zwillingsschwester wusste es bereits.

»Du bist einsam.«

Diese Worte brachen Kemis Widerstand, und sie ließ ihren Tränen freien Lauf. Bisher war sie von niemandem eingeladen worden, um dessen Freundinnen und Freunde oder Familie kennenzulernen. Ihre Kolleginnen und Kollegen zogen eine klare Linie zwischen Arbeit und Privatleben, und Kemi steckte eindeutig in der Kategorie Arbeit. Sie beklagte sich darüber, wie schwer es war, Freundschaften zu schließen. Die Leute in ihrem Schwedischkurs schienen nicht daran interessiert, neue Beziehungen zu knüpfen oder andere Kursteilnehmerinnen und -teilnehmer nach Hause einzuladen. Die einzige Person, die jemals eine Einladung ausgesprochen hatte, war Malcolm, um ihn in einem Jazzclub in Gamla stan Saxophon spielen zu hören. Seit ihrer Ankunft hatte Kemi Jonny kaum gesehen, und Ingrid hatte vollständig in den Chefinnenmodus gewechselt.

Kehinde hörte ihrer Schwester beim Weinen zu, bis deren Schluchzen nachließ.

»Du musst Geduld haben, weißt du. Du bist noch nicht so lange da«, versuchte Kehinde sie zu trösten.

»Ich weiß, ich weiß«, stimmte Kemi zu. Kehinde musste erkannt haben, dass Kemis Tränen daher rührten, dass sie keine andere Person hatte, der sie sich offenbaren konnte. Zizi gehörte nicht mehr zu ihrem Leben, und Kemi stellte fest, dass sie ihre Stimme und ihre gekünstelte Frustration über Kemis Unentschlossenheit vermisste. Zizi hätte diesen großen Erfolg mit ihr feiern sollen. Allerdings fiel es Kemi noch immer schwer zu begreifen, was da zwischen ihnen in Flammen aufgegangen war. Zwischen ihnen schien eine Ladung Dynamit vergraben gewesen zu sein, und Kemi hatte weder davon gewusst noch beabsichtigt, sie mit ihrer Neuigkeit zu zünden.

Kemi war zu weit entfernt, um übers Wochenende zu Besuch zu kommen. Sie hatte nicht mehr woanders gelebt, seit sie vor beinahe zwei Jahrzehnten in die Vereinigten Staaten gezogen war. Abgesehen von dem verwirrenden Kulturschock wurde ihr nun langsam der Ernst ihrer Situation bewusst. Sie hatte sich unvorbereitet hineingestürzt.

Kemi hatte versucht, Routinen in ihren Tag einzubauen, in der Hoffnung, sich so zumindest den Anschein von Kontrolle zu bewahren. Jeden Morgen machte sie einen Zwischenstopp bei Espresso House, um sich einen großen Latte zu holen. Nach der Arbeit schlenderte sie gemächlich durch Karlaplan oder die Parkanlagen im nahe gelegenen Gärdet – allerdings nur an den Abenden, an denen sie sich nicht mit Zimtschnecken vollstopfte.

»Hör zu, das ist normal«, sagte Kehinde. »Das wird schon. Du wirst Freundinnen und Freunde finden. Du wirst jemanden kennenlernen, der es wert ist. Hast du dich schon mit Männern verabredet?«

Kemi lachte. Ja, sie hatte ein paar schreckliche Dates gehabt. Seit der Ablehnung durch Bärtiger Muskelprotz, von dem sie Kehinde nichts erzählte, hatte sie sich mit vier weiteren Männern getroffen. Bei zweien von ihnen war es anstrengend gewesen, ihnen irgendwelche Informationen über sich aus der Nase zu ziehen. Anfangs waren ihr diese beiden Schweden geheimnisvoll und faszinierend vorgekommen, und sie hatte sich von ihrer verführerischen Kunst der maßvollen Enthüllung und einsilbigen Antworten angezogen gefühlt. Als Letztere erschöpft waren, stellte Kemi jedoch fest, dass sie die beiden unfassbar langweilig fand.

Ihr drittes Date war mit einem Schweden in erster Generation gewesen, dessen chilenische Eltern in den Siebzigerjahren vor Augusto Pinochets Diktatur in die schwedische Utopie geflohen waren. Ihr Treffen hatte jedoch rasch geendet, da er nicht aufhören konnte, jeder an ihrem Tisch vorbeilaufenden Blondine hinterherzuschauen, ob sie nun schön oder hässlich war.

Das vierte Date ließ sie in ihrem Bericht an Kehinde ebenfalls aus. Sie hatte sich wieder mal von jenem muskulösen Typ Mann angezogen gefühlt, nach dem ihr Körper sich sehnte, und hatte ihn rein nach dem Äußeren ausgewählt. Das hatte sich allerdings schon nach der Hälfte ihres Abendessens gerächt.

»Hör zu.« Der Typ wurde ernst. »Kommen wir direkt zur Sache.« Er hätte auch gerade vom *Vikings*-Set vorbeigekommen sein können, um eine Kaffeepause zu machen. »Ich weiß, dass du mich ficken willst.«

Seine Direktheit hatte Kemi schockiert. Irgendwann, ja. Aber nicht bei ihrem ersten Date. Sie suchte nach den richtigen Worten, während seine ernsten hellen Augen sie nicht aus dem Blick ließen.

»Wie kommst du darauf?« Ihre Zurückweisung war schwach. Als Antwort schweifte sein Blick über ihr Gesicht hinunter bis zu ihrem Ausschnitt und dann wieder hinauf, und sie wusste, dass sie für ernsthafte Absichten das falsche Kleid gewählt hatte.

»Also …« Sein Blick hielt ihren fest, ohne zu lächeln. »Willst du?«

Sie hatten wilden Sex in ihrer Wohnung, und er war verschwunden, noch ehe sie eingeschlafen war. Den Rest der Woche fühlte Kemi sich erbärmlich, und Zimtschnecken wurden zu ihren vorurteilsfreien Seelentröstern.

Zehn

Brittany-Rae

Jonnys Hand auf ihrem unteren Rücken half nicht, ihre Nerven zu beruhigen, als sie das berühmte Restaurant Berns betraten, um seine Eltern, Wilhelm und Astrid von Lundin, zum Mittagessen zu treffen. Das war ihr großer Auftritt. Jonny würde sie den Herrschern des Familienimperiums vorstellen.

Brittany hatte verzweifelt überlegt, was sie anziehen sollte. Angesichts unermesslichen Reichtums war weniger mehr – das hatte sie bei Jonny und ihren anderen Premiumfluggästen beobachtet. Sie hatte sich für ein pflaumenfarbenes Chiffonkleid und braune Sandalen entschieden. Sie arbeitete lange an ihrem Make-up, um diesen natürlichen No-Make-up-Look hinzubekommen. Das Haar hatte sie in der Mitte gescheitelt und glatt gebürstet. Ihre Extensions hatte sie vor ihrer Reise erneuert.

Als das Paar einen Tag zuvor Hand in Hand durch Stockholm geschlendert war, hatte es alle Blicke auf sich gezogen. Die Leute wollten wissen, welches Model Jonny von Lundin da durch die Stadt führte. Louise musste bereits Anrufe von mehreren lokalen Klatschblättern abwehren, die auf Neuigkeiten aus waren.

Brittany seufzte nervös, woraufhin Jonny seine Hand von ihrem Rücken löste und stattdessen nach ihrer griff und sie sanft drückte.

»Du siehst wunderschön aus«, war alles, was er sagte, während er sie weiterzog, ohne ihr genügend Zeit zu geben, die prächtige Innenausstattung zu bewundern, die aus mit Tausenden funkelnden Kunstdiamanten besetzten Kronleuchtern und dunkelroten Samtsesseln aus der Zeit der Goldenen Zwanziger bestand.

Jonny führte sie vor ein dezent gekleidetes Paar, das in einer Ecke des großen offenen Speisesaals saß. Brittany war beeindruckt von seinen Eltern und deren jugendlicher Ausstrahlung, obwohl beide bereits in ihren Siebzigern waren. Wilhelm war schlank und groß, selbst im Sitzen. Er trug ein weißes Hemd, das mit seinem vollen silberweißen Haarschopf harmonierte. Astrid hatte kurz geschnittenes hellblondes Haar, durchsetzt von weißen Strähnen, das straff aus dem Gesicht gebürstet war. Sie trug einen hellblauen Hosenanzug. Keine Ohrringe, aber sie spielte an einer Kette aus weißen Perlen um ihren Hals, während sie Brittany beim Näherkommen anstarrte, mit dem gleichen durchbohrenden Blick wie ihr Sohn.

Jonny stand wie erstarrt vor seinen Eltern und hielt Brittanys Hand so fest umklammert wie einen Rettungsring. Wilhelm sagte etwas auf Schwedisch, und dann streckte er seinem Sohn die Hand hin. Jonny wandte sich seiner Mutter zu und beugte sich tief hinunter, um ihr einen wortlosen Kuss auf die Wange zu hauchen. Nach ein paar weiteren schwedischen Worten drehte er sich zu Brittany um.

»Darf ich vorstellen, meine Eltern, Wilhelm und Astrid.« Brittany streckte die Hand aus und ergriff zuerst Astrids. »Sie spricht noch kein Schwedisch, also gebt ihr bitte das Gefühl, willkommen zu sein«, fuhr Jonny in seinem eingefärbten Englisch fort.

»Wie schön, Sie kennenzulernen, Mrs. von Lundin«, erklärte Brittany überschwänglich.

»Nett, dich kennenzulernen, Brittany.« Astrid nickte und zog kaum merklich die Mundwinkel nach oben.

Brittany wandte sich an Jonnys Vater. »Mr. von Lundin.« Wilhelm schien erfreut und streckte seine Hand, mit einer großen Titanuhr am Gelenk, ganz ähnlich Jonnys, aus, noch ehe Brittany ihm ihre gereicht hatte.

»Bitte nenn mich Wilhelm. Schön, dich kennenzulernen. Jonny hat ständig von einem amerikanischen Mädchen erzählt«, fügte er hinzu. »Mehr wollte er nicht verraten.«

Astrid konzentrierte sich auf ihren Sohn, als sie sich auf die beiden gegenüberliegenden Plätze niederließen. Noch ehe Jonny nach seiner Serviette gegriffen hatte, sagte Astrid etwas auf Schwedisch, worauf Jonny sogleich angespannt reagierte. Dieses Sprühen in seinem Blick hatte Brittany noch nie zuvor bei ihm gesehen. Er war stets intensiv, aber dieser unheilvolle Blick schien mit Hass verbunden zu sein. Er sah seine Mutter verkniffen an, als wünschte er, sie möge tot umfallen.

»*Är hon veckans leksak, hmm, Jonny?*«, fragte Astrid ihn.

»*Men sluta nu, Astrid!*«, wandte Wilhelm sich an seine Frau.

Brittany beobachtete, wie Wilhelm Astrid mit verzerrtem Gesicht anschaute. Was hatte sie bloß gesagt?

»*Jag vill bara veta*«, erklärte Astrid achselzuckend.

Jonny erwiderte das Starren seiner Mutter.

»*Var hittade du henne?*« Astrid schien nicht lockerzulassen. »*Är det bara svarta kvinnor som gäller?!*«

Brittany rutschte auf ihrem Stuhl hin und her, sie wurde schlicht von dem Gespräch ausgeschlossen. Sowohl Wilhelm als auch Astrid musterten intensiv das Gesicht ihres Sohnes. Jonny hielt den Kopf nun leicht gesenkt.

»*Vi ska gifta oss*«, sagte Jonny, ohne die beiden anzuschauen, sein Blick wich nach rechts und links aus.

Diese Worte stoppten Astrids Finger, die bis dahin an ihrer Kette herumgespielt hatten. Wilhelm rückte von seiner Frau ab und wandte sich wieder Brittany und Jonny zu. Sein Blick wanderte zwischen ihnen hin und her.

»*Vad sa du?*«, fragte Astrid streng. Ihrer Sprachmelodie nach vermutete Brittany, dass es sich um eine ungläubige Nachfrage handelte. Sie bemerkte, dass sich etwas wie Entsetzen auf dem Gesicht seiner Mutter ausbreitete.

»*Jag älskar henne.*« Jonnys Stimme war fest.

»*Men … vad säger du. Hur länge har ni träffats? Är hon så bra i sängen att du hat tappad huvudet?*« Astrids Antwort klang zweifelnd.

Brittany spürte, wie die Luft zwischen ihnen innerhalb von Sekunden dünn wurde. Sie hatte es geahnt. Seine Eltern hassten sie. Jonny und sie hätten nicht herkommen dürfen. Sie hätte nicht auf ihn hören sollen. Sie hätte den Fötus nicht behalten sollen.

Während Astrid ihn weiter tadelte, sah Brittany zu, wie Jonnys Finger sich streckten und einen wilden Tanz auf der Tischplatte begannen. Seine Füße schlugen den Rhythmus dazu. Brittany konnte es sehen, wie er sich an jenen Ort begab, den er aufsuchte, wenn er von Reizen überflutet wurde. Sie kannte seine Eigenheiten ebenso auswendig wie er ihren Körper. Sie wusste, wie man ihn beruhigen konnte, wenn er sich aufregte. Sie konnte ihn lesen, da er nicht in der Lage war, überzeugend zu lügen. Und sie wusste, wie man ihn wieder herauszog, wenn er in irgendeinen Abgrund rutschte. Seine Eltern hätten all dies über ihn ebenfalls wissen sollen.

Dennoch fuhr Astrid fort, offensichtlich unangenehme Dinge auf Schwedisch zu sagen, während ihr Sohn sich vor ihren Augen auflöste. Und nun ergab es für Brittany Sinn. Jonny hatte ihr erzählt, seine Eltern hätten stets behauptet, mit ihm sei alles in Ordnung. Denn alles andere hätte für Astrid von Lundin bedeutet, öffentlich zuzugeben, dass ihr blonder blauäugiger Junge doch nicht ganz perfekt war.

Brittany sah, wie er das Gesicht verzog und begann, mit den Zähnen zu knirschen, also legte sie rasch ihre Hände auf seine unruhigen Finger.

»Schschsch«, beruhigte sie ihn, lehnte sich zu ihm hinüber und flüsterte ihm ins Ohr: »Schschsch, es ist alles in Ordnung.«

Sie spürte, wie sich sein schwerer Atem verlangsamte, bis er wieder gleichmäßig wurde. Er hörte auf, manisch die Finger zu bewegen, und verschränkte sie mit ihren. Der Sturm war vorbei, und er drehte sich zu Brittany. Er hob ihre miteinander verschränkten Hände an seine Lippen und hauchte ihr einen zarten Kuss auf den Handrücken.

Brittany hatte erwartet, dass sie sich durch diese öffentliche Zurschaustellung vor seinen Eltern unangenehm berührt fühlen würde, aber all das schien sie nicht zu erreichen, als sie Jonny anschaute. Ein Mann, der mächtiger war als Samuel Beaufount, dessen Mund sich nun langsam über ihre Hände bewegte, ohne auf irgendjemanden um sie herum zu achten. Trotz der Anwesenheit seiner pikierten Eltern, die dieser Anblick eindeutig zu verstören schien, löste sich Jonny nicht aus dieser rohen Intimität. Brittany blickte auf einen Mann, der ihr alles geben konnte, wovon sie je geträumt hatte. Sie musste es nur sagen, denn er brauchte sie so vollständig, so verzweifelt, dass er keinerlei Kontrolle mehr über sich hatte.

»Es ist alles in Ordnung«, flüsterte sie erneut, und er nickte. Mit Tränen in den Augen wandte er sich seiner Mutter zu. Er ertrank in seinen Tränen, er hatte sich vor Brittany in einen kleinen Jungen verwandelt.

Astrid saß mit verschränkten Armen steif da. Brittany bemerkte, wie Astrids Augen sich fassungslos weiteten, als es Brittany gelang, ihren Sohn zu beruhigen und seine eigenartigen Reaktionen für den Moment einzufangen. Astrid entwich ein leises verzweifeltes Keuchen. Wilhelm streckte die Hand aus, um seiner Frau besänftigend über den Unterarm zu streichen. Es gab nichts mehr zu sagen. Die Luft war verbraucht. Wilhelm erhob sich langsam. Er tippte Astrid sanft an, damit sie ebenfalls aufstand.

»Brittany, tut mir leid, wir müssen das Mittagessen verschieben«, entschuldigte sich Wilhelm. »Jonny und seine Mutter müssen zuerst noch ein paar Dinge klären, sie haben sich lange nicht gesehen.« Brittany nickte. Sie würde seine Entschuldigung akzeptieren. Jonny liefen die Tränen, und ihr zerbrach es das Herz. Sie wollte wissen, was seine Mutter gesagt hatte, was ihn derart aufwühlte.

»Brittany.« Nun war Astrid an der Reihe. »Ich hoffe, wir haben Gelegenheit, unser Mittagessen nachzuholen, sobald wir aus Doha zurück sind.« Brittany nickte erneut. Es war ein Fehler gewesen. Sobald Jonny wieder bei sich war, würde sie ihn davon überzeugen, dass sie noch immer die Schwangerschaft abbrechen konnte. Sie befand sich nach wie vor im ersten Trimester. Sie konnten kein Kind in diesen Wahnsinn setzen.

Das ältere Paar hakte sich bedächtig unter und schritt davon, während Jonny sein Gesicht an Brittanys Schulter vergrub und sie ihn streichelte. Die Auseinandersetzung hatte Blicke auf sie gezogen, aber das war Brittany egal. Sie war nun bereit, stolz auf Jonny zu sein, denn er gehörte ihr.

Sie zog seinen Kopf nach oben, blickte in seine hellen Augen, die vom Schmerz gerötet waren, und küsste ihn. Kurz darauf verließen sie das Berns und setzten sich auf eine Bank im Berzelii Park, nur wenige Schritte von dem Restaurant entfernt.

»Mein ganzes Leben war sie schon so«, unterbrach Jonny ihr Schweigen. Brittany strich ihm langsam über den Nacken, um ihn zum Weiterreden zu ermuntern.

»Sie hat jedes Mädchen … jede Frau …, die ich mit nach Hause brachte, gehasst«, sprach er weiter. »Ich habe mir so sehr gewünscht, dass sie dich mag. Aber sie hat so viele gemeine Dinge gesagt.«

»Was hat sie gesagt?«

Jonny verstummte, und Brittany wusste, dass das seine Vermeidungstaktik war. Er konnte sie nicht anlügen, also schwieg er. Wahrscheinlich wollte er sie nicht aufregen, indem er ihr erzählte, worüber er sich mit seinen Eltern gestritten hatte.

Brittany wollte es herausfinden, aber sie ließ es für den Augenblick gut sein. Sie konnte später wieder darauf zurückkommen.

»Weißt du, du kannst Menschen nicht dazu zwingen, etwas zu fühlen, das sie nicht fühlen können«, fuhr Brittany fort. »Ich habe das hier kommen sehen.«

»Warum?«

»Muss ich dir das wirklich erklären?«, fragte sie. Er drehte ihr sein Gesicht zu. »Du bist weiß. Ich bin Schwarz. Du bist reich. Ich nicht. Du hältst den Schlüssel zu ihrem Königreich in der Hand. Sie glauben, dass ich hier bin, um ihn zu stehlen.«

Jonny betrachtete sie aufmerksam und beugte sich dann vor. Seine Lippen bedeckten ihre in einem sinnlichen Kuss, der ihr ein Stöhnen entlockte. Seine Zunge kämpfte mit ihrer und gewann. Brittany wurde in seinen Armen zu Wachs und empfing seinen langsamen, kalkulierten Kuss.

»Mein Königreich *ist* dein.«

Diese Worte murmelte er benommen gegen ihre Lippen, ehe er sie erneut küsste.

Am nächsten Tag fuhren Brittany und Jonny zu Antonias Villa in Elfvik auf Lidingö. Das Haus auf dem Hügel wirkte futuristisch und bot einen beeindruckenden Ausblick auf die Bucht zu seinen Füßen. Die beiden betraten einen weitläufigen Garten im Schein von Kerzen und Lampions, dekoriert mit Sonnengesichtern und tiefroten Flusskrebsmotiven, in dem lange Tische mit weißen Tischtüchern standen.

Jonny rief zwei blonde Frauen, die ins Gespräch vertieft beieinanderstanden. Nachdem Astrid unhöflich gewesen war, wusste Brittany nicht recht, was sie nun von Svea und Antonia zu erwarten hatte.

Und als die beiden sich umdrehten und sie entdeckten, wurden ihre Gesichter so starr, als hätten sie ein Gespenst erblickt.

Muna

Als Yasmiin Yagiz zum ersten Mal mit nach Hause brachte, stieß Muna auf ihn, als er in ihrer Küche umherwanderte – nackt.

Muna war kurz nach zwei Uhr morgens aufgewacht, weil sie auf die Toilette musste, und hatte beim Öffnen ihrer Tür ein Rascheln in der Küche vernommen. Die Wohnung war dunkel, bis auf den Lichtstrahl, der aus der offenen Tür des Kühlschranks drang und den nackten Mann beleuchtete, der gerade darin herumwühlte. Muna trat rasch zurück in ihr Zimmer, beobachtete ihn aber weiter durch den Spalt ihrer Tür.

Sein muskulöser Rücken war mit Tattoos bedeckt. Sie reichten auch von seinen Unterarmen bis zu seinen Handgelenken, von seinem Nacken bis zu der Grube über seinem muskulösen Hintern. Als er sich mit einer Tüte Milch in der Hand in ihre Richtung umdrehte, sah Muna, dass sie auch über seine Brust und hinunter zum V seiner Hüften führten, bis sie in den dunklen Locken verschwanden, die ein üppiges Glied umrahmten. Muna hatte noch nie zuvor einen nackten Mann gesehen und war sich nicht sicher, ob diese mächtige Größe dem Durchschnitt entsprach. Sie wusste nur, dass sie Yagiz nie wieder würde in die Augen blicken können.

In einer Hand hielt er nun einen kleinen Beutel. Daraus zog Yagiz irgendetwas Dunkles, das er sich in den Mund steckte und zu kauen begann. Munas Blick schweifte erneut über seinen Körper, fasziniert von dem, was sie sah. Als sie zu seinem Gesicht zurückkehrte, bemerkte sie, dass er mit zusammengekniffenen Augen zu ihrer Schlafzimmertür schaute.

Leise machte sie die Tür zu, schloss ab und ging auf Zehenspitzen zurück in ihr Bett.

Danach kam Yagiz noch in vielen weiteren Nächten vorbei, meist, wenn sich die jungen Frauen bereits zum Schlafen in ihre Zimmer zurückgezogen hatten. Aber sie hörten ihn trotzdem. Das Schlagen des hölzernen Bettrahmens gegen die Wand von Yasmiins Zimmer. Sein tiefes Stöhnen. Ihre spitzen Schreie, die rasch aufeinanderfolgten und immer höher und höher wurden.

Muna schloss sich in ihrem Zimmer ein und versteckte sich vor dem Unbehagen, das diese beunruhigenden, bizarren Geräusche auslösten. Sie versuchte, sich mit ihren Schwedischlehrbüchern und den sie von den Fotos Anlächelnden auf ihrer Magnettafel abzulenken. Manchmal zog sie Ahmeds Beutel hervor und sah erneut die Passbilder darin durch, zählte sie, studierte die Gesichter und verstaute sie wieder, sobald Yagiz' urtümliches Grunzen lauter wurde. Diesen Horror konnte sie den Toten nicht zumuten.

Als der Sommer dem Herbst wich, der ihren Stockholmer Vorort in Kälte hüllte, hatte Muna gelernt, trotz dieser Angriffe auf ihre Sinne zu schlafen.

Bis Yagiz eines Nachts zu weit ging.

Muna wurde von einem Schrei aus dem Schlaf gerissen, der ihr das Blut in den Adern stocken ließ. Eine tiefe Stimme versuchte, den Schrei aus Yasmiins Zimmer zu übertönen, aber diese kreischte weiter, als würde sie geradewegs dem Tod ins Gesicht blicken. Muna sprang aus dem Bett und rannte aus dem Zimmer. Im Flur traf sie auf Khadiija, die ebenfalls geweckt worden war und in ihrem Türrahmen stand. Muna rannte in die Küche und holte eine dreckige Pfanne aus der Spüle, während Khadiija sich einen Holzlöffel schnappte. Die Schreie klangen nun gedämpft, aber sie konnten die Geräusche eines Gerangels aus dem Zimmer hören. Die jungen Frauen eilten zu Yasmiins Tür und begannen, so laut dagegen zu hämmern, wie sie konnten.

»YASMIIN!«, brüllte Muna. »Geht es dir gut?«, rief sie auf Somali.

Die erstickte weibliche Stimme begann erneut zu schreien, worauf ein lauter Schlag und ein dumpfer Aufprall folgten. Muna hämmerte immer fieberhafter, bis sie mit dem Gesicht voran in das Zimmer stürzte, als Yagiz plötzlich die Tür aufriss. Sie rappelte sich wieder hoch und wirbelte herum, um ihn anzustarren. Sein Blick war glasig, als wäre er high, und sein ganzes Gesicht war mit Kratzern übersät, von denen einer blutete. Muna hielt die schmutzige Pfanne mit beiden Händen hoch über dem Kopf. Yagiz wirkte auf sie wie benommen.

Hinter ihm stand Khadiija, sie begann mit ihrer Waffe, dem Holzlöffel, auf seinen Hinterkopf einzuschlagen. Als Yagiz sich zu ihr umdrehte, gab Muna ihm eins mit der schweren Pfanne auf den Kopf und ließ den nackten Mann mit einem Schlag zu Boden gehen. Als er lag, schlug sie ihm noch einmal mit der Pfanne auf den Schädel. Und dann noch einmal, und bei jedem Schlag entwich ihr ein entschlossener Atemzug. Als der Mann sich nicht mehr bewegte, ließ sie die Pfanne fallen und blickte zu Khadiija auf, die die Arme um die zitternde Yasmiin geschlungen hatte. Yasmiin war nackt, ihr Haar war durcheinander, und schwarze Mascara-Spuren rannen ihr über das Gesicht.

»Ich rufe die Polizei!«, schrie Muna und drehte sich um, um zur Tür hinauszueilen.

»MUNA! NEIN!«, kreischte Yasmiin. »Bitte nicht. Ruf sie nicht. Bitte … Sie werden mich mitnehmen.«

»Wieso? Dieses Monster hat dich angegriffen!« Muna war außer sich. Yasmiin schüttelte den Kopf, während sie versuchte, die Bettdecke über ihre geschundene Haut zu ziehen. Dann zeigte sie auf einen weißen Beutel in einer Ecke des Zimmers. Ein Zimmer, das Muna zuvor noch nie betreten hatte. Aber sie hatte keine Zeit, es zu erkunden. Muna ging schnurgerade auf den Beutel zu, öffnete ihn und zog eine Handvoll grünlich-brauner Blätter hervor. Sie hob sie an die Nase, um daran zu riechen. *Khat.* Eine beruhigende Blattpflanze, die Männer lethargisch machte. Ihr

Vater hatte es häufig gekaut. Viele der älteren Männer, mit denen sie aufgewachsen war, hatten Khat gekaut. Sie blickte Yasmiin an und wartete auf eine Erklärung.

»Ich helfe Yagiz beim Verkaufen«, war alles, was diese preisgab, ehe sie das Gesicht schluchzend in den Laken vergrub. Khadiija sah Muna an, die schwer atmete, erstaunt darüber, dass sie einen Mann niedergeschlagen hatte, und zugleich wütend, weil sie sich nun erneut machtlos fühlte. Muna spähte auf Yagiz hinunter, der nur schwach atmete. Sie sah, dass auch sein Rücken von Kratzern übersät war. Yasmiin hatte sie ihm zugefügt, und sie stammten nicht nur aus dieser Nacht. Auf Muna hatte Yasmiin immer ganz verrückt nach Jungs gewirkt, wenn sie sich in dem Salon, in dem sie arbeitete, sinnlosem Geplauder hingab. So etwas passierte, wenn Mädchen Jungs zu sehr mochten, entschied Muna.

Sie wandte sich wieder an Yasmiin und fragte sie nach Yagiz' Kleidung. Dann bat sie Khadiija um Hilfe. Gemeinsam schleiften sie den nackten Mann an Armen und Beinen aus der Wohnung und legten ihn in den Hausflur. Seine Kleidung legten sie in einem Haufen auf seinen Bauch, und seine Tasche schoben sie ihm unter den Kopf, um Diebe abzuhalten, ehe sie ihn für den Rest der Nacht sich selbst überließen. Währenddessen duschte Yasmiin rasch und warf sich einen weiten, fließenden Boubou über. Sie war gerade dabei, die schmutzigen Laken von ihrem Bett zu ziehen, auf denen ein paar Blutspuren zu sehen waren, als Muna und Khadiija in ihr Zimmer zurückkehrten und stumm nach Erklärungen verlangten.

Yasmiin hielt inne und senkte den Kopf. Mehrere Minuten verstrichen, ehe sie genügend Kraft gesammelt hatte, um sprechen zu können.

»Ich wurde von Italien nach Schweden geschmuggelt«, begann sie. Ihre Schwestern setzten sich auf ihr Bett, bereit, ihr zuzuhören. Eine aus ihrem Trio schlüpfte gerade aus der Hülle ihrer Vergangenheit, und sie saßen stumm da, bereit, die einzelnen

Stücke ihrer zerbrochenen Schale aufzusammeln. Yasmiin sah sie mit glasigem Blick an, und Muna wurde nervös.

»In Italien habe ich mit Männern viele schlimme Dinge getan.«

Kẹmi

»L-A-G-O-M … Lagom!«, kritzelte José zur Verärgerung der Klasse an die Tafel. Es war bereits viertel vor acht, und er schien eine neue Lektion beginnen zu wollen. »Nicht zu wenig, nicht zu viel, gerade richtig«, sagte er und schritt im Raum auf und ab, ehe er sich vor Malcolm aufbaute.

» ›Lagom‹ ist ein Wort, mit dem sich viele *Amerikaner* schwertun.« Die Unterstreichung fügte er extra für Malcolm hinzu.

»Im Augenblick schon, da der Unterricht gleich zu Ende ist«, murmelte Malcolm leise. Kemi kicherte, und sie tauschten einen verschwörerischen Blick aus.

José machte noch ein paar Minuten weiter, ehe er ihnen Buchempfehlungen gab und ihnen für die nächste Woche ein tiefes Eintauchen in die von Hassliebe geprägte Beziehung versprach, die Schwedinnen und Schweden zu diesem Wort hatten.

Während Kemi Bücher in ihre große Tasche stopfte, zeichneten sich Malcolms Umrisse hinter ihr ab und dämmten das Licht.

»Hast du es eilig?«

»Eigentlich nicht. Ich wollte mir bloß auf dem Nachhauseweg noch eine Suppe holen.«

»Hast du Lust, stattdessen essen zu gehen?«, schlug Malcolm vor, während Kemi alles in ihrer Tasche verstaute. »Du hast mir noch nicht deine Geschichte erzählt.« Sie blickte ihn an, verzog nachdenklich die Lippen und gab schließlich nach. Klar, wieso nicht.

Sie schlenderten in ihren leichten Mänteln auf die Kungsgatan zu. Die bereits kühlen Nächte erinnerten sie an die unausweichliche Ankunft des Winters. Sie kamen an zwei Schwarzen Männern vorbei, die Malcolms Nicken in ihre Richtung ignorierten und weitereilten. Malcolm lachte, die Hände in den Hosentaschen, sein Gang schwungvoll.

»Ich sag's dir, die Brothers verlieren hier ihren Biss«, meinte er beiläufig.

»Weißt du, mir ist vor einiger Zeit das Gleiche passiert.« Kemi dachte an die Frauen, an denen sie vorbeigelaufen war und die sie und ihr Outfit bloß gemustert hatten, ohne die Zähne auseinanderzubekommen.

»Ich schwöre dir, dieses Land stumpft dich ab, wenn du es zulässt«, fuhr er fort. Kemi begriff, was Malcolm meinte. Sie hatte es gespürt, wenn die Menschen ihre verschiedenen Outfits begutachteten. Wurden nicht laut Komplimente geäußert, dann sprach das Schweigen Bände. Es wies sie darauf hin, dass sie wie ein Pfau umherstolzierte.

»Gott, wo sind die letzten zehn Monate geblieben?«, fragte Malcolm. »Ich kann nicht glauben, dass ich schon so lange hier bin.«

»Hast du bereits Freundschaften geschlossen?«

»Ich habe ein paar andere Expats kennengelernt. Im American Club!«, sagte er. »So bin ich auch an meine Auftritte gekommen. Ich spiele zweimal in der Woche mit einer Wahnsinnsband in Gamla stan.«

Sie fanden ein bescheidenes Thai-Restaurant, wo sie Pad Thai zu Abend aßen, während Malcolm mehr über seine Familie und seinen Umzug nach Schweden erzählte. Mit der Sprache hatte er zweifellos seine Schwierigkeiten. Aber, erklärte er, mehr als alles andere störte ihn die Lauheit, die hier vorherrsche.

»Die Leute sollten auf die Straße gehen und einen Aufstand machen«, fügte er hinzu, während er mit seiner Gabel Glasnudeln aufnahm. »Ich meine, hast du von dieser Blackface-Torte vor ein paar Jahren gehört?« Er hob die beladene Gabel zum Mund. »Irgendein Künstler hat sich als Torte in Form einer Schwarzen

Sister verkleidet und geschrien, während eine Regierungsministerin hineingeschnitten hat, und alle haben gelacht, als wäre es eine Einhorngeburtstagstorte«, berichtete er zwischen zwei Bissen. »Und daraufhin wurde Stockholm nicht niedergebrannt?«

Kemi lauschte seiner Tirade, während ihr verschiedene Gedanken durch den Kopf jagten. In weniger als einem Jahr hatte Malcolm sich diese Haltung angeeignet. Sie wusste nicht, ob er seine aktivistische Rüstung schon an jenem Tag aufgebaut hatte, an dem seine Mom ihn mit zehn Jahren verlassen hatte, oder ob er deren Konstruktion beschleunigen musste, weil Schweden scharfe, hervorstehende Kanten hasste.

Malcolm redete weiter, bis Kemi seinen Monolog unbeabsichtigt unterbrach, indem sie sich an der Kopfhaut kratzte. Er nahm sie in Augenschein und betrachtete ihre längst überfälligen Braids, die sie erfolglos selbst auszubessern versucht hatte.

»Wie ich sehe, hat hier etwas sein Verfallsdatum überschritten«, kicherte Malcolm.

Normalerweise hätte Kemi einen Fremden für so eine Frechheit zurechtgewiesen. Bei Malcolm passte es jedoch irgendwie zu seiner Flegelhaftigkeit, die regelmäßig in ihrem Schwedischkurs zum Vorschein kam. Sie wusste, dass keine Boshaftigkeit dahintersteckte. Malcolm erinnerte sie daran, dass sie hier besser nicht abstumpfen sollte.

Schließlich konnte sie sich nicht mehr zusammenreißen. »Bro, ich brauche jemanden, der mir das Haar macht, am besten gestern. Irgendwelche Empfehlungen?«

»Girl, gar kein Problem.« Er lachte und griff mit einem schelmischen Funkeln in den Augen nach seinem Telefon. Sie hatte ihre erste Freundschaft in Schweden geschlossen.

Nach jenem spontanen Abendessen mit Malcolm fühlte Kemi sich weniger einsam. Sie hatte sich mit jemandem verbündet, der auf einer gewissen Ebene mit ihr fühlen konnte, und sie versprach, zu seinem Auftritt zu kommen, um ihn spielen zu hören.

Wenn er so leidenschaftlich Saxophon spielte, wie er im Unterricht debattierte, dann würde es mit Sicherheit gut werden.

Am nächsten Morgen drückte Kemi die Tür zum Espresso House auf, um sich ihren täglichen Latte zu holen. Am Tresen kramte sie nach ihrer Geldbörse, um zu bestellen und zu bezahlen, als jemand ihr einen großen Becher hinschob.

»Dein Latte, Kemi. Geht auf mich«, sagte jemand auf Schwedisch. Kemi blickte auf, um den Barista zu betrachten, der gerade gesprochen hatte. Sie erkannte ihn nicht. Oder vielleicht doch, aber es war nicht derjenige, der ihr meist ihren Kaffee reichte. Dieser Mann hatte mokkafarbene Haut und kurzes, gekräuseltes rötlich-braunes Haar, ein paar braune Sommersprossen im Gesicht, große Lippen und ahornbraune Augen. Sie warf einen Blick auf das Namensschild, das an seiner marineblauen Schürze über der breiten Schwimmerbrust heftete.

Tobias.

»Tobias …« sagte sie und liebte es, wie sich der Name auf ihrer Zunge anfühlte. »*Tack så mycket,* Tobias.« Er lächelte sie an und zeigte dabei eine kleine Lücke zwischen seinen oberen Schneidezähnen.

»Sind wir uns schon einmal begegnet?« Sie wechselte zu ihrem amerikanischen Englisch. Sie tat sich noch immer schwer mit der schwedischen Grammatik.

»Ich bereite dir jeden Morgen deinen Latte zu. Jemand anderes gibt ihn dir bloß«, erklärte er in britischem Englisch. Sie hielt seinem Blick stand. Dann biss sie sich auf die Unterlippe und senkte ihren schüchtern.

Tobias.

Elf

Brittany-Rae

Brittany sah, wie Jonnys Schwestern rasch ein paar Worte wechselten, während sie mit Jonny auf die beiden zutrat. Der Rest der Gäste auf Antonias Flusskrebsparty verstummte augenblicklich und beobachtete, wie Jonny sie an der Hand in den Garten der Villa auf dem Hügel führte.

»Antonia« – flüsterte Jonny Brittany ins Ohr, sie war die Erste, die auf das Paar zuging. Sie trug das Haar ähnlich frisiert wie ihre Mutter, wenn auch ein wenig länger. Gekleidet war sie in einen lässigen weißen Dashiki über weiten weißen Leinenhosen. Keine Spur von Make-up auf ihrem Gesicht, das die gleichen Züge wie Jonnys hatte, bis hin zu ihrem Lächeln und den kleinen Zähnen.

»Wie schön, endlich die Frau kennenzulernen, nach der mein Bruder so verrückt ist.« Antonia warf sich der unvorbereiteten Brittany in die Arme. Brittany fing sie auf und erwiderte die Umarmung.

»Du musst Antonia sein. Schön, dich kennenzulernen!«

Antonia vollendete ihre Begrüßung mit Küsschen auf beide Wangen. Sie ignorierte Jonny und hakte sich bei Brittany unter, um sie auf eine kleine Gruppe versammelter Familienmitglieder, Freundinnen und Freunde zuzuführen.

»Willkommen zu unserer Flusskrebsparty!«, strahlte sie und wies mit der linken Hand, in der sie ein Glas Wein hielt, schwungvoll auf das aufgetischte Essen. Beim Näherkommen drehte sich Brittany der Magen um. Die Luft war erfüllt von einem ausgeprägten salzigen, fischigen Geruch. Er musste von den hellen pfirsichfarbenen Hummern und den tief orangeroten Flusskrebsen herrühren, die sich in großen Schüsseln aus Kristallglas auf mehreren mit weißen Tüchern bedeckten Tischen häuften. Brittany durfte sich jetzt nicht übergeben. Nicht vor seiner engsten Clique.

Antonia zeigte ihr ihre zwei großen Teenagerjungs, einen kräftig aussehenden Ehemann, der ihnen mit seinem Glas zuprostete, als sie an ihm vorbeikamen, und ein paar Freundinnen und Freunde in verschiedenen teuren, aber lässig zusammengestellten Outfits.

Svea trat zu ihnen und stellte sich vor. Sie hatte zwar die gleiche Haar- und Augenfarbe wie ihre Geschwister, wirkte auf Brittany jedoch ganz anders. Ihre Lippen waren aufgespritzt. Ihre Wangenknochen waren definierter. Für ihr Alter natürliche Falten waren geglättet. Ihre blonden Strähnen lagen perfekt und sie trug ungewöhnlich hohe Absätze für eine Gartenparty auf einer Wiese. Ihr Make-up war zwar so elegant wie möglich, bestand jedoch aus mehreren Schichten.

»Du bist so wunderschön, Brittany«, waren die ersten Worte aus Sveas Mund. Seit sie in Jonnys rasende Welt hineingezogen worden war, fühlte Brittany sich wie eine zerbrechliche Puppe in einer Glasvitrine. Wie seine Assistentinnen sie bienengleich umschwärmten. Wie seine Schwestern sie behandelten. So war Brittany nicht. Sie wollte nicht verhätschelt und ausgestellt werden, ohne dass man sie nach ihrer Meinung fragte. Sie fühlte sich wie die einzige Konkubine in Jonnys Harem, die zur Unterhaltung herausgeholt wurde, und um begafft zu werden. Sie wurde es mit jedem Tag mehr leid. In diesem Augenblick ging es jedoch allein darum, ihr Mittagessen bei sich zu behalten, während die Gruppe sich den mit Meeresfrüchten überladenen Tischen näherte.

Antonia führte Brittany an der Hand und drehte sich zu Jonny um, der hinter ihnen lief.

»*Gud, vad lik henne hon är!*«, sagte Antonia. »*Vad håller du på med, Jonny?*«

Sie blieben stehen, als Jonny mit einem Mal um sie herumlief und sich wenige Zentimeter vor Antonia aufbaute. Brittany hatte das Gefühl, dass es um sie ging, aber sie wurde von der Konfrontation ausgeschlossen.

»*Vad menar du?*«, fragte er ernst.

Brittany schluckte, ihr wurde unbehaglich. Sie hatte zwar keine Geschwister, wusste jedoch, wie unschön Streitigkeiten unter ihnen verlaufen konnten.

»*Du, var försiktig*«, erwiderte Antonia mit einem Grinsen.

Jonny antwortete nicht, starrte seine Schwester jedoch wütend an. Was hatte Antonia gesagt? Sie blieben voreinander stehen, bis Antonia den Blickkontakt abbrach, indem sie ihn von oben bis unten musterte.

»*Vad händer?*«, fragte Svea, die sich nun zu ihnen gesellte, um die Situation einzuschätzen.

»*Ingenting*«, sagte Antonia.

Brittany fuhr sich nervös durchs Haar. Sie würde rasch Schwedisch lernen müssen. Antonia löste sich von Brittany, lächelte ihr schwach zu und ging davon, gerade als ein großer Typ mit einem Glas Weißwein gemächlich auf sie zugeschlendert kam. Jonny drehte sich in die Richtung des Mannes, und sein Gesichtsausdruck entspannte sich leicht. Er eilte zu Brittany, die einen Schritt zurücktrat, als Jonny sich nun direkt vor ihr aufbaute. Dann zeigte er auf den Mann, der in höflicher Entfernung zu ihnen stehen geblieben war.

»Das ist Ragnar. Mein bester Freund.«

Brittany nahm seinen gelassen wirkenden Freund in Augenschein. Er und Jonny waren etwa gleich groß, aber dieser Typ war breiter, muskulöser. Während Jonny joggen ging, sah er aus, als würde er einen Sport treiben, der Kraft erforderte. Hockey vielleicht? Er hatte dunkelbraunes Haar und betrachtete sie mit einem Blick aus seinen skeptisch wirkenden tiefblauen Augen, den sie nicht recht deuten konnte.

»Willkommen«, sagte Ragnar.

»Wir kennen uns seit dem Kindergarten«, sagte Jonny lächelnd und sah Ragnar an, der zustimmend nickte, während er Brittany wortlos musterte. Sie verstand sofort, wenn sie ihre Beziehung zu Jonny wirklich vertiefen wollte, dann war dieser Mann einer der Torwächter, an denen sie vorbeikommen musste. Im Augenblick sagte sein Blick: »Tor geschlossen.«

Ragnar hatte wahrscheinlich all die Frauen mitbekommen, die im Laufe der Jahre durch das Leben seines Freundes gezogen waren. Brittany, deren Radar als Schwarze Frau stets in Alarmbereitschaft war, spürte, dass sein Misstrauen einen tiefer liegenden Grund hatte. Denn abgesehen von seinem »Willkommen«, mied Ragnar sie für den Rest des Abends und wich nicht von der Seite seiner zierlichen Ehefrau Pia, die wie eine Fitnessfanatikerin aussah.

»Wie geht es dir?«, fragte Jonny, sobald sie einmal einen Moment für sich hatten, und seine Handfläche glitt instinktiv über Brittanys Bauch. Sie spürte Essen in ihrer Kehle. Übelkeit. Dieser Geruch nach Meeresfrüchten war überwältigend.

»Hör auf damit!«, wies sie ihn zwischen zusammengepressten Zähnen zurecht. Seine Schwestern hatten sie den ganzen Abend beobachtet. Da war wieder dieser überraschte Ausdruck auf ihren Gesichtern. Zweimal musste Brittany an jenem Abend zum Kotzen ins Badezimmer rennen. Dabei hatte sie bereits zwei Tabletten gegen Übelkeit eingenommen. Wann immer ihr Gedanken an eine Abtreibung kamen, wurden sie sogleich von Jonnys Euphorie gedämpft. Er konnte es nicht erwarten, sein Kind in den Armen zu halten.

»Ich kann es nicht erwarten, dass sie alle es herausfinden«, flüsterte er ihr ins Ohr, bevor er leicht daran zupfte. Sie kicherte. Aber ihr Lachen erstarb sogleich, als sie Ragnar dabei erwischte, wie er sie aus der Ferne kühl beobachtete. Sie lehnte sich gegen Jonny, da sie mehr über seinen Freund herausfinden wollte.

»Dein Freund Ragnar«, begann sie, während Jonny an ihrem Ohr knabberte. »Was verbindet euch?«

»Was uns verbindet?«

»Ja, ich meine abgesehen davon, dass ihr denselben Kindergarten besucht habt.«

»Nun ja«, erwiderte Jonny, abgelenkt von seiner gegenwärtigen Beschäftigung, »wir sind zusammen aufgewachsen. Sind auf dieselben Internate gegangen. In London haben wir sogar eine Weile zusammengewohnt.« Er fuhr mit den Zähnen am Rand ihres Ohrs entlang. Brittany wusste nicht, wie sie um das, was sie sagen wollte, herumtänzeln sollte, also sprach sie es direkt an. Jonny verstand ohnehin nur Direktheit.

»Ich glaube, er mag mich nicht.« Sie wartete auf Jonnys Reaktion, in der Hoffnung, sie habe es sich nur eingebildet. Aber er bestätigte ihr Gefühl.

»Ragnar mag meine Freundinnen nie.« Er fuhr fort, ihr Ohr zu bearbeiten. »Er versteht nicht, wieso ich nicht einfach mit einer weißen Frau zusammen sein kann.« Brittany erstarrte unter seinen Zärtlichkeiten, und er hörte auf, besorgt, sie verletzt zu haben. Sie drehte sich zu ihm um.

»Und du sagst, er sei dein bester Freund?« Sie musste auf Nummer sicher gehen. Wenn dieser Mann eine wichtige Rolle in ihrem gemeinsamen Leben spielen würde, musste sie wissen, dass er kein Rassist war.

Sie hatte bereits die Konfrontation mit seinen Eltern erlebt, die Jonny ihr noch immer nicht vollständig erklärt hatte. Brittany wusste lediglich, dass Astrid von Lundin ihren Sohn derart durcheinandergebracht hatte, dass dieser in der Öffentlichkeit die Fassung verloren hatte. Etwas, das unter diesem reichlich reservierten Haufen eher selten vorkam, wie Brittany nun rasch bewusst wurde.

»Ja, er ist derjenige, dem ich auf dieser Welt am meisten vertraue. Nach dir natürlich.«

Brittany holte tief Luft. Sie wusste seine Ehrlichkeit zu schätzen, allerdings wäre ihr lieber gewesen, wenn er sie dieses Mal weniger nüchtern vorgetragen hätte. »Er möchte also, dass du mit einer Schwedin zusammen bist?«, hakte sie nach. Jonny nickte.

»Er glaubt, ich habe einen Fetisch.« Nun wurde es ernst.

Sie blickte ihn an, und zum ersten Mal seit langer Zeit sah sie sich zurückversetzt auf den Parkplatz der Notaufnahme in Alexandria, Virginia, nachdem Jonnys Wunde genäht worden war. Als sie ihm in die Augen gesehen hatte und nicht wusste, was sie denken sollte. Der Schnitt war gut verheilt, aber über seiner Augenbraue blieb wie eine geflüsterte Erinnerung eine Narbe zurück. Ein paar Sekunden lang herrschte zwischen ihnen Schweigen.

»Hast du?«, fragte Brittany.

»Habe ich was?«

»Ich meine, hat Ragnar recht?«

Als er ihre Worte verstand, blickte er sie mit gerunzelter Stirn an.

»Ich habe keinen Fetisch«, entgegnete er streng. Seine Finger ballten sich an seinen Seiten zu Fäusten. Er fügte dem nichts mehr hinzu, aber Brittany spürte, wie er in einen Zustand der Anspannung versank.

»Ich wollte bloß …«

»Ich bin nicht verrückt«, stellte er mit Bestimmtheit klar.

»Es tut mir leid, Jonny. So hatte ich es nicht gemeint«, sagte sie, aber sein Blick teilte ihr alles mit, was sie wissen musste.

Sie sollte die Klappe halten.

In jener Nacht lag Brittany tief in Gedanken versunken still auf der Seite, als Jonny sich an sie heranschob. Sie atmete gelegentlich tief ein und keuchte leise, ehe sie zu ihren umherwandernden Gedanken zurückkehrte. Das Geräusch von Jonnys gedämpftem Stöhnen war der einzige Hinweis darauf, dass sie gerade Sex hatten. Er lag hinter ihr auf der Seite, den linken Arm um ihre Brust geschlungen, und presste ihren Rücken fest an seine sich schwer hebende und senkende Brust.

Irgendetwas störte Brittany. Sie wollte erfahren, weshalb seine Schwestern sie so verwundert beäugt hatten. Und Jonnys Freund Ragnar, in dessen eisigen dunkelblauen Augen eindeutig so etwas wie Verachtung gelegen hatte. Er hegte ganz offensichtlich Vorurteile. Das hatte Jonny unverhohlen zugegeben. Ihre Anwesenheit provozierte den Menschen, dem er nach ihr am meisten vertraute.

Wenn Jonny von Ragnars Verachtung wusste, weshalb waren die beiden dann noch immer enge Freunde? Wie konnte sie darauf vertrauen, dass Ragnar tatsächlich das Beste für Jonny wollte, wenn er noch nicht einmal akzeptieren konnte, in wen sein Freund sich verliebte? Vielleicht hatte auch Jonny tief sitzende Vorurteile?

Oder versuchte Ragnar, seinen Freund zu beschützen, nachdem er eine Reihe von kurzlebigen Affären miterlebt hatte?

All diese Gedanken gingen ihr durch den Kopf, während Jonny sich große Mühe gab, für ihr Vergnügen zu sorgen. Sie spürte, wie er sich sanft in ihr bewegte. Sie schloss die Augen, um diese abschweifenden Gedanken abzuschütteln, damit sie seine Liebe genießen konnte, aber sie blieben und zogen sie von ihm fort.

Sein Griff um sie wurde fester, als seine Stöße gegen ihren Rücken schneller wurden. Er strengte sich an, so leise wie möglich zu sein, da Brittany abgesehen von kleinen Seufzern kaum ein Geräusch machte. Als er kam, erstickte er seine Schreie an ihrer Schulter, und seine Umklammerung raubte ihr den Atem.

Das Zimmer wurde wieder zu einer verschwiegenen Bucht, als Jonny hinter ihr zitterte und versuchte, sein rasendes Herz zu beruhigen. Er presste seine Lippen an ihre Schulter, während seine linke Hand ihre Seite entlangstrich, erkundend an ihrer Taille hinabstieg und ihre Hüfte erklomm.

Sie hörte zu, wie sein angestrengter Atem sich beruhigte. Mit einem lauten Keuchen befreite er sich endgültig, ehe er in leisem Tonfall zu sprechen begann.

»Heirate mich«, sagte er noch immer atemlos.

Brittanys Körper versteinerte unter seiner Berührung. Er gab ihr einen Kuss auf die Schulter, ehe er die Worte keuchend wiederholte.

»Heirate mich.«

Muna

»Wieso sollte ich dich nicht feuern?« Yagiz war fuchsteufelswild. »Hm, Muna?«

Etwa eine Stunde später war Yagiz zurück in ihrer Wohnung und saß auf einem Sessel gegenüber dem grauen Sofa, auf dem Muna und Khadiija mit den Händen im Schoß kauerten. Khadiija spielte mit ihren Fingern herum, während Muna Yagiz nur anstarrte. Eine stumme Wut brodelte in ihr. Yasmiin stand hinter seinem Sessel, eine Hand darauf abgelegt, den Blick zu Boden gerichtet.

Der Türke war geladen. Er war mit pochendem Schädel im Flur aufgewacht, als zwei somalische Teenager ihn wachtraten und dann gackernd davonrannten, nachdem sie auf seinen noch immer steifen Penis gezeigt hatten. Nachdem Yagiz festgestellt hatte, dass er nackt war und seine Kleidung mit ihm vor der Tür lag, hatte er sich rasch angezogen und sich zurück in ihre Wohnung gehämmert. Khadiija und Muna abschüttelnd, war es Yasmiin gelungen, die Tür zu öffnen und ihn gegen den Willen ihrer Mitbewohnerinnen wieder hereinzulassen.

Einmal zurück in der Wohnung, hatte er ihnen gegenüber seine Beschämung geleugnet und versucht, dem Trio ein schlechtes Gewissen zu machen. Die beiden sitzenden Frauen sahen ihn stumm an. Dann brach Muna das Schweigen.

»Was hast du Yasmiin angetan?«, fragte sie.

»Was wir tun, geht dich nichts an.«

»Sie hat geschrien«, erwiderte Muna, auf eine Antwort beharrend.

»Wie Frauen es tun, wenn es ihnen Spaß macht!«, fertigte Yagiz sie ab. »Aber das kannst du ja nicht wissen, oder? Yasmiin hat mir erzählt, dass du noch Jungfrau bist.« Er reckte den Kopf nach oben, um Yasmiin in die Augen zu schauen, die hinter ihm stand. »Stimmt doch, Yaz?«, suchte er ihre Bestätigung. Sie wandte den Blick ab, und er kicherte leise.

»Ich bin nicht dumm«, fuhr Muna fort. »Du hast Yasmiin wehgetan. Sie sagt nichts, weil sie Angst vor dir hat.« Yagiz musterte sie mit seinen dunklen Augen. »Ich habe keine Angst vor dir«, fügte Muna hinzu. Yagiz lachte. Über seinem hübschen Gesicht breitete sich ein Lächeln aus, und sein Schnurrbart tanzte.

»Vielleicht solltest du besser Angst vor mir haben, Muna Saheed.« Aus seinem Lachen wurde ein Stirnrunzeln. »Du solltest Angst haben. Du arbeitest für mich.«

Muna verstummte. Sie brauchte diesen Job. Sie musste nachweisen können, dass sie verantwortungsbewusst war, um in ein paar Jahren eingebürgert zu werden. Nach dieser Sicherheit sehnte sie sich. Dieses kleine Büchlein in ihrer Hand würde bedeuten, dass sie endlich an einem sicheren Ort wäre. Ein Ort, der es ihr ermöglichen würde, eine neue Familie zu gründen. Herr Björn vom Migrationsverket hatte ihr zu verstehen gegeben, wie unwahrscheinlich es sei, dass sie als Schwedin vollkommen akzeptiert werden würde. Damals war ihr nicht ganz klar gewesen, ob er damit meinte, vor oder nach Erlangen ihrer Staatsbürgerschaft in fünf Jahren. Nachdem sie eine Weile in Tensta gelebt hatte, wurde ihr langsam klar, wovon Herr Björn gesprochen hatte. Sie erinnerte sich daran, wie er sagte, ihre Kultur sei »zu stark«, um vollkommen akzeptiert zu werden.

Die Luft um die vier war verbraucht. Yasmiin verlagerte ihr Gewicht nervös von einem Fuß auf den anderen, während Khadiija dazu übergegangen war, ihre Fingernägel zu untersuchen, um Yagiz' Zorn nicht direkt abzubekommen. Khadiija spielte weiter an ihren Fingern herum, aber Muna bemerkte, dass sie gegen die Tränen ankämpfte. Sie kannte diesen Gesichtsausdruck. Nach Ahmeds Tod hatte Muna selbst wochenlang ein ähnliches Gesicht gehabt, das sie erst entspannen konnte, wenn sie in ihrem Zimmer in Sicherheit war. Das einzige Mal, dass sie vor anderen geweint hatte, war an jenem Tag, als sie diesen Frauen das erste Mal begegnet war, die sie nun als ihre Schwestern ansah.

Muna wandte sich erneut an Yagiz. »Wieso bringst du es in unsere Community?«

»Was?«

»Khat.«

Der Sack voller Blätter, ein kaubares Rauschmittel, das sie in Yasmiins Zimmer gefunden hatten. Viele der somalischen Communitys in den Vororten waren von seinen Auswirkungen gezeichnet. Nicht einmal ihr Tensta blieb davon verschont. Wann immer Muna Khadiija in das Gemeindezentrum begleitete, um Zeit mit anderen Somalis zu verbringen, sah sie einige der älteren Männer schläfrig umhertapsen.

Die schwedischen Medien hatten sich auf die »Khat-Epidemie« innerhalb ihrer Community gestürzt, denn anscheinend war von

Eingewanderten gekautes Khat weniger verzeihlich als von Östermalms Oberschicht gezogenes Kokain.

»Wieso verkaufst du das hier? Wieso zerstörst du meine Leute?«

»Immer ist jemand anderes schuld, nicht wahr?«, kicherte Yagiz. »Frag Yasmiin. Sie ist meine Verkäuferin.«

Muna warf Yasmiin einen enttäuschten Blick zu. Yasmiin hatte noch viel mehr zu erklären. Nachdem Muna und Khadiija Yagiz' nackten Körper aus ihrer Wohnung geschleift hatten, war Yasmiin in ihrem Zimmer vor ihnen zusammengebrochen. Sie erzählte ihnen, dass sie in Rom als Prostituierte gearbeitet hatte, seit sie mit fünfzehn Jahren vor dem Bürgerkrieg geflohen war. Sie war durch die Straßen der Stadt gezogen und hatte für einen Zuhälter gearbeitet, der sie und ein paar westafrikanische Mädchen finanziell ausgenommen hatte.

Ihr Zuhälter hatte klargestellt, dass Yasmiin ihm am meisten Geld einbrachte, weil sie einen Arsch hatte, der zum Draufklatschen geschaffen war, und noch dazu langes, »gutes Haar«. Das bedeutete, dass sie keine Perücke tragen musste, die bei der Bedienung besonders aggressiver Kunden vom Kopf rutschen konnte. Die Flucht aus Italien gelang Yasmiin durch einen ihrer Kunden, der sie aus den Klauen ihres Zuhälters gezogen und in einen Konvoi aus Geflüchteten geschmuggelt hatte, der in Richtung Schweden unterwegs war.

»Pass auf, Muna«, warnte Yagiz sie. »Eine Jungfrau ist in diesem Land eine Rarität. Spiel nicht mit Dingen, die du nicht verstehst, kleines Mädchen. Du könntest den falschen Mann beleidigen.«

Er stand auf, zog sich die Hose zurecht und strich sich das Hemd glatt. Er fuhr sich mit den Fingern durch sein schwarzes Hahnenkammhaar, ehe er sich umdrehte, um Yasmiin anzublicken, die noch immer hinter seinem Stuhl stand. Er ließ eine Hand über ihren Hintern gleiten und drückte einmal fest zu, ehe er sich zur Wohnungstür begab.

Sobald diese hinter ihm zugeknallt war, sprang Khadiija, die bislang stumm ihre Finger betrachtet hatte, auf die Beine und brach in eine Schimpftirade auf Somali aus, die sie damit begann, dass sie Yasmiin als Hure bezeichnete.

»Warum hast du uns diesem gefährlichen Mann ausgesetzt?«, schrie Khadiija. »Wieso machst du diese leichtsinnige Sache mit ihm?« Yasmiins Schultern begannen zu zittern, als sie in Tränen ausbrach.

»Du egoistische Schlampe«, fuhr Khadiija fort. »Du hast unnötiges Übel in unser Zuhause gebracht. Unser Zuhause!«

»Khadiija!« Muna versuchte vergeblich, sie zurückzuhalten. Khadiija fiel buchstäblich über Yasmiin her, holte all die unsagbaren Dinge ans Licht, die diese mit fremden Männern getan hatte. Yasmiin fiel auf die Knie, während Khadiija in ihrem Wutausbruch gebeugt über ihr stand. Sie fragte sie, wo sie Yagiz tatsächlich kennengelernt habe. Aus welchem Loch sie ihn gezerrt habe. Wann sie angefangen habe, für ihn Khat zu verkaufen. Was Yagiz ihr angetan habe, als die beiden hereingeplatzt waren, um sie zu retten.

Khadiija wartete nicht auf Antworten. Sie fluchte immer weiter, und als Muna aufsprang, um Khadiija festzuhalten, schrie sie »Nein!« und schubste die Jüngere weg.

Yasmiins Tränen flossen heftig, und Muna spürte, dass sie nicht von Khadiijas Tirade ausgelöst wurden. Was Yasmiin ihnen anvertraut hatte, hatte Khadiija ihr weniger als eine Stunde später zurück ins Gesicht gespuckt. Aus diesem Grund behielten sie alle ihre Türen fest verschlossen. Menschen hereinzulassen war mit einer unberechenbaren Gefahr verbunden, entschied Muna.

Khadiija betonte immer wieder, wie ausgeliefert sie sich Yagiz gegenüber fühlte, bis sie schließlich selbst zusammenbrach.

»Ich bin vor einem gefährlichen Mann davongelaufen!« Nun ließ Khadiija die anderen herein, ihre Schutzhülle bekam den ersten sichtbaren Riss. »Ich bin davongelaufen ...« Sie fiel auf die Knie, ihr Körper bebend vor Emotionen. »Ich musste davonlaufen.«

Khadiijas Beichte hing in der Luft. Sie konnten nicht darüber hinwegsehen, auch wenn niemand über gewisse Dinge sprechen wollte. Während viele Männer Yasmiin zur Flucht gezwungen hatten, war ein einzelner Mann dafür verantwortlich, dass Khadiija um ihr Leben rennen musste. Muna wollte mehr erfahren, aber in dem Moment brach Khadiija zusammen und schluchzte unkontrolliert.

Muna kannte dieses Weinen aus Verzweiflung, wenn Erinnerungen, die sie aus ihren Gedanken zu streichen versucht hatte, langsam wieder zum Vorschein kamen, wie Striche eines unsichtbaren Markers auf Spezialpapier, und ihrem Gedächtnis unerwartet Farben gaben. Khadiija musste gerade den Farbfilm ihrer eigenen Vergangenheit erleben.

Muna betrachtete die beiden Frauen, die, getrennt voneinander, jede in ihrem eigenen Elend, auf dem Fußboden kauerten und weinten. Wen sollte sie zuerst trösten, ohne zu riskieren, dass sie die andere kränkte? Muna war noch immer erschüttert von den Offenbarungen der letzten Minuten. Sie war wie gelähmt.

Ihre Gedanken wanderten zu jenem stolzen Paar, das sie vor dem Bürogebäude, in dem sie putzte, gesehen hatte. Wie der weiße Mann, der bei von Lundin Marketing arbeitete, nach dieser Schwarzen Frau gegriffen, sie geküsst und dabei gegen das schicke Auto gedrückt hatte, während alle Menschen, die gerade vorbeiliefen, sich nach ihnen umdrehten. Munas Gedanken rasten zurück nach Solsidan. Wie Ahmed sie bei ihrem Kuss gehalten hatte. Wie sie ihm mit den Fingern durch sein seidiges Haar gefahren war.

Muna verspürte Hoffnung, weil dieser große Schwede und ihr Ahmed sie einen kurzen Blick auf die wahre Liebe hatten erhaschen lassen. Yasmiin und Khadiija brauchten ebenfalls mehr Hoffnung.

Muna stand wie angewurzelt da und sah zu, wie ihre größte Angst Wirklichkeit wurde: Ihre ohnehin fragile Schwesternschaft fing an zu bröckeln.

Kẹmi

Kemi versuchte zu arbeiten, beantwortete eine E-Mail und tippte dabei wie wild auf ihrer Tastatur herum, denn sie war mit den Gedanken ganz woanders und ging noch einmal ihre morgendliche Begegnung mit Tobias durch.

Weshalb war er ihr noch nie zuvor aufgefallen? Seit mehreren Wochen holte sie sich nun bereits jeden Morgen ihren Kaffee dort. Er musste das beste Chamäleon der Welt sein, so wie er mit seiner Umgebung verschmelzen konnte, denn sie hatte seine hübsche Erscheinung bislang übersehen.

Tobias hatte eine ähnliche Hautfarbe wie Malcolm. Ein Café-au-lait-farbener Braunton. Ein weiterer Afroschwede, wie Malcolm sich selbst oft nannte, da, wie er ihr erklärte, die Verwendung von »Afrowikinger« ihn unbeabsichtigt mit einer Geschichte des Plünderns und Vergewaltigens verband, die er sich, so hatte er entschieden, nicht aufbürden lassen wolle. »*Nein, vielen Dank auch!*«, schloss Malcolm diese Tirade ab.

Kemi wollte Tobias wiedersehen. Sie nahm sich vor, zum Mittagessen erneut ins Espresso House zu gehen. Aber gerade, als sie sich bereit machte und ihre Tasche packte, wurde sie von Jonnys Stimme überrascht.

»Kemi.«

Er schlenderte in ihr kleines Büro, die Hände in den Hosentaschen.

»Jonny. Welch Überraschung.« Kemi wandte sich zu ihrem Chef um. Ein Mann, der mit jeder verstreichenden Woche mehr zum Phantom wurde. Sie fragte sich häufig, worin seine Arbeit eigentlich bestand.

»Wir haben einen wichtigen potenziellen Kunden namens Bachmann«, sagte er, direkt zur Sache kommend. »Das ist die größte Luxusschuhmarke in Deutschland.«

»Okay …«

»Ich will, dass wir es diesmal richtig hinbekommen. Sie bringen eine neue Reihe Luxus-High-Top-Sneakers auf den Markt, und ich möchte, dass wir Diversität zeigen. Du weißt schon, Leute, die reich sind, aber diese Art von Schuhen mögen. Rapper zum Beispiel.«

»Rapper?« Kemi ließ seine Worte auf sich wirken.

»Ja, Rapper.«

»Wieso Rapper?«, hakte sie nach.

»Weil die Schuhe teuer, aber auch cool, urban und funky sind. Außerdem verwendet diese neue Linie – B:GEM – auch eine Menge Schmucksteine. Diesen Markt möchte Bachmann erschließen.« Erinnerungen an Connor und seinen gekünstelten Slang stiegen in ihr hoch, und Kemi schüttelte sie erschaudernd ab.

»Dann tragen also nur reiche Rapper teure High-Top-Sneaker?«, fragte Kemi. Jonny zog fragend die Brauen hoch.

»Wer trägt sie sonst noch?«, wollte er wissen.

Kemi lachte, nicht sicher, wie sie seine Bemerkung auffassen sollte. Sie wusste, dass Jonny seine Worte aus einem tiefen Brunnen der Ignoranz schöpfte. Es fiel ihr schwer, seine Aussagen damit in Einklang zu bringen, dass er ausschließlich Beziehungen zu Schwarzen und Frauen of Color führte. Er sollte es besser wissen. Im Büro wurde geflüstert, hauptsächlich von seiner Assistentin Louise, dass er mal wieder mit einer Schwarzen Sister zusammen war, mit der es langsam aber zu etwas Ernstem wurde. Das Einzige, was Louise ihr über das ehemalige Model, das mittlerweile als Flugbegleiterin arbeitete, erzählt hatte, war: »*Sie ist umwerfend schön!*« Kemi hätte sich weitere Informationen gewünscht, aber Louise wich aus, was Details anging. Kemi schien es, dass Arbeit und Privatleben in diesem Land eher Großcousinen als Geschwister waren.

»Siehst *du* dich als jemanden, der mit Schmucksteinen verzierte High-Top-Sneakers trägt?«, erkundigte sich Kemi.

»Nein«, erwiderte Jonny bestimmt.

Sie ließ den Blick rasch über sein Outfit schweifen: ein marineblaues Hemd, das in einer Khakihose steckte, und dazu hellbraune Oxford-Schuhe. Die Ärmel waren an den Handgelenken etwas aufgerollt und gaben den Blick frei auf seine Armbanduhr sowie seine mit feinen goldenen Haaren bedeckten Unterarme.

»Wieso möchtest du sie dann vertreten? Eine Marke, von der du dir nicht vorstellen kannst, sie jemals selbst zu tragen?«

Er hielt kurz inne und dachte nach. Sie konnte an seinen Augen erkennen, wie sein Gehirn wild arbeitete und versuchte, ihre Haltung einzuordnen.

»Wenn ich jeden Kunden mögen würde, den wir an Land ziehen wollen, hätten wir nie genug zu tun«, lautete seine Antwort schließlich.

»Vielleicht solltest du anfangen, mehr in diese Richtung zu denken«, schlug Kemi vor. »Also … die Leute, die du an Land ziehen willst, tatsächlich zu mögen.« Auf diese Bemerkung hin presste er die Lippen fest aufeinander.

»Wie sehr willst du Bachmann?«, fragte Kemi, deren Tonfall nun ernst wurde.

»Die Marke ist gerade beliebt, besonders in Asien. Wenn wir sie für uns gewinnen, wäre sie einer unserer größten Kunden«, erklärte Jonny. »Ich will sie.«

»Dann lass uns die Sache auf ein neues Niveau heben, Jonny«, sagte Kemi aufgeregt.

»Woran denkst du?«

»Ich werde dir helfen, einen Volltreffer zu landen. Aber du wirst mir vollkommen vertrauen müssen. Kannst du das, Jonny?«

Jonny starrte sie an, während er ihre Worte auf sich nachwirken ließ.

»Das bedeutet, mir beim Pitch-Meeting den Rücken freizuhalten, wenn ich dem Team die Idee vorstelle.«

Er wurde nervös, und seine Hände ballten sich zu Fäusten.

»Jonny … Ich möchte, dass du das Gesicht von Bachmanns neuer Kollektion wirst.«

Jonny lud Kemi zum Mittagessen ein, damit sie ihm ihre Idee näher erläutern konnte. Das bedeutete, dass ihr Versuch, bei Espresso House einen weiteren Blick auf Tobias zu werfen, vereitelt wurde. Sie würde es an einem anderen Tag erneut angehen müssen.

»Denk mal drüber nach«, sagte Kemi und klemmte ein Stück Lachs zwischen ihre Essstäbchen. »Alle erwarten das Klischee von irgendeinem berühmten Rapper in glitzernden Schuhen. Niemand würde Jonny von Lundin in Sneakers erwarten. Am wenigsten Bachmann.« Sie steckte sich den Happen in den Mund. Ihr Plan war, ihn ins Zentrum der Kampagne zu stellen, umgeben von verschiedenen Hautfarben, Religionen und sexuellen Orientierungen, die allesamt Bachmanns trugen.

Kemi bemerkte, dass Jonny beim Zuhören gelegentlich von ihren Kaubewegungen abgelenkt zu sein schien, sich dann aber wieder zusammenriss, um aufzunehmen, was sie sagte, und ihrem Gespräch zu folgen. Sie musste sich noch an seine Ticks und Eigenheiten gewöhnen. Diese hier kannte sie noch nicht, und sie störte sie.

»Deine Idee ist verrückt«, begann er. »Ich als Model für Bachmann-Schuhe? Ich würde diese Schuhe niemals tragen.«

»Aber du willst sie unbedingt haben, oder?« Sie lächelte schelmisch. »Hast du noch nie etwas Verrücktes für etwas oder jemanden getan, das oder den du unbedingt wolltest?«

Kemi sah, wie sich ein Grinsen um seinen Mund ausbreitete, und fürchtete, woran er gerade dachte. Gott weiß, welche verrückten Dinge er schon getan hatte. Sie musste bloß an ihre Google-Recherche über ihn denken, und Bilder entstanden vor ihrem inneren Auge. Aber dieses kindische Grinsen, das sich nun über sein Gesicht legte? Kemi vermutete, es müsse mit jener Sister zu tun haben, deren Name unter seinen Angestellten geflüstert wurde.

»Vielleicht«, antwortete er, ehe er sich auf die Unterlippe biss.

»Bachmann ist nichts anderes. Und ich garantiere dir: Wenn du ihnen diesen Vorschlag unterbreitest, wirst du wesentlich mehr Geld von ihnen bekommen. Sie werden dich anflehen, sie zu vertreten.«

Kemi wies darauf hin, er habe bereits Schwarze Rapper klischeehaft als Personen dargestellt, die glitzernde High-Tops trugen. Indem Jonny selbst diese Sneakers anzog, erweiterten sie den Rahmen und steigerten die Attraktivität dieser Schuhe für ein breiteres Publikum.

»Bei Diversität und Inklusion geht es auch darum, Stereotype aufzubrechen«, erklärte sie. »Und nicht nur darum, Schwarze und braune Gesichter in der Werbung zu zeigen. Vertrau mir.«

Jonny war noch immer nicht ganz überzeugt. »Das schafft einen gefährlichen Präzedenzfall. Wenn ich für Bachmann modele, werden all unsere Kunden wollen, dass ich sie visuell repräsentiere, wie ein billiger Verkäufer. Ich bin ein sehr privater Mensch. Ich mag keine Tricks. Das ist zu amerikanisch.«

»Jonny, das ist kein Trick. Das ist von Lundin Marketings Chance auf Erlösung«, predigte Kemi. »Stell dir dich vor, ganz normal gekleidet, bei irgendeiner für dich ganz normalen Tätigkeit, wie zum Beispiel Segeln oder so. Aber dann trägst du die Bachmann-Schuhe. Alles andere bleibt gleich.« Sie wurde immer aufgeregter, belebt von ihren kreativen Vorstellungen. Sie liebte das. Endlich konnte sie wieder in ihrem Element sein.

»Und der Slogan würde lauten: ›Trau dich, anders zu sein‹ … Jonny, das ist perfekt!«

Es war das, was von Lundin Marketing brauchte, um das IKON-Fiasko abzuschütteln. Kemi beobachtete, wie er ihre energisch vorgetragenen Argumente überdachte. Irgendwie mussten sie etwas tief in seinem Inneren berührt haben, denn sein Blick wurde weicher, während er sie betrachtete.

»Das gefällt mir«, sagte er. »Sehr sogar. Es gefällt mir wirklich.«

»Gut!« Sie steckte sich noch mehr rohen Fisch in den Mund. Er starrte auf ihre Lippen, und sie bemerkte, dass er erneut hypnotisiert von ihrer Kaubewegung war. Sie hatte ihn angezogen wie ein Sensor.

»Also, es könnte so oder so laufen«, fuhr Kemi fort. »Wenn wir angegriffen und dafür kritisiert werden, uns eine Kulturikone aneignen zu wollen, dann können wir das leicht widerlegen. Wir zwingen die Leute dazu, ihre eigenen Vorurteile zu hinterfragen, und weshalb sie glauben, nur Schwarze Menschen würden glitzernde High-Top-Sneakers mögen.«

Kemi sprach beim Essen weiter, beschrieb detailreich ihre Idee und bedachte dabei all die unterschiedlichen Richtungen, aus denen sie attackiert werden und wie sie sich darauf vorbereiten könnten. Aber vor allen Dingen erhoffte sie sich selbst beruflich viel von diesem Einfall.

Berauscht von Kemis Vision berief Jonny im Büro ein spontanes Meeting ein. Ingrid, Greta, Espen und ein paar weitere Abteilungsleiterinnen und -leiter versammelten sich in einem der Konferenzräume. Jonny war ungewohnt aufgeregt. Er stürzte sich auf das Bachmann-Angebot, sprach zu Kemis Gunsten Englisch und erklärte, dass sie diesen internationalen Kunden an Land ziehen müssten.

Dann überließ er Kemi die Bühne, damit sie ihre Idee vorstellte. Die Schwedinnen und Schweden lauschten aufmerksam und richteten den Blick fest auf Kemi, während diese erklärte, weshalb sie ihren illustren Chef für eine Werbekampagne in Glitzer kleiden wollte.

Als Kemi fertig war, herrschte Totenstille. Eine Stille, die den Schwedinnen und Schweden selbst unangenehm wurde. Greta schien sichtlich erregt. Sie wandte sich an Jonny und sagte etwas auf Schwedisch.

»Englisch, bitte«, unterbrach Kemi ihre Diskussion, und Greta bedachte sie mit einem wütenden Blick, der sich ihr in die Haut brannte.

»Du weißt, dass wir nicht immer Englisch sprechen können, Kemi«, spuckte sie hervor. »Wie kommt dein Schwedisch voran?« Schweigen erfüllte den Raum erneut und ließ Gretas Herablassung sich senken wie eine Sedimentschicht.

Kemi gab keine Antwort.

»Du versuchst, Jonny zum Gespött der ganzen Welt zu machen«, fuhr Greta fort. »Begreifst du denn gar nicht seine Position in dieser Firma? In unserer Gesellschaft?«

»Ich finde Kemis Idee ausgezeichnet und bin damit vollkommen einverstanden«, sagte Jonny auf Englisch.

»Es erscheint mir zu riskant, Jonny«, meldete Ingrid sich zu Wort. »Ich habe kein gutes Gefühl dabei.«

»Ich habe ein gutes Gefühl dabei«, entgegnete er. »Ich glaube, dass es eine brillante Idee ist, und dass sie funktionieren wird.«

»Ich mache mir Sorgen über die negative Berichterstattung, die wir garantiert kriegen werden«, erklärte Maria aus der Presseabteilung. »Würden wir das überleben? Wir haben IKON kaum überstanden.«

»Wenn wir überhaupt negative Berichterstattung bekommen.« Jonny blieb hartnäckig. »Womöglich wird die Presse es lieben.«

»Und wenn sie es nicht liebt?«, ging Ingrid erneut dazwischen. »Und wenn es für sie nur eine Bestätigung dafür ist, dass Jonny von Lundin tatsächlich nicht ganz bei sich ist?«

»Nun ja, ich finde, es ist eine mutige Idee«, bot Espen an. »Ich denke, es ist ein kühner Schritt, und wir müssen dieser Tage beherzter auftreten.«

Ingrid warf Espen einen strengen Blick zu. »Natürlich denkst du das«, murmelte sie ihm auf Schwedisch zu, und Espen erwiderte ihr wütendes Funkeln mit einem intensiven Blick.

Kemi beobachtete, wie die Schwedinnen und Schweden im Raum diese neue Dynamik überrollte, die nahelegte, dass sie gerade ihre Grenzen überschritten hatte. Dass die kreative Freiheit, die ihr versprochen worden war, in Wahrheit von diesen kulturellen Gatekeepern begrenzt wurde.

Nein, sie würden nicht freiwillig zulassen, dass Kemi Jonny in einen Witz verwandelte, und sie stellten sich schützend vor ihn. Kemi sah, wie diese wortlose Solidarität funktionierte, und sie war beachtlich. Dies war der Superkleber, der für Menschen, die sich wie sie außerhalb befanden, nicht zu durchdringende Systeme schuf und Männer wie ihn schützte. Aber Jonny wollte Bachmann um jeden Preis haben, und Kemi hatte ihn davon überzeugt, wie er bekommen konnte, was er wollte.

»Es ist abgemacht«, erklärte Jonny. »Ich habe die Entscheidung bereits getroffen. Ich habe dieses Meeting nur einberufen, um euch zu informieren.«

Diese Mitteilung ließ einige im Raum laut nach Luft schnappen. Kemi war nun bereits lange genug in Schweden, um zu verstehen, was dieses kollektive Keuchen bedeutete. Wie konnte Jonny es wagen, eine Entscheidung ohne eine Übereinkunft zu treffen, insbesondere, da er selbst häufig abwesend war? Sie drohten, in die gefährlichen Gewässer einer Diktatur zu geraten.

»Darfst du das überhaupt?« Der Einwand kam erneut von Greta. Es war eine Beleidigung, dass er eine derart wichtige Entscheidung ohne Abstimmung mit ihr traf, obwohl sie die Firma für ihn leitete. So viel war für Kemi offensichtlich.

»Björn«, wandte Jonny sich an Björn Fältström, den Leiter der Geschäftsentwicklung. Er saß still in einer Ecke und hatte den Kopf auf seinen rechten Daumen und Zeigefinger gestützt, während er aufmerksam zuhörte. »Du, Kemi und ich werden zu dem Pitch-Meeting gehen.«

Mit dieser knappen Anweisung löste Jonny die Versammlung auf und ließ Kemi allein zurück. Dabei warf er ihr einen Blick zu, der besagte, dass er betete, sie möge recht behalten.

Zwölf

Brittany-Rae

Es war nichts mehr übrig außer Galle. Sie hatte sich den Magen leer gekotzt und kniete nun weinend neben der Toilettenschüssel. Die Szene hatte etwas von einem Déjà-vu – als Brittany sich in London übergeben musste –, denn Jonny stand auch diesmal gegen den Türpfosten gelehnt. Direkt nach seinem Antrag war sie aus dem Bett gesprungen, weil sie kotzen musste. Er war sich wohl nicht ganz sicher, ob es an der Schwangerschaftsübelkeit lag, oder an der Vorstellung, seine Frau zu werden.

»Geht es dir gut?«

Sie weinte weiter und zitterte dabei am ganzen Körper. Alles drehte sich so schnell, dass Brittany keinen Halt fand. Sie waren erst knapp sechs Monate zusammen. Jonny hatte sie bereits geschwängert und bat sie nun, seine Frau zu werden. Es war alles zu viel.

»Du musst mir nicht sofort antworten.« Jonny klammerte sich an Strohhalme, und sie wusste, dass die Angst in ihm wuchs. Brittanys Schluchzen ließ langsam nach, und sie kam wieder auf die Beine, schniefte und wischte sich die letzten Tränen ab. Sie ging an ihm vorbei zum Bett, ließ sich darauf sinken und zog sich die Decke über den Kopf, in der Hoffnung, diese möge sie ersticken.

Am nächsten Morgen standen sie früh auf, um für Brittanys Flug zurück nach Dulles zum Flughafen zu fahren. Jonny rollte seine Finger immer wieder um das Lenkrad und spreizte sie abwechselnd, während Brittany aus dem Fenster starrte. Als sie den Flughafen Arlanda erreicht hatten, half er ihr mit dem kleinen Handgepäckskoffer, den sie für die kurze Reise mitgenommen hatte. Bevor sie durch die Sicherheitskontrolle ging, baute er sich wieder direkt vor ihr auf.

»Ich werde dich vermissen«, sagte er, ehe er sie küsste und ihr beide Hände auf den Bauch legte. Brittany mied seinen Blick und nickte. Dann biss sie sich auf die Unterlippe, um ihre Tränen zu unterdrücken.

»Bitte, denk darüber nach«, flehte er und wollte sie dazu bringen, ihn anzuschauen, aber sie weigerte sich. Sie nickte nur stumm. Jonny drückte ihr einen flüchtigen Kuss auf die Stirn. »Ich komme dich in zwei Wochen besuchen. Ich habe hier erst noch ein wichtiges Projekt, um das ich mich kümmern muss.«

Sie blickte zu ihm auf und nickte erneut schweigend.

»Meine Güte, Brittany.« Tanesha war sprachlos. »Das geht sogar für mich viel zu schnell!«

»Ich kann ihn nicht heiraten«, verkündete Brittany. Sie hatte ihr Telefon auf laut geschaltet, saß an ihrem Esstisch und sortierte Rechnungen, sich keines Aspekts ihres Lebens mehr sicher. Ein kleiner Teil von ihr wünschte, sie hätte das Baby nicht behalten. Nun schwebte sie zwischen zwei Welten. Auf der einen Seite waren ihr Job als Flugbegleiterin, ihr gemietetes Reihenhaus, ihr Leben hier in den Staaten und ihre Eltern in Atlanta – die dachten, Brittany wäre noch immer mit Jamal zusammen.

Auf der anderen Seite wartete ein unbekanntes Leben in Schweden, das sie in der dortigen Oberschicht führen würde. Mitten unter diesen Leuten würde sie in einer prekären Blase schweben. Zu diesem neuen Leben gehörte ein Mann, der sie liebte, für den sie ihr gesamtes bisheriges Leben aufgeben müsste, um seine Sprache zu lernen, zu versuchen, die sozialen Codes zu entziffern und sich in einem Land zu integrieren, von dem sie nicht sicher war, ob es sie haben wollte. Sie wusste nicht, ob sie zu alldem bereit war, zusätzlich dazu, dass sie ihr braunes Baby in eine Welt bringen würde, die wild entschlossen war, es von Geburt an zu einer Bürgerin oder einem Bürger zweiter Klasse zu machen. Ihr Baby hatte so viel mehr verdient.

Während sie weiter ihre Rechnungen durchsah, wurde ihr bewusst, dass der einzige Faktor, der Schweden attraktiv machte, die Privilegien waren. Jonnys Reichtum und seine Verbindungen würden Brittanys Umzug so komfortabel wie nur möglich gestalten. Dieser Gedanke gab ihr das Gefühl, nur aufs Geld aus zu sein. Immerhin bezahlte Jonny bereits ihre Miete hier in Alexandria. Aber sie war nicht hinter seinem Geld her. Sie lockte sein Versprechen, für sie und ihr Baby sorgen zu wollen.

»Brittany? Brittany?« Tanesha brachte sich am anderen Ende der Leitung in Erinnerung. Sie hatte sie, vertieft in ihre Abwägungen, ganz vergessen und entschuldigte sich.

»Ich meine, wie hat er dir den Antrag gemacht?«

»Im Bett.«

Tanesha schnaufte, da sie diese Details nicht hören wollte. »Wie war das Treffen mit seiner Familie?«

Brittany berichtete ihr von dem Zusammenbruch, den Jonny vor seinen Eltern hatte, von der Flusskrebsparty, bei der sie seine Schwestern und seinen besten Freund Ragnar kennengelernt hatte, und von seiner Assistentin Louise, die sie umschwirrte wie eine lästige Biene. Seine beiden Schwestern hatten sie angeschaut, als hätten sie sie schon einmal gesehen. Brittany hatte für sich noch nicht entschieden, was sie von ihnen allen halten sollte.

Abgesehen von seiner Mutter. Da war sich Brittany sicher, dass sie diese Frau hasste. Und jetzt wollte Jonny, dass sie Astrids Schwiegertochter wurde.

»Ich schwöre dir, Tee«, fuhr sie fort. »Ich ziehe das nur in Betracht, weil er mich so sehr liebt, und weil ich möchte, dass unser Kind gut versorgt ist. Er freut sich so sehr auf das Baby.«

»Kann er nicht für dich und das Baby sorgen, ohne dich in einer Ehe zu fesseln?«

Diese Frage hatte Brittany sich auch schon gestellt.

»Ich weiß nicht, Tee. Ich glaube, eine Ehe bedeutet viel mehr, weißt du? Wenn man seine Familie bedenkt, die würden es sich wohl kaum zweimal überlegen, unser Kind abzulehnen. Gott, seine Mutter ist so ein Miststück!«

»Und da willst du hineinheiraten?« Tanesha half ihr, sich zu sortieren. Brittany beruhigte sich und dachte über die Worte ihrer Freundin nach. Ja, sie wollte Sicherheit für ihr Baby, und sie wusste, dass Jonny für sie sorgen würde. Aber den Gedanken an seine Eltern als ihre Schwiegereltern ertrug sie nicht.

»Wieso hat er es überhaupt so eilig mit dem Heiraten? Diese Mentalität wirkt so altmodisch.«

»Eine Ehe bedeutet, unser Kind rechtlich abzusichern«, gab Brittany zu bedenken.

Ihr Kind rechtlich als Spross der von-Lundin-Dynastie anzuerkennen. Ginge es nicht vor allem darum, würden Brittany und Jonny ihre Beziehung nicht auf diese Weise beschleunigen, aber irgendwie wollte er den anderen damit etwas mitteilen, und Brittany befürchtete, dass sie eine Schachfigur in seinen Plänen war. Aber das Kind, das sie in sich trug, hatte nun Vorrang.

»Hmmm.« Tanesha schien es endlich zu begreifen. Diese Heirat war eine strategische Positionierung.

»Weißt du, Tee, ich habe darauf gewartet, dass Jamal mir einen Antrag macht. Ich wollte diesen Ring«, sagte Brittany. »Vier Jahre, und er hat es noch nicht einmal versucht. Er hat immer nur davon geredet, dass er eine Familie gründen und Kinder haben will.«

Brittany rutschte bei ihrer eigenen Halbwahrheit unwohl hin und her. Jamal hatte sie behandelt wie eine Königin. Natürlich hatte er sie heiraten wollen. Jamal war finanziell gut gestellt. Er konnte auf die Weise für sie sorgen, wie sie es wollte. Aber das reichte nicht. Es würde niemals reichen, weil er keinen Zugang zu jener Art von Privilegien hatte, die Jonny genoss. Die sicherstellten, dass, solange sie ihn in ihren Bann zog, niemand auf der Welt sie je wieder gegen ihren Willen anfassen würde.

»Ernsthaft, Brit. Was hat ihn so lange warten lassen?«

»Er meinte, er würde abwarten, bis ich weiß, was ich will. Aber er hat die Worte niemals ausgesprochen.« Brittany hatte nun das Gefühl, Jamals Verhalten nur deshalb auseinanderzunehmen, um vor sich selbst zu rechtfertigen, dass sie ernsthaft in Erwägung zog, Jonny zu heiraten, obwohl sie ihn weniger als sechs Monate kannte. Brittany fragte sich, wie lange sie sich verstellen würde, um den wahren Grund ihrer Entscheidung nicht zugeben zu müssen.

Neue Tränen quollen hervor, und Tanesha verbrachte die nächsten fünfzehn Minuten damit, ihre Freundin zu trösten. Sobald Brittany nur noch so wenig schluchzte, dass sie in der Lage war, Informationen aufzunehmen, schlug Tanesha vor, sie solle Jonny nach Atlanta mitbringen. Sie musste diesen Mann persönlich kennenlernen. Und Brittanys Eltern mussten es ebenfalls erfahren.

Insbesondere, wenn Brittany, ihr einziges Kind, darüber nachdachte, das Land zu verlassen.

»Sag Eva, dass sie deinen Flug nach Atlanta umbuchen soll. Ich werde dich dort treffen«, teilte Brittany Jonny später an jenem Abend am Telefon mit, während sie Karotten hackte. Etwas anderes bekam sie derzeit nicht hinunter. Sie beschloss, sich für den nächsten Monat nicht für den Kabinencrewdienstplan einteilen zu lassen. Sie benötigte Zeit, um zu verdauen, in welche Richtung ihr Leben sich gerade bewegte.

»Warum?«

»Dort leben ein paar wichtige Menschen, die du kennenlernen musst.«

»Wer?«

»Ist das dein Ernst?« Sie lachte. Als er am anderen Ende der Leitung stumm blieb, fuhr sie fort: »Meine beste Freundin Tanesha und meine Eltern.«

Er schwieg weiter. Brittany begann, sich Sorgen zu machen. Hatte er Angst davor, ihre Leute kennenzulernen, oder wollte er sie nicht kennenlernen? Vielleicht bedeutete, ihr Umfeld kennenzulernen, dass ihre Beziehung sich tatsächlich in der realen Welt abspielte, und nicht nur aus einer mit Bettlaken ausgekleideten kleinen Blase bestand. Begriff er nicht, welches Gewicht die Worte »heirate mich« hatten?

Als könnte er ihre Gedanken lesen, kehrte er aus seiner kurzen Abwesenheit zurück.

»Hast du darüber nachgedacht?«, fragte er. Diesmal war Brittany diejenige, die stumm blieb. »Ich will dich heiraten.«

»Warum?«, blaffte sie ihn an und überraschte sich damit selbst.

»Weil ich dich liebe.«

»Tust du das wirklich?«

»Ja, das tue ich.«

»Wir kennen uns erst seit ein paar Monaten.«

»Ist das wichtig?«

»Ja, Jonny, das ist es. Nach nur ein paar Monaten kann man eine Person nicht kennen. Ihr Leben, ihre Kämpfe, ihren Schmerz.« Erinnerungen an Beaufount drängten sich ihr auf. »Man kann nicht alles über sie wissen, um sich so schnell zu entscheiden, dass man sie heiraten möchte.«

»Das ist mir egal.«

»Aber es darf dir nicht egal sein. Du musst dich für meine Vergangenheit interessieren.«

»Weshalb?«

Brittany wusste nicht, was sie sagen sollte. Warum sollte er sich eigentlich für ihre Vergangenheit interessieren? Schließlich definierte diese sie nicht. Er wollte Brittany jetzt, genau so, wie sie war. Sie blieb stumm, verlor sich in ihren Gedanken.

»Mir ist nur unsere gemeinsame Zukunft wichtig«, fügte er hinzu. »Ich will niemand anderes. Ich will dich und unser Baby. Ich habe sogar schon einen Namen ausgesucht, falls es ein Mädchen wird.«

Sie seufzte erschöpft. *Er hat bereits einen Namen ausgesucht!*

»Bitte, heirate mich. Ich schwöre, ich werde mit allem, was ich habe, für dich sorgen.«

Diese Option war nicht schlecht, oder? Ein Leben, gepolstert von Luxus, jenseits von allem, was sie sich je erträumt hatte. Das war alles andere als eine dumme Idee.

»Also, sag mir, welchen Namen hast du für unser Kind ausgesucht?«, fragte Brittany, vom Thema ablenkend. Normalerweise würde es Jonny aufregen, dass seine Gedanken unterbrochen wurden und ihr Gespräch nicht zu Ende geführt wurde, aber sie hörte ihn durchs Telefon vor Aufregung kichern.

»Maya«, sagte er. »Ich wünsche mir, dass es ein Mädchen wird …«

»Maya? Wieso Maya?«, wollte Brittany wissen. Er schwieg. »Jonny?«

»Das ist der schönste Name, den ich je gehört habe.« Seine Stimme klang nun kräftiger.

Brittany wusste nicht recht, ob ihr der Name gefiel. Er entlockte ihr keine emotionale Reaktion. Nicht einmal ein *Oooooh.* Sie hatte über Whitney nachgedacht, falls es ein Mädchen werden sollte, oder Whitfield für einen Jungen. Andererseits war ihr Baby halb schwedisch. Vielleicht würde »Whitney von Lundin« in Schweden nicht so gut funktionieren? Jonny meldete sich erneut zu Wort.

»Maya funktioniert sowohl auf Englisch als auch auf Schwedisch. Bitte.« Sein Tonfall war bettelnd. »Ich finde den Namen perfekt für unser Baby.«

Brittany versprach ihm, es sich durch den Kopf gehen zu lassen.

Zwei Wochen später holte Brittany Jonny an einem Samstagmorgen von Atlantas Hartsfield-Jackson-Flughafen ab, und er warf sich ihr in die Arme und zog sie für einen leidenschaftlichen Kuss an sich, noch ehe sie seinen Namen aussprechen konnte.

»Ich habe dich so sehr vermisst«, hauchte er und legte seine Stirn an ihre. »Dich …« Er löste sich von ihr, um ihr einen Kuss auf den Bauch zu geben. »Und dich … *Lilla Maya.*« Kleine Maya. Brittany lachte über seinen dramatischen Ausdruck von Zuneigung.

Sie hatte beschlossen, dass sie die Woche in Atlanta verbringen würden, damit er ihre Eltern kennenlernte, ihre beste Freundin Tanesha traf und sie beide eine letzte Gelegenheit bekamen, über ihre Entscheidung nachzudenken. Brittany übernachtete in ihrem früheren Kinderzimmer bei ihren Eltern, aber Eva hatte ihnen auch ein Zimmer im Four Seasons reserviert, also konnten sie sich unter der Woche in Jonnys Hotelzimmer zurückziehen.

»Willkommen in ATL!«, verkündete Brittany, als sie über die I-85 nach Norden in Richtung des Stadtzentrums von Atlanta fuhren. Sie hatte sich den kleinen Hyundai ihrer Mutter ausgeliehen, um Jonny vom Flughafen abzuholen.

»Ich kann es nicht erwarten, dass du meine Eltern kennenlernst. Hoffentlich bringen sie mich nicht zum Weinen.«

Sie warf ihm einen verstohlenen Blick zu und sah gerade noch, wie seine Mundwinkel sich leicht nach oben zogen, ehe seine Lippen wieder zu einer ernsten Linie wurden. Seine eigenen Eltern waren ein wunder Punkt für ihn – das wusste sie. Dies war ihr letzter Versuch, ihn zurück in die Realität zu holen, um ihre Beziehung neu zu bewerten.

Brittany richtete den Blick wieder auf die Straße und dachte zurück an den vorigen Abend, als sie ihre Eltern auf Jonnys Ankunft vorbereitet hatte.

»Was?«, hatte ihre Mutter mit den Händen an den Wangen und tränengefüllten Augen ausgerufen. »Was sagst du da, Brit?«

»Mit Jamal ist es aus.«

»Wir lieben diesen Jungen!«, hatte ihr Vater protestiert. »Er hat uns bereits vor einem Jahr um deine Hand gebeten.«

»Aber er hat mir nie einen Antrag gemacht.«

»Du warst so beschäftigt, Brit«, hatte ihre Mutter geheult. »Jamal hat auf den richtigen Zeitpunkt gewartet, um dich zu fragen. Er hat es uns versprochen.«

Als die Neuigkeit von ihrer Trennung von Jamal langsam zu ihren Eltern durchgedrungen war, erzählte Brittany ihnen, sie habe jemand Neues kennengelernt und würde ihn mit nach Hause bringen, um ihn ihnen vorzustellen ... weil es etwas Ernstes war.

»Wie ernst?« Ihr Vater hatte die Augen zu Schlitzen verengt. »Was ist so ernst, dass du dafür vier gute Jahre mit Jamal wegwirfst?«

»Bitte. Bleibt einfach offen, wenn ihr ihn kennenlernt, okay?«

Als Brittany und Jonny den bescheidenen Bungalow ihrer Eltern erreichten, wehte ihnen der starke Duft von Curry entgegen. Brittany ergriff Jonnys Hand und drückte sie kurz, ehe sie ihn zur Haustür zog.

Wenn Brittanys Trennung von Jamal Tyrone und Beatrice Johnson schockiert hatte, dann waren sie nun vollends zerstört von dem Anblick, wie Jonny an ihrem Tisch saß und Curry-Ziege in sich hineinschaufelte.

Nach jedem Bissen lächelte Jonny ihre Eltern an. Beatrice sah ihm beim Essen zu, eine Hand flach auf die Brust gelegt. Brittany wusste, was ihre Mutter dachte. *Was zur Hölle hatte ihr kleines Mädchen da nur mit nach Hause gebracht?*

»Also, *Yonny … Yonny*, richtig?«, bemühte ihr Vater sich, ein Gespräch anzufangen.

»Ja«, sprang Brittany ein. »Tatsächlich schreibt man es J-O-N-N-Y, aber auf Schwedisch wird es wie ›Yonny‹ ausgesprochen.« Ihr Vater blickte sie an und nahm ihre Erklärung mit einem langsamen Nicken entgegen.

»Wie lange kennen Sie meine Tochter schon?«, wollte ihr Vater wissen. Brittany verdrehte die Augen über diese Art von Fragen, die eigentlich für Teenagerjungs bestimmt waren. Jonny wandte sich zu ihr um und blickte sie leidenschaftlich an, bis ihr Vater sich räusperte, um Jonnys Aufmerksamkeit wieder auf sich zu ziehen.

»Seit April. Als ich sie sah, wusste ich es.« Er wandte sich erneut Brittany zu.

»April?«, unterbrach Tyrone ihn. »Und Sie wollen sie jetzt schon heiraten?«

»Ich war mir noch nie in meinem Leben einer Sache so sicher, Tyrone.«

»Mr. Johnson«, verbesserte ihr Vater ihn nachdrücklich.

Jonny starrte ihren Vater mit einem Blick an, den er sich normalerweise für Geschäftsverhandlungen aufsparte.

»Mr. Johnson … Ich liebe Ihre Tochter. Ich kann es nicht ertragen, von ihr getrennt zu sein.«

Ihr Vater hörte mit zusammengebissenen Zähnen zu und betrachtete diesen Fremden. Dann wandte er sich an seine Tochter. Er konnte tatsächlich nichts tun. Sie war bald vierzig Jahre alt. Sie war nicht länger sein »kleines« Mädchen.

»Brit?«

Sie biss sich auf die Unterlippe und blickte ihren Vater an. »Ja, Dad?«

»Möchtest du ihn heiraten?«

Sie drehte sich zu Jonny um, und für den Bruchteil einer Sekunde verwandelte sich das Esszimmer ihrer Eltern in eine stille Wüste, in der nur sie und Jonny existierten und der heulende Wind, der den Sand aufwühlte, das Geräusch ihrer schlagenden Herzen war.

»Ja, das will ich.«

Muna

Groll war anstrengend.

Er hing monatelang in der Wohnung, wie eine gnadenlose Harmattan-Sonne. Yasmiin zog sich zurück, hielt sich von den anderen beiden fern und blieb häufig lange aus. Sie wussten, dass sie dann wahrscheinlich bei Yagiz war, in welchem Versteck auch immer die beiden nun gemeinsam schreien mochten. Schon bald bekamen Muna und Khadiija Yasmiin kaum noch zu Gesicht, und ihre Zimmertür blieb über Tage hinweg geschlossen.

Aber Yagiz hatte Muna nicht gefeuert. Er behielt sie weiter als seine Angestellte. Er ließ sie ihren Job als Putzkraft an der Birger-Jarlsgatan-Adresse behalten, wo die hübsche Sister mit den schicken Outfits arbeitete. Genau wie Herr Björn vom Migrationsverket gesagt hatte, musste Muna brav sein, wenn sie jemals dieses Büchlein bekommen wollte. Zugehörigkeit und Akzeptanz waren tatsächlich seltsame Geschwister, dachte Muna häufig. Diese beiden Gefühle ließen die Menschen vor anderen kriechen. Man konnte jahrzehntelang versuchen, dazuzugehören, ohne jemals ganz akzeptiert zu werden.

Muna liebte es, die Sister mit dem wichtigen Job zu beobachten. Auf ihrem Schreibtisch stand stets ein Kaffee von Espresso House. Vielleicht würde Muna ihr eines Tages einen solchen Becher kaufen, damit sie gemeinsam Fika – Kaffeepause – machen konnten. Muna schlich gerade wie üblich durch die Räume, als die Frau, die sich ihr als Kemi vorgestellt hatte, sie im Küchenbereich ansprach.

»Muna, stimmt's?« Sie probierte ihr Schwedisch aus. Muna nickte.

»Vielleicht kannst du mir helfen.« Das Schwedisch der Frau schien langsam besser zu werden.

»Okay.« Muna hörte auf, die Küchentheke abzuwischen.

»Ich habe Schwierigkeiten, einen afrikanischen Laden zu finden«, erklärte Kemi, wobei sie in passablem Schwedisch Wörter aneinanderreihte. »Kennst du einen?«

»Wonach suchst du denn?«, fragte Muna und knüllte den feuchten Lappen in ihrer Hand zusammen.

Alles, was Kemi wollte, in einem einzigen Laden zu finden, war der heilige Gral einer Afrikanerin in Stockholm. Ihre Ernährungsbedürfnisse wurden von Lachs und Kartoffeln nicht befriedigt. Kemi stieß ihre Frustration in Form einer Liste von Nahrungsmitteln aus, nach denen sie sich derzeit sehnte, und Muna gab ihr Tipps. Zwei gute Läden in Rinkeby. Einer, den sie mochte, in Tensta. Ein Lebensmittelgeschäft mit Friseursalon irgendwo in Skärholmen. Muna half Kemi, alle afrikanischen Läden im Umkreis von zehn Kilometern auf der Karte zu finden.

»Jetzt kann ich ›afrikanische Lebensmittel‹ als zweiten Punkt von meiner Liste streichen. Eine Friseurin habe ich nämlich bereits gefunden«, scherzte Kemi, ins Englische wechselnd. »Nummer drei: gutes Make-up für braune Haut finden.«

Kemi bedankte sich bei ihr und ging, und Muna starrte ihr verwirrt hinterher. Ihr Englisch war nicht besonders gut, also hatte sie nicht ganz verstanden, was die Frau meinte. Ihr einen Kaffee bei Espresso House zu holen und zu versuchen, sich mit ihr anzufreunden, war womöglich übertrieben. Sie konnten ja so schon kaum miteinander kommunizieren.

Nachdem sie ihrem Putztrupp zum Abschied gewinkt hatte, schloss Muna den Reißverschluss ihrer Jacke über ihrer schwarzen Uniform und lief aus dem Bürogebäude in die Dunkelheit. Die Straße war mit Schneeflocken bestäubt, und es war um vier Uhr nachmittags bereits stockdunkel. Das war der schwierigste Teil ihrer zwei Jahre in Solsidan gewesen – ohne Beschäftigung eingesperrt zu sein, während die pechschwarze Dunkelheit sie umhüllte. Manche Menschen erfüllte es mit Angst, während andere begannen, bei jeder Mahlzeit zwei oder drei Teller mehr zu essen. Ahmed hatte zu Ersteren gehört.

Mittlerweile aus den Mauern Solsidans befreit, konnte Muna immerhin trotz Kälte und Dunkelheit durch die Straßen spazieren. Sie konnte andere Formen von Leben beobachten, die sich dort tummelten. Gemütlich aussehende Läden und Cafés, Geschäfte, die für die Weihnachtszeit mit funkelnden Lichtern geschmückt waren. Den Winter in der Stadt oder in Solsidan zu verbringen, waren zwei sehr unterschiedliche Erfahrungen. Die eine tötete die Seele schneller als die andere.

Muna schlenderte in der schneidenden Kälte auf die U-Bahn-Station T-Centralen zu, aber statt in die blaue Linie nach Tensta zu steigen, machte sie einen Umweg zum Hötorget und hinab in das Untergeschoss, in dem sich Yagiz' Dönerstand befand.

Bei ihrem Anblick erstarrte Yagiz mitten in seiner Bewegung, er war gerade dabei, dünne Streifen Kebabfleisch abzuschneiden.

Muna stellte sich vor die Ladentheke und beobachtete ihn.

Er drehte sich zu einem Kollegen um und murmelte ihm in rasender Geschwindigkeit etwas auf Türkisch zu. Dann zog er eine Zigarette hervor und machte eine rasche Kopfbewegung zur Seite, mit der er Muna zu verstehen gab, sie solle ihm folgen. Sobald sie oben angekommen waren, zündete Yagiz sich betont lässig seine Zigarette an, nahm ein paar Züge und sah zu, wie der Rauch in der eiskalten Luft kondensierte, ehe er sich ihr zuwandte.

»Muna Saheed.« Er kicherte trocken. »Stimmt was nicht auf der Arbeit?«

»Wo ist Yasmiin?«

Nun lachte er richtig und zog noch ein paarmal an seiner Zigarette. »Du scheinst dich ja sehr für unsere Beziehung zu interessieren«, bemerkte er. »Wieso bist du so neugierig, Muna? *Hmmm?* Magst du vielleicht mitmachen?«

»Wir haben sie jetzt seit zwei Wochen nicht gesehen«, erwiderte Muna, seine Beleidigung ignorierend. »Wir machen uns Sorgen um sie. Was hast du ihr angetan?«

Auf diese Frage hin brach er in schallendes Gelächter aus. »Was für eine reizende Art, mit deinem Chef zu sprechen, *hmmm?*«

»Wo ist Yasmiin? Geht es ihr gut?«

Muna spürte, dass sie ihn provozierte, und ihre Gedanken kehrten zurück zu jenem Abend, als sie und Khadiija Yagiz aus ihrer Wohnung gezerrt und ihn nackt im Flur hatten liegen lassen.

»Geh mir aus den Augen … SOFORT!«, schrie er.

Bevor das Team für den Bachmann-Pitch nach Deutschland aufbrach, schaute Kemi auf dem Heimweg bei Espresso House vorbei, um sich eine Zimtschnecke zu holen, ihr allabendliches Ritual.

Von Tobias war allerdings nichts zu sehen. Seit er sich ihr vorgestellt hatte, war er wie vom Erdboden verschluckt. Kemi betete, er möge lediglich ein paar Wochen Urlaub genommen haben, wie es hier üblich war, aber sie konnte das zutiefst beklemmende Gefühl nicht abschütteln, dass er tatsächlich verschwunden war.

Den Rest der Woche verbrachte sie damit, sich mit einer Gruppe lethargischer Kolleginnen und Kollegen auf ihre Präsentation in Deutschland vorzubereiten. Niemand außer Jonny war mit ihrer Idee einverstanden. Selbst Björn Faltström, der die Geschäftsentwicklung leitete und Teil des Pitch-Teams war, lief in der Haltung eines Mannes herum, der zu harter körperlicher Arbeit gezwungen wurde.

Kemi organisierte ein Fotoshooting über ein lokales Designbüro, das Musterplakate mit Jonny und zwei anderen Models herstellte, einer fülligeren Eritreerin und einem mageren Portugiesen. Jonny war nicht in seinem Element gewesen, hatte nervös gezuckt und mit seinen Händen herumgespielt. Aber sie hatten das Probeshooting durchgestanden, und Kemi war zufrieden mit dem Ergebnis. Das hier war, was sie am besten konnte.

Auf dem Flug nach Frankfurt sprach Björn kaum ein Wort mit ihr. Aber um ehrlich zu sein, war es ihr egal. Sie blätterte in ihren Notizen, ging noch einmal den Ansatz des Pitchs durch und überlegte sich auch Antworten auf potenzielle Fragen. Die letzten vier Monate waren an ihr vorbeigezogen in einem Rausch aus Meetings, Lunches, mehreren *Fika*-Pausen am Tag und noch mehr Meetings als Fortsetzung vorangegangener Meetings. Nun hatte Kemi endlich die Chance zu beweisen, weshalb sie daheim in den Staaten zwei Jahre hintereinander zur landesweiten Marketing-Expertin gewählt worden war.

Die Staaten ... Andersen & Associates fühlte sich an, als wäre es ein anderes Leben gewesen. Kemi hatte gelegentlich eine E-Mail von ihrer ehemaligen Assistentin Nicole bekommen, aber davon abgesehen war niemand mit ihr in Kontakt geblieben. Kemi vermisste es, eine eigene Assistentin zu haben. Hier in Schweden war ihr keine zugeteilt worden, auch wenn einige der anderen Führungskräfte, insbesondere die Männer in ihrem Team, Assistentinnen und Assistenten hatten. Sie hatte das Thema gegenüber Ingrid angesprochen, diese war jedoch darüber hinweggegangen und hatte es in klischeehaftes Gerede verwandelt.

»Du weißt schon, die Typen brauchen halt jede Hilfe, die sie kriegen können«, hatte Ingrid gesagt und das Thema mit einem Lachen beiseitegeschoben.

Bald, nachdem sie von einem Chauffeur vom Flughafen abgeholt worden waren, fanden sie sich in einem kargen Konferenzraum wieder, gemeinsam mit sechs weißen Männern und einer Frau, die weiße und Schwarze Vorfahren zu haben schien, nach Kemis Einschätzung jedoch in diesem Raum als weiß durchging. Sie tauschte kein verstohlenes Lächeln oder Nicken mit Kemi, um ihre Schwesternschaft zu bestätigen. Das von-Lundin-Team nahm seine Plätze ein. Kemi baute Staffeleien auf und platzierte die Plakate umgedreht darauf, damit die Überraschung auch gelang.

Jonny stellte das Team vor und strich ein paar Minuten lang hervor, welche Bedeutung der Kunde für sie hatte, und weshalb er persönlich hier war. Dann übergab er das Wort an Björn, der den geschäftlichen Aspekt der von ihnen vorgeschlagenen Kampagne erläuterte und betonte, wie inklusiv sie sei und dass sie sich ausgezeichnet für verschiedene asiatische Märkte eignen würde.

Dann übergaben sie an Kemi.

Sie nahm einen tiefen, erdenden Atemzug, trat nach vorn zu den Staffeleien und drehte alle drei Plakate um, begleitet von hörbarem Keuchen und einem *Wow!*

Auf einem der Entwürfe trug Jonny einen schlichten weizenfarbenen Pullover mit V-Ausschnitt und einem darunter hervorblitzenden frisch gebügelten weißen Hemdkragen zu hellbraunen Hosen. In der Hand hielt er eine Tasse Kaffee, während er die Beine auf einem Tisch überkreuzt abgelegt hatte und High-Top-Bachmann-B:GEMs an den Füßen trug. Neben seinen Beinen stand ein Teller mit Zimtschnecken. Auf dem Foto griff Jonny nach dem einzigen Schokoladenmuffin auf dem Teller. TRAU DICH, ANDERS ZU SEIN, lautete der Slogan unter dem Bild.

Kemi erklärte dem deutschen Team die unterschiedlichen Ebenen des Fotos. Die Zimtschnecken standen für Schweden und Homogenität. Jonnys minimalistische Kleidung in Verbindung mit den auffälligen Schuhen und sein Griff nach dem Muffin standen für Diversität und Inklusion.

Der ganze Raum lauschte mit angehaltenem Atem, während Kemi die Idee hinter der Werbekampagne detailliert erläuterte. Jedes Plakat würde Stereotypen einer bestimmten Kultur darstellen, während das Model, das diese Kultur repräsentierte, bei einer Handlung gezeigt wurde, die diese Stereotypen durchbrach.

»Und schließlich«, kam Kemi zum Ende ihrer Präsentation, »Jonny ist … *anders*. Viele Menschen, die ihn kennen, wissen das, aber das heißt nicht, dass mit ihm etwas nicht stimmt«, fuhr sie fort. »Vielleicht darf ich sogar behaupten, dass es sehr gut seine Superkraft sein könnte.«

Jonny stand da wie eine Statue, die Hände an den Seiten geballt, und hörte ihr aufmerksam zu.

»Seine Art, die Welt zu betrachten, hat ihn nicht davon abgehalten, eine der größten Werbeagenturen der Welt zu führen. Jonny von Lundin als Gesicht dieser Kampagne zu haben, in

Schuhen, die die Leute niemals mit ihm in Verbindung bringen würden, ist eine öffentliche Aussage. Trau dich, anders zu sein, und steh dazu!«

Als Kemi fertig war, brach am Tisch Applaus aus, und zwei Personen standen dafür sogar auf. Eine von ihnen war die Frau, die nun ihre anfängliche Distanziertheit abgelegt zu haben schien.

Die andere war Kemis Teamkollege, Björn Faltström.

»Wie ist es gelaufen?«, fragte Malcolm ein paar Abende später, als er während der Pause seines Auftritts von der Bühne sprang. Zuvor hatte Kemi zu Malcolms Jazzband mit den Füßen gewippt und genickt, war manchmal sogar aufgestanden und hatte richtig getanzt, mit wiegenden Hüften im Takt der Jazzrhythmen. Ihr Schwedischkurs für Anfängerinnen und Anfänger war vorbei, und Kemi war nun für die nächste Stufe angemeldet. Malcolm hatte, der Feindseligkeit zwischen ihm und ihrem Lehrer José zum Trotz, mit Bravour bestanden.

»Hab's geschafft!«, sang sie. »*Hab's geschafft, hab's geschafft, hab's geschafft!*« Malcolm umarmte sie. Dann griff er nach einem Glas Carlsberg, das der Barkeeper ihm hingeschoben hatte.

»Ich wusste es«, lobte er sie, nachdem er einen Schluck Bier genommen hatte. »Bei all deiner Black-Girl-Magic!«

»Du weißt doch, ich muss es ihnen zeigen.« Sie nippte an ihrem Mojito und lachte, da kam José mit einem leuchtenden Cocktail in der Hand auf sie zugelaufen. Er stellte sich auf die Zehenspitzen, um Malcolm einen sanften Kuss auf die Lippen zu drücken, was Kemi völlig überrumpelte.

»Oh, wow. Wow! Wow! Wow!« Kemi war baff. Das Paar lachte. So, wie die beiden im Unterricht aufeinander losgegangen waren, hätte Kemi wissen müssen, dass es an der köchelnden

Anziehungskraft zwischen ihnen lag. José zog mit erhobenen Augenbrauen und gespitzten Lippen an seinem Strohhalm.

»Magst du nach dem Auftritt noch etwas mit uns essen?«, bot Malcolm an.

Natürlich wollte sie das, verkündete Kemi strahlend. Sie hatte so viel zu feiern. Nicht nur hatte Bachmann den Vertrag unterschrieben, sie hatten sogar eine Million Kronen zusätzlich draufgelegt. Außerdem bestand Bachmann darauf, schon im Frühling mit der Kampagne zu starten. Im Büro hatte von Lundin Marketing bei der Rückkehr des Teams mit Champagner gefeiert. Ingrid und Maria entschuldigten sich bei Kemi für ihre Zweifel.

»Das musst du verstehen«, hatte Ingrid erklärt. »Es war zu riskant. Ist es immer noch.«

»Na ja, die Kampagne ist noch nicht angelaufen«, fügte Maria hinzu. »Und vielleicht bekommen wir eine starke Gegenreaktion. Aber, Kemi ...« Sie prostete ihr zu. »Ich habe jetzt so viel mehr Respekt vor dir.« Kemi fragte sich, wie viel Respekt Maria wohl davor für sie gehabt hatte. Die einzige Abteilungsleiterin, die die Feierlichkeiten verpasste, war Greta. Sie hatte am Morgen leicht gehustet und behauptet, sie müsse sich krankmelden.

Nach Malcolms Auftritt fanden die drei eine kleine Pizzeria auf Södermalm. Sie stürzten sich auf fettige Kebabpizza mit Knoblauch-Crème-fraîche und feierten, dass Kemi eine Sister war, die in Schweden jetzt durchstartete.

Allerdings dauerte Kemis Hochgefühl nicht lange an. Sie selbst bereitete ihm schon am nächsten Tag ein Ende.

Die Aufzüge der Station Östermalmstorg waren außer Betrieb, und Kemi kam nicht an einer korpulenten Frau vorbei, die sich die Treppen hinaufkämpfte. Einen Schritt nach dem anderen zwang die Frau ihren Körper zu tun, wozu er nicht bereit war.

Andere Leute überholten sie ungeduldig. Kemi wollte es ebenfalls tun, fürchtete jedoch, dabei all ihre Energie zu verbrauchen und dann wie diese Fremde zu enden, die den Verkehr aufhielt. Das hilflose Schnaufen der Frau berührte etwas tief in Kemis Inneren. Als sie am Abend nach Hause kam, beschloss sie, sich auf die Waage zu stellen.

Sieben Kilo. Sie rechnete im Kopf um. Fünfzehn Pfund. *Scheiße.* In fünf Monaten hatte sie fünfzehn Pfund zugenommen. Schockiert starrte sie auf die Waage hinunter und erklärte Zimtschnecken auf der Stelle zum Werk des Teufels.

Bei ihrer Verabredung später an jenem Abend entschied sie sich für einen Salat mit Ziegenkäse, Honig und Feigen, um mit ihrem kohlenhydratreduzierten Programm zu beginnen. Der Investmentbanker, mit dem sie sich traf, trug einen dunklen Anzug und ein weißes Hemd mit goldenen Manschettenknöpfen, dessen oberste zwei Knöpfe offen standen.

Er bestellte das teuerste Fünf-Gänge-Menü des Restaurang Kött. Während er ihr Wein einschenkte, sah Kemi zu, wie der dickflüssige burgunderrote Strom ihr Glas füllte, faszinierter von dem Getränk als von dem Mann vor ihrer Nase.

Wie sich herausstellte, hatte er das teuerste mit Michelin-Sternen ausgezeichnete Restaurant der Stadt ausgewählt.

Das wurde Kemi bewusst, als die Rechnung kam, und Billiger Bastard – ihr Spitzname für ihn – vorschlug, sie sich zu teilen … halbe-halbe. In Stockholm teilte man sich bei Verabredungen häufig die Rechnung, um zu unterstreichen, wie egalitär hier alle waren, aber Kemi das schwedische Äquivalent zu zweihundert Dollar zahlen zu lassen, obwohl sie lediglich einen Salat und ein Glas Wein gehabt hatte – na gut, zwei Gläser?

»Ich meine, immerhin hast du den teuersten Wein des Hauses getrunken«, argumentierte Billiger Bastard.

»Ich hatte zwei Gläser … *du* hast diese verdammte Flasche fast allein geleert!« Kemis Stimme überschlug sich. Die anderen

Gäste um sie herum warfen ihnen tadelnde Blicke zu. »Und außerdem habe ich bloß einen Salat gegessen!« Sie senkte die Stimme.

»Das muss wohl ein teurer Ziegenkäse gewesen sein«, gab er zurück.

Sie hasste es, dass sie darauf achten musste, »keine Szene zu machen«, weil sie Schwarz war, also bezahlte sie stumm die Hälfte, schnappte sich ihre Tasche und stürmte aus dem Restaurant.

»Warte! Warte!« Billiger Bastard rannte ihr hinterher. Holte sie auf dem Gehweg ein, lief um sie herum und versperrte ihr den Weg. Kemi erwartete eine Entschuldigung, bekam jedoch stattdessen seinen Trüffelatem ins Gesicht.

»Also … wie wäre es mit einem Kuss?«

Sie schlug ihm direkt mit der offenen Hand ins Gesicht und schubste ihn von sich.

»Bist du *Schermmi*?«, fragte eine blonde Barista Kemi am nächsten Morgen im Espresso House.

»Ja?« Sie sah keinen Sinn darin, sie zu korrigieren.

»Ich glaube, das hier ist für dich.« Die Frau bückte sich, um einen Umschlag unter dem Tresen hervorzuziehen, den sie Kemi reichte. Diese bedankte sich und ließ ihn mit klopfendem Herzen in ihre große Tasche gleiten. Sie hoffte, es handelte sich um das, womit sie rechnete.

Als sie an ihrem Schreibtisch saß, öffnete sie den Umschlag vorsichtig, um einen kleinen Zettel mit dem darauf gekritzelten Namen »Tobias« und einer zehnstelligen Telefonnummer hervorzuziehen.

Kemis Herz machte vor Freude einen Sprung.

Teil drei

Dreizehn

Muna

»Ich hasse diese Stadt.«

Als Khadiija diese Worte zum ersten Mal aussprach, aßen sie und Muna an einem Abend Ende Januar gerade gemeinsam Reis mit Lammfleisch. Muna hatte ihr schweigend zugehört und darauf gewartet, dass Khadiija weiterredete. Seit dem Streit zwischen ihr und Yasmiin hatte Khadiija sich in ihr Schneckenhaus zurückgezogen und nur noch das Nötigste mitgeteilt, während sie zwischen Job, Wohnung und dem Gemeinschaftszentrum in Tensta hin- und herpendelte.

Yasmiin wiederum hatte sich kaum noch in der Wohnung blicken lassen, und die beiden anderen wussten, dass Yagiz der Grund dafür war.

Als Khadiija nun diese Worte voller Hass fallen ließ, war Muna trotz deren Schwere froh darüber. Denn sie bedeuteten, dass Khadiija erneut bereit war, sich zu öffnen.

»Die Jungs im Zentrum reden viel«, fügte Khadiija hinzu, ehe sie sich wieder schweigend ihrem Reis mit Lamm widmete.

»Was sagen sie?«, wollte Muna wissen.

»Du weißt schon.« Khadiija zuckte mit den Achseln.

»Nein, weiß ich nicht.« Munas Interesse war geweckt. »Was sagen die Jungs?«

Bei den wenigen Gelegenheiten, bei denen Muna Khadiija in das Zentrum begleitet hatte, waren ihre Gespräche auf Somali äußerst emotional gewesen. Die Stimmung fühlte sich stets aufgeladen an.

»Sie schauen mich nicht einmal an«, hatte ein Junge namens Ibraahin gesagt, ehe er in Tränen ausbrach. Er war gerade erst sechzehn geworden. »Wer schaut einem anderen Menschen nicht ins Gesicht? Wer tut so etwas?«

Muna hatte an Gunhild gedacht, die ihr zuhörte und deren Blick dabei warm wurde. Als Muna dies der Gruppe gegenüber erwähnte, verfielen alle in ein unbehagliches Schweigen, bis Khadiija es brach.

»Eine Gunhild ist nicht genug. Eine Gunhild wird niemals genug sein. Wir brauchen Millionen Gunhilds.«

Nun erzählte Khadiija ihr, die Jungs im Zentrum würden reden … und zwar viel.

»Meinst du Ibraahin?«, fragte Muna. »Ist er derjenige, der redet?«

»Sie reden alle, und sie sind es leid, stumm zu bleiben, nicht akzeptiert zu werden.« Khadiija schaufelte sich Reis in den Mund. Sie kaute, und Muna wartete darauf, dass sie ihn hinunterschluckte. »Schweigen ist Gift, Muna«, fuhr Khadiija fort. »Schweigen ist ein langsamer, vergifteter Tod.«

»Dann erzähl mir von dem Mann, der dich dazu gebracht hat, davonzulaufen«, forderte Muna sie auf, denn das Schweigen ihrer Schwester-Freundin vergiftete auch sie.

Khadiija hielt im Kauen inne und fing den Blick der Jüngeren ein. Muna starrte zurück und blinzelte kaum. Sie hatte Khadiija überrumpelt, und Muna sah, wie sich erneut der Schutzpanzer um sie bildete, wie bei einer Schnecke, die in ihrem Haus Sicherheit sucht.

»Bitte.«

»Wieso kümmerst du dich nicht um deinen eigenen Kram, *eh*?«

»Was?«

»Bei Yasmiin ist es dasselbe. Du mischst dich ständig in ihre Angelegenheiten ein. Steckst deine Nase immer in Sachen, die dich nichts angehen«, brachte Khadiija in hitzigem Tonfall hervor. Muna blinzelte die Tränen fort. »Lass Yagiz doch ihren Körper schänden, wenn sie das möchte. Es geht dich nichts an!«

»Aber …«, stammelte Muna. »Du und Yasmiin seid mir wichtig. Ich bin eure Schwester.«

»Du bist nicht meine Schwester!«

Diesmal hob Muna eine Hand an die Brust, überwältigt von Khadiijas Ausbruch. Sie wollte etwas erwidern, aber ihr Mund blieb trocken, und die Worte klebten an ihrer Zunge fest.

»Hör zu«, fügte Khadiija hinzu. »Meine Familie ist zu Hause in Somalia. Ich habe viele Schwestern und Brüder. Ich wollte sie nicht zurücklassen, okay?«

Muna blieb stumm. Sie starrte nun auf den Teller mit Essen vor sich und kämpfte gegen die Tränen an. Khadiija schob ihren halb aufgegessenen Teller von sich und stand auf. Sie blieb kurz stehen, als wollte sie noch etwas zu Muna sagen, aber dann schlurfte sie in ihr Zimmer.

Muna zuckte erschrocken zusammen, als Khadiija die Tür hinter sich zuknallte.

»Johan von Lundin, CEO.«

Muna formte mit den Lippen den Namen und den Titel, den sie von einem Schild an der Glaswand des Eckbüros ablas, das sie für den nächsten Tag sauber machen sollte. Dieses Büro gehörte dem obersten Chef, und es war das einzige im gesamten Gebäude, in dem sie noch nie jemanden hatte ein oder aus gehen sehen.

Mittlerweile kannte sie all die Menschen, die in diesen grauen Räumlichkeiten umherliefen: die Abteilungsleiterinnen, Designerinnen, Führungskräfte und Praktikanten. Nicht, dass sie sich für diese interessieren sollte, schließlich war sie eine Putzkraft, die im Hintergrund arbeitete. Aber dem Besitzer dieses Glaszimmers war sie noch nie begegnet. Sie war sich nicht einmal sicher, ob es überhaupt benutzt wurde. Der Schreibtisch war leer, die Regalbretter kahl, und die Schränke blieben stets verschlossen. Der einzige Klecks Leben war eine Vase mit gelben und lila Tulpen auf dem Schreibtisch, die aussahen wie frisch geliefert.

Der Name klang vertraut. *Johan von Lundin. Johan …* Muna grübelte, bis die Erinnerung kam. Es konnte unmöglich ein- und derselbe Mann sein, oder? Sie erinnerte sich daran, wie Mattias ihr von Solsidans Wohltäter erzählt hatte – einem Mann mit demselben Namen. Sein Nachname klang nicht wie ein ganz gewöhnlicher schwedischer Name. Und wenn er es nun tatsächlich war? Wenn dieser CEO derjenige war, der indirekt ihr und Ahmed und den anderen zwei Jahre lang in einem Paradies mitten im Nirgendwo Schutz geboten hatte?

Sollte er es tatsächlich sein, musste sie ihre Dankbarkeit zum Ausdruck bringen.

Muna schob ihren Putzwagen in den hallenden Raum und zog ein feuchtes Tuch hervor. Sie begann, den Schreibtisch abzuwischen, hielt dann jedoch inne, weil ihr bewusst wurde, wie albern das wirkte. Sie hatte ihn bereits am Morgen abgewischt. Da waren die Blumen noch nicht da gewesen. Sie steckte den Lappen wieder ein und wandte sich stattdessen den Tulpen zu.

Deren große Blütenblätter leuchteten und luden zum Anfassen ein. Sie zupfte eine gelbe Tulpe heraus und hielt sie sich unter die Nase, um daran zu riechen. Blumen erinnerten sie stets an Ahmed und seine Gärtnerkünste. Sie hoffte, dass Mattias sich noch immer um Ahmeds Rosengarten kümmerte und durch diese Rosen die Erinnerung an ihn lebendig hielt. Muna atmete tief ein und versuchte, den Duft der Blume einzufangen. Dann steckte sie die Tulpe behutsam wieder zurück und beugte sich hinunter, um an dem gesamten Strauß zu riechen. Mit einem lauten Seufzen richtete sie sich schließlich wieder auf.

Muna griff nach ihrem Putzwagen, drehte sich um und stand plötzlich vor einer großen, Unheil verkündenden Gestalt im Türrahmen. Erschrocken von der Anwesenheit des Mannes keuchte sie, und eine Hand flog vor ihren Mund. Sie senkte den Kopf, beschämt darüber, erwischt worden zu sein. Sie war sich nicht sicher, wie lange er schon dort gestanden und zugesehen hatte, wie sie seine Blumen anfasste.

Sie schloss die Augen und presste eine förmliche Entschuldigung hervor: »*Jag ber om ursäkt.*«

Im Zimmer blieb es still, und sie hob langsam ihre Augenlider. Ja, er stand noch immer dort und musterte sie eindringlich. Und sie erkannte ihn sogleich. Der große, hungrige Mann aus dem Aufzug. Derjenige, der das Schwarze Model so leidenschaftlich in der Öffentlichkeit geküsst hatte. Unter seinem glühenden Blick verlagerte sie das Gewicht. Er runzelte langsam die Stirn, und Muna schloss daraus, dass sie seine Tulpen niemals hätte anfassen dürfen.

Sie erinnerte sich an Ibraahins Worte aus dem Gemeinschaftszentrum: »Sie schauen mich nicht einmal an«, hatte der Junge geweint. Aber dieser Schwede hier schaute sie an. Sein klarer Blick bohrte sich in sie, während sie in seinem Büro stand.

Es konnte nicht derselbe Mann sein, entschied Muna. Dieser stattliche Mann, der sie gerade verärgert anstarrte, weil sie seine Tulpen angefasst hatte, konnte unmöglich derselbe Mann sein, der jedes Jahr Abertausende Kronen spendete, um sich um Geflüchtete zu kümmern.

Als Muna an jenem Abend nach Hause zurückkehrte, war die Stimmung angespannt. Nach Wochen der Abwesenheit, die auf den Vorfall mit dem nackten Yagiz gefolgt waren, war Yasmiin nun mit ihm zurückgekehrt, um ihre Sachen zusammenzupacken und aus ihrer gemeinsamen Wohnung auszuziehen. Khadiija und Muna sahen zu, wie Yasmiin, die eine neue Frisur, viele Schichten von Make-up und in einem satten Pflaumenton geschminkte Lippen hatte, wortlos Taschen aus ihrem Zimmer schleppte.

Ehe Yasmiin aus der Tür verschwinden konnte, stürzte Muna sich auf sie und schlang weinend die Arme um Yasmiin.

»Weshalb gehst du?«, fragte Muna zwischen ihren Schluchzern. »Weshalb, Yasmiin?«

Yasmiin legte einen Arm um die Jüngere, in dem Versuch, sie zu trösten, während Yagiz mit verschränkten Armen zuschaute und laut seinen Kaugummi kaute.

»Dich werde ich am meisten vermissen, Muna«, flüsterte Yasmiin ihr unter ihrem Hijab ins Ohr.

Dann löste Yasmiin sich aus Munas Umklammerung, drehte sich zu Yagiz um und streckte eine Hand nach ihm aus. Er betrachtete die beiden anderen jungen Frauen, ehe er mit einer Hand nach Yasmiins und mit der anderen nach einem ihrer Koffer griff und sie aus der Wohnung führte. Khadiija, die gegen ihre Schlafzimmertür gelehnt den Auszug beobachtet hatte, murmelte »Und tschüss« auf Somali und verzog sich dann mit der Tür knallend in ihr Zimmer.

Muna blieb schluchzend allein zurück. Sie eilte in ihr eigenes Zimmer, zog Ahmeds Beutel hervor und begann erneut, seine Fotos zu betrachten. Seit ihrem Umzug nach Tensta hatte sie das wöchentlich getan, hatte sich jedes Gesicht und jeden Ausdruck eingeprägt. Hatte diese Passbilder sortiert und ihnen eine letzte Ruhe versprochen. Diese kurdischen Fremden auf den Fotos waren zu ihrer unsichtbaren Familie geworden.

Ihrer einzigen Familie.

Kemi wartete däumchendrehend auf Tobias' Ankunft.

Nachdem sie seine Nachricht bekommen hatte, hatte sie ihr Telefon hervorgezogen und vor Aufregung sogleich fallen lassen. Sie hob es wieder auf, strich sich den Rock glatt und widmete sich von Neuem der Aufgabe, gekonnt zu formulieren, was sie ihm mitteilen wollte.

Doch die Worte, die ihre Finger tippten, lauteten: »Wieso bist du verschwunden?« Seine Antwort war ein lächelndes Emoji gewesen, gefolgt von der Erklärung: »Ich wurde gefeuert.«

Sie hatten sich am Wochenende zunächst zu einem kurzen *Fika*-Treffen verabredet, woraus schließlich ein Mittagessen geworden war.

Kemi reckte den Hals, um zu schauen, ob er auf das Café zugelaufen kam, das sie in der Nähe des Kungsträdgården ausgewählt hatte, dem beliebtesten Park der Stadt.

Der Dezember hatte flaumig weichen weißen Schnee, funkelnde Weihnachtsbeleuchtung und eine Festlichkeit gebracht, die die Stockholmerinnen und Stockholmer vor der Realität abschirmte, dass der eigentliche Winter kurz bevorstand.

Kemi war traurig gewesen, Weihnachten nicht bei ihrer Schwester in Richmond verbringen zu können. Am Telefon hatte sie Kehinde erzählt, alles wäre wie in einem Märchen. Als würde sie in einer nordischen Schneekugel leben. Hatte behauptet, sie hätte aufregende Weihnachtspläne. Kehinde hatte lediglich ein lautes Schnaufen von sich gegeben, ehe sie Kemi erklärte, dass sie sie liebte, und auflegte. In Wahrheit hatte Kemi Weihnachten und Neujahr allein verbracht, hatte sich jedoch zu sehr geschämt, um ihrer Schwester mitzuteilen, dass sie es nicht hinbekam, sich in Schweden neu zu erfinden.

Der Januar kam dann mit voller Wucht, brachte vor allem Dunkelheit und elenden Schneematsch anstelle von weißem Puderschnee.

Nun fragte Kemi sich, weshalb ihr Herz so heftig klopfte. Sie war Tobias erst einmal begegnet, und sie hatten dabei kaum Worte gewechselt, die über ein gegenseitiges Vorstellen und seine Verkündung, er habe sie bereits vor Wochen bemerkt, hinausgingen. Allerdings hätte sie sich keine romantischere Annäherung ausdenken können als sein Überreichen jenes großen Kaffeebechers. Sie wischte diese Szene jedoch beiseite und redigierte gedanklich ihr Skript, als sie sah, wie Tobias jetzt mit einem kleinen Strauß Wildblumen auf sie zugelaufen kam.

»Erzähl mir nicht, die hast du selbst gepflückt«, scherzte sie, stand auf und zeigte ihre Grübchen. »Danke schön!« Dann fiel ihr ein, dass es Winter und nicht die Zeit zum Blumenpflücken war, aber er ging über ihren Scherz hinweg. Irgendetwas lenkte ihn ab.

»Meine Güte«, sagte Tobias, nachdem er sie umarmt und sich wieder von ihr gelöst hatte. »Du hast ja die niedlichsten Grübchen.« Er grinste und ließ den schmalen Spalt zwischen seinen Schneidezähnen aufblitzen, während seine braunen Augen leuchteten. Sein Kompliment ließ sie erröten, und ihr Blick wanderte über ihn. Er trug eine braune Fliegerjacke mit einem Kragen aus Kunstpelz. Als er sie ablegte, kam ein schwarzer Pullover zum Vorschein, der sich um seine Schwimmerbrust spannte. Dazu trug er eine schmal geschnittene dunkle Jeans.

»Du musst ja was richtig Schlimmes gemacht haben, um gefeuert zu werden«, setzte Kemi an, sobald sie Platz genommen hatten. »In Schweden wird doch niemand gefeuert.« Er kicherte.

»Na ja, nichts Schlimmes. Ich war wohl einfach nur zu gleichgültig«, sagte er und zog die Speisekarte näher zu sich, um einen Blick darauf zu werfen.

»Gleichgültig?«

»Ja, ich habe meinen Job gehasst.« Er suchte auf der Speisekarte nach etwas, das er bestellen wollte. »Aber ich habe schon etwas Neues gefunden.« Er entschied sich für ein Krabbensandwich, ließ die Speisekarte sinken und richtete seine Aufmerksamkeit erneut auf sie. Der dicke Pullover, den sie trug, hatte einen tiefen Ausschnitt, aber Tobias' Blick wanderte nicht. Er ruhte auf ihrem Gesicht und brachte Kemi durcheinander.

»Also, Kemi. Was führt dich nach Schweden?« Er stützte die Wange auf seine Hand, bereit für ihre Geschichte. Sein Gesichtsausdruck brachte sie zum Kichern.

»Nun, entgegen dem allgemeinen Glauben war es kein Mann.« Sie zog die Speisekarte wieder an sich. »Na ja ... genau genommen war es doch ein Mann, aber der ist mein Chef.«

»Du hast eine Affäre mit deinem Chef?«

»Um Gottes willen, nein!« Sie erschauderte bei dem Gedanken, sich mit Jonny in den Laken zu wälzen. »Nein, er ist den weiten Weg bis in die Staaten geflogen, um mich abzuwerben.«

»Den weiten Weg, hm? Du musst es wert gewesen sein.« Sie ließ seine Worte im Raum stehen.

Eine Kellnerin näherte sich, um ihre Bestellung aufzunehmen. Nachdem Kemi sich kürzlich auf die Waage begeben und festgestellt hatte, dass sie seit ihrer Ankunft in Schweden fünfzehn Pfund zugenommen hatte, hatte sie Zimtschnecken aus ihrem Leben verbannt und in ihrer Wohnung Obst aufgetürmt wie auf einem Hausaltar. Also bestellte sie nur einen Salat. Sie unterhielten sich, bis ihr Essen kam.

»Ich hoffe, du bist nicht eine von diesen Frauen«, bemerkte Tobias, ehe er sich Gabel und Messer schnappte und begann, Stücke von seinem aufgeklappten Sandwich zu schneiden.

»Was?«

»Du weißt schon, Frauen, die nur von Blättern leben und kein Brot essen.« Er nahm einen großen Bissen. Ihr gefiel es, wie sein Kiefer sich bewegte.

»Legt meine Figur das etwa nahe?«, scherzte sie. Sein Blick wanderte anerkennend über ihre Kurven.

»War mir noch gar nicht aufgefallen.« Er grinste, ehe er einen weiteren Bissen nahm. Sie schlug ihm im Spaß auf den Unterarm.

Im Verlauf des Mittagessens erfuhr sie alles über Tobias, oder besser gesagt, alles, was er bei einem ersten Date bereit war, preiszugeben. Er war gambisch-schwedischer Herkunft, allerdings wurden kombinierte ethnische Bezeichnungen in Schweden kaum verwendet. Hier erwartete man, entweder das eine oder das andere zu sein. Seine Mutter war als Austauschstudentin aus Banjul, Gambia, an die Stockholmer Universität gekommen. Innerhalb des ersten Jahres begann sie eine Affäre mit einem ihrer Professoren – einem viel älteren Mann, der bereits verheiratet war und Kinder hatte. Nach Tobias' Geburt bekam seine Mutter noch ein weiteres Kind mit diesem Mann, bevor er an einem Schlaganfall starb.

»Du hast also auch noch ältere Geschwister?«, hakte Kemi nach und spießte ein paar Blätter Romanasalat auf.

»Genau genommen ja.« Er leerte sein Wasserglas in einem Zug. »Aber wir sind uns noch nie begegnet.«

»Willst du sie denn nicht kennenlernen?«

»Nee«, antwortete Tobias. »Er war ein guter Mann, auch wenn ich ihn eigentlich kaum kannte. Er hat meine Mutter in seinem Testament bedacht, was eine große Sache war. Man nimmt seine Geliebte normalerweise nicht in sein Testament auf, solange man noch verheiratet ist. Ganz besonders nicht, wenn man Schwede ist und die Geliebte die schwärzeste Afrikanerin, die man sich nur vorstellen kann«, erklärte Tobias.

Kemi konnte es nicht erwarten, seine Mutter kennenzulernen.

Ihr Gespräch verlagerte sich auf Kemi und wie sie von Jonny von Lundin eingefangen und nach Schweden gebracht worden war.

»Ja, den kenne ich«, ließ Tobias beiläufig fallen. »Wer kennt ihn nicht in Schweden? Seine Familie ist eng verbunden mit der königlichen Familie.« Er überkreuzte die Finger, um seine Worte zu unterstreichen.

»Der Typ lebt allerdings ziemlich zurückgezogen.«

Kemi erzählte ihm von ihrem früheren Leben in den Staaten. Tobias beeindruckte sie mit *»Ba wo ni?«*, *Wie geht es dir?*, als sie ihm sagte, dass sie Yoruba sei. Mit jeder Sekunde wurde er perfekter. Dann begann sie, ihr Datingleid in Schweden zu beklagen, aber Tobias unterbrach sie rasch.

»Darüber brauchst du dir keine Sorgen mehr zu machen.« Tobias blickte ihr in die Augen und nahm einen heiteren Tonfall an. »Dieses Kapitel beenden wir hier und jetzt!« Sie lachte laut. Er fiel mit ein, wobei seine Augen funkelten.

»Also, Tobias«, fragte Kemi ihn drei Stunden später. »Magst du Jazz?«

Brittany-Rae

»Ja, das will ich.«

Brittany wiederholte diese Worte drei Monate später an einem eiskalten Wintertag in Stockholms Rathaus. Weißer Schnee bedeckte die verschlafene Stadt und ihre Inseln wie Zuckerguss auf einem Kuchen. Ragnar stand mit versteinerter Miene neben einem freudig erregten Jonny, während Tanesha sich bei Brittany untergehakt hatte und versuchte, ihre Flut an Tränen zurückzuhalten. Ihre beste Freundin und sein bester Freund unterschrieben mit ihren Namen als einzige Zeugin und Zeuge ihrer Liebe.

Sobald es geschehen war, musste die Standesbeamtin verschiedenen Klatschblättern von der heimlichen Hochzeit berichtet haben, denn am nächsten Tag prangten Bilder von Jonny und Brittany in ihrem pflaumenfarbenen Sommerkleid beim Schlendern durch Stockholm auf verschiedenen Zeitschriftentitelseiten. Antonia, Svea und ihre Eltern erfuhren durch eine solche Schlagzeile von der Heirat.

Schweden betrauerte kollektiv den Verlust eines seiner goldenen Söhne.

Frau von Lundin.

Dieser neue Umhang brauchte eine Weile, bis er sich perfekt um ihre Schultern gelegt hatte. Brittany hatte nicht vorhergesehen, wie nach ihrer Hochzeit von den um ihre Beziehung kreisenden Mediengeiern ihr Leben auseinandergenommen wurde. Jonny hatte nie mit Leuten von der Presse gesprochen. Dennoch stürzten sie sich nun auf ihre Vergangenheit, interviewten ehemalige Kolleginnen bei der Fluggesellschaft, für die Brittany arbeitete, und stellten die Frage, ob das zur Flugbegleiterin gewordene Model nicht bloß aufs Geld aus sei.

Sie kontaktierten sogar Jamal in der Hoffnung auf einen Kommentar. Er hatte sie angerufen, um ihr mitzuteilen, dass man hinter ihm her war, und hatte versprochen, Brittany von seiner Seite aus zu schützen. Dann fragte er sie, ob sie wirklich glücklich sei, und erklärte, wenn sie es sei, dann wünsche er ihr nichts als Glückseligkeit mit dem Mann, der ihr Herz erobert hatte.

Die Reaktion von Jonnys Familie war jedoch noch heftiger ausgefallen als die der Medien und bestand aus Schweigen. Ein tiefes, bitteres Leugnen. Brittany wusste nicht genau, ob sie sich betrogen fühlten, weil sie von den Titelseiten der Klatschblätter über ihre Hochzeit informiert wurden, statt es direkt aus Jonnys Mund zu hören. Seine Eltern Wilhelm und Astrid hatten sich auf eines ihrer Anwesen im verschlafenen westschwedischen Küstenort Smögen zurückgezogen. Sie brauchten Zeit, um zu verdauen, dass das große gesellschaftliche Ereignis, das sie für ihr goldenes Kind geplant hatten, sobald dieser »das richtige Mädchen« gefunden hätte, eine Hochzeit mit Pomp und erlesenen Gästen, darunter auch Mitglieder der Königsfamilie, niemals zustande kommen würde.

Jonnys Schwester Svea hatte den Frischvermählten einen Strauß aus zwei Dutzend rosaroten Rosen zusammen mit ihren Glückwünschen geschickt. Sie schrieb, sie wünschte, sie hätte dabei sein können, um mit ihnen zu feiern, aber … *nun ja* … die Einladung musste wohl in der Post verloren gegangen sein. Sie versprach, einen Cocktailempfang für die beiden zu geben, sobald sie von der mehrtägigen Geschäftsreise für einen schwedischen Bestsellerkrimiautoren zurückgekehrt war, für den sie gerade Werbung machte.

Die einzige Person, die entschied, sich persönlich zu melden, war Antonia. Die Furcht einflößende Antonia, Jonny zufolge. Bevor Brittany nach der Hochzeit gemeinsam mit Tanesha in die Staaten zurückkehren würde, um ihren Einbürgerungsantrag weiter voranzubringen, lud Antonia das junge Paar in ihr Herrenhaus in Elfvik zu einem Empfang samt opulentem Abendessen ein, an dem ein enger Kreis aus Freundinnen und Freunden teilnehmen sollte, darunter auch Ragnar und dessen Frau Pia.

Louise hatte Tanesha ein Zimmer in dem angesagten Boutique-Hotel Rival auf Södermalm gebucht, während die Frischvermählten sich in Jonnys Hobbithöhle zurückzogen. Nun aber hielten sich die beiden Frauen in Taneshas Zimmer auf und bereiteten sich auf Antonias Party vor. Tanesha saß auf der Kante des luxuriösen Bettes, während Brittany sich im Badezimmer fertig machte, als es an der Tür klopfte.

Brittany hörte, wie Tanesha sich vom Bett erhob, um die Tür zu öffnen.

»Jonny. Komm rein.« Tanesha machte die Tür hinter ihm zu.

»Beruhige dich, sie ist nicht weggelaufen. Sie schminkt sich gerade«, hörte Brittany Tanesha sagen.

Brittany trug mit geöffnetem Mund Mascara auf, als sie im Spiegel sah, wie Jonny sich gegen die Tür lehnte und sie beobachtete.

»Weißt du, du brauchst nicht mehr um mich herumzuschleichen. Du hast es mit einem Ring besiegelt.« Brittany lachte, als sich ihre Blicke im Spiegel trafen. Aber Jonny erwiderte nichts. Als sie sich umdrehte, um ihn direkt anzuschauen, machte er einen Schritt nach vorn, ergriff ihre Schultern und küsste sie. Sie spürte sein Zittern, während sein Mund sich auf ihrem bewegte. Irgendetwas machte ihn nervös, und sie entzog sich seiner Umarmung.

»Hast du es dir anders überlegt?«, flüsterte sie. Sein Blick hielt ihren fest. Dann schüttelte er den Kopf.

»Du zitterst, Jonny.« Sie strich ihm über die Ärmel bis zu seinen Händen und Fingern, die zu tanzen begonnen hatten.

»Das hier ist so neu«, sagte er.

»Und du warst nicht darauf vorbereitet«, fügte sie hinzu.

»Wie meinst du das?«

»Eine Schwarze Frau zum Vergnügen zu daten, ist eine Sache. Sie zu heiraten und voll und ganz zu dieser Entscheidung zu stehen, eine ganz andere«, erklärte sie. »Du warst dazu noch nicht bereit.«

»Ich bin bereit. Ich möchte für dich sorgen. Ich möchte mein Kind beschützen.« Er wurde aufgeregt.

»Wovor?«

Brittanys Frage hing zwischen ihnen wie ein Messer, mit dem sie seine Auster aus Privilegien zu öffnen versuchte. Sie wollte, dass er es laut aussprach. Wovor glaubte Jonny, sein Kind beschützen zu müssen, indem er sie heiratete?

Jonny blickte Brittany an und bat sie wortlos, ihn nicht weiter zu befragen. Aber sie wollte nicht aufhören. Sie liebte diese bedeutendste Eigenheit ihres Ehemanns: die Tatsache, dass er nicht lügen und sie offen in seinem Gesicht lesen konnte. Er war wie ein Aquarium, in dem die Gefühle deutlich sichtbar herumschwammen.

»Ich liebe dich.«

»Das weiß ich, aber das beantwortet nicht meine Frage.« Er starrte sie weiter intensiv an, bis er sich gezwungen sah, ein paar Wörter aneinanderzureihen.

»Mein Name«, ließ Jonny fallen. »Mein Name wird unser Kind beschützen. Braune Kinder haben es hier schwerer.«

Natürlich hatten sie das. Brittany widmete sich wieder dem Auftragen ihrer Mascara. Sie mussten sich für Antonias Empfang fertig machen.

»Und was ist mit Schwarzen Frauen?«, fragte sie, während sie zum Lippenstift griff.

Jonny stand da … und schwieg.

Es war immer noch tiefer Winter, als sie der Einladung von Antonia folgten. Antonia wirkte gut gelaunt und führte ihre Gäste schwungvoll in den gewölbten Vorraum ihres modernen Hauses. Dort befanden sich bereits eine Handvoll Gäste, warm gekleidet in Kaschmir- und Merinowollpullovern, die Stiele von Rotweingläsern zwischen den Fingern. Sie zogen ihre Mäntel aus und tauschten ihre Schuhe gegen Gästehausschuhe. Antonia führte das Paar in Begleitung von Tanesha in einen großen Wohnraum, wo sich der Rest der Gäste, insgesamt etwa zwölf, bereits aufhielt und in leise Gespräche vertieft war.

Sobald Jonny den Raum betrat, verspannte sich seine Hand, in der er Brittanys hielt. Für einen Moment wurde es völlig still, die versammelten Menschen starrten das Paar an und beäugten den Fünf-Monats-Bauch, den Brittany mittlerweile nicht mehr verstecken konnte. Jonny hatte sie offensichtlich geschwängert und daraufhin hastig geheiratet.

Jemand, es war Ragnar, klopfte mit einer Gabel gegen sein Glas. Andere schlossen sich seinem Klopfen an, bis es sich in einen Sprechchor verwandelte.

»*Skål för brudparet!*« Ragnar führte die Gruppe an, die ihm mit »*Skål!*« antwortete und dann applaudierte. Jonnys Griff um Brittanys Hand lockerte sich. Die Menschen traten nach vorn, um sich Brittany und Tanesha vorzustellen. Brittany erkannte viele von ihnen von der Flusskrebsparty im August wieder, als man bei ihr noch kaum etwas sehen konnte und ihre Schwangerschaft noch ein Geheimnis war. Jonny holte ein Glas Preiselbeersaft für sie und ein Glas Merlot für Tanesha, ehe er in dem Kreis aus Familie und Freundinnen und Freunden verschwand.

Ragnar kam auf sie zu und betrachtete dabei abschätzig Brittanys Bauch. Jonny hatte ihm von dem Baby erzählt, ehe er ihn angebettelt hatte, sein Trauzeuge zu werden, also war er in das Geheimnis bereits eingeweiht gewesen.

Ragnar berührte Brittany an den Schultern und küsste sie auf beide Wangen, ehe er sich mit ausgestreckter Hand Tanesha zuwandte.

»Schön, dich wiederzusehen, Tanis.«

»Tanesha«, korrigierte sie ihn.

»Tut mir leid. Der Name ist für mich schwer auszusprechen.« Er versuchte, einen Scherz zu machen, aber das Lächeln erreichte seine Augen nicht.

»Ich tue mich auch schwer mit Ragn, Raggie, Raggedy«, gab Tanesha zurück, was ihm ein kurzes Lachen entlockte.

Hinter seiner breiten Gestalt tauchte seine Frau Pia mit einem strahlenden Lächeln auf den Lippen auf. Pia war zierlich, hatte glattes blondes Haar und blaue Augen. Sie wirkte wie eine Manifestation schwedischer Nostalgie.

»Herzlichen Glückwunsch, Brittany.« Sie stellte sich auf die Zehenspitzen, um die größere Frau zu umarmen. »Wow, du hast den Junggesellen endlich dazu gebracht, häuslich zu werden. Wie hast du das bloß angestellt?«

Brittany lachte über Pias Kommentar, bis ihr bewusst wurde, dass diese tatsächlich eine Antwort auf ihre Frage erwartete. *Wie hast du das bloß angestellt?* Brittany starrte ungläubig auf Pia hinunter. *Wie bitte?*

»Du weißt doch sicher, wie man in Amerika sagt«, mischte Tanesha sich ein. »*Once you go Black …*« Sie beendete ihren Satz mit einem Schluck Wein.

Ragnar brüllte vor Lachen. Weder Brittany noch Tanesha hätten diesen tiefen, vibrierenden Laut von ihm erwartet. Pia runzelte vor Unbehagen die Stirn, während sie von Tanesha zu ihrem lachenden Ehemann blickte und versuchte, den Witz zu verstehen. Sein Glucksen verebbte, und mit ernster Miene wandte er sich zum Gehen. Pia schenkte Brittany ein schwaches Lächeln und gab ihr einen raschen Kuss, bevor sie ihrem Ehemann hinterhereilte.

»Arschloch«, zischte Tanesha leise, aber immer noch laut genug, um Brittany ein Kichern zu entlocken.

Vierzehn

Muna

Hinter einer Wand versteckt, beobachtete Muna Kemi, Johan und eine weitere Frau. Es war ein seltener Anblick. Sie wurde Zeugin, wie Leben in jenes Eckbüro einkehrte.

Kemi redete angeregt auf Johan ein. Er saß auf der Kante seines leeren Schreibtisches, die Arme vor der Brust verschränkt, und lauschte konzentriert Kemis Worten. Gelegentlich folgte sein Blick ihren herumfuchtelnden Armen, während sie etwas erklärte, kehrte dann jedoch zu ihrem Gesicht zurück.

Neben ihnen befand sich noch eine Frau im Raum – eine zierliche Brünette, die fieberhaft etwas auf einen Notizblock kritzelte.

Seit ihrer peinlichen Begegnung mit Johan hatte Muna ein schlechtes Gewissen. Sie wollte ihm zu verstehen geben, dass es ihr wirklich leidtat, in seinen persönlichen Bereich eingedrungen zu sein. Wahrscheinlich hatte er die Tulpen für das Schwarze Model gekauft, mit dem sie ihn gesehen hatte.

Wie von einer geheimnisvollen Macht angezogen, rückte Muna langsam in Richtung seines Büros vor. Als sie die Tür erreicht hatte, überlegte sie es sich jedoch anders und machte auf dem Absatz kehrt, aber Kemi hatte sie bereits entdeckt.

»Muna!«, rief Kemi. Muna drehte sich wieder um und lächelte ihr schwach zu. Der Mann und die Brünette warfen einen Blick in Munas Richtung. Dann begann er, mit der Frau Schwedisch zu sprechen, während sie sich weiter Notizen machte.

»*Hur mår du?*«, fragte Kemi, als sie aus dem Büro trat. Muna nickte nur als Antwort auf Kemis Frage. Ja, es ging ihr gut.

Dann nahm Muna ihren ganzen Mut zusammen.

»Johan«, rief Muna leise. Sie war erstaunt, dass sie überhaupt einen Laut herausbekam. Er war ganz offensichtlich der Besitzer der Firma – von Lundin Marketing. Er drehte sich abrupt zu Muna um, als hätte die bloße Erwähnung des Namens »Johan« ihm die Ohren verbrannt.

»Jonny«, korrigierte er sie streng. Sie schluckte nervös und bat ihn dann ein weiteres Mal um Verzeihung dafür, dass sie seine Tulpen angefasst hatte. »*Ingen fara*«, nahm er ihre Entschuldigung an. *Kein Problem.*

Muna war noch nicht fertig. »Solsidan …« Sie ließ den Namen des Zentrums fallen, in der Hoffnung, damit seinem Gedächtnis auf die Sprünge zu helfen. Er starrte sie verständnislos an. »*Är det du?*«, fragte sie. *Bist du das?*

War er derjenige, der mit seiner Großzügigkeit sie und Ahmed und Hunderte andere, die über die Jahre durch Solsidans Türen gegangen waren, versorgt hatte? War er derjenige, der für sie alle diese Oase auf dem Land geschaffen hatte? War er derjenige, der in diesem Zentrum durch seinen Stellvertreter Mattias ihre Hoffnungen genährt hatte? Der nie eine monatliche Spende vergaß? Der ihre Zimmer im Winter warm hielt, Essen auf ihre Teller brachte und den Ort von Sicherheitsbediensteten bewachen ließ? Derjenige, der ihre Dankbarkeit verdient hatte, solange sie Schweden ihr Zuhause nannten?

»*Vad pratar du om?*«, fragte Jonny. Er klang genervt, weil er unterbrochen wurde. *Wovon redest du?* Dann wandte er sich verständnislos an die Brünette. »*Louise, vad handlar det här om?*« *Louise, was soll das?*

Louise blickte Muna in die Augen, ehe sie Jonny daran erinnerte, dass er tatsächlich Solsidans Wohltäter war.

Muna begriff schließlich, was Khadiija damit gemeint hatte, dass die Jungs im Gemeindezentrum zu reden begannen. Wochen nach ihrem Gespräch vernahm sie sie laut und unmissverständlich, als sie eines Abends nach der Arbeit den Schacht der U-Bahn-Station Tensta verließ und auf die Straße trat.

Ihre Nachbarschaft stand in Flammen.

In ganz Tensta heulten Sirenen. In verschiedenen Tonlagen und Lautstärken, die Polizei, Krankenwagen und Feuerwehrautos voneinander unterschieden. Vor mehreren Wohnblocks standen Menschen in Gruppen zusammen und versuchten herauszufinden, was los war. Autos brannten, und ein paar von ihnen explodierten, wenn das Feuer den Tank erreichte.

Und die Schreie. Mehr als alles andere waren es die Klagelaute, die sich Muna ins Gedächtnis einbrannten. Viele dieser Menschen waren vor Explosionen in ihren Heimatländern geflohen, und nun durchlebten sie dieses Trauma aufs Neue. Ihr Schrecken war real. Frauen mit sich blähenden Jilbabs rannten wie wild umher, im Arm verstört wirkende kleine Kinder. Teenager mit Schals, die ihr halbes Gesicht verdeckten, warfen Molotow-Cocktails wahllos in alle Richtungen.

Panisch vor Angst rannte Muna zu ihrer Wohnung, fort von dem Chaos, in dem Versuch, sich in Sicherheit zu bringen. Eine Gruppe Jugendlicher kam Muna entgegengelaufen, und sie erkannte ein paar von ihnen. Es waren Khadiijas Freundinnen und Freunde, unter ihnen auch Ibraahin.

Dann erblickte Muna eine Angreiferin in leuchtenden Farben, ein pinkfarbener Hijab über einem Gewand mit Blümchenmuster in Fuchsia, Limettengrün und Buttergelb, und ihr sank der Mut. Es war Khadiijas Lieblingskleid. Ihre Gruppe rannte an Muna vorbei und stieß sie beiseite. Muna starrte ihnen hinterher. Sie wirbelte herum, wurde aber von vier Polizistinnen und Polizisten aus dem Weg geschoben, die den anderen mit Schutzschildern und Schlagstöcken dicht auf den Fersen waren. Khadiija kam an diesem Abend nicht nach Hause.

Ein paar Tage später kam Gunhild mit einer Polizistin im Schlepptau zu ihrer Wohnung. Die Polizistin durchsuchte Khadiijas Zimmer, und als sie fertig war, packte Gunhild vor Munas Augen all deren Sachen zusammen.

»Wo ist Khadiija?«, brachte Muna nach einem langen Augenblick des Schweigens hervor. Die Polizistin antwortete nicht, und Gunhild betrachtete Muna mit einem schweren Blick.

»Ist Khadiija tot?« Muna war verzweifelt und wollte wissen, was mit ihrer einzigen verbliebenen Schwester geschehen war. Yasmiin hatte sie ohnehin schon verloren. Aber Gunhild schüttelte den Kopf. Nein, Khadiija war nicht tot.

»Khadiija wird sich wegen Gewalt gegen den Staat und kriminellen Aktivitäten vor Gericht verantworten müssen, weil sie sich an den Unruhen beteiligt hat«, erklärte Gunhild. »Derzeit sitzt sie in Untersuchungshaft.«

Muna kniff verwirrt die Augen zusammen. Das konnte doch nicht wahr sein.

»Warum, Gunhild?« Muna begann zu weinen. »Warum?«

Gunhild nahm sie in den Arm und hielt die junge Frau fest, während Muna in ihrer Umarmung zitterte.

Die Unruhen hatten begonnen, als ein Sicherheitsbediensteter einen präpubertären somalischen Jungen wegen eines aus einem Kiosk gestohlenen Schokoriegels über den Fußboden geschleift hatte wie eine Ziege, die gegen ihre Schlachtung aufbegehrte. In der Folge der Unruhen in Tensta war ein Schwarm aus internationalen Medien angereist, der sich begierig auf eine Geschichte stürzte, die ein Licht auf den Ärger im Paradies warf.

Die schwedische Presse hatte dramatische Zwei-Wort-Schlagzeilen verwendet: *FÖRORTEN BRINNER. Brennende Vororte.*

Noch Tage nach den Unruhen blieben in der Stockholmer Innenstadt die Blicke von Fremden ein, zwei Sekunden länger auf Muna haften und beäugten misstrauisch ihren Hijab.

Als die Polizistin fort war, ging Gunhild in die Küche, um Kaffee zu kochen, während Muna sich auf das Sofa setzte und versuchte, das Geschehene zu verarbeiten. Khadiija. Festgenommen. Diese Worte ergaben keinen Sinn. Aber nachdem sie gesehen hatte, wie Khadiija nach dem Vorfall mit dem nackten Yagiz gewaltsam auf Yasmiin losgegangen war und wie sie sich an den Unruhen beteiligt hatte, war Muna sich nicht mehr so sicher, was ihre Schwester betraf.

»Ich sollte dir das eigentlich nicht erzählen. Ich kann dafür in große Schwierigkeiten kommen, weil ich an die Schweigepflicht gebunden bin, aber Khadiija war verheiratet«, teilte Gunhild Muna schließlich mit, nachdem sie zwei Tassen auf den Tisch gestellt hatte – Tee für Muna, Instantkaffee für sich selbst. »Sie ist es immer noch.« Muna studierte das Gesicht der älteren Frau. »Ihr Ehemann hat mehrere Frauen, und Khadiija ist die jüngste von ihnen.« Gunhild hob den Becher mit dem heißen Kaffee an ihre schmalen Lippen und stellte ihn dann wieder ab.

»Aber sie kann nicht nach Hause zurückkehren«, flehte Muna. »Sie ist vor diesem Mann davongerannt. Ich glaube, er hat ihr unaussprechliche Dinge angetan.«

»Es tut mir so leid«, sagte Gunhild und machte ein mitleidiges Gesicht. »Ich weiß im Augenblick nicht mehr als du, aber versuch, dir keine Sorgen zu machen. Es ist sehr unwahrscheinlich, dass die Behörden eine Person, der einmal Asyl gewährt worden ist, zurück in ihr Land schicken.«

Muna weinte über ihre Tasse gebeugt, während sie sich damit abzufinden versuchte, dass »sehr unwahrscheinlich« dennoch die Möglichkeit nicht ausschloss, dass Khadiija zurück zu jenem gefährlichen Mann geschickt wurde, vor dem sie davongelaufen war. Eine Strafe, die noch viel schlimmer war als der Tod.

Und wenn sie an Khadiijas Stelle wäre?, fragte Muna sich. Wenn sie zurückgeschickt werden würde? In Mogadischu war niemand mehr, der einen Anspruch auf sie erheben könnte. Ihre Mutter und ihr Bruder lagen auf dem Meeresgrund, ihr Vater zerquetscht unter Betonplatten. Zu wem oder was sollte sie zurückkehren?

Dieser Ort hier war ihre einzige Hoffnung.

Kẹmi

Für ihr zweites Date schleppte Kemi Tobias zu einem von Malcolms Auftritten im Stampen in Gamla stan, nachdem sie ihm Malcolm als besten Jazzmusiker der Stadt angepriesen hatte. Die Wände des legendären Kellerpubs waren mit vergilbten Plakaten verschiedener Soul-, Funk- und Blues-Größen beklebt, die im Laufe der Jahrzehnte durch seine Türen geweht waren. Als Deko hing eine wilde Mischung aus alten Instrumenten von der Decke: Bassgitarren, Klarinetten, Saxophone.

»Ich hatte vergessen, wie cool dieser Laden ist«, stellte Tobias fest und hob ein Glas Fassbier an seine Lippen.

»Du kanntest ihn schon?«, fragte Kemi. Er warf ihr einen verwunderten Blick zu, den er jedoch mit einem Lächeln abmilderte.

»Ich bin in dieser Stadt aufgewachsen.«

Sie waren etwa dreißig Minuten, bevor Malcolm auf die Bühne musste, eingetroffen. Kemi konnte es nicht erwarten, mit Tobias anzugeben. Aber Malcolm hatte den hübschen Brother bereits ins Visier genommen, seinen Freund José im Schlepptau.

»Okay …«, setzte Malcolm an, sobald er das Paar erreicht hatte. »Ich will ja nicht übergriffig sein, aber kannst du Kemi bitte einfach heiraten?« Er streckte die Hand aus und gab sie dem lachenden Tobias mit festem Druck.

»Ich habe nur großartige Dinge über dich gehört, Malcolm. Ich bin Tobias.«

»José!«, stellte dieser sich nun vor und griff um Malcolm herum nach Tobias' Hand. »*Välkommna!*« *Willkommen.*

»*Tack så mycket!*« *Vielen Dank!* Tobias wandte sich mit einem Lächeln Kemi zu, deren Wangen vor Stolz glühten.

»Esst doch nach dem Auftritt noch was mit uns«, schlug Malcolm vor, während er sich das Saxophon bereitlegte. »Normalerweise essen wir hinterher immer eine fettige Kebabpizza. Das ist unser Ritual mit Kemi.« José an seiner Seite strahlte und nippte an seinem scharlachroten Cocktail.

»Liebend gern«, erwiderte Tobias. »Ich nutze jede Gelegenheit, um von Kemis Freunden mehr über sie zu erfahren.«

Um acht Uhr betraten Malcolm und seine Band die Bühne. Bald erklangen in dem stickigen Keller die Laute von Old-School-Funk und Rhythmen, die selbst den Barkeeper sich um sich selbst drehend tanzen ließen, während er den Gästen Getränke einschenkte. Kemi ließ sich von den Beats und Harmonien mitreißen und schwang zu jedem hämmernden Trommelschlag die Hüften. Sie tanzte, warf die Hände in die Luft, klatschte und ließ die Musik einfach durch sich hindurchströmen.

Inmitten des überwältigenden Dröhnens des Schlagzeugs und der klimpernden Laute der Gitarren erwischte sie Tobias dabei, wie er sie beim Tanzen neben sich beobachtete.

»Gefällt dir das Konzert?«, rief sie ihm zu.

Tobias zog sie näher an sich heran, seine Hand an ihrer Hüfte. Sein Kuss war langsam und sanft. Große Lippen auf großen Lippen. Sie genoss seine Zärtlichkeit. Das hier fühlte sich anders an. Es fühlte sich richtig an. Tobias' Kuss war an jenem Wintertag wie eine warme, behagliche Decke um ihre Schultern. Er vertiefte ihn langsam, und Kemi erfreute sich daran wie an einer dringend benötigten Hühnerbrühe.

Es war lange her, dass ein Mann sich so viel Zeit genommen hatte, um sie zu küssen.

Gegen elf Uhr abends liefen die vier hinüber nach Södermalm zu dem kleinen Pizzaladen, wo sie sich auf köstliche Kebabpizza stürzen wollten.

»Das hier geht echt immer«, stellte Tobias fest, ehe er einen großen Bissen nahm. Zur Bestätigung nickte Malcolm kauend, während er den anderen Afroschweden in Augenschein nahm.

»Also, Bro ... Wie lautet deine Geschichte?«, wollte Malcolm wissen.

Tobias lachte, ehe er antwortete. »Du bist definitiv mehr Amerikaner als Schwede.«

Malcolm wirkte verwirrt. »Okayyy?«

»Ein echter Schwede hätte mich zuerst gefragt, in welchem Stadtteil ich wohne«, erklärte Tobias. José kicherte und nickte dann. »Damit du mich ganz schnell in eine Schublade stecken kannst.«

»Das stimmt«, bestätigte José. »Wenn ich dir zum Beispiel erzähle, dass ich in Djursholm oder Lidingö wohne, gehen die meisten Leute davon aus, dass ich stinkreich bin.«

»Interessant.« Malcolm hob eine Dose Coca-Cola an die Lippen. Er nahm nachdenklich einen Schluck, ehe er sich wieder Tobias zuwandte.

»Also … Tobias, wo wohnst du?«

»Norsborg.«

»Und was soll mir das über dich verraten?«, fragte Malcolm.

»Das bedeutet, in meinem Viertel leben lauter Menschen, die so aussehen wie ich. Die wenigsten dort sind schwedischer Abstammung.«

»Okay … Dann werde ich jetzt wieder amerikanisch und frage dich nach deinem Job.«

»Ich bin Security Guard«, antwortete Tobias, ehe er einen weiteren Bissen Pizza nahm.

»Ich wusste, dass es etwas Körperliches sein muss … bei deiner Statur«, fügte José hinzu. Malcolm lachte.

Während ihre Freunde mit ihm plauderten, hatte Kemi Tobias stumm beobachtet. Wie er in sich ruhend auf ihre Fragen antwortete. Tobias war wahrscheinlich in einfachen Verhältnissen aufgewachsen, mit dem Nötigsten, was seine kleine Familie brauchte. Seine Gesellschaft war so angenehm. Unangestrengt, wie es schien. Im Grunde war es erst ihre zweite Verabredung, aber Kemi spürte, dass ihr Körper sich auf eine Weise entspannte, wie er es bei potenziellen Verehrern schon lange nicht mehr getan hatte.

»DAS GIBT'S DOCH NICHT!« Josés Kreischen holte sie aus ihren Gedanken zurück an den Tisch zu dem gemeinsamen Pizzaessen. »Sie ist deine Schwester?«

»Japp, die einzig wahre Tina Wikström«, ließ Tobias beiläufig fallen, während er nach seinem letzten Stück Pizza griff.

»O mein Gott!« José nahm eine Serviette in die Hand und fächerte sich damit theatralisch Luft zu.

»Okay, ich habe hier ganz offensichtlich etwas verpasst«, mischte Kemi sich ein. »Was ist mit deiner Schwester?«

»Sie ist die krasseste Göttin der ganzen Stadt«, sagte José. »Neben dir natürlich.« Kemi verdrehte die Augen.

»Und was macht diese krasse Göttin?«, hakte sie nach.

»Sie war mal ein Teenie-Popstar, bevor sie dieses Leben aufgegeben hat und Aktivistin geworden ist«, erklärte Tobias und reckte scherzhaft seine Faust in die Luft, ehe er den letzten Schluck von seiner Limo nahm.

»Popstar? Einfach nur Popstar?«, schrie José. Dann setzte er zu einer spontanen Karaoke-Einlage eines ihrer Hits an, während er in dem Versuch, zu tanzen, ungelenk auf seinem Stuhl herumwackelte. Kemi und Tobias brachen in Gelächter aus, während Malcolm nur den Kopf schüttelte.

Bis sie wieder hinaus auf den Gehweg traten, war es weit nach Mitternacht, und José sah erschöpft aus.

»Ich muss meine Unterlagen für die Schwedischkurse nächste Woche vorbereiten, also brauche ich ein wenig Schlaf.«

Malcolm stützte ihn mit einem festen Arm um die Taille und wünschte Tobias und Kemi eine gute Nacht.

Tobias bot an, Kemi hinüber nach Slussen zu bringen, wo sie die rote Linie nach Norden nehmen konnte, während er dieselbe Linie in Richtung Süden nahm. Als sie schweigend auf Kemis Seite des Bahnsteigs standen, ergriff Tobias ihre Hand.

»Ich mag deine Freunde«, sagte er, ehe er sich vor sie stellte.

»Ich glaube, sie mögen dich auch«, erwiderte sie. »Du bist leicht zu mögen.« Er schenkte ihr sein Zahnlückenlächeln und beugte sich dann vor, um ihr einen sanften Kuss auf den Mund zu drücken.

»Also, was machst du nächstes Wochenende?«, fragte Tobias gegen ihre Lippen.

Brittany-Rae

Nach Antonias Abendeinladung zu Ehren der Frischvermählten kehrten Brittany und Tanesha nach Atlanta zurück, wo Brittany ihre Einbürgerungspapiere fertig zusammenstellte, nachdem sie ein paar Monaten zuvor damit begonnen hatte. Sie hatte sich eine Auszeit von ihrem Job als Flugbegleiterin genommen und ihr gemietetes Reihenhaus in Alexandria aufgegeben. Eine Umzugsfirma hatte ihre Sachen zur Lagerung hinunter zum Haus ihrer Eltern nach Atlanta gefahren.

Eva hatte sich um die gesamte Logistik gekümmert, und Brittany verstand langsam, dass sie, solange Jonny in ihrem Leben war, niemals würde ihr eigenes Sparschwein antasten oder auch nur einen Finger rühren müssen. Jonny war bereits aus seinem Junggesellenhäuschen ausgezogen und hatte eine Villa am Ufer mit vier Schlafzimmern gefunden, die nicht weit von Antonias Haus in Elfvik entfernt lag.

Sobald Brittany ihre »extra beschleunigte« Aufenthaltsgenehmigung bekommen hatte, flog Jonny nach Atlanta, um sie im März mit nach Hause zu nehmen, zu Beginn ihres dritten Trimesters.

Als Brittany sich von ihren Eltern verabschiedete, wollte Beatrice Johnson ihre Tochter nicht loslassen und hielt sie bei ihrer Umarmung fest umklammert. Für sie war alles viel zu schnell gegangen, aber sie musste Brittany gehen lassen. Immerhin war sie fast neununddreißig.

»Baby, ich möchte da sein, wenn der kleine Engel kommt«, sagte Beatrice. »Versprichst du mir, dass ich nach Schweden kommen darf, um bei dir zu sein?«

»Mom, ich gebe dir Bescheid, sobald ich mich eingelebt habe. Natürlich möchte ich, dass du da bist.« Brittany wischte sich mit dem Handrücken die Tränen ab und schnäuzte sich dann in ein bereits feuchtes Taschentuch.

»Jonny, könntest du uns einen Augenblick allein lassen?«, bat ihr Vater. Jonny nickte und warf einen raschen Blick auf Brittany, ehe er den Raum verließ. Sobald die Tür hinter ihm geschlossen war, wandte Brittanys Vater sich wieder an sie.

»Brit?« Er runzelte besorgt die Stirn. »Wann werden wir seine Eltern kennenlernen?«

»Es ist kompliziert, Dad.«

»Kompliziert? Liebling, du ziehst zu Leuten, die wir noch nie gesehen haben, in ein Land, über das wir nichts wissen.« Er trat von einem Bein aufs andere. »Diese Ehe, dein Baby … Weißt du, was du da tust?«

»Er liebt mich. Und er wird für mich und mein Baby sorgen. Das ist alles, was zählt.«

»Ernsthaft? Also scheiß auf alles andere?«

»Tyrone!«, tadelte ihre Mutter ihn. Dann wandte sie sich an Brittany. »Werdet ihr beiden für später noch eine richtige Hochzeit planen? Wir wären gern dabei gewesen. Wir möchten es immer noch.«

»Was ist mit seinen Eltern?«, hakte ihr Vater nach. »Sie haben noch keinen Kontakt zu uns aufgenommen.«

»Sie werden es auch nicht tun.«

»Wie meinst du das? Stehen sie etwa nicht hinter euch? Hinter dem Baby?« Ihr Vater wirkte verwirrt.

Brittany blickte auf das feuchte Taschentuch und drückte es erneut an ihre Nase, in dem Versuch, die Schluchzer zurückzuhalten. Ihre Mutter nahm sie ein weiteres Mal in den Arm, und dann hörte Brittany ihren Vater laut seufzen.

Jonny hatte seinen Wagen am Flughafen Stockholm-Arlanda geparkt. Nachdem er ihre beiden Koffer – Eva war dafür verantwortlich, dass Brittanys restliches Hab und Gut ihr in ihr neues Leben nach Schweden folgte – und seine lederne Reisetasche in den Kofferraum geladen hatte, sausten sie bald die E4 hinunter in Richtung Stockholm.

Als Brittany ihr neues Zuhause in Elfvik betrat, war es, als würde sie durch eine Nachbildung von Jonnys Wachturm in Canary Wharf wandern. Ein spärlich möblierter moderner

Ausstellungsraum in Grautönen mit den gleichen Möbeln und als einziger Farbfleck gelbe und lila Tulpen.

Es erschreckte sie.

»Was ist das?«, fragte sie ihn, sobald sie ihre Schuhe an der Tür abgestreift hatte und ins Innere des Hauses getappt war. »Ist das dein Ernst?«

»Wie meinst du das?« Jonny wirkte verwirrt. »Ich wollte es für dich gemütlich machen.«

»Es sieht genauso aus wie deine Wohnung in London. Bloß als Haus.«

»Ich habe dieselbe Innenarchitektin beauftragt.«

Sie spähte zu ihm, wie er mit an den Seiten geballten Fäusten nervös dastand. »Gefällt es dir nicht?«

»Schon … ich meine nur … *wow*, Gelb und Lila.« Sie trat zu einer von mehreren im Raum aufgestellten großen Vasen mit Tulpen. »Wieso Gelb und Lila? Dieselben Farben wie in London.«

»Sie sind etwas Besonderes.« Brittany sah, wie Jonny die Röte in die Wangen stieg, wagte jedoch nicht, ihn nach dem Grund dafür zu fragen.

»Das Kleid, dass du bei unserer ersten Verabredung getragen hast … war gelb.« Er hielt inne, um zu schlucken. Sie erinnerte sich an ihr butterblumengelbes Frühlingskleid. »Und Lila … Lila ist aus Alexandria.«

»Aus Alexandria?« Brittany konnte die Verbindung nicht sofort ziehen. Sie dachte kurz nach, ehe ihr das lila Seidennachthemd aus ihrer ersten gemeinsamen Nacht in den Sinn kam.

»Ich dachte, es würde dir gefallen.«

»Danke, die sind wunderschön. Dieses Haus ist wirklich wunderschön«, sagte sie. »Ich hätte mir lediglich gewünscht, es würde *unser* Haus werden. Nicht einfach nur ein Ort, den Eva, Louise oder deine Innenarchitektin für uns geschaffen haben.«

Sie spazierte weiter durch ihr Haus mit seinen grandiosen gewölbten Decken und seinem Blick auf das Wasser. Draußen erwachten die Bäume mit sprießenden grünen Blättern und Blütenknospen langsam zu neuem Leben. Die Glaswände waren dick und schalldicht. Durch die Scheiben konnte Brittany in der Bucht die Wellen ineinanderfließen sehen, aber um sie herum herrschte eine nervenaufreibende Stille.

Brittany sah sich überall um, sie bewegte sich wie in einem surrealen Taumel, da diese erlesene Immobilie nun ihr gehörte, weil sie seine Frau war. Jonnys Ehefrau. Dieser seltsame Mann, den sie noch immer erst kennenlernte. Sie drehte sich zu ihm um und sah, wie er mit zusammengezogenen Augenbrauen am anderen Ende des Raumes stand.

Die Intensität, mit der Jonny sie aus dieser Entfernung anblickte, raubte ihr den Atem, drohte sie langsam zu ersticken.

Wegen ihrer fortgeschrittenen Schwangerschaft verbrachte Brittany ihre ersten Monate in Schweden sehr zurückgezogen, während der Frühling den Winter verdrängte. Sie begleitete Jonny nicht zu Terminen und bekam deshalb keine Gelegenheit, sich als seine Ehefrau stolz an seiner Seite fotografieren zu lassen.

Während ihre Schwangerschaft glatt, beinahe erstaunlich mühelos verlief, verbrachte sie die meiste Zeit mit hochgelagerten Beinen in Elfvik und zappte gedankenverloren durch die Fernsehkanäle. Jonnys Stockholmer Assistentin Louise sorgte für ultimativen Komfort, indem sie Brittany alles brachte, wonach diese sich sehnte.

Allerdings nur, sofern Jonny nicht zugegen war, um es selbst zu tun.

Er fuhr auf der Suche nach einer von ihr gewünschten bestimmten Sorte Schokoladentrüffel durch die ganze Stadt. Er sorgte in Restaurants dafür, dass das Küchenpersonal alles, was Brittany von der Speisekarte bestellte, für sie anpasste, um

Übelkeit erregende Zutaten auszuschließen. Er kaufte ein, worauf sie Appetit hatte, und stellte sicher, dass stets ausreichend Karotten im Kühlschrank waren.

Im Auftrag von Jonny hatte Louise Brittany für eine private Schwangerenbetreuung in der Spätschwangerschaft angemeldet. Er hatte außerdem eine Yogalehrerin organisiert, die drei Mal pro Woche zu Hause mit ihr übte, und eine private Sprachlehrerin, damit Brittany anfangen konnte, Schwedisch zu lernen. In ihren ersten drei Monaten in Schweden mangelte es Brittany von Lundin an nichts.

Fünfzehn

Muna

»Muna!«

Sie erschreckte beim Klang ihres Namens, als sie gerade in der Küche des von-Lundin-Büros die Küchenrollen auswechselte. Sie drehte sich um und sah Kemi auf sich zukommen.

»*Tack så mycket!*« Kemi blieb vor Muna stehen, atemlos vor Aufregung.

»Warum bedankst du dich?«, fragte Muna auf Schwedisch, unsicher, was Kemi dazu bringen mochte, ihr so fröhlich zu danken.

»*De afrikansk affärer!*«, antwortete Kemi, sich mit ihrem Schwedisch abmühend. *Die afrikanischen Läden.* »Die du mir empfohlen hast. Vielen Dank! Ich bin in zwei von ihnen gewesen und habe dort Ziegenfleisch gefunden, und Gewürze, nach denen ich gesucht hatte«, ergänzte Kemi auf Englisch, da ihr Schwedisch noch immer zu wünschen übrig ließ.

Dann berichtete sie weiter. »Ich habe auch fermentierte Melone gefunden. Die nennen wir in meiner Sprache *Egusi.* Du weißt, dass ich aus Nigeria stamme, oder? Und du bist aus Somalia, nicht aus dem Sudan, nicht wahr? Wie auch immer, ich habe sie gekauft, aber am Ende war sie verdorben«, fuhr Kemi fort. »Das hat mich echt traurig gemacht. Vielleicht gibt es hier einfach nicht genügend Afrikanerinnen und Afrikaner für das Angebot. So schade. Dass etwas, das fermentiert ist, um monatelang zu halten, aufgrund mangelnder Nachfrage tatsächlich verdirbt.«

Muna konnte Kemis Redefluss kaum folgen. Sie verstand lediglich die Wörter »Nigeria, Somalia, Sudan, Afrikanerinnen und Afrikaner«, und das Wort »traurig«.

»Tut mir leid, mein Englisch ist nicht gut«, entschuldigte Muna sich.

»Oh, nein, ich bitte dich. Ich bin diejenige, die mittlerweile besser Schwedisch sprechen müsste«, bemerkte Kemi. »Kann ich mit dir Schwedisch üben? *Får jag träna svenska med dig?*«

Muna blickte sie an, ohne zu wissen, was sie antworten sollte. Sie würde Kemi liebend gern helfen, aber ihre Gedanken waren gerade nicht bei von Lundin. Tensta und die Nachwirkungen der Aufstände hatten sie vollkommen eingenommen. Muna wusste nicht, was von ihr selbst noch übrig sein würde, wenn alles vorbei war. Ihre Wohnung fühlte sich an wie ein Friedhof. Das tägliche Schweigen war zermürbend. Keine herbeiwehenden Gewürzdüfte von Khadiija, die leidenschaftlich gern gekocht hatte. Kein wahlloses Geplauder von Yasmiin, die unaufhörlich geredet hatte.

Alles, was Muna geblieben war, waren die Fotos von den Gespenstern in ihrem Zimmer.

»*Är du okej, Muna?*«, wollte Kemi wissen. *Geht es dir gut, Muna?* Erst, als sie Kemis Hand auf ihrem Arm spürte, wurde Muna bewusst, dass sie mehrere Sekunden lang abwesend vor sich hin gestarrt hatte.

»*Ja. Tack*«, antwortete Muna, ehe sie sich wieder ihrer Aufgabe zuwandte und die Küchenrollen auswechselte. Sie spürte, dass Kemi noch in ihrer Nähe verharrte.

»*Vill du prata?*« Kemi bot Muna ihr Ohr an, falls diese jemanden zum Reden brauchte. Wenn auch in schmerzhaft schlechtem Schwedisch, das Muna sich wie eine Muttersprachlerin fühlen ließ. Muna drehte sich zu Kemi um und nickte. Kemi schenkte ihr ein schiefes Lächeln, in das sich Sorge und Mitgefühl mischten.

»*Har du familij?*«, fragte Muna. *Hast du Familie?*

»*Familij?*«, wiederholte Kemi die Frage. Muna nickte. »Na ja ... *jag har en pojkvän!*« Kemi kicherte, als sie Muna erzählte, sie habe einen Freund.

»*Ingen pappa? Mamma? Syskon?*« *Keinen Vater? Mutter? Geschwister?* Kemis Gesichtsausdruck wurde ernster, als ihr klar wurde, dass Muna nach familiären Beziehungen fragte und nicht nach ihrem Liebesleben.

»*Ja, jag har en mellanstor familij*«, sagte Kemi und beschrieb Muna ihre mittelgroße Familie. Ganz zu schweigen von der erweiterten Familie, auf beiden Seiten zu viele, um sie aufzuzählen.

»*Pratar ni ofta med varandra?*«, erkundigte sich Muna. *Redet ihr oft miteinander?*

»*Inte ofta*«, antwortete Kemi. *Nicht so sehr.* Alle seien so beschäftigt, erklärte sie. Muna starrte Kemi an, als hätte diese gerade einen Fluch ausgestoßen.

»*Varför inte?*«, wollte Muna wissen, sie klang fast zurechtweisend. *Warum nicht?*

Muna sah, wie Kemis Gesicht sich verzog und ihre Stirn sich in Falten legte, und sie befürchtete, Kemi verärgert zu haben. Aber für Muna ergab es keinen Sinn, dass Kemi eine Familie hatte, mit der sie nicht jeden Tag sprach. Gab es etwa einen Grund dafür, dass Kemi nicht mit ihrer Familie redete? Es hatte sich nicht so angehört, sondern ihre Miene hatte sich aufgehellt, als sie ihre Zwillingsschwester, ihre Eltern und andere Verwandte erwähnte.

Es entstand eine Pause zwischen ihnen, bis Kemi einlenkte.

»Du hast recht, Muna.« Sie wechselte wieder zu Englisch. »Ich habe keine Entschuldigung dafür.«

Kemi schenkte Muna ein breites Lächeln, das die Grübchen in ihren Wangen zum Vorschein brachte, und nickte dann bestätigend, ehe sie sagte: »*Tack, Muna! Vi ses snart.*«

Danke, Muna! Wir sehen uns bald.

Muna schob ihren Putzwagen aus dem Küchenbereich auf den großen Aufzug zu. Als sich die Schiebetüren öffneten, stand da Jonny mit einem Smartphone am Ohr. Muna schluckte und versuchte, den Wagen in den Aufzug zu bugsieren, in der Erwartung, er würde einen Schritt zur Seite tun, aber der Ausdruck auf seinem Gesicht wirkte panisch. Seine gewöhnliche Intensität war Angst gewichen, und sein versteinerter Blick heftete sich auf ihren Putzwagen.

Jonny hob rasch die Handfläche, um Muna am Näherkommen zu hindern. Stopp, schien seine ausgestreckte Hand zu sagen. Er wollte den Raum nicht mit diesem Ding teilen, das sie vor sich her schob.

Muna entschuldigte sich rasch und sah zu, wie die Aufzugstüren sich wieder schlossen.

Dreimal langsames Klopfen an ihrer Tür. Gunhilds übliches Erkennungszeichen. Muna öffnete die Tür, ohne durch den Spion zu blicken, und vor ihr stand Gunhild mit einer fettigen Papiertüte, die nach chinesischem Take-away aussah. Daneben trug sie noch eine kleinere Tüte, von der Muna vermutete, dass sich darin ein paar *Fika*-Teilchen befanden.

»*Kära Muna*«, begrüßte Gunhild sie und reichte der jungen Frau beide Tüten. Muna brachte sie in die Küche und packte den Inhalt aus: Thai-Curry mit Jasminreis und zwei Vanilleschnecken.

Gunhild hatte ein vegetarisches Curry für Muna und Hühnchen für sich selbst mitgebracht.

»Vielen Dank«, sagte Muna und begann, den kleinen Esstisch zu decken. Gunhild nahm langsam Platz und sah zerbrechlicher aus als bei ihrer letzten Begegnung.

»Wie geht es dir?«, fragte Muna. Die ältere Frau winkte bloß mit ihren zierlichen Fingern ab und teilte Muna ohne Worte mit, sie solle sich keine Sorgen machen. *Toppen!* Es gehe ihr bestens. Trotz allem, was Khadiija widerfahren sei, was natürlich traurig sei, fügte sie hinzu.

»Hast du noch irgendetwas von Khadiija gehört?«, wollte Muna wissen. Gunhild schüttelte den Kopf und seufzte.

»Nichts. Aber ich gebe dir Bescheid.« Sie klatschte betont in die Hände. »Also, dann sorgen wir mal dafür, dass du etwas in den Magen bekommst.«

Die Frauen aßen mit großem Appetit und füllten die langen Esspausen damit, sich auf den neusten Stand zu bringen. Muna erzählte Gunhild von ihren Tagen als Putzkraft bei von Lundin. Von Kemi und ihren knappen Gesprächen. Von dem Chef Jonny und dem wunderschönen Schwarzen Model, das Muna draußen auf ihn hatte warten sehen. Gunhild hörte Muna zu und schenkte ihr ihre volle Aufmerksamkeit. Sie selbst erzählte ihr von einigen der neuen Bewohnerinnen und Bewohner, die sie in dieser Woche traf, sowie von einigen, die aus ihren Sozialwohnungen ausgezogen waren und ihr Leben in Schweden nun Schritt für Schritt in Angriff nahmen.

»Du wärst eine wundervolle Mutter gewesen«, bemerkte Muna aus heiterem Himmel, ehe sie erneut Reis mit ihrer Gabel aufnahm. Sie bemerkte, wie Gunhild das Gesicht verzog.

»Es ist nicht so, dass ich es nicht versucht hätte«, erwiderte Gunhild mit einem bemühten Lachen. »Ich liebe Kinder und wollte ganz viele.«

»Was ist passiert?«, fragte Muna. »Was ist passiert, warum hat es nicht geklappt?«

Muna wusste, dass sie gerade die Grenze zu dem überschritt, was als zu persönlich galt. Im Laufe der Zeit hatte sie gelernt, dass viele Schwedinnen und Schweden mehrere Schichten von Privatsphäre besaßen, wie bei einer Zwiebel. Man könnte eine Schicht nach der anderen abziehen und würde dennoch nicht zum Inneren vorstoßen, auch nicht nach Jahren der Freundschaft. Sie hatte bereits einige Schichten von Gunhild abgezogen, aber die ältere Frau hielt noch immer so vieles zurück.

»Ich habe vor langer Zeit einen Fehler gemacht«, sagte Gunhild. »In meinen frühen Zwanzigern habe ich mich in einen Mann verliebt … Meine Familie glaubte, er wäre der *falsche* Mann für mich.« Muna richtete sich auf ihrem Stuhl auf und lauschte gebannt auf jedes Wort, das Gunhild mit ihr teilte.

»Ich wurde schwanger. Ich hatte Angst und bin unser Baby losgeworden, ohne ihn zu fragen.« Gunhild hielt inne, um einen Schluck Wasser zu trinken. »Er hat es mir nie verziehen.«

Kẹmi

»Ich glaube, ich habe jemanden kennengelernt, mit dem es ernst ist«, gestand Kemi Kehinde gegenüber hastig am Telefon. In ihrem Bett schlief Tobias noch immer, erholte sich von dem Sex, den sie hatten, nachdem sie sich mit Kardamomschnecken vollgestopft und einen Film bis zur Hälfte geschaut hatten.

»Ist das deine Stimme?«, neckte ihre Schwester Kemi. »Ich habe ganz vergessen, wie du klingst. *Abeg*, bitte ruf deine Mutter an *o*!«, bat Kehinde. Kemi kicherte, ehe sie sich dafür entschuldigte, sich so lange nicht gemeldet zu haben. Sie brachte Kehinde auf den neusten Stand, was die Alltäglichkeiten ihres Lebens betraf, aber ihre Gedanken wanderten immer wieder zu Tobias.

»Dieser Typ …« Kemi hielt inne und genoss den Gedanken an ihn. »Es passt einfach. Er gibt mir das Gefühl, wunderschön zu sein. Das tut er wirklich. Ich muss mich gar nicht groß anstrengen.«

»Hmm.« Kehinde hörte aufmerksam zu.

»Wir gehen jetzt seit Wochen locker miteinander aus, aber ich glaube, gerade haben wir es offiziell gemacht.«

»Zu viele Informationen. Komm zum Punkt. Ist er Heiratsmaterial?«

»Spielt das jetzt eine Rolle?«

»Na ja, wenn es jetzt keine Rolle spielt, wann dann?«

»Ich möchte es einfach genießen, Tobias besser kennenzulernen. Ich will nichts überstürzen.«

»Tobias? Kann ich ihn Tobi nennen? Oluwatobi?«, scherzte Kehinde.

»Hör auf!«, rief Kemi und begann zu lachen. »Aber im Ernst, du wirst ihn lieben. Er ist so bodenständig. So echt.«

»Tobias. Ist das schwedisch?«

»Seine Mutter ist Gambierin.«

»Gambia *l'oun l'oun*?« *Von so weit her?*, fragte Kehinde theatralisch. »Wen haben Nigerianerinnen nicht alles schon geheiratet, *ehn*?!« Sie plauderten noch ein paar Minuten, und Kemi fragte Kehinde, wann diese zu Besuch kommen wolle.

»Bald«, antwortete Kehinde. »Es ist teuer mit drei Kindern. Na ja, vier Kindern, wenn du Lanre mitzählst«, witzelte sie über ihren Ehemann. Kemi versprach, ihnen bald ein Päckchen mit schwedischen Leckereien zu schicken, von Schokolade bis zu Marshmallow-Fischen.

»Jedenfalls freue ich mich für dich«, brachte Kehinde das Gespräch zu Ende. »Hört sich an, als wäre dieser Typ in Ordnung. Solange du keine Elektriker in Amerika zurücklässt, nur um dir in Schweden neue Elektriker zu suchen.« Kemi dachte über die Worte ihrer Schwester nach. Sie waren schon wieder an diesem Punkt angelangt.

»Wie meinst du das?«

»Du weißt, wie ich das meine. Wie auch immer, ich hab dich lieb, und bitte … ruf deine Mom an!«

Sie hatte aufgelegt, ehe Kemi antworten konnte. Sie starrte auf das Telefon. Mit dieser einen Bemerkung zum Abschied hatte ihre Schwester ihr einen unnötigen Zweifel eingepflanzt.

»Hoffe, sie gibt uns ihren Segen?« Tobias' Stimme ließ Kemi aufschrecken.

Sie wusste nicht, wie lange er bereits dort gestanden und ihrem Telefonat gelauscht hatte. Offensichtlich hatte er Kehindes Seite des Gesprächs nicht mitbekommen. Als Kemi sich umdrehte, schlüpfte er gerade in sein Security-Guard-T-Shirt und schob den Kragen zurecht. Kemi sah zu, während Tobias sich für seinen Job fertig machte. Sie wusste, dass Kehinde niemals einen Mann für ihrer würdig erachten würde, der einer solchen Arbeit nachging.

Als seine Kleidung richtig saß, gab Tobias ihr einen raschen Kuss und machte sich auf den Weg zu seiner Nachtschicht.

Die nächsten Wochen verflogen in einem intensiven Rausch, die Bachmann-Kampagne war für den Frühlings-Launch vorzubereiten. Kemi verbrachte ihre meiste Zeit damit, dem Designbüro Anweisungen zu geben, eine diverse Mischung an Models auszuwählen, die verschiedene Kulturen repräsentierten, darüber hinaus war sie mit der Suche nach einer Druckerei beschäftigt, dem Entwerfen der Pressemitteilungen und der Planung von Veranstaltungen zum Kampagnenstart. Sie reservierten sogar Stockholms prominenteste Reklamefläche direkt im Herzen von Stureplan für das Motiv mit Jonny.

Kemi vergrub sich in die Arbeit für Bachmann, während die anderen Abteilungsleiterinnen und -leiter sie umschwirrten wie Bienen, die zwar niemals landeten, aber sich so auf dem

Laufenden hielten. Espen verweilte oftmals länger als nötig in ihrem Büro, aber Kemi scheuchte ihn stets davon. Wenn selbstbewusste Frauen Männer anzogen wie Zucker Ameisen, dachte Kemi im Nachhinein, hätte sie bereits vor Jahren lernen sollen, ihr Selbstvertrauen aus der Arbeit auf ihr Liebesleben zu übertragen.

Denn nun, da sie leidenschaftlich und entschlossen, Selbstbewusstsein ausstrahlend, an der Bachmann-Kampagne arbeitete, war sie die attraktivste Frau bei von Lundin Marketing.

Als Kemis Werbekampagne im Mai startete, löste sie eine globale Diskussion über Race, Stereotypen und Stigmata aus. Die schwedischen Medien bekamen nicht genug davon, dass einer ihrer goldenen Jungs zum Gesicht einer weltweiten Debatte wurde.

Kemi wusste, dass Jonny stillschweigend die Last dieser Publicity trug, aber er verweigerte noch immer alle Interviews mit der Presse. Kulturkritiker stürzten sich auf das Demontieren von Stereotypen. Wie Kemi es vorausgesehen hatte, sprachen einige sogar von kultureller Aneignung, aber jene Schiedsrichter wurden von widerlegenden Artikeln, die ihnen ihre eigenen Vorurteile aufzeigten, wenn sie glitzernde High-Tops mit urbanen People of Color und Hip-Hop-Promis in Verbindung brachten, rasch zurückgepfiffen.

Aber die Liebe für Kemis Vision übertraf ohnehin die paar Gegenstimmen.

»Ich meine …«, hatte eine Expertin bei CNN Style bewundernd zum Ausdruck gebracht, »dieser strategisch platzierte Teller mit Zimtschnecken war ein Geniestreich.«

Die Klatschblätter stürzten sich darauf, wie Jonny, der nach einem Schokoladenmuffin griff, seine sexuellen Präferenzen endlich öffentlich zugab.

Als die Medien wissen wollten, wer die Köpfe hinter der Kampagne waren, veröffentlichte von Lundin Marketing eine pauschale

Pressemitteilung, in der stand, es sei eine Teamarbeit gewesen, an der zu viele Personen mitgewirkt hätten, um sie einzeln zu nennen, sehr zu Kemis Verärgerung. Sie wollte den Ruhm und die Anerkennung. Sie fand, dass sie das verdiente.

Aber Kemi lernte rasch, dass es in Schweden ein unausgesprochenes Gesetz war, das Team an die erste Stelle zu setzen. Zusammenarbeit und Konsens standen über Individualität. Hatten schließlich nicht auch andere an den Bachmann-Meetings teilgenommen? Natürlich konnte Kemi den ganzen Ruhm nicht allein einheimsen. Sie musste ihn gerecht mit dem Team teilen.

Während intern also alle feierten und sich freuten, wurde Bachmann extern lediglich zu einem Projekt-Update auf Kemis LinkedIn-Profil.

Nach dieser Kampagne erneuerte Bachmann seinen Vertrag mit von Lundin Marketing für weitere fünf Jahre, und Kemi glaubte, nun endlich Teil des Teams zu sein.

Brittany-Rae

»Einatmen … Ausatmen … *Whoosh* …« Brittanys Yogalehrerin half ihr beim Strecken, während sie im Schneidersitz auf ihren Matten saßen. An jenem Frühlingsmorgen waren sie draußen auf der Terrasse und lauschten den Vögeln mit der Bucht im Hintergrund.

Brittany fühlte sich schwer, unwohl und gereizt. Baby Maya konnte nun jeden Tag zur Welt kommen. Sie hatten endlich herausgefunden, dass sie ein Mädchen bekamen.

»Ich bin müde«, unterbrach Brittany die Lehrerin, die die Augen geschlossen hatte.

»Das ist vollkommen in Ordnung«, setzte die Yogini an. »Du musst auf deinen Körper hören, seine Wellenlängen erkunden, und …«

»Ja, ja, ja, ich bin müde«, wiederholte Brittany. »Können wir die nächste Stunde auch ausfallen lassen?«

Sobald ihre Yogalehrerin zusammengepackt hatte und durch die Tür verschwunden war, trat wie auf ein Zeichen hin ihre bulgarische Haushälterin Sylvia mit einem Shake auf Spinatbasis, den sie für Brittany gemixt hatte, auf die Terrasse. Brittany nahm das Getränk entgegen und bedankte sich bei ihr. Sylvia wartete neben ihr, bis sie das Glas geleert und ihr wieder zurückgegeben hatte.

»Wo ist Jonny?«, fragte Brittany, als Sylvia sich zum Gehen wandte. Die ältere Frau drehte sich rasch wieder um, mit einem verwunderten Ausdruck im Gesicht, als wollte sie Brittany im Gegenzug fragen: *Woher zum Teufel soll ich das wissen?*

»Vielleicht sollten Sie ihn anrufen?«, schlug Sylvia vor. Brittany hatte es bereits mehrmals bei Jonny probiert. Etwas, das ihre Haushaltshilfe nicht unbedingt erfahren musste. Sogar Louise, die immer wusste, wo Jonny steckte, war diesmal ausweichend gewesen, was seinen Aufenthaltsort anging.

»Es tut mir leid, Brittany«, hatte Louise sich entschuldigt. »Er hat sein Telefon ausgeschaltet. Das macht er gelegentlich, wenn er nicht gestört werden möchte.«

»Aber was ist, wenn die Wehen einsetzen und ich ihn nicht erreichen kann?« Brittany war frustriert.

»Oh, da brauchst du dir keine Sorgen machen, du bist hier in Schweden in guten Händen. Wir können dir jederzeit sofort einen Krankenwagen rufen.«

Diese Worte hatten Brittany nicht getröstet.

Sie rollte sich auf die Seite und kam dann zum Stehen, während ihr Bauch sich sekündlich schwerer anfühlte. Sie hielt inne, um Atem zu schöpfen. Als sie stand, watschelte sie zurück in den Hauptbereich ihres Hauses, wobei ihre nackten Füße auf dem polierten Holz einen Hall erzeugten. Weshalb schaltete er sein Telefon aus, wenn er wusste, dass sie ihn mehr brauchte als je zuvor?

Am Abend, nachdem Sylvia Brittany mit einem Salat mit gedünstetem Lachs und Avocado versorgt hatte, wollte die Haushälterin sich verabschieden. Sie half Brittany ins Bett, umgeben von Bergen aus Gänsedaunenkissen, auf denen sie ihre Füße hochlagerte und die sie sich überall hinschob, wo sie sie brauchte.

»Es ist zwar mein freier Abend, aber ruf mich an, wenn du irgendetwas brauchst, dann nehme ich sofort ein Taxi«, bot die Frau an.

»Danke, Sylvia.«

»Es ist sicher hier, du brauchst dir also keine Sorgen zu machen.«

Jonny hatte sie hier draußen in einen schützenden Kokon gehüllt, deshalb war Sicherheit die geringste von Brittanys Sorgen. Für eine Person, die als Flugbegleiterin jeden Tag mit so vielen Menschen zu tun hatte und so viele Gesichter sah, war die Isolation viel schlimmer.

Um Mitternacht war Jonny noch immer nicht aufgetaucht, und Brittany, ganz allein in ihrer Villa und hellwach, schaute eine Folge *Real Housewives of Atlanta* nach der anderen. Plötzlich breitete sich warmes Wasser um Brittanys Unterleib herum aus, und sie stellte fest, dass Baby Maya nun fertig mariniert war.

Ihre größte Befürchtung war wahr geworden.

»Hör auf, diese Geräusche zu machen, und antworte mir mit richtigen Worten!«, schrie Brittany, ehe sie von einer weiteren Wehe erfasst wurde und sich vor Schmerzen krümmte.

Als ihre Fruchtblase geplatzt war, hatte sie die 112 angerufen, um mit einem Krankenwagen ins Krankenhaus gebracht zu werden. Jonny war aufgetaucht, nachdem die Sanitäter ihn aufgespürt hatten. Nun gestand er ihr, dass er den ganzen Tag kaum eine Meile entfernt bei seiner Schwester verbracht hatte, während Brittany an Monitore angeschlossen in einem sterilen Krankenhausbett lag.

»Ich war den ganzen Tag allein, und du warst quasi nebenan bei Antonia?«

Jonny machte wieder jenes lufteinsaugende Geräusch, und Brittany schrie erneut. Fünfzehn Stunden später kam Baby Maya zur Welt und schrie sich im Kreißsaal die Lunge aus dem Leib. Jonny war bei der Geburt dabei gewesen und hatte Brittanys Hand ebenso fest gedrückt wie sie seine. Er wischte ihr Schweiß von der Stirn und Tränen aus dem Gesicht. Aber als die Ärztin Maya ihrem Vater übergeben wollte, erstarrte Jonny mit an den Seiten tanzenden Fingern und starrte unverwandt auf das braune Baby, das man ihm hinhielt.

Die Ärztin und das Kreißsaalpersonal wechselten Blicke. Brittany konnte ihnen nicht sagen, weshalb Jonny sich weigerte, sein Baby zu halten, dass es daran lag, dass er überstimuliert war. Er war nicht erstarrt, weil ihn die Farbe seines Babys überraschte. Er war überwältigt, und sein Gehirn kam den Gefühlen nicht hinterher, die er empfand.

Stattdessen verlangte Brittany nach ihrem Baby und griff nach dem wunderschönen Mädchen mit den dunkelbraunen Augen. Maya blickte zu ihrer Mutter auf, als wollte sie Brittanys Gesicht hinter einem verschwommenen Schleier erkennen, ehe sie sich hungrig an ihrer Brust festsaugte.

Wenn Jonny glaubte, ihr Baby müsste durch seinen Reichtum und seine Privilegien »beschützt« werden, weil es braun war, dann benötigte Maya sofort nach ihrer Ankunft die höchste Sicherheitsstufe. Abgesehen von Jonnys Nase und schmalen Lippen hatte sie dichte braune Locken, tiefbraune Augen und war kaum zwei Schattierungen heller als Brittany.

Ein paar Tage später wurde Brittany entlassen, und zu Hause erwarteten sie Jonnys Schwestern und Ragnar mit einer *Fika*-Tafel aus frisch gebackenen Teilchen, Schokoladentrüffeln und einem besonderen Kuchen, auf dem stand: »*Välkommen hem, finaste Maya!*«

Sowohl Svea als auch Antonia gurrten über dem Baby. Ragnar schaute Maya ebenfalls fasziniert an, ehe er sich an Brittany wandte und einen Kommentar darüber abgab, wie stark Brittanys Gene doch seien.

Brittany warf Ragnar einen wortlosen Blick zu, der ihm sagte, er solle sich verpissen.

Sechzehn

Muna

Schwedinnen und Schweden waren ausgezeichnet im Recyceln, stellte Muna fest.

So ausgezeichnet, dass sie zu jeder Feier die gleichen Mahlzeiten zubereiteten. Weihnachten, Ostern, Mittsommer, ganz egal. Muna starrte einmal mehr auf Fleischbällchen, Räucherlachs, eingelegten Hering und *Prinskorv* – Prinzenwürstchen. Diesmal mit dem Unterschied, dass vor den Töpfen mit Fleischbällchen und *Prinskorv* kleine Zettel lagen, auf denen von Hand geschrieben »HALAL« stand.

Die Kommune Spånga-Tensta hatte im Gemeindezentrum ein schwedisches Mittsommer-Büffet organisiert und auf einem nahe gelegenen Fußballfeld einen Maibaum aufgestellt.

»Muna!« Es war Gunhild, die einen selbst gemachten Kranz aus Wildblumen trug. »Hier.« Sie reichte Muna einen weiteren Kranz. »Das ist deiner. Ich habe ihn für dich gemacht.«

In einer Ecke des großen Versammlungsraums stand ein Tisch, an dem Freiwillige den Anwohnerinnen und Anwohnern erklärten, wie sie ihre eigenen Kränze flechten konnten. Mädchen und

Frauen umschwirrten aufgeregt den Tisch und griffen nach den verschiedenen Blüten, um ihre floralen Kronen individuell zu gestalten, und kicherten, wenn sie sie aufsetzten, um sich ihre Kreationen im Spiegel anzuschauen. Muna beobachtete sie und bemerkte, wie sie sich allein durch ein paar Blumen auf dem Kopf sogleich schöner fühlten.

»Danke schön.« Muna nahm das Accessoire entgegen und legte es auf ihren Hijab, den sie über einem grünen Sommerkleid trug. »Wie sieht es aus?« Gunhild streckte die Hand aus, um den Kranz zurechtzurücken, bis er richtig saß.

»Perfekt!«, sagte Gunhild, ehe sie sich dem Büffet zuwandte. »Jetzt lass uns etwas essen. Ich glaube, für später sind noch mehr Aktivitäten geplant.« Gunhild fiel das Gehen diesmal schwerer als bei ihrem letzten Treffen. »Außerdem werden wir ›*Små grodorna*‹ singen. Den Teil der Feier mag ich am liebsten!«

Sie begaben sich gemeinsam hinüber zu dem Tisch mit den Mittsommerleckereien und stellten sich in einer Schlange an, in der die Menschen erwartungsvoll Pappteller in der Hand hielten, viele von ihnen mit Blumenkränzen auf den verhüllten Köpfen.

Muna ließ den Blick durch den Raum schweifen. Sie kannte ihn gut, sie hatte hier vor den Unruhen viele Stunden mit Khadiija, Ibraahin und anderen somalischen jungen Leuten verbracht. Gunhild hatte ihr mitgeteilt, dass das Verfahren gegen Khadiija mittlerweile lief. Muna hatte diese Information stumm aufgenommen und mit der gleichen Hilflosigkeit genickt, die sie verspürt hatte, als Ahmed die Aufenthaltserlaubnis verweigert wurde.

Ahmed … Sie sah sein Gesicht jeden Tag, an ihre Magnetwand gepinnt. In der Langeweile ihrer Wohnung tagträumte sie oftmals davon, wie ein Leben mit Ahmed wohl ausgesehen hätte. Eine somalisch-kurdische Beziehung? Wären sie glücklich gewesen? Wie hätte er sie versorgt? Hätte er sie geliebt, und nur sie? Oder hätte er sich eine weitere Frau genommen, was ihr gemeinsamer Glaube ihm gestattet hätte?

Sie erinnerte sich an die Male, als seine Augen feucht wurden, nachdem er ihr gesagt hatte, sie sei wunderschön, und sie sich schüchtern weggedreht hatte. Er lachte oft über ihre Verlegenheit. Sie schien ihn auf eine Weise zu amüsieren, die Muna nie ganz verstand. Aber sobald sein herzhaftes Lachen verebbte, war sein Gesicht wieder überschattet von Schmerz.

»Meine liebe Muna … Ich bewundere deinen Optimismus. Aber ich würde lieber nach Hause zurückkehren und im Kampf um etwas sterben, als tatenlos hier im Paradies zu leben und den Vögeln zu lauschen.«

Die Vögel, die er allein an ihrem Gesang bestimmen konnte. Seine Stimme erfüllte noch immer Munas Herz. Sein Tonfall und seine Sprachmelodie, wann immer er sich über irgendetwas beschwerte, sich über seine Feinde im Zentrum lustig machte oder ihr vergebens schmeichelte.

Munas größte Angst war es, Ahmeds Stimme zu vergessen.

Ihr Blick wanderte zum Eingang des Gemeindezentrums, und sie erstarrte, als sie dort ein vertrautes gut geschnittenes Profil mit schwarzer Hahnenkammfrisur entdeckte … *Yagiz.*

Er trug ein knappes schwarzes T-Shirt und Jeans, und sein schwarzer Schnauzbart wirkte frisch gestutzt. Er kam hereinstolziert und blickte sich um, bis er einen Bekannten sah, der zu ihm trat, um ihn zu umarmen.

Munas Blicke schwirrten durch den Raum. Wo war Yasmiin?

Sie starrte erneut zu Yagiz, der sich nun angeregt unterhielt. Er wurde kurz von einer Eritreerin abgelenkt, die an den beiden Männern vorbeiglitt, ehe er wieder gestikulierte. Muna betrachtete ihn von oben bis unten, während er leidenschaftlich sprach und dabei gelegentlich in Lachen ausbrach.

»Du bist dran.« Gunhild stupste Muna leicht an, damit sie weiterlief. Muna wandte sich wieder dem Büffet zu. Sie platzierte drei Fleischbällchen auf ihrem Pappteller, den sie vorsichtig balancieren musste, da die Bällchen sogleich begannen, wie in einem Flipperautomaten herumzukullern. Sie fügte noch ein paar Halal-*Prinskorv* aus Lamm und ein paar Scheiben Räucherlachs hinzu. Dann suchte sie den Raum erneut nach Yagiz ab. Sie sah, wie er einem Mann die Hand schüttelte und ihn in eine halbe Umarmung zog, ehe er tiefer in die Menge eintauchte, hierhin und dorthin schlenderte und nach weiteren Bekannten Ausschau hielt.

»Ist das jemand, den du kennst?« Gunhild erschreckte sie. Muna wirbelte zu ihr herum und sah, wie ihre türkisfarbenen Augen funkelten und ihre Krähenfüße sich zusammenzogen.

»Nein, nein.« Muna schüttelte den Kopf, beinahe zu heftig. Gunhild war Yagiz nie begegnet, und Yasmiin hatte der älteren Frau ebenfalls nie von ihm erzählt. Muna wurde klar, dass Gunhild nicht wusste, wer er war.

»Nun ja, das ist ein sehr gut aussehender Mann«, stellte Gunhild fest. »Ich kann es dir nicht verübeln, dass du in ihn verknallt bist.«

»Was?« Muna sah Gunhild mit weit aufgerissenen Augen an. »Nein, ich mag diesen Mann nicht.« Gunhild lächelte, während sie mit einer Gabel gekochte Kartoffeln aufspießte und auf ihren Teller legte.

»Meine Liebe. Ich bin schon seit einer Weile auf der Welt … Ich erkenne es, wenn jemand verknallt ist.«

Muna wandte sich von Gunhild ab. Sie lag falsch. Gunhild musste falschliegen. Muna war nicht interessiert an Yagiz. Nicht auf die Weise, die Gunhild vermutete. Niemals würde sie Ahmed hintergehen. Niemals.

Trotz allem, was zwischen ihnen vorgefallen war, hatte Muna noch immer ihren Job. Yagiz war ein guter Chef, der sie bezahlte, sobald ihr Teamleiter Azeez seinen wöchentlichen Bericht abgegeben hatte.

Aber er war auch ein schlechter Mann, der Khat verkaufte. Er hatte Yasmiin äußerst aggressiv behandelt, und Muna wollte wissen, was er mit ihrer Schwester-Freundin getan hatte, die sie nun seit Monaten nicht mehr gesehen hatte.

Muna blickte über ihre Schulter und suchte in der Menge erneut nach ihm.

Kẹmi

»Grundgütiger.«

Malcolm blieb stehen und bestaunte den Mittsommermaibaum , der mit Kränzen aus Wildblumen und blauen und gelben Bändern dekoriert war, die in der sanften Brise flatterten. Um den Baum herum hatten sich etwa hundert Menschen versammelt, die im Kreis hüpften und *»Små grodorna«*, *Die kleinen Frösche,* sangen.

»Ich sag's dir ... Weiße. Jetzt lassen sie auch schon Schwarze Leute wie Frösche um diese Stange hüpfen«, fügte Malcolm hinzu. In der vor ihnen tanzenden Menge mischten sich Dashikis, Turbane, Hijabs und Jilbabs unter traditionelle schwedische Trachten und verschiedene Stadien der Entkleidung, entsprechend der Sommerhitze.

»Was denn? Sollen sie stattdessen einen Crip-Walk um die verdammte Stange machen?«, gab Tobias zurück. José und Kemi brachen in Gelächter aus, während Malcolm die Stichelei mit einem Schulterzucken quittierte.

»Ernsthaft, Bro. Entspann dich einfach und genieß Mittsommer, okay?«, fügte Tobias hinzu.

Tobias hatte sie nach Farsta strand südlich der Stadt gebracht, um an einer von Schwedens Lieblingsfeierlichkeiten teilzunehmen. Danach wollte er mit ihnen nach Norsborg fahren, wo seine Mutter Nancy sie zu einem echten gambischen Mittsommerfest eingeladen hatte. »Denn ihr wisst ja, dass Menschen aus Afrika immer noch einen draufsetzen müssen«, meinte Tobias lachend.

Er trug eine kleine Kühltasche mit Getränken, während Kemi eine Tüte mit Kardamomschnecken in der Hand hielt, die Tobias am Tag zuvor gebacken hatte. José hatte einen mit einem rot-weiß karierten Tuch ausgeschlagenen Weidenkorb dabei, in dem Cracker, Brie und Blauschimmelkäse, rote Weintrauben und Aufschnitt lagen. Nancy hatte versprochen, sie nach den Feierlichkeiten ordentlich verköstigen zu wollen, und ihnen daher verboten, sich vorher mit eingelegtem Hering, dem typischen Mittsommergericht, vollzustopfen.

Über die Wiese verteilt saßen bereits etwa zweihundert Personen auf Picknickdecken. Die vier schlängelten sich zwischen den Grüppchen hindurch, bis sie einen Flecken Gras fanden, auf dem sie ihre eigene Picknickdecke ausbreiten konnten. Kemi drehte sich erneut zu der tanzenden Menge um, während Jubel und schiefe Töne die warme Luft erfüllten. Sie ließ den Blick schweifen, verweilte kurz bei Paaren, die nicht zusammenzupassen schienen, beobachtete, wie Menschen beim Tanzen Händchen hielten und fragte sich, wer von ihnen wohl miteinander befreundet war und wer sich nicht kannte, oder wer nur für zwei Stunden miteinander Kontakt hatte, ehe man nach den Feierlichkeiten des Tages füreinander wieder zu Fremden wurde.

»Was siehst du?« Tobias zupfte sie am Ohr. Sie lehnte sich mit dem Rücken an ihn und genoss seine Berührung.

»Hmm, nichts Bestimmtes. Ich wünschte, ich könnte dieses Bild voller glücklicher Menschen festhalten für die Tage, an denen ich am liebsten sagen würde: Scheiß auf alles hier.«

»Trotzdem gibt es keinen Ort, an dem ich lieber leben würde«, flüsterte er. Kemi wandte ihm das Gesicht zu, und Tobias gab ihr einen flüchtigen Kuss auf die Lippen.

»Ernsthaft?«

»Das hier ist mein Zuhause.«

»Ja, ich weiß«, erwiderte Kemi. »Aber hast du wirklich das Gefühl, du gehörst hierher? Wie war es für dich als Kind?«

Tobias seufzte, und sie begriff, dass dies ein mehrere Stunden in Anspruch nehmendes Thema war. Tobias wollte dieses Fass jetzt nicht aufmachen. Er würde an der Oberfläche bleiben. In dieser Hinsicht war Tobias ausgesprochen schwedisch. Tatsächlich musste sie seine afrikanische Seite erst noch entdecken, und sie hoffte, Nancy würde ihr einen Blick darauf gestatten. Kemi wollte ein vollständigeres Bild des Mannes, mit dem sie es sich mittlerweile gemütlich eingerichtet hatte.

»Ich gehöre in vielerlei Hinsicht hierher«, antwortete Tobias und blickte auf die Menschen, die um sie herumspazierten. »Während meines Aufwachsens wurde mir zwar definitiv das Gefühl vermittelt, anders zu sein. Aber komischerweise glaube ich noch nicht einmal, dass es mit Absicht geschah.«

»Ausgrenzung geschieht immer mit Absicht«, entgegnete Kemi und hob die Hand, um ihm über die Wange zu streichen.

»Ich bin mir da nicht so sicher. Insbesondere, wenn alle anderen gleich aussehen – blondes Haar und blaue Augen – und du eben anders aussiehst«, gab Tobias zu bedenken. »Ich glaube, es ist viel differenzierter.«

»Und was glaubt deine Schwester Tina?«, wollte Kemi wissen. Tobias grinste, zupfte eine Traube ab und steckte sie sich in den Mund.

»Das wirst du herausfinden, wenn du sie kennenlernst«, war alles, was er dazu sagte, bevor er nach einer weiteren Traube griff.

»Bitte blamier mich nicht … Bitte blamier mich nicht«, flehte Malcolm José leise an.

Das Paar wartete mit Kemi hinter Tobias, der nach seinem Schlüssel für die Wohnung kramte, die er sich mit seiner Mutter teilte. José wusste, dass sein Musikidol Tina auch da sein würde. Er trat von einem Fuß auf den anderen. Er stemmte die Hände in die Hüften. Er atmete tief durch. Er wirbelte vor und zurück. José war ein Nervenbündel, das einfach durchdrehte, als Tina plötzlich die Tür aufmachte.

»TINA WIKSTRÖM!«, schrie er, ehe er sich in die Fingerknöchel biss, um sich zu beruhigen.

Tobias stellte José seiner Schwester rasch auf Schwedisch vor. Kemi sah zu, wie Tina einen Schritt nach vorn machte und den zappeligen José in eine Umarmung zog. Sie hatte die gleiche Hautfarbe wie Tobias, mit braunen Sommersprossen im Gesicht. Ihre dicken, rötlich-braunen Locs hatte sie zu einer Beehive-Krone aufgetürmt. Ein goldener Ring in ihrem linken Nasenloch war der einzige Schmuck, den sie zu ihrem langen grünen Batikkleid trug. Ihre bernsteinfarbenen Augen waren um einige Schattierungen heller als die von Tobias.

»O Mann«, bemerkte Malcolm, als er auf sie zutrat, um sie ebenfalls zu umarmen. »Ich habe mir das falsche Leben ausgesucht, um schwul zu sein.«

Tina kicherte, ehe sie sich Kemi zuwandte.

»Endlich.« Ihre schwungvollen Lippen zogen sich zu einem breiten Lächeln auseinander und entblößten dabei einen Goldzahn. »Toll, dich kennenzulernen, Kemi.« Sie umarmte Kemi und umhüllte sie dabei in einen Duft aus Räucherstäbchen und Kokosnuss. »Bitte, kommt alle herein.« Sie traten ein, während drinnen Musik von Old-School-Youssou-N'Dour lief.

Die Dreizimmerwohnung, in der Tobias aufgewachsen war und die er sich noch immer mit seiner Mutter teilte, war bescheiden. Hoch oben im elften Stock gelegen, blickte man von dort aus auf ähnliche sandfarbene Wohnblocks in ihrem Komplex.

Als alleinerziehende Mutter hatte Nancy Tobias und Tina mit kaum mehr als der überschaubaren finanziellen Unterstützung des mittlerweile verstorbenen Lars Wikströms und mithilfe des Staates großgezogen. In den Zimmern hingen überall Bilder von den dreien in unterschiedlichem Alter. Daneben ein paar Musikpreise vom schwedischen Äquivalent der Grammys – *Grammis* –, die Tina gehörten. Außerdem Fotos von Tobias bei verschiedenen Schwimmwettkämpfen im Laufe der Jahre. Einige von ihren Reisen nach Gambia. Von diesen Familienfotos erfuhr Kemi mehr über die Familie als von Tobias selbst.

»Sieh dich nur an!«

Aus der Küche kommend übertönte Nancy mit ihrer Stimme alles. Sie hatte glänzende, zartbitterschokoladenfarbene Haut, kurz geschnittenes Haar und die gleiche Lücke zwischen den Schneidezähnen wie Tobias. Sie empfing Kemi mit einer Umarmung und hielt sie dann auf Armeslänge, um sie in Augenschein zu nehmen.

»Ein echtes afrikanisches Mädchen mit einem stabilen Körper!«

»Mama!«, tadelte Tobias sie. Nancy zuckte nur mit den Achseln und zog Kemi mit sich in die Küche. Tobias folgte ihnen, als wollte er ihre Unterhaltung überwachen.

»Tobias und all seine weißen Freundinnen. Endlich bringt er mal eine Schwarze mit nach Hause.« War sie die einzige Schwarze Frau, die Tobias je gedatet hatte?, wunderte Kemi sich. Sie fragte Nancy, wie sie das meine, aber seine Mutter lachte bloß, ehe sie antwortete: »Hör zu, Tobias hatte zwei *Sambos* – dauerhafte Partnerinnen –, für viele laaaange Jahre, ehe er dich kennenlernte. Zwei blonde Schwedinnen. Der Typ Frauen, die aufstehen, sich einmal das Haar schütteln und in den Tag starten.«

»Danke, Nancy … aber warum erzählst du mir das?«, fragte Kemi irritiert.

»Weil er sein ganzes Leben auf dich gewartet hat«, rief Nancy. »Eine starke Afrikanerin, so wie ich!«

»Mama!«, verwarnte Tobias sie einmal mehr und schüttelte den Kopf, er fühlte sich von seiner Mutter beschämt.

Kemi ließ Nancys Worte sacken. Sie war sich nicht sicher, was sie tun oder wie sie sie auffassen sollte. Stand sie für jenen verborgenen Teil von Tobias, den er so gern mit Stolz tragen würde, wäre er nicht gezwungen, sich zwischen den beiden Kulturen zu entscheiden? Musste er, um schwedisch zu sein, jenen Teil von sich aufgeben, der nicht zu der Kultur passte, in der er aufgewachsen war?

Nancy teilte Kemi sofort Aufgaben zu. Also deckte diese gemeinsam mit Tobias und Tina den Tisch, wobei Tobias sich jedes Mal einen raschen Kuss abholte, wenn ihre Wege sich kreuzten. Die drei halfen Nancy, Schüsseln mit einem schweren Reisgericht, das Tobias als *Benachin* bezeichnete, gegrillte Hühnerschenkel, gebratenen Fisch, Maiskolben und einen Salat mit Tomaten, Gurken und Avocado auf dem Tisch zu platzieren. Außerdem hatte Nancy Kartoffeln gekocht und stellte noch ein Glas mit eingelegtem Hering, Fleischbällchen und *Prinskorv* – Prinzenwürstchen – dazu.

»Falls ihr euer schwedisches Essen braucht.« Nancy wandte sich dabei insbesondere an José, den hellsten unter ihnen, der als weiß durchgehen konnte. José reagierte auf diese Bemerkung mit einem fragenden Gesichtsausdruck. Malcolm schüttelte lachend den Kopf. Kemi sah Tobias' besorgte Miene und stellte sich neben ihn. Er brauchte seine Mutter nicht zu zensieren, teilte ihm ihre Berührung mit. Tina vollendete den gedeckten Tisch mit einer schwedischen Flagge, die sie in der Mitte platzierte.

»Okay!«, verkündete Nancy. »Setzt euch alle hin.«

»Gibt es eine bestimmte Sitzordnung?«, wollte Kemi wissen. Nancy warf ihr einen Blick zu und lachte, ehe sie mit Nachdruck wiederholte: »*Setzt euch alle hin!*« Bald wurde es fröhlich um den Tisch, Schüsseln wurden herumgereicht, Besteck klapperte, Getränke wurden ausgeschenkt.

»Das ist köstlich, Nancy«, sagte Kemi nach ein paar Bissen des *Benachin* mit gebratenem Lammfleisch. Sie schmeckte Muskatnuss und Kreuzkümmel heraus.

»Ich weiß.« Nancy zeigte ihr Zahnlückenlächeln. »Ihr Nigerianer und Ghanaer könnt endlich aufhören, euch zu streiten, wessen Jollofreis besser ist. Unser gambisches *Benachin* ist das Original.«

»Mama!«, kam es erneut von Tobias.

»Nun ja, dann müssen die Gambier diesen Titel öffentlich verteidigen«, konterte Kemi.

»Wir haben Besseres zu tun, als uns wegen Reis zu streiten.« Nancy schnappte sich einen Hühnerschenkel und hob ihn an den Mund. Kemi kicherte und erhaschte einen Blick aus Nancys lächelnden Augen, ehe sie sich Tina zuwandte.

»Tina …«, setzte Kemi an. »Falls Josés Reaktion ein Indikator war, sitze ich gerade vor einem großen Popstar.«

Tina nahm amüsiert einen Schluck von ihrem Cider. »Das war einmal.«

»Riesengroß in ganz Skandinavien!«, mischte José sich ein, ehe er von seinem Maiskolben abbiss, ohne Tina aus den Augen zu lassen. »Sie hat sogar einmal bei *Melodifestivalen* gewonnen und Schweden beim Eurovision Song Contest vertreten!«

»Das stimmt, aber meine heutige Arbeit ist viel wichtiger«, erklärte Tina an Kemi gerichtet. »Ich leite eine Organisation für Menschen, die sich als afroschwedisch identifizieren. Um unsere beiden Kulturen in den Mittelpunkt zu stellen.«

»Verstehe«, erwiderte Kemi. »Ist es denn ein Problem, sich als afroschwedisch zu bezeichnen? Tobias hat mir erzählt, dass Schweden einen dazu bringen möchte, sich für das eine oder das andere zu entscheiden, aber nicht unbedingt für beides zugleich.«

»Ja«, fügte Malcolm hinzu. »Ich meine, in den Staaten bin ich Afroamerikaner. Ich habe Freundinnen und Freunde, die italienisch-amerikanisch, jüdisch-amerikanisch, irakisch-amerikanisch sind. Weshalb kann man also nicht beides sein? Hier bezeichne ich mich nur deshalb als Afroschwede, weil meine Mom Schwedin ist, aber eigentlich bin ich Afroamerikaner. Jetzt hört es sich sogar für mich selbst komisch an«, er beendete seinen Satz mit einem Lachen.

»Genau damit beschäftigt sich meine Organisation.« Tina lächelte.

Kemi richtete den Blick auf den stumm dasitzenden Tobias und studierte ihn.

»Es ist so faszinierend. Es gibt hier in Schweden noch so vieles, das ich zu begreifen versuche … Insbesondere bei der Arbeit. Wie meine Kolleginnen und Kollegen mich als unabhängige Schwarze Frau wahrnehmen. Wie meine Karriereaussichten sind.«

»Tobias hat mir alles über dich erzählt«, bemerkte Tina. »Meiner Meinung nach bist du in Schweden eine Ausnahmeerscheinung.«

»Wie das?«, fragte Kemi.

»Eine Schwarze Frau als Führungskraft bei einem der bedeutendsten Unternehmen? Insbesondere, da sie noch nicht mal fließend Schwedisch spricht?«

»Und wieso ist das so besonders?«, hakte Kemi nach.

»Schweden nimmt sich eines gesellschaftlichen Problems nach dem anderen an«, antwortete Tina. »Im Augenblick hat die Geschlechtergerechtigkeit für weiße Frauen Priorität. Wir stehen noch immer hinten an und warten darauf, dass sich mit unseren Anliegen angemessen auseinandergesetzt wird.«

»Aber das klingt absurd«, befand Kemi.

»Hör zu, du darfst mich nicht falsch verstehen, Kemi – in Sachen Feminismus sind wir der Welt hier in Schweden weit voraus mit unseren kinderwagenschiebenden Dads, aber aus diesem Grund habe ich meine Musikkarriere hinter mir gelassen.« Tina nahm einen Bissen Hühnchen. »Ich war es leid, für die Gesellschaft in jeder Hinsicht bloß zu performen.«

»Vielleicht wärst du Schwedens eigene Beyoncé geworden, wenn du nicht aufgehört hättest?«, gab Kemi zu bedenken. Sie sah, wie Tina auf ihrem Stuhl hin und her rutschte und ahnte, dass sie ein sensibles Thema angesprochen hatte. Das Schweigen wurde durch Nancys Lachen gebrochen.

Tobias' Mutter lachte und lachte, bis sie sich langsam wieder beruhigte.

»Kemi, meine Liebe«, fing Nancy an. »Du bist die Einzige, die versucht, wie Oprah zu sein, wo man dich nicht will.«

Brittany-Rae

Obwohl man sich in Schweden grundsätzlich eher zurückhielt, war das von-Lundin-Anwesen in Sandhamn auf der Insel Sandön ein unübersehbares Ungetüm. Ein stattliches Herrenhaus mit zwölf Zimmern, das so viel Wasserfront hatte wie möglich.

Einen Monat nach Mayas Geburt hatte sich die Familie zu Mittsommer an diesen Rückzugsort – eine von über dreißigtausend Inseln, Inselchen und Schären in Stockholms Archipel – zurückgezogen. Antonias Familie war bereits zwei Tage früher mit ihrer eigenen Haushälterin angereist, um die Vorräte aufzufüllen und mit den Vorbereitungen für die anderen Gäste zu beginnen, unter denen sich auch Brittanys Eltern befanden.

Jonny hatte angeboten, ihnen den Flug nach Schweden zu bezahlen, aber die beiden hatten abgelehnt. Sie hatten ihm für sein Angebot gedankt, ehe sie an ihre mageren Ersparnisse gingen und zwei Economytickets nach Stockholm kauften. Jonny hatte Tanesha schon ein paar Tage zuvor einfliegen lassen, damit sie Zeit mit Brittany verbringen, diese aufmuntern und Maya bewundern konnte.

Brittany sah, wie ihre Eltern beim Anblick des großzügigen Hauses in Elfvik staunten. Ihr Vater hatte sich zu ihr umgedreht und ihr einen Blick zugeworfen, den sie nur zu gut kannte – mit dem er sie aufforderte, sich zu erklären.

Am nächsten Tag wurden sie gemeinsam mit ihrer Haushälterin Sylvia und Mayas Au-pair-Mädchen von ihrem Privatanleger aus mit dem Boot nach Sandhamn gefahren.

Nun saßen alle gemeinsam um einen großen Mahagonitisch mit einer vom Fußboden bis zur Decke reichenden freien Sicht auf die Bucht und frühstückten pochierte Eier auf Toast, Räucherlachs und Avocado sowie Bio-Joghurt, frische Beeren und hausgemachtes Granola. Alle außer Wilhelm und Astrid von Lundin.

»Ich hoffe, ihr konntet euch ausruhen?«, fragte Antonia Brittanys Eltern, während sie ihrem Ehemann Stig einen Krug mit frisch gepresstem Orangensaft reichte.

»Ja, vielen Dank«, antwortete Tyrone, ehe er sich seiner Frau zuwandte. »Wir sind zum ersten Mal in Schweden, und wie wir gehört haben, ist der Sommer die beste Zeit für einen Besuch.«

»Ja«, bestätigte Antonia. »Insbesondere während Mittsommer. Es ist für uns in Schweden ein ganz besonderes Fest.«

»Habe ich gehört«, erwiderte Tyrone und widmete sich dann wieder seinem Frühstück. Maya begann zu wimmern, und Brittany rückte sie auf ihrem Arm zurecht, um sie zu stillen. Das Baby fasste mit seinen winzigen Fingern nach Brittanys Zeigefinger, eine Bewegung, die alles um sie herum ausblenden ließ und Mutter und Tochter in einen Kokon aus Liebe hüllte. Brittany zog leicht an Mayas festem Griff, und ihr Baby brachte die Welt zum Leuchten.

»Maya ist so ein süßer Zuwachs für unsere Familie«, erklärte Antonia. »Ich wünschte, ich hätte auch ein Mädchen. Ich habe mir immer eins gewünscht.«

»Maya ist unser erstes Enkelkind, also können Sie sich vorstellen, wie glücklich wir uns schätzen«, sagte Brittanys Mutter.

Brittany stillte Maya schweigend unter ihrer Stilldecke und lauschte dabei dem Gespräch. Ihr Haar war zu einem Knoten hochgesteckt, ihr Gesicht ohne Make-up. Neben ihr saß Tanesha, die bei jedem Bissen unbehaglich auf ihrem Stuhl herumrutschte. Brittany schaute zu Jonny, der stumm ein Buttermesser zwischen den Fingern drehte, fasziniert von der Bewegung.

Abgesehen von einem Strauß Lilien, mit dem seine Eltern ihnen zu Mayas Geburt gratuliert hatten, herrschte von Wilhelm und Astrids Seite aus Funkstille. Nun, da Brittanys Eltern in der Stadt waren, hatten sie eine Willkommensnachricht geschickt, in der sie erklärten, sie seien verhindert und könnten leider nicht gemeinsam mit ihnen Mittsommer feiern.

Eine Feier, wie Jonny Brittany erzählte, die sie, so lange er sich zurückerinnern könne, noch nie hatten ausfallen lassen.

»Also, Ihre Eltern«, begann Tyrone und räusperte sich. »Wie heißen sie noch gleich?«

»Wilhelm und Astrid«, antwortete Antonia eisig.

»Wilhelm und Astrid«, wiederholte Tyrone mit einem langsamen Nicken. »Und wo sind sie noch gleich?«

»Sie haben es leider nicht geschafft und entschuldigen sich aufrichtig.«

»Hmmm.« Tyrone atmete nachdenklich aus. »Und sind sie gerade in Schweden oder im Ausland?«

»Sie haben ein Haus in einem kleinen Ort namens Smögen an der Westküste. Ein ganz reizender Ort am Meer.«

»Hmmm«, Tyrone nickte. »Gibt es eine Telefonnummer, unter der wir sie erreichen können?«

Brittany sah, dass Antonia auf seine Frage hin kurz blinzelte, ehe sie zu Jonny schaute, der noch immer mit dem Messer in seiner Hand spielte. Sie musste dem Elend dieses kühlen Austauschs zwischen Antonia und ihren Eltern ein Ende setzen.

»Dad«, warf Brittany also ein, »sie wissen, wo wir sind, und sie sollten diejenigen sein, die anrufen.« Ihr Vater betrachtete sie eingehend, ehe er zustimmend nickte. Das Gespräch erstarb erneut. Tanesha konnte das Schweigen nicht länger ertragen und sprang von ihrem Stuhl auf.

»Entschuldigt mich«, sagte sie. »Wenn es in Ordnung ist, würde ich mir wahnsinnig gern das Grundstück anschauen. Das Anwesen ist einfach bezaubernd.«

Antonia nickte.

»Ich sollte mitkommen, Tanesha.« Tyrone hievte sich langsam hoch. »Dieser alte Mann hier muss sich die Beine vertreten.« Tanesha wartete auf ihn, und zusammen verließen sie das Frühstückszimmer.

»Weißt du, Brittany«, begann ihre Mutter, »vielleicht sollten wir irgendwo hingehen, wo du Maya ungestört stillen kannst. Wir müssen uns sowieso noch auf den neusten Stand bringen, außerdem möchte ich Zeit mit diesem süßen kleinen Engel verbringen.« Sie stand ebenfalls auf. »Brittany?«

»Ich komme gleich nach, Mom.« Brittany gab dem Au-pair ein Zeichen, Maya an sich zu nehmen. »Ich muss nur erst kurz mit Jonny sprechen.« Beatrice nickte und folgte dann dem Au-pair-Mädchen, das nun das Baby aus dem Raum trug und es dabei aufstoßen ließ.

Übrig am Tisch blieben noch Jonny, Antonia, ihr Mann und Svea, die die ganze Zeit ungewöhnlich schweigsam gewesen war. Antonias Mann Stig schnappte sich den Krug mit Orangensaft und zog sich in das Arbeitszimmer zurück.

Die Vierergruppe saß schweigend da. Brittany ergriff das Wort, als Jonny sie gerade berühren wollte. »Ich werde nicht hinnehmen, dass eure Eltern meine Eltern so respektlos behandeln!«

Jonny blieb stumm.

»Ich verstehe dich vollkommen, Brittany«, setzte Antonia an. »Aber wir haben keine Kontrolle über Wilhelm und Astrid. Sie sind erwachsen und selbst für ihr Verhalten verantwortlich.«

»Sie sind überhebliche Snobs. Das sind sie!« Brittany wurde laut. »Kaum, dass sie mich gesehen haben, hatten sie ihr Urteil über mich schon gefällt. Ich erwarte nicht, dass sie mich mögen, aber ich erwarte, dass sie mich respektieren. Ich bin Jonnys Ehefrau!«

»Brittany, du bist aufgeregt.«

»Und ob ich das bin! Meine Eltern sind den weiten Weg hierhergereist, und die beiden können noch nicht einmal das würdigen? Wie rücksichtslos und kalt sind sie eigentlich?«

»Brittany.« Diesmal sprang Svea ein. »Beruhige dich. Meine Eltern sind nicht kalt.«

»Das müssen sie mir erst noch beweisen!«

»Bitte gib ihnen Zeit«, bat Svea. »Ich glaube, sie sind noch immer geschockt, nachdem sie erfahren haben, dass du bereits vor der Hochzeit schwanger warst.«

»Ernsthaft?« Brittany wurde zynisch. »Nicht etwa, weil ihr einziger Sohn, ihr goldener Junge, mit einer Schwarzen Frau verheiratet ist und jetzt ein braunes Kind hat?«

»Sie sind keine Rassisten«, entgegnete Antonia knapp. Brittany lachte trocken, ehe sie aufstand. Jonny erhob sich ebenfalls und griff in dem Versuch, sie an sich zu ziehen, nach ihrer Taille.

»Jonny, kannst du einfach aufhören?« Brittany war geladen. »Fass mich nicht an. Lass es einfach. Die Ärztin hat gesagt, sechs Wochen keinen Sex, okay?«

Sie sah, wie seine Wangen heiß wurden und er rot anlief, während sich seine Hände zu Fäusten ballten. Sie hatte ihn vor seinen Schwestern in Verlegenheit gebracht.

»Lass mich in Ruhe!«, kreischte sie, ehe sie vor den Geschwistern davonstürmte.

Siebzehn

Muna

»*Fy fan!* Du bist eine Plage, Muna Saheed!« Yagiz war stinksauer. »Eine echte Plage!«

Sie traf ihn und seinen türkischen Kollegen an, als die beiden gerade sauber machten und alles vorbereiteten, um an diesem Abend früher schließen zu können. Yagiz war stets wütend, wenn Muna ihn aufsuchte, aber diesmal schien er einen schlechten Tag gehabt zu haben, und ihr Auftauchen brachte das Fass endgültig zum Überlaufen.

Sie war erneut gekommen, um nach Yasmiin zu fragen.

»Brauchst du einen Mann, der dich fickt, damit du mich in Ruhe lässt?«, fragte er entnervt. »Soll ich jemanden für dich auftreiben, *eh*?« Yagiz wandte sich an seinen Kollegen. »Nusret? Hast du Lust?« Der Mann schüttelte bloß den Kopf, während er weiter mit einem feuchten Tuch den Tresen abwischte.

»Sprich nicht so mit mir!« Muna fand ihre Stimme wieder, und Yagiz grinste höhnisch.

»Wieso bist du hier?«

Sie verstummte wieder.

»Muna! Hör auf, meine Zeit zu verschwenden!«, brüllte Yagiz. »Was willst du? Wieso bist du hier?«

»Hast du Yasmiin gesehen?«

»Yasmiin ist also der einzige Grund, weshalb du hier bist? Yasmiin allein?«

Er starrte Muna an, als könnte er ihre intimsten Gedanken lesen. Muna wandte sich verlegen ab und trat von einem Bein auf das andere. In Yagiz' Nähe fühlte sie sich stets unwohl, aber in diesem Augenblick konnte sie seine Gegenwart kaum ertragen.

»Ich dachte, ich wäre dir auch wichtig, Muna.« Er lachte und stieß Nusret mit dem Ellbogen an. Nusret ließ den feuchten Lappen fallen und trottete desinteressiert davon.

»Yasmiin ist mir wichtig. Sie ist meine Schwester.«

Sein Blick verdüsterte sich. »Mach dir um Yasmiin keine Sorgen.« Sein Tonfall war drohend. »Du, Muna … du musst einen Mann finden, der dir deine Sorgen wegvögelt!«

Bei seinen harschen Worten zog Muna die Augenbrauen zusammen. Sie starrte ihn wütend und ohne zu blinzeln an, und er hielt ihrem Blick stand. Sie würde nicht weinen. Sie würde Yagiz nicht noch mehr Macht über sich geben.

»Du bist ein scheußlicher Mann!«, spuckte Muna hervor, worauf sie einen überraschten Ausdruck bei ihm aufblitzen sah. Doch dann schien ihm eine Erkenntnis gekommen zu sein. Etwas in Yagiz hatte klick gemacht. Als hätte er gerade herausgefunden, wie er sie endlich loswerden könnte.

»Gib mir deinen Kartenschlüssel«, sagte Yagiz und streckte die Hand aus.

»Was? Wieso?«

»Gib mir deinen verdammten Kartenschlüssel!«, fluchte er. Seine Worte erschreckten Muna, und sie zuckte zusammen. »Yasmiin hat mich angefleht, dich nicht zu feuern. Und das ist dein Dank dafür, *hmm*?!«

Yasmiin? Flehte Yasmiin noch immer für sie? Bedeutete das, dass es ihr gut ging?

Muna wühlte in den Tiefen ihrer Tragetasche. Als sie die Karte gefunden hatte, überreichte sie ihm diese. Yagiz schnappte so heftig danach, dass er Muna mit seiner ruckartigen Bewegung nach vorn zog.

»Hau ab!«

Auf dem Nachhauseweg weinte Muna stumm in der U-Bahn und wischte sich fortwährend jede einzelne Träne ab, die es wagte, hervorzuquellen. Ihre sporadischen Schluchzer waren der einzige Hinweis darauf, dass ihr klar wurde, was es bedeutete, nun arbeitslos zu sein. In der Bahn war es so still wie immer. Das Quietschen und Knarren der Waggons, die über die Gleise rumpelten, waren das einzige Geräusch im Wagen. Die Menschen waren entweder in ihre Telefone vertieft, oder sie schauten stur aneinander vorbei.

Dies war der Teil des Tages, den Muna am wenigsten mochte, wenn sie unter den stechenden Blicken neugieriger Passagierinnen und Passagiere mit der Bahn zur und von der Arbeit fuhr. Wann immer sie den Kopf senkte, konnte sie die Blicke auf sich spüren. Aber sobald Muna aufsah, wandten sie sich sofort wieder ab und schauten ins Nichts.

Ohne je zu lächeln. Ohne je ihre Anwesenheit wahrzunehmen.

Brittany-Rae

Mittsommer war nicht gelaufen wie geplant. Antonia hatte zwar ein großartiges Fest mit traditionellen schwedischen Speisen und Aktivitäten organisiert, um Brittanys Eltern zu unterhalten, aber ein Sturm über dem Archipel traf Sandhamn mit solcher Wucht, dass alle im Haus eingesperrt blieben. Das Tanzen und Singen um den Maibaum wurde abgesagt. Der Sturm brachte den Baum gnadenlos zu Fall und zerfetzte seinen Kranz aus Wildblumen, als wollte er ihnen allen ins Gesicht spucken.

Als Jonny Louise anrief, um nach dem Wetter in Stockholm zu fragen, antwortete diese freudig: »Herrlich!« Jonny und Brittanys Vater wechselten kaum einen ganzen Satz miteinander, was den Tag noch zusätzlich mit einer Schicht aus eisiger Unbehaglichkeit überzog.

»Brit«, sagte Tanesha, die auf Brittany und Jonnys Bett saß und auf den wütenden Sturm hinausblickte, der den hellen Sommerabend ungewöhnlich verdüsterte. »*Süße*, ich weiß nicht.«

»Es ist so schwer.« Brittany lag neben Tanesha auf dem Bett und starrte an die Decke. »Ich habe alles, was ich je wollte, aber ich bin mir nicht sicher, ob ich es immer noch will.«

»Ich hätte schon längst den Verstand verloren«, erwiderte Tanesha.

»Die Isolation macht mich fertig, weißt du?«, sagte Brittany. »Aber ich kann mich nicht einfach mit irgendjemandem hier befreunden.«

»Warum nicht?«

»Wegen des Namens und des Stands seiner Familie. Die Leute gieren nach Skandalen und Insider-Informationen. Jonny spricht nie mit der Presse. Die Leute wollen Zugang zu seinen Ressourcen. Verdammt, seine Eltern glauben, ich gehöre auch zu diesen Leuten. Ich kann niemandem vertrauen.«

»Diese Arschlöcher«, murmelte Tanesha. »Ich kann nicht fassen, dass sie euer süßes Baby noch nicht gesehen haben.« Brittany schloss die Augen, und ihr rannen die Tränen die Wangen hinunter und hinterließen feuchte Flecken auf den Laken.

»Bin ich undankbar, Tanesha?«

»*Süße*, rede keinen Quatsch. Natürlich nicht.«

»Er hat mir so viel gegeben. Trotzdem fühle ich mich so gefangen.«

»Aber er liebt dich, oder?«

»Ja, und er liebt unsere Maya mit jeder Faser seiner selbst«, fügte Brittany hinzu. »Ich meine, manchmal werde ich richtig eifersüchtig. Maya ist die einzige Person, die er noch mehr liebt als mich.«

Sie verbrachten noch ein paar Tage gemeinsam in Sandhamn, ehe ihr Boot Brittanys Eltern und Tanesha zurück nach Stockholm brachte, von wo aus sie nach Hause fliegen würden. Jonny hatte Brittany ihrem Vater förmlich entreißen müssen, ehe sie ihn gehen ließ. Schließlich brachen sie auf, aber zuvor bat Tyrone noch um einen Augenblick allein mit seiner Tochter.

»Ich werde dich vermissen, Daddy«, weinte sie an seinem Hals, zitternd und sich erneut in sein kleines Mädchen verwandelnd.

»Ich weiß, Liebling«, flüsterte er. »Mir gefällt das hier gar nicht, und ich werde dich hier rausholen.« Sie ließ von ihm ab, um sein Gesicht zu studieren.

»Ich liebe ihn.«

»Seine Familie respektiert dich nicht«, flüsterte Tyrone wütend. »Ich kann nicht in Atlanta in Frieden leben, wenn ich weiß, dass mein Liebling im Land eines anderen Mannes leidet.«

»Dad, er gibt mir alles, was ich brauche. Er sorgt für mich.«

»Trotzdem akzeptieren seine Eltern noch immer nicht deine Hautfarbe. Vergiss das niemals, Liebling.«

Brittanys Schluchzen wurde verzweifelt, und Tyrone zog sie wieder an sich, gegen seine eigenen Tränen ankämpfend.

»Es gibt verschiedene Stufen von Privilegien, Brit«, fuhr er fort. »Du hast die Privilegien, die er dir gibt. Aber du wirst niemals die Privilegien haben, die er hat, nur weil er atmet.« Brittany heulte weiter, das Gesicht in der Halsbeuge ihres Vaters vergraben. Dann nahm er ihr Gesicht zwischen seine Hände und sah sie mit glasigen Augen an.

»Ich weiß, dass du Wohlstand gesehen hast, der deine Träume übersteigt«, sagte er. »Aber er ist es nicht wert. Vergiss niemals, wer du bist, Liebling. Vergiss das niemals.«

»Sechs Wochen«, wiederholte Jonny ruhig.

Nachdem auch Antonias Familie und Svea abgereist waren, blieben sie noch für eine weitere Woche in Sandhamn. Jonny wollte die Abgeschiedenheit dort genießen, ehe sie sich wieder in Stockholms Trubel stürzen würden. Er saß auf der Bettkante, die Beine gespreizt, die Handflächen reglos auf seinen Oberschenkeln. Er sah zu, wie Brittany sich für die Nacht fertig machte, folgte jedem ihrer Handgriffe. Wie sie Lotion auf ihren langen Beinen verrieb. Wie sie sich das Seidennachthemd überstreifte. Wie sie dessen dünne Träger richtete.

Draußen wütete ein weiterer Sommersturm, und Regen prasselte gegen die Fensterscheiben. Der Wind heulte, und gelegentlich ließen Blitze die dunklen, trüben Wogen des aufgewühlten Wassers in der Bucht aufscheinen.

»Japp.« Sie nahm ihre Diamantohrstecker heraus. Sie könnten kreativ sein, was Sex anging, aber Brittany wollte nicht, dass er sie anfasste. Sie wusste, er würde andere Lösungen vorschlagen, aber sie wollte hart bleiben.

Während sie in den Kosmetikspiegel schaute, erwischte sie ihn dabei, wie er sie beobachtete. Sein Spiegelbild starrte sie intensiv an, sein Blick war im gedämpften Licht des Zimmers düster und brütend. So sehr, dass Brittany sich unwohl fühlte und wegschaute. Sie wusste nicht, wie ihr Ehemann sechs Wochen Abstinenz überleben sollte.

Jene Gedanken, die sie umtrieben, seit sie ihn kennengelernt hatte – nun bestärkt durch diesen lüsternen Blick, mit dem er sie beobachtete, während sie sich für die Nacht auszog –, ließen nur eine Schlussfolgerung zu:

Ihr Ehemann hatte einen Fetisch.

»Hmm«, brummte Kemi gegen Tobias' volle Lippen. »Das fühlt sich so gut an.«

Er lächelte gegen ihre, ehe er erneut an ihnen zupfte.

Sie hatte es genossen, Mittsommer mit seiner Familie zu verbringen, aber am liebsten mochte sie es, wenn sie samstagmorgens in ihrer neuen Wohnung in Nacka stundenlang im Bett lagen, ehe Tobias sich herausrollte, um ihnen Pancakes zu machen. Tobias küsste sie ausgiebig, und sie schlang die Arme um seinen breiten Rücken, zog ihn fest an sich, woraufhin die beiden tiefer in der weichen Matratze versanken.

Die Monate mit Tobias waren vergangen, wie das Simmern von Chilibohnen in einem Schmortopf. Kemis Liebe zu ihm war langsam gewachsen. Behaglichkeit auf niedriger Hitze. Er brachte sie zum Lachen und stellte keine Forderungen. Er kommentierte nie ihr Haar, außer sie war auf Komplimente aus. Er buk ihr regelmäßig Zimtschnecken und bat Kemi, ihm zu vergeben, weil sie diese eigentlich aus ihrer Ernährung gestrichen hatte.

Aber der Zweifel, den Kehinde vor Monaten in ihr gesät hatte, wurde durch die Worte ihrer Schwester mit der Zeit nicht geringer: *Solange du keine Elektriker in Amerika zurücklässt, nur um dir in Schweden neue Elektriker zu suchen.*

Auf Kemi wirkte die Bemerkung ihrer Schwester im Rückblick ironisch. Gottes Zeit war richtig, aber Gottes Elektriker waren nicht richtig für sie. Tobias arbeitete als Wachmann in Nachtschichten. Ihr perfekter Tobias wirkte plötzlich gar nicht mehr so perfekt, und sie begann, an den Nähten ihrer vorzüglich geschneiderten Beziehung zu zupfen.

»Woran denkst du?«, unterbrach Tobias ihre Grübelei, als sie an jenem Samstagmorgen im Bett lagen.

Nach einem Moment des Schweigens antwortete Kemi ihm.

»Magst du deinen Job, Tobias?«

»Wieso fragst du?«

»Ich weiß nicht.« Kemi zuckte mit den Achseln. »Ich meine, hast du nicht Lust auf eine größere Herausforderung?«

»Ich habe einen Job, der mir Spaß macht«, erwiderte Tobias. »Die Zusatzleistungen sind super. Ich bekomme fünf Wochen Urlaub. Ich habe alles, was ich brauche.«

Er drehte sich zu ihr um und fing ihren Blick ein. »Ich bin zufrieden, Kemi. Ich muss kein Unternehmer oder CEO von irgendjemandes Firma sein, um mir meinen Wert zu bestätigen.«

Kemi runzelte die Stirn. Sie wollte Tobias nicht ändern. Sie war sich nicht einmal sicher, ob sie es überhaupt könnte.

»Natürlich nicht.« Kemi schloss die Augen und schüttelte den Kopf. »Ich hatte mich das nur gefragt.«

»Okay, dann mache ich uns jetzt Pancakes.«

Er gab ihr, bevor er das Zimmer verließ, einen Kuss, und die Lippen, die ihr immer so das Herz wärmten, fühlten sich plötzlich schwerer an.

»Du hättest nicht herkommen sollen.«

Kemi hatte Godwin nicht um seine Meinung gebeten. Er war die eine Hälfte eines Duos nigerianischer Igbo-Männer, mit denen sie zufällig ins Gespräch gekommen war, während sie an der Haltestelle Slussen auf ihren Bus nach Hause in Richtung Nacka wartete. Der jüngere hieß Benjamin. Als Kemi sich neben den beiden Männern an der Haltestelle aufgestellt hatte, hatte sich Godwin mit seiner straffen dunklen Haut, die sein wahres Alter verbarg, ihr zugewandt. Ihr war sofort klar, dass er viel älter sein musste. Seine grau melierten Stoppeln und die leichten Falten in seinem Gesicht deuteten auf Anfang sechzig hin. Kemi hatte seit Wochen nicht mehr mit ihrem Vater gesprochen. Vielleicht begann sie deshalb ein Gespräch mit Godwin.

Seine Redegewandtheit ließ sie ihre eigene Familie noch mehr vermissen.

Kemi hatte einen weiteren sinnlosen Tag im Büro hinter sich. Abgesehen von dem Bachmann-Projekt drehte sie Tag für Tag Däumchen. Es war Herbst geworden, und Kemi stand ihr zweiter Winter in Schweden bevor. Ihr Bürooutfit hatte auf eine nicht sexuelle Weise die Bewunderung der beiden Männer auf sich gezogen.

»Unsere Schwester«, hatte Godwin sie begrüßt. »Du machst hier große Dinge *o*!« Benjamin, etwa halb so alt wie Godwin, nickte zustimmend.

»Vielen Dank *o*! Ich gebe mir Mühe.« Sie lächelte.

»Was arbeitest du?« Godwin fragte Kemi aus wie ein neugieriger Onkel.

»Ich leite eine Abteilung bei der größten Werbeagentur der Stadt«, antwortete sie. In anderen Kreisen hätte man sie als Angeberin bezeichnet. Innerhalb ihres Trios war es noch eine dezente Antwort.

»*Chai!!*« Benjamin boxte aus Stolz auf Kemi mit der rechten Hand in die Luft. »Große Dame!« Sie lachte über seine Theatralik und sonnte sich in ihrer Vertrautheit.

»Aber wir vergessen die wichtigste Frage …« Godwin streckte stattdessen seinen Zeigefinger in die Luft. »Gibt es einen klaren Weg, um CEO dieser Firma zu werden?« Kemi kicherte angesichts seiner Überlegungen.

»Ha, das ist mein Ernst *o*«, reagierte er auf ihr Kichern und streckte ihr beide Handflächen entgegen. »Seit wann bist du hier?«

»Beinahe eineinhalb Jahre. Vorher habe ich in den Staaten gelebt.«

»Ha? Amerika!« Benjamin reckte erneut stolz die Faust.

»Und in der ganzen Zeit, in der du hier bist, hast du da irgendjemanden wie Oprah gesehen?« Godwin stellte ihr im Grunde keine echte Frage, aber Kemi dachte trotzdem über seine Worte nach. Das hatte sie tatsächlich nicht. Abgesehen von ein paar Schwarzen Unterhalterinnen, die im Fernsehen abwechselnd bei Karaoke- und Tanzsendungen auftraten, war ihr noch keine Schwarze Frau mit der Autorität und Macht einer Oprah Winfrey in Amerika begegnet. Godwin wies sie auf ihre ausweglose Situation in Schweden hin.

»Du hättest nicht herkommen sollen«, lautete Godwins Schlussfolgerung. »In Amerika bekämpfst du deinen Gegner wenigstens bei Tageslicht.« Das Lächeln, das sich während ihres Gesprächs auf Kemis Gesicht ausgebreitet hatte, verlor nun seine Unbeschwertheit.

»Ist deine Familie noch dort?«, fragte Godwin. Kemi nickte. Sie erzählte ihm, dass sie eine Zwillingsschwester habe, worauf er laut rief: *»Ibeji!« Zwillinge!* Godwins Ehefrau und seine fünf Kinder lebten derzeit in Italien, berichtete er. Schweden war der schnellste Weg für ihn, um eine höhere Bezahlung für den gleichen Job als Pflegehelfer zu bekommen, für den man ihm in Italien nur einen Bruchteil seines hiesigen Gehalts gezahlt hätte, obwohl er in Nigeria jahrzehntelang als Arzt im öffentlichen Gesundheitswesen tätig gewesen war. Diese beleidigende Vergütung hatte ihn gezwungen, im Ausland nach besseren Möglichkeiten zu suchen.

»Wie oft sprichst du mit deiner Familie?«, fragte Kemi Godwin.

»Jeden Tag«, antwortete Godwin in einem Tonfall, der sein Unverständnis darüber ausdrückte, dass sie nach etwas so Selbstverständlichem überhaupt fragte. »Tatsächlich überlege ich, meine Frau und Kinder nach England zu bringen, weil es dort für sie bessere Möglichkeiten gibt.« Kemi schämte sich dafür, dass seit ihren letzten Anrufen bei ihrer Familie Wochen verstrichen waren.

»Vielleicht wäre es auf lange Sicht besser für sie, in England zu leben?«

»Dort können sie Menschen, die aussehen wie sie, in wichtigen Positionen sehen«, fügte Godwin noch hinzu, gerade als ihr Bus heranrollte. »Also, meine Schwester, werde CEO dieser Firma oder geh zurück nach Amerika.«

Nachdem sie in den Bus eingestiegen waren, wirkten Godwins Worte nach wie der Stich einer Biene. Die Männer hatten zum Abschied gewinkt, ehe sie sich zum hinteren Teil des Busses begaben, während Kemi sich in die Nähe des Fahrers setzte.

War sie wirklich hierhergezogen, um beruflich einzupacken? Hatte Schweden ihr Tobias im Gegenzug für ihre Karriere gegeben?

Teil vier

Achtzehn

Kẹmi

Sobald Kemi an jenem Montagmorgen das Büro betrat, spürte sie die Anspannung. Etwas hing in der Luft. Schwer, geheimnisvoll, aufregend.

Durch die Glaswände von Jonnys Büro sah sie einen dunkelhaarigen Weißen mit dem Rücken zur Tür sitzen. Jonny stand vor ihm und erklärte leidenschaftlich etwas, ohne dabei mit den Armen zu gestikulieren. Als er Kemi entdeckte, winkte er sie herbei. Sie eilte zu ihrem Schreibtisch, um ihre Tasche abzustellen und ihre Sneakers durch High Heels zu ersetzen.

Seit sie in die Wohnung in Nacka im Südosten der Stadt gezogen war, hatte Kemi angefangen, den Bus nach Slussen zu nehmen und von dort über die Brücke zum Büro zu laufen. Sie hatte sich noch immer kein Auto gekauft, da das Laufen zu ihrem täglichen Training wurde, insbesondere um gegen die Zimtschnecken anzukämpfen, die sich durch Tobias zurück in ihr Leben geschlichen hatten. Er konnte sie backen wie ein verdammter Profi.

Sie strich sich das Kleid glatt, ehe sie auf Jonnys Bürotür zuging.

»Ha, Kemi!«, rief Jonny, als sie eintrat. »Ich möchte dir Ragnar vorstellen.«

Von Nahem verwandelte sich die Farbe von Ragnars Haar in 70-prozentige dunkle kolumbianische Schokolade, nach der sie am liebsten gegriffen hätte. Er drehte sich zu Kemi um und erhob sich dabei zugleich von seinem Stuhl. Sein Aufrichten verlangsamte sich, während seine dunklen meerblauen Augen, eine Mischung aus Saphir und Ultramarin, Kemi fixierten. Dann saugte sein Blick sie ein mit der stürmischen Intensität einer tosenden See. Aufgewühlt, weil irgendetwas ihn aus dem Gleichgewicht gebracht hatte.

Sie starrten einander schweigend an.

»Kemi, das ist mein bester Freund Ragnar Pettersen. Ragnar wird uns bei dem Bachmann-Projekt unterstützen.« Kemis Mund wurde trocken, und sie konnte keinen eleganten Satz bilden, der über ein »*hej*« hinausging. Ragnar blieb stumm. »Und Ragnar, das ist Kemi, unsere Leiterin für globale Diversität. Ihr werdet zusammenarbeiten.«

Ragnar räusperte sich, ehe er zur Begrüßung seine Hand ausstreckte.

»Freut mich, dich kennenzulernen, Kemi«, krächzte er in einem ausgeprägten Singsang, der ihr verriet, dass er in Schweden geboren, aufgewachsen und zur Schule gegangen war.

Sie ergriff seine große Hand, die warm, weich und ein wenig verschwitzt war.

»Ebenso.« Sie fand ihre Stimme wieder, angetrieben durch die Hitze, die er durch den Handschlag teilte.

Nichts an Ragnar Pettersen war irgendwie besonders. Man könnte sagen, er war eher gewöhnlich, während sich die Leute nach ihrem Tobias umschauten. Ihre Liebe für Tobias war ein beständiges Simmern.

Aber Ragnar hatte sie gerade mit einem einzigen Blick in Brand gesetzt.

»Ragnar beginnt offiziell nächste Woche, aber wir gehen gerade ein paar Unterlagen durch. Vielleicht könntest du mit uns zu Mittag essen?«

Sie sah, wie Ragnar erstarrte und seinen Kiefer anspannte.

»Ich wünschte, ich könnte.« Kemi suchte schnell nach einer Ausrede. »Aber ich bin bereits zum Mittagessen verabredet.« Seine zu Fäusten geballten Hände lösten sich.

»Willkommen bei von Lundin«, fügte Kemi hinzu, ehe sie sich unter seinem wortlosen Starren zum Gehen wandte.

Ihr Kopf war nutzlos, und sie konnte nicht arbeiten. Sie versuchte, E-Mails zu beantworten, tippte ein paar Texte, aber nichts nahm Form an. Ragnar hielt sich noch immer im Gebäude auf, und sie konnte nicht klar denken.

Wer zur Hölle war er, und wie sollten sie zusammenarbeiten?

Kemi hatte seine Reaktion gesehen. Überraschung, gemischt mit Verwirrung und dann eine Entblößung seines Gesichts, die ihn verwundbar machte. Sie hatte gesehen, wie seine Pupillen sich weiteten, nachdem er sich ihr gegenüber befand. In den wenigen Sekunden, in denen sie einander betrachtet hatten, hatte sie sein kantiges Gesicht mit dem markanten Kiefer wahrgenommen. Das dunkelbraune Haar fiel ihm in den Nacken und war aus dem Gesicht gekämmt, sodass es eine breite Stirn freilegte. Er trug ein adrettes dunkelgraues Hemd, das in einer Hose von einem helleren Grauton steckte. Das Hemd war gerade so weit aufgeknöpft, dass seine straffe Brust betont wurde.

Und Muskeln. Viele starke Muskeln. Der Körperbau eines Sportlers, verglichen mit Jonnys schmaler Joggerstatur oder

Tobias' breiten Schwimmerschultern. Kemi wollte – nein, sie *musste* – alles über Ragnar erfahren.

Sie drückte sich aus ihrem Stuhl hoch und schnappte sich ihre Tasche, in der sie verschiedene Sachen verstaute: Werbetexte, die sie gerade überarbeitete, ihren Laptop, ihre Wasserflasche. Sie sah, wie Ragnar nach einem kurzen Austausch Jonnys Büro verließ. Dann schien er die Umgebung nach irgendetwas abzusuchen, bis sein Blick in Kemis Richtung fiel. Sie schaute sofort weg, konzentrierte sich ganz auf ihre Flucht. Sie musste das Büro augenblicklich verlassen, musste fort von dieser starken Energie. Vielleicht gelang es ihr, zu Hause weiterzuarbeiten.

Sie spürte seine Präsenz an ihrem Schreibtisch und blickte von ihrer Tasche auf. Für eine gefühlte Ewigkeit sahen sie einander tief in die Augen, bis Ragnar das Schweigen brach.

»Jonny lobt dich in den höchsten Tönen«, begann er. »Du hast ihm geholfen, Bachmann an Land zu ziehen.«

»In der Tat. Und jetzt hast du einen Job«, scherzte sie. Er grinste, ohne sie aus dem Blick zu lassen, bis sich seine Lippen wieder in eine gerade Linie verwandelten.

»Nun, ich werde auf jeden Fall ein paar Veränderungen vornehmen, was die kreative Ausrichtung angeht.«

»Veränderungen?« Das Wort ließ Kemi aufhorchen.

»Ja. Wir können uns nicht bei jeder Kampagne auf amerikanische Gags verlassen.«

»Amerikanische Gags?« Sie war baff. Wer zur Hölle war dieser Typ?

»Du weißt schon, wir brauchen etwas Frisches, Modernes, subtiler, nordischer «, fuhr Ragnar fort. Über diese Beschreibung musste Kemi lachen.

»Du machst wohl Witze. Das kann nicht dein Ernst sein«, holte sie ihn herunter. »Hör zu, Ragnar. Bachmann ist mein Kunde. Jonny hat beiläufig erwähnt, wir würden zusammenarbeiten, aber er hat keine Zuständigkeiten verteilt.«

»Wie kommt dein Schwedisch voran?«, unterbrach er sie. Sie runzelte die Stirn.

»Es wird langsam besser ... Aber was tut das zur Sache? Bachmann ist eine deutsche Firma.«

»Jonny meint, du bräuchtest in dieser Hinsicht mehr Unterstützung, wenn es darum geht, für das Projekt mit lokalen Firmen zu verhandeln und zusammenzuarbeiten«, erklärte Ragnar ihr unverwandt. »Deshalb bin ich hier.«

»Mich hat bislang nichts aufgehalten. In dieser Stadt sprechen alle Englisch.« Kemi merkte, dass sie die Stimme erhob. Laut genug, dass drei Personen in der Nähe ihre Köpfe zu ihnen drehten. Sie beherrschte sich und fügte leiser hinzu: »Ich werde zeitnah einen Termin festlegen, bei dem wir diese Angelegenheit besprechen. Sobald du nächste Woche angefangen hast.« Sie hängte sich ihre Tasche über die Schulter und machte sich nicht die Mühe, wieder in ihre Sneakers zu wechseln.

Er streckte die Hand nach ihr aus. Kemi spürte es instinktiv. Er wollte sie *anfassen*, und ihr nicht etwa die Hand geben. Sie zog ihre große Tasche nach vorne und hielt sie mit beiden Händen fest umklammert.

»Hat mich gefreut, dich kennenzulernen, Ragnar. Ich bin mir sicher, wir werden gut zusammenarbeiten, da wir ja kein Problem damit haben, unsere Meinung offen auszusprechen.« Sie lächelte ihn an, wobei ihre Grübchen zum Vorschein kamen, und sah, wie seine Nasenlöcher sich blähten. Kemi verabschiedete sich von ihm, ehe sie in einem großen Bogen um ihn herumging, darauf achtend, ihn mit keinem Millimeter ihres Körpers zu berühren.

Sie hastete hinüber zur Station Östermalmstorg und fluchte laut, als sie sah, dass die Bahn wieder einmal verspätet war. Wenn die Welt wüsste, wie oft die Züge hier Verspätung hatten, würde man Schweden nicht über Gebühr für seine Effizienz loben, schäumte sie. Eine Durchsage auf Schwedisch verkündete, dass es auf einer der blauen Linien, die aus Akalla in Richtung Stadt fuhren, einen Unfall gegeben hatte. Kemi lebte nun lange genug in Schweden, um zu wissen, dass ein »Unfall« bedeutete, jemand hatte sich auf die Gleise geworfen.

Kemi wollte nicht den ganzen Weg zurück nach Slussen auf hohen Schuhen laufen, also wartete sie zwanzig Minuten, bis schließlich eine Bahn kam, in der die Menschen bereits wie Sardinen steckten. Der Unfall hatte weitere Verzögerungen nach sich gezogen. Mittlerweile war davon auch die rote Linie betroffen, auf die Kemi wartete. Als die dritte Bahn eintraf, konnte sie sich kaum hineinquetschen, und der Grad ihrer Verärgerung hatte seinen Höhepunkt erreicht.

Während die Bahn in Richtung Süden raste, starrte Kemi auf ein Plakat. Sie konnte den Blick nicht davon abwenden. Darauf küsste sich ein *interracial* Paar, wobei ihre Lippen einander verschlangen. Ein weißer Mann küsste eine Schwarze Frau mit Locs. Ihre offenen Münder waren provokativ und zogen alle paar Sekunden Kemis Blick auf sich. Unter dem Foto standen Worte, die irgendein Kinderwunschzentrum bewarben: »*Älskling, jag vill ha barn.*« *Liebling, ich wünsche mir ein Kind.*

Heftige Emotionen durchströmten Kemi – die Samen des Zweifels, die nun sprossen wie kleine Blätter; ihre erste Reaktion auf Ragnar, die sie schockiert hatte; die Provokation, die sie durch das sie scheinbar verspottende Paar in der U-Bahn-Werbung empfand.

Als Tobias wie üblich vor der Arbeit zum Abendessen zu ihr kam, drückte sie ihn gegen die Wand, küsste ihn heftig, saugte seinen Atem ein und gab ihm keine Zeit, zu reagieren.

Sie kamen nicht über den lackierten Holzfußboden hinter ihrer Wohnungstür hinaus.

Brittany-Rae

Nach beinahe zwei Jahren in Schweden hatte Brittany von Lundin sich nahezu organisch in den Luxus gefügt. Ein Mantel, der so sehr aus Privilegien gewebt war, dass sie spezielle Hairstylistinnen aus London einfliegen ließ, die sich um ihr Haar – ihre Krone – kümmerten, während sie als Königin in Jonnys Reich thronte.

Wenn auch als eine gelangweilte Königin.

Sie machte sich auf die Suche nach Jonny und fand Vater und Kind auf einem plüschigen Kunstfellteppich in der Mitte von Mayas Zimmer, das mit pastellpink- und türkisfarbenen Einhornmotiven ausgestaltet war. Als Maya ihre Mutter sah, stellte sie sich auf ihre pummeligen, unsicheren Füße, wackelte auf sie zu und rief dabei: »*Mamma! Mamma!*«

Brittany nahm Maya hoch auf den Arm und gab ihr mit lauten *Muahs* mehrere Schmatzer auf die Wange. Hinter Brittany betrat das britische Au-pair-Mädchen den Raum, das Jonnys Assistentin Eva vor über einem Jahr für sie gefunden hatte. Brittany reichte das Baby an ihr Au-pair weiter, während Jonny sich aufrichtete.

Sie blickte ihren Ehemann an.

»Hast du ein paar Minuten?« Er starrte sie bloß an, also wandte sie sich zum Gehen, und er folgte ihr stumm aus dem Zimmer. Sie gingen in sein Büro, ein kahler, funktional eingerichteter Raum mit einem großen stabilen Schreibtisch, einem ergonomischen Drehstuhl, einem Bücherregal mit über hundert nach Farben sortierten Büchern und einer Chaiselongue in seiner Lieblingsfarbe – grau.

Die einzigen persönlichen Details waren die Fotos von seinen Mädchen: Brittany und Maya. Ihr Hochzeitstag im Stadshuset. Ein im Bett aufgenommenes Selfie in Schwarz-Weiß. Ein Familienfoto von ihnen dreien. Außerdem zwei Bilder von Maya allein: eins, auf dem sie ein gelbes Kleid trug, und ein anderes, auf dem sie noch krabbelte. Ein paar Schnappschüsse von Brittany in Jonnys Hobbithöhle oder draußen in den Schären. Brittany auf der Familienjacht. Brittany auf seinem Schnellboot. Brittany lachend. Brittany beim Essen. Brittany … Brittany … Brittany …

»Ich habe nachgedacht«, begann Brittany, sobald sie die Tür hinter ihnen geschlossen hatte. Sie ging zu seinem Schreibtisch und setzte sich auf die Kante. »Ich bin nun schon seit einer Weile zu Hause. Und ich langweile mich, Jonny – ich möchte wieder arbeiten. Ich möchte mich etwas widmen, das ich liebe.«

»Abgesehen von mir?«, fragte er. Sie lächelte über seinen Versuch, einen Scherz zu machen. Er erwiderte ihr Grinsen auf kindische Weise.

»Ernsthaft, ich möchte wieder arbeiten.« Sie führte ein verwöhntes Jetset-Leben, in dem all ihren Launen und Wünschen entsprochen wurde. Vielleicht war es nun, da sie über schier unendliche Mittel verfügte, an der Zeit, endlich ihren lebenslangen Traum umzusetzen.

»Du weißt, dass ich schon immer Modedesignerin werden wollte«, erklärte sie. »Aber ich werde bald vierzig. Es fühlt sich spät an, das jetzt noch anzugehen. Ich meine, ich wüsste gar nicht, wo ich anfangen sollte. Ich habe Mode studiert. Vielleicht könnte ich weitere Kurse belegen. Oder ein Praktikum bei einer Modefirma hier in Stockholm machen«, redete sie drauflos, wild mit den Händen gestikulierend.

Jonny trat zu ihr an den Schreibtisch und stellte sich vor sie.

»Ist es das, was du willst?«

Brittany blickte zu ihm hinauf, während er auf sie herabblickte. Mit dieser Position hatte sie derzeit zu kämpfen. Im übertragenen Sinne stets zu ihm aufzublicken, während er auf sie hinunterschaute. Sie hasste es. Es brachte sie dazu, sich vom Tisch abzustoßen, als wäre er eine heiße Herdplatte, wobei sie direkt in Jonnys Armen landete.

»Ist es das, was du willst?«, wiederholte er seine Frage. Sie hatte ihm noch nicht geantwortet.

»Ja, ich will –« Seine Zunge stürmte in ihren Mund und schnitt Brittany das Wort ab, ehe sie ihren Satz hatte beenden können. Seine Lippen bedeckten ihre und brachten sie auseinander, um in sie einzudringen. Er küsste sie genauso, wie sie es mochte. Strich mit den Fingerspitzen im richtigen Tempo über ihre Haut, um bei ihr Gänsehaut hervorzurufen. Er wusste, wann er seinen Kuss vertiefen musste, um von ihr Besitz zu ergreifen. Wann es Zeit war, sich zurückzuziehen, um ihre braunen Augen nach mehr betteln zu lassen. Er griff nach ihrem Kaschmirpullover und ließ ihn über eine Schulter gleiten, näherte sich mit dem Mund und fuhr mit den Zähnen ihre entblößte Haut entlang.

»Jonny –« Sie versuchte, ihn zu ihrem Gespräch zurückzubringen, aber er legte seine Lippen erneut auf ihre und brachte sie zum Schweigen.

Brittany wusste, dass Jonny nicht wollte, dass sie sich zu viele Gedanken machte. Es machte ihn nervös, wenn sie ihm Fragen stellte, die er nicht beantworten konnte oder wollte. Oftmals reagierte er dann mit Schweigen. Unwissentlich hatte sie ihm im Laufe ihrer Beziehung Munition gegeben, hatte ihn angespornt, jeden Zentimeter von ihr auswendig zu lernen. Er hatte sich ihren Körper eingeprägt, kannte all ihre Schwachstellen und Berührungspunkte, wusste, wie er sie seinem Willen unterwerfen konnte.

Seine Eigenheiten waren eine Superkraft, mit der er sie fesselte.

Als Brittany erneut seinen Namen rief, wurde Jonnys Griff um sie fester, er presste sie an seine Brust. Er schleifte sie mit sich hinüber zur Chaiselongue, ihre Arme um seinen Hals geschlungen. Sie liebten sich hastig, ohne sich zu entkleiden. Fünf Minuten später stand Jonny auf, zog den Reißverschluss seiner Hose zu und sagte währenddessen zu der noch auf dem Rücken liegenden Brittany:

»Ich rufe Svea wegen deiner Modesache an.«
Dann wandte er sich zum Gehen und ließ sie dort zurück.

Muna

Muna stand wieder ganz am Anfang.

Sie saß in ihrer leeren Wohnung, die sich ohne die beiden anderen jungen Frauen wie eine Echokammer anfühlte. Khadiijas und Yasmiins Zimmer waren mittlerweile abgeschlossen. Muna musste innerhalb von einer Woche ausziehen.

Die letzten Monate waren eine Qual für sie gewesen. Khadiijas und Yasmiins Zimmer waren von verschiedenen neuen Mitbewohnerinnen und Mitbewohnern temporär genutzt worden – einem eritreischen Paar, einer vierköpfigen syrischen Familie, für ein paar Monate von einer weiteren Somalierin –, ehe sie seit ein paar Wochen wieder leer standen.

Sich mit all diesen Menschen anzufreunden, hätte sie zu viel Kraft gekostet. Muna wusste, dass sie ohnehin bald weiterziehen würden. Sie hatte sich keine Mühe gegeben, und ihr eigenes Zimmer blieb ihr Zufluchtsort.

Das einzig Gute war, dass sie tatsächlich einen neuen Job gefunden hatte, nachdem sie von Yagiz gefeuert worden war. Muna war zu dem libanesischen Restaurant gegangen, in dem Khadiija einst gearbeitet hatte, und hatte nach deren alter Stelle als Tellerwäscherin gefragt. Nun hatte sie keinen Grund mehr, sich in die Innenstadt vorzuwagen, da sich ihr gesamtes Leben innerhalb eines Radius von gut zwei Kilometern um ihre Wohnung herum abspielte: von ihrem Job als Tellerwäscherin zum Gemeindezentrum – wo die Stimmung nach den Unruhen getrübt war – zum Schwedisch-Unterricht und zu den lokalen Afrika- und Nahost-Läden, um Lebensmittel einzukaufen.

Munas Gedanken wanderten zu Kemi, die immer so glücklich gewirkt hatte, wenn sie ihren Freund erwähnte. Sie fragte sich, ob Kemi wohl zu einer Clique von Freundinnen gehörte, die sich zu schicken Cocktails verabredeten, in teuren Restaurants zu Abend aßen und zum Tanzen in Clubs gingen. Freundschaften, die Kemi ermöglichen würden, sich quer durch die Stadt zu bewegen und alles zu genießen, was Stockholm zu bieten hatte.

Auch jenes große Schwarze Model kam Muna wieder in den Sinn. Ihr wunderschönes Kleid. Wie sie an jenem teuer aussehenden Wagen gelehnt hatte wie eine Barbiepuppe. Wie Jonny sie umarmt und geküsst hatte, und ob die beiden mit dem noblen Auto wohl auch in Stockholm herumfuhren.

Im Vergleich dazu war Munas Leben zusammengeschrumpft zu einem briefmarkengroßen Bereich und vermittelte ihr das Gefühl, eingesperrt und isoliert zu sein.

Nun saß Muna in ihrer Wohnung und wartete auf ihre Freundin Gunhild. Dreimaliges Klopfen an der Tür kündigte ihre Ankunft an. Sie trug lächelnd einen kleinen Biskuitkuchen.

»Alles Gute zum Geburtstag, Muna!«, begrüßte Gunhild sie und zog sie mit der freien Hand in eine Umarmung. Muna ließ sich in Gunhilds Arme sinken und murmelte ein leises Dankeschön.

Ihren letzten Geburtstag hatte sie gemeinsam mit Khadiija, Yasmiin und Gunhild gefeiert. Khadiija hatte Lammfleisch im Ofen gebacken und Yasmiin hatte Muna geschminkt und ihre Naturlocken glatt geföhnt. Sie hatten zusammen in ihrer Wohnung gefeiert und zu Afrobeats getanzt, die Yasmiin aus ihrem Telefon erschallen ließ. Gunhild war mit einer grünen *Prinsesstårta* aufgetaucht. Die ältere Frau hatte die jüngeren Frauen in frenetischen Applaus ausbrechen lassen, als sie ebenfalls anfing, zu den rhythmischen Trommeln mit den Hüften zu kreisen.

Heute war Munas Geburtstag, und sie hatte den Willen verloren, auch nur einen einzigen weiteren Tag zu leben.

»Danke, dass du daran gedacht hast«, brachte sie lediglich hervor.

»Selbstverständlich. Darf ich reinkommen?«

Muna machte die Tür weiter auf, um Gunhild eintreten zu lassen. Die ältere Frau kickte die Laufschuhe von ihren Füßen und glitt in die stille Wohnung.

»Ich werde hierfür den Tisch decken und uns einen Tee kochen«, erklärte Muna, nahm Gunhild den Kuchen ab und ging in die Küche, um Wasser aufzusetzen und Teller und Besteck für den Kuchen hervorzuholen.

Vorsichtig trug sie alles ins Wohnzimmer, wo Gunhild auf dem kleinen Sofa saß.

»Vielen Dank«, sagte sie.

Gunhild schnappte sich eine Tasse und versenkte einen Teebeutel darin. Sie tunkte ihn immer wieder ein und sah zu, wie das heiße Wasser sich langsam karamellbraun verfärbte. Muna schnitt ein Stück Kuchen ab und reichte es ihr.

»Hast du den selbst gebacken?«, fragte Muna nach dem ersten Bissen. Gunhild nickte stolz. »Dann musst du eine Bäckerei eröffnen.«

Gunhild lachte, doch das Lachen ging über in ein schmerzhaftes Husten. Muna sah sie besorgt an, aber Gunhild winkte nur ab, ehe sie sich wieder ihrer Beschäftigung widmete. Sie tunkte weiter ihren Teebeutel ins Wasser, und Muna runzelte die Stirn, während sie die ältere Frau in Augenschein nahm, die abgelenkt wirkte. Irgendetwas stimmte nicht. Es stand Gunhild förmlich ins Gesicht geschrieben.

»Muna …«, setzte sie an, noch immer beschäftigt mit ihrem Tee, der mittlerweile die Farbe von schwachem Kaffee angenommen hatte. »Ich muss dir etwas sagen.«

Sie blickte Muna an, und ihre türkisfarbenen Augen füllten sich mit Tränen. Muna wurde bang ums Herz.

Neunzehn

Kẹmi

Jonny und Ragnar warteten bereits im Konferenzzimmer auf Kemi, als sie zur vereinbarten Zeit dort ankam. *Verdammt, diese pünktlichen Schweden.*

Sie trug ihren zugeklappten Laptop vor sich her, auf dem ein Becher von Espresso House balancierte. Die beiden Männer saßen an dem leeren Tisch. Jonny drehte nervös Däumchen, während Ragnar sich mit verschränkten Armen in seinem Stuhl zurückgelehnt hatte. Keine Laptops. Keine Notizblöcke und Stifte. Kemi registrierte, dass sie zu einem Meeting kam, das ebenso gut im Vorbeigehen im Flur hätte stattfinden können.

»*Hej*«, grüßte sie in den Raum und stellte demonstrativ ihren Kaffee ab, platzierte ihren Laptop und klappte ihn auf, ehe sie sich setzte.

»*God morgon!*«, begrüßte Jonny sie und richtete sich in seinem Stuhl auf. Ragnars »*hej*« war schwach, aber Kemi hörte es trotzdem.

»Wie war dein Wochenende?«, erkundigte sich Jonny. Sie ahnte, dass er keine guten Nachrichten für sie hatte, wenn er Small Talk machte. Er führte sonst nie Small Talk.

»Gut. Kommen wir gleich zur Sache. Ich habe um zehn einen Telefontermin mit Bachmann«, verkündete Kemi.

»Natürlich.« Jonny warf rasch einen Blick auf Ragnar und dessen verschränkte Arme. »Ihr habt euch ja bereits kennengelernt.« Es war keine Aufforderung, dennoch nutzten Kemi und Ragnar die Gelegenheit, einander aufgeladene Blicke zuzuwerfen, ehe sie sich wieder ihrem Chef zuwandten.

»Ragnar ist da, um uns bei dem Bachmann-Projekt hier in Schweden zu unterstützen. Als Kreativdirektor seiner eigenen Firma verfügt er über ein starkes Netzwerk aus Werbe- und Designagenturen in den nordischen Ländern.« Kemi hörte zu, wie Jonny seinen Freund anpries, und hielt sich dabei ganz ihrem Chef zugewandt.

Sie spürte, wie ihr Rücken unter Ragnars Blicken heiß wurde.

»Wir können für diesen Kunden sicher so viele Ressourcen wie möglich gebrauchen«, erwiderte Kemi. »Wir müssen bloß Ragnars Rolle klären, da ich sowohl Projektmanagerin als auch Kreativdir—« *Ha*, das war es also. Ragnar hatte nicht geblufft, als es bei ihrer kurzen Unterhaltung in Kemis Büro darum ging, dass er zukünftig als Kreativdirektor übernehmen würde.

»Ich möchte in keiner weiteren Kampagne zu sehen sein.« Jonnys Stimme wurde hart. »Was du bei Bachmann darüber gesagt hast, dass ich *anders* sei … Ich bin ein sehr privater Mensch.«

»Aber die Kampagne war erfolgreich. Wo liegt jetzt das Problem?« Kemi fühlte sich überrumpelt. Bestrafte Jonny sie im Nachhinein dafür, dass sie mit seinen Eigenheiten offen umgegangen war?

»Du kannst das Projekt noch immer leiten, aber wir überlegen, für die Vermarktung weiterer Bachmann-Produkte mehr auf einen nordischen Stil zu setzen«, legte Jonny seinen Plan dar. »Deine Kampagne für B:GEM war erfolgreich aufgrund deines mutigen amerikanischen Konzepts. Aber für die neue Kollektion Wanderschuhe brauchen wir etwas Differenzierteres.«

»Niemand kennt sich mit Natur und Outdoor besser aus als wir«, mischte Ragnar sich ein, sein erster Satz in diesem Meeting.

»Wir?« Kemi wich zurück. Er zuckte mit den Achseln, die Arme noch immer vor sich verschränkt. In diesem Augenblick bemerkte sie eine Bewegung weiter unten. Seine Hose raschelte. Unter dem Tisch wackelte er wild mit dem Fuß. War er etwa nervös? Sie wandte sich wieder Jonny zu.

»Wenn ich die kreative Ausrichtung nicht entscheiden kann, ergibt es für mich keinen Sinn, weiter an diesem Projekt zu arbeiten.«

»Ich stimme dir zu. Du bist Leiterin für Diversität und Inklusion, und du bist Ingrid unterstellt, die die Personalabteilung leitet.« Einfach so schrieb Jonny erneut Kemis Rolle um. »Wir brauchen deine Hilfe dabei, diversere Talente einzustellen.«

Sie hatte nicht erwartet, dass Jonny ihrer kühnen Feststellung so rasch zustimmen würde. Sie hatte nur geblufft.

»Ich bin Marketing-Expertin. Dafür hast du mich eingestellt. Ehrlich gesagt war ich überrascht, als ich erfuhr, dass ich Ingrid unterstellt sein würde, aber ich habe es hingenommen, weil ich davon ausging, ich würde die kreative Richtung bestimmen, wenn es darum geht, Diversität in die Arbeit des Unternehmens einzubringen.« Sie holte tief Luft, nachdem die Worte aus ihr nur so herausgesprudelt waren.

»Ja, und ich werde deine Expertise in Projekte einfließen lassen, wenn wir sie benötigen.«

Kemi fühlte sich verraten. Nachdem sie die Firma aus dem IKON-Fiasko herausgezogen und ihr einen großen Erfolg mit Bachmann verschafft hatte, war das der Dank? Wut begann in ihr zu brodeln. Das war nicht das, was sie vereinbart hatten.

»Was genau ist mein Job, Jonny?«

Schweigen. Jonny hatte ihr Bachmann – ihr Baby – weggenommen. Nun musste er einen Weg finden, sie zu beschwichtigen, ohne es ihr wieder zurückzugeben.

»Möchtest du als Projektmanagerin beteiligt bleiben?« Ein Friedensangebot.

»Heißt das, ich habe das letzte Wort?«

»Das heißt, Jonny hat das letzte Wort«, antwortete Ragnar ihr. Kemi würdigte ihn keines Blickes.

»Also gut.« Sie klappte ihren Laptop zu und griff nach ihrem noch nicht angerührten Kaffee. »Ich möchte weiter Projektmanagerin bleiben. Ich gebe es nur ungern zu, aber dieser Kunde ist mir persönlich wichtig.«

Jonnys Telefon klingelte, und er nahm den Anruf sofort an, ignorierend, dass er sich mit zwei anderen Menschen in einer Besprechung befand. Er summte und reagierte auf die Person am anderen Ende der Leitung mit einem lang gezogenen »Ja«.

Kemi saß mit Schmollmund da und ärgerte sich darüber, warten zu müssen. Ragnar hatte sich mit dem Stuhl von ihnen weggedreht und blickte aus einem bodentiefen Fenster, die Arme noch immer vor der Brust verschränkt. Kemi warf einen raschen Blick auf ihn und sah, wie sich sein angespannter Oberkörper hob und senkte.

Jonny beendete das Telefonat abrupt und ohne ein *hejdå* und richtete sich wieder an Kemi und Ragnar. Die anderen schienen daran gewöhnt zu sein, wie schnell Jonny sich ablenken ließ, aber Kemi empfand es noch immer als störend.

»Wo ihr beide gerade hier seid«, sagte er, das Thema wechselnd. »Ich gebe eine kleine Dinnerparty für Brittany. Sie wird dieses Wochenende vierzig.« Ragnar war sein bester Freund, also ging Kemi davon aus, dass Jonnys Worte an ihn gerichtet waren. Aber er meinte auch sie.

»Ich wäre dir so dankbar, wenn du kommen könntest. Brittany hat hier keinen großen Freundeskreis, und ich denke, sie würde sich wirklich freuen, wenn eine andere … *du weißt schon.*«

»… Schwarze Frau da wäre?«

»Ja, genau. Sie fühlt sich manchmal einsam, und ich denke, deine Anwesenheit könnte ihre Laune heben. Ich lasse auch ihre beste Freundin Tanesha zur Feier einfliegen«, fügte er hinzu.

Nach allem, was Kemi mitbekommen hatte, war Jonnys Ehefrau ein Mythos. Sie war ihr noch nie begegnet, hatte aber durch den Bürotratsch erfahren, dass sie groß war, ein atemberaubend schönes ehemaliges Model, das dann als Flugbegleiterin gearbeitet hatte. Und nun drängte Jonny Kemi, seine Frau zu unterhalten, einfach nur, weil sie ebenfalls Schwarz war.

»Du kannst auch jemanden mitbringen, wenn du möchtest. Wirst du darüber nachdenken?«

»Selbstverständlich.« Kemi nickte. Dann wurde ihr bewusst, dass sie schon wieder alles tat, was Jonny ihr vorschlug.

»Gut.« Damit sprang Jonny auf und schoss aus der Tür hinaus zu seiner nächsten Aufgabe, womit ihr Meeting beendet war. Kemi stand da und starrte Jonny hinterher, während Ragnar sie von hinten anstarrte. Sie wagte es nicht, sich umzudrehen.

Als sie es tat, traf sie auf seinen intensiven Blick. Er offenbarte ihr sein inneres Schlachtfeld. Schnell griff sie nach ihrem Laptop und stürzte ebenfalls aus dem Raum.

»Kemi ...«

Sie war aus dem Zimmer, noch ehe er zu Ende gesprochen hatte. Kaum draußen, lehnte Kemi sich mit geschlossenen Augen gegen die Wand im Flur und schnappte nach Luft. Ihr Herz raste, mit tiefen Atemzügen versuchte sie es zu beruhigen.

»Geht es dir gut?« Ragnars Bass vibrierte durch sie hindurch und sorgte dafür, dass sich die Härchen auf ihren Armen aufstellten. Ihre Lider flatterten auf, und sie sah direkt in Ragnars Augen, als er sich leicht zu ihr vorbeugte. Hitze stieg ihr in die Wangen. Er hatte das Konferenzzimmer verlassen und war ihr gefolgt.

»Ja ... ja.« Kemi war durcheinander. »Ich brauche wahrscheinlich einen Kaffee, das ist alles.« Sie nahm einen übertrieben großen Schluck aus ihrem Becher.

»Dann ist zwischen uns alles klar?« Er musterte sie eingehend.

»Wie meinst du das?« Sie drückte sich von der Wand ab und stellte sich aufrecht hin.

»Dass ich dir bei dem Kunden helfe?«

»Was soll ich dazu sagen? Es liegt ja nicht in meiner Hand.« Kemi sah, wie er mit den Achseln zuckte. »Du triffst jetzt die Entscheidungen.«

»Nun ja.« Ragnar hielt ihr seine ausgestreckte Hand hin. »Ich freue mich darauf, mit dir bei diesem Projekt zusammenzuarbeiten.« Er wartete auf ihre Hand. Kemi zögerte und verlagerte Laptop und Kaffeebecher, ehe sie ihre Hand in seine gleiten ließ.

Statt sie zu schütteln, hielt Ragnar ihre Hand einfach fest und schaute ihr dabei weiter in die Augen. Kemi wusste, sie hätte niemals zulassen dürfen, dass er sie anfasste.

Jene winzigen grünen Blätter sprießten nun zu großen dunklen Farnwedeln, die sie mit aller Kraft aus ihrer Seele reißen wollte. Nach Jahren des Bemühens, gut genug zu sein, hatte Kemi endlich einen Mann gefunden – Tobias –, der nichts anderes von ihr wollte, als sich an ihrer Gegenwart zu wärmen. Sie selbst dachte, sie wüsste, was sie wollte, aber jene Triebe reichten mittlerweile bis in ihr Hirn und griffen nach ihrer Psyche, um sie davon zu überzeugen, Tobias sei ihrer nicht würdig. Er, ein einfacher Wachmann, habe sie nicht verdient.

»Wie sieht das aus?«, fragte Tobias, der sich gerade eine silberne Seidenkrawatte zu seinem grauen Hemd umband, während Kemi auf ihrem Bett saß – genau genommen ihrem gemeinsamen Bett, da er schon vor Monaten mehr oder weniger bei ihr eingezogen war. Sie trug ein burgunderrotes Wickelkleid, das ihre Kurven betonte und ein tiefes v-förmiges Dekolleté hatte, dazu silberne Ohrringe in Tropfenform, die ihr Gesicht umrahmten. Ihr Haar ließ sie in Locken über die Schultern fallen.

»Perfekt«, war alles, was sie hervorbrachte, während sie ihren Schmuck anlegte und dann aufstand. Tobias wandte sich ihr zu.

»Gott, du bist wunderschön«, hauchte er und wanderte mit den Händen über ihre Hüften. »Um wie viel Uhr müssen wir nochmal da sein?« Er zeigte ihr sein Zahnlückengrinsen und kniff dabei die Augen zusammen, was Kemi stets zum Schmelzen brachte. Diesmal widerstand sie jedoch, ohne genau zu wissen, weshalb, nur dass es etwas mit den Knospen zu tun hatte, die begannen, sich in ihrem Kopf zu entfalten. Sie empfing seinen Kuss zögerlich, schob Tobias dann von sich, als er ihn vertiefen wollte, und erklärte, sie müssten nun zu Brittanys Geburtstagsfeier aufbrechen, und sie wolle nicht, dass er ihr Make-up verschmierte.

Jonnys Haus war nicht einfach zu erreichen. Kemi hatte sich noch immer kein Auto zugelegt, da ihr Leben sich im Wesentlichen in der Stockholmer Altstadt und um Malcolms Jazzkonzerte herum abspielte. Normalerweise nutzte sie die U-Bahn, um sich wie eine echte Stockholmerin zu fühlen, aber an jenem Abend bestellte sie ein Taxi, auch weil sie einen übergroßen Strauß roter Tulpen zu transportieren hatten.

Während das Taxi auf die Insel Lidingö zuraste, telefonierte ihr Fahrer – ein Nigerianer in seinen Vierzigern – ununterbrochen, er schrie in einer Lautstärke in das Gerät, die den Motor des Wagens übertönte. Im Rückspiegel warf er immer wieder verstohlene Blicke auf Kemi, während er sich auf Yoruba, ihrer Muttersprache, unterhielt.

Diese vertrauten Satzmelodien erinnerten Kemi aufgeregt an ihre eigene Familie. Sie lauschte dem Fahrer und klammerte sich an diese kulturellen Zeichen wie an eine Rettungsleine. Ein Raum, in dem sie ohne Erklärungen existieren konnte. Dabei musste Kemi sich nicht großartig anstrengen, um ihm folgen zu können, da seine Worte bis zu ihr nach hinten schallten.

»E kpele, Mommy.« Tut mir leid, Mommy.

»Ehn … ehn … e ma bi nu … Mo gba gbe ni.« Ehn … Ehn … Bitte sei nicht böse … Ich habe es vergessen.

Eine Hand hielt das Telefon, mit der anderen ließ er immer wieder das Lenkrad los, um zu gestikulieren, ohne dass seine Gesprächspartnerin sehen konnte, was er ihr vermitteln wollte. Dann wanderte sein Blick erneut zurück zu Kemi. Es war ein Blick des Erkennens. Er hatte sie als eine seiner Sisters identifiziert, deren Kleidung nahelegte, dass sie Geld hatte, und die einen Brother an ihrer Seite hatte, der allerdings aussah, als flösse Blut aus diesem Land durch seine Adern. Kemi versuchte, den Blick abzuwenden, nicht sicher, wie sie den des Fahrers deuten sollte. Ob darin Stolz lag oder Enttäuschung oder einfach die unverfrorene Bereitschaft, Tobias' Platz neben ihr einzunehmen.

»*Herregud*«, brummte Tobias und warf seinem lebhaften Yoruba-Brother einen irritierten Blick zu. Kemi wandte sich zu ihm um. Er schaute sie entnervt an. »Muss er so laut reden? Ich meine, ernsthaft?«

Tobias ließ es dabei nicht bewenden. »Echt jetzt, was soll das Theater?« Tobias' Zurechtweisung des Mannes passte Kemi nicht.

»Er unterhält sich bloß mit seiner Mutter. Es ist dringend«, verteidigte sie den Mann mit leiser Stimme. Beschämten Tobias seine dunkleren Gegenüber, wenn sie zu laut sprachen? Tobias selbst war Kemi wochenlang nicht aufgefallen, weil er sich im Espresso House stets im Hintergrund gehalten hatte, bis er sie ansprach. Sie wünschte, Tobias würde genauso laut sprechen wie dieser Mann, der sie – *verdammt!* – noch immer von Zeit zu Zeit lüstern im Rückspiegel betrachtete.

»Ja, aber er muss doch Rücksicht nehmen. Ein bisschen mehr *lagom.*« Tobias wirkte erschöpft. »Er wird uns noch umbringen!«

Kemi studierte Tobias mit zusammengezogenen Augenbrauen. Er hatte nicht ganz unrecht, aber sie brauchte Argumente, um das Unkraut in ihrem Hirn weiter wachsen zu lassen. Diese nichtige Meinungsverschiedenheit mit Tobias setzte sie nun auf ihre spärliche Liste mit Gründen gegen ihn.

Als sie eine Dreiviertelstunde später Jonnys Haus erreichten, sah es genauso aus, wie Kemi es sich vorgestellt hatte. Ein minimalistisches Gebäude am Ufer, mit klaren Linien und einem Ausblick, der Stockholms Elite vorbehalten war. Jonny öffnete die Tür mit einem Glas Rotwein in der Hand und empfing das Paar mit einem Nicken, ehe er sie in einen Raum mit hohen Decken und Glaswänden ringsum führte.

Ein intimer Kreis war zusammengekommen. Kemi zählte zehn Gäste, sie selbst und Tobias eingeschlossen. Die anderen waren Jonny, Brittany, Ingrid und ihr Mann Oskar, Espen und seine kapverdische Frau Rosa und Ragnar, der seinen starken Arm um die schmale Taille seiner blonden Frau Pia gelegt hatte. Plötzlich fühlte Kemi sich unwohl, der Stoff ihres burgunderroten Kleides schien sie einzuschnüren wie eine Schlange, die sich um sie gewickelt hatte.

Der Flug von Brittanys bester Freundin Tanesha hatte Verspätung, sodass diese in Jonnys Londoner Wohnung übernachtete und erst am nächsten Morgen nach Stockholm kommen würde.

»Ich freue mich so, dich endlich kennenzulernen.« Brittany beugte sich vor, um Kemi zu umarmen, ehe sie sich wieder zu ihrer vollen Größe aufrichtete, um Tobias ebenso herzlich zu begrüßen. Kemi überreichte ihr den Strauß Tulpen, der so riesig war, dass sie ihn mit beiden Händen halten musste. Brittany dankte ihnen für diese Aufmerksamkeit. Sie trug ein ärmelloses schwarzes Kleid, von dem Kemi wettete, dass es von Armani oder Dolce & Gabbana war. Das Haar trug sie glatt und in der Mitte gescheitelt wie eine groß gewachsene Nia Long.

»Gleichfalls! Es gibt dich wirklich«, scherzte Kemi. Brittany lachte, und die beiden Frauen fragten sich, weshalb sie einander nicht schon früher begegnet waren. Vielleicht hätten sie längst Freundinnen sein können.

Sie nahmen ihre Plätze an dem großen Esstisch ein, der weiß eingedeckt war, mit Serviettenhaltern aus Messing, poliertem Silberbesteck und einer Linie aus kleinen Sträußen mit weißen Gänseblümchen in der Mitte des rechteckigen Tisches. Das Abendessen bestand aus einem opulenten Fünf-Gänge-Menü mit Jakobsmuscheln, Lachstartar, Schweinebauch, Lammschmorbraten und einem Brombeer-Pavlova-Geburtstagsdessert. Das dreiköpfige Cateringpersonal rannte den ganzen Abend zwischen Küche und Esstisch hin und her.

Untermalt vom dezenten Klappern des edlen Bestecks erfuhren sie mehr über ihre jeweiligen besseren Hälften. Alle präsentierten sich von ihrer besten Seite, so viel war klar. Espens Ehefrau Rosa war auf den Kapverden Zahnärztin gewesen und bemühte sich gerade um Anerkennung ihrer beruflichen Qualifikation hier in Stockholm. Ingrids Ehemann Oskar gehörte zur boomenden Start-up-Szene der Stadt. Seine Spielefirma hatte soeben weitere achtunddreißig Millionen Kronen Finanzierung erhalten.

Alle stießen mit einem »*Skål!*« auf seinen Erfolg an. Zwischendurch wandte sich die Gruppe immer wieder mit erhobenem Glas dem Geburtstagskind zu. Brittany gab sich ganz wie eine Königin, wie sie an dem einen Ende des Tisches thronte, während ihr König am anderen Ende saß. Nur zehn Gäste an ihrem vierzigsten Geburtstag. Für Kemi fühlte sich das ungerecht an. In ihren Kreisen wäre für die Feier anlässlich eines solchen Meilensteins in Lagos, Nigeria, eine ganze Straße gesperrt oder in den USA eine ganze Halle angemietet worden.

Als Ragnars Frau über ihren PR-Job, bei dem sie nordische Luxusmarken bewarb, und ihre Leidenschaft für Sport und Yoga sprach, entging Kemi nicht, wie Ragnars muskulöser Arm besitzergreifend auf der Rücklehne des Stuhls seiner Frau ruhte. Ragnar trank oft aus seinem Glas, beobachtete die Gäste zwischen einzelnen Schlucken, sagte jedoch kein einziges Wort. Kemi fragte sich, ob es an Tobias' Anwesenheit lag, dass er sich mit seinen üblichen abfälligen Bemerkungen zurückhielt.

Die einzigen Worte, die Ragnar und Tobias wechselten, betrafen die Fragen, ob er Schwede sei und in welchem Stadtteil er lebe. Tobias teilte der Gruppe lediglich mit, dass er zur Hälfte Gambier und beruflich für Sicherheit zuständig war. Er gab ihnen keine weiteren Details, sodass sie sich selbst fragen mussten, ob es sich dabei um Sicherheiten bei Wertpapieren oder um IT-Sicherheit handelte.

Als Star des Abends war Brittany als Letzte an der Reihe. Sie übersprang die Zeit, in der sie als Flugbegleiterin gearbeitet hatte, fing mit ihrer Vergangenheit als Model an und führte dann aus, wie sie sich nun als aufstrebende Designerin langsam in Stockholms Modeszene vorwagen wollte.

»Wie kommt dein Schwedisch voran?« Ragnars Frage richtete sich an Brittany und durchschnitt das heitere Geplauder. Brittany starrte ihn an, ehe sie loslachte.

»Ich kann nicht einmal richtig Hallo sagen«, scherzte sie. »Es fällt mir so schwer. Ich meine, wenn ich einkaufen gehe, sind manche Verkäuferinnen ziemlich unhöflich zu mir, wenn ich es mit meinem kümmerlichen Schwedisch versuche, bis ich dann ins Amerikanische wechsele. Ich frage mich, wieso soll ich eigentlich Schwedisch lernen, wenn alle sowieso Englisch können und der Kundenservice sofort zehnmal besser wird?« Sie lachte erneut, ehe sie ein Glas Rotwein an ihre kirschroten Lippen hob.

»Wenn ich so viel Zeit für mich hätte, wäre mein Schwedisch schon weitaus besser«, bemerkte Kemi nebenbei, während sie nach ihrem dritten Glas Wein griff. Sie stellte fest, dass alle am Tisch plötzlich verstummt waren.

In diesem Augenblick wurde Kemi bewusst, dass das warme Gefühl der Schwesternschaft, das sie kurz zuvor gegenüber Brittany verspürt hatte, schlagartig erloschen war.

»Mutter zu sein ist der härteste Job der Welt.« Brittanys Tonfall war streng. »Ich würde das nicht als Freizeit bezeichnen.«

»Oh, nein, ich wollte dich nicht anzweifeln. Ich meine, ich weiß, dass du alle Unterstützung hast. Ich meine nur, also, wolltest du lernen, könntest du auch die Zeit dafür finden.« Kemi machte damit alles nur noch schlimmer. Tobias legte ihr unter dem Tisch eine Hand auf den Oberschenkel, um sie zu stoppen. Brittany war sichtlich aufgebracht.

»Wie kommt *dein* Schwedisch denn voran?«, giftete sie nun, und Kemi musste sich entschuldigen, ihr versichern, dass sie sie nicht hatte aufbringen oder verletzen wollen. Doch es war zu spät. Brittany war keine Person, die leicht verzieh.

Der Rest des Abends war von einer unterschwelligen Spannung geprägt. Kemi griff nach ihrem Telefon, um eine Taxi-App aufzurufen und einen Wagen zu bestellen. Eine Benachrichtigung teilte ihr piepend mit, dass ihr Taxi in zehn Minuten da sei. In der Zwischenzeit umarmte sie die Geburtstagsgäste zum Abschied und fand sich schließlich mit eingezogenen Schultern vor Brittany wieder.

»Es tut mir so leid«, entschuldigte Kemi sich aus ganzem Herzen. Brittany nickte, aber ihre Abschiedsumarmung blieb distanziert. Die Unverbindlichkeit, die Kemi dabei spürte, sagte alles. Sie würden freundlich zueinander bleiben, mehr nicht.

Während Kemi auf Tobias wartete, der sich auf die Suche nach einer Toilette begeben hatte, schlenderte Ragnar zu ihr neben die Eingangstür. Seine Blicke erreichten sie zuerst, und in der Hand hielt er ein Weinglas. Kemi hätte nicht sagen können, wie viele er schon geleert hatte.

»Es war schön, dich mal außerhalb der Arbeit zu sehen.« Seine Stimme war gedämpft und etwas undeutlich vom Wein. »Tut mir leid, dass wir so einen schlechten Start hatten.« Sie hielt Ragnars Blick stand und sah, wie seine Pupillen sich im schwachen Lichtschein weiteten und seine Augen verdunkelten. Sein Blick wanderte über ihr Kleid und zurück zu ihrem Gesicht. »Das ist deine Farbe«, stellte er fest und fixierte sie mit seinen blauen Augen. Kemi biss sich auf die Unterlippe.

»*Klar, älskling?*«, unterbrach Tobias Ragnars Flirten, legte Kemi den Arm um die Taille und war zum Aufbruch bereit. Sie schaute zu Tobias, und er drückte ihr einen besitzergreifenden Kuss auf die Lippen. Ragnar trat nicht zurück oder wandte sich zum Gehen. Kemi erwischte ihn dabei, wie er sie beobachtete, während sein innerer Ozean toste. Ragnar stand wie angewurzelt da, nippte an seinem Glas und sog ihren Anblick ein, während sie sich küssten.

Als das Taxi sie weit nach Mitternacht über die Lidingö-Brücke ins Zentrum von Stockholm brachte, füllte Tobias endlich die Leere mit Worten.

»Sind das deine Leute?«

»Wie meinst du das?«, fragte Kemi, während ihr Kopf schläfrig an seiner Schulter ruhte.

»Du weißt schon, Typen, die einen Haufen Geld verdienen. Die Schulter an Schulter stehend die Welt beherrschen, sodass niemand anderes an ihnen vorbeikommen kann.«

»Wenn mich *solche* Leute interessieren würden, wäre ich wohl kaum mit dir zusammen, oder?«, versuchte Kemi, seine Zweifel zu zerstreuen. Sie erreichte jedoch das genaue Gegenteil, da Tobias sie nun mit gerunzelter Stirn ansah und ihre Worte zu deuten versuchte.

»Oh, tut mir leid. Das ist falsch herausgekommen«, begann sie, sich zu entschuldigen. »Ich meine, ich entscheide mich für dich statt für die.«

»Na ja, da gibt es zumindest einen Menschen, der dich gern zu seinen Leuten zählen würde«, meinte Tobias und blickte aus dem Fenster, hinter dem sich die glitzernden Lichter der Stadt während der Fahrt in horizontale Streifen verwandelten.

»Sei nicht albern«, erwiderte Kemi nervös. »Wer denn?«

Tobias schaute sie fragend an, ohne dass er den Namen aussprechen musste.

Brittany-Rae

Der Tag, an dem Brittany beschloss, in Schweden nur noch Englisch zu sprechen, hatte ganz normal begonnen.

Wenn sie in der Stadt unterwegs war, fern von der schützenden Blase Lidingös, fühlte sie sich häufig nackt und verletzlich, und sobald sie Schwedisch sprechen musste, zog sie sich unsicher zurück wie eine Schnecke bei Berührung in ihr Schneckenhaus. Maya war wie üblich bei ihrem Au-pair, als Brittany ein Taxi von der Insel Lidingö nach Östermalm nahm, um das Armani-Kleid abzuholen, das sie für ihre Geburtstagsparty bestellt hatte – ein Geburtstag, auf den sie sich nicht freute.

Sie wurde vierzig und hatte niemanden, den sie einladen konnte.

Abgesehen davon, dass er ihr versprochen hatte, Tanesha zu Brittanys besonderem Tag einzufliegen, hatte Jonny auch eine dürftige Anzahl von Menschen aus seinem derzeitigen Stockholmer Bekanntenkreis zusammengetrommelt, darunter ein paar Arbeitskolleginnen und -kollegen, die Schwarz waren oder eine Partnerin of Color hatten, da er dachte, Brittany würde sich durch die schiere Anwesenheit dieser Personen heimischer fühlen. Brittany verstand seine Absicht, aber es war nicht genug, um die Tatsache auszugleichen, dass sie es sich in ihrer gesamten Zeit in Stockholm in ihrer mütterlichen Blase bequem gemacht und keine Freundschaften geschlossen hatte.

Ihr dürftiges schwedisches Sozialleben beschränkte sich auf Jonnys älteste Schwester. Brittany verbrachte häufig die Sonntage bei Antonia, nachdem sie Mayas Kinderwagen fast einen Kilometer zu deren Haus geschoben hatte, während ihr Au-pair-Mädchen mit einer schweren, vollgestopften Wickeltasche hinter ihnen herlief. Mit jedem Monat, der verstrich, wurde Antonia vernarrter in ihre Nichte und bedauerte es, dass sie selbst kein Mädchen bekommen hatte.

Aber nicht einmal Jonnys Schwestern konnten zu ihrer Geburtstagsfeier erscheinen, da sie bereits anderweitig verabredet waren.

Das Abholen ihres Kleides verlief reibungslos, aber als Brittany beschloss, das nahe gelegene Luxus-Shoppingcenter MOOD aufzusuchen, traf sie auf Widerstand. Sie wollte gerade hinter einer korpulenten Schwarzen Afrikanerin mit roten Braids in ein Damenbekleidungsgeschäft hineinschlendern, als eine schwarz gekleidete Verkäuferin mit strengen Augenbrauen und im Nude-Ton geschminkten Lippen der Frau den Weg versperrte.

»Kann ich Ihnen helfen?«, fragte die Verkäuferin die Frau auf Englisch, ehe diese den Laden betreten hatte, womit sie indirekt auch Brittany den Eintritt verwehrte, die nun hinter ihnen feststeckte und ihr Gespräch mit anhören musste. Die Frau antwortete in fließendem Schwedisch, von dem Brittany kein Wort verstand. Wie es schien, reichten die Worte jedoch der Verkäuferin nicht, da sie den Kopf schüttelte und auf die Puppen im Schaufenster wies.

Die Afrikanerin wirkte erschüttert und sprachlos über das, was die Verkäuferin ihr mitteilte. Ihr von Frustration geprägter Tonfall wurde lauter, ehe sie sich sichtlich aufgewühlt zum Gehen wandte. Brittany sah sie mit gebeugten Schultern davonschlurfen und drehte sich dann wieder zu der Verkäuferin um. Sie wusste, dass dies nicht der richtige Zeitpunkt war, um ihr kaum vorhandenes Schwedisch zu üben.

»Was war denn mit dieser Dame los?«, fragte Brittany auf Englisch, das ihren amerikanischen Akzent durchscheinen ließ. Sie sah, wie die Verkäuferin sich ehrfürchtig aufrichtete.

»Hiiii!«, begrüßte die Verkäuferin sie. »Ach, ich habe ihr lediglich gesagt, dass wir ihre Größe nicht führen, das ist alles«, erklärte sie in einem bemühten amerikanischen Englisch.

»Sie wirkte ziemlich bestürzt. Wollte sie denn für sich selbst oder jemand anderes einkaufen?«, hakte Brittany nach.

Die Verkäuferin schwieg für einen Moment, ehe sie zugab, dass sie die Frau nicht danach gefragt hatte.

Ein oberkörperfreier Jonny griff mit ausgestreckten Händen nach Brittany, um ihre Brüste zu berühren, aber sie stieß ihn mit dem Ellbogen beiseite. Sie stand vor dem Badezimmerspiegel und trug ihren kirschroten Lippenstift auf – den gleichen, den sie auch getragen hatte, als die beiden sich auf dem Weg nach DC in der Businessclass zum ersten Mal begegnet waren.

»Hör auf«, fuhr sie ihn an, und presste die Lippen aufeinander, um die Farbe gleichmäßig zu verteilen. Ihre Blicke trafen sich im Spiegel, und sie konnte seinen Gesichtsausdruck problemlos lesen. Ja, er würde die Party auch am liebsten ausfallen lassen. Er griff nach seinem schwarzen Hemd und knöpfte es über der grauen Hose zu, womit sein Outfit zu dem seiner Frau passte, das sie für den Abend gewählt hatte.

Taneshas Flug war verspätet, was bedeutete, dass sie es nicht zum Abendessen schaffen würde, allerdings freute Brittany sich darauf, Kemi kennenzulernen, die ebenfalls Amerikanerin war. Nun ja, eine in Nigeria geborene und in den Staaten eingebürgerte Amerikanerin, die Jonny wesentlich dabei geholfen hatte, eine wichtige Werbekampagne zu gewinnen. Sie fragte sich, weshalb sie einander noch nie zuvor begegnet waren. Immerhin waren sie beide nach Schweden gezogen, weil Jonny sie hierhergebracht hatte.

Jonnys Telefon piepte, und Brittany sah Ragnars Namen auf dem Display aufblitzen. Sie rollte sogleich mit den Augen. Ihre Verachtung beruhte auf Gegenseitigkeit. Jonnys bester Freund war gemeinsam mit Pia früher eingetroffen, und sie hatten es sich bereits unten bequem gemacht, während das Cateringpersonal in der Küche damit beschäftigt war, das Fünf-Gänge-Dinner vorzubereiten.

Jonny trabte die Wendeltreppe hinunter, und Brittany folgte ihm fünf Minuten später, als die Gäste langsam eintrudelten. Kemi und ihre Begleitung kamen als Letzte.

Da war sie also. Die Frau, für die ihr Ehemann in die Staaten geflogen war, um sie persönlich abzuwerben. In Brittany loderte etwas auf, das an Eifersucht erinnerte. Sie studierte die kurvige Frau mit den tiefen Grübchen, die einen beeindruckenden Strauß Tulpen in ihrer Lieblingsfarbe trug. Kemi trat auf sie zu, und Brittany konnte den Blick nicht von ihren Rundungen abwenden – von den fülligen Brüsten bis zu den breiten Hüften. Genug, um bei einem Mann den Wunsch auszulösen, ihr das Kleid aufzuwickeln, um sich selbst an sie zu schmiegen.

Im Laufe des Abends stellte Brittany erschrocken fest, dass Ragnar dieser Mann war.

Brittany beobachtete, wie seine Blicke Kemi durch den Raum folgten und jede ihrer Bewegungen registrierten. Sie tanzten verstohlen über ihre Kurven. Er versteckte sich hinter mehreren Gläsern Wein oder hinter Pia, während die beiden sich gemeinsam unter die Gäste mischten. Falls Kemi wusste, dass sie das Objekt seiner Begierde war, dann war sie ausgezeichnet darin, es zu verbergen.

Das Gespräch schwoll an und ebbte ab, und Kemi wuchs Brittany mit jedem Thema mehr ans Herz, bis Ragnar vor allen anderen Brittanys mangelnde Schwedischkenntnisse zur Sprache brachte. Ihr wunder Punkt. Sie wollte sich schneckenhaft zurückziehen, aber das konnte sie nicht. Alle Blicke waren auf sie gerichtet, und ihr Hass auf Ragnar nahm neue Ausmaße an.

Sie versuchte, sich zu verteidigen, während sie an ihr nachmittägliches Erlebnis in dem Bekleidungsgeschäft denken musste, und daran, wie anders die Afrikanerin mit den roten Braids behandelt worden war. Sie wollte sich in Schweden nie wieder so entblößt fühlen, also wickelte sie ihre amerikanische Identität um sich wie einen schützenden Umhang.

Halb hatte sie erwartet, Kemi würde ihr unterstützend beispringen und selbst irgendeine Anekdote zum Besten geben, wie es sich für sie schon gelohnt hatte, ihre amerikanische Karte zu ziehen. Daher war Brittany wie vor den Kopf gestoßen, als Kemi es nicht tat. Brittany wollte sie anschreien. *Wie kannst du es wagen, über mich zu urteilen, weil ich kein Schwedisch spreche?*

Stattdessen strömten Bilder von Maya in ihre Gedanken. Brittany war sich nicht sicher, was sie neben Wut noch verspürte. Ob es Verletztheit, Verrat oder Enttäuschung darüber war, dass Kemi sie so unachtsam herabgesetzt hatte vor dieser Gruppe, in der Weiße in der Überzahl waren.

Kemi begann sich zu entschuldigen und machte damit alles nur noch schlimmer. Brittany bemerkte, wie Tobias, *Gott segne ihn*, versuchte, seine Freundin zurückzuhalten, indem er sich zu ihr beugte und sie offensichtlich unter dem Tisch mit der Hand berührte. Das verbale Messer war jedoch bereits durch die Haut gedrungen, da Kemi offensichtlich glaubte, sie wäre besser als Brittany. Jedes Aufkeimen von Schwesternschaft zwischen ihnen erstarb augenblicklich. Kemi hatte sich dafür entschieden, Brittany zu verurteilen, weil diese sich von Jonny aushalten ließ, während sie für sich selbst sorgte.

Brittany entschuldigte sich am Tisch, um kurz im Badezimmer zu verschwinden.

»Tut mir leid, dass sie dich verstimmt hat«, entschuldigte Jonny sich, als er Brittany dabei beobachtete, wie sie sich für die Nacht entkleidete. Er war bereits nackt und steckte zwischen den weichen Kissen, begierig darauf wartend, dass sie ebenfalls ins Bett kam und sich bei ihm für die Party bedankte.

»Mach dir deswegen keine Gedanken.« Brittany legte ihre Ohrringe ab.

»Hat sie dir gefallen?«, fragte Jonny.

»Die Party?«

Er nickte. Das hatte sie nicht. Die einzige Person, die Brittany abgesehen von Jonny, Maya und ihren Eltern liebte, war Tanesha, und sie war nicht dabei gewesen. Stattdessen hatte Brittany festgesessen zwischen Ragnars Scheinheiligkeit und Kemis Selbstgerechtigkeit.

Rückblickend betrachtet waren die beiden womöglich füreinander geschaffen, so wie Ragnars Blicke auf Kemi klebten. Für Brittany wäre es die süßeste Rache, mitanzusehen, wie Ragnar einen schlaflosen Kampf gegen die Begierde nach einer Frau verlor, mit der er sich niemals in der Öffentlichkeit zeigen könnte. Ragnar musste ihr erst noch beweisen, dass er keine Vorurteile gegenüber Schwarzen Frauen hegte.

»Hast du gesehen, wie Ragnar sich heute Abend verhalten hat?«, wechselte Brittany das Thema. Aber Jonny wollte davon nichts hören. Es interessierte ihn kein bisschen, was Ragnar getan hatte. Er wollte wissen, ob ihr die Party gefallen hatte. Er fragte sie ein weiteres Mal, sobald sie neben ihm im Bett lag.

»Danke schön, Jonny«, sagte sie, um ihn zu beschwichtigen, und gab ihm einen knappen Kuss, ehe sie sich auf die Seite drehte und die Decke über ihre Schulter zog.

Erneut herrschte Schweigen. Brittany hörte seinen leisen Atem hinter sich und wusste, dass er noch immer auf einen Ellbogen gestützt da lag und auf ihren Rücken starrte.

Und zum ersten Mal, seitdem sie das Bett mit ihm teilte, griff Jonny nicht nach ihr.

Muna und Gunhild spazierten Seite an Seite um den Block. Muna verlangsamte ihre Schritte, um sich Gunhilds mühsamem Gang anzupassen. Gunhild ließ Muna Zeit, die Neuigkeiten zu verarbeiten. Wie konnte eine so gesunde Frau, die an einem Tag mehr Kilometer zu Fuß zurücklegte als Muna innerhalb eines ganzen Monats, so schnell so krank werden?

»Diese Art von Krebs ist in meiner Familie verbreitet«, hatte Gunhild erklärt, ehe sie an ihrem Tee nippte. Sie saßen gemeinsam in Munas Wohnung, wo Gunhild ihr die Nachricht überbrachte. »Wenn die nächste Behandlung nicht anschlägt, gibt es leider nichts mehr, was die Ärzte tun können.«

Muna hatte Gunhilds Neuigkeit stumm zur Kenntnis genommen, ohne zu wissen, was sie sagen, welche Fragen sie stellen oder wie sie sie trösten sollte. Alle Menschen, die Muna liebte – ihr Vater, ihre Mutter, ihr Bruder, ihr Ahmed –, waren vor ihren Augen gestorben. Khadiija stand unter Anklage, und ihr Aufenthaltsrecht war in Gefahr. Yasmiin war seit Langem fort. Nun würde Muna mit ansehen müssen, wie die einzige wichtige Person, die ihr noch geblieben war, einen langsamen, schmerzhaften Tod starb. Es fiel ihr immer schwerer, noch einen Sinn im Leben zu finden. Gunhild hatte einen zügigen Spaziergang um den Block vorgeschlagen, um die schlechten Nachrichten abzuschütteln.

»Hast du neue Freundschaften geschlossen?«, durchbrach Gunhild Munas Gedanken.

»Nein«, antwortete diese. Die ältere Frau nickte nachdenklich.

»Hast du irgendeinen Ort, an den du gehen kannst?«

Muna schüttelte den Kopf. Sie musste die Sozialwohnung für die nächste Welle an Geflüchteten räumen, musste Platz machen, damit andere auf den Füßen landen konnten, auch wenn sie selbst noch keinen sicheren Halt gefunden hatte. Sie hatte es zwar geschafft, etwa siebzigtausend Kronen zu sparen, dennoch fühlte sie sich wie eine Versagerin. Vielleicht würde alles besser werden, wenn sie in drei Jahren die Staatsbürgerschaft beantragen konnte. Als schwedischer Bürgerin würden sich ihr Türen öffnen, die derzeit noch verschlossen waren.

Gunhild atmete tief durch, während sie weiter Munas Straße hinunterliefen.

»Möchtest du immer noch Buchhalterin werden?«, fragte Gunhild. Muna sah sie an, überrascht, dass sie dieses Thema erneut ansprach.

»Ja … Ja, natürlich, aber ich muss auch arbeiten. Ich muss einen guten Job haben und zeigen, dass ich für mich selbst sorgen kann und nicht bloß Geld annehme.« Muna war sich nicht sicher, wem sie dies beweisen musste, aber ihr kam Herr Björn in den Sinn, der ihr mit flacher Stimme aufgetragen hatte, sich gut zu benehmen. Sie hatte noch drei Jahre durchzustehen. Sie erstreckten sich vor ihr bis zum Horizont ihres Lebens.

»Prima!« Gunhild wirkte aufgeregt. »Dann habe ich einen Vorschlag für dich.« Nun war Munas Interesse geweckt. Woran dachte Gunhild?

»Ich möchte auch, dass du Buchhalterin wirst. Ich weiß, dass du das kannst. Du bist so schlau.«

»Danke schön.«

»Unter einer Bedingung kannst du kostenlos in mein Gästezimmer einziehen.« Gunhild wandte sich Muna zu, deren Gesicht sich langsam aufhellte. »Du gehst zur Schule und wirst Buchhalterin.«

Muna war erleichtert. Ihr blieb nur noch eine Woche in ihrer Wohnung, aber nun gab Gunhild ihrem Leben eine neue Richtung und schenkte ihr neue Hoffnung auf eine Zukunft.

»Danke, Gunhild! Vielen Dank!« Muna schlang die Arme so fest um die ältere Frau, wie sie konnte, bis Gunhild nach Luft schnappte.

»Das ist das Mindeste, was ich für dich tun kann, Muna. Ich habe keine eigenen Kinder, und du bist für mich wie eine Tochter geworden. Außerdem benötige ich Hilfe im Haushalt. Ich werde immer schwächer.« Gunhild legte eine Pause ein.

Munas Augen füllten sich mit Tränen, als ihr die Bedeutung von Gunhilds Worten bewusst wurde. Gunhild hatte sie eben »Tochter« genannt. Dieses einzelne Wort hatte Muna aus Gunhilds Redefluss herausgefiltert. Sie schniefte ihre Tränen hoch, hielt sie zurück. Sie durfte nicht vor Gunhild schluchzen. Nicht jetzt.

»Ich werde dir helfen, die Wohnung sauber und ordentlich zu halten«, verkündete Muna stolz. Sie erläuterte ihre Aufgaben als Putzkraft, die sie in Solsidans Asylcenter und danach bei von Lundin Marketing hatte. Sie war gut im Putzen. Sie dachte an ihren Job als Tellerwäscherin in dem libanesischen Restaurant und fragte Gunhild, ob sie ihn behalten konnte.

»Du solltest von größeren Dingen träumen als von diesen Tellern, Muna«, erwiderte Gunhild, ehe erneut ein Hustenanfall sie schüttelte.

Nachdem sie sich umarmt hatten, verabschiedete Gunhild sich, und Muna holte tief Luft und fühlte sich leichter. Eine Last war ihr von den Schultern genommen worden, und sie hatte das Gefühl, nicht mehr ganz so schnell zu versinken.

Muna eilte in ihr Schlafzimmer, um die Fotos zu betrachten, die an ihrer Magnetwand hingen. Sie ging direkt auf den lächelnden Ahmed mit dem schwarzgesichtigen Schaf auf den Schultern zu und presste ihre Lippen darauf, was sie meist tat, wenn sie glücklich war. Sie liebte es, ihre kleinen Triumphe mit Ahmed zu feiern. Als sie Khadiija und Yasmiin kennenlernte. Als sie ihren Job als Putzkraft bekam. Sie teilte auch ihre Sorgen mit ihm. Wie sehr sie seine ruhige Gegenwart vermisste. Wie sehr ihr ihre Gespräche auf der Veranda fehlten. Sie hatte das Bild viele Male mit Tränen statt mit einem Lächeln im Gesicht geküsst.

Muna wusste nicht, was in sie gefahren war, als sie nach ihrer Schicht im libanesischen Restaurant in die U-Bahn Richtung Stadt stieg, aber mit einem Mal fand sie sich in Kungshallen wieder, wo sie die vertraute Rolltreppe hinab ins Untergeschoss nahm. Die letzten Kunden des Tages beendeten gerade ihre Mahlzeit an den Essensständen. Muna ging hinüber zu Yagiz' Kebabladen, in der Hoffnung, er möge da sein.

Sie hatte ihn lange nicht mehr gesehen, und vor ihr stand nun ein müder, rasch alternder Mann. Er trug immer noch seine stylische Hahnenkammfrisur, zu seinem Schnauzer hatte sich jedoch ein schwarzer Kinnbart gesellt, der sein noch immer hübsches Gesicht einrahmte. Seine ansonsten schlanke Figur wies nun kleine Rettungsringe auf, und auch seine Wangen wirkten etwas voller.

Als Yagiz sie sah, entwich ihm ein verzweifeltes Stöhnen, und er blickte zur Decke und betete in übertriebener Haltung zu Allah. »Weshalb lässt die Hexe mich nicht in Ruhe?«, sagte er laut, ehe er die Luft wieder entweichen ließ, wobei seine kleine Wampe hervorschoss.

Muna trat an seine Ladentheke und stellte sich davor wie seine ewige Heimsuchung. Für Yagiz war sie wahrscheinlich ein Gespenst, das ihn verfolgte und womöglich niemals in Ruhe ließ.

»Was habe ich getan, um Allah zu verärgern, *hmmm*? Wieso bist du wieder hier?«, fragte Yagiz verbittert.

»Wo ist Yasmiin?«, bohrte Muna. »Ich will nur wissen, dass es ihr gut geht.«

Yagiz' schwarze Augenbrauen, die er frustriert hochgezogen hatte, runzelten sich nun leicht.

»Yasmiin ist erwachsen. Lass sie in Ruhe. Warum suchst du immer noch nach ihr?«, wollte er wissen. Immerhin war sie noch am Leben, folgerte Muna daraus. Aber weshalb hielt sie die ganze Zeit Abstand? War Muna ihrer Schwester nicht auch wichtig gewesen? Außer, Yasmiin hatte sie lediglich als eine Mitbewohnerin betrachtet, und mehr nicht.

»Also geht es ihr gut?« Muna hob vor Aufregung die Stimme. »Wo ist sie?«

Yagiz studierte sie und lockerte seine Haltung. An seinen Kollegen gerichtet sagte er leise etwas in rasantem Türkisch. Der Mann winkte mitten im Satz desinteressiert ab. »*Was auch immer …*«, schien der Kollege zum Ausdruck zu bringen, als er mit der Hand in Yagiz' Richtung wedelte, ohne ihn anzublicken. Yagiz wischte sich die Hände an einem Geschirrtuch ab, legte seine Schürze weg und trat hinter dem Stand hervor. Er neigte den Kopf zur Seite und signalisierte Muna so, sich mit ihm in eine Ecke der Halle zu setzen.

Sie ließen sich auf kleinen Holzstühlen nieder und schoben die Knie unter winzige Tische.

»Was willst du, Muna?«, fragte Yagiz wenige Sekunden später.

»Ich mache mir Sorgen um Yasmiin.«

»Aber sie gehört nicht zu deiner Familie. Wieso hängst du dich so an sie? Such dir neue Freundinnen!«

Muna faltete die Hände fest unter dem Tisch und versuchte, die Tränen zurückzuhalten. Yagiz begriff nicht, dass sie es leid war, allein zu sein. Unter seinem Blick sah sie hinunter auf die Finger, mit denen sie spielte. Yagiz blieb stumm und beobachtete sie. Als sie sich zusammenriss, um ihm ins Gesicht zu schauen, hatte sein Blick sich vor Mitleid erwärmt.

Er rückte sich zurecht, setzte sich aufrechter hin und griff in die Gesäßtasche seiner engen Jeans. Er zog seinen Geldbeutel hervor. Nachdem er dessen Inhalt kurz überprüft hatte, zückte er ein visitenkartengroßes Foto und schnipste es sanft mit zwei Fingern zu Muna. Muna griff danach und starrte auf das Gesicht eines Babys. Der kleine Junge konnte höchstens sechs Monate alt sein. Er wirkte wach, seine großen dunklen Augen sogen die Welt um ihn herum auf. Er hockte auf dem Schoß seiner Mutter, deren hübsches Gesicht mit den hervorspringenden Wangenknochen strahlte … Yasmiin.

»Yasmiin ist meine Ehefrau.« Yagiz ließ die Worte Muna umspülen, während sie jedes Detail des Fotos studierte. »Das ist Mehmet … Der Grund, weshalb ich seit Monaten nicht mehr richtig geschlafen habe.«

»Du hättest meine Freunde hören sollen«, fuhr Yagiz fort. »Sie haben mich monatelang ausgelacht, als ich ihnen erzählte, ich hätte mich in eine Afrikanerin verliebt und wollte sie heiraten.« Er kicherte. Dann erstarb sein Lachen in einem schmerzhaften Zusammenzucken, wie Muna bemerkte.

Das Bild schien an ihren Fingern festzukleben. Sie konnte sich nicht von Mutter und Kind lösen. Sie versuchte, zu begreifen, wie all dies geschehen sein konnte. Sie und Khadiija waren in Yasmiins Zimmer geplatzt, um sie vor diesem Mann zu retten, der ihr wehgetan zu haben schien, so wie die beiden geschrien hatten. Muna verstand nicht, wie Yasmiin sich entschließen konnte, diesem Mann zu folgen, ihn zu heiraten und sein Kind zur Welt zu bringen.

Yasmiin war nie ihre Schwester gewesen, lediglich ihre Mitbewohnerin. Das wurde Muna nun bewusst, als sie den kleinen Mehmet und seine lächelnde Mutter anblickte, die gefunden zu haben schien, was sie sich wünschte. Yagiz nahm Muna das Bild aus den erstarrten Fingern und verstaute es wieder in seinem Geldbeutel.

»Jetzt weißt du es«, sagte er. »Also … bitte komm nicht mehr hierher und frag nach Yasmiin.« Er erhob sich langsam.

»Warum?«, stoppte Muna ihn. »Warum hat sie uns nicht gesagt, dass es ihr gut geht?«

»Weil ihr ihre Vergangenheit seid«, erklärte Yagiz. »Yasmiin möchte sich von ihrer Vergangenheit befreien. Ich sorge gut für sie. Ich weiß, was sie mag, und das gebe ich ihr.« Muna ließ seine Worte auf sich wirken.

»Hör zu«, sagte er und klopfte sich leicht auf die Brust. »Yasmiin ist hier, okay?« Er tippte direkt auf sein Herz. »Also mach dir keine Sorgen, Muna Saheed. Leb dein Leben. Such dir neue Freunde.«

Er wurde von einem Benachrichtigungston seines Handys abgelenkt, zog es hervor, um die Nachricht zu lesen, und fluchte leise.

»Azeez hat mir gerade geschrieben«, sagte er und wandte sich wieder an Muna. »Erinnerst du dich an Azeez?« Natürlich tat sie das. »Huda ist krank, und er braucht jemanden, der nächste Woche die Schicht übernimmt …« Sein Blick ruhte erneut auf ihr.

»Das kann ich machen! Bitte, lass mich das übernehmen«, bettelte Muna und war dabei selbst von ihrer Inbrunst überrascht.

»Bist du dir sicher?« Yagiz betrachtete sie skeptisch.

»Ja, ich brauche den Job«, flehte sie. Yagiz stieß genervt Luft aus und schrieb Azeez zurück.

»Okay, aber nur dieses eine Mal«, betonte er. »Du bist immer noch gefeuert, hast du verstanden?« Sie nickte und dankte ihm. Sie sollte ihm die Schlüsselkarte augenblicklich zurückbringen, sobald ihre Vertretungsschicht beendet war.

Yagiz stand auf, zog eine Zigarette hervor und klemmte sie sich zwischen die Lippen. Er betrachtete Muna ein letztes Mal und gab ihr dann mit einer Kopfbewegung zu verstehen, dass sie verschwinden solle. Anstatt die schnellere Verbindung über die Station Hötorget zu nehmen, beschloss Muna, ein paar Straßen weiter zu T-Centralen zu laufen, um ihre Gedanken zu sortieren. Sie spazierte über den Gehweg und war sich dabei der brüsken Blicke anderer Passantinnen und Passanten bewusst, die ihren knöchellangen Jilbab beäugten.

Yasmiin wollte nach vorn sehen. Dafür hatte sie sowohl Muna als auch Khadiija aus ihrem Leben verdrängt. Muna dachte über Yagiz' Worte nach. *»Leb dein Leben. Such dir neue Freunde.«* Während Muna ohne Eile die Straße entlangschlenderte, kamen ihr auch Gunhilds Worte in den Sinn: *»Ich möchte auch, dass du Buchhalterin wirst. Ich weiß, dass du das kannst. Du bist so schlau.«*

Als sie T-Centralen erreicht hatte, hatte Muna beschlossen, dass sie von größeren Dingen träumen würde als von Tellern.

Zwanzig

Kẹmi

»Tut mir wahnsinnig leid«, entschuldigte Kemi sich, als sie an den Tisch im Restaurant eilte, an dem Jonny, Maria, Espen und Ragnar bereits saßen.

Im Büro hatte die Gruppe gerade Pressemitteilungen und weitere Bekanntmachungen besprochen, als Jonny plötzlich Lust auf einen Burger verspürte. Aus einer Laune heraus verlegte er ihr Meeting also in ein drei Blocks vom Büro entferntes Hamburger-Restaurant. Kemi kam zehn Minuten zu spät, nachdem sie durch ein wichtiges Telefonat mit einer Agentur aufgehalten worden war.

»Kein Problem«, sagte Jonny. »Wir haben noch nicht bestellt. Ragnar hat dir einen Platz frei gehalten.« Er wies auf seinen Freund. Ragnar zog seine Jacke von dem Metallstuhl zwischen ihm und Maria. Sie saßen eng aneinandergedrängt um einen kleinen Tisch in einem vollen Restaurant. Kemi zog den Stuhl hervor und murmelte ein hastiges Dankeschön. Beim Hinsetzen berührten sich ihre Oberschenkel. Ragnar machte keine Anstalten, seine Sitzposition zu verändern. Kemi nahm dieses offensichtlich strategische Verhalten zur Kenntnis.

»Also«, verkündete Jonny, »sollen wir dann bestellen?«

Auf sein Handzeichen hin kam ein Kellner angerannt, um ihre Bestellungen aufzunehmen. Während sie auf ihr Essen warteten, tauschten die anderen ein paar Worte auf Schwedisch aus, bis Maria ins Englische wechselte.

»Kemi«, begann sie, »wie würdest du dich damit fühlen, ein Interview auf Schwedisch zu geben?«

»Auf Schwedisch?«, fragte Kemi unbehaglich.

Maria nickte bestätigend.

»Ähmmm, nein«, erwiderte Kemi fest. »Ich bin kaum zwei Jahre hier. Wie könnt ihr von mir erwarten, da schon fließend Schwedisch zu sprechen? Es ist eine komplizierte Sprache.«

»Ich habe dich sprechen hören. Dein Schwedisch macht wirklich Fortschritte«, mischte Espen sich ein.

Kemi schaute ihn an. »Ernsthaft? Genug, um ein ganzes Interview auf Schwedisch durchzustehen?«, wies sie ihn für sein gönnerhaftes Verhalten zurecht. Er hob als Zeichen des Einlenkens die Hände.

»Worum geht es dabei denn eigentlich?«

Maria blickte zu Ragnar, ehe sie sich wieder an Kemi wandte. »Wir wurden in die beliebteste Wirtschaftssendung im Fernsehen eingeladen, *Dagens Affärer*, und wir haben uns einfach gefragt, wie sicher du dich im Schwedischen fühlst.«

»Ich habe zwar Unterricht genommen, aber …« Kemi setzte sich auf ihrem Stuhl zurecht. Ragnar hatte unter dem Tisch die Beine weiter gespreizt und drang damit in ihren Bereich vor. Sein Bein berührte ihres erneut. Kemi war erstaunt über ihr eigenes Verlangen, sich an ihn zu lehnen und unter den Tisch zu greifen, um mit den Fingern seinen muskulösen Oberschenkel entlangzufahren.

»Tut mir leid«, sagte sie. »Was hast du gesagt?« Sie zog ihr Bein weg.

»Schon in Ordnung«, erwiderte Jonny. »Wenn du an der Reihe bist, kannst du auf Englisch antworten. Als für Bachmann zuständiger Kreativdirektor wird Ragnar ebenfalls in der Sendung sein, und die Fragen an dich als Projektmanagerin kannst du auf Englisch beantworten.«

»Muss ich wirklich in diese Sendung gehen?« Kemi wollte nicht inkompetent erscheinen. Aber bei dem Gedanken an Tausende von Menschen, die sie dafür verurteilen würden, dass sie ihre Sprache nach knapp zwei Jahren noch immer nicht beherrschte, wurde ihr das Herz schwer.

»Nicht zwingend«, meldete Ragnar sich zu Wort. Dann blickte er sie direkt an und studierte ihr Gesicht. »Können wir das später besprechen?« Kemi spürte erneut die Hitze, die unter dem Tisch von ihm ausging, und es verschlug ihr den Atem. Also nickte sie nur.

Als ihr Essen kam, wurde Kemi rasch von Ragnars Kauen neben sich abgelenkt. Während Espen und Jonny Gabel und Messer benutzten, um ihre Burger zu verspeisen, nahm Ragnar seinen zwischen seine großen Hände und biss einfach hinein. Kemi sah zu, wie sein starker Kiefer seine Mahlzeit bearbeitete, wie die Venen an seinem kräftigen Hals hervortraten, während seine Stirn gerunzelt blieb, als würde er beständig Argwohn empfinden.

Ragnar war unwohl zumute, das konnte Kemi erkennen. Er schien schneller zu essen als die anderen. Als er sich den Daumen ableckte, entwich Kemi ein winziges Geräusch. Ragnar musste das leise Wimmern gehört haben, da er ihr einen kurzen Blick zuwarf, den Daumen noch immer an den Lippen. Dann wandte er sich wieder seiner Mahlzeit zu.

Erneut spürte sie seine Hitze durch den Stoff ihrer maßgeschneiderten Hose. Sie beließ sie dort. Ihr Oberschenkel lehnte gegen seinen, und sie beobachtete, wie er mit dem Kauen aufhörte. Ragnar schien ein, zwei Sekunden über etwas nachzudenken, ehe er sich zu ihr umdrehte. Sein schwerer Blick ruhte auf ihr. Er wanderte langsam zu ihren vollen Lippen, Kemi hatte nun ebenfalls aufgehört zu kauen. Dann schweifte er zu ihrem Dekolleté, ehe er zu ihrem Gesicht zurückkehrte. Ragnar sog sie so vollkommen ein, dass das Unkraut, das in Kemis Inneren gewachsen war, sogleich neue Blätter austrieb.

Kemi wandte sich ab und blickte zurück in die Runde, nur um zu registrieren, wie Jonny sie beide anstarrte und dabei verwirrt die Stirn runzelte. Als alle fertig waren und Jonny die Rechnung beglichen hatte, machte sich die Gruppe, angeführt von Jonny und Ragnar, auf den Weg zurück ins Büro. Kemi blieb ein paar Schritte hinter ihnen, um ihre verwirrten Gedanken zu sortieren. Sie konnte an nichts anderes denken als an die Vorstellung, wie Ragnar ihr mit dem Daumen über die Lippen fuhr. Sie beobachtete, wie er mit beiden Händen in den Hosentaschen, den Kopf leicht vorgebeugt, breitbeinig stolzierte, während er Jonny aufmerksam zuhörte.

Das hier war gefährlich. Er spürte eindeutig, was sie gerade zu empfinden begann. Diese Hitze, die zunahm, wenn sie einander umkreisten. Sie mussten sich von der Versuchung fernhalten.

Als die Gruppe den Eingangsbereich ihres Bürogebäudes erreicht hatte, wartete dort Brittany auf sie. Sie trug eine rote Jacke über einem schwarzen Einteiler und hatte ihre Sonnenbrille auch im Innenraum nicht abgenommen. Jonny eilte zu ihr und zog sie zu einem raschen Kuss an sich. Espen und Maria verabschiedeten sich, um das Paar nicht zu stören.

»Die Fashion Week hat früh begonnen«, murmelte Ragnar, als er und Kemi auf die beiden zugingen. Brittany nahm ihre Sonnenbrille ab und funkelte Ragnar wütend an. Er blieb grinsend vor ihr stehen, Kemi direkt daneben.

»Ich wusste gar nicht, dass du hier arbeitest«, sagte Brittany. »Wer hat dich denn hierhergeschleppt?«

»Es gibt vieles, was du über mich nicht weißt. Oder über von Lundin.« Ragnar wandte sich an Jonny, der Brittanys Hand nun fest umklammert hielt. »Schön, Sie zu sehen, *Fru von Lundin.*« Dann ging er.

»Vielen Dank, dass du meine Einladung angenommen hast«, sagte Kemi, die nun einen Schritt auf das Paar zumachte. »Ich bin dir so dankbar, dass du dir die Zeit für ein Treffen mit mir genommen hast.« Kemi sah, wie Brittany die Lippen schürzte, in dem Versuch zu entschlüsseln, ob Kemi sie gerade wieder beleidigte oder nicht. Kemi wusste, dass Brittany ihre Tage meist zu Hause verbrachte, umgeben von einer ganzen Schar an Bediensteten, die ihr halfen, sich um ihre Tochter zu kümmern, und ihr jeden Wunsch von den Lippen ablasen.

»Selbstverständlich«, antwortete Brittany. »Es war auch eine gute Gelegenheit, endlich mal das Büro zu sehen.« Bei ihren Worten musste Kemi blinzeln. Brittany war in beinahe zwei Jahren noch nie hier gewesen?

»Komm.« Jonny zog Brittany an der Hand mit sich. »Ich möchte dich allen vorstellen!« Er verwandelte sich vor Kemis Augen in einen aufgeregten Teenager, der unbedingt mit seinem neusten Spielzeug angeben wollte. In ihrem Stockwerk angekommen, präsentierte Jonny Brittany dem gesamten Büro. Mit den Händen in den Hosentaschen und langsamen Schrittes folgte er seiner Frau, während sie Mitarbeiterinnen und Mitarbeiter begrüßte. Kemi schlenderte stumm hinter dem Paar her, während ihre Gedanken sich überschlugen.

Konnte Brittany nicht erkennen, was Jonny hier tat? Konnte sie es nicht sehen? Jonny stellte sie zur Schau wie eine Trophäe, seine hübsche Begleitung.

Sie passierten den Küchenbereich, wo Muna gerade die Kaffeemaschine auffüllte.

»*Hej*, Muna!«, rief Kemi. Die jüngere Frau wandte sich in Richtung ihrer Stimme und riss sogleich die Augen auf, als sie von Kemi zu Jonny und Brittany blickte, die neben Kemi stehen geblieben waren. Bewundernd verweilte Munas Blick auf Brittany.

»*Hej*«, antwortete Muna schwach.

»Wie geht es dir?«, fragte Kemi sie auf Schwedisch. Muna nickte und lächelte zurück. Kemi wandte sich an Brittany.

»Muna stammt aus Somalia und hat mich beim Schwedischlernen unterstützt.«

Brittany produzierte ein Geräusch in der Kehle, und Kemi runzelte die Stirn über ihre Herablassung. Kicherte Brittany tatsächlich gerade über Muna, weil sie sie nicht als schwedisch genug empfand, um Kemi beim Erlernen der Sprache zu helfen? Dieselbe Brittany, die privaten Schwedischunterricht bekam und sich trotzdem auch nach fast zwei Jahren noch weigerte, die Sprache zu sprechen?

Bei ihren spärlichen Unterhaltungen hatte Brittany auf Kemi wie ein nervtötend anspruchsvolles Wesen gewirkt, und ihr herablassendes Grinsen gegenüber Muna bestätigte Kemis Verdacht nun. Brittany war oberflächlich und allein aufs Geld aus, mehr nicht. Jonny würde ihrer bald überdrüssig werden, da war Kemi sich sicher.

»Freut mich, dich kennenzulernen, Muna«, begrüßte Brittany sie auf Englisch.

»Muna spricht Schwedisch«, betonte Kemi ernst, ehe sie sich mit einem Augenzwinkern Muna zuwandte.

Jonny, der nur stumm danebengestanden hatte, beschloss plötzlich, dass er nun genug hatte, und marschierte davon, womit er sowohl Brittany als auch Kemi zwang, ihm zu folgen. Jonny führte sie in ein freies Zimmer und verabschiedete sich dann – allerdings nicht, ohne Brittany leidenschaftlich vor Kemi zu küssen. Es wirkte untypisch für ihn. Kemi hatte bereits bei Brittanys Geburtstag beobachtet, wie Jonny seine Frau anhimmelte, allerdings hatte es da auch einen besonderen Anlass gegeben. Aber das hier … Brittany brach ihren Kuss ab und wischte roten Lippenstift von seinem Mund.

»Sag Bescheid, wenn du irgendetwas brauchst«, flüsterte Jonny, ehe er sich zum Gehen wandte. Kemis Anwesenheit hatte er längst vergessen.

»Endlich«, lachte Kemi, als er fort war, »haben wir mal Zeit für uns.« Brittany schenkte ihr ein schiefes Lächeln, und Kemi räusperte sich.

»Also, Brittany. Ich habe dich hierher eingeladen, weil ich mich bei dir entschuldigen wollte«, setzte Kemi an, aber nachdem sie Brittanys respektloses Verhalten gegenüber Muna beobachtet hatte, war sie sich nicht einmal mehr sicher, ob sie das tatsächlich noch wollte.

»Das hättest du auch am Telefon tun können.«

»Nein, mir war wichtig, dass wir uns persönlich treffen«, entgegnete Kemi. Brittany verlagerte ihr Gewicht auf dem Stuhl. »Ich habe mich bei deiner Geburtstagsparty harsch und verurteilend verhalten. Dazu hatte ich kein Recht. Ich weiß, dass es für uns hier nicht einfach ist, und ich hätte dich stattdessen unterstützen sollen.«

Brittany nickte. Kemi war unsicher, ob sie ihre Entschuldigung angenommen hatte.

»Schon in Ordnung«, erwiderte Brittany. »Ich meine, wahrscheinlich sollte mein Schwedisch mittlerweile wirklich schon viel besser sein. Ich bekomme schließlich Privatunterricht. Aber es ist so eine schwierige Sprache, weißt du?«

»Oh, das weiß ich«, antwortete Kemi. »Wie gefällt es dir bislang hier? In Schweden, meine ich.«

»Mal mehr, mal weniger.« Brittany zuckte die Achseln. »Ich war früher Flugbegleiterin und habe jeden Tag mit so vielen Menschen zu tun gehabt. Das hier …« Sie wies mit der Hand durch den Raum. »Das hier kann ganz schön einsam machen.«

Kemi nickte. Abgesehen von Malcolm, José, Tobias und seiner Familie hatte sie sich noch immer keinen stabilen Freundeskreis aufgebaut. Auch wenn sie seit beinahe zwei Jahren nicht mehr mit Ngozi gesprochen hatte, vermisste sie häufig die Chemie zwischen ihnen und ihre schonungslos ehrlichen Gespräche. Malcolm hatte ihr von dem Club für amerikanische Expats erzählt, aber Kemi war noch immer bei keiner von dessen Veranstaltungen gewesen. Vielleicht war dies die Gelegenheit, mit Brittany dorthin zu gehen?

»Weißt du, wenn du mal was unternehmen möchtest, ein Freund von mir spielt in einer Band. Vielleicht könnten wir gemeinsam auf eins von ihren Konzerten gehen?« Kemi war sich nicht sicher, weshalb sie dieses Angebot überhaupt machte. »Außerdem hat er mir vom American Club erzählt. Vielleicht könnten wir uns den gemeinsam anschauen?« Kemi sah, wie Brittany auf ihrem Stuhl unbehaglich hin und her rutschte.

»Vielen Dank für das Angebot, Kemi. Lass mich darüber nachdenken«, erwiderte Brittany. »In den letzten Monaten ist es mit Maya ziemlich anstrengend gewesen, und ... *Ich weiß nicht ...*«

Kemi starrte sie an und blinzelte ungläubig.

»Die Sache ist die«, gab Brittany als Erklärung, »ich kann nicht einfach irgendwohin gehen und mich mit jeder und jedem anfreunden. Jonnys Familie ist zu einflussreich, als dass ich mir Fehler leisten könnte.«

Brittany-Rae

Brittany wollte nicht in Jonnys Büro sein.

Sie hatte es bereits satt, ständig beobachtet zu werden, wann immer sie mit ihm in der Öffentlichkeit auftrat. Das Letzte, was sie noch brauchte, war, von seinen Mitarbeiterinnen und Mitarbeitern neugierig und misstrauisch begutachtet zu werden.

Brittany war erst ein einziges Mal in der Nähe des Gebäudes gewesen, als sie draußen vor seinem Büro auf Jonny gewartet hatte. An jenem Tag war Jonny rasch hineingeeilt, um ein Dokument zu unterschreiben, das er absegnen musste. Das war vor ihrer Hochzeit gewesen. Bevor Maya in ihr Leben gekommen war. Sie und Jonny waren damals auf dem Weg zu jenem fürchterlichen Mittagessen mit seinen Eltern gewesen. Seitdem hatte es für Brittany keinen Anlass mehr gegeben, von Lundin Marketings Büroräume zu betreten. Jonny war selbst ohnehin kaum dort.

Aber Kemi hatte sie hierhergebeten und unterstrichen, wie wichtig ihr das persönliche Treffen sei. Nun funkelte Brittany Kemi an, die verwirrt schien.

»Ehrlich, vielen Dank für dein Angebot, etwas gemeinsam zu unternehmen«, wiederholte Brittany. Ja, natürlich wollte sie interessante Bands hören und andere Expats kennenlernen, aber zurzeit hatte sie den Kopf zu voll mit anderen Dingen.

»Hör zu, ich weiß, wie schwer es ist, Freundschaften zu schließen und sich zu überwinden, rauszugehen. Sich zu zeigen und verletzbar zu machen«, sagte Kemi. »Manchmal fühlt es sich hier an wie Treibsand. Der uns in Selbstgefälligkeit versinken lässt, bis wir unseren Biss verlieren.«

»Wem sagst du das«, murmelte Brittany. Seit sie nach Schweden gezogen war, hatte sie kein einziges Mal ihre eigene Wäsche gewaschen. Sie hatte nicht mehr für sich eingekauft, und sie konnte an beiden Händen abzählen, wie oft sie eine Mahlzeit selbst zubereitet hatte. Sie war zu einer Trophäe geworden, die von Jonny und seinem Personal andauernd poliert wurde, um nichts anderes zu tun, als zu glänzen. Brittany konnte nicht in den American Club gehen und sich von einer Gruppe von Landsleuten dafür verurteilen lassen, dass ein reicher Mann ihr Leben gekapert hatte.

»Also, wieso bist du hierhergekommen?«

»Du meinst, abgesehen von deinem Ehemann?«, fragte Kemi.

Brittany lachte. *Die Sister hatte Humor.*

»So überzeugend ist Jonny nicht.«

Nun war es Kemi, die lachte und dann nickte. »Nun, er hat dich überzeugt, ihn zu heiraten und ein Kind zu bekommen, also

…«, versuchte sie zu scherzen. Brittany lachte jedoch nicht, und Kemi räusperte sich, um das Thema zu wechseln. »Ich wollte mal was anderes ausprobieren. Mein Leben etwas umkrempeln«, erklärte sie.

»Und hat Schweden dein Leben umgekrempelt?«, wollte Brittany wissen.

»Oh, ich bin definitiv ganz schön durcheinandergeraten!«, antwortete Kemi. Brittany beobachtete, wie sich ein Lächeln auf ihrem Gesicht ausbreitete. »Aber Tobias stand da, als sich der Wirbel gelegt hatte.«

»Und Ragnar?« Sie sah, wie das Grinsen schlagartig aus Kemis Gesicht wich.

»Was ist mit Ragnar?«, fragte Kemi.

»Ach, ich weiß nicht. Hab mich bloß gefragt, ob ihr eng zusammenarbeitet, oder so«, erwiderte Brittany. »Er ist Jonnys bester Freund und behandelt mich immer voller Misstrauen.« Sie zuckte die Achseln. »Du hast doch seinen Auftritt in der Lobby miterlebt. Verhält er sich dir gegenüber auch so? Ich versuche noch immer, aus ihm schlau zu werden.«

»Ragnar und ich haben hier bei der Arbeit ein respektvolles Verhältnis«, behauptete Kemi, auch wenn ihre Stimme dabei schwach klang.

»Ernsthaft?«

»Ja, wir betreuen ein Projekt zusammen.«

»Und er respektiert dich in seinem Team? Sieht dich tatsächlich als gleichberechtigt an?«

»Weshalb sollte er das nicht tun?«

Brittany grinste. »Wenn du mich fragst, ist er im Grunde ein Rassist.«

»Im Grunde? Was soll das heißen? Entweder man ist Rassist oder nicht«, erwiderte Kemi defensiv.

»Du weißt schon, wie ich das meine«, beharrte Brittany irritiert. »Er ist ganz offensichtlich voreingenommen. Er sieht mich immer so böse an.« Brittany erinnerte sich daran, wie Ragnar auf ihrer Geburtstagsparty Kemi mit seinen Blicken verschlungen hatte. Sie schien ihn von einer anderen Seite zu erleben. Nicht die fiese Selbstgefälligkeit, die ihn für Brittany zu einem Arschloch machte.

»Wie ich gehört habe«, setzte Kemi an, »sind Jonny und Ragnar seit Kindesbeinen enge Freunde. Bei Jonnys Reichtum und seiner Vergangenheit mit Frauen of Color wundert es mich nicht, dass Ragnar seinen Freund beschützen will.«

Brittany blickte Kemi an und spürte Hitze in ihrem Gesicht aufsteigen. Da war sie wieder, diese selbstgerechte Zickigkeit. Sie sah, wie Kemi die Augen schloss, als wäre ihr eben erst bewusst geworden, was sie gesagt hatte.

»Nun ja, ich bin nicht bloß aufs Geld aus, falls du das damit sagen wolltest.«

»Es tut mir so leid.« Kemi entschuldigte sich schon wieder. »Natürlich nicht. So habe ich es nicht gemeint.« Brittany erhob sich, und Kemi sprang ebenfalls auf.

»Vielen Dank für die Einladung«, sagte Brittany und legte sich den Henkel ihrer Tasche über die Schulter. »Hat mich gefreut, dich wiederzusehen.«

»Ich schwöre, ich habe es nicht so gemeint.«

»Ich bekomme diese Blicke jeden Tag ab. Insbesondere von seiner Familie und seinen Freunden«, erwiderte Brittany. »Ich hätte sie nur nicht auch noch von einer Sister erwartet. Wenn du mich jetzt entschuldigst …«

Sie ließ Kemi einfach stehen.

Jonny fuhr sie schweigend vom Büro nach Hause, er nahm nicht den Tunnel nach Lidingö, sondern wählte die schönere Strecke durch die Stadt. Brittany blickte aus dem Fenster und grübelte noch immer über ihr Gespräch mit Kemi.

»Wie sehr brauchst du Kemi?«, wandte sie sich nun an ihn.

»Wie meinst du das?« Jonny runzelte die Stirn und konzentrierte sich weiter auf die Straße.

»Ich meine, wie wichtig ist sie für dein Team?«

»Sie hat uns einen unserer größten Kunden beschafft. Ich kann es mir nicht leisten, sie zu verlieren.«

»Auch, wenn sie deine Frau nicht respektiert?« Sie sah, wie sein Kiefer sich anspannte.

»Was willst du damit sagen?« Jonny wirkte verwirrt. Sie sah wieder aus dem Fenster. »Ich werde sie nicht für dich feuern«, sagte Jonny knapp. Brittany blieb schmallippig. Jonny hatte ihr versprochen, alles zu tun, was immer sie wollte. Und nun schien Kemi für ihn tabu zu sein.

»Du weißt, dass ich alles für dich tun würde, nicht wahr?« Jonny wartete auf ihre Bestätigung. Sie gab ihm keine Antwort. »Nicht wahr?« Sie wusste, dass sie ihn provozierte.

Als sie nach wie vor nicht antwortete, riss Jonny abrupt das Lenkrad herum und fuhr zurück in die Richtung, aus der sie gekommen waren.

»Wohin fährst du?«

Jonny gab ihr keine Antwort und fuhr einfach weiter, bis er nach links statt nach rechts auf den Strandvägen abbog und Brittany die Route erkannte. Er fuhr zu seiner Hobbithöhle. Seinem Zufluchtsort in der Stadt.

Als Jonny die Tür öffnete, sah das Haus bewohnt aus. Auf dem Esstisch stand ein halbvolles Glas Wein. Auf dem Fußboden neben dem Sofa lagen ein paar Bücher. Hatte er sich etwa häufiger hinter ihrem Rücken hier aufgehalten? Kam ihre Haushälterin Sylvia regelmäßig vorbei, um das Haus für ihn ordentlich zu halten?

»Jonny …« Brittany drehte sich zu ihm um und sah, wie er sich das Hemd aus der Hose zog und es aufknöpfte, den schweren Blick auf sie gerichtet. »Was machst du da?« Er ließ sein Hemd auf den Boden fallen. »Jonny?« Er ging auf sie zu, schnappte sich ihre Hand und zog sie in einer fließenden Bewegung die Treppe hinauf.

Oben im Loftbereich war Brittany schockiert über das ungemachte Bett, die zerwühlten Kissen, und sie befreite sich aus Jonnys Griff.

»Was ist das hier? Hast du eine Affäre?«

»Was? Niemals!«

»Was geht hier vor?« Sie streifte durch das Zimmer und hob hier und da einen der verstreut herumliegenden Gegenstände auf: ein Kissen vom Fußboden, einige der überall verteilten zerrissenen Zettel. Sie hielt ein Blatt Papier in der Hand, auf dem stand: »*Förlåt mig, Maya …*« »*Vergib mir, Maya …*«, die Worte waren mehrfach niedergeschrieben und dann durchgestrichen.

Ehe Brittany die Notizen ganz entziffern konnte, stand Jonny hinter ihr und riss ihr den Zettel aus der Hand.

»Ich schwöre dir.« Er wirkte wahnsinnig. »Ich habe keine Affäre.« Seine Finger bohrten sich in ihre Oberarme. »Ich würde dich niemals anlügen.«

»Was ist das dann?« Sie beugte sich hinunter, um ein weiteres Blatt Papier aufzuheben, auf dem der Name ihrer Tochter mehrere Male geschrieben stand und durchgestrichen war. »Was hast du mit Mayas Namen?«

»Manchmal brauche ich eine Pause von allem.« Jonny begann zu weinen. »Es ist so überwältigend. Alles.« Seine in ihre Arme bohrenden Finger begannen zu tanzen.

»Wir auch?«

»Ja.«

Brittany trat zur Seite und ihr Herz pochte schneller. Bereute er ihr gemeinsames Leben? Nachdem sie zurückgewichen war, ließ er sich mit dem Kopf in den Händen auf das Bett sinken. Brittany sah zu, wie er weinte, bis sie bemerkte, dass er hin und her schaukelte. Er rutschte in jenen dunklen Raum, den sein Bewusstsein immer dann schuf, wenn er überwältigt war, und sie musste ihn dort wieder herausziehen. Sie stellte sich vor Jonny, und seine Arme umschlangen ihre Taille und zogen sie zwischen seine Beine. Weinend legte er seinen Kopf an ihren Bauch. Sie ließ ihn schluchzen.

Jonny hatte in ihrer Beziehung bloß drei Mal geweint. Er war am Boden zerstört gewesen, als seine Eltern sie abgelehnt hatten. Er hatte bei ihrer standesamtlichen Trauung geweint. Und nachdem Maya zur Welt gekommen war, hatte er schluchzend sein Kind gehalten.

Brittany fuhr ihm mit den Fingern durchs Haar, tröstete ihn, ließ ihn an sie gedrückt weinen, bis sein Atem sich beruhigte.

Dann wurde Jonnys Griff um ihre Taille fester.

Stille hing im Raum, ebenso wie ihre Gerüche. Sie lagen einander zugewandt im Bett. Jonny schlief nicht, hatte die Augen jedoch geschlossen.

»*Maya* …«, flüsterte sie ihm zu. Jonny riss die Augen auf und starrte sie mit seinem intensiven Blick an, blieb aber stumm. Brittany musterte ihn, suchte nach Hinweisen. Er starrte einfach nur. »Der schönste Name, den du je gehört hast, hmm?«

Jonny schwieg weiter. Er strich ihr mit der Hand über die Schulter, ihren Arm entlang und tauchte dann an ihrer Taille ab. Ehe er zu ihrer Hüfte weiterwanderte, verharrte er bei einer kleinen Speckrolle an ihrem Bauch. Ein Ansatz, an dem sie noch mit ihrem Personal Trainer arbeitete, nachdem sie Maya zur Welt gebracht hatte. Er zwickte hinein, ehe er sich vorbeugte, um sie mit einem Kuss vom Reden abzuhalten.

»Es gibt vieles, was du nicht weißt über … von Lundin.«

Ragnars Worte standen plötzlich zwischen ihnen. Ihr Gewicht legte sich auf Brittanys Brust und drückte sie tiefer hinein in das luxuriöse Bett.

Irgendetwas stimmte nicht, und es hatte mit dem Namen zu tun, den sie überall auf den zerrissenen Papierfetzen gesehen hatte.

Der Name ihrer Tochter.

Muna

Munas Umzug in Gunhilds Wohnung in der darauffolgenden Woche war relativ glatt verlaufen. Sie bekam nicht nur eine neue Unterkunft, sondern noch dazu bei einer Person, die ihr zutiefst am Herzen lag. Abgesehen von Ahmeds Beutel voller Erinnerungen und den Fotos ihrer verstorbenen Verwandten war Gunhild ihre einzige Familie.

Muna hatte nicht viele Besitztümer, da sie in den letzten Jahren beschlossen hatte, so viel Geld wie möglich zu sparen. Vor dem Umzug hatte sie sich in einem Secondhandladen eine kleine Holzkiste gekauft und den gesamten Inhalt des schmutzigen Beutels mit der Präzision einer Gehirnchirurgin in diese Kiste umgelagert. Den zimtbraunen Sand hatte sie in eine faustgroße Tupperbox geschüttet, die sie ebenfalls vorsichtig in der Kiste platzierte, um Ahmeds Erinnerungen sicher aufzubewahren.

Irgendwann würde sie den richtigen Moment finden, um ihren Schatz mit Gunhild zu teilen.

»Muna!« Gunhilds Gesicht hellte sich auf, als sie die junge Frau vor ihrer Tür sah.

Muna drückte Gunhild die Schlüssel zu ihrer ehemaligen Wohnung in die zerbrechliche Hand, ehe sie sich von der älteren Frau umarmen ließ. Gunhild drehte sich um und führte Muna in die luftige Wohnung, wobei ihr ergrauendes blondes Haar wie ein Helm ihren kleinen Kopf umschloss. Muna schlüpfte an der Tür aus ihren Sandalen und folgte ihr hinein. Sie landeten direkt in einem Wohnzimmer, das noch aus den Sechzigern zu stammen schien, mit antik aussehenden Schränken, viktorianischen Lampenschirmen mit Blumenmustern und Fransen, dunkelroten Samtsofas und einem Klavier in der Ecke, auf dem der Namenszug *Bösendorfer* stand.

Auf allen möglichen Oberflächen schien Krimskrams aus der ganzen Welt zu stehen. Hölzerne Elefanten, Matroschkapuppen und viele andere Gegenstände, die Muna nicht zuordnen konnte, wie etwa eine Bronzeskulptur von etwas, das aussah wie eine Wand mit vielen Treppen, und eine Holzstange, in die furchteinflößende Gesichter geschnitzt waren.

Das einzige Foto im Zimmer zeigte eine junge Gunhild mit langem blondem Haar in kurzen Hosen. Der Hintergrund sah tropisch aus. Möglicherweise Afrika. Sie lehnte gegen ein großes Kanu, und in dem Kanu saß ein Schwarzer Mann mit einem ungleichmäßigen Afro und einem dichten Bart, sein Hemd war aufgeknöpft.

Muna fand es seltsam, dass es keine Bilder von Gunhilds verstorbenem Ehemann gab. Sie hatte Muna erzählt, dass sie dreißig Jahre mit einem Schweden aus dem Norden verheiratet gewesen war. Norrland. Auch als die beiden herausfanden, dass sie unfruchtbar war, war der Mann bei ihr geblieben, hatte Gunhild erzählt.

Dreiundsechzig. Muna hatte eine Woche nach ihrer ersten Begegnung erfahren, dass Gunhild dreiundsechzig Jahre alt war – *nun, mittlerweile fünfundsechzig* – und keine Kinder hatte.

»Was sind das alles für Dinge?« Muna wies auf die Souvenirs und Andenken, die Gunhild über die Jahrzehnte von Reisen mitgebracht hatte. Gunhild reagierte auf ihre Frage mit einem Lächeln, das ihre Krähenfüße vertiefte.

»Keine Sorge, wir haben noch genügend Zeit, uns über all das zu unterhalten«, erklärte sie, während sie weiter auf eins der Zimmer zugingen. Gunhild öffnete die Tür, hinter der sich ein Doppelbett mit einer großen Häkeldecke mit Fransen befand.

Es gab einen weißen Frisiertisch mit einem großen Spiegel und einen unter den Tisch geschobenen Sessel, über dessen Lehne ein Spitzendeckchen lag. In einer Ecke stand ein alter Kleiderschrank aus Mahagoni.

Die Einrichtung wirkte auf Muna wie ein übergroßes Puppenhaus.

»Das ist dein Zimmer.« Gunhild blieb an der Tür stehen, den Knauf noch in der Hand. »Ich benutze es als Gästezimmer, wenn meine Familie zu Besuch kommt … falls sie einmal kommt.« Sie beendete den Satz mit einem Kichern, das sich für Muna traurig anhörte.

»Es ist wunderschön«, erwiderte Muna strahlend. »Danke sehr.« Sie drehte sich um und umarmte Gunhild vorsichtig. Diese sah müder aus als üblich.

»Gut! Mach es dir gemütlich. Ich bereite uns eine *Fika* vor.« Sie wandte sich zum Gehen und schloss die Tür hinter sich.

Muna nahm ihr Zimmer in Augenschein. Das hier gehörte nun alles ihr, und es war so hübsch. Sie ließ ihre Taschen in einer Ecke fallen und nahm ihren Hijab ab. Sie ging hinüber zum Frisiertisch, zog den Sessel hervor und setzte sich darauf. Sie musterte ihr dunkelbraunes Gesicht und ihre geschwungenen Augenbrauen. Nun hatte sie einen Tisch, an dem sie ihr Make-up richtig auftragen konnte, wie die eleganten Frauen in den Filmen. Sie wandte das Gesicht leicht nach rechts, dann nach links und strich sich über die Wangen. Ihr entfuhr ein Kichern, das zu einem freudigen Lachen aufschäumte.

Gunhild hatte ihnen Sandwiches gemacht. Vier Scheiben großzügig gebuttertes Sauerteigbrot mit je einer Scheibe Käse, dünn geschnittenen Gurken und Streifen roter Paprika.

Sie hatte grünen Tee für Muna und eine Tasse schwarzen Kaffee für sich gekocht. Im Ofen hatte sie einen Biskuitkuchen für später.

Ruhe kehrte ein, während sie aßen und an ihren Getränken nippten.

»Ich wünsche mir, dass du glücklich bist«, sagte Gunhild.

»Ich weiß. Ich verspreche dir, dass ich Buchhalterin werde«, antwortete Muna.

»Versprich es dir selbst, Muna. Nicht mir«, betonte Gunhild, ehe sie einen weiteren Schluck Kaffee nahm.

»Bist du glücklich?« Muna sah, wie die ältere Frau erschrak, ehe der Blick durch ihre große Brille mit dem dünnen Rahmen wieder weich wurde.

»Ja, natürlich. Ich war viele Jahre glücklich verheiratet, bis er starb«, sagte sie. »Das habe ich dir doch erzählt.«

Muna wollte alles über den Schwarzen Mann mit dem ungleichmäßigen Afro auf dem Foto wissen. Wieso war er anstelle von Gunhilds totem Ehemann, der bei ihr geblieben war, obwohl sie unfruchtbar war, der Einzige, der in dieser Wohnung noch zu sehen war? Muna wollte Gunhild verstehen.

»Warst du mit dem Mann auf dem Foto verheiratet?«

Gunhild hielt mit der Tasse auf dem Weg zum Mund inne. »Was für ein Foto?«

Muna stand auf und huschte aus der Küche, in der sie saßen, in das Wohnzimmer. Sie nahm vorsichtig den Bilderrahmen vom Regal, kehrte damit in die Küche zurück und stellte ihn zwischen sie. Gunhild nahm das Bild in die Hand, und die Erinnerungen, die mit ihm verbunden waren, schienen ein warmes Gefühl in ihr auszulösen. Sie blickte zu Muna.

»Das war ein lieber Freund aus ferner Vergangenheit. Als junge Studentin habe ich viel Zeit in Westafrika verbracht«, erzählte sie. »Ghana, Benin.« Sie stellte ihre Tasse ab. »Togo …« Bei diesem Land zögerte sie.

»Das war also nicht dein Ehemann?«

»Ich habe dir doch bereits gesagt, dass er ein Freund war und dass mein Mann aus dem Norden von Schweden stammte.« Gunhilds Tonfall wurde streng. Bevor Muna ihr eine weitere Frage stellen konnte, schnappte Gunhild sich den Bilderrahmen, drückte sich langsam hoch und bewegte sich auf das Wohnzimmer zu. Sie stellte das Foto nicht zurück auf das Regal. Stattdessen brachte sie es in ihr Zimmer.

Schuldgefühle stiegen in Muna auf. Sie hatte Gunhild nicht verärgern wollen. Anscheinend hatten ihre Fragen nach dem Bild und ihrem Ehemann in Wunden gewühlt, die noch nicht verheilt waren. Muna hatte noch so viele weitere Fragen, unter anderem, weshalb Gunhild so viel tat, um Geflüchteten wie ihr zu helfen.

Vielleicht hatte es etwas mit dem Mann auf dem Foto zu tun, das Gunhild gerade wegbrachte. Oder mit dem Baby, das sie abgetrieben hatte. Vielleicht würde die ältere Frau sich Muna öffnen, wenn sie Ahmed mit ihr teilte. Wenn sie ihr alles zeigte, was er ihr gegeben hatte, würde Gunhild vielleicht Muna vertrauen, und feststellen, dass sie nicht allein war. Denn die Wohnung, in die Muna gerade gezogen war, gehörte einer einsamen Frau. Die nicht allein sterben wollte und Muna hatte einziehen lassen, damit sie ihr Gesellschaft leistete.

Muna griff nach einer weiteren Scheibe Brot, während sich ihr Plan festigte.

Einundzwanzig

Kẹmi

Die Wochen nach Brittanys unangenehmem Geburtstagsdinner und Kemis ebenso unangenehmem Entschuldigungstreffen waren von Spannungen bei der Arbeit geprägt. Zwischen Greta, die kaum ein Wort mit ihr wechselte, und Ragnar, der nun regelmäßig durch die Flure strich, befand sich Kemi an einem Ort, der ihr mit jeder Woche einengender erschien. Ragnars Anwesenheit potenzierte die angespannte Stimmung noch.

Die Meetings waren die schlimmsten Momente ihrer Arbeitstage. Abgesehen davon, dass sie häufig wegen der banalsten Dinge abgehalten wurden, um Konsens bei einer Entscheidung zu erreichen, die mit Leichtigkeit auch von einer Person allein hätte getroffen werden können, fühlte Kemi sich jedes Mal an den Rand der Gespräche gedrängt. Ihr Schwedisch hatte noch immer einfaches Konversationsniveau, und das war nicht genug. Es würde niemals genug sein, und sie spürte die Zurückhaltung der anderen leitenden Angestellten. Sie wollten sich frei auf Schwedisch unterhalten, wurden jedoch gezwungen, ein holpriges Englisch zu sprechen.

Sobald Ragnar die kreative Führung für Bachmann fest in der Hand hatte und Greta wieder am Ruder war, war Jonny erneut verschwunden, nachdem er etwas darüber gebrummt hatte, mit der Familie einen Segeltrip entlang der dalmatischen Küste unternehmen zu wollen. Kemi stellte sich Brittany auf einer luxuriösen Jacht vor, wahrscheinlich in einem sündhaft teuren weißen Badeanzug, mit einem Sonnenhut mit breiter Krempe und einer riesigen Sonnenbrille. Sie fragte sich, wovor Brittany davongerannt war, um auf dieser Jacht zu landen.

Das Unkraut, das in Kemi wuchs, hatte begonnen, sich um ihren Verstand zu schlingen, und wurde mit jeder Windung stärker. Ein neues Blatt spross hervor, wann immer Ragnar in der Nähe war, geschützt im Gewächshaus ihrer gegenseitigen Anziehung.

Bis eines Tages, nach einem ärgerlichen Meeting, Ingrid einen Blick auf ihr Pflanzenwachstum erhaschte.

Ingrid hatte ein spontanes Meeting einberufen, nachdem ein anonymer Mitarbeiter oder eine anonyme Mitarbeiterin gegenüber der Presse hatte durchsickern lassen, Jonny sei nie anwesend und würde die Firma gar nicht selbst führen. Die wahre Heldin sei Greta, hatte die anonyme Person preisgegeben. Jonny sonne sich in einem Ruhm, der rechtmäßig ihr gebühre. Dieser Insider oder diese Insiderin hatte weiter enthüllt, wie sexistisch das Arbeitsumfeld sei. Die männlichen Abteilungsleiter hätten Assistentinnen und Assistenten, während abgesehen von Greta die weiblichen Führungskräfte keine solche Unterstützung hätten.

Maria las aus dem Artikel einer schwedischen Wirtschaftszeitung die belastenden Passagen laut vor. Kemi verstand einfache schwedische Begriffe aus Marias Vortrag und konnte sich so den Kontext zusammenreimen.

»*Jaha*«, atmete Ingrid laut aus, als Maria fertig war. Alle, die anwesend sein mussten, waren versammelt, Ragnar eingeschlossen.

Als Jonnys bester Freund konnte er am ehesten für ihn sprechen. Ingrid verschränkte die Finger und wandte sich dann an Kemi.

»Du bist doch für Diversität und Inklusion zuständig, was sollen wir in dieser Angelegenheit also machen?«, fragte sie. Alle Blicke richteten sich auf Kemi, eine Anleitung erwartend. Sie hatte jedoch keine zu bieten. Sie war Marketing-Expertin, keine Personalspezialistin.

»Ich weiß nicht, was ich dir sagen soll, Ingrid«, antwortete sie. »Ich befasse mich nicht mit Personalfragen.«

»Aber du bist für Diversität und Inklusion zuständig«, beharrte Ingrid.

»In Marketing- und Werbekampagnen, ja. Aber nicht dafür, dass Diversitätsquoten im Unternehmen erfüllt werden.« Kemi war aufgewühlt. Wieso verlangten die anderen von ihr, diese Sache wieder geradezubiegen? Es herrschte Schweigen, während die Schwedinnen und Schweden einander Blicke zuwarfen.

Maria mischte sich ein. »Vielleicht kannst du mit mir gemeinsam eine Presseerklärung erarbeiten?«

»Tut mir leid, aber das ist nicht meine Aufgabe. Sondern Ingrids. Schließlich leitet sie die Personalabteilung.«

»Ja, aber du bist Ingrid unterstellt und zuständig für Diversität und Inklusion.«

»In Werbekampagnen«, wiederholte Kemi. »Hört zu, ich bin nicht hergekommen, um jeden Patzer auszubügeln, den ihr euch vor meiner Anstellung geleistet habt, also schlage ich vor, Louise ruft Jonny an, und er bewegt seinen Arsch zurück nach Schweden, um seinen eigenen Schlamassel zu beheben!«

»Aber, Kemi«, warf Ingrid ein.

»Bei allem Respekt, da gibt es nichts mehr zu diskutieren. Ihr habt das hier aufgebaut, ihr müsst es auch wieder auseinandernehmen.« Kemi stand auf, um zu gehen. Ihre insgeheime Befürchtung, der kreativen Verantwortung beraubt und stattdessen in die Quotenecke geschoben zu werden, hatte sich gerade bestätigt. Sie hatten sie unter falschen Versprechungen hierhergelockt und wollten sie nun in einen Bereich abschieben, in dem sie keinerlei Expertise besaß.

Nur weil sie eine Schwarze Frau war, war sie nicht automatisch dafür qualifiziert, Race- und Genderthemen auf Unternehmensebene umzusetzen.

Kemi packte schweigend ihren Laptop ein. Die anderen warteten ungeduldig darauf, dass sie den Raum verließ. Kemi kannte sie mittlerweile gut genug, um zu wissen, dass sie in schwedisches Geschnatter ausbrechen würden, sobald sie die Tür hinter sich geschlossen hatte. Sie verließ den Konferenzraum und wollte sich gerade den Gang hinunterbegeben, als Ragnar sie am Arm festhielt. Die von ihm ausgehende Hitze brachte ihr ohnehin schon siedendes Blut zum Überkochen. Er strich ihr mit dem Daumen über die Haut. Sie ließ ihn ein paar Sekunden gewähren. Dann wirbelte sie herum, um Ragnar ins Gesicht zu sehen, und entzog sich seiner Berührung. Sie nahmen sich mit Blicken, was sie mit ihren Körpern nicht tun konnten.

»Alles okay?«

Seine Sorge überraschte Kemi. Sie hatte eher mit einem zweifelhaften, herablassenden Kompliment gerechnet. Das war bei ihrer ersten Begegnung vor Monaten sein Stil gewesen. Mittlerweile war er zu einem stummen Beobachter geworden, der nur dann sprach, wenn es unbedingt nötig war.

»Mir geht es gut, danke der Nachfrage.« Er rückte näher, und Kemi wich zurück.

»Wie geht es Pia inzwischen?« Sie wusste, dass seine Frau ihr zweites Kind erwartete. Sie beschwor den Namen seiner Frau herauf wie ein Schutzschild, in der Hoffnung, er möge das Unkraut vernichten oder zumindest sein Wachstum hemmen.

»Es geht ihr gut«, antwortete Ragnar in flachem Tonfall. »Danke der Nachfrage. Und Tobias?«

»Ihm geht es auch gut, vielen Dank.«

Ragnar rückte weiter auf, und diesmal wich Kemi nicht zurück. Er strich ihr mit der Hand über den Unterarm, sein Daumen fuhr unter der hellblauen Chiffonbluse über ihre Haut.

»Hat Ingrid dich verärgert?« Sein Blick hielt ihren fest, tosend vor Emotionen. Sie kannte diesen Blick. Er musste sich Mühe geben, sie nicht an die Wand zu pressen. Jahrelang hatte sie bei Connor etwas Ähnliches gesehen. Das hier fühlte sich jedoch anders an. Düsterer. Aufregend.

»Mich kann man nicht so leicht verärgern.« Kemi versuchte, sich zu konzentrieren, denn sein streichelnder Daumen machte sie mit jeder Sekunde wahnsinniger. Mit sich hebender Brust machte Ragnar einen weiteren Schritt auf sie zu, seine Hand noch immer auf ihrem Arm.

»Ragnar …« Sie schluckte. »Es geht mir gut. Vielen Dank.«

Sie standen sich schweigend gegenüber und schwelgten in ihren Blicken. Sie waren so gefangen in ihrem gegenseitig produzierten Glühen, dass sie nicht mitbekamen, wie Ingrid lautlos an Ragnars Seite glitt. Kemi drehte sich zu ihr, ihre Anwesenheit zur Kenntnis nehmend, und bemerkte dabei Ingrids faszinierten Gesichtsausdruck.

»Und Bachmann?«, fragte Ingrid. »Ich hoffe, da läuft auch alles gut?«

Erschrocken ließ Ragnar die Hand sinken und ballte sie zur Faust. Er drehte sich mit aufgewühltem Blick zu Ingrid um, ehe er sich an Kemi vorbeidrängte.

In den folgenden Wochen gelang es Kemi geschickt, Ragnar aus dem Weg zu gehen, sich so weit zurückzuziehen, wie es ihr nur möglich war, trotz der Tatsache, dass sie an demselben Projekt zusammenarbeiteten.

Das Unkraut hatte sich nun vollends ausgebreitet, ließ grüne Ranken aus ihren Ohren und Nasenlöchern sprießen und drohte, sie zu überwuchern.

Der Spätsommer ging in den Herbst über, der langsam vom Winter verdrängt wurde.

Im Dezember wurde ihre gegenseitige Anziehung tödlich.

Brittany-Rae

Bei ihrem misslungenen Mittagessen im Berns vor zwei Jahren hatte Brittany zum ersten und einzigen Mal mit Jonnys Mutter gesprochen. Jonnys Eltern hatten ihr Enkelkind noch immer nicht gesehen, kannten es nur von Fotos, die Louise ihnen in Jonnys Namen schickte, eine Aufgabe, die zu übernehmen Brittany sich weigerte.

Als Jonny, Brittany, Maya und ihr Au-pair nach zwei Wochen Segeln auf der Adria entlang der dalmatischen Küste zurückkehrten, tauchte Astrid von Lundin plötzlich wieder auf. Aber sie suchte nicht nach Vergebung.

»Was ist das noch einmal für ein Gewürz?« Brittany versuchte, den nussigen Geschmack zu identifizieren, den ihre Zunge in den von Antonia zubereiteten Meeresfrüchten wahrnahm. Antonia antwortete nicht. Sie starrte Brittany mit einer Resignation an, die andeutete, dass etwas auf ihr lastete. »Was ist los?«

»Meine Mutter hat einen Brief geschickt ... Ich muss ihn unter vier Augen mit dir besprechen.« Brittany schürzte die Lippen. Zu diesem Zeitpunkt gab es nichts mehr, das Astrid tun oder sagen könnte, um ihre Gleichgültigkeit aufzuweichen. Dass Astrid ihr Enkelkind nicht annehmen wollte, war ein Stich, der nicht heilen konnte.

»Jetzt?«, fragte Brittany. Antonia nickte und gab Brittany dann ein Zeichen, ihr zu folgen. Brittany wischte sich den Mund ab, legte ihre Serviette beiseite und stand auf. Maya schlief oben in einem von Antonias Gästezimmern, während sich ihr Au-pair-Mädchen in einem Sessel neben ihrem Bett ausruhte. Antonia bewegte sich langsam, und Brittany passte sich ihrem Tempo an, wobei Besorgnis in all ihre Poren kroch. Antonia führte sie in ihren gläsernen Wintergarten mit Blick auf die nun mit neuem Schnee bedeckte Bucht. Sie wies auf einen robusten Korbstuhl, der mit einem Schaffell gepolstert war, und gab Brittany zu verstehen, sie solle sich hinsetzen. Der für gewöhnlich nüchterne Raum war zur Weihnachtszeit mit glitzernd roten, grünen und silbernen Akzenten dekoriert.

War Brittany zuvor schon nervös gewesen, so verstärkte eine schweigsame Antonia ihre Beunruhigung noch.

»Du jagst mir Angst ein.« Brittany schlug die langen Beine übereinander. »Was ist los?«

»Das hier ist von Astrid gekommen.« Antonia griff in ihre Jackentasche, zog einen weißen Umschlag mit goldener Gravur – von-Lundin-Briefpapier – hervor und reichte ihn Brittany.

Es war ein handgeschriebener Brief auf Schwedisch, dem ein Foto beilag. Brittany blickte in die Augen eines Teenager-Jonnys mit jenem tausendzähnigen Grinsen. Er hatte den Arm besitzergreifend um ein junges Mädchen gelegt, deren Hand auf seinem Bauch ruhte.

Brittany sog scharf die Luft ein, als sie die Doppelgängerin von sich als Teenager erblickte. Dunkle cappuccinobraune Haut, ovales Gesicht, geschwungene Augenbrauen und dichte Wimpern über schmalen Augen, das Haar chemisch geglättet. Die Ähnlichkeit raubte Brittany den Atem, und sie fasste sich nach Luft ringend an die Kehle. Auf dem Foto, auf dem die beiden sich mit Big Ben im Hintergrund umarmten, konnte Jonny nicht mehr als fünfzehn oder sechzehn Jahre alt sein und hatte windzerzaustes Haar.

»Was ist das? Wer ist das?« Brittany verlangte augenblicklich nach Antworten. Wieso zeigte Antonia ihr dieses Bild? Weshalb zeigte Antonia ihr, dass ihr geliebter Ehemann, der nicht lügen konnte, in Wahrheit einen Fetisch hatte, ihr Abbild?

»Maya Daniels.«

»Maya ... *O Gott.*« Brittany schlug sich mit der flachen Hand an die Stirn, als sie die Verbindung zwischen ihrem Kind und seiner Besessenheit zog. »Wer ist Maya?« Brittany starrte erneut auf das Foto, während ihre ganze Welt einstürzte. »Wusstest du von ihr?«

Alle taten das.

Der Name Maya Daniels war vor mehr als zwei Jahrzehnten an einen eisernen Anker gebunden und am Grund der von-Lundin-Geschichte versenkt worden. Antonia hatte ihn soeben über Astrid aus den Tiefen hervorgezogen, gespickt mit Geheimnissen.

Mit sechzehn Jahren war Jonny für ein Semester als Austauschschüler an einer internationalen Schule in London gewesen. Er hatte ihnen dieses Foto geschickt, zusammen mit einer hastig hingekritzelten Nachricht, er habe die Liebe seines Lebens gefunden, eine Schwarze Britin namens Maya Daniels. Die entfachte Glut seiner Neigung.

»*Hon älskar mig för den jag är*«, hatte er in seinem Brief weiter erläutert. *Sie liebt mich, so wie ich bin.*

Er hatte ausgeführt, wie sehr Maya ihn trotz seiner Eigenheiten liebte, erzählte Antonia Brittany. Maya hatte einen Bruder, dem eine Autismus-Spektrum-Störung diagnostiziert worden war, und sie war die einzige Person, die ihm mit Liebe in die Augen blickte, während alle anderen ihn schikanierten. Jonny hatte sich geweigert, nach dem Semester nach Hause zurückzukehren, und hatte seine Eltern angefleht, seinen Aufenthalt in London zu verlängern, da er nicht ohne diese Person leben konnte.

Brittany beobachtete, wie Antonia sich ihre nächsten Worte sorgsam zurechtlegte, und ihre Brust hob und senkte sich, während sie nach Luft schnappte.

»Er hat sie geschwängert«, erklärte Antonia Brittany dann, deren Hand nun von ihrem Hals zu ihren leicht geöffneten Lippen gewandert war. »Astrid hat für die Abtreibung gesorgt«, gestand

Antonia weiter und ließ die Worte kurz im Raum stehen. »Sie hat es nicht überlebt. Sie war noch sehr jung, und irgendetwas ist schiefgelaufen.«

Brittany keuchte, die Hand noch immer auf dem offenen Mund. Dann flossen Tränen. Sie strömten unablässig, während Brittany bewusst wurde, dass sie das Leben von Jonnys erster Liebe führte. Er hatte das Leben, von dem er geträumt hatte, es mit Maya zu führen, stattdessen akribisch um Brittany herum erschaffen.

»Ihr alle wusstet das? Du? Svea?« Antonias Betrug hinterließ einen faulen Geschmack auf Brittanys Zunge.

»Es tut mir so leid.« Antonias Stimme zitterte. »Wir alle haben Jonny zuliebe geschworen, ihren Namen nie wieder auszusprechen. Als Svea und ich dich dann bei der *Kräftskiva* sahen, konnten wir es erst gar nicht glauben.« Ihr Geständnis wurde von Brittanys Heulen unterbrochen.

»Was uns betrifft, für uns haben Maya und Jonny niemals existiert«, fuhr Antonia fort. »Jonny hat sich jedoch nie von ihrem Tod erholt.«

Die Wände schienen sich auf Brittany zuzubewegen, sie drohten sie zu erdrücken, ihr die Luft aus den Lungen zu quetschen, sie atmete schwer und laut.

»Jonny kommt über Dinge nicht hinweg«, erklärte Antonia. »Er mag keine losen Enden.«

»Lose Enden?«

»Jonny ist … anders.«

»Wem sagst du das!«

»Ja, aber meine Eltern haben das nie akzeptiert. Er war der Junge, nach dem sie sich gesehnt hatten. Bloß …« Antonia holte tief Luft.

»Bloß was?«

»Jonny hat erst mit fünf Jahren angefangen zu sprechen. Er hat ständig kleine Sachen gesammelt und gehortet, wie Insekten, und ganz besonders Schnecken. Er liebte Schnecken. Aber dann zertrat er sie mit dem Fuß, wenn andere ihm die Schnecken wegnehmen wollten. Wenn er sie nicht haben konnte, dann sollte auch niemand anderes sie haben.« Antonia hielt inne, um erneut Luft zu schöpfen. »Wenn er wütend wurde, hat er nie geschrien, aber er hat stets auf alles und jeden eingeschlagen und -geprügelt, wer oder was auch immer ihm im Weg stand. Er war ein sehr wütendes Kind.«

»Wieso hat ihm niemand geholfen?«

Antonia seufzte. »Dafür hätten sie zugeben müssen, dass er anders war. Unsere Eltern wollten ihm nicht das Gefühl geben, dass er anders ist. Er war perfekt, so wie er war.«

»Das ergibt doch keinen Sinn!«, rief Brittany. »Anders zu sein heißt nicht, dass mit einem etwas nicht stimmt, oder dass man nicht perfekt ist, wie man ist. Es bedeutet lediglich, dass man besondere Unterstützung bekommt, damit man sein Leben bestmöglich leben kann.«

»Das weiß ich alles.«

»Warum habt ihr ihm dann nicht gegeben, was er gebraucht hat?«

»Es gibt auf der Welt viele Menschen, die so sind wie Jonny …«, setzte Antonia an, aber Brittany schnitt ihr das Wort ab.

»Nein! Der Unterschied ist, dass diese Menschen ein Umfeld haben, das sie unterstützt und sieht, dass sie besondere Bedürfnisse haben. Ihr dagegen habt einen Palast aus Privilegien und Lügen um deinen Bruder errichtet!«

Antonia betrachtete Brittany und dachte schweigend über ihre nächsten Worte nach.

»Aber …«

Brittany unterbrach sie erneut.

»Jonny hat besondere Bedürfnisse!«

»Aber niemand hat das je zu meinem Bruder gesagt«, wiederholte Antonia. »Niemand hat je gesagt, dass er anders ist. Niemand hat je Nein zu ihm gesagt.«

Nach zwei Jahren krochen nun Jonnys Worte vom Parkplatz der Notaufnahme in Alexandria langsam wieder in Brittanys Bewusstsein, vertrieben den Nebel und vernichteten sie schließlich.

»Mit mir ist alles in Ordnung.«

»Du hast mir nicht gesagt, dass ich aufhören soll.«

»Ich hätte es getan, wenn du es mir gesagt hättest.«

»Wenn du Nein gesagt hättest.«

»Wieso erzählst du mir das alles? Warum jetzt?« Antonia hätte die auf die Rückseite des Fotos geschriebene Aufforderung ihrer Mutter, *»Berätta för henne! Sag es ihr!«*, einfach ignorieren können. Mit Astrids Brief war das Foto von Maya und Jonny eingepackt wie ein Geburtstagsgeschenk.

Weshalb wurde Antonia freiwillig zur Stellvertreterin von Astrid, um Brittany zu vernichten? Versuchte sie, ihren Bruder vor sich selbst zu retten?

»Ich hatte keine andere Wahl. Astrid hat mich dazu gezwungen.«

»Gezwungen? Hat sie dir gedroht? Wie kann sie dich zwingen, mir das anzutun?«

Antonia blieb stumm, während sie ein Gesicht machte, das Brittany als Ausdruck von Schuldbewusstsein interpretierte.

»Ich verstehe.« Die Erkenntnis traf Brittany wie ein Blitz. »Es geht um dein Königreich, nicht wahr?«

»Königreich?« Antonia wirkte verwirrt.

»All das hier.« Brittany wies mit der Hand um sich. »All das hier. Astrid hat dir gedroht, nicht wahr? Dir alles wegzunehmen?«

Als Antonia mit Schweigen reagierte, schlug Brittany die Hände vors Gesicht, und ihre Schultern bebten. Die ganze Zeit hatte Jonny sich nach einem Gespenst verzehrt. Nun ergab alles Sinn. London war sein Zufluchtsort. Sein Wachturm aus Glas in Canary Wharf war der Ort, an dem sein Geist über den glitzernden Lichtern Londons laute Wehklagen wegen Maya ausstieß. Die

Vorstellung, Jonny habe sie niemals geliebt, schnürte ihr das Herz ab.

»Bitte vergib mir. Astrid hat mich gezwungen, es dir zu sagen«, wiederholte Antonia.

Brittany streckte ihr die Handfläche ihrer rechten Hand entgegen, um sie zu stoppen. Aber Antonia redete weiter.

»Er war besessen von Maya. Er ist es immer noch.« Antonia musterte sie vorsichtig. »Deshalb hat er dich geheiratet. Er sieht ihr Gesicht, wenn er dich anschaut. Aus diesem Grund war er auch bei mir, als du im Krankenhaus warst. Er konnte dich nicht ansehen. Er hatte Angst, du würdest sterben wie sie.«

»Warum sagst du mir solche Dinge?« Brittanys Brust hob und senkte sich heftig, ihr Herz schlug in einem wilden, verzweifelten Rhythmus.

»Würdest du lieber weiter in einer Lüge leben?« Antonias Stimme klang streng.

JA!, wollte Brittany schreien. In dieser verschwenderischen Lüge zu leben war tausendmal besser als das hier. Dieser eigenartige Mann, von dem sie gedacht hatte, er könne niemals lügen, war zu etwas Diabolischem geworden. Womit hatte er sie sonst noch angelogen? Sich damit zu konfrontieren war unerträglich. Antonias Wintergarten wurde immer stickiger, und Brittany sprang von ihrem Stuhl hoch.

»Brittany, ich tue das für dich.«

Sie drängte sich an Antonia vorbei, rannte durch die große Eingangshalle und die Treppen hinauf, um ihre Maya zu suchen. Sie stürmte in das Gästezimmer, erschreckte das Au-pair-Mädchen und weckte dadurch das Kind auf. Maya begann zu weinen, und Brittany eilte zu ihr, um sie auf den Arm zu nehmen.

»Schnell, pack ihre Sachen zusammen! Wir gehen ins Rival!«, befahl sie dem Au-pair, ehe sie mit dem Kind auf dem Arm aus dem Zimmer stürzte. Die von-Lundin-Blase zog sich um sie zusammen. Sie konnte nicht mehr atmen. Sie musste fliehen, um zu überleben.

Sie war in Jonnys Königreich geeilt, um sich von ihm versorgen zu lassen, nur um herauszufinden, dass es maßgeschneidert für Maya Daniels war, jenes lose Ende, das Jonny noch immer festzurren wollte. Brittany hatte alles aufgegeben, um bei ihm zu sein, und nun war nur noch eine Hülle von ihr übrig. Jonny hatte sie ausgehöhlt, während seine Erzengel – Eva und Louise – um sie herumschwebten. Sie war zu Jonnys Vergnügen zurechtgemacht und herausgeputzt worden, während er Herr über sein Universum blieb.

Brittany war zu einem Gespenst geworden.

Muna

Muna plante alles genau.

Zuerst würde sie ein Bachelorstudium in Betriebs- und Volkswirtschaft an der Stockholm School of Economics absolvieren, um dann ein Masterstudium in Rechnungswesen und Finanzverwaltung anzuhängen. Sie klickte sich durch die Website der Hochschule und Stolz erfüllte sie, während sie die Fotos von zielstrebig Menschen betrachtete. Diese lächelten einander zu, zeigten auf Whiteboards, strahlten vor Selbstbewusstsein und waren bereit, die Welt zu verändern, ein Konto nach dem anderen.

Muna scrollte sich durch die Beschreibung des Studiengangs, sog all seine Möglichkeiten in sich auf und schaute sich dann an, was von ihr verlangt wurde, um Teil dieser lächelnden Welt zu werden. Der Bewerbungsschluss war bereits vor Wochen verstrichen, aber das hielt Muna nicht auf. Sie war eine Frau mit einer Mission. Sie konnte problemlos ein paar Monate warten, bis wieder Bewerbungen angenommen wurden. Was waren schon ein paar Monate im Verlauf eines ganzen Lebens?

Aber dann stieg Angst in Muna auf, und sie stützte das Gesicht in die Hände, während sie auf den Bildschirm starrte. Sie hatte nichts vorzuweisen. Keine Schulzeugnisse oder Nachweise, dass sie in Mogadischu tatsächlich zur Schule gegangen war, ehe sie mit ihrer Familie hatte fliehen müssen. Das bedeutete, sie müsste ganz von vorn anfangen und zurück aufs Gymnasium gehen. Es gab zwar die Möglichkeit, stattdessen eine Prüfung abzulegen, aber dafür konnte sie noch nicht gut genug Schwedisch schreiben. Ihr Schwedischunterricht für Zugewanderte half ihr nicht weiter. Diese SFI-Kurse brachten ihr lediglich ein grundlegendes Sprachverständnis.

Mit ihren mittlerweile zwanzig Jahren war Muna sich nicht sicher, ob sie noch einmal in einer Klasse mit Fünfzehnjährigen sitzen könnte.

Sie loggte sich aus dem Computer der Bibliothek von Tensta aus, stand wie benommen auf und versuchte, diese Hürde zu verarbeiten. Der Hoffnungsschimmer, der sich in ihr Leben geschlichen hatte, war entwichen wie Luft aus einem geplatzten Ballon. Sie musste noch einmal von vorn anfangen. Immerhin hatte Gunhild ihr aufgetragen, von größeren Dingen zu träumen als vom Tellerwaschen. Sie war in das libanesische Restaurant hineinstolziert wie ein Pfau, hatte verkündet, sie werde nun Buchhalterin und könne daher nicht mehr kommen, ehe sie wieder hinausstolzierte. Abgesehen von der Vertretungsschicht für Huda, als diese kurzfristig krank geworden war, hatte Muna auch nicht wieder bei von Lundin Marketing gearbeitet.

Selbstverständlich konnte sie sich dort nicht einfach so blicken lassen, also blieb ihr nur noch eine Anlaufstelle.

»Muna Saheed.« Yagiz betonte ihren Namen, während er weiter Kebabfleisch abschnitt. Anders als sonst wirkte er nicht verärgert, sie zu sehen. Diesmal strahlte er eine gelassene Gleichgültigkeit aus, die ihr wesentlich lieber war. Er bediente zwei Kundinnen, ehe er sich wieder zu ihr umdrehte. »Was willst du?«

»Ich schwöre, es geht nicht um Yasmiin.«

Yagiz beäugte sie misstrauisch. »Worum denn dann?«, fragte er, ehe er sich einem neuen Kunden zuwandte. Er schnitt Lammfleisch ab, türmte es auf ein Pitabrot, das er zusätzlich mit Eisbergsalat, roten Zwiebeln und Tomaten füllte, ehe er großzügig Knoblauchsoße darübergab. Muna sah zu, wie er das Brot aufrollte, das gleich auseinanderzuplatzen schien. Wie ein Zauberer erzeugte er eine perfekte Form, die er dann in Aluminiumfolie packte und dem Kunden überreichte.

»Ja, Muna. Wie du siehst, bin ich beschäftigt. Was willst du?«

Sie trat nervös von einem Bein auf das andere. Yagiz zischte und wandte ihr den Rücken zu, womit er sie zwang, laut hinauszuschreien: »Ich brauche meinen Job zurück.«

Yagiz drehte sich zu ihr um und starrte von seinem Stand auf sie hinunter.

»Bitte. Es ist das Einzige, worin ich derzeit gut bin.«

Er verzog nachdenklich die Lippen, während er sie betrachtete.

»Lass mich darüber nachdenken«, bot er an. »Wenn ich es für eine gute Idee halte, schreibt Azeez dir eine Nachricht, okay? Und jetzt lass mich in Frieden.«

Muna lächelte ihn an, ehe sie davoneilte.

Gunhild schlief, als Muna an diesem Nachmittag in ihre Wohnung zurückkehrte. Sie hatte kürzlich mehrere Bestrahlungstermine hinter sich gebracht, war derzeit *sjukskriven*, krankgeschrieben, und andauernd müde. Es war nicht der richtige Zeitpunkt für Muna, ihre Enttäuschung darüber, dass sie die Zulassungskriterien für das Studium nicht erfüllte, auf Gunhild abzuladen, also beschloss sie, das Abendessen für sie beide zuzubereiten.

Während sie in der Küche hantierte, hörte sie das schlurfende Geräusch, mit dem Gunhild sich näherte.

»Was machst du denn da? Das riecht so gut.« Sie betrat die Küche in ihrem zerschlissenen blassrosa Bademantel. Muna war traurig, aber sie konnte Gunhild nichts von ihren Sorgen erzählen. Sie würde das Thema am nächsten Tag zur Sprache bringen, in der Hoffnung, einen Rat zu ihren Optionen zu bekommen, und sich dann möglicherweise noch einmal für die Oberstufe anmelden.

Im Augenblick wollte Muna unbedingt, dass Gunhild ihr mehr von sich erzählte. Sie war es gewohnt, auf Vertrautheit zu warten. Ahmed hatte Jahre gebraucht, ehe er ihr sein Leben preisgab. Yasmiin und Khadiija hatten nur kleine Stückchen von sich offenbart. Muna war die Brotkrumen jedoch leid. Sie wollte am ganzen Kuchen beteiligt werden.

»Oj vad gott!« Oh, wie gut! Gunhild sprach nach jedem zweiten Bissen Lachs ein Lob aus. Muna lächelte und bedankte sich wieder und wieder.

Als sie ihre Teller mit Fisch, Reis und Gemüse geleert hatten, brachte Muna das benutzte Geschirr rasch zur Spüle. Sie setzte Teewasser für sich auf und schaltete die Kaffeemaschine für Gunhild ein.

»Ich möchte dir etwas zeigen«, sagte Muna. Die ältere Frau richtete sich in ihrem Stuhl auf und verzog sorgenvoll das Gesicht.

»Ist alles in Ordnung?«

Muna rannte in ihr Zimmer und kehrte mit einer Kiste zurück.

»Was ist das? Ist das ein Geschenk?«

Muna öffnete die Kiste vorsichtig und holte ihren Inhalt hervor: Silberketten, mehrere Misbaha-Gebetsketten, Zinnringe, Schmuck aus gebürstetem Metall, eine kleine rot-weiß-grün gestreifte Flagge, geschorene Schafwolle und ein Plastikbehälter mit Sand.

Gunhild griff sogleich nach der Flagge, noch ehe Muna die Kiste ganz ausgeleert hatte.

»Peschmerga.« Gunhilds Augen weiteten sich. »Kurdistan.« Dann blickte sie Muna an und fragte sich wahrscheinlich, wie eine Somalierin so viele persönliche Gegenstände aus jener Region hatte ansammeln können. »Woher hast du all das?«

Muna gab keine Antwort. Sie zog die Fotos von Ahmed und seiner Familie hervor, und dann den Stapel aus hundertvier Passbildern. Sie ließ sich Zeit, ein Foto nach dem anderen auf den Tisch zu legen, bis dieser von Fotos bedeckt war. Dann faltete sie das vergilbte Blatt Papier auseinander, auf dem stand:

Dorf Al Zawr, 2013,

Kurdistan. Nordsyrien.

Als sie zu Gunhild blickte, standen bereits Tränen in ihren freundlichen blauen Augen. Muna zog ihr Lieblingsfoto hervor – das von Ahmed mit seinem Schaf – und legte es vor die ältere Frau.

»Gunhild«, setzte Muna an, beinahe beiläufig. Sie hatte bereits all ihre Tränen aufgebraucht. »Ich möchte dir von dem Mann erzählen, den ich geliebt habe. Sein Name war Ahmed Tofiq Rahim.«

Muna begann mit ihrer ersten Begegnung. Als sie an der Grenze in jenen Bus gestiegen waren. Als er sich mit seinem betörenden Lächeln umgedreht hatte, um nach ihrem Beutel zu greifen. Wie sie oftmals schweigend beieinandergesessen hatten.

Sie hielt inne, um ihnen Tee und Kaffee zu holen, während Gunhild immer wieder in ein Küchentuch schnäuzte, das nach Zitronen und Dill roch.

Muna erzählte Gunhild weiter, wie eine Gruppe von Ahmeds Landsleuten ihn gehasst hatte. Wie er aufgehört hatte zu essen. Wie die Verzweiflung ihn schließlich dazu getrieben hatte, sich selbst bei lebendigem Leib zu verbrennen. Wie er Muna seinen Beutel übergeben hatte, ehe er diese Tat vollzog, wie er ihr seine Erinnerungen anvertraut hatte.

»Sein Haar fühlte sich in meinen Fingern an wie Seide.« Muna machte eine Geste, während Gunhild schluchzte.

»Dies hier hätte ihm Frieden bringen können, aber das Migrationsverket hat ihn immer wieder abgelehnt, weil sie nicht wussten, dass sein gesamtes Dorf zerstört worden war.« Muna strich mit der Hand über die ausgelegten Andenken. »Ahmed hat niemandem vertraut. Nur mir.«

Ehrfurcht erfüllte in den nächsten Minuten ihre Wohnung, während Gunhild weinte und Muna ihr die Hände hielt.

»Gunhild«, sprach Muna die weinende Frau leise an. »Bitte erzähl mir von dem Mann aus Togo, den du einst geliebt hast.«

Gunhilds Blick schoss fragend zu Muna. Muna kaufte ihr die Geschichte nicht ab, er wäre bloß ein Freund gewesen. Sie wartete geduldig, bis Gunhild aus ihrem eigenen Schneckenhaus kroch.

»Ich habe ein ganzes Leben damit verbracht, jemand anderes lieben zu lernen«, erklärte Gunhild. »Denn damals durfte ich ihn nicht lieben.«

Muna hatte das wertvollste Geschenk geteilt, das sie je bekommen hatte, und sie wollte, dass Gunhild ihre Geste erwiderte. Gunhild blickte Muna mit glasigen, türkisfarbenen Augen an, und ein zartes Lächeln legte sich auf ihre Lippen.

»Er war der einzige Mann, in den ich mich jemals verliebt habe«, fuhr Gunhild fort. »Er war der Vater meines Babys.«

Den Rest des Nachmittags und Abends verbrachten sie mit Erinnerungen. Muna hatte Gunhild noch nie so lebendig gesehen. Die ältere Frau schien begeistert zu sein, endlich teilen zu können, was sie jahrzehntelang in ihrer Brust verborgen hatte. Auf Muna wirkte es, als könnte Gunhild nun wieder atmen.

Gunhild war um die Welt gereist. Sie hatte mehrere Jahre in Togo verbracht, wo sie als Fotojournalistin für eine internationale Gesundheitsorganisation gearbeitet hatte. Dieser Mann war die Liebe ihres Lebens gewesen. Sie hatten in der Hauptstadt Lomé zusammengelebt, bis Gunhilds Eltern sie zurück nach Schweden gerufen hatten, sie hatten gedroht, sie ansonsten zu enterben. Das hatten sie dann ohnehin getan, als sie erfuhren, dass sie schwanger war.

Gunhild holte weitere Fotos, um Muna ihre Vergangenheit zu zeigen, einige davon waren sepiafarben, andere verblasst, und sie fuhr mit ihren zarten Fingern über sie. Muna beobachtete, wie sich das Gesicht der älteren Frau aufhellte, während die Erinnerungen herbeiströmten. Muna wünschte, sie wäre Gunhild als junger Frau begegnet. Wären sie im selben Alter gewesen, hätten sie sich sicher rasch angefreundet. Aber sie war auch so dankbar, weil Gunhild gesagt hatte, sie sei für sie wie eine Tochter. Um elf Uhr abends waren die beiden Frauen sichtlich erschöpft, und Muna erhob sich langsam.

»Bist du nicht müde?«, fragte sie und musste gähnen.

»Geh ins Bett, Muna«, erwiderte Gunhild lächelnd. »Ich möchte mir diese Bilder noch ein weiteres Mal anschauen. *Sov gott!*« *Schlaf gut!*

Zweiundzwanzig

Kẹmi

Kemi blickte auf ihr Telefon, um die Uhrzeit herauszufinden. Sieben Minuten vor Mitternacht.

Sie hatte nicht geplant, so lange auf der Firmenweihnachtsfeier zu bleiben, aber der Wahnsinns-DJ hatte ein paar alte Lieblingslieder ausgepackt, und zwei Stunden später schleppte sie sich in verschwitzter Benommenheit von der Tanzfläche. Kemi schnappte sich ein paar Servietten und tupfte sich wie wild den Schweiß ab, während sie hinüber zur Garderobe lief.

Dort wühlte sie in ihrer Tasche nach einem Pfefferminzbonbon und spürte ihn, ehe sie ihn sah. Diese starke Energie, die ihr noch vom anderen Ende des Zimmers aus alle Luft zum Atmen nahm. Er strich ihr sanft über den nackten Arm, um ihre Aufmerksamkeit auf sich zu ziehen, sich der Schmauchspuren, die seine Finger hinterließen, instinktiv bewusst.

»*Hej.*« Ragnar kam näher und zwang sie so, sich aufzurichten. »Du gehst schon?«

Die junge Frau mit dem pinkfarbenen Haar an der Garderobe reichte Kemi ihren schwarzen Wintermantel. Kemi lächelte zum

Dank und wandte sich Ragnar zu. Im gedämpften Licht des Flurs waren seine Augen dunkler, und sie roch eine leichte Rotweinfahne in seinem Atem.

»Ja, ich muss morgen einen Flug erreichen.« Sie versuchte, in ihren Mantel zu schlüpfen.

»Bitte«, bot er an und streckte die Hand aus, um ihr zu helfen. Kemi atmete einmal tief durch, um sich zu sammeln, und ließ es zu. Seine Finger verweilten auf ihren Schultern, ehe sie langsam über ihre Arme nach unten strichen.

»Danke, ich muss jetzt los.« Sie drehte sich um und lief den Flur hinunter auf die glänzenden Aufzüge zu.

»Gleich morgen früh, nicht wahr?« Er folgte ihr.

»Ja.« Sie verlangsamte ihren Schritt nicht. Er schlenderte ihr lässig hinterher. Früher oder später würde sie stehen bleiben müssen, um auf den Aufzug zu warten. Er brauchte nicht zu rennen.

»Wohin fliegst du?«

»Girona, für ein langes Wochenende mit Tobias. Warst du schon mal dort?«

»Noch nicht.«

»Würde dir gefallen.« Sie erreichte die Aufzüge und drückte auf den Knopf. Sie wollte fliehen. Sie konnte ihrem Körper nicht mehr trauen.

»Da bin ich mir sicher«, begann Ragnar, »allerdings gibt es andere Orte, an denen ich noch lieber wäre.«

Kemi drehte sich zu ihm um, und sie sogen einander vollständig auf. Noch nie hatte sie einen Mann körperlich so sehr begehrt wie Ragnar. Als würde sie ihn mit ihren Gedanken an sich ziehen, glitt er zu ihr und stellte sich nur wenige Zentimeter vor ihr Gesicht. Was tat er da? Sie waren nur ein paar Meter von ihren betrunkenen Kolleginnen und Kollegen und von garantiertem Getratsche entfernt.

»Was für andere Orte?« Ihre Stimme war gedämpft.

Seine Antwort war noch gedämpfter. »Du.«

Ragnars unverschämte Erklärung raubte Kemi den Atem. Fassungslos blickte sie ihn mit gerunzelter Stirn an und hasste ihn dafür, sie so schwach zu machen. Er erwiderte ihren Blick verwirrt, er schien nicht sicher zu sein, ob er sie erregt hatte, zu weit gegangen war oder sie in all den Monaten vollkommen falsch eingeschätzt hatte.

Als die Türen des ersten Aufzugs sich öffneten, sprang sie hinein und drückte panisch auf den Knopf für das Erdgeschoss. Ragnar folgte ihr hastig, und sein wilder Gesichtsausdruck sagte ihr, dass er nicht mitgekommen war, um sich zu entschuldigen.

Mit einem raschen Vorstoß drückte Ragnar Kemi an die Wand des Aufzugs. Seine Lippen teilten ihre hungrig, und sie schmolz in seiner Berührung, kostete ihn und schlang ihre Arme unter seine, um ihn näher an sich heranzuziehen. Leidenschaftliche Küsse, von denen beide wussten, dass sie sich womöglich nie wiederholen würden, also nahmen sie sich in diesem Augenblick selbstsüchtig so viel, wie sie konnten. Sie verschlangen einander achtlos, während der Aufzug langsam vom neunzehnten Stock des Dachgeschosses eines Hotels im Stadtzentrum zum Erdgeschoss hinunterglitt, in einem Gebäude, in dem es von Kolleginnen und Kollegen nur so wimmelte. Ragnar presste eine Hand gegen die Wand hinter Kemi, um seine Kräfte zu sammeln, während seine andere Hand sie an sich zog, damit sie ihn spürte, und sich dann tiefer bewegte zu ihrem Hintern.

»*Jag vill ha dig.*« *Ich will dich.* Er stöhnte die Worte gegen ihre Lippen.

Kemi entzog sich, nach Luft schnappend, und sie blickten einander wortlos und schwer atmend an. Als der Aufzug den dritten Stock passierte, überwältigte sie beide das pure Verlangen erneut. Ragnar presste sie an seine Brust. Seine Zunge suchte ihre, schwelgte in der champagnergetränkten Wärme.

Sie waren so ineinander verschlungen, dass sie nicht bemerkten, wie die Fahrstuhltüren sich öffneten. Dann spürten sie die

Bedrohung durch eine andere Person. Kemi zog sich aus Ragnars heftigem Kuss und senkte rasch den Blick, während er herumwirbelte, um den Eindringling zu betrachten.

Ingrid.

Er ließ die Arme sinken, die er zuvor fest um Kemi geschlungen hatte. In Schweigen gehüllte Scham umgab das Trio, und Kemi wusste, dass Ingrid genug gesehen hatte.

»Kemi … Ragnar.« Ingrids Stimme klang höher als sonst, sie war offensichtlich angetrunken. Sie lehnte sich gegen die Fahrstuhltür, um diese offen zu halten, und blickte mit amüsiert funkelnden Augen von Kemi zu Ragnar. »Ich habe meinen Schal vergessen«, erklärte Ingrid ihnen dann auf Schwedisch.

Ragnar räusperte sich, was Ingrids Aufmerksamkeit zurück auf ihn lenkte. Sie machte mit dem Zeigefinger eine kreisende Bewegung vor ihrem Gesicht.

»*Du har brunt smink i ansiktet*«, sagte sie zu Ragnar. *Du hast braune Schminke im Gesicht.*

Kemi schob sich an den beiden vorbei und eilte aus dem Aufzug, zog ihren Mantel enger um sich wie eine Rüstung und beschwor den Rest an Würde, der ihr noch geblieben war.

Brittany-Rae

Brittany saß auf der Schreibtischkante in Jonnys Arbeitszimmer, als dieser kurz vor ein Uhr nachts von der Weihnachtsfeier seiner Firma zurückkehrte. Sie sah zu, wie er unbeholfen an seiner Krawatte zerrte, während er auf sie zuging und sie mit seinen Blicken verschlang.

»*Hejjj.*« Jonny stellte sich direkt vor sie und stützte sich zu beiden Seiten von Brittany auf dem Schreibtisch ab. »Ich bin froh, dass du nicht zu der Party mitgekommen bist. Der Krankenwagen war da, und es gab eine Menge Lärm.«

Er beugte sich zu einem Kuss vor, aber seine Lippen streiften nur ihre Wangen, da Brittany sich schnell abgewandt hatte. »*Hmmm …*« Er griff nach ihrem Gesicht und drehte es gewaltsam zurück, um seinen Kuss zu bekommen. Sie kannte ihn gut genug, um zu wissen, dass er unterbrochen worden war. Er hatte das, was er sich vorgenommen hatte, noch nicht bekommen. Da war noch etwas offen. Brittany schlug ihm gegen die Brust und verpasste ihm anschließend eine Ohrfeige. Jonny taumelte zurück, verblüfft über ihre Aggression.

»Was ist los?«, wollte er wissen und fasste sich an die Wange.

Brittany verschränkte die Arme vor der Brust und ließ ein langes Bein über dem anderen in einer pulsierenden Bewegung baumeln, womit sie ihm die Konzentration raubte.

»Ich kann das nicht mehr.«

»Was?«

»Deine Frau sein. Ich kann nicht mehr.«

Er sah sie mit zusammengekniffenen Augen an und versuchte, ihre Worte zu verstehen. Er stolperte erneut auf sie zu, presste ihr einen Kuss auf die Lippen. Sie kämpfte unter seinem Gewicht, während seine Zunge sich in ihren Mund zwängte. Er griff ihr in die Haare und zog ihren Kopf nach hinten, um sich besser Zugang zu verschaffen. Brittany schubste ihn von sich und brach in Tränen aus.

Sie stand vom Schreibtisch auf und wich zurück, das Gesicht schmerzverzerrt.

»Was ist los?«, fragte Jonny erneut. Sie schüttelte den Kopf und versuchte, zu Atem zu kommen, um wieder sprechen zu können.

»FASS MICH NICHT AN!«, schrie sie. »Ich kann das nicht mehr.« Jonny stand vor ihr, die Hände an den Seiten zu Fäusten geballt.

»Bitte sag mir, warum du weinst«, sagte er verzweifelt. »Was ist los? Ich möchte es verstehen.«

»Das hier ist nicht real. Es war nie real. Du hast mich die ganze Zeit über angelogen.«

»Wovon redest du? Ich habe dich niemals angelogen.« Jonnys Finger lösten sich aus seinen geballten Fäusten. Sie begannen zu tanzen, angetrieben von seiner Aufregung. »Bitte sag mir, was los ist.«

»Liebst du mich?«

»Natürlich tue ich das. Ich habe dir die ganze Welt zu Füßen gelegt!«, erwiderte er in knappem Tonfall. »Ich habe dir alles gegeben!« Ärger kochte in ihm hoch.

»ICH bin es, die DIR alles gegeben hat!«, rief Brittany. »Ich habe dir mein ganzes Leben geschenkt. Es ging immer nur darum, was du willst, oder nicht?«

»Was auch immer du dir je gewünscht hast, du musstest mich nur darum bitten, und ich habe es dir gegeben«, entgegnete er.

»Nein … Die Erzengel erledigen deine Arbeit für dich!«, schrie sie. »Eva … Louise …«

»Wie meinst du das?«, fragte er verwirrt.

»Du bist nicht Gott, Jonny!«, brüllte Brittany.

Sie erschauderte unter seinem starren Blick. Er wirkte wahnsinnig, und er jagte ihr Angst ein. Jonny stürmte auf sie zu, und sie stieß ihn abermals von sich. Er wollte nach ihr greifen, aber sie wehrte ihn ab. Jonnys erzwungener Kuss war wie Salz gewesen, das er in eine alte Wunde gerieben hatte, die niemals heilen würde. Der Alkohol verlieh dem Druck, den Jonny auf sie ausübte, eine neue Dimension.

»Was zum TEUFEL willst du von mir, Brittany?« Sein Ausbruch schockierte sie. »Ich habe dir die Welt zu Füßen gelegt. Ich habe dir alles gegeben!«

Brittany.

Ihr Name klang fremd aus seinem Mund. Brittany wurde bewusst, dass sie Jonny ihren Namen seit Wochen, vielleicht gar seit Monaten nicht hatte aussprechen hören. Es konnten doch keine Jahre sein, oder? Jedenfalls erinnerte sie sich nicht mehr daran, wann Jonny zum letzten Mal ihren Namen laut ausgesprochen hatte, und sie schluchzte vor Verzweiflung.

»Die Welt hat nie dir gehört, um sie mir zu geben«, heulte sie. »Die Welt hat dich bloß glauben lassen, sie würde dir allein gehören, und niemandem sonst!« Sie raufte sich verzweifelt die Haare.

»Dein ganzes Leben ist eine Lüge, Jonny«, weinte Brittany. »Astrid, Wilhelm, Antonia, Svea ... Sie haben dich seit dem Tag deiner Geburt angelogen. Du hast dieses wahnhafte Universum um uns herum aufgebaut. Es war niemals real.«

Sie sah, wie er sich verspannte und die Zähne zusammenpresste, während ihre Worte sich wie Eisengewichte auf ihn legten. Er starrte sie an und erkannte offensichtlich, dass sie ihm gerade die Schlüssel seines Königreichs entgegenschleuderte.

Du bist nicht Gott, Jonny!

»Maya Daniels.« Brittany ließ den Namen fallen. Bei seiner Erwähnung wirkte Jonny wie versteinert und seine Finger hörten auf, zu zappeln. »Wer ist Maya Daniels?«, brachte sie gequält zwischen Schluchzern hervor.

»Maya Daniels?«, wiederholte Jonny.

»Wer ist sie?«, fragte Brittany erneut.

Er starrte sie an und fixierte sie mit dem gleichen harten Blick, den er seiner Mutter zugeworfen hatte, als Brittany Astrid zum ersten Mal begegnet war. Dieser durchbohrende Blick ohne ein einziges Blinzeln, mit dem er Astrid den Tod gewünscht und Brittany panische Angst eingejagt hatte.

»Ich habe diesen Namen noch nie in meinem Leben gehört«, antwortete Jonny ihr ruhig. »Noch nie.«

Brittanys legte sich die Hände auf die Brust. Ihr entwich ein durchdringender Heulton, als sie die Augen vor Jonnys Lüge verschloss.

Azeez' Textnachricht weckte Muna um kurz vor acht Uhr morgens.

Yagiz sei damit einverstanden, dass sie wieder zur Arbeit käme, stand darin. Allerdings würde sie leider die Abendschicht übernehmen müssen, beginnend noch an diesem Tag. Muna antwortete ihm sofort. Sie schrieb Azeez, sie würde das Angebot annehmen, woraufhin dieser ihr auftrug, ihre Schlüsselkarte bei Yagiz abzuholen, bevor sie später zu von Lundin Marketing käme.

»Tusen tack!!!!«, textete sie zurück, ehe sie aus dem Bett sprang.

Sie hatte nicht erwartet, dermaßen aufgeregt zu sein, zu ihrem Putzjob zurückzukehren, aber diesmal fühlte sich alles anders an. Gunhild hatte sich ihr komplett geöffnet. Das bedeutete, dass Muna sich ihr volles Vertrauen verdient hatte. Muna erinnerte sich auch an Kemi, und wie diese für sie eingetreten war, als das große Schwarze Model sie verhöhnt hatte, als wäre Muna ihrer nicht würdig. Muna beschloss, dass sie versuchen würde, Kemi besser kennenzulernen. Und – sie wagte kaum, es zu denken – vielleicht könnten sie sogar Freundinnen werden. Allerdings fragte Muna sich, wie das mit ihrer neuen Abendschicht möglich sein sollte. Vielleicht würde sie früher zur Arbeit kommen, bevor Kemi Feierabend machte. Vielleicht könnten sie sich dann zur *Fika* im Küchenbereich treffen.

»Gunhild«, rief Muna, als sie aus ihrem Zimmer trat und auf das Wohnzimmer zutappte. Gunhild war in ihrem Sessel eingeschlafen, mit alten Fotos um sie herum verstreut, und Muna musste lächeln. »Gunhild?«

Als Muna näherkam, sah sie, dass Gunhild mit offenen Augen zu schlafen schien und ihr Kopf seltsam abgeknickt auf ihrer Schulter lag. »Gunhild?«, rief Muna sie erneut. Die türkisblauen

Augen wirkten trübe, aber ihr Gesicht hatte sich auf eine Weise entspannt, wie es das häufig tat, wenn Gunhild lachte oder gut gelaunt war. Ihr lächelnder Mund hing leicht offen. Mit den zerbrechlichen Händen hielt sie ein einzelnes Bild in ihrem Schoß fest. Ihr togolesischer Geliebter.

»*Nein, nein, nein, nein …*« Die Worte flogen Muna von den Lippen wie Gewehrkugeln, wie damals, als sie mitansehen musste, wie Ahmed sich selbst in Flammen setzte.

»Warum?«, schrie sie zu Allah. »Warum musste sie es sein?«, heulte Muna. Weshalb wurde jede Person, die Muna geliebt hatte, ihr so plötzlich entrissen?

War Liebe so schmerzhaft? War es so schwer, sie zu lieben, dass es andere Menschen das Leben kostete? Widersprüchliche Gedanken rasten Muna durch den Kopf, während sie versuchte, ihre Gefühle in den Griff zu kriegen. »*Hooyo!*«, schrie sie. »*Hooyo!*« Sie war sich nicht sicher, ob ihre Rufe nach »Mutter« Caaliyah oder Gunhild galten, aber sie hallten durch die bescheidene Wohnung.

Verzweiflung und Angst durchströmten sie. Erneut war sie ganz allein auf der Welt. Sie hatte niemanden.

Gunhild war noch dabei gewesen, sich von ihren Strahlenbehandlungen zu erholen. Ihr Körper war zu schwach gewesen. Hatte Muna aus lauter Neugier zu viele Erinnerungen heraufbeschworen, die Gunhild dann überschwemmt hatten, bis ihr Herz es nicht mehr verkraften konnte? War Gunhild am Ende glücklich gewesen?

Wenn sie sich doch nur nicht eingemischt hätte, weinte Muna. Wenn sie nur nicht in Gunhilds Vergangenheit herumgewühlt hätte. Khadiija hatte ihr immer gesagt, sie würde ihre Nase zu sehr in anderer Leute Angelegenheiten stecken. Yasmiin hatte sie mit einer neugierigen Ziege verglichen. Weder Khadiija noch Yasmiin waren mehr Teil ihres Lebens. Das geschah, sobald Muna versuchte, anderen Menschen nahezukommen, lieben zu lernen, sich eine eigene Familie zu erschaffen. Entweder sie verschwanden oder sie starben.

Muna sank zu Boden, während ihre Schreie durch das Zimmer schallten. Sie schnappte immer wieder nach Luft und hatte Angst, nicht genügend Sauerstoff zu bekommen, um weiter atmen zu können.

Bilder von Ahmed tauchten vor ihrem inneren Auge auf. Von seinem entwaffnenden Lächeln und seinem goldenen Blick. Wie er sie ganz und gar wahrgenommen hatte, als sie stumm beieinandersaßen, ohne Worte zu benötigen, um ihre Liebe zum Ausdruck zu bringen.

Und Muna klagte: »*Habib Albi*«, wieder und wieder, während sie von ihren Erinnerungen niedergedrückt auf dem Fußboden lag. *Die Liebe meines Herzens.*

Als später an diesem Vormittag der Rettungsdienst kam, um den Leichnam fortzubringen, saß Muna mit dem Rücken an der Wand und starrte mit leerem Blick auf den Fußboden. Sie sprachen Schwedisch mit ihr und versuchten, ihr Antworten auf ihre »was, wann, wie«-Fragen zu entlocken – wann sie den Leichnam gefunden habe, in was für einer Beziehung sie zu Gunhild stand, wie lange sie einander kannten, wie ihr Zustand gewesen sei, als sie am vergangenen Abend miteinander gelacht hatten.

Sie gingen von Komplikationen im Zusammenhang mit Gunhilds Krebserkrankung und ihrer Strahlentherapie aus, dennoch sollte der Leichnam zur Autopsie gebracht werden. Ihre Worte schwirrten unverständlich um Muna herum, nichts davon ergab irgendeinen Sinn für sie.

Aus dem Augenwinkel sah sie, wie ein zweiköpfiges Team sich an Gunhilds Körper zu schaffen machte, ehe sie die Tote auf eine Bahre hoben und mit einem weißen Tuch abdeckten. Muna schaute ihnen nicht nach. Sie starrte weiter ins Nichts und fragte sich, ob sie bloß träumte. Ob sie auch nur träumte, dass Azeez ihr geschrieben hatte, Yagiz habe ihr ihren Job zurückgegeben. Dann könnte sie zu diesem Morgen zurückspulen und aufwachen, wenn der Weckruf ihres Telefons tatsächlich klingelte.

»Wir rufen Sie an, sobald wir mehr wissen«, informierte sie einer der Sanitäter, und Sorge zeichnete sich auf seinem olivfarbenen Gesicht ab, während er mit ihr sprach. Muna sah nicht zu ihm auf. Sie nickte nur.

»Haben Sie irgendjemanden, Familie, den wir anrufen können?«

Muna schüttelte den Kopf und biss sich fest auf die Unterlippe. Ihre Tränenkanäle waren leer.

»Freundinnen oder Freunde vielleicht?«, fragte der Mann weiter. Er betonte, dass er sie nicht allein in der Wohnung lassen wollte.

Muna schüttelte erneut den Kopf.

»Haben Sie irgendeinen anderen Ort, an den Sie gehen können?«, er ließ nicht locker.

Muna blieb ein paar Augenblicke stumm. Ja, es gab noch einen anderen Ort, an den sie gehen konnte. Den einzigen Ort, der ihrer Existenz gerade einen Sinn gab.

Muna nickte langsam, ehe sie mit den Lippen das Wort »Arbeit« formte.

Dreiundzwanzig

Kẹmi

Kemi platzte aus der Drehtür und schnappte nach Luft, die eisige Winterkälte drang tief in ihre Lungen. Sie blieb stehen, um wieder Kontrolle über ihren Körper zu bekommen.

Keine Panik. Keine Panik, sagte sie sich immer wieder, um ihr rasendes Herz zu beruhigen. Ein aussichtsloses Unterfangen. Sie zog ihr Telefon hervor und bestellte mit ihrer App ein Taxi. Das nächste Taxi war sechs Minuten entfernt. Sie wartete draußen in der Kälte, da sie nicht riskieren wollte, ihren Kolleginnen und Kollegen zu begegnen, die drinnen wie Zombies umherstreiften. Ingrid hatte wahrscheinlich längst angefangen, die Neuigkeit zu verbreiten, die dann zwangsläufig auch Louise erreichen würde. Und Kemi wusste, dass Louise Geheimnisse nicht für sich behielt, da das strategische Einsetzen von Informationen zu ihren Qualifikationen gehörte.

Der Ruf eines Mannes, »*Jocke!*«, und das sich nähernde Aufheulen einer Krankenwagensirene zogen Kemis Aufmerksamkeit auf sich. Direkt gegenüber dem Hotel war irgendetwas passiert.

Ein Mann lag reglos auf dem Boden, eine kleine Gruppe Menschen hatte sich um ihn versammelt, einige von ihnen schrien und machten Anstalten, einer Person hinterherzulaufen, die soeben im Eingang zur U-Bahn verschwunden war.

Kemi hatte kurz überlegt, mit der Bahn nach Hause zu fahren, aber sie spürte, dass sie dazu nicht in der Verfassung war. Abgesehen von dem Tumult, der sich gerade vor ihr abspielte, hätte sie sich nicht in die Bahn setzen und ertragen können, wie Wildfremde sie dafür verurteilten, dass sie nach Mitternacht in ihrem teuren schwarzen Spitzen-Outfit allein unterwegs war. Sie hätte es nicht ertragen, dass sie sahen, wie ihr die Mascara in Linien über die Wangen rann, sobald die Tränen kamen.

Und sie wusste, dass die Tränen kommen würden, denn sie war angewidert von sich selbst.

Die private, neutrale Blase eines Taxis war das, was sie gerade verkraftete, bis sie zurück in Nacka und in Tobias' Armen wäre. Wahrscheinlich wartete er dort noch auf sie, schaute sich irgendeinen blöden Film an und wollte erfahren, wie ihr Abend gelaufen war.

Mit dem Rücken zum Eingang des Gebäudes schaukelte sie wegen der Kälte hin und her und wartete darauf, dass ihr Taxi sich verdammt nochmal beeilte. Sie musste weg von hier.

»*Hej då, Kemi!*«, rief eine vertraute Stimme und wünschte ihr eine gute Nacht. Ein paar weitere »*hej då*«s folgten in ihre Richtung, als einzelne Grüppchen das Hotel verließen und sich auf den Weg nach Hause oder in eine nahe gelegene Bar machten. Eine Gruppe männlicher Stimmen erschallte, und sie schloss die Augen, als sie darunter auch Ragnars vernahm.

»Kemi!«, rief Jonny. Sie war gezwungen, sich umzudrehen. Jonny eilte herbei, um sie zu umarmen, er gab ihr einen übertriebenen Schmatzer auf die Wange. »*Tusen tack!* Vielen Dank für ein weiteres großartiges Jahr bei uns!«

Jonny war eindeutig betrunken. Er fasste nie irgendjemanden an, wenn er nüchtern war. So viel hatte Kemi bereits im Laufe ihrer Zusammenarbeit herausgefunden.

Die Sirenen wurden lauter. Das Blaulicht des Krankenwagens blinkte bei dessen Ankunft in alle Richtungen, und über Jonnys Schulter hinweg erhaschte Kemi einen Blick auf Ragnars düstere Miene. Sie hatten nur Augen füreinander.

Jonny wurde kurz vom Blaulicht abgelenkt, wie hypnotisiert von dessen Bewegung. Dann erwachte er aus seiner Benommenheit.

»God Jul!« Frohe Weihnachten! Jonny drehte sich um und klopfte seinem Freund auf den Rücken, um ihn zum Weitergehen zu animieren. Ragnar zögerte. Er wechselte ein paar Worte auf Schwedisch mit seinem Chef-Freund, und Jonny winkte ab.

Kemi schaute weg, noch immer auf ihr Taxi wartend. Eine Minute noch, versicherte ihr die App. Gott, bitte lass ihn weggehen, betete sie. *Bitte.* Sie spürte, wie ein Finger in einem Lederhandschuh sich in einen ihrer Finger einhakte, die an ihrer Seite ruhten. Er zupfte leicht daran, um ihre Aufmerksamkeit auf sich zu ziehen. Sie kam dieser Aufforderung nicht nach, also trat er noch näher und verschränkte alle fünf Finger mit ihren. Sie spürte seinen Atem in ihrem Nacken, nahm seinen beruhigenden frischen Waldgeruch wahr und schloss die Augen. Sie standen schweigend da und warteten auf ihr Taxi.

Der schwarze Wagen stoppte pünktlich vor ihnen. Ragnar öffnete die Tür, um Kemi einsteigen zu lassen. Sobald sie saß, versuchte sie, die Tür zuzuziehen, aber er rutschte direkt neben sie, machte es sich bequem und zog seine Handschuhe aus.

»Nacka, *ja*?«, fragte der Taxifahrer ihr Ziel überprüfend in einem von einem starken Akzent eingefärbten Schwedisch.

»*Ja, tack*«, bestätigte Kemi und schnallte sich an. »*Till* …« Ragnar verschluckte ihre Worte mit einem raschen Kuss. Es war nicht die wilde Verzweiflung, die sie im Aufzug gepackt hatte.

Das hier war kalkulierte, schwelende Lust, die tröpfchenweise in sie einsickerte. Er musste nicht mit ihr schlafen. Er strömte bereits durch ihre Adern.

Die Anzeige für einen offenen Anschnallgurt begann zu piepen, und der Fahrer beobachtete sie beim Küssen auf seinem Rücksitz, ohne recht zu wissen, wann er einschreiten sollte. Er fuhr trotz des nervtötenden Piepens an. Dann erhob er die Stimme und drängte Ragnar, sich anzuschnallen.

»*KÖR!*« *FAHR!*

Ragnars Tonfall war barsch. Der Fahrer war überrascht und trat hastig mit dem Fuß auf das Gaspedal. Als sie davonbrausten, schnallte Ragnar auch Kemi ab und zog sie zu sich, intensivierte ihren Kuss und nahm mit seiner Zunge jeden Winkel ihres Mundes in Anspruch. Seine Hände glitten unter ihren Mantel, um ihren Hintern zu finden, und pressten sie fest an sich.

»Ragnar …«

»Ich weiß, wo wir hinkönnen«, flüsterte er gegen ihre Lippen, bevor er mit einem weiteren Kuss an ihnen zog.

»Geh nach Hause zu deiner Frau«, flüsterte Kemi zurück gegen seine Lippen, außer Hörweite des Fahrers, der immer wieder verstohlene Blicke auf sie warf. Ragnar wich zurück, um sie mit verdüsterter Miene zu betrachten.

»Wir können das nicht tun«, sagte sie.

»Ich weiß, dass du mich willst.« Er war atemlos, sein Griff um ihren Hintern wurde fester, presste sie gegen ihn, sodass sie spürte, wie sehr er sie wollte. Sie strich ihm über den kantigen Kiefer, zeichnete mit dem Daumen seine Unterlippe nach und schüttelte den Kopf.

»Das ist unverantwortlich. Du bist verheiratet«, sagte Kemi. »Und Tobias macht mich glücklich.«

»Glücklich genug, um hier zu sein?« Ohne auf eine Antwort zu warten, zog Ragnar ihr Gesicht für einen weiteren sengenden

Kuss zu sich, während er ihr zugleich den schweren Mantel von den Schultern zerrte.

»Geh nach Hause zu Pia«, flüsterte sie zwecklos, ehe seine Zunge ihre bis zur Unterwerfung verdrehte. Was konnte diese Zunge noch alles?

»Schsch«, brachte er sie zum Schweigen und küsste sie, um sie daran zu hindern, den Namen seiner Frau auszusprechen.

»Neeein, geh nach Hause. Okay? Geh nach Hause«, murmelte sie. Ihr Körper ergab sich, im Widerspruch zu ihren Worten. Sie ließ Ragnar sie so berühren, wie sie es sich erträumt hatte. Sie hatte Gänsehaut, als er mit den Händen über ihre Arme strich, dann über ihre Oberschenkel, das lange schwarze Spitzenkleid entlang, auf der Suche nach einem Saum, den er ergreifen und hochschieben konnte.

»Bitte«, flehte er mit heiserer Stimme. Ein leises Grollen aus Verzweiflung und Verlangen. Ein Planet, der fürchtete, dass seine Lichtquelle versiegte. »Lass mich dich dorthin bringen.«

»*Ursäkta!*«, rief der Taxifahrer. »*URSÄKTA!*« *ENTSCHULDIGUNG!* Er erhob die Stimme, ehe er ihnen mitteilte, dass es verboten sei, in seinem Auto Sex zu haben.

Kemi begann, an Ragnars Lippen zu zittern. Er zog sich zurück und betrachtete Kemis verzerrtes Gesicht. Er versuchte, ihr die Tränen mit dem Daumen fortzuwischen, aber sie fielen schneller, als er sie auffangen konnte.

Sie spürte, wie ihr Körper anfing, sich zu schütteln. Wieso tat sie das hier? Sie hatte gedacht, sie hätte ihre schmutzige, selbstzerstörerische Seite in den Staaten zurückgelassen. Diese weiche, sich selbst opfernde Seite, die Männer anzog, die sich lediglich in ihr entleeren wollten, weil sie selbst in Wahrheit nicht daran glaubte, alles haben zu können. Eine hochrangige Führungsposition und einen perfekten Partner, der auch alles Unperfekte an ihr aufrichtig liebte.

»Was ist los? Was ist passiert?«, fragte Ragnar, seine Stimme klang frustriert.

Kemi schluchzte weiter, und er nahm sie in den Arm und wiegte sie. Sie sahen zu, wie die glitzernden Lichter von Gamla stan in der Ferne verschwanden, während das Taxi nach Södermalm hinüberfuhr und dann eine Kehrtwende in Richtung Nacka machte.

Ragnar ließ sie an seiner Schulter weinen, die Lust in ihrem Körper verpuffte, und sie wurde mit jedem zurückgelegten Kilometer schlaffer. Schweigend ließ sie ihn los. Sie hatte gegen das Chaos angekämpft, das seit Monaten in ihr gewütet hatte, und sie hatte gewonnen.

Kemi blickte ihn an und sah, dass sein Gesicht knallrot angelaufen war. Sie war sich nicht sicher, ob aus Scham oder Wut.

Ihre gegenseitige Anziehung fühlte sich an wie eine Urgewalt. Kämen sie zusammen, würden sie ewig aufeinanderprallen, ohne sich genügend Zeit oder Raum zu lassen, um zu sehen, ob sie einander tatsächlich lieben könnten. Es war nicht das, was sie brauchte. Sie brauchte etwas anderes, das Ragnar ihr über diese flüchtige Intensität hinaus nicht geben konnte.

»Ich muss Bachmann abgeben«, sagte er schließlich. »Ich kann nicht mit dir zusammenarbeiten.«

Sie protestierte nicht gegen seine Entscheidung. Um ihrer beider willen war es besser, wenn er gehen würde. Ragnar war vernetzt genug, um sofort eine neue Aufgabe zu finden. Um ihn machte Kemi sich keine Sorgen. Ihr selbst hatte Schweden bislang keine vergleichbaren Privilegien zugestanden.

Das Taxi war nur noch wenige Hundert Meter von ihrer Wohnung entfernt, als Kemi sich wieder Ragnar zuwandte. Er beugte sich vor, um sie zu küssen. Sie empfing seinen zarten Kuss, bei dem seine Zunge langsam über ihre strich.

Dann murmelte er etwas gegen ihre Lippen. »Was für eine Verschwendung.«

Sie zog sich ruckartig zurück und sah, wie er grinste.

Als das Taxi vor ihrem Haus anhielt, griff Ragnar nach ihrer rechten Hand und führte sie an seinen Mund, ehe Kemi ausstieg.

»Zu schade«, sagte er und gab ihr einen flüchtigen Kuss auf den Handrücken. »Du wärst ein süßer Fick gewesen.« Er musterte sie, und Scham überströmte Kemi erneut.

Sie war Ragnar egal. Er war mit seiner ersten Wahl verheiratet. Er war lediglich ein weiterer Connor, der sie kosten wollte wie Käse, der auf Zahnstocher gespießt angeboten wurde.

Mit einem Mal wurde Kemi bewusst, dass sie sich selbst niemals entkommen würde. Weglaufen hatte keinen Zweck. Sie brauchte einen Ausgleich. Ihren eigenen Mond, der mit ihr aufgehen und untergehen würde, sie im Gleichgewicht hielt und sie bedingungslos liebte. Ein dauerhafter Zustand der Balance. Ragnar war eine Sonne zu ihrer Sonne. Sie würden einander innerhalb eines Jahres verbrennen. Um am Leben zu bleiben, musste sie sich befreien. Was sie die ganze Zeit gebraucht hatte, wartete bereits in Nacka auf sie.

Sie brauchte einen Mond.

Kemi riss ihre Hand von Ragnar los und schlug ihm fest ins Gesicht. Er nahm den Schlag entgegen und schaute sie unverwandt an, seine strahlend blauen Augen lodernd vor Boshaftigkeit, den Kiefer zusammengepresst.

Kemi stieg aus dem Taxi, ohne sich noch einmal umzudrehen.

Sie ging zur Eingangstür, ihr Kopf war leicht, die Schultern schwer. In aller Ruhe drückte sie den Tastencode und wartete auf das vertraute Summen. Ihre Wohnung war stockdunkel, abgesehen von einem flackernden Licht im Wohnzimmer. Dort fand sie einen müden Tobias, der mit einer Tüte Brezeln im Dunkeln saß und sich einen Film anschaute.

»*Hej!*«, rief er, und das Wort ging in ein Gähnen über. »Wie ist es gelaufen?«

Sie blickte auf ihre Armbanduhr. Null Uhr dreiunddreißig. Er hatte auf sie gewartet.

Sie schlüpfte aus ihrem Mantel und ließ ihn auf den Holzfußboden gleiten, kickte ihre schwarzen High Heels von den Füßen und gesellte sich dann zu ihm auf das Sofa. Schweigend griff sie in seine Tüte und schnappte sich eine Brezel. Wenige Augenblicke später fiel das Unkraut aus ihrem Kopf, mitsamt seinen Wurzeln, und sobald es ihre Lippen erreicht hatte, verwandelte es sich in Worte.

»Tobias«, sprach sie ihn leise an.

»Hm?«, murmelte er an der Schwelle zum Einschlafen.

»Zieh mit mir in die Staaten. Bitte.«

Brittany-Rae

Brittanys Telefon klingelte und klingelte, es tanzte auf ihrem Nachttisch. Zum zehnten Mal in nur fünfzehn Minuten. Dann wieder Stille. Sie warf einen Blick auf das Display. Drei Uhr fünfunddreißig.

Brittany war beruhigt, dass Maya sicher und außerhalb von Jonnys Reichweite im Hotel versteckt war. Sie brauchte Zeit zum Nachdenken. Um zu verarbeiten, dass Jonny ihr ins Gesicht gelogen hatte. Die eine Sache, von der sie sich eingeredet hatte, er könne es niemals überzeugend tun, die eine Sache, auf der ihre Beziehung aufbaute.

So verdorben sie sich auch gefühlt hatte, als ihr dies zum ersten Mal bewusstwurde, sie hatte sich dennoch darin gesonnt, dass Jonny besessen von ihr war und sie mit Aufmerksamkeit überschüttete. Dass ihr Ehemann sie ganz und gar liebte. Bis sie erfuhr, dass sie nur die lebende Kopie eines Gespensts war.

Sie hatte einen guten Mann für ihn verlassen.

Brittany hatte sich in einem ihrer Gästezimmer verbarrikadiert. Zuerst hatte Jonny wild gegen die Tür gehämmert, damit sie ihn hereinließ. Sie wusste, dass er Angst hatte, etwas zerbrochen zu haben, das er nie wieder würde reparieren können. Zumindest nicht mit Geld. Er schrie wieder und wieder ihren Namen. Hier draußen auf ihrem abgelegenen, mit Bäumen bestandenen Grundstück hätte er ihn ebenso gut flüstern können. Er kratzte immer wieder an der Tür.

Und dann hörte er auf zu hämmern.

Nun rief er sie permanent an. Brittany überlegte, die Polizei zu alarmieren, war sich aber nicht sicher, was sie sagen sollte. *Ich möchte einen Notfall melden … Mein Ehemann ist ein Lügner?*

Irgendwann hörte das Klingeln auf, und dann folgte ein leises Pochen an der Tür, bevor eine weibliche Stimme zu vernehmen war.

»Mrs. von Lundin?« Der sanfte britische Akzent des Au-pair-Mädchens schwebte durch die Tür. »Mrs. von Lundin?«

Brittany eilte zur Tür und lehnte sich von innen dagegen.

Sie biss sich auf die Unterlippe und kämpfte gegen die Tränen an.

»Vicky?«

»Ich bin's, Mrs. von Lundin«, sagte sie. »Maya geht es gut. Sie ist bei Mr. von Lundin.« Brittany erstickte ein Keuchen mit einer rasch vor den Mund gepressten Hand.

»Wie … wie bist du hierhergekommen?« Aber sie wusste es längst. Stockholm gehörte nicht ihr. Die Stadt gehörte Jonny.

»Louise hat uns im Hotel abgeholt. Sie sagte, es sei dringend. Ich hatte keine andere Wahl, Mrs. von Lundin.«

»Schon okay, schon okay.« Brittany versuchte, ihren Atem zu beruhigen. »Es ist nicht deine Schuld.« Dann öffnete sie behutsam die Tür, vor der die junge Frau mit vor schlechtem Gewissen weit aufgerissenen Augen stand. »Schon okay.«

»Sie sind in Mayas Zimmer.«

Brittany machte sich auf den Weg in die Welt der Einhörner, das Königreich ihrer Tochter. Die Tür stand halb offen, und sie hörte ein Kichern. Maya war hellwach, während Jonny sie durch das Zimmer trug, noch immer in seiner Kleidung von der Firmenweihnachtsfeier. Sein Haar war zerzaust, und er sah müde aus.

Brittany lehnte sich gegen den Türrahmen und hörte zu, wie er sang. Während er seine Tochter wippend trug, sang er Mayas schwedisches Lieblingskinderlied, seine Stimme kaum lauter als ein Flüstern.

Lilla snigel akta dig,
akta dig, akta dig
lilla snigel akta dig
annars tar jag dig.

Er drehte sich zur Tür und sah Brittany. Sein erschöpfter Blick blieb auf sie gerichtet, aber er sang und wiegte Maya weiter. Sie summte in seinen Armen, genoss die Liebe ihres Vaters. Sie war die Einzige, die Jonny in die Knie zwingen konnte. Dieses süße kleine Mädchen namens Maya.

Er hielt inne und durchdrang Brittany mit jener Intensität, die sie schon oft zu ersticken gedroht hatte. Er trat langsam auf sie zu, bis er seinen Lieblingsplatz erreicht hatte, direkt vor ihrer Nase. Dann wiederholte er die letzte Zeile, während er sie anstarrte, sang sie leise.

Lilla snigel akta dig … annars tar jag dig.
Kleine Schnecke, pass auf … Sonst krieg ich dich.

Und in diesem Augenblick wusste Brittany, dass Johan von Lundin sie niemals gehen lassen würde.

»Ich wette, unter dem Laken bist du fickbar!«

Die schwedischen Worte strömten zusammen mit einer Alkoholfahne aus dem Mund eines Fremden. Sie kamen von hinten wie ein Flüstern, wenn auch gut hörbar für Muna. Den schmutzigen Worten des Mannes folgte eine fremde Hand, die an ihren Hintern griff und fest zukniff.

Aus genau diesem Grund hatte sie die Spätschicht eigentlich nicht übernehmen wollen.

Es war nach Mitternacht, und Muna stand an einer Bushaltestelle gegenüber einem Hotel, das sehr belebt wirkte, laute Musik dröhnte, anscheinend war dort irgendeine Weihnachtsfeier im Gange.

Ein paar Stunden zuvor an diesem Freitag hatte sie in Kungshallen vorbeigeschaut, um ihre Schlüsselkarte bei Yagiz abzuholen. Er hatte ihr Gesicht genau studiert, da er spürte, dass bei ihr irgendetwas ganz und gar nicht in Ordnung war. Er fragte sie, ob es ihr gut gehe, ehe er ihr als Abendessen eine braune Papiertüte mit einem kostenlosen Döner überreichte, den er für sie eingewickelt hatte. Muna hatte einfach nur ausdruckslos vor sich hingestarrt. Die Arbeit in der Spätschicht würde sie von dem ablenken, was sie an jenem Morgen gesehen hatte. Gunhilds glasige, offen stehende Augen. Ihr schmaler, zu einem leichten Lächeln gebogener Mund. Eine traurige Frau, die nun endlich glücklich war. Munas Ersatzmutter, die sie ganz allein zurückgelassen hatte. Ein weiteres verlorenes Familienmitglied.

Sie wirbelte herum und blickte dem Angreifer ins Gesicht – einer von der Sorte Männer, die ihr im nüchternen Zustand niemals einen Platz in der Bahn freimachen würden. Er war jung. Vielleicht Anfang zwanzig. Er trug eine gut sitzende, schmal geschnittene Jacke mit versteckten Nähten, die nicht billig aussah. Dazu Skinny Jeans über glänzend schwarzen Stiefeln. Sein blondes Haar war mit viel Pomade nach hinten gegelt, und seine blauen Augen lachten sie an, die Pupillen im Rausch geweitet. Ein typischer Oberklasse-*Stekare* – Snob – aus Östermalm, schloss sie. Aus dem wohlhabenden Teil der Stadt.

Er war nicht allein. Neben ihm kicherte ein genauso gekleideter Mann, diese Kopie von ihm hatte lediglich dunkleres Haar.

»Also, bist du das, hm?«, verspottete er sie auf Schwedisch und versuchte erneut, sie zu begrapschen. »Bist du darunter heissss?«

Bevor er nach diesen Worten weiterlachte, schlug sie zu. Sie schlug immer wieder auf ihn ein, und er versuchte, sich vor ihr in Deckung zu bringen, während sein Freund an ihrem Jilbab zerrte, um sie von ihm loszubekommen. Gemeinsam gelang es ihnen, sie wegzustoßen. Ihr Angreifer taumelte und wankte stark.

»*Jävla idiot!*«, beschimpfte er sie und ließ seine Spucke fliegen, ehe er sie anschrie, sie solle zur Hölle nochmal dahin zurückgehen, wo sie herkam.

Dahin zurückgehen, wo sie herkam. Diesen Worten wuchsen prähistorische Klauen. Sie schlugen in Muna ein, rissen ihr die Haut auf, ließen Blut fließen und drangen vor bis zu ihren Knochen. Sie war bereits in der Hölle gewesen.

Während er so schreiend, mit den Armen rudernd und aus dem Gleichgewicht geraten vor ihr stand, sah Muna lediglich, wie sein Mund sich bewegte, ohne die Worte zu verstehen. Ihre Hände flogen gegen seine Brust mit der Kraft und Zuversicht einer Frau, die eine Mission hatte. Sie war es leid, sich jeden Tag aufs Neue hilflos zu fühlen. Sie prallte mit solcher Wucht gegen ihn, dass sie ihn kalt erwischte, denn Bier hatte seine Arme in Pudding verwandelt.

Sie warf ihn um wie einen von Termiten zerfressenen Baumstamm und sah für den Bruchteil einer Sekunde, wie seine Augen sich vor Schreck weiteten. Er landete hart auf dem Asphalt, schlug mit dem Hinterkopf auf. Sie hörte ein krachendes Geräusch und beobachtete erstarrt, wie sein Freund zu ihm stürzte, um seinen Zustand zu überprüfen.

»Jocke! JOCKE!«, heulte sein Freund und versuchte, Leben in den Mann zu schütteln, dessen Augen noch immer geöffnet waren, während Blut sich um seinen Kopf ausbreitete wie ein roter Afro.

Muna stand benommen da und versuchte zu begreifen, was gerade geschehen war, was immer noch geschah. Sie sah wie in Zeitlupe, wie sich Menschen näherten, während der Typ weiter an seinem Freund zerrte und ihn schüttelte, um ihm eine Reaktion zu entlocken.

Als ihr Gehirn wieder funktionierte, war das erste Signal, das es an ihren Körper sandte, zu fliehen. *Renn um dein Leben, Muna!*

Muna drehte sich um und rannte los, als Schreie durch die Luft gellten: »*Ta fast henne!*« *Fasst sie!* Ihr Umhang blähte sich um sie und verlieh ihr die Schwerelosigkeit einer im Mittelmeer schwebenden Qualle.

Sie musste raus aus der Innenstadt. Sie verschwand in der nahe gelegenen U-Bahnstation, während mehrere Menschen ihr folgten, dicht auf den Fersen, aber sie traute sich nicht, zurückzuschauen. Sie würden sie schnappen und in jenen dunklen Ort der Isolation sperren, aus dem sie herausgekrochen war.

Sie rannte so schnell, dass sie es durch die Sperren der Fahrkartenkontrolle schaffte, indem sie sich an einer Pendlerin vorbeidrängte, die gerade ihre Karte auf den Scanner legte, um den Bahnsteig zu betreten. Auf der anderen Seite stürzte Muna zu Boden, und die Menschen um sie herum sprangen erschrocken zur Seite. Sie rappelte sich rasch wieder auf, besessen von ihrer Mission, in die erste Bahn hinaus aus der Stadt zu springen. Das Donnern der Schritte hinter ihr legte nahe, dass weitere Menschen ihre Verfolgung aufgenommen hatten. Sie nahm immer drei Treppenstufen auf einmal, und ihr Umhang ließ sie wie ein Fallschirm zu den Gleisen hinuntersegeln.

Sie schaffte es gerade rechtzeitig, als die grüne Linie in Richtung Farsta strand aus dem Tunnel kam. Sie rannte auf die Bahn zu und versuchte, die Türen durch reine Willenskraft dazu zu bringen, sich noch während der Fahrt zu öffnen, obwohl sie wusste, dass sie es erst tun würden, nachdem die Bahn vollkommen zum Stehen gekommen war.

Während sie rannte, tauchten Bilder vor Munas innerem Auge auf. Caaliyahs schwebender Umhang. Aadens jungenhaftes Grinsen. Mohammeds heiseres Husten. Ahmeds vor Liebe leuchtende Honigaugen. Gunhilds warme türkisfarbene Augen. Alle Menschen, die sie je geliebt hatte, waren auf der anderen Seite. Muna wusste, dass auch sie dorthin musste.

Also schubste sie andere Wartende zur Seite und sprang.

Ein paar Minuten später erfolgte eine Durchsage von einer weiblichen Stimme auf Schwedisch. Sie entschuldigte sich bei den Fahrgästen für die Verzögerung.

Auf der grünen Linie hatte es einen Unfall gegeben.

Anmerkung der Autorin

Über Autismus-Spektrum-Störungen …

Mit Jonny wollte ich eine äußerst komplexe Figur erschaffen. Mit mehreren Schichten des Unbehagens, da ihr Transparenz und vollständige Anerkennung fehlen. Kommen immense Privilegien hinzu, kann das Ausmaß an Verleugnung innerhalb der eigenen Familie um Menschen mit besonderen Bedürfnissen undurchsichtige Welten erschaffen.

Viele von euch, liebe Leserinnen und Leser, mögen zu der Schlussfolgerung gelangt sein, dass Jonny unter einer nicht diagnostizierten Erkrankung leidet. Meine Absicht war es nicht, irgendwelche Spekulationen über Autismus-Spektrum-Störungen mit seinem Fetischismus in Verbindung zu bringen.

Ganz und gar nicht.

Ich glaube aufrichtig daran, dass Autismus-Spektrum-Störungen mit ganz eigenen Superkräften einhergehen.

Was ich zeigen wollte, war, wie wichtig es ist, offen über Probleme zu sprechen, und dass wir einander die Unterstützung geben müssen, die wir benötigen, um das für uns bestmögliche Leben führen zu können.

Eine nicht diagnostizierte Erkrankung entschuldigt kein schädliches Verhalten, und Jonny bleibt vollkommen verantwortlich für sein Handeln, dennoch stelle ich mir auch vor, wie er hätte sein können, wenn seine Familie ihre Privilegien genutzt hätte, um ihm die Werkzeuge und Mittel an die Hand zu geben, die er gebraucht hätte, um sich wohl und sicher in seiner Haut zu fühlen.

Wie wäre es wohl gelaufen, wenn Astrid, Wilhelm, Antonia und Svea Jonny als Kind in die Augen geblickt und ihm gesagt hätten, dass er anders sei, ihm dabei geholfen hätten, seine Superkräfte anzunehmen, und ihn darin bestätigt hätten, dass das in Ordnung ist?

Eins der Dinge, die ich daran schätze, in einer Gesellschaft zu leben, die auf Gleichgewicht und Gleichheit aus ist, ist die Tatsache, dass niemand das Gefühl haben soll, anders zu sein. Allerdings liegt darin auch ihr Verderben. Dieses unbeirrbare Bedürfnis, nicht anzuerkennen und zu betonen, was jede und jeden von uns auf einzigartige Weise besonders macht, hat zur Folge, dass einige tiefgreifende Themen oftmals übergangen werden.

Tatsächlich sind wir alle auf perfekte Weise anders, und was uns anders macht, sollte innerhalb einer Gesellschaft voll und ganz gewürdigt werden.

Du bist niemals allein

Auch wenn du dich isoliert fühlst, gibt es Unterstützungsangebote, an die du dich wenden kannst, denen du wirklich am Herzen liegst und die zutiefst verstehen, was du gerade durchmachst.

Bitte melde dich, wenn du jemanden brauchst, oder wenn du jemanden kennst, der oder die eine Extraportion Liebe und ein offenes Ohr benötigt.

Telefonseelsorge – 0800 111 0 111
Deutsche Gesellschaft für Suizidprävention – www.suizidprophylaxe.de
Stiftung Deutsche Depressionshilfe und Suizidprävention – www.deutsche-depressionshilfe.de
Freunde fürs Leben – www.frnd.de

Entscheide dich immer für die Hoffnung.

Danksagung

Diese wundervollen Figuren wären nicht entstanden ohne meine Familie und all meine Freundinnen und Fürsprecher, die mich in dieser ganzen Zeit unterstützt haben.

Zutiefst dankbar bin ich meiner Agentin Jessica Craig, die feststellen musste, dass sie eine Wahnsinnige mit überirdischer Ausdauer und enormer Entschlossenheit unter Vertrag genommen hat, die einfach niemals aufgibt.

Meinen wunderbaren Lektorinnen Christa Desir und Erin McClary sowie meiner gesamten Sourcebooks-Landmarks-Familie, unter anderem Dominique Raccah, die dieses Buches erfasst hat, als andere es noch nicht sahen, und sich voll und ganz dafür einsetzte, dass Kemis, Brittany-Raes und Munas Stimmen von allen gehört werden.

Meiner lieben Freundin Leigh Shulman und meiner Schwester Dami Akinmade, die meinen ersten Entwurf in etwas Wertvolles verwandelt haben.

Meinen besonderen Betaleserinnen und Freundinnen und Freunden für all ihr unbezahlbares Feedback, das das Manuskript in die richtige Richtung gelenkt hat: Andrea Pippins, Astrid und Bengt Sundgren, Anja Mutic, Kimberly Golden,